KUWEI

酷威文化

图书 动漫

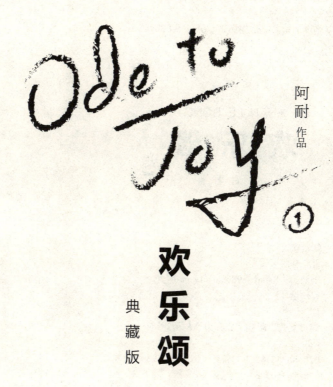

阿耐 作品

欢乐颂

典藏版

四川文艺出版社

图书在版编目（CIP）数据

欢乐颂：典藏版/阿耐著.--成都：四川文艺出版社，
2016.3
　　ISBN 978-7-5411-4265-9

　　Ⅰ.①欢… Ⅱ.①阿… Ⅲ.①长篇小说—中国—当代
Ⅳ.① I247.5

中国版本图书馆 CIP 数据核字 (2016) 第 038945 号

HUAN LE SONG

欢 乐 颂 【典藏版】

阿耐 著

特约监制 刘运东
特约策划 肖 恋
责任编辑 李淑云（lishuyun98@gmail.com）
整体装帧 程 然

出版发行 四川文艺出版社（成都市槐树街2号）
网　　址 www.scwys.com
电　　话 028-86259285(发行部)　028-86259303(编辑部)
传　　真 028-86259306

邮购地址 成都市槐树街2号四川文艺出版社邮购部　610031
印　　刷 三河市南阳印刷有限公司
成品尺寸 165mm × 235mm　1/16
印　　张 82.5　　　　　　　**字　数** 1000千
版　　次 2016年4月第一版　　**印　次** 2016年4月第三次印刷
书　　号 ISBN 978-7-5411-4265-9
定　　价 98.00元

第 1 章

谭宗明眼见安迪软硬不吃，不得不抛出此行精心准备的撒手锏。他将一本复印资料放到安迪面前。"仔细看看这个，你唯有回国一途。"

安迪微笑，"老谭，何必呢。"但她还是打开面前的复印资料。难为老谭不远万里背来这么厚一块纸砖头，再加上安迪与谭宗明早年工作上双剑合璧，配合默契，交情深厚，她没有拒老谭于千里之外的理由，虽然回国对她毫无吸引力。

她是个孤儿，她四海为家，而纽约是她此生最熟悉的地方，熟悉的感觉即是安全的感觉，她苛求安全。但是，几页翻过，安迪瘦削的脸骤然变色。"这是我老家所有 1983 年出生男孩的名册？"

"精确地说，是市公安局在册的所有于 1983 年办理出生登记的男孩的名册。"

"你……你的意思是……这里面有我弟弟？"

"对。这里面有前提：一、你三岁时的记忆必须是准确的。事实已经证明你是个高智商的天才，你记忆的准确性毋庸置疑。那么我们首先圈定两个要素：男孩，1983 年出生；二、在你的记忆中，抱走你刚出生弟弟的女人是本地口音，那女人如获至宝，直接把你弟弟称作儿子。因此我再圈定第三个要素，是一个本地女人偷走你的弟弟，并非出于人口贩卖的目的，而是偷回去当自家儿子养。由于 1983

年国内人口流动稀少，我委托的人排查之后未找到于 1983 年迁出你老家的合适家庭，因此我假定你弟弟还在老家，被人收作螟蛉子，在当年严格的户籍政策下，于 1983 年办理合法出生登记。"

谭宗明不动声色地抽丝剥茧，一如早年与安迪商量千万量级的项目。"我委托的朋友说，至今活着的人都在这里面了。而进一步的查证需要你的配合。我看，安迪，大幕已经拉启，主角应该站到舞台中央。回国吧。"

安迪并未回答，她的思绪飞到二十多年之前，一个危机四伏的冬夜……伸手不见五指的黑……凄厉的风声夹杂女人凄厉的号叫……

"今夜总该生了，快，使劲。"

"啊，带把的。"

"儿子，我儿子，我的宝贝儿子欸"

婴儿的啼哭与碎碎的脚步声渐渐远去……女人依然高一声低一声地号叫……头痛欲裂，饥饿难耐，昏昏沉沉……醒来，小小的安迪已在儿童福利院。

安迪后来查阅儿童福利院的记录，她的入院时间是 1983 年 2 月 4 日，农历立春，院长因此给她起了个名字，何立春。立春，也正是她妈妈去世的日子。即使天才如安迪，她所拥有的，也不过如此稀少的记忆碎片。

"我回国！"安迪猛喝一口水，做三下深呼吸，再猛喝一口水，再做深呼吸……

谭宗明了解这个过去的搭档总是在遇到压力遇到烦躁时用喝水深呼吸控制情绪，但今天他劝解道："七情六欲发作一下并无不可，现在又不是工作时间。"

迅速镇定下来的安迪并不接碴儿，而是转开话题，"老谭，帮我寻找中档小区，面积够住即可，与公司地铁车程不到半小时，小区门禁严格，治安良好。我即刻办理这边的退职移交手续，两个月内可以履新。"

"我会给你准备更好的房子，相信你也买得起。国内现在房价坚挺，当投资也合算。"

"不，不，现在住的地方人口稀少到稀薄，很后悔买这种没人烟的地方。我喜欢吵吵闹闹的烟火气。"

曲筱绡状若残花败柳地回家，半眯着眼将车钥匙扔桌上，懒得开灯，就着窗口透进来的微弱晨曦给断电一整夜的手机充电。她穿着当季的吊带晚装，纤腰一束，长发妖娆，一夜狂欢不曾在她年轻的肌肤上留下痕迹，只不过……她就是愿意装颓废耷拉着脸，她还特意在眼角贴上泪滴似的一串水钻。

手机上有妈妈的 SOS，已经倒向床榻的曲筱绡只得奋力起身，去阳台点燃一支烟，给妈妈回电。此时，国内的妈妈正沐浴在午后的阳光下吧。她的妈妈是那种号称举重若轻宠辱不惊的女强人，妈妈连连发出 SOS，必有大事。果然，曲母甚至没追问女儿何以凌晨来电，而是接通便直奔主题。

"我是死人，竟然才知道你爸老家那两个儿子早已来海市定居，还一人一套联排别墅，一人一辆百万豪车……"曲筱绡一愣，整个人每一个细胞瞬间全面清醒。"妈你怎么没管住财权，这些财产是你和爸一起创业赚的，以后是传给我的，他们凭什么。"

"做人老婆，尤其是变成黄脸婆之后，在这个家里哪还有人权。你爸我管不住，我们虽然不是富豪，可也算家大业大，你妈我这点儿知识已经糊弄不下去。你回来吧，要不然家产全让那边一家子搬光了。"

曲筱绡将头抵在冰凉的铸铁栏杆上，迫使自己聚精会神地听妈妈说话。确实，相比她在这儿的朋友，她家不算有钱，她家也没人在衙门当官，她家只有爸妈辛苦二十年挣来的有数的家产。

她心里很清楚，海市的两套连排别墅和两辆百万豪车是家产中厚厚的一刀肉。而抢走那一刀肉的是爸爸前妻的两个儿子，那一刀肉犹如打狗的肉包子，有去无回。她无法坐视不管，她必须捍卫自家的财产。

曲筱绡深深地吸一口烟，"妈，我立刻回家，进公司工作。"

"啊……"曲母才欢呼一声，便又转为四平八稳，"很好，你回来，妈妈给你准备豪宅超跑，当然比那两兄弟的更胜一筹。"

"不，妈，你给我准备中档小区的住宅，不用大，一百来平方米，够住就行，只是浴室给我装好点儿。车子嘛，弄个两厢的小车，十来万的。咱有良心，不跟那边的人一般见识！"

曲母心领神会，"筱绡，委屈你。但你说得对，妈妈很高兴你比妈妈聪明，你看我都气疯了，只想着找你说话。对了，你明天收我电邮，回国的时候我要你帮我带几只包。"

阳台楼下的小街上，有一老人被一条活泼的金毛犬牵着遛，忽闻女子声嘶力竭的尖叫。老人左顾右盼没找到声源,终于循着金毛的眼神往上瞅,却什么人影子都没见着,老人眼神如见妖魅,赶紧反客为主,牵着金毛匆匆逃了。

欢乐颂小区交付于五年前,五年来,小区上空永远飘荡着装修的声音,但五年来,晚间飘荡在楼道间的煎鱼味儿也越来越浓密。由于小区地段良好,入住率相对其他小区而言,算是很高了。可小区2号楼22层的东西两套房子却是在空置了好几年后,近日忽然凑一起装修,而且还是加班加点地装修,似是业主赶着入住。

于是夹在当中的2202房间拼租的三个女孩不堪其扰,每天早出晚归才能避开噪音。

2202是间南北不通的房子,图纸设计是两室两厅,两室朝南,客厅则是暗间,靠两室的门透来一点儿南方的光。房主将房子装修成三室一过道,拼租给三个异乡女孩子住。时值初秋,天气依然闷热,住客厅改成房间的樊胜美最恼火,她的房间是暗间,原本就靠打开2202的大门通风换气,可两边住户的装修让她无法开门,一个夏天下来,她觉得房间已经闷臭了,她也可以改名樊生霉。

但骨感的现实无法阻挡樊胜美勃发丰满的理想。樊胜美的理想是扎根海市,深入繁华。为了理想,樊胜美调休两小时提前下班,踩着高跟鞋从近郊的制造公司人事部大办公室冲出来,顶着一名身强力壮男子投下的阴影,奋勇抢得近郊稀罕的出租车,赶到地铁站换乘回家,洗澡化妆做头发换了一件又一件的衣服,终于选定一件烟灰色双宫丝连衣裙。

该连衣裙剪裁简洁大方,不透不露,却将樊胜美包裹得凹凸有致。樊胜美娴熟地在穿衣镜前摆了几个Pose,得意地唧唧哼哼,"我,有料!我,有品!你,值得拥有。"声音之美妙。

话音刚落,樊胜美才后知后觉地想到,今天楼道里安静得反常。她好奇地开门出去,果然见2201与2203大门紧闭,而不是装修期间两家大门常打开,开怀容纳天地。樊胜美赶紧折回屋里挂上首饰,拎起可以装得下她半个人的大挎包下楼,找底楼保安询问。

别看樊胜美只是大楼一间暗室的房客,她在欢乐颂小区从来高调发扬主人翁精神,而小区物业人员也从来不拿她当外人看,女保安小郑见到她就眉开眼笑,热情问候她危险的高跟鞋。

　　樊胜美从小郑嘴里摸到情报，2201与2203装修结束，装修公司已经分别交还出入证，据说，两处的住户很快搬入，都是业主，不是租户。2201房肯定住的是单身，好大的三室两厅两卫给打穿了成了奢侈的一室一厅两卫，小郑陶醉地道："我早上跟上去检查，从没想到我们小区的房子窗户原来有那么大，那么透亮，太阳晃得我眼睛都花了。听说业主下星期六搬进来，我一定要打扮得漂漂亮亮的，没准是个钻石王老五呢。"

　　樊胜美一脸诚恳地点头，"肯定是个王老五，而且一定不会嫌弃你，你看他都喜欢你管的这幢楼呢。"但樊胜美摇曳生姿地走出大门，回眸仰视这黯淡得毫无特色的居民楼，不禁撇了撇嘴，"钻石王老五？能住这种地方吗。姑奶奶才看不上呢。"她怕弄皱裙子，招了一辆出租车赶赴目的地。

　　路上，她好心地给两位室友发去短信，"妹妹们，报告好消息，两家邻居装修结束，我们流浪到八点才能回巢的恐怖日子终于结束啦。请预祝我相亲成功。"

　　樊胜美的两位室友邱莹莹和关雎尔同在金融区工作，若是能凑得到一起，两人就一起下班找地方吃晚饭。

　　她们总结出的经验是，两人吃，可以花更少的钱吃更多的菜。邱莹莹大学毕业两年零几天，关雎尔更比邱莹莹晚一年毕业，而且由于金融危机给耽搁了上班报到时间，因此关雎尔充其量才工作了七个月。两人收入相当，年龄相当，在一起的时间就多一点儿。

　　关雎尔今天难得准时下班，到约定地点等邱莹莹，两人见面的时候正好收到樊胜美的短信，不禁大悦。邱莹莹提议庆祝一下，关雎尔眼睛一亮，指着不远处的奶茶店道："我们一人一杯奶茶，再去打包两盒寿司，怎么样？"

　　"唔，我们再买一盒四只甜甜圈，一块起司蛋糕。哇，这么定了。"

　　"还有，还有，大娘水饺，我们分着吃一碗。"

　　"哇，真欢乐，大吃大喝耶，我们还是一人吃一碗吧，我保证撑得下，而且我爸今天寄钱来了。"

　　两个女孩子连走路都嫌慢了，索性拉着手小跑去大吃大喝。

　　两人终于在大娘水饺店坐下的时候，脸上的欢乐已经褪去。尤其是邱莹莹，纤长的手指轻抚起司蛋糕的外壳，感慨地道："我发现现在比读书时候还穷。四千一个月的工资，去掉房租，去掉最基本的吃喝拉撒交通费，交出培训费，工资卡就变负数了。若没有我爸每月接济，我真是下班连出门都不敢了。读书时候可是从不把大娘水饺当回事，现在这钱都去哪儿了呢。"

"是啊是啊，我连衣服都没敢买，进商场纯属观光客。可是我都工作了，不好意思跟爸妈伸手。"

"你不一样，你只要好好做，明年工资涨起来很快。你们这种行业内世界排名前个位数的老外企业很正规，不像我们，我看不到前途在哪儿，只能指望早日通过注册会计师考试。"

"一样的啊，我们那儿新人淘汰率是 20%，我们这一批进的大多数是名校中的高材生，我真担心我这种排不上号的学校出来的被淘汰出去，很可能的。你不知道我们的 HR 多看重学历，他说名校起码意味智商和毅力。那么在他眼里，我肯定是早已失去智商和毅力印象分了。唉，我心里压力很大。"

"可我爸不知道我的辛酸，今天我又跟他说起我回老家的事儿，他还是不答应。可是我在海市待着有前途吗？一年不吃不喝才够买两平方米的房子，还是偏僻地儿的，要是回老家考个公务员，现在哪用得着每天活得这么斤斤计较的。

我爸说今天又往我卡里打了五千，我心都碎了，我好歹还是独立女性，这么大年纪了还打伸手牌，太不要脸了。可我都没勇气拒绝。我真担心哪天会伸手伸得理所当然了。"

关雎尔也是心虚地道："妈妈说刚给我买了几件秋装，我也不敢吱声儿，真不好意思死了。哎，邱莹莹，你别哭啊，等你通过注会考试就不一样了。"

邱莹莹捂住脸摇头，"注会考试是千军万马过独木桥，我这点儿智商注定没希望……"

关雎尔不善言辞，心里又知道邱莹莹所说的是实话，她只能紧紧握住邱莹莹的一只手。她希望传递力量给室友，她相信只要努力，只要熬得住，总能拨云见日。

邱莹莹很快深吸一口气，豪迈地拿袖子擦干眼泪，冲关雎尔一笑，"没事了。破秋天忒伤春悲秋。"

但两人还是无话了，默默吃完饺子，拎着寿司直接打道回府。进了地铁，苍白色灯光下，邱莹莹环顾四周拥挤的人群，忽然道："满眼的残花败柳啊，就我俩年轻的脸色还新鲜，平衡了。"顿了顿，又趴在关雎尔肩上轻轻地道："而且他们还不敢跟我们一样大吃大喝，他们比我惨多了。"

关雎尔认真地道："其实我也不敢大吃大喝，怕痘痘暴长。"

邱莹莹哈哈大笑，见地铁到站，就拉着关雎尔泥鳅似的往外钻，浑身是劲。两人回到欢乐颂，却发现今天的电梯格外挤。另外五个人带着好几只大皮箱，将电梯塞得满满当当。电梯到 22 楼时，两个女孩子看到另外五个陌生人走向 2203 房。

但其中一个器宇轩昂的中年男子走出几步又折回来，自我介绍姓曲。很快，一个长相精灵的女孩就抢了话头，笑眯眯地自我介绍："我叫曲筱绡，以后我们是邻居了。我刚搬进来，请你们多多关照。"

邱莹莹对来者大为好感，笑道："我叫邱莹莹，这是关雎尔，我们租住2202，有什么事尽管敲门。你们大晚上搬家，吃了吗？我们这儿有甜甜圈和寿司。"

曲母一直在旁边仔细打量这两位女孩，见一个活跃，一个则是恬静地站在活跃的身后微笑，心里挺满意这两位邻居。

曲筱绡大方地道："啊，真感谢，我们吃了。我们……"她指指 2203 的大门，做个可爱的鬼脸，"今晚得住进来，安顿好，这会儿不打扰你们了。回头我们好好说话哦。"

邱莹莹和关雎尔客客气气地与曲家五个人道别，进屋才刚准备猜测那五个人是什么关系，门被敲响。曲筱绡送来小小一盒巧克力，又旋风般地一扭走了。

两人当即拆开了吃，邱莹莹当即惊了，"这么好吃的巧克力，让我们的甜甜圈情何以堪。"

关雎尔上下左右翻看盒子，忍不住打开电脑上网查盒子上那陌生的名字 Jean-PaulHevin。邱莹莹一看搜索结果，"哇，大师级巧克力啊。我要再来一颗。"关雎尔也是一边看搜索结果，一边一只手似有视觉地摸到巧克力盒，又来一颗。

等两人醒悟，发现盒子已经空了。两人相对吐吐舌头，不约而同看看樊胜美的门，邱莹莹忙窃笑着将盒子塞进关雎尔的抽屉，两人觉得做了件挺不讲义气的事儿。

2203 里面，曲家带来的司机和保姆忙碌地整理曲大小姐的东西，曲父则是一脸内疚，似乎让女儿住这儿是欠了女儿。

曲母忙里偷闲，看女儿精怪地对付她爸，越来越成竹在胸。看起来娇生惯养的女儿出国留学这么几年，果真学来做人本事。

曲父一定要把保姆留下，曲筱绡则坚决要自己养活自己，有多少本事享多少福。

曲母其实也担心女儿，可见到丈夫比她更如热锅上的蚂蚁，她只能收敛起担心。

　　九点多点儿，樊胜美就回到2202。邱莹莹在屋里大声问："没戏？"

　　"没戏！小老板，住办公室，要求恁多，还敢厚着脸皮问我愿不愿意跟他一起按揭买房。"

　　"或许是潜力股呢？"

　　"那一只亮脑门，倒有十足早秃潜力。郁闷死了，好男人死哪儿去了。"樊胜美踢掉高跟鞋，钻进自己房间，唰地挂下脸来。她对着镜子仔仔细细检查精致的妆容，看半天没看出破绽，不禁咬牙切齿地低声骂一句："呸，嫌姑奶奶老。你才秃顶大肚腩未老先衰呢。"

　　另一个房间，邱莹莹依然高声与隔壁的关雎尔道："关雎尔，你敢去相亲吗？我可没樊姐的勇气泼辣，要是有个男的坐对面问东问西的，我想死的心都会有。"

　　"我不知道耶。"

　　"但我妈说我再不领男朋友回家，她没脸见熟人了。或者我明年真该考虑考虑相亲了。"

　　"我没时间呢，我还是保住饭碗先。"

　　樊胜美在屋里听得真是想死的心都有了，可她没好意思打断外面的对话，她一个三十岁的跟小姑娘计较，丢份。可事实是，她已经丢份了，她在这套屋子里住的是最便宜的一间。虽然她可以说她把钱都花在吃喝玩乐上了，可骗谁呢，她都一大把年纪了，除了一大堆的衣服，一无所有。

第 2 章

曲筱绡回来第二天便不顾时差之累，积极去她爸妈的集团公司上班。她爸原想把她留在总部，她却要求与两位同父异母兄弟一视同仁，独立掌管一家分公司。曲父看看女儿即使披挂名牌职业装也不像职业妇女的娇袅模样，颇为踌躇，担心女儿掌控不了局面。于是曲筱绡获得近一周的吊儿郎当时间，名为熟悉集团情况，实则等曲父与各诸侯王密谈，找出一位厚重温和的同事辅佐她初次创业。

曲筱绡白天在档案室与财务室混，一到下班，就换上妖袅的服装，就着通讯录，找出留在本市的一干当年私立学校的同学吃饭泡夜店。不出三天，她就精准地一头扎回她的富二代圈子，与众人混成兄弟姐妹。

周五，早在三天前曲筱绡已经确定今晚活动皇历，她要与朋友们会合去新开的77酒吧捧场。他们当然不需要自掏腰包，唯一的条件是他们圈子里的几位当夜将超级跑车开到店门口一字排开，替代什么开业花篮，以壮开业声威。曲筱绡根本就不用费心搭配是夜的亮相衣装，她是一贯的潮人，她妈是一贯的米人，她有当季 T台新装，她妈有电灯泡般贼亮的钻石。

很巧的是，樊胜美也是费尽心机，获得作为一位潮男周末女伴的资格，出席周五夜晚的77酒吧开幕。可惜美中不足，周五的夜晚，关雎尔又是加班，只有邱莹莹一个人瞻仰樊胜美的着装搭配绝技。樊胜美的暗室闷热，邱莹莹认真瞅着樊胜美把黑扇子般的睫毛往眼皮上贴，一边体贴地帮樊胜美打扇子，免得出汗糊了粉底。只是小屋挤入两个人温度更高，邱莹莹长臂一伸，将大门打开了，总算一阵凉风慢慢浸润了进来。

樊胜美终于将眼妆搞定，冲邱莹莹忽闪忽闪着眼睛，道："你看，我穿哪件衣服最配。"

"嘻嘻，当然是刚淘宝买的超级性感小黑裙啦。樊姐，今夜你准保将你男伴一举搞定。"

"搞定就麻烦喽，人家是有老婆的。"

"咦，那你还敢跟他去 77 酒吧？不怕人家老婆半路杀过来？"

正好，曲筱绡打扮妥当，袅袅婷婷地扭出来，一听邻居敞开的大门里飞出"77酒吧"几个字，不禁一个金鸡独立，险险止步听了下去。里面樊胜美道："大家都是混迹江湖的，谁会那么小气呢。而且即使人家老婆杀上来我也不怕，我可不是冲着男伴去的。莹莹啊，我告诉你一个秘诀。像那种酒吧啊之类的地方，不是封闭会所，只要是个人，攒几个钱，偶尔去玩一趟还是去得起的。可是呢，那酒吧开幕就不一样了，那些有份受邀的主儿，都是方方面面的人尖子。我呢，今天要去掐几个那样的尖儿，所以今天是打破头皮也要去的。"

曲筱绡听得赶紧放下金鸡独立，捂住嘴拼命忍笑。她好奇得要死要活，立马方向一转，往 2202 扭过来，见邱莹莹倚在门框上，故意笑道："小邱，你今晚也去77 酒吧？有没有人接你，要没有就搭我的小破车。"

"是樊姐，不是我啊。咦，嘻嘻，晚上呢，你还戴着墨镜干吗。"

曲筱绡的眼睛早盯上了樊胜美，电光石火间，火眼金睛地将樊胜美桌上身上的用品搜罗一遍。而樊胜美也是一样。两人的视线在空中交会，爆出噼噼啪啪的激情电光。唯有邱莹莹不知，她只关心曲筱绡的亮片包了，因为她看到上面有醒目的LV 大字。好歹，她还是在海市混了两年的，没吃过猪肉，却见过猪跑。顷刻，曲筱绡便恢复娇媚笑容，一脸云淡风轻，而樊胜美忽然全没了自信。

曲筱绡对手下败将樊胜美宽厚地道："樊姐，我们一起去吧？我有一辆小破车。"

樊胜美轻咳一声，挺胸微笑，"谢谢小曲呵，我有人接呢。今晚穿着高跟鞋还真不方便开车呢。"

曲筱绡将手中车钥匙一抛一抛地，笑道："哎呀，那我先走一步啦。小邱拜拜，俺们去 77 酒吧让人掐去喽。"

樊胜美脸色铁青，等走廊电梯关门声传来，她才狠狠地道："假货，胸口不知垫多少层海绵。"

邱莹莹此时已经明白过来，钻进自己房间哈哈大笑。她实在忍不住，顾不得得罪樊胜美了。

樊胜美前脚婀娜地迈出 2202，关雎尔后脚顶着一张疲惫的脸跌跌撞撞地回家。经过邱莹莹卧室门口，见邱莹莹大有翻出所有衣服试装的雄心，她忍不住打个哈欠，万念俱灰地道："说是周末让早点回家，可还有两个越洋视频会议要开，不知道几点钟能睡觉哦。你要是出门吃饭，行行好帮我带一盒红烧肉回来吧。"

"我今晚节食减肥呢。你这是赚卖白菜的钱，操卖白粉的心，何苦呢。告诉你们头儿，你家网络死翘翘了。"

"信不信，我上司会在一分钟之内给出一百条选择，条件好点去星巴克，条件差点去网吧，不想花钱请抱电脑满小区转悠蹭网。我还是死心塌地干活吧，做多做少上司总应看得见。要是看不见……"关雎尔忽然泄气，"如果实习结束考评不佳，我只有滚蛋。真绝望。"

"关雎尔，我以一个毕业比你早一年的师姐身份实话告诉你，你用错力气。你应该学我，趁年轻记忆好，多考几个证傍身。只有一个个硬派司才是真正属于你的。那些拼死拼活做的工作你怎么写到履历上去？你难道打算在履历上写你天天工作十六个小时吗？你可别被工作压得没时间思考前途。"

关雎尔被问得一脸迷惘，"那我该怎么办？"可说话时候依然惯性地看了看手表，看清指针便不禁猛跳起来，"还有十分钟，我得提前五分钟连上网。"

邱莹莹简直是恨铁不成钢，可她也有要事，她抓起两套衣服追进关雎尔房间，一左一右比画着问："你帮我看看看我明天穿哪套？哪套更映衬我？"

关雎尔一边手脚麻利地掏笔记本插电开机，一边一只眼睛瞟向邱莹莹，"你不是明天一整天都上会计课吗？"

邱莹莹直爽地道："我们公司财务部的白帅哥主管也去上同一堂课，我明天得漂漂亮亮地吸引他去。"

"深蓝的，深蓝的更成熟……死了，他们已经上线，邱莹莹我不跟你说了。"

邱莹莹也知道不能打扰关雎尔的工作，但她疑惑地拎起深蓝套裙看来看去，喃喃自语，"工作需要成熟，难道勾引男人也需要成熟？"她拿不了这个着装问题的重大主意，便将此交给据说百草丛中过的樊胜美。

樊胜美在77酒吧混得并不愉快，满眼都是嫩得可以掐出水来的美女，她的男伴儿早混到不知哪儿去了，而与她勾三搭四的人，以她资深HR的眼光一扫，便知底子猥琐。她颇为失落地晃入洗手间，想整理整理妆容，曲筱绡却阴魂不散地跟了进来，钻到她的身边。樊胜美立即换上容光焕发的笑脸，与曲筱绡容光焕发的笑脸相对。

"今晚没什么意思的。"居然是曲筱绡主动攀谈，"都是圈里人，谁都知道谁，不会有惊喜。"

樊胜美不知曲筱绡什么意思，只得模棱两可，"还是挺热闹，特邀的DJ很不错，很能调动气氛。"

曲筱绡认真补眼妆，嘴巴一点儿不落下，"得了吧。今天的场合只认衣服不认人，而美女是拿来调戏的。"

"咦，美女你呢？"

"非常感谢你把我归到美女一类。不过今晚我不是女人，我是来认识人的。樊姐，如果打算回去，打我手机，我会帮你安排，不会让你走得太落单。"曲筱绡抓过樊胜美的手机，自说自话拨通她的手机，才响一声就匆匆离去。

樊胜美心里五味杂陈，再看看身边左右一个个锥子脸肤色如水的小美女，更是心灰意冷。可到底还是心有不甘地在走廊迟疑了会儿，被人来人往撞来撞去了几回，在拥挤的人群中却孤独无援，她越发觉得没趣，甩手独自离开。

77酒吧外面，正是夜灯辉煌，樊胜美却不自禁地裹紧披肩。今夜，她被深刻地打击了。今夜，她清晰地意识到，这个时代已不属于她。她拐进旁边的咖啡店，点燃一支烟。今夜，樊胜美难得不左顾右盼。

邱莹莹面前桌子上虽然摊着一本书，可她看了半天，还没翻动一页，她一直坐立不安。她告诉自己，她在等樊胜美回来。可左等右等，樊胜美一直不回来，她只能将衣服搭配选择挂在樊胜美卧室门口。一不小心，忘了将试穿衣服口袋里的手机拿出来。

关雎尔终于开完会，网络会议上各国口音的英语和错综复杂的工作安排刺激得她神经紧绷。她虽然还轮不上说上几句，却早紧张得半点儿睡意都没了。合上电脑，她胸口依然有一股真气四处游窜，让她无心睡眠。可邱莹莹已经睡觉，她连说话的人都没有，只能抱着茶杯兴奋地从卧室游荡到厨房，又从厨房游荡回卧室，如此再三，终究是没胆冲出门一个人去消夜。可空腹喝水，越喝越饿。

樊胜美适时早归，关雎尔如见救星，轻轻地滑行过去，热切地挨着樊胜美说她请吃夜宵。樊胜美哪有心情，她不便指点关雎尔说话做事前最应该看人脸色，她只装作没听见，拿下邱莹莹挂在她门口的衣架左看右看。正巧邱莹莹口袋里的手机提示有短信进入，她想都没想，自然而然摸出手机查看。"白主管：小邱，明天我顺路接你，请短信我地址。"樊胜美这才想到，这是邱莹莹的手机，她忙对关雎尔道："不好意思，两人手机一样，我弄岔了。这条短信矛盾，既然不知地址，又怎能说顺路？这世道男人吊膀子都不用动脑筋了？"

关雎尔看清楚短信，不禁捂嘴笑了，"听邱莹莹说，这位白主管是他们公司财务部帅哥，明天与她一起上注会课。她不知道明天穿什么才能吸引白主管注目。原来两人是郎情妾意呢。要是早接到这条短信，邱莹莹一定睡不着了。"

樊胜美又看一遍短信，一撇嘴，"小关，教你两条做人道理。首先，如果对方心诚，邀请短信或者电话一定是在适当时间提前发出，留给女孩子矜持思考的空间，更绝不可深更半夜；其次，如果是不帅的白主管发来这么一条短信，你是不是理所当然将此视作性骚扰？那么请一视同仁，帅哥上司发来的这种信息同样是性骚扰。谁家公司都不允许办公室恋情，如若触犯，倒霉的必定是小邱这种底层女文员。可不是闹着玩儿的，作为上司的男性更应清楚后果。"

"可如果两人真正相爱了，未来不管怎样，可以想办法解决。"

"未来一清二楚，不是小邱辞职就是白帅哥辞职。小邱这样的履历找工作不方便，她断断不可辞职。白帅哥才混到主管，而且手头没注册会计师的硬派司……哼，一个混了好几年还没考出注会的男会计，基本上别指望有太多出息了，他也唯有抱住一个能赏他个主管职位的公司不放。到时候肯定小邱牺牲。相信我，小关，我多年做人事，看人眼光毒辣。像我们这种老家不在海市的女孩，工作是唯一依靠，千万不可为一个没出息的男人冒险。明天，让小邱穿深蓝色的这套，少点儿女孩样儿才好呢。我睡了，累死。"

樊胜美将邱莹莹的手机交给关雎尔，进卧室卸妆。关雎尔站在原地发愣，一会儿觉得樊胜美说的有点儿道理，一会儿又觉得樊胜美太过势利，一时不知如何判断为好。樊胜美见此了然，索性抓回手机，将白主管的短信删了。"我这么做是为小邱好，你和小邱还年轻，千万别把大好青春时光浪费在不合适的男人身上。这道理你们三十以后会明白。"

关雎尔不知所措，愣了会儿才道："我留字条给邱莹莹，让她自己做出选择。但我会把樊姐的意见转达给她。而且我会注明，是我不小心删了她的短信。"

樊胜美起身，想了想，将话咽了回去。顺手将桌上的金盏花膏递给关雎尔，"你额头的痘痘该消消了，试试这个。"可她又实在忍不住，"年轻时候天高地宽，容易为爱冲动，乱走一气浪费光阴。但等理智恢复，人已老大不小，前面的道路陡然变窄。我们三个同居这么半年，我不愿看小邱吃后悔药。你尽管给小邱留条，但你一定要把话说通透。"

"好的，樊姐，你真好。"

"我好？"樊胜美一愣，旋即笑了，"可不要发好人牌给我哦，这年头好人不吃香。"

关雎尔回去自己卧室，收拾开会余勇，给邱莹莹写人情通透的留言。樊胜美卸好妆洗完澡，却是心情依然无法平静，轻轻晃悠到关雎尔门口，呆呆地看着台灯笼罩下的关雎尔。年轻真好，关雎尔的额头虽然顶着一个黄豆大的痘痘，可即便是痘痘，在台灯光照射下，依然透明晶莹，一如关雎尔年轻的皮肤。樊胜美摸摸自己工序复杂才保养出来的脸，不禁轻叹了一声："小关，我是不是该降低男朋友的标准？比如，改成小破车一辆，普通一百平方米房子一套的，将就着对付？"樊胜美的眼睛不禁看向 2201 的方向，那儿据说是按单身住房设计，那儿明天就将入住一个楼下女保安小郑很心仪的王老五。难道她有必要调集近水楼台的优势，降格以求这个2201 屋主？

关雎尔想了想，认真地回答："樊姐，有情饮水饱。但我想樊姐这么美艳，一定有很多人爱上你。"

樊胜美依然对着2201的方向，喃喃自语，"剩女没资格谈恋爱，剩女只找对象。"

对，据说明天隔壁 2201 入住，樊胜美决定第一时间制造偶遇，不，艳遇。

曲筱绡兴尽回家，驾车钻进地库，那里有她妈妈替她买好的最靠近电梯的车位。那车位比她的小破车还贵，这是明眼人都看得清的事实。可即便如此，她已经让爸爸对她无限内疚了。爸爸屡次表示不舍得让宝贝女儿一个人自力更生。但曲筱绡更希望爸爸将内疚化作实际行动，将最肥的分公司划拨给她管辖。

她才刚下车，便见两辆豪车挟好听的声浪也停在电梯附近。曲筱绡见多识广，只是眼睛一斜，便已看清，前面白色的一辆居然是保时捷 GT2，而后面那辆充当运输车、有一专职司机状人士正往外拎行李的竟然是迈巴赫。曲筱绡愣了一下，决定做见多识广状，目不斜视径直进电梯归巢，但心里好生嘀咕。保时捷里面钻出来的一男是中年成功男士，另一女子显然身材瘦高如模特儿，曲筱绡没来得及看清女子的脸，但她见多识广地推测，那女孩一定有一张美丽的脸。从来，三四百万名车驾驶座旁边无丑女。

看上去比爸爸更富的男人将二奶养到这种小区？曲筱绡合理化推测。

但才等她进门，就听身后电梯哐啷打开的声音。她立马警觉，一扭细腰贴到门上，透过窥视镜侦探。果然，从电梯出来的就是那二男一女，轻声细语动作利索地走进对面的 2201 室。"哇，姑奶奶今晚直击现场。"曲筱绡机警地等对面房门关严实，立马纤腰一拧，风一般地钻出门，进电梯，直奔地库。现场手机拍得两辆豪车车牌，当即彩信发给刚刚在 77 酒吧分手的朋友鉴定。

很快，回电就到，"都是谭宗明的车子。但谭总新宠据说是一辆红色法拉利，我还没见过真身。你在哪里看到？"

"我住的小区楼下，对，就是我现在住的破小区。别问我，我没比你知道更多。哎，谭总是干什么的？"

"大鳄，离你我都很遥远的大鳄，背景人士。"

大鳄？！曲筱绡回头再看两辆车一眼，机灵地又钻回电梯。哇，好劲爆！有内容！曲筱绡回到自家窝里，一直趴在窥视镜前直到谭宗明与司机离开。好在两男人才待了十几分钟就走，曲筱绡的眼睛还能吃得消。但她还是又好奇地不厌其烦地下楼一次，这次不见了迈巴赫，只见白色保时捷 GT2 还驻留原地。

　　邱莹莹早上一起来就看见关雎尔的字条，只一句"白主管于12：15PM左右来短信问你地址，他说周六早上顺路来接你"，便一叶障目不见泰山了，什么樊胜美的忠告，关雎尔的分析，一概不见，眼前乱冒的都是白主管帅气的笑容。去洗手间撞到门，洗脸误用牙膏，化好妆才想到应该洗澡洗头发更美一点儿。她这一乱撞，吵得两位室友无法安睡，各自摊在床上数绵羊。樊胜美更是想到那傻姑娘不接受忠告，郁闷地起床，不高兴睡了。

　　邱莹莹正打开大门整装待发，看到樊胜美就傻傻地笑，"樊姐，我这样好吗？"

　　"挺好，挺好，别忘了听课，别忘了你还有注会考试。嗯，再挂上你那条紫水晶项链。"樊胜美无法坐视邱莹莹打扮得不完美地出门。

　　"是，樊姐。"邱莹莹立马冲进卧室找项链，将抽屉扒拉得哗啦哗啦乱响，好不容易才挂着胜利的笑容和紫色水晶出来，飘到大门边。混沌中倒是没忘记问一句："樊姐周六去哪儿玩？"

　　"哪儿都不去，对镜子数头发玩。"樊胜美没睡好，靠门框站着有气无力地应一句。

　　邱莹莹"嗯，啊"地应着。樊胜美估计她压根儿没听进去，也就不再说什么，斜眼看邱莹莹手忙脚乱地摁电梯。心说如此大乱阵脚，见了白帅哥自然优势尽失。

　　但邱莹莹忽然掏了几下包，又冲回来，擦着樊胜美奔进卧室，"我忘带课本了。"

　　樊胜美翻一个白眼，靠墙欣赏好戏。等邱莹莹再次冲出来，她问："笔带了没？笔记簿带了没？钱带没带？纸巾带着没有？约会必带口香糖，有没有？口红呢？……"

　　樊胜美问，邱莹莹没头没脑地翻包，没找到就尖叫一声进屋找。樊胜美翻白眼已经翻得眼睛疼，只好中止。总算万事俱备，邱莹莹擦着樊胜美冲出门，到门口又傻兮兮回头礼貌地问一句："樊姐周六去哪儿玩？"

　　即使眼睛疼，樊胜美还是翻了一下，"我打算跟第一只咬我胳膊的蚊子聊天。"等在电梯边的邱莹莹想都没想就道："那赶紧拍死蚊子啊，会痒死的。"

　　"它身上流着我的血，怎么忍心下手啊。"樊胜美有口无心地回一句，眼睛却早精光四射地盯住2203的门。她见到曲筱绡打扮得休闲而不失腔调地捧一只漂亮藤编盘子出来。而邱莹莹则是视而不见，早急急冲进打开的电梯门。

　　曲筱绡关好门转身，一眼见到两眼炯炯有神的樊胜美，忽然有点儿尴尬。但很快就落落大方地捧藤盘走过来，微笑道："你昨晚走得早，我后来没见到你。"

"想想你说的有道理，从善如流。谢谢。咦，出门访客？"

"对门2201昨晚半夜三更搬进来，她一定跟我刚搬进来时候一样生活不便，给她送点儿糕点水果交个朋友，以后一个楼层的互帮互助。你一起去？"樊胜美一愣，想不到曲筱绡捷足先登了。她不甘落后，忙道："好啊好啊，请你进来坐会儿，我刚起床还没洗脸呢。"

曲筱绡却不肯进门，她即使不进门都能闻到这屋里飘出来的一股气味，那种人多通风不良导致的闷气。但她也没走开，做人说一不二，说好等樊胜美，她绝不食言。但这一等，却花了曲筱绡不少时间，她甚至等到关雎尔都起床换好了衣服。她不知道樊胜美心里揣着一点儿小心思，此时正精心化精致的淡妆呢。

三个女孩齐刷刷地站在2201门前，由中间的樊胜美举手敲响了门。曲筱绡强掩满眼的好奇，关雎尔还睡眼惺忪，樊胜美满脸期待。然而，后面却有声音传来，"三位找我？"三位女孩齐齐回头，见一位足有一米七左右的瘦高女子，穿着运动服似是刚锻炼回来，短发，大眼，小嘴，笔挺的鼻梁。论理，这样的打扮该是英姿飒爽的，可瘦高女子微笑之间，竟然很显妩媚。美女！曲筱绡连忙表明三个人是来建立睦邻友好关系的。心里确实更加的浮想联翩了，美女，嗯，大鳄谭宗明，保时捷跑车，劲爆啊劲爆。樊胜美甚是失望，居然又是女的。难道都市真的剩女横流？美女开口，令三位女孩大惊小怪。"我刚才请出租车司机带我去了超市、公园、地铁站等地。欢乐颂小区果然生活方便，出一号门左拐，经三个十字路口，右拐，下一个十字路口，左拐，经一个十字路口，下穿立交桥一道，右拐，就是超市。然后出一号门右拐，经两个十字路口，再右拐，公园。地铁更方便，出一号门左拐，十字路口看一眼就能见到站牌。对不起，我路痴，靠背熟路线才能出门。"

美女便是安迪。安迪原名何立春，到美国入籍时改名安迪·何。她的朋友寥寥，而同事一般只知道她叫安迪。"何"与"立春"，安迪总是回避提起。她告诉三位邻居，她叫安迪。于是三位邻居便以为，她姓安名迪。

第 3 章

　　2201 室的屋主安迪是女人，这个现实彻底戳穿樊胜美心中最后一个希望的泡沫。她平时每天上班先乘地铁，再换公交的这一路便变得无趣起来。以往，她都是打扮得美美的，一路左顾右盼检阅同行女人的忌妒与同行男人的发情。而今，她依然是 2202 室起得最早的人，她依然将自己打扮得美美的，不过往耳朵塞上耳机，一路闭目养神大隐于市修身养性，争取做一朵千年不败的塑胶花。然而美女总归是美女，即使她不睁眼检阅，照样有女人忌妒男人发情。

　　2202 室原本经常差不多时间起床，在洗手间门口撞车的邱莹莹与关雎尔，现在分了先后。邱莹莹开始有白主管顺路与她一起挤地铁上班，为此，她必须早起一步精心化妆，务必每天都是最美亮相。因为樊胜美告诫过她，BB 霜用了半小时后颜色才会自然，要不然出门准是顶着个大白脸。等关雎尔起床，正好可以看到邱莹莹为表示贤惠而在新买电磁炉上煎鸡蛋饼。一式两份，另一份是给白主管的，并无关雎尔的份。然后，邱莹莹便拎着饭盒到路口等白主管，两人凑一起甜甜蜜蜜地挤地铁。既然有白主管助一臂之力，邱莹莹便退化了虽千万人吾往矣的钻劲，娇滴滴地享受白主管的照顾了。地铁再挤，也不过是让邱莹莹与白主管贴得更近，邱莹莹总是希望这一路没个尽头。可是，走出站，两人便必须分开，一前一后地赶去公司。

因公司有严苛规定，同事之间不得谈恋爱。每次分手，邱莹莹总是让白主管先走，她在后面看着，总是觉得很心酸，仿佛幸福忽然逃离了。

关雎尔几乎每天睡眠不足，因此每天早上睡不醒。以往都是邱莹莹牵着她扒地铁，过马路，到公司门口忽然清醒。现在却忽然苦尽甘来，安迪搬来2201便隔天开始上班。周一清早，关雎尔还半眯着眼睛披挂职业装，同在金融区上班的安迪敲门进来，问需不需要一起走。关雎尔以为是跟邱莹莹一样钻地铁，那当然好，嘻嘻，她不用再强迫自己提前清醒了。于是，她睡眼蒙眬地跟着安迪走，一点不担心两人才结识两天，安迪把她牵着卖了。进电梯，下地库，坐上车，关雎尔却突发异议，"咦，今天地铁怎么有座位，好幸福哦。"

安迪哑然失笑。她睡足六个小时，不需要闹钟就准时起床，沿记忆中的道路去公园跑步，回来先将两片面包放入吐司炉，设定时间；接着将一杯牛奶放入微波炉，设定时间；最后将一只鸡蛋打入电源连接定时器的煎锅，设定时间。然后她进入洗手间盥洗。出来，一切就绪，已经不烫，正好享用。这一切，她用一个周日的时间设定了最佳路径，绝不用走回头路，绝对是最短线路。她的时间便是靠活学活用运筹学而利用率极高。因此，她出门时候早已神清气爽，正好与小迷糊关雎尔形成绝佳对比。

关雎尔没留意车的外形，等被安迪笑醒，她才感觉车椅不宽大，她没法像坐爸爸的车子那样可以左右侧身寻找最佳打盹儿角度，这车椅似乎裹着她，让她只能维持一种坐姿。好吧，将就，关雎尔感觉自己似乎在与安迪说话，可她又睡过去了。邱莹莹从来就笑她即使地铁里挤得只能一只脚着地也能睡得着。好在安迪第一次上路，需要对照心中背熟的这一段地图认路，一路没精力与关雎尔说话。

然而，关雎尔一下车便照常清醒了。于是，她看清她乘坐的是一辆尖嘴猴腮的跑车，以及，号称路盲的安迪竟然一丝不差地将她送到公司楼下。但不等她说什么，跑车就跑远了。路过的同事纷纷向关雎尔投注意味深长的八卦眼光。而平时关心关雎尔，比关雎尔早两年进公司的李朝生微笑着走过来招呼，"小关，男朋友吗？"

"是我邻居，好心捎我一程。"可鬼使神差地，关雎尔想补上一句"是个女邻居"，话到嘴边，她忽然闭嘴了。她不禁想到樊胜美对邱莹莹的忠告，有关公司内部人员谈恋爱的那一段。她以沉默保护自己。

李朝生英俊的脸上的肌肉果然僵硬了。关雎尔并不后悔，生存！如果她迈不过一年实习期的大关，她前面就是邱莹莹和樊胜美这两个榜样。

22楼最后一个出发上班的永远是曲筱绡。没错，她爸爸怀着对宝贝女儿的内疚之心经深思熟虑之后，给了女儿最肥的一家分公司，连曲母都连声说好。曲筱绡也以为很好，可她上班才两天就很快意识到，这个分公司肥是真肥，而肥的原因则是业务庞杂，因此她这个生手完全插不上手，只能做一个傀儡，听凭她爸安插的王副总一手经营。

王副总倒是真的没有架空太子女的意图，每次开会或者决策，总是先给她看备忘录，然后请她在会议室坐上座，每次大家发言之后，王副总也不会忘记问问她的意思，可是，曲筱绡完全说不出她的主张。她并非不会信口开河，她的口才好得很，只是她不敢说，她面对的个个都是商场打滚好几年的职业老手。她怕一开口就露馅。

曲筱绡在肥肉分公司里度过最郁闷的三天之后，周四，她毅然走进爸爸的办公室。"爸爸，你指派给我的公司，换谁去做总经理都一样，我在其中学不到东西。不如你借给我两百万，我打欠条给你，我专门做你刚接手的GI品牌国内代理这一块。"

曲父大惊，第一反应是给太太打电话，让太太一起来解决问题。曲筱绡则是自顾自地道："爸爸，两百万对你不算太大负担。如果我做成了，最好。如果不成，欠条作废，从此你看死我，我也从此拉到，做个安分守己的富二代。但无论成与不成，总好过装模作样做个傀儡混吃等死。"

曲父闻此言更惊，都顾不得回复太太在电话里的询问，怔怔看着女儿好一会儿，才道："筱绡，你不用心急，做什么事都需要一步一步来，学管理也是一样。爸爸的意思是你跟王总先学着……"

"不，爸，我需要有压力。压力之下，活学活用比什么都管用。"

曲母等不到丈夫回复，只听到电话里隐隐传来的对话声，等不及了，径直闯进丈夫办公室。曲父将情况介绍一下，曲母急了，这不是放弃到嘴的肥肉吗？霸占家产这种事，就犹如打阵地战，你可以以退为进，但决不可退得如此干净。"筱绡，是不是怕了？退缩了？"

"有爸妈撑腰，我怕什么怕，我只是想学做事，想自己创业，像你们当初一样吃苦学本事。其实我也吃不了什么苦，我所要做到的不过是把公司的大事小事除了倒茶水扫厕所，全都亲力亲为一遍，以后可以知道员工跟我说的这个难那个纠结究竟是不是真实。我现在是什么，开会他们说 A 计划占用资金，我想这个资金并不大怎么会占用呢，回头问王总才知道原来固定资产和周转资金不是一回事。可究竟是怎样的不是一回事，我又不懂了。你们想想，我就是那么草包一样地坐会议室上座，有意思吗？还不如一间办公室一张办公桌从头做起，实打实。"

两夫妻面面相觑，曲父终于说了句："有道理。"但曲母立即否定，"不！"

曲筱绡耐心告罄："才问你们借两百万，就这么黏黏糊糊，啊……"

夫妻两个只能眼睁睁看着女儿尖叫，不敢打断，以免女儿更加暴躁。曲筱绡尖叫舒服了，滚进沙发深处安坐："你们慢慢讨论，反正我是再也不要当稻草人了。"曲母心里估计是很难扭转女儿的心思了，可还是想做垂死挣扎。"筱绡，做公司的话，这么一不顺心就尖叫是肯定不行的，尤其是独立管事的……"

"放心，我会忍着，回家对着你们尖叫。"

曲父看老婆一眼，道："行，爸爸支持你。不过有个小小的条件，这是有关 GI 的所有文件，你拿去看，一周之内给我一份书面可行性计划，让爸爸看看你能对 GI 代理理解到什么程度。"

"行。那么，爸，我现在就从公司注册开始做起。说话算数，要不我每天钻你们耳边尖叫。"

曲父原本想施个缓兵之计，回头跟老婆商量了之后，再定 GI 代理项目人员配备。如果商量着不行，也可以想出其他项目让女儿可以顺利进阶，务必保证女儿出师顺利，以免女儿真的失败后撂下不干做米虫。可他们的女儿也不是吃素的，他们的女儿根本就不给他们耍滑头的机会。

曲父故作爽快状地答应了女儿。可看着女儿呼啸而走，他与妻子愁眉相对，仿佛面对人生最艰难的一场赌局。两百万，他们输得起，可难的是女儿肯做事的决心。尤其是曲母，她可是死了多少脑细胞才将女儿从花天酒地的留学生活中拽出来，为此宁愿忍痛默许丈夫为前妻儿子花钱。可万一女儿受打击真的从此退出江湖，她怕是永远无法再骗女儿出山了。总不能便宜前妻的儿子做偌大产业的继承人吧。

两人都承认，他们实在不看好从小混世魔王、不学无术的女儿真能干出什么事业来，尤其是单干。

安迪连听五天汇报，整得全公司负责人哀号一片，因该神人数字记忆与心算实在太好，报告作得不好，或者蓄意留个小手打个埋伏，当场就被揭底。而安迪对数据来源抽丝剥茧般的探究，更是让汇报者虚汗如豆，其镇压效果真是比拍案斥骂还灵验三分。由此他们才算明白，安迪在美国并非浪得虚名，而谭宗明将此美女安放大位，也并非照顾情妇。至周五，安迪心中总算是掌握了全局状况，结束连续四天加班到深夜的工作日程，得以准时回家过周末。而负责人则都自觉留在办公室，就汇报中揪出的问题查漏补缺。

安迪回家，打开门看看雪洞似的房间，忍不住退出来敲2202的门。门应声打开，里面只有一个樊胜美。

"樊姐，没出去？吃饭没？一起去吃？介绍个吃牛排的好地方。"

樊胜美笑道："正准备修身养性一个月，你又来找我去那种纸醉金迷的地方。说实话，安迪，我收入不高，需求不少，吃一顿几百块的假神户牛排会让我喝西北风。我带你见识中餐去吧，本市第三产业发达，八大菜系应有尽有。AA。"

"好啊好啊，我经常去唐人街吃炒面咕咾肉打牙祭呢，这都回到大本营了，怎么能只惦记牛排。我去换件衣服。"

"嗳，开你的拉风跑车去吗？"

"远吗？地铁不到吗？"

"对。"樊胜美心里冒出一串儿远方的饭店，等安迪一走，她轻声尖叫，"啊，纸醉金迷，老娘打跑的来了！"

安迪洗把脸，换上黑T和深棕色肥腿裤，简简单单地来了。樊胜美却正描眉画鬓。但等樊胜美看清楚安迪的打扮，她迟疑了一下，挖出军绿色的紧身T，下面配肥肥的真丝迷彩裤，足蹬看似粗犷的高跟鞋。一连串魔术师般的动作，看得安迪由衷赞叹，怎么有人会有如此巧妙心思，硬是将阳刚的衣服穿出无穷婀娜。安迪心甘情愿做跟班。

夜风徐徐，樊胜美当然珍惜这得来不易的机会，说什么都要将车窗洞开。安迪开了会儿就忍不住嘀咕了，"今晚拿大灯晃我车的特多，怎么回事。"

"双美同乘，男人肾上腺分泌激增了呗。"

"有道理，你旁边那辆福克斯已经跟了我三个红灯。他们最终目的是什么？"

樊胜美不禁一愣，这算什么问题，"他们当然想证明即使你车比他们好，可他们有技术，他们就是比你强。压你一路之后，捕捉可乘之机，看能不能将你勾搭上。"

"哈哈，樊姐你真不愧为资深 HR，他们的小心思都逃不过你的法眼。都什么智商，穷现。"

"是啊，脑袋空不要紧，关键是不要进水。喏，那个灰色车，里面四只进水脑袋恨不得都伸到我们车里。"

"哈哈哈哈，樊姐我真佩服你死了。等下我有问题请教，总算找到合适的师傅了。"

樊胜美听来听去，觉得这个智商绝顶的安迪不是在笑话她，可她总觉得有点儿心虚，不免谦虚了一下，"要不是看见这群发春的猫儿，我还真忘了世上还有荷尔蒙什么的俗事儿。你别佩服，我快羞愧死了，有事儿我们商量着办。"

安迪听樊胜美说话，就忍不住地笑个不停，她想不到有人还能把中文搅和得如此通俗好玩。而樊胜美则是绞尽脑汁地想出一个门口有停车场的吃饭地儿，于是在众目睽睽之下，她像女王一样地登陆餐厅了。这地儿高贵，一点儿不比吃神户牛排差，可是，这个钱樊胜美愿意花。

果然，哇，这种感觉太好了。不是跟着男人来，而是两个独立的女人，樊胜美收获到了无数截然不同的注目。于是樊胜美越发矜持。她当然不会点安迪说的什么炒面咕咾肉，她要找既对得起她的荷包，又对得起今夜的菜。她当然费尽思量。安迪将点菜全权委托出去，拿出手机上网。果然，在她混了好几年的网站上，她看到下班时候发出的站内短信的回复。但等安迪抬头，却见一个男子微笑着站在樊胜美身边。

樊胜美熟络地与那男子嬉笑几句，最后说句"我等会儿去你们桌敬酒"，男子便微笑离去。安迪只是旁观，这种场合她见得多了，不过她意外发现樊胜美这个名不见经传的小 HR 做得很漂亮。樊胜美则是等男子走远，就笑道："蹭你跑车的光，以前那老兄看不上我，现在一个劲儿旁敲侧击问我是不是跳槽了。"安迪笑笑："跑车是问别人借的，我也是借光。大多数人缺乏独立分析能力，总是需要外在的附加符号才能让他们做出所谓的判断。"

"别人是指刚才给你手机短信的那位吗？我看你笑得好开心。什么时候拉出来聚聚。"樊胜美本能地避开讨论抽象的人性问题，而直奔八卦。

"车是老谭的。手机上的是位网友，网名叫奇点，我们在一个科幻网站认识。我和奇点都不是活跃人物，但只要奇点一发言我就想笑，奇点这个人很幽默，于是我开始关注 ta，默默关注一年多，期间并未搭话。"

"我可不可以将此看作暗恋。"

"我连奇点是男是女都不知道。今年初，在一次论坛有关虫洞的争论中，我忍不住用我的知识与人辩论，奇点每次都在我发言后面加分和引用表示支持，ta 的知识水准可能不如我，但也很不错。此后我感觉奇点开始关注我……"

樊胜美好奇地问："你有没有表明性别？"

"我在论坛注册时候选择的是男性。一般混那论坛的男性占绝大多数。我们经常有站内短信来往，这回我因为回国，换手机，工作又很忙，好几天没上网，奇点前天来站短，问我怎么消失了。我今天下午有空了才看见，就告诉 ta 我回国了，目前在海市工作。刚刚 ta 回复，给我一个 ta 有空的时间表，请我选择时间，ta 请我吃饭。"

"不，不，你回避问题，我问你的是，你为什么看着手机笑得那么甜。"

"我喜欢奇点的风格，干脆利落。"

"喜欢风格，不是那种笑法啦，安迪，你实话说吧，你在暗恋。"

"不会，哈，怎么可能，我连奇点是男是女都不知道，我没那么花痴，不，我不是花痴，这太滑稽了，怎么可能。"

樊胜美原本只不过是起个哄，寻个开心，却见安迪反应如此强烈，而且，看得出安迪不是害臊，而是一脸严肃紧张，她心里很奇怪。"我跟你开玩笑啦。这么巧，既然奇点也在海市，不如见个面，吃顿饭。"

安迪却是犹豫了好久，才道："我大约感觉奇点是男性。你说，我这么去见一个男网友，会不会很花痴。"

樊胜美仿佛看见安迪心中鹿撞的芳心，"这怎么叫花痴呢，你们在网上认识少说两年，经常文字问候，几天不见会询问，这就是朋友了，网上朋友与网下朋友有什么区别，与花痴有什么相干呢。喂，你怎么了？"樊胜美见安迪猛灌茶水，又深呼吸，似乎呼吸困难的样子，慌了。而安迪则是伸手示意她少安毋躁。

过了会儿，安迪放下茶杯，叹了声气，"我确实心怀不轨，我有把握奇点是男的，我心中雀跃着想见奇点，这不是花痴是什么？"

"这叫花痴？安迪，你就是跟我说你暗恋奇点两年，我都不觉得这是花痴，我反而觉得好回肠荡气。"

"真的？"

"爱一个人，能叫花痴吗？"

"可是看见几个文字就爱上一个人，不叫花痴叫什么？可能……可能我有花痴基因。"樊胜美刚想笑，却看到安迪虽然脸上故作镇定，眼睛里尽是慌乱。樊胜美奇了，一时不知所措。安迪见此叹道："我这就回站短，我最近没时间。"

樊胜美愕然看着安迪飞快在全键盘上打字，心里泛出丝丝疑问，太不正常。等安迪发出站短，两人一时闷声吃菜。但很快有站短回复，樊胜美忍不住问："是什么？"

"手机号，和一个 QQ 号。我没 QQ。"

"立刻去注册一个，手机号倒暂时可以不给奇点。"

安迪略带茫然地看看樊胜美，耸耸肩，没再说话。樊胜美忽然想起，路上来的时候安迪说有事请教，难道就是这种小事？她看安迪不像是没见过世面的人，一般人借不到那么好的车，她也认得出安迪身上的披挂都是名牌，她奇怪安迪怎么会为这等小事困扰。安迪也一直留意樊胜美，终于忍不住问："樊姐，你是不是觉得我很怪异？"

樊胜美摇摇头，想妥当了，才道："我只是觉得你纯洁得不像话，你说你年龄不比我小，当然我看你比我年轻得多，难道连恋爱经验都没有？你那么漂亮，总有人追求你吧。"

安迪欲言又止，似乎是鼓起勇气，才道："我……我不敢谈恋爱。我总觉得我……"

"你慢慢说，不急，樊姐我阅人无数，恋爱也谈了无数，可以提供最佳参考。"

安迪犹豫半天，"不行，今天没法说，今天我开车呢，需要情绪稳定。"

"什么时候想说了，随叫随到。我去那边朋友桌子招呼一圈儿，很快回来。"

安迪眼巴巴地看着樊胜美婀娜多姿地离去，心里真想喊住樊胜美，她忽然又想倾诉。可她终于还是没开口，等樊胜美回来，她已经情绪平复，埋好单，有效率地吃菜。樊胜美点的菜很可口，她很喜欢。只是她不时拿眼睛瞟手机，心里反反复复盘算着怎么回复奇点的那个站短，奇点在前一个站短里除了给她两个号码，还说以后多加联络。她忐忑不安地想，奇点认没认出她是女的？

樊胜美替她朋友们邀请安迪一起去跳舞，她以为安迪这个怪纯洁会拒绝，想不到安迪答应了。但是到了樊胜美上回铩羽的 77 酒吧，安迪却大马金刀地一坐，只管喝水喝饮料，看高台上领舞女郎嗨 DS 舞。不知为什么，樊胜美与她的朋友们都不敢硬劝安迪下场。

安迪看了会儿，终于拿出手机给奇点回了一条，"跟朋友们一起在酒吧嗨。海市夜生活很热闹。"

过了会儿，奇点回一条，"你在哪个酒吧？我过来看你嗨。嘿嘿，还以为你是书呆子。"

"确实是书呆子，他们在跳，我旁观，自己玩自己的。"

"你玩自己？OMG！"

安迪哈哈大笑，她很奇怪，奇点怎么总能将一句话"歪曲"得这么好玩。但安迪还是恋恋不舍地打出一行字，"我闷了，撇下朋友回家。回头聊。"可她并没回家，而是在 77 酒吧一直看到樊胜美等嗨得筋疲力尽。才轰起油门，将樊胜美带回家。

正是子夜零点多点儿，樊胜美打开 2202 的门，关雎尔就跳出来，"樊姐，邱莹莹还没回家，打她电话也关机。"

樊胜美看看在走廊站住了的安迪，笑道："小邱谈恋爱，可能……有无数可能。"

但关雎尔不以为然，"邱莹莹与白主管才正式谈不到一星期……"

"不要瞎操心，小邱是成年人，她自有主张。小关给她发条短信，说我们关心她，有需要帮忙的话，来电。"樊胜美指挥若定，一派大姐大风度。

安迪看看权威的樊胜美，说句"晚安"，刚准备转身回 2201，忽然，曲筱绡"安迪安迪安迪……"地冲出门来，直奔安迪，而且脸上架着近视眼镜，一本正经得不像妖精。樊胜美奇道："你今天周末没出去玩？"

曲筱绡紧紧拉住安迪，才道："我有正经事，不玩了。安迪，我等你一晚上了，我都不知道你新手机号码，只好侧着耳朵听外面动静。你帮帮我，我记得你是CFO，我有最最基本的财务税务问题向你请教。求你求你，千万别拒绝。"

安迪道："我这个 CFO 与一般财务部经理不大一样，而且我也正准备学国内的会计法和税法，可能越基本的越不知道。"

关雎尔道："邱莹莹在备考注册会计师，她了解会计知识。"

安迪与曲筱绡都眼睛一亮，曲筱绡当即道："我立刻去淘宝下单两套注册会计师的书，安迪，给你一套，我们跟着邱莹莹学，互帮互助。"

樊胜美轻咳一声，"以安迪的脑瓜子，我看是以后你们都跟着安迪学。"

"但我今晚不懂的怎么办，嗷嗷嗷……"曲筱绡急得手脚乱舞，唯有抓住樊胜美，"樊姐，你在工厂做人事，可能懂点儿，你帮帮忙。"

一说帮忙，樊胜美立马古道热肠，即使与曲筱绡以前稍有龃龉，也一笔勾销。安迪与关雎尔看着两人进2203，对视片刻，也决定跟进。她们好奇曲筱绡这个太妹风格的人能有什么要紧的正经事。

曲筱绡最在意的还是安迪，她的朋友告诉她，跟谭宗明做事的人，不是很有背景就是能力超强，有事没事巴结一把总没错。虽然她还不知道安迪在谭宗明那儿做到什么地步，但她想，能力强的安迪应该有办法。她招呼大家进屋坐下，立即热情地扑去从不开火的厨房煮咖啡。

安迪等三个都还是第一次进曲筱绡家，三个人打量这显然比安迪那儿豪华得多的装修，感受屁股下面沙发的舒适。关雎尔坐得最规矩，紧紧靠着她最熟悉的樊胜美。还是安迪最熟悉套路，对着厨房道："要么，小曲你先概括说说是什么问题。"樊胜美也道："天不早，我们抓紧时间吧。"

"咳，关键问题是我说不出个大概，我还没吃透那些资料，怎么办啊。就是我茶几上这一摞，是项目进行到目前为止的所有文字资料。"

关雎尔立刻主动起身，拿来最上面的一本，坐到樊胜美与安迪中间，翻开给两位一起看。关雎尔目前工作接触基本上是英语，能够对付。安迪最如鱼得水，反而给她中文，她更难适应。樊胜美一看全是英语，晕了，她的英语基本上已还给老师，怎么对付得了眼前的专业名词。她本来就已经在77酒吧蹦累了，此刻更是被蚯蚓一样的字母晃得头昏眼花，心里巴望其他两个最好能提出撤退，免得显露出她的没底。

安迪飞快看了几页，快得关雎尔跟不上，然后安迪就懒得看了，道："资料很清楚，小曲你把已经看的内容有多少讲多少，非正式场合，不用斟酌字眼。"

关雎尔自言自语："我看英语还是慢，跟你们出国留学过的没法比。"安迪飞快回她一句："你不用跟我比，我看资料比大多数人快。小曲看多少了？"

曲筱绡本不打算回答的，可被安迪追问着，只得闷声闷气地道："我留学时候只顾着玩了，而且是跟国内出去的人玩，我……我英语拿来调戏肌肉男还有点儿戏。"

"哦，这样。你可以有两个选择，要么放弃，资料哪儿来哪儿去；要么上网打开google翻译，把这些资料死啃下来。如果是后者，我可以给你列个提纲，注明你需要从资料中掌握的要点ABC。"

　　樊胜美这才插话："基本功还是需要自己做，总有一天你需要独自面对外商，我们这些人不可能跟着你去，你能依靠的唯有自己的基本功。"

　　"嗯，我也是这个意思。"安迪说完就起身了，"如果你选择后者，明天我拿提纲给你。明早八点以后你可以来敲我家的门，我周末会多睡会儿。"

　　樊胜美见此赶紧也起身，唯有关雎尔同情地看着曲筱绡，因她自己刚经历过新进职场求天天不应，求地地不灵的状况，知道那种滋味。但两位大姐起身，她也只得跟着起身。曲筱绡见此，走过来道："喝了咖啡再走？都煮上了。"

　　但渴睡的大家都没喝咖啡，纷纷快速与曲筱绡告辞。关雎尔落在最后，"明早需要的话，我可以帮忙。"曲筱绡笑容可掬，连声感谢大家牺牲睡眠时间帮她出主意。弄得三个人没帮上忙，走得挺内疚的。

　　但安迪回到家里，才刚沐浴出来，只听门铃叫唤。她打开装在门灯侧边的摄像头查看，清晰地看见门外的人是曲筱绡。她犹豫了，遥控摄像头四周转一圈，看清门廊上没有其他人，才去应门。门外的曲筱绡让安迪吓了一跳，才一会儿工夫不见，曲筱绡居然泪流满面，眼皮红肿。"安迪，我走投无路，只能再来求你。求你求你一定要帮我。"安迪双手被曲筱绡抓住，浑身不自在，扭来扭去试图摆脱，可曲筱绡并不肯放。"能帮你的人唯有你自己，小曲，请务必认清现实。"

　　"是的，我知道，可是……"曲筱绡终于放开安迪，趴到桌上放声大哭，"我……还有两个同父异母哥哥……我要是没出息，我爸爸会放弃我……我……生死攸关！……"

　　"你爸爸怎么会放弃你？"

　　"我爸爸另外还有两个儿子，前妻生的。"说着说着，曲筱绡抹干眼泪，虽依然哽咽，但口齿变回伶俐，"他们开名车，住别墅，可你看我的境遇。GI品牌代理是我唯一的机会，否则等待我的就是被家庭抛弃的结果。你给我两个选择，可对我而言，没有如果，我只有结果。安迪，你一定要救我。"

　　安迪却听得眼睛直了，她耳边仿佛传来遥远而清晰的声音，"呸，题目就你做得出又怎么样，你不给我们抄，我们就骂死你。何立春，你妈是疯子，你爸不要你们，不，你都不知道你爸是谁，何立春是野种，野种，野种……"

　　"安迪，安迪，你……你怎么了？对不起，打扰你休息，我真不该来。"曲筱绡小心看着安迪，可又不肯放弃这根救命稻草。"安迪，安迪？"

"嗯，抱歉，我刚想到一件事，走神了。你资料带来没有，明天反正周末，我们现在就开始做。"

"啊！"曲筱绡雀跃尖叫，给安迪一个大熊抱，开门去拿资料。安迪怔怔看着曲筱绡的背影，又出了会儿神，等寂静的走廊上传来脚步声，她才回过神，打开门。可走廊上的却是邱莹莹。她脱口而出，"小邱，樊姐和小关刚才都很担心你。"曲筱绡刚好捧资料出来，顺口搭一句："女孩子晚上一个人挺不安全，有人送你回来吗？"

邱莹莹脸一红一红的，回答有人送到楼下。两人就放邱莹莹走了。曲筱绡不仅抱来一摞资料，还有一壶咖啡，好不容易哭来安迪点头，她要咬定青山不放松。安迪却难得八卦了一次，"小邱神色有点儿怪……"

"嘻嘻，还能是什么，做爱做的事儿了呗，走近她，浑身上下都透着那股味儿。"

"做……噢。"安迪不禁又看看大门，对此事表示缄默，到此为止。"我们回到 GI 代理。看起来你不打算放弃，我虽然帮你，但你该做的基础功夫一点儿不能少，你接下来的工作是读通资料，背熟单词。我也看资料，看完总结出要点。但我对小公司业务经营该怎么做，没有头绪，道听途说不负责任不是我的强项。OK？"

"当然 OK，我全无头绪，就等你给我理一下呢。"

两人静静开工，但忽然，安迪冒出一句："不知国内性安全教育普及了没有。"

曲筱绡一愣，看了继续飞快阅读资料的安迪一会儿，决定不回答，免得打断安迪的工作。好在，安迪只是嘀咕了一句，此后不再提起。曲筱绡心中有动力，以前读书时候最缺乏的耐心和专心，现在都有了，不需要别人催，更不需要咖啡提神，对着翻译网站艰难地啃资料，实在不懂的，才问安迪。她恨透那些长句。

邱莹莹原本打算偷偷潜回 2202，不料明天休息的关雎尔还没睡觉，还在网上下音乐。关雎尔听见声音就飞出来，笑道："乐不思蜀了？我们都可担心你了呢。去哪儿玩了？"

"先看电影，后来唱歌呢。"

"白主管要破产了，嘻嘻。"

"还好，我们团购的电影票，量贩 K 歌也是团购，便宜不少呢，包厢还送小蛋糕。下次我带你去那儿 K 歌，性价比极高。"邱莹莹眼睛亮晶晶的，脸上一直止不住地

，

笑着，"哎，刚才2201安迪见了我也说你和樊姐担心我呢，想不到安迪钱那么多，开那么好的车子，却一点儿不摆架子。2203小曲原来认识安迪吗？我刚才看她俩挺熟络的。"

"咦，我们四个才刚分开的，她们又在一起了？嗯，你最近脱离组织，不知道我们这儿早已发展成小团体，我每天早上搭安迪的车子上班，她对我可照顾了，不过她说打算换一辆低调点儿的车子。安迪跟樊姐关系也挺好，今晚两人一起吃饭。我不知道小曲与安迪是什么关系，她跟我们不大在一起。邱莹莹，你看到她们的时候，小曲手上拿着什么吗？"

"好像是文件夹，我也不是看得很清楚，都忙着说话了。"

关雎尔眼珠子一转，"吼，我要去参与。邱莹莹，一起去吧，安迪非常有见识，我现在跟着她上班就不敢睡，一边听收音机里的经济新闻，一边听安迪点评，你不知道我这一礼拜长进多快，简直是发现忽然进入一块广阔新领域，好多新闻背后的解读我以前想都想不到。去吧，我一个人有点儿不敢半夜三更敲安迪的门呢，你比我胆大。"

邱莹莹犹豫了一下，"可我很困了，今天真困了。要不我替你敲门，送你进了2201我再出来？"

"嘿，那我还是自己过去吧。我得带上纸笔，千万不要睡着，对，还有电脑。拜拜，你早点睡。深呼吸，深呼吸，Go！"关雎尔冲出2202，加入2201的工作行列。她意识到今晚将聆听安迪牛刀小试剖析一家小公司的业务，那将犹如俗话说的解剖麻雀。

很快，关雎尔便接过曲筱绡的疑问，由她来翻译曲筱绡讨厌的那些长句。她不让曲筱绡打断安迪。

凌晨四点，安迪合上资料和一直用于搜索的电脑，闭目想了一会儿，道："小曲，我若是写出来，必定是写英语，写中文可能有点词不达意。不如我用中文说，你听着，听不懂的立刻问，反而效果更好。是个非常简单的案子，你不用太有心理压力。"

"我来记录。"关雎尔自告奋勇。

"我也记录，免得听了前面忘了后面。回头跟小关记录的对照一下，作一份报告，安迪你再帮我审阅一遍。"

于是安迪就资料与她在网络上搜索的结果结合着谈起，一步步地剖析GI进入中国的可行性。安迪第一次说到行业领域的市场容量，曲筱绡忍不住问一句从哪个网站可以查到，但安迪指指自己的脑袋，曲筱绡只好愕然放弃追问。而关雎尔已经见怪不怪。

安迪说完就睡觉去了。曲筱绡与关雎尔转移战场到2203，两人废寝忘食将报告作出来。由于关雎尔的帮助，曲筱绡这个草莽进场的门外汉才得一窥正式公文的格式。面对秋日金色的晨曦，曲筱绡特有成就感，"我要是早年读书有这等拼劲就好了，小关，我以后要向你学习。但，小关，这事与你无关，你为什么主动参与？"

"我向安迪学个案，就像她教育我的，她要我学她的思路。啊，困死了，我睡觉去了。"

"慢点，还有问题。学思路，又何必帮我赶出这份报告？跟我一起做报告，你可学不到思路。因此，小关你在帮我。你别走，我们去小区门口吃了早餐你再睡觉。我有久经考验的熬夜经验，吃了热乎乎的早餐再睡觉，睡眠质量最好。"

曲筱绡将笔记本电脑塞进包里，硬拉关雎尔出门吃早餐。关雎尔奇怪曲筱绡干吗还背着电脑包，曲筱绡摇头晃脑，"时不我待啊时不我待，本小姐目前要做刘翔式冲刺，要不然这辈子毁了。我的性格就是这样，属于我的好东西我扔掉毁掉送掉都无所谓，但决不能看着属于我的好东西被别人抢去。我正面临生死关头，成败在此一举，你知道我浑身每一个细胞都是压力，我一想到我的好东西，就睡不着了，我要……"

关雎尔做完报告，大脑就自动进入休眠状态，她愣愣地听着曲筱绡一顿饭都在喋喋不休，却只听进去只语片言。等两人吃完，她晃晃悠悠地回去睡觉，曲筱绡则是两眼精光四射，如老鼠般钻进地库，开上她的小车子直奔父母家。

曲筱绡像红眼睛小白兔一样向刚起床的她爸交出第一份答卷。

第 4 章

爱情，是最佳兴奋剂。周六早晨的 2202 房间，唯有邱莹莹精神抖擞地起床，洗漱描画，准备与白主管一起去听课。樊胜美听见动静，本想捂住耳朵再睡，可忽然想到昨晚与安迪在一起凭空涨了身份之后，那些男性朋友们对她态度的改变，她心中蠢蠢欲动躺不住了。三十岁，似乎也并不是世界尽头。

邱莹莹见到挂着黑眼圈的樊胜美，止不住地给一个灿烂的笑脸。樊胜美想了一想，才领悟过来是怎么回事。她欲言又止，进去洗手间。等她出来，首先一件大事乃是喝一杯温开水，据说如此最能排毒养颜。邱莹莹一看，也赶紧倒一杯水来喝，她如今对美丽有最迫切的需求。

"樊姐今天去哪儿玩？"

"等会儿陪一个女孩子打胎。前几天走了一个工程师，昨天那女孩子要死要活要跳楼，一问才知是不小心怀了那工程师的孩子，现在人家工程师得手后不认账，跑了。女孩子住宿舍，不敢跟家里说，也不敢找朋友，只有公司出人趁休息日陪她打胎。好好一个女孩子，婚前不注意，只能遇人不淑。"

"可奉子成婚的也多着呢。"

樊胜美斜睨邱莹莹，"你可以试试在租来的房子里结婚生没户口的孩子，请不起保姆，每天要么丈母娘与老公对骂，要么你与婆婆开战，生活鸡飞狗跳，结婚一年飞快变成黄脸婆。告诉你，即便是燕子，生蛋前也得先给自己搭个燕窝呢，何况人。"

邱莹莹灿烂了一晚上一早上的脸终于变色。"可我也不能挑三拣四蹉跎到三十岁啊，我挑人家，人家还挑我呢，我算什么。"

樊胜美脸色一紧，随即呵呵一笑而过，"也是，有情饮水饱呢。别忘了还有注会考试，两人一起学习到底是动力足啊。"

"是啊是啊。"邱莹莹立刻多云转晴阳光灿烂了，"我们都在想，如果考出了，就跳槽。"

"应该的。"樊胜美不再多事，"问个问题，你们公司上回办什么酒会，就是让你们穿上旗袍当礼仪小姐的那次，究竟来些什么人，不熟悉的人怎么寒暄的？"

"不知道啊，忙都忙不过来，只知道他们端着酒说话，谁知道都是些谁呢。樊姐有酒会要参加？"

"没有，哪有，我们最多全区劳动人事协会搞培训聚个工作餐，连啤酒都喝不上。"樊胜美看着邱莹莹一脸愉悦地出门去，手里紧紧拎着给白主管准备的早餐。等邱莹莹走进电梯，樊胜美才转回眼睛。她今早其实没事，只是为了提醒邱莹莹而临时编了个女孩流产故事，可她想不到邱莹莹根本就不当回事，而且还差点捎带上她。

她喝下最后一口水，刚准备关门烧水冲方便面，忽见曲筱绡蹦蹦跳跳地从电梯出来。"咦，你今天倒是早。"

"晚啦，朋友们约了吃大闸蟹，我快来不及了。樊姐回头聊。啊，你这件衣服哪儿买的，我妈早上穿的也是这件。"

樊胜美无言以对，看着昨晚还楚楚可怜求她们帮忙的曲筱绡的背影钻入2203。"靠！"樊胜美不禁爆出粗口。怎么所有人都拿她的三十岁说事，仿佛她已是残花败柳。

偏偏今天事多，樊胜美再一次准备关门烧水冲方便面，见安迪一身工作打扮匆匆冲向电梯。"安迪，早，今天还上班？"

"有个论坛，我回国第一次参加论坛，不打算迟到。"由于电梯迟迟不上来，安迪又补充一句，"昨晚帮小曲一直忙到清晨才睡，不知不觉睡过头了。"

"啊，小曲比你起得更早，她准备立刻出发跟她朋友们吃大闸蟹去呢。呀，小曲这么快就换好装了。"

　　曲筱绡使眼色阻止樊胜美已经来不及，再看安迪，安迪只是淡淡看她一眼，又转向电梯。她相信安迪肯定心里上火了。曲筱绡不理樊胜美，快步走到安迪身边，笑道："我们今早没睡，把报告赶出来了。"说到这儿，电梯开了，曲筱绡退后一步，让安迪先入。但她进电梯前，不忘斜了樊胜美一眼。她即使一夜没睡也心里清楚，不经意说樊胜美穿跟她妈妈一样的衣服，是开罪那个老姑娘了。电梯门一关，她就继续汇报，"然后跟小关吃个早餐，我立刻将报告送去给爸爸看，获得极大好评。毫无疑问，这是我这辈子拿出来的最好的报告。真不知怎么感谢你和小关。现在要去参加一个大闸蟹聚会，其中一位，可能将是 GI 产品的第一个客户。呃，不知道我吃大闸蟹的时候会不会睡着。可在国内发展生意朋友只能这样，多交朋友，朋友介绍朋友，朋友帮助朋友，没办法，像我爸妈都只能清早去抓他们，到了晚上就不知道分别在哪家饭店包厢钻着了，从小这样，我是保姆看大的。安迪你喜欢大闸蟹吗？我给你带几个回来。"

　　"哪都一样。路上小心，我今天开车也有点悬。"安迪想了想又补充一句，"你爸喜欢就好，接下去的工作需要你自己真抓实干了。"

　　曲筱绡几乎是巧妙地挡住安迪走出电梯后奔向车子的路，"你晚上有安排吗？我很想请你和小关吃个饭表示谢意。"

　　"你不用补觉？不必拿我当客户伺候，我们是邻居。"

　　曲筱绡稍稍松口气，这才放安迪去开车。

　　曲筱绡好不容易睁着眼睛赶到集合地点，领头的朋友把大伙儿排列组合一下，将女的都塞进男司机开的车里以保证速度，一队名车拉风出发。但曲筱绡倒头便睡，她是真的撑不住了。睡前她想到一件事，她提前一半时间交出报告，分公司注册登记则有这队车子里的其中一位朋友帮忙，加快到周一就可以领出所有工商与税务登记。即使每一件事她都完成得投机取巧，可她全都提前完成了。完成，便是一切。

　　安迪是邱莹莹之外，第一个见到白主管的人。她驱车出门停在红绿灯前，见邱莹莹与一个年轻男子几乎是粘贴在一起，也是等绿灯。两人态度太过亲密，旁边行人纷纷侧目。安迪看看那个年轻男子，长得白白净净，斯文儒雅。看两人的姿势，倒显邱莹莹更加主动大胆。安迪等到绿灯亮，就驱车离开，并未打个招呼。她不喜欢邱莹莹。

　　到了论坛会场，登记签到，有人送上鲜花扎的胸花。安迪签完字起身，双眼正好正对胸花，不禁失色，连退三步。但她随即稳住，微笑道："对不起，我严重花粉过敏。谢谢你们的胸花。"她像绕过地雷阵似的躲开胸花进入会场。会场内当然也是到处的鲜花，安迪只能视而不见。这是个行业性的论坛，安迪即使才回国，可因这个行业不少高管是与安迪差不多的海归，彼此多少有点儿熟悉。先抓一个最熟悉的，而后就像曲筱绡说的，朋友介绍朋友，朋友帮助朋友。谭宗明是块招牌，安迪自己又何尝不是，扛着招牌的人是很容易打入社交圈子的。就像京剧舞台上的将军，背后旗帜插得越多越高，亮相便俨然舞台的中心。

　　一会儿主持上台，大家归座，安迪便掏出电脑搁腿上。她听这种会议一向一心两用。等连上网络，她问旁边朋友，怎么开通QQ。朋友有MSN而无QQ，但记得QQ来自腾讯。安迪顺藤摸瓜，下载，安装，开通，阅读使用办法。最后，挖出记忆中的那串数字，启动查找，添加好友。然后她就不知道该怎么办了，虽然开着QQ，可屏幕上并无其他变化。显然，可能奇点并不在线。

　　中午，新老朋友合一个包厢吃饭，因时势风云跌宕，大家趁机交换意见。一顿午饭整整吃了三个小时，比论坛时间长出一倍。安迪吃完回到车上，不急着上路，忍不住先打开电脑查阅异动。依然，QQ无动于衷。安迪不禁急躁，挥拳揍了旁边车椅一拳。却又偏偏不肯拿出手机，给奇点哪怕发一条短信。

　　樊胜美无聊，打电话呼叫朋友，可她这年纪的朋友大多已有家有口，周末没人陪她，她只能背上包一个人出门扫街。

　　22楼唯有关雎尔呼呼大睡。睡到中午，关雎尔被窗户透进的亮光吓醒，以为是上班耽误，等跳起身冲到厨房，才想到今天是周末，于是捂着胸口感受了好一会儿擂鼓般的心跳，回到床上继续睡觉。

　　曲筱绡就没这么好命，她下车被迫清醒，强打精神与朋友们一起吃大闸蟹，结识陌生人。她都吃不出大闸蟹是什么味道，却没忘记付钱买了一竹篓大只的，回去送给安迪与关雎尔以示感谢。自然，这些事儿不需要她动手，她只需娇滴滴地坐着动口，姚滨会帮她将一切办妥。姚滨是她回国后玩得最好的男朋友。

　　一帮人一直在湖边玩到太阳西下，才蜂拥回城，又聚众搓了一顿晚饭，才各自分头夜生活。曲筱绡让姚滨送她回欢乐颂，她是说什么都撑不下去了，即使夜色才刚展开魅惑的身影。

　　周末下午街道拥挤，安迪应约，开了半天车，才来到谭宗明的家门口。即使有谭宗明亲迎至门口，亲手打开大门，她依然不依不饶，"有谁，嗯，住得这么偏远，将大好生命光阴虚掷在四只车轮子上？"

　　谭宗明但笑不语，指挥安迪将车停到车库，然后才发出反击："你确定你走的远路当中没包括一大段冤枉路？"

　　"除非开空车在前面领路的出租车司机骗我。咦，你已经到手Panamera？换给我，现在这辆小白太高调。"

　　"妹妹，看看尾巴上的turbo好不好，我的车哪辆不是高调的？存心想拐我新车，好歹编个好点儿的理由。"

　　"我新认识四个小朋友，GT2装不下，非借这辆Panamera不可。不然下一秒钟翻脸。"

　　"真是升米恩，斗米仇啊。自己找钥匙，恨死，这车运来我自己也才开了两回。我们后院等你。"

　　安迪哈哈一笑，钻进车里拔钥匙。但钥匙到手，却是坐在椅子上深呼吸了好几口，才起身钻出。沿青石路转到后院，见漂着两只白鹅的池子边已有另一个中年男人就座。谭宗明介绍这就是他的老友，帮安迪打听弟弟消息的严吕明。严吕明与安迪握手，第一句话却是："我料到你应该是美女，果然是。"

　　安迪笑对谭宗明道："老谭，你没详细向严先生介绍你我关系。"

　　"我认为老严这么想也没过错，除了未婚妻，你说谁敢在我车库如入无人之境。"

　　安迪冲严吕明笑道："我刚问老谭借了辆最新到货的车，目前此车痴与我有仇。有统计数据表明，老谭喜欢的美女类型不是我这种。尤其是对老谭这种中年男，统计数据往往比嘴巴更可靠。"

　　严吕明道："统计数据也表明，贸然插入男女之间对话往往会怎么死都不知道。我们言归正传。我这一个月亲自去安迪小姐老家实地调查，发现那边年轻男子出门打工的居多，近几年即使户籍留在原地，但人口早已遍布沿海各地。我抽样作了几个调查，发现找人成本天价不说，而且许多人除非犯事上通缉网，否则一辈子都不可能找到，也不可能回归老家。因此我觉得寻找你弟弟的任务我完成不了，非常惭愧，特地向你当面道歉。"

安迪愣住，第一反应是看向谭宗明。谭宗明摊开手，"老严刚才详细跟我说了他这一个月做的事，即使成本可以忽视，很多实际问题也无法解决。除非老天给运气。不过老严这回亲自去不是无功而返，他搞清楚你的身世，而且还有你很遗憾一直不知道的生日，我让老严自己跟你说，需不需要我回避一下？"

安迪再次愣住，好一会儿才道："我掩耳盗铃了，严先生这么兴师动众地帮我找弟弟，其实我早应该清楚你能发掘出我的身世。老谭别回避，你以前总说我古怪，你今天听了就会明白。"

"如果你不希望过去的事被翻出来，我可以保证这件事到老严嘴边为止，不会再外传。我也不会问。有些事情未必非弄清楚不可。"

安迪又是想了好一会儿，才道："我也想弄明白，我心里很多疑问待解。老谭，你说的，脑袋太好用，记住太多婴儿时期的事情，反而受累。请严先生知无不言。"

谭宗明听了，就指挥保姆拿大瓶水来，直接放安迪面前。安迪果然不客气先喝一大杯定神。严吕明看着这一切，奇道："你们为什么不是情侣？"

"我曾在工作中吃尽安迪苦头，记忆犹新。脑筋太好的女同行很可怕，只可友，不可妻。"

严吕明拿一双犀利的鹰眼打量了一下喝水的安迪，道："我今天说的这些事都是调查结果，有根有据，而并非道听途说，也并不掺杂我个人喜好，请安迪小姐理解。你外祖父家在当地是最大地主，姓何，土改时期有人被镇压。留下来的日子都不好过，男的娶不上妻子，女的嫁不出去。因此你外祖父娶了一个精神有点儿不大正常的外乡逃荒来的女子为妻，生下你母亲。你母亲是当地有名的美女，美女身后总有很多流言蜚语，不足为怪。唯一被证实的是，你母亲与当时海市上山下乡知识青年魏国强谈恋爱。魏国强也长得帅，所以我早推测你是美女。1978 年，魏国强私自离开，一去不回，你怀孕中的母亲发疯，你外公独自到海市找魏国强，但此后下落不明。你母亲生下你之后，流落街头，靠人施舍养大你，非常难得。你的生日应是1979 年 6 月的某一天，具体日子不明。此后你母亲多次怀孕流产，最后在 1983 年生下你弟弟，不过你弟弟的父亲不明。生下你弟弟当晚，你母亲去世，你被送进孤儿院。"

　　谭宗明世情练达，当然明白一个精神有问题的流浪女会遇到什么问题。看看一直尴尬喝水的安迪，他不便插嘴多问。

　　反而是安迪镇静之后问："我母亲是不是穿红衣服，脸蛋红彤彤，头上插满花？严先生，请告诉我，我已经被这些印象折磨一辈子了。"

　　严吕明字斟句酌地道："一个女人在重大问题上受到严重精神打击，有些怪异表现可以理解。"

　　"严先生，请尽管详细描述，我有喝水镇定大法，再不行，旁边还有一池子脏水，呵呵。"安迪故作镇定，其实心跳如鼓。

　　"好吧。你母亲发病后在当地被称为花癫。爱撕墙上红纸大字报，有些做成花戴头上，有些拿水弄湿涂红脸，弄好了上街追男人……就这样。唯一奇迹是把你养活。"

　　谭宗明听到这儿算是全明白了，为什么安迪从来视男性示好为寇仇，视鲜花为炸弹，从来不穿颜色衣服。原是反其道而行之。安迪则是茫然，心中有限的记忆在快进播放，但她看到谭宗明了然的眼神。"老谭，以后不会再骂我没女人味了吧。"

　　"绝不再提。"

　　"严先生，可否再麻烦你一件事，你请帮我查查，当地精神病院里面，有没有1983 年出生的男子。"

　　"胡说八道，安迪，不许走极端。"谭宗明大声喝止。

　　"老谭，我们实事求是，我的脑袋不是正常现象。我一直怀疑我的基因里面有些片段……天才跟疯子只有一步之遥。严先生既然已经替我证明我外祖母和母亲的失常，从概率推断，我那个从未谋面的弟弟……放心，我一向有效克制情绪，不会胡说八道。"

　　"我会去查，这倒是一条线索。"严吕明倒是真的实事求是，他又递过一只牛皮纸信封，"里面是魏国强的相关资料，我找到他了。"安迪接过，但毫不犹豫扔进旁边水池。"老谭，你客房借我睡两个小时，我快崩溃了。"

　　谭宗明让保姆领安迪进屋。等她们走远，才对严吕明道："安迪最担心的是她身上有发疯的因子，从我认识她的二十岁起，就一直清心寡欲活得像个尼姑。好，现在还真成了大概率事件。你真不应该答应她去疯人院查，你这态度基本上就是在默认她家祖传精神病。"

"这么聪明的人，既然想到那点了，我不答应查，她自己不会去查吗？"

谭宗明叹息无语，好一阵子才道："好吧，查，赶紧查。最好查出来没有，DNA对不上，起码说明她弟弟没疯，把大概率化为小概率。千万不要折我一个朋友，这种精神失常猜疑会真的把人逼疯。"

严吕明戏谑地一笑，却不敢说什么。谭宗明看在眼里，也并不解释。

樊胜美穿高跟鞋逛了一整天的街，累得花容惨淡，可再累也不能将一堆购物袋扔了换轻松，购物袋里的衣服都是她千挑万选从大店小店发掘出的最佳性价比衣服。当然，信用卡又是超支，好在发工资在望。她不舍得打车，辛苦挤地铁回来，走进电梯时两眼发直。幸好天色早已全暗，没人发现她的惨状。

偏生从下面车库升上来的电梯里还有一个两眼发直的人，那就是曲筱绡。曲筱绡无精打采地将脚底竹笋踢给樊胜美，"交给你，一笼大闸蟹做夜宵，你们凑齐人，煮熟了，喊我吃。我已经四十个小时没睡觉了。"

"我也累惨了，打算早睡。"

"大闸蟹会死。都是半斤一只的大蟹，我特意想着你们买来分享的。"

"呃，够朋友。只怕蟹熟了喊你，你睡死了不应门。"曲筱绡颇为苦恼，不等缺觉的脑袋想出办法，电梯就到了22楼。樊胜美走出电梯就踢了高跟鞋，曲筱绡却先看到安迪抱电脑坐2202门口，屁股下面只有一只垫子。安迪也看到她们，顿觉人间烟火气缕缕升起，世界变得温柔多姿。"你们俩一起出去玩了？敲门都不应，我想索性等楼道里，你们总会回来。"

樊胜美奇道："有什么事？"

"朋友送我几只大闸蟹，我等你们一起吃。你们谁会煮？我不会，都去我家煮吧。"樊胜美见此忘了疲累，"都真是好姐妹啊，小曲也带来这么多大闸蟹，我们今晚开大闸蟹宴了。你们先去2201，我叫醒小关就过来。"

曲筱绡跟着安迪进屋，就近找一张沙发趴下就睡。这张沙发偏偏是单人的，即使宽大，曲筱绡也睡得两头在外，异常辛苦。但不影响她立即入睡。安迪眼睁睁地看着这一连串不可思议的举动，不禁目瞪口呆。本来被谭宗明司机送回家后一直胸闷不快，见此不禁莞尔了一下。她去找了一条毛毯给曲筱绡盖上。一会儿樊胜美与刚起床的关雎尔一起过来，见到曲筱绡四肢垂在沙发外的睡姿，都是乱笑。关雎尔忍不住拿曲筱绡的发梢刷刷曲筱绡的鼻子，但曲筱绡只是皱皱眉头，丝毫不予理会。安迪旁观大家的欢乐，即使想不出参与的招数，她也喜欢。

樊胜美对安迪道："我打电话请小邱回来吃蟹，结果她也不会煮。好在她男朋友小白会，据说小白烧得一手好菜。我就力邀两人一起来。他们似乎不是被我花言巧语说服，而是被半斤一只难得的大闸蟹打动了，说去超市再买些别的菜，立刻回来吃。我和小关都还没见过小白，据小邱说长得很帅。"

"我早上出门已经见了……"

"啊，帅哥，多帅？"安迪和樊胜美循声看去，竟是曲筱绡闻帅哥而清醒，脖子虽然支起来了，只是眼睛依然闭着。众人又都笑了，可见曲筱绡之八卦。

安迪也笑了，"就是那种斯文男孩子，算不上多帅。不过有一项针对动物的研究表明，大脑0号神经发出的脉冲可以改变人类对外界环境的感知，它发至视网膜的纤维可以改变视觉信息的处理方式，也就是说情人眼里出西施这句话是有一定科学道理的。"曲筱绡听到一半就垂头继续睡去，樊胜美也被这答案搞得没劲。唯有关雎尔拿着手机拍大闸蟹，可又不敢从两只竹箩里取那张牙舞爪的活物，颇是为难。还是樊胜美大胆，拿起筷子将一只只大闸蟹取出，放入水槽。筷子不大受力，偶尔大闸蟹掉地或者夹住筷子，安迪和关雎尔一起惊呼，唯有樊胜美一脸沉着，颇有大将气度。终于将大闸蟹全部取出，樊胜美拍拍手道："大姐是用来干什么的？大姐就是吃苦在先的。"安迪犹豫了一下，决定纠正，"我1979年6月生，比你大一年。不过在22楼，你就是大姐。"

樊胜美连忙道："不行，以后你喊我樊妹，甚至可以喊我樊小妹，但万万不可再喊樊姐。咱这年纪，大一岁小一岁已经上升成原则性问题，万万不可马虎迁就。"关雎尔正拿安迪的电脑上传大闸蟹向网友们炫，闻言嬉笑，她最知道樊胜美对年龄的在意。"呀，安迪，你的QQ有动静。"

"奇点？"樊胜美见安迪脸上神情变化多端，就主动装作不经意地过去将关雎尔拉走，"小关，我文科生，什么叫奇点？好像是个挺数理化的名字。"关雎尔也好奇，去自己房间搬电脑过来查。答案很容易就跳出来，两人看着里面高深莫测的解释，面面相觑。樊胜美觉得，也就这种网名的人能跟安迪配对。

安迪手忙脚乱打开对话窗口，见上面奇点一个"Hi"，和一张笑脸。安迪只够回一个"Hi"。"终于连上线了。记下我的手机号码……"

"记住了。"

"吃饭没有？请你出来吃饭。"

"喜欢吃什么？说个地方。"

"我三个朋友在，不出来吃饭。"

"我感觉你回国后似乎在逃避跟我联络。"

"没有。真有朋友在。"

"真不出来吃饭？"

"对不起，朋友在。吃大闸蟹呢。"

"嘻嘻，我只是随口问问，别放心上。"

"知道了，谢谢。"

"我是装作很随意。"

"否则很没面子啊。"安迪终于"扑哧"笑出声来，一如既往，奇点总能给她带来欢乐。尤其是今天，她多么需要欢乐啊。

QQ 交流不同于论坛站内短信，很短时间，两人已经网聊好几句。安迪最初以为如此快聊会很不适应，因为她过去回奇点的站短都是左思右想斟酌再三才写下几句。想不到两人在 QQ 上一见如故，都是打字打得飞快。好几次安迪中文不灵光，就索性全用英语，好在奇点接收无碍。等到邱莹莹携白主管到来，安迪的心情终于有点儿趋于正常。

樊胜美一看见白主管，就给安迪一个眼色，关雎尔也看看樊胜美，三个人心照不宣：白帅哥也就那么回事，典型公司小主管气质，纯粹是邱莹莹情人眼里出西施。邱莹莹本来心情就好，一看见曲筱绡那睡姿，笑得挂在白主管手臂上。还是樊胜美落落大方地招呼白主管，反客为主领白主管进开放式大厨房。白主管走到哪儿，邱莹莹当然跟到哪儿，三个人开始在厨房忙乎。安迪与关雎尔想帮忙，却被人看不上，只好各占一张沙发玩电脑。

白主管在厨房大展身手，果然手艺不错。樊胜美已经好一阵子没吃到家常菜，在白主管身后对邱莹莹由衷说一句："会烧菜的男人都是好男人。"

得到樊胜美承认，邱莹莹眉开眼笑了。

做菜颇用了一些时间，盘子在厨房大花岗石料理台摆开，有蘑菇炒青菜、油豆腐烧肉、回锅肉、丝瓜文蛤汤、酸菜鱼，当然还有大闸蟹两大盘。樊胜美想起她卧室有好酒，但走到门边才想起要叫醒曲筱绡，她也不走近，只在门口喊了一句，"白帅哥来啦。"立竿见影，曲筱绡的脖子又"唰"地支愣起来，大家看着直乐，安迪扔下电脑将曲筱绡拖进她的主卫。

等曲筱绡出来，红酒已经开瓶，大家各就各位。但曲筱绡从来不是按部就班的人，稍睡片刻恢复精神就要来事儿。等她弄清楚这个白主管是怎么回事，又看见关雎尔对着一桌子的菜猛拍，她就飘到白主管身边，让关雎尔拍她和大厨及一桌好菜的合影。贴身与贴身，却是如此之大不同。邱莹莹是实心实意将自己全身心交付给了白主管，而曲筱绡与大厨合影，却是蜻蜓点水地一会儿贴一下肩，一会儿撑一只手，举手投足间，曲筱绡功力深厚的沙龙香水搭配扇起的香风一缕一缕地钻入白主管的心底。白主管虽是一脸拘谨，但被曲筱绡贴了一下的肩膀早酥了半边。安迪对着曲筱绡轻咳一声，曲筱绡机灵，立刻吐一下舌头收手。樊胜美则是两只眼睛逮着邱莹莹与白主管打转，只是笑而不语。

曲筱绡花言巧语灌邱莹莹与白主管喝酒，樊胜美插科打诨说着段子放松白主管的警惕心，令白主管今夜恍若猪八戒置身盘丝洞，心花朵朵开。安迪与关雎尔只会剥着大闸蟹旁观大笑。邱莹莹看到大家都喜欢她的白主管，心里万分开心。

但等邱莹莹独自送白主管出小区，曲筱绡窥着电梯下降，就直言不讳："那个白主管，我往他口袋里塞了一张字条，我保证他明天，不，今晚就贼胆包天给我电话。"

安迪道："那是小邱的男朋友，你这么做不好。"

"我替小邱考验她男朋友，有什么不好。"

"是验证你自个儿的魅力吧。"樊胜美一针见血，"你小心别引火烧身。你以为小邱会认可你的考验吗？你别忘了有句老话，爱情是盲目的。"曲筱绡一笑，"早认识真相早好。谢谢安迪提供厨房，我回去趁睡前再背几个单词去，拜拜啦。"说着飘飘然地回2203。

樊胜美回眸看一眼目瞪口呆的关雎尔，忽然觉得曲筱绡做得有点儿道理，若那白主管果真经不起曲筱绡勾搭，岂不是人品非常猥琐，那么真的是早断早好。"我们要不要打赌，24小时之内，白帅哥会不会给小曲打电话。"

"小曲有这么神？"安迪不敢置信，"我赌一顿晚饭，不会打。小关？"

"我也赌白主管最好别打小曲电话，一顿KFC早餐。"

"我赌一定会打，相信我资深HR的眼光！一顿必胜客。"

第 5 章

　　自从 22 楼住满了人，樊胜美深情关注的人口就翻了一倍。尤其，在如此不同寻常的周日清早，整个 2202 室弥漫着不同寻常的气氛。等樊胜美睡足懒觉起床，发现不该出现的邱莹莹目光呆滞地在屋子里晃，而该睡懒觉的关雎尔却不在家，不知去了哪里。想到昨晚打的赌，樊胜美心中猜测万千。

　　她煮快速面的时候，邱莹莹终于晃过来，樊胜美立刻抓住，问道："小关这么早去哪儿了？你看见没有？"

　　"她抽风跑步去了，说是要向安迪学习规律生活。两人一起跑出去的。"

　　"什么，这个瞌睡虫改性了？真够狠的，小关有出息。你呢，不是今天有约会吗？"

　　"他半夜来的短信，说今天要帮一个朋友搬家。我忽然觉得无事可做。"樊胜美愣了一下，"你不如看注会考试书吧，恋爱谈得都荒废考试了。"邱莹莹不好意思地笑道："可是……可是心不在焉呢。他那朋友真是的，也不说提前通知，也好让我有个心理准备。"樊胜美心里的感觉越来越差。此时关雎尔精神抖擞地从门口进来，樊胜美就岔开了话题，"小关，不是与安迪一起锻炼吗？安迪呢？"

　　"她比我早回，说是有个讲座要去听。我在公园周围巡视一圈，吃完生煎包子才回。安迪说得没错，锻炼让人一整天神清气爽。"邱莹莹道："你干脆做安迪的跟屁虫得了，以后不要叫安迪名字，直接叫她偶像。"

"今天怎么回事，脾气这么冲，我昨晚没偷吃你那份大闸蟹啊。"关雎尔不由得看看樊胜美，又不便明说，否则太有挑拨离间的嫌疑。"樊姐，今天做什么去？"

"与女友一起去上陶艺课，你去不去？"关雎尔动摇了一下，"呜呜，还是不去了吧，昨天偶像推荐一本书给我，我得找来看看。等一年实习期过，我再玩吧。"

"好孩子，我晚上吃饭再喊你一起。总归是周末，还是要稍微娱乐一下的。小邱跟我一起去吗？"

"陶艺课，要钱吗？贵不贵？"

"不便宜，而且一堂课听不到什么。得了，我们晚上一起吃饭，不知道安迪和小曲有没有空一起吃。妹妹们，还有什么问题吗？如果没有，我吃完快速面就出发了。"

"没有了。"关雎尔跳回自己的房间，换掉衣服打开电脑。而邱莹莹郁郁地看着关雎尔的行动，等关雎尔戴上耳机，她才轻轻问道："樊姐，他……半夜短信这么突然，会不会是另有女朋友找他呢？"

樊胜美这才能提出忠告："俗话说，礼多人不怪，妻多很痛快。男人，不可不防，也不可乱防。分寸需要你自己用心观察，仔细把握。是不是你白主管平时女友比较多？"

"我……我不知道，可是他说心里只有我，说是从我进公司就一直关注我。可是……可是我也说不清，为什么心里这么慌。"

"那也别太疑神疑鬼了，明天见面问问再说。好好看书去吧，找点儿事情做，分分心。"

安迪听完讲座，想到曲筱绡的新公司办公室就在隔壁大楼，听曲筱绡说，今天往办公室里搬家具。她就打电话问曲筱绡还在不在办公室，要不要一起吃中饭。曲筱绡说她正请帮忙的朋友们在楼下鱼庄吃饭，味道不错，不如一起来吃。安迪不高兴跟曲筱绡的朋友一起吃，但既然那家鱼庄味道不错，而且就在路边触目可及的地方，她就信步走了过去，打算单独开一桌吃饭。

她见到了曲筱绡，她更惊讶地看到，在帮忙的曲筱绡朋友当中，还有一个白主管。而曲筱绡对她诡谲地一笑。安迪翻个白眼，转身就走，没让白主管看到她。她不高兴蹚混乱的男女浑水。

　　然后，安迪便不知该去哪儿了，她不懂中餐。左右看了会儿，去熟悉的 KFC 买一个汉堡吃。很快曲筱绡的电话便进来。"安迪，嘻嘻，果然大拿作风，对我这种小手段理都不要理。还在附近吗？我办公室已经搬好，现在只有我一个人了，欢迎来参观。我太开心了，从这一间办公室开始，我做老板了。"

　　"我已在车上，以后有机会参观。"安迪坐在草坪边晒着太阳吃汉堡说电话，挂了曲筱绡的电话才回车库取车回家。她的回家线路是先到欢乐颂小区，不停车，从小区门口出发去超市。没办法，她是个路痴，若不是如此折腾一下，她找不到超市的路。

　　曲筱绡好生失望，本以为安迪会热心与她切磋有关白主管的绯闻，可人家不闻不问到底，她就没趣了。她心有不甘，回办公室收拾了半天，大小姐难得一天里面做那么多体力活，累得心烦意乱，心里便促狭了一下，将手机拍的照片群发给 2202 三位租客。照片上是办公室大功告成时候，大伙儿的合影。有曲筱绡，当然也有白主管，而且曲筱绡又是妖娆多姿地与白主管若即若离。然后，曲筱绡咯咯笑着关机，苦读英语。等她爸上来视察时，曲筱绡正将英语背得痛苦万分，丢三落四，她很不明白，她那么好的脑筋怎么遇到英语就卡壳了呢。当然，曲父是不可能知道女儿苦中作乐，安排了一个红粉菲菲的插曲作为痛苦工作间隙的调剂。曲父只看得到女儿在拼命地努力：新手上路，进度出乎预料，成果也可圈可点，水平显然高于他前妻的两个儿子。

　　曲父当然不可能放女儿一个人上路，他勉强将胖胖的身子将就在不舒服的转椅上，将转椅坐得嘎嘎作响，这样他就可以与撅着嘴巴，仿佛随时可能尖叫的女儿非常平等地对话了。这是父女俩第一次就工作问题平等对话。曲父知道他非如此，不可能换来女儿听取他的意见。

　　曲筱绡将彩信的事儿完全扔到脑后，她有要紧事需要处理。在她爸的建议下，她在电脑上做出行事历。何时与 GI 展开正式对话，对话之前需要准备什么材料，对话时候她需要争取一些什么内容，对话之后分两种情况，成了如何，不成又如何。一边列表格，曲筱绡一边脑袋发晕了，以为主持公司是简简单单的事，一个 GI 项目能难到哪儿去，可被她爸一解剖，她发现，事情好多，作为一个小老板，连机场接送订票订房都在她的工作范围之内。她起码在可预见的半年之内，没时间好好玩了。作为一个新手，她可能必须每天工作，而且是加班加点地工作。

工作讨论完毕，曲父看看女儿略显呆滞的眼睛，小心地问："你看看你需要多少人手，尽管跟爸爸说，爸爸派最得力的给你。"

"最得力的，好比派王副总这样的大拿来我这儿屈就当小业务经理？然后在我这儿拿几千块工资，而你暗中每月补给他们大头工资？"

曲父笑道："这个，可以有。"

曲筱绡柳眉倒竖，一拳捶桌上，"啊，原来我闹独立，一个人这么多天做了那么多事，连觉都顾不上睡，你还没跟我当真？你们是不是都以为我跟你们撒娇玩花样？"曲筱绡虽然只是短短一声尖叫，曲父早已条件反射将耳朵捂上。"爸爸不是这个意思，但创业难，难就难在第一步。爸爸希望你的第一步走得稍微顺利一些。一样可以达成目的，为什么不走捷径呢。"

"我读书时候你怎么不说，一样可以毕业，为什么不考试偷看走捷径呢？"

"工作与学习不一样，工作是需要团队配合行事，读书只能靠你自己。工作上，你未必需要样样都懂，什么都拿得起来，你只要懂得怎么指挥就行。"

"对，他们都能在你的暗示下什么都做好，而我貌似管得很艺术，可以像个管理大师一样，不出现在办公室，大家依然将事情做得井井有条……臭爸，我不要你插手！除非我提出要求。我问你一句，GI如果被我搅黄了，对集团影响有多大，除了我问你的两百万借款作废，还有什么其他影响？"

"影响当然有，好不容易才说服GI与我们合作，目前只差临门一脚。如果最后被你做黄了，这块利润将会被其他公司接手。但要说伤筋动骨，还不至于，只是非常可惜。"

"那就好。拜托你别再装出一脸怕我败家的样子来了，至于吗？我心里有底，再折腾也败不了家。那么我会放手一搏。"

"爸爸……像今天这样地过来关心一趟，了解进度，可以吗？"

"你不用来，在公司你是老大，我会随时向你汇报。我现在提第一个要求，给我一个会计，小会计就行，能相信，别卷了我银行里的钱跑掉，我付得起工资。第二个要求，以前跟GI的是谁，来我这儿兼职。当然主要的事情还是我做，我只是不想让老外发现这儿的人怎么忽然全变了，太突兀。"

"行行行，你这两个要求都很在理，爸爸听着放心不少。虽说这是在公司，但是你可以随时跟爸爸交流工作，有什么想法立刻……"但曲父看到女儿脸上浮现不耐烦的神情了，往往这种神情超过三分钟，就有尖叫随之而来。曲父赶紧嘴巴急刹车，做个识大体顾大局的老爸。但不说话，并不意味着曲父不做事。他决定背着女儿，在权限有限的人手安排上下足功夫。

而曲筱绡，则是当作不知。

曲父告别时，看着有限面积的小办公室感慨万千，仿若看到自己当年胼手胝足开创事业时候的情景。再低头看撅着嘴的女儿，真是怎么看怎么好看，"筱绡，你的性格很像爸爸，爸爸很看好你。"

"才不，我可比你狡猾得多。"

"狡猾很要紧，但狡猾要藏在心里，不能露在脸上。爸爸最初创业时吃够实诚的亏。"曲筱绡在她爸爸围墙一般的背后翻白眼做鬼脸，她爸实诚？那狐狸精全是良家妇女了。

关雎尔一整天就关在自己卧室里，在线看书。她一会儿泡一杯速溶雀巢咖啡，一会儿泡一杯奶茶，还有可可、玄米茶，手边还有吃不完的零食。这些都是家里给她寄来的，家里的各种购物卡用不完，她在海市进超市却精打细算。因此妈妈每隔一个星期就给她快递一个大包裹，里面都是吃的用的很花钱的东西。

这种讲专业知识的书籍总是很枯燥，枯燥得关雎尔除了用排山倒海的零食填充之外，还得不时起身做做扩胸运动，要不然仿佛脑袋供氧不足：明明每一个字都认识，可串起来的意思却成了空白。她还不得不紧闭卧室大门，免得为了男友而变得热锅上的蚂蚁一样的邱莹莹吵到她的学习。

收到曲筱绡短信的第一时刻，关雎尔就冲出卧室，与也是冲出卧室的邱莹莹不期而遇。两人手中都举着手机，手机里是同样的照片，仿佛经典的对暗号场面。关雎尔毫不犹豫地道："甩了姓白的。"而邱莹莹则是同时大叫："曲筱绡！曲筱绡！曲筱绡！"

正好此时，樊胜美开门进来，手里也是举着手机，一脸的惊愕。她早已料到白主管不是曲筱绡的对手，只是她怎么都没想到，曲筱绡竟然已经将白主管奴役上了。这得是何等深厚的狐媚子功夫。关雎尔见此奇道："大家都收到短信？曲筱绡这是什么意思，向我们邱莹莹示威？"

"靠，曲筱绡关机！"邱莹莹恨不得摔了手机，可惜这手机是她自己的。"樊姐，曲筱绡这是什么意思。"

樊胜美顺手倒一杯凉开水给狂暴的邱莹莹，"苍蝇爱叮也得鸡蛋有缝啊，这世上多的是找个好老婆争取少奋斗十年的年轻男孩……"

"不是，他不是那种人，是曲筱绡故意要我好看，否则她群发照片干什么，她就是要在我面前耀武扬威。"

"邱莹莹，要不你转发这张照片给白主管，请他解释一下，你先别激动，或许其中有误会呢。可能，帮朋友搬办公室，并不是什么大问题。"关雎尔忍不住给个自以为不成熟的建议，并不指望邱莹莹能接受。

邱莹莹一听，满怀希望地又拿起手机，可操作到中途，颓然中止。"他会不会怪我不信任他？"

樊胜美刚准备露出目瞪口呆的表情，可更让她目瞪口呆的事情发生了。关雎尔很厚道地道："或许真的不是什么大事呢。只是白主管知道你有点儿小性子，爱吃醋，就不敢把帮谁的'谁'告诉你，免得你想不开。可他总归是把搬家这件事跟你汇报了，一点儿没瞒着你。再说，你看照片上有这么多人呢，又不是孤男寡女。"樊胜美不禁对关雎尔刮目相看，以前总以为这两个小姑娘天天凑一起上下班，都是邱莹莹在拉扯着娇嫩的关雎尔，现在看起来原来主心骨长在关雎尔身上。

邱莹莹一听，果然脸色和缓起来。樊胜美抬眼，见关雎尔冲她使眼色，她就顺着往下说："我看也是差不多，小邱别多想了，明天又要上班，你们一见面，不是什么误会都没了吗。"

"是啊，是啊，多大的事儿呢，我们都差点儿被曲筱绡调戏了，不上她的当。"关雎尔忙接着这话，"樊姐，你不是说晚上才给我们电话一起吃晚饭吗，怎么……噢，你就在附近晃悠吧，一看见短信就回来调停。"

"有你在，我担心什么。我是……唉，一个好久好久不联系的高中同学来海市出差，也不知他怎么打听到我手机的，说是见个面，吃个饭，叙叙旧。我只好早点儿回来了。"

"樊姐，你要是担心冷场，带上我吧，我反正没事，我今天哪儿都不去，谁叫我都不去，今天就申请陪樊姐。"邱莹莹愿意相信关雎尔的劝解，可依然忍不住赌气

"樊姐怎么叹气呢？"关雎尔却细心地问。

"高中同学约的是希尔顿，害得我不得不回家换衣服。唉，折腾啊，老年人经不起折腾啦。"她顺手拍拍邱莹莹的肩，"够姐们儿。下次请你帮忙。"

其实，樊胜美的同学是这么跟她说的，"哈哈，老同学住哪儿，我去府上喝杯茶，再请你指点一个好饭馆，我们叙叙旧。"于是樊胜美特郁闷，她不仅没府上，而且她住的还是小黑屋。她怎么有脸请人上门。最要命的是，该男同学当年给她递过情书，每天上课总拿一双含情脉脉的眼睛盯着她的后脑勺，她却报以公主似的不屑。可人家现在住希尔顿，请吃希尔顿，今非昔比。樊胜美心里不断地打退堂鼓。

去？不去？后者，樊胜美可以给出无数理由，可是前者，却需要勇气。樊胜美对着镜子发呆。

关雎尔原指望樊姐回家可以帮帮邱莹莹，想不到最终还得她来小鬼当家。虽然邱莹莹一厢情愿地相信她的话，可邱莹莹到底是患得患失，拉住关雎尔胡乱猜测。

幸好安迪拎了两大包日用品回家，从门口看见邱莹莹蔫头耷脑，就问了一句"怎么了"。关雎尔代替回答："我们三个刚刚都收到曲筱绡的短信，是一张照片，这个白……跟那曲筱绡在一起的……"

"哦，明白了，我中午在饭店遇见他们一伙，小曲请帮忙的男生们吃鱼头，小白也在。我没跟他们打招呼。怎么了？ 小邱不高兴男朋友帮别人忙？这么小气？"

"没有啦，我怎么会生气，只是小曲的短信发得不明不白的，太……太……"

"小曲玩性太重，说她长不大，她有些事情又挺精明。晚上说好了，我请客。樊小妹呢？"

"我在换衣服，哎呀，最近胖了，心一急这拉链怎么也拉不上……好吧，只好开门求助。小关帮帮忙。"樊胜美穿一件大红真丝连衣裙出来，衬得背后拉链没拉上的部分肤光如雪。

安迪一看，愣了一下，借口放购物袋，转身回屋去了。原来东方女人穿大红色真的很美，难怪东方的新娘子要穿大红嫁衣，也难怪她的妈妈……安迪胸口很闷，只得埋头做事，将两只购物袋里的东西分门别类放好。过了会儿，门口传来樊胜美的声音，安迪出去看，却见樊胜美已经换了一件金棕色的连衣裙。

"怎么不穿大红色的了？"

"悲剧，穿不进去，放弃。这件还行吧？安迪，我有个不情之请。"

"你打赌赢了，我请客，没说的。你这资深 HR 看人眼光真准。"樊胜美看看走廊，将门关上。"我一个高中老情人来海市出差，七拐八弯打听到我，今晚请我在希尔顿吃饭。然后呢，我怀疑他一定会坚持送我回家，至少在我家门口瞄一眼。我……我以前可是在他面前趾高气扬的，要是被他看到我跟人合租……你理解吗？咳，我是死要面子活受罪。"

"理解。要不我请她们两个也去希尔顿吃饭，等会儿一起去，吃完，我们一车回来，就轮不到你同学送你了。"

"安迪，你太好了。可你的车子坐得下吗？"

"昨天刚换了一辆四门的，就是方便我们这么多人用。不过有条件，你得送我一份海市地图，上面详细标注好饭店地址，最好再标出主打好菜。"

"还有，最好多标出你办公室附近的饭店？我明天就着手。安迪，我们收拾收拾，赶紧出门吧。"樊胜美获得后盾，顿时一改此前的愁眉苦脸，变得神采飞扬，光彩夺目。

但安迪叫住她，"小邱与小曲究竟是怎么回事？"

"这件事我们换个角度来看，两个年龄相仿的女孩摆在你面前，一个是狐狸精一样的美女，家财不少，陪嫁丰厚，又是海龟，另一个外地无户籍女子，一无所有，中人之姿。换你是男人，你挑哪个？都市中人实际得很。"

安迪哑然，确实如此。等樊胜美再回 2202 室化妆收拾，她一个人黯然想到，根据严吕明的说法，当年，她妈妈即使是美女，可身在农村，不仅一无所有，身后还有一家子沉重的拖累，难怪那个男人会消失不见。生活如此不易，谁都想当逃兵。

樊胜美不怎么懂车，见到安迪新换的车子看上去就是一辆普通四门轿车，虽然依旧贼亮贼亮，可似乎没上回那辆跑车拉风。但有胜于无，总归好过自己打车或者挤地铁。她当然坐在副驾驶的位置，她需要为安迪指路。可是眼看离希尔顿越来越近，樊胜美有点儿急不可耐起来。她拿出手机告诉老同学，她会在十分钟之内准时到。后面的邱莹莹和关雎尔一个劲儿地诡笑，打赌老同学会不会出来迎接，来迎接的话，又还认不认识。两人即使不清楚老同学与樊胜美过去的关系，可都一口咬定那一定是个老情人。唯有安迪着急，她抓着方向盘呢，可樊胜美一跟老情人通上话，就顾不得给她指路了。

　　一车女人叽叽喳喳的，好不容易，安迪开车摸到希尔顿门口。而樊胜美与老同学还热线着呢，她才说一声"我到了"，车门就被门童打开。樊胜美见到她的老同学，那个过去瘦弱苍白的少年，现在俨然青年才俊地出现在门童身后。三个女孩都趴在车窗上，看樊胜美婀娜多姿地走出车门，拉拉羊绒薄披肩，傲然一个完美亮相。然后，樊胜美便见色忘友，踩着狐步与殷勤的老同学一起进门去了。

　　"哇，会不会重叙旧情？"邱莹莹最直接。大家心里其实都是一样的想法。安迪则是最爱看樊胜美活色生香烟火气十足地活着。三个人加紧钻进地下车库，急匆匆找电梯升上一楼，然后，邱莹莹就打电话给樊胜美，问他们究竟在哪个楼层吃饭。得知在一楼意大利餐厅，三个人就杀了过去。

　　三个人被不解风情地安排在离樊胜美挺远的地方。一顿饭下来，他们只看到樊胜美与老同学谈得很投机，话说得很多，饭吃得很慢。而这边一桌的三个人饭吃完了，为了等樊胜美，只得再点菜，贼贵的东西吃得三个人撑死，也吃得实力雄厚的安迪都开始有点儿心疼。她终于还是摸出手机，打断樊胜美问要不要回家了。

　　偏偏，这个时候白主管的电话进来，问邱莹莹在做什么，想不想他。邱莹莹本来一肚子气的，可被白主管三言两语一说，早两眼如水，温柔如初了。安迪眼看这顿饭暂时没法结束，只得去洗手间收拾一下自己。关雎尔跟着过来，她轻轻问安迪，那白主管显然有脚踩两只船的打算，用心不良得很，难道大家伙儿就看着邱莹莹受骗而不提醒？这么做是不是太不够朋友。

　　安迪想了想，"首先，我们没硬证据。小曲发的照片力度不够。我们所能告诉小邱的只是我们的猜测，可是猜测能作为判断的依据吗？显然不行。其次，小曲与白之间的关系我也懒得过问，纯粹是小曲玩那个白。最后，我不打算看着这件事毁了22楼五个女孩之间的关系，还是大事化小吧。"

　　"可是真相是很明白的，一步一步分析起来很清楚。"

　　"哪有什么真相。大家都能接受的才是唯一真相。小邱现在很开心，我们能做的只有提醒她做好避孕措施。"关雎尔无语，愣愣地跟着安迪从洗手间出来。快到餐厅，关雎尔才抓住安迪又道："我觉得这是你在办公室的处事手法，可小邱是我们的朋友，不一样。"

　　"你可以尝试，但小邱跟我目前只是邻居关系。"关雎尔一想也是，人家才搬来十天不到，与邱莹莹更是只泛泛之交，反而与曲筱绡的关系更好。那么，跟邱莹莹谈话的任务就落在她关雎尔头上了？

两人回到座位，正在听电话的邱莹莹抽空揶揄一句，"关雎尔现在是安迪的双胞胎。"关雎尔无语，只得看看安迪。而安迪则是有点儿烦躁地看着樊胜美。安迪最恨浪费时间，今晚为朋友两肋插刀，可时间消耗已经大大超过预算，偏偏樊胜美还没完没了的样子。至于邱莹莹的揶揄，她看事看大局，几句闲话并不放在心上。只是，她受不了邱莹莹的愚蠢。她不得不猛喝一口水，才能勉强自己继续被动地听邱莹莹愚蠢地向白主管献媚。

终于，樊胜美结束饭局，一个人盈盈走过来，凑到安迪耳边轻道："安迪，对不起，我想跟同学继续喝杯咖啡。还有好多话题没说呢。"安迪道："行，不过我有事得回家了。你有没有……"

"没有，没了，谢谢你们三个帮我压阵，后面的事情我自己应付。"邱莹莹终于结束通话，欢快地笑道："樊姐不把同学介绍我们认识一下？藏得好严实哦。"樊胜美有所指："跟闺蜜什么都可以无保留，唯有男人不能介绍给闺蜜。"

"樊姐好吝啬哦，啊，可我昨天才……"邱莹莹说到这儿，两眼滴溜溜看着关雎尔与安迪，但总算是掩嘴不说。

"放心，我们不会跟你抢白主管。"关雎尔连忙声明。安迪只是横邱莹莹一眼，邱莹莹立刻不敢多嘴。但至此，关雎尔有点儿凉了想跟邱莹莹说明真相的心。

一行三个人回家，安迪完全只能凭记忆找到回家的路，而其他两个人很帮不上忙，只好一车安静，免得打扰安迪的回忆。半路上，曲筱绡的电话进来，安迪一看，把手机递给旁边的关雎尔，让关雎尔帮忙接听。关雎尔还在寻找通话键，邱莹莹一把抢了过去，眼明手快找到通话键接通。"曲筱绡，你终于开机了？我问你，你今早算是什么意思。"

曲筱绡一愣，随即哈哈大笑，"跟你开个玩笑。我刚到家，一敲门，你们都不在，好寂寞哦。去哪儿了呢，什么时候回来？"

邱莹莹不由自主地，但依然是狠狠地道："我们在回家路上。"

"好啊好啊，我等着你们，有事见面谈。"曲筱绡说着就收了线。

安迪不说话，虽然心里不满。关雎尔这回也不说话，但是心里猜测刚才曲筱绡说什么。而邱莹莹早心直口快说出来："我等下回去与曲筱绡对质，看她究竟怎么说。"

关雎尔犹豫半天，终于还是小心地道："有件事，我觉得你应该事先了解一下。

昨晚曲筱绡把写着手机号码的字条交给你白主管。然后他们就联络上了。就是这样。"

"啊，你怎么知道的？"

"曲筱绡亲口说的。"

"嗳，太过分了，你怎么不告诉我。难怪曲筱绡这么张狂，原来你们都向着她。"

"不是我向着她，而是我以为白主管跟你在热恋，不会搭理曲筱绡这等雕虫小技。"

"这不能你以为，你是我好朋友，这种事你应该第一时间告诉我，也好让我有个防备。现在好，你们都清楚，只有我一个人蒙在鼓里，被曲筱绡笑话死了……"邱莹莹气得一阵子的乱唠叨，关雎尔不辩了，咬住嘴唇不说话，随便邱莹莹指责。安迪也不说话，置身事外。

一行三人终于回到22楼。等电梯门打开，却见曲筱绡持一把折扇笑嘻嘻地仿古人遮颜，一边在扇子后面做鬼脸。安迪一笑，准备抽身离开这是非之地，曲筱绡却扯住安迪，给安迪看折扇上的内容。原来曲筱绡这个鬼精灵将疑难单词都写在折扇上，随时可以拿出来背单词，若是谈话中忘了单词，也可以立刻拿来查询。这等雕虫小技，发祥自曲筱绡读书考试作弊之时。安迪轻咳一声，笑道："小邱有事与你交流，相信你好汉做事好汉当。"关雎尔也立刻掏钥匙开门，打算钻进卧室闭门不出。

可曲筱绡动作更快，"小邱，这事儿我正要跟你说，经考验，事实一，你那白主管整一个猥琐男，怎么说呢，就是那种作为绅士给女士开个车门，他那要摸女士小手一把作为回报，他就是这么一个人；事实二，今天我若给你那白主管摸一下，让他尝个甜头，给他一丝做驸马爷的希望，估计从今天起你就得失恋了。汇报完毕。"

曲筱绡还在挥着扇子做鬼脸，邱莹莹气得脸色煞白，一声尖叫扑向曲筱绡。曲筱绡大叫一声"救命"，赶紧往自己家门逃。可掏钥匙开门哪快得过邱莹莹追杀的脚步，两人很快扭打在一起。论口才，曲筱绡胜过不是一筹两筹，论打架……邱莹莹居然也不是对手。曲筱绡从小争风吃醋打群架，有的是阴险毒辣的实战经验。安迪与关雎尔不得不冲上去解围，奋力将两人拖离。安迪架着雌老虎一样的曲筱绡，忍不住讽刺一句："原来能文能武啊。"曲筱绡立马笑嘻嘻回一句："好说好说。"安迪有点儿哭笑不得，反而对曲筱绡刮目相看。"听我的，回家，不许再出来，也不许再惹小邱。"

"我是帮她忙，她狗咬吕洞宾，不识好人心。"

安迪不与辩论，大力将曲筱绡塞进 2203。回身，冲过去帮关雎尔按住不肯罢休的邱莹莹。邱莹莹大大吃亏，气得大哭，"都欺负我，都欺负我。"安迪与关雎尔将邱莹莹拉进 2202，安迪顺便看看 2203 的门，果然，曲筱绡唯恐不乱地钻出头来看着走廊。

樊胜美不在，关雎尔已经不敢惹邱莹莹，安迪则自绝于感情，两人唯有听邱莹莹哭骂，都插不上嘴。但既然无法抽身，安迪只能听着邱莹莹哭骂，可听了半天，她强大的逻辑头脑就膨胀得无法承受邱莹莹的毫无逻辑了。

"小邱，听我分析一下这件事。小曲做错，但在整件事情当中，她只是个引子。更错的是白主管，此人吃着碗里瞧着锅里，才会被小曲一击而中。从小曲的陈述来看，白主管不可靠，事实证明这个人随时可能见异思迁，你经历此事之后要有心理准备。"

"不，他爱我，他只爱我。他已经跟我道歉，他以为曲筱绡是我朋友，所以出力帮忙，回头他想给我一个惊喜。我相信他，我不相信曲筱绡那贱人。所有的所有，都是曲筱绡那贱人看我不顺眼，妄图破坏我和他的关系。"

"呃，这个我就不懂了，等会儿樊小妹回来，你们再参详。但首先，在弄清楚来龙去脉之前，请别冲动，好吗？"

"我没冲动，我已经弄清楚来龙去脉，事实一清二白。我跟曲筱绡势不两立。"

安迪与关雎尔茫然对视，她们果然拿不出铁证来反驳。过了会儿，安迪见邱莹莹情绪稳定下来，就告辞走了。

在 QQ 上，有奇点的留言，"呼叫 Andy，去哪儿了？出来吃饭。"安迪对着屏幕看了半天，想想曲筱绡的游戏态度，再想想邱莹莹的认真态度，心里叹一声气，唉，只是认识一个人，这么一本正经干吗呢。或许，放轻松，放轻松，只是认识一个朋友……反而更好。

可即使这么想，她还是犹豫再三，才打出一行字，"忙了一整天，比上班还累。明天中午有空吗？一起吃饭。我明晚上要出差，三天后才能回。我只认识三家饭店，请你任选一家。"然后，安迪具体打出三家饭店的名称和地址电话，这些都存储在她的脑袋里，三家饭店全在她工作单位附近。

安迪没关电脑，刷完牙，过来看一眼有没有动静。洗完澡，再过来看一眼。但等窝在床头看书至眼花睡觉，奇点一直没在网上出现，她只得悻悻关机睡觉。

　　樊胜美与老同学饭后又去喝咖啡。老同学姓王，叫王柏川。樊胜美与王柏川谈一夜的结果是，王柏川未婚，事业略有小成，目前打算来海市发展业务，希望老同学常来常往。但是，樊胜美敏感地从王柏川的眼睛里挖掘出当年高中时期的那种熟悉眼神。因此，樊胜美这一夜的感觉特别好，人逢喜事精神爽，樊胜美更是言语风趣，千娇百媚。

　　咖啡喝完，夜色已深，樊胜美矜持地提出告别，王柏川起身要送，说是自己开车来了。当然，王柏川补充一句："不如你朋友开的车好，请千万不要嫌弃。"

　　"怎么会呢，又不是我开好车，我还不会开车呢，学不会。"

　　"有人说，看一个人的底牌，只要看他身边好友。樊胜美你在海市混得风生水起啊，佩服佩服。"

　　"呵呵，我这个朋友啊，就喜欢个车子，你看见的这辆是新欢，前几天宠的是同一个牌子的跑车，白色的，更拉风。"

　　"哦，富家女？"

　　"不是，人家全靠的是自己本事，海归呢，不是被金融危机逼回家的海归，而是被人八抬大轿请来的那种。脑筋一流，虽然路盲，可靠着死记硬背地图，竟然也没见她迷路。"

　　"你也一样，你也非常出色。真想不到十年不见，你看上去比我想象中更出色。"

　　樊胜美微微一笑，不否定，也不肯定，从容淡定。她与王柏川一起走出电梯，到了王柏川的车子面前。是一辆宝马，樊胜美认识这个标记。"王柏川，你还谦虚呢，都宝马了。"

　　"三系，入门级的，算不上什么，三系宝马国产之后才有我们这种穷人拥有宝马的机会，价格才你朋友那车的十分之一呢。"王柏川依然很谦虚，殷勤地开门让樊胜美坐进去。这一刻，樊胜美感觉坐着比安迪的车子更舒服。她看着按住西装下摆转过车头的老同学，心里很有异样的感觉。

　　当然，她以太晚为借口，力拒老同学将她送进欢乐颂小区。老同学在大门口依依不舍地告诉樊胜美，他这次来还只是探路，接触同行，几天下来已经感觉不错。想不到遇到樊胜美更是惊喜。可惜他明天就得有急事回去，他希望以后来海市发展时得到樊胜美的帮助。樊胜美当然是豪爽地给三个字，"一句话"。然后，樊胜美在老同学的注视之下，踩着高跟鞋婀娜地走进小区大门。拐弯回头时，老同学的车子依然在。樊胜美挥挥手中的披肩，心中好生得意和快乐。即使夜凉如水，她也不觉得冷了，披肩根本用不上。

周一清晨的 2202 室热闹得不寻常。先是关雎尔睡眼惺忪地出去跑步了。关雎尔前脚才走，邱莹莹乒乒乓乓地起来，她是一想到昨晚的事儿，就气得浑身发烫，躺床上如煎烙饼。只是她听到隔壁关雎尔的响动，才稍微推迟起床进程，她不愿看到关雎尔，她无法原谅关雎尔与曲筱绡一起欺瞒于她，可又不愿大清早就吵架，只有错开起床时间。反而是一向最早起的樊胜美成了最晚起床的。

樊胜美心情极好，灿烂得如同中午的太阳。看见邱莹莹就大喊一声："小邱早上好。昨晚我回来很晚，没吵到你们吧。"

"没吵，不过我当时没睡着，听见了。"

樊胜美这才留意到邱莹莹略微红肿的眼皮。"怎么了，昨晚你们回来吵架了？跟樊姐说说，有樊姐呢。"

邱莹莹鼓了鼓腮帮子，欲语还休。樊胜美鼓励道："只有我们两个人，你说了樊姐替你分担，心里会好受些。"

邱莹莹叹一声气，正准备说，忽然想到，前天晚上樊胜美与关雎尔一直在一起的，不可能曲筱绡跟关雎尔说了却不跟樊胜美说，依曲筱绡的性格，越多人知道曲筱绡越开心。也就是说，樊胜美也是欺瞒小组的成员。邱莹莹话到嘴边，吞下了，悠悠说一句"洪洞县里无好人"，冷淡地走开。

樊胜美瞪着邱莹莹的背影，问道："说我？"邱莹莹没搭理，进卧室，关上门。樊胜美想刨根究底，可早上时间不允许，只得作罢，急急忙忙地洗漱上班去。昨晚回来太迟，睡眠不足，脸有点儿肿。

关雎尔锻炼回来，见邱莹莹对她冷冷的，她便缄口不言。本想要不要道个歉，再想她没错，不必道歉，而且昨天已经挨了那么多唠叨埋怨，她心里也冤。于是，2202 的气氛冻结到了冰点。

反而是邱莹莹走出门才不久就快乐了。白主管在原地等她，不仅是等她，而且还送上一盒八只甜甜圈给邱莹莹当早餐，以及一个深情的承诺，以后再不做什么给个惊喜之类的事，以后事事早请示晚汇报，免得彼此之间有误会。邱莹莹纵使再有疑问，此时也烟消云散。

在照常拥挤的地铁车厢里，邱莹莹照旧是被四面八方的人紧紧挤在白主管怀里。

白主管适时低头跟邱莹莹道："我们是亲密无间的，永远。"

"是的，是的，是的！"邱莹莹整颗心都化了，她在心里大声地答应，早上所有的不快全都抛到脑后，她在心里加固对白主管的爱和信任。

安迪早饭时候查电脑，终于看到奇点有回复，但是回复时间是凌晨2：36。夜生活够丰富多彩的。奇点指出其中一家饭店菜做得不错，他会去订位，进去饭店只要问魏先生订位即可，反对 AA，他请客。从这一刻起，安迪开始忐忑地期待中午 12 点的午餐。

谭宗明早上与安迪开了一上午的会，研究工作细节。中午，谭宗明本以为顺理成章一起吃中饭，安迪却另有约会。谭宗明奇怪了，安迪的华人朋友不多，甚至可以说少而又少，而在国内的朋友更少，他也没客气，直接就问："什么朋友，怎么没听说你在国内有朋友。"

"网友。"安迪说出来已经甚觉不好意思，因此又补充道，"为了不让中文退化，只好上国内网站练笔。"

谭宗明忍俊不禁，"网友？呵呵，网友。要不要给你做保镖，听说见网友很危险。"

"所以选择中午，公共场合，吃顿饭，应该没什么问题。而且我没留手机号。"

谭宗明依旧猛笑，觉得安迪这么严谨的人见网友是非常不可思议的事。"对了，车子别开去，也容易被盯上。"

"早考虑到了。"安迪虽然这么说，也是这么做，可她心里对奇点有种莫名的信赖。她觉得这种信赖不理智，没有逻辑依据，因此选择忽略。她去饭店的时候，考虑之下没有带包，只带手机和信用卡，以及几百块零钱。在饭店一说"魏先生订座"，领座的立刻说魏先生刚到。她跟领座的小姐进去，她终于见到了奇点。

而奇点也是感觉到动静，抬头看到安迪。两个人面对，都颇为惊愕。安迪在坐下之前，决定先问清楚，"奇点？"

奇点起身，不高，瘦，近乎光头！戴眼镜，看上去颇为苍老，似乎有四十来岁。"是我。你是安迪？终于见到你，请坐。"

安迪心里有点儿失望，这个形象与她想象中的很有不同。唯一相同的大约是一副眼镜。不过她还是对面而坐。而奇点已经接着微笑道："看来我没猜错。你回国前我一直以为你跟我相同性别，等你回国看了你在吃饭问题上的态度，我已经推翻之前的想法了。喜欢吃什么，今天说好我请客。"

安迪直截了当地道："可你看到我还是一脸吃惊。"

"这个……说出来你可能会生气，理工科的女生一般人称恐龙，这是玩笑，别当真。我虽然猜对性别，可没猜对其他。"

"我这方面也猜错，我以为你跟我差不多年纪，混科幻的不会……"安迪耸耸肩，打住，"我对中餐不熟悉，请你点菜好吗？中午我有一个半小时，稍微迟到点儿无妨。"

"你很直接。有喜欢的口味吗？"

"荤的，大荤最好，没忌口。"

奇点更笑，笑得眼尾好多皱纹。安迪看着点菜的奇点，心说，难道这就是传说中混网络的怪叔叔？眼前这样的奇点将她心中攒了那么多日子的好感抹去不少。奇点很快点好菜，才道："我上网主要看新闻，混的社区只有两个，另一个是桥牌。你会桥牌吗？"

"会一点。"

"你桥牌应该打得不错，除非是你不愿动脑筋。我应该不会比你老太多，不过这两年市场不好做，人很操心，你看，头发白得只好剃光头。我做外贸，你呢？"

奇点说话不紧不慢，而且言语之间夹杂着这一年网络交往下来的熟悉感，让安迪感觉很怪异。"我就在这一区上班，金融。这两年确实很操心，不过还好，我不会给自己太大压力。你似乎一直在判断我。"

"不是似乎，而是确定。不过我开诚布公，如果判断错误，请你提出否定。"

"为什么？我被你判断得浑身不自在。"

"呵呵，我不说了。嗯，凉菜上来很快，海草、八爪鱼，还有酱鸭。"

"酱鸭，我喜欢。我可以用手撕吗？从小没用过筷子，用调羹长大，不习惯筷子。"

"随意，怎么方便怎么吃，我们不是生意场合。"

"你心里一定又有新的判断了，咳，还是说吧，你不说我更浑身不自在。"

"这次，真没有。"但奇点转开了话题，"今晚出差？看起来你新工作已经走上轨道。这速度很快，不容易。"

"去香港会见几个同行。差不多的工作，没什么新奇的，接手很快。你们最近受外汇升值困扰很大吧。"

"对，不敢接大单，长单。即使接大单，也必须加一条，交货期超过多少时间之后，合同价格根据汇率变化另定。而且单纯贸易越来越难做，我已经在考虑转型。所以这阵子比较忙。不过如果你新来海市需要帮忙，尽管跟我讲。"

"谢谢，我现在都找同事帮我解决，还有四个好邻居，都是女孩子，我们已经混得很熟。其他好像也没什么需求，不便麻烦你。"

"我不怕麻烦，你肯麻烦我是我的荣幸。看起来你很喜欢吃酱鸭，以后我带你去一家酱鸭做得最好的店，店家在农村设工场，菜单上的不少食物在自家工场加工，用料自然是非常讲究。"

"你对吃这么讲究？"

"后面一句话是不是'为什么还这么瘦'？"

安迪至此才哈哈笑出来，总算，熟悉的感觉有点儿回来了。刚才奇点表现得小心翼翼，她都憋闷得想提前离席了。幸好，后来两个人越来越随意，随意得有点儿像平时在网络里对话。菜也很可口，安迪吃得很欢快。唯一不舒服的是，似乎奇点一直在打量她。可是透过眼镜片，安迪又看不出什么，奇点的城府似乎深得很。

结账时候，安迪想AA，奇点笑道："这回我请，下回你请。我得让你欠着人情，下回我再提出吃饭，你就不会再好意思推三阻四，否则有赖账嫌疑。"

安迪嬉笑，看奇点将账结了，服务员走开，才道："我请问一个问题，你婚否。对不起，很直接很不礼貌。我在私人交往方面，需要根据这个把握分寸。"

奇点一笑，"没有。我喜欢直接。"

安迪这才拿出手机，往奇点手机上打一个电话，留下号码。奇点一边存储，一边起身与安迪一起离席。安迪留意到，奇点都没比她高。两个人同样瘦，差不多一米七的高度，放到不同性别的人身上，那效果就大为不同。奇点很不起眼。

饭店外面，安迪见到坐在路边粗木凳上的关雎尔，关雎尔冲着她笑，关雎尔的身边还有她两个同事。安迪将奇点介绍给关雎尔，"小关，邻居。魏先生，朋友。"关雎尔来不及怎么关照奇点，而是忙着活泼地告诉她两个同事，"安迪就是每天顺路送我上班的邻居，这会儿你们相信了吧。安迪，我刚才透过窗户看到你，她们都好奇你，一定要等在这儿等你出来。好了，这下我沉冤洗清了，她们都以为送我上班的是男朋友。"

"你早说，我以后多停会儿车，伸出头亮亮相就行了嘛。我送一下朋友。"

关雎尔想到樊胜美说的，男友不能介绍给闺蜜，她知趣地后退一步，让安迪与奇点先走。她看到两人往地铁方向走，但没走几步就站住，说几句话后分开了。然后安迪往公司去，奇点进了地铁。

"两个都好高贵啊。"关雎尔听同事这么说，奇怪了。"高贵"两个字，在她们同事中间有点儿嘲讽，意指钱多而显山露水不低调。关雎尔辩解道："安迪不是你说的……"

"小关，那是你不敢逛专卖店。你邻居穿的是阿玛尼，整套，去年款。我们的合伙人大姐去年买了一套比那廉价的，还显摆了好几回呢。不过不稀奇，开着那种车，一个月保养费就够买一套。那男的全身品牌多一些，衬衣 PRADA，外套是 GUCCI，但是穿得很含蓄，搭配更是高段。不过也是可以理解，什么人接触什么人，都是有圈子有层次讲究的。"

关雎尔奇道："你们怎么看出来的，我怎么都看不出呢。"

"嘻嘻，我们上回去北京出差，正好撞到 LV 难得打折，我们在里面买得兴高采烈，你一个人在店外面茫然。你怎么可能认识。"

"我买不起，哪像你们工资那么高。进去那些店做什么呢，光看不买，多不舒服。"

"实习结束你工资也会涨，很快，熟悉那些衣服不会比看报表难。"

怎么可能，关雎尔心说，如果没有 LOGO，她肯定认不出那些衣服是什么牌子，尤其还得精准到是哪一年的款式。她的衣服至今都还是妈妈替她买的呢，应该不是什么国际品牌，但她穿着觉得挺好啊。不过，关雎尔想到更多的是那个魏先生，她很八卦地想，是不是安迪说起过的问借车的朋友，难怪全身名牌。

安迪却在一路地懊恼。她想，奇点穿着简单，乘地铁，却为一顿中饭花不少钱。那家饭店不便宜，她应该抢着买单的，这下太让奇点破费。看起来，下回她还是主动提出请客，也找个好点儿的饭店，由她来结账，否则她有点儿良心上过不去。

关雎尔下午上班没多久，隔壁部门的李朝生过来，借着说工作的便利，在关雎尔旁边站了挺久。没等李朝生走开，关雎尔已经想到，送她上班的司机是女的这个消息肯定传到李朝生耳朵里了。别看她们公司上上下下都忙成一团，可一点儿不影响八卦的传播呢。关雎尔依旧对李朝生不咸不淡，公事公办。忙都忙死，谁有心思想别的啊。不，有，她还有一个念想，每天最大的需求，那就是睡觉。

　　是夜，22楼异常安静。安迪出差了，曲筱绡也留短信给关雎尔，说是出差去内地看一家意向客户，提前联络感情。一直到晚上十点多，22楼唯有樊胜美和刚回家的关雎尔。邱莹莹没回来，也没有电话来说一声。樊胜美问昨晚究竟发生什么事了，关雎尔打着哈欠一五一十告知。樊胜美听了连连点头，"完了，小邱干脆逆反，报复性反弹，恨死我们背叛她，更加要投奔到白主管怀抱里了。没办法，人到这种地步就牛拉不回了，祝她好运。"

　　"可是我以前不反对，现在却非常反对她跟白主管，感觉那白主管太不是东西。"

　　"可你有什么办法？你想劝，那也得有人听啊。"

　　关雎尔想想邱莹莹的态度，是啊，人家不听有什么办法。她心里还有一个冲动，就是告诉樊姐今天终于遇见安迪与一个魏先生一起吃饭的事，不过她还是成功克制住了，不传八卦，是爸爸跟她说的做人基本道理。尤其是她喜欢安迪，敬佩安迪，她来不及地想维护安迪。最关键的是，那个魏先生太其貌不扬，即使那么高贵的衣服也没将他衬得怎么样，关雎尔实在不愿意将安迪与那个魏先生八卦在一起。

/

Chapter 06

/

第 6 章

　　2202 室有一个最共同痛苦的日子，那就是每季度最后一个月的 15 日，发完工资后的第五天，三位女孩在这个日子里，必须将下季度的三个月房租预交。否则，房东就会做出收回房子的举动。相比较而言，每季中间一个月交物业费的日子，为第二痛苦的日子。在第二痛苦的这个月里，最先几天，一楼大厅的女保安小郑按兵不动，但会表现得服务特别周到。第二星期开始，小郑会迎面过来提醒住户看到小区门口电子屏上面的提示没有。到第三星期开始，小郑就开始直接提醒了。相较而言，从地下车库升上来的有车一族就不用受这人盯人交物业费的待遇。因 2202 乃是群租房，非业主总是物业的眼中钉。而 2202 的代表俨然是樊胜美，小郑的提醒一般就落在樊胜美的头上。

　　樊胜美正愁怎么联络"离家出走"好几天的邱莹莹呢，物业费这个话题正好成为她打电话的借口。然而邱莹莹的回复让她吃惊，邱莹莹说她住满今年，下一季房租打算不交了，另谋住处。因此物业费的问题有待商榷。邱莹莹约定周六过来，三个人商量一个结果。

　　周六的早晨，天气已经转冷。每到换季时节，樊胜美有一件最烦琐也最快乐的事要做，那就是将箱子里的应季衣服拿出来，透气，熨烫，挂香包，挂入宜家买来的可拆卸衣柜。再将刚刚过季的衣服干洗的干洗，水洗的水洗，小心折叠起来，放入箱子。她的住宿空间有限，培养出她高超的收纳水平。做这件事需要不少空间，2202显然无法提供，樊胜美只能将道场摆在22楼的走廊。

　　然而，这一次樊胜美超没底气，因左邻右舍入住了两个富户。她倒是不担心安迪，她只怕她收拾到一半的时候曲筱绡出来，然后，评头论足。但是，樊胜美也没勇气早起收拾以避开曲筱绡，早起睡眠不足实在太痛苦。而令樊胜美想不到的是，这一天曲筱绡却起得特别早，天未亮就开车直奔郊区，买回一车新鲜到货的猫粮。回到小区正好遇到刚从超市采购回来的安迪和关雎尔，曲筱绡理所当然地冲出车门，拦在两人面前。"SOS，请两位帮一个公益的忙，帮我一起将猫粮运上22楼。"

　　安迪看看车子里面塞得满满的猫粮，奇道："你家又没养猫，难道你打算拿猫粮当零食吃？"曲筱绡哈哈一笑，"才不。天冷了，流浪猫更找不到吃的，我这两周统计了一下小区的流浪猫数量，这些猫粮够它们吃一个冬天的了。帮不帮？"

　　"当然帮。"关雎尔又追问，"你怎么统计流浪猫的，我怎么从来只见过一只大白猫呢。"

　　"哦，那只大白猫，我给她起名白粉丝，胆子最大，爪子最利。其他么，等搬好猫粮，你跟我去找，到处都是。"安迪看着全身精力弥散跃跃欲试的曲筱绡忍俊不禁。"我也跟去看看，不知道那些猫吃不吃你的猫粮。"

　　"你要是有心加入，以后买猫粮的钱你一半我一半，反正你付得起，不像我现在信誓旦旦自己养活自己，有点穷。要超支了，问我爸借钱肯定有问题。"安迪又笑："你很直接。"三个人拦一部电梯，轮流将猫粮往电梯里搬。还真不少，除了行李箱塞满，后排座位也全部塞满，往电梯里一放，也是很有体积。三个人做得嘻嘻哈哈的，还觉得挺有趣。曲筱绡忽然问："这几天怎么没见邱莹莹，难道还跟那个猥琐男在一起？"

　　关雎尔道："她两星期没回来住了，觉得我们都欺负她。"

　　"啊，害我白担心两个礼拜。我这阵子即使出差出得天昏地暗，回家的时候也提着小心，怕挨邱莹莹的闷棍。"

　　安迪笑道："你不会道个歉吗，事情不大，彼此都争口气，说开了就没事。"

　　"这个不行，好汉做事好汉当，决不退缩。但是，嗳，我又多管闲事，邱莹莹跟着那男人绝对吃亏，你们难道都不帮她？那男人真的是猥琐男，仗着一张小白脸挺懂揩油。不行，你们不能冷漠。"

"问题是小邱被你气走了，我们也都成了你那一伙儿的，她都不跟我们说话，我这几天不知给她打了多少电话发了多少短信，她不回答就是不回答。让我们还能有什么办法。再说，白主管不好，你有确切证据来证明吗？如果没有，那只能证明是你胡说。"关雎尔说。

"关你们什么事，难怪会看上姓白的，这么拎不清。行，我这几天就能提供证据给你们，容易得很。"

安迪看着跳动的楼层数，笑道："又要胡闹了。看起来出差还没把你累垮。"

曲筱绡瞅着安迪似乎没有反对的意思，心里有底了。关雎尔这回开口阻止："小曲你别再去找白主管，你要存心勾引，谁抵得住你的诱惑啊，你还是让小邱好好与白主管混下去吧，小邱是成年人，你尊重她的选择就好。"

"嗯，小关说得对，小曲少管闲事。"

电梯到22楼，但曲筱绡不急着出来，笑道："我就是爱多管闲事，我还管小区里的流浪猫呢。嗳，这是怎么了，开拍卖会？还是 OUTLET？"

"换季，不好意思，占用公共地盘儿。生活真他妈不容易，每年都要重复家务劳动。"

安迪看看曲筱绡眼里冒出摩拳擦掌的意思，似乎要对樊胜美下手了，终于忍不住借题发挥发出警告，"小曲，等会儿小邱来，你别胡闹。没事的时候胆子不要大，有事的时候胆子不要小。你现在太大胆。"

曲筱绡千伶百俐，立刻听懂安迪的意思，但还是冲樊胜美做个鬼脸，才动手去搬猫粮。只是，曲筱绡不清楚，安迪何以护着樊胜美。

众人一顿忙碌，终于将曲筱绡的猫粮搬进屋。安迪过来看看樊胜美的忙碌，笑道："我有一套装备，每次出门买衣服就带着相机，让店员帮我搭配，每搭配一种，我就拍一张照，立刻打印出来做塑封，塞在衣服口袋里，以后搭配或者储藏时都不会乱。你这么多衣服，要不要用？"

樊胜美笑道："谢谢好意，我不用这个，你看我最爱的就是站在镜子面前自己胡乱搭配衣服。衣服这东西，就得多练多搭配，越搭配越有心得。高手讲究的是混搭，将别人看着怎么也凑不到一起的衣服搭配在一起，这就显出一个人的穿衣风格了。要不要趁换季，我替你把衣服重新搭配一次，你拍照存档？"

　　安迪奇道："一周才七天，一季也才没几周，要那么多衣服那么多搭配干什么？我只要做到出于礼节，一周衣服不重样，两周围巾不重样，再多没那精力了。中午我请奇点吃饭，地点由奇点定，你去吗？据说有很好的酱鸭子。"

　　"啊，联络上了？怎么样的人？我真可惜，等下小邱来谈物业费的事儿，她打算搬出去不住了。我得等着她。"

　　"奇点是个稳重的中年男子，跟我想象差得远。小关见过。"

　　"啊，就是他？"关雎尔冲出来，"网上流行见光死，嘻嘻，你们既然有下回，看来没见光死。"

　　"奇点看上去很安全，做个朋友不错。"安迪笑笑，回屋准备一下，打算提前一步出发，免得摸错路迟到。

　　"喂，你就穿这件衣服？不行，换件淑女点儿的。嘿，还是我来替你挑。现代女人不为悦己者容，而是为了自己容。"

　　安迪婉拒，回屋收拾一下就走了。过会儿，曲筱绡新换衣服，花枝招展地急匆匆地也走了，急得都没时间管樊胜美的闲事。樊胜美不禁大大松一口气，看起来曲筱绡听安迪的。樊胜美便抓住关雎尔问奇点是怎样一个人，一听关雎尔的描述，樊胜美就在心里将奇点枪毙了。安全的男人等于被发到好人牌的男人，领到好人牌的男人死路一条。

　　关雎尔到底是没把奇点的衣服品牌说出来，基本上，人们尊重的不是人，而是人的角色，往往衣服的品牌影响判断，尤其是影响樊胜美的判断。而且她还担心一件事，"小邱等会儿来，会是什么态度？不知道还在不在埋怨我们。我心里想着，不管对错，我还是跟她道歉吧，她在外面这么住着，我真不放心。"

　　"你以为小邱要的是一个对错？不，她只是要一个搬出去跟白主管一起住的理由，或者借口。"

　　"她跟白主管，能永远在一起吗？"

　　樊胜美想了会儿，"谁知道呢。恋爱恋爱，追求永远终究是一场赌博，追求快乐才能求仁得仁。"

　　关雎尔将此话翻来覆去想了好几遍，将身边现成的例子一一对照，一时无法定论。她想了会儿，戴上耳机一边听歌一边看书，等邱莹莹回来。她决定了，不管对错，她道歉，她要给孤身一人在海市打工的好友邱莹莹留出大后方。她总觉得邱莹莹恋爱谈得太迅速太冲动，因此也特别危险。

樊胜美一直在猜测邱莹莹该如何来22楼。在电话里，邱莹莹有点儿矫情地说，她与男朋友一起来，以便凡事有个商量。邱莹莹一句一个男朋友，樊胜美听着觉得像是向她示威。若邱莹莹真的以有男朋友为荣，来她面前耀武扬威，她得预想对策。

但等两个多小时之后，樊胜美与关雎尔都饿得受不了，去楼下快餐店吃饭。上来，却见邱莹莹已经在屋，只是没有带着男朋友，也没有趾高气扬，而是拉着一张黑脸，泪盈盈对着两个人。樊胜美顿时侠义心起，冲过去道："怎么了？有樊姐，不哭。还没吃饭吧？想吃什么，樊姐这儿有红烧排骨，酸菜鱼，香辣牛肉，很丰盛，想吃哪样樊姐这就给你泡哪样。"

"邱莹莹爱吃香辣牛肉，樊姐，问你借一袋哦，我来泡。"关雎尔没樊胜美冲得快，她索性钻进厨房，动手烧水，给邱莹莹泡方便面。不等水开，就听邱莹莹在卧室里哇的一声哭开了。断断续续地，关雎尔听到邱莹莹的哭诉，白主管当着邱莹莹的面，跳上一辆敞篷跑车，跟三个太妹走了。据说这三个富家女是白主管刚交了一星期的朋友。这一星期里，白主管在外面玩得很疯，但邱莹莹要到今天眼见为实才肯怀疑。

关雎尔不禁想到曲筱绡说的"这几天就能提供证据，容易得很"，难道又是曲筱绡所为？她不敢肯定，当然也不敢提起。而卧室里面，樊胜美抱着邱莹莹絮絮劝说，耐心之极。等面条泡熟，关雎尔捧面碗进去，她对邱莹莹道："你回来就跟回家一样，这儿有樊姐呢。"

邱莹莹哭声歇了，却抬头问："樊姐，我能相信他只是贪玩吗？"

"不能。"

"为什么？"

"贪玩是贪玩，人品是人品，不能混淆。"

"天哪，天哪，天哪……"邱莹莹绝望大喊。"早醒悟早好，咱哪个好姑娘这辈子不遇上几个傻逼的。不怕，好姑娘拿得起放得下，视男人如衣服，而且是地摊儿的衣服。不哭了，不哭了。"关雎尔道："邱莹莹，搬回来住吧。我们跟你一起去搬东西。这就去，趁那人还在外面疯玩，省得见面尴尬。"邱莹莹闻言，却是迷茫着一双眼睛，久久不肯点头。樊胜美轻道："还等什么呢，等以后打架一直打到公司里，让同事看笑话？"邱莹莹依然不答应，好久才道："樊姐，我心里在流血。"樊胜美再次紧紧拥抱邱莹莹，轻轻道："樊姐和小关都在你身边。"邱莹莹又呜咽

了半个小时，才跟着樊胜美，让关雎尔拉着，三个人一起去白主管的租屋。邱莹莹
几乎是傻了，只能让樊胜美与关雎尔替她收拾东西。屋里合租的男生出来瞧，都是
樊胜美应付。等收拾完，樊胜美让关雎尔拉邱莹莹出去走廊等，她留在屋里操起墙
上的网球拍，将白主管屋里脆弱的东西砸得稀巴烂。经过合租男生身边，樊胜美昂
扬着头，道："我，樊胜美，行不改名，坐不改姓，东西都是我砸的。哼。"走到
外面，她一手拉一个，"妹妹们，咱们走。"

那位合租男生看得只会翻来覆去说两个字，"哇靠！"

安迪驱车赴约。可是根据背熟的地图到一处该是直路的所在，发现前面施工挡
道。她只得退回改道，这一改，便迷失在茫茫城市之中。左三圈右三圈转下来，她
还是死心求救。"对不起，奇点，我迷路，可能会晚到。我得找到一辆空出租车领路。
这边空出租车不多。"

"你在什么地方，形容一下，或者我可以指路。"

"我左手是很旧的绿杨新村，右手是十二中，这条道叫绿杨新路。"

"噢，你沿绿杨新路往北，上环北高架……"

"请最好用向前向左向右来指路，我不认东南西北。"电话那头的奇点忍不住
笑了，"幸好那段路我熟。你背对十二中站着，往右手方向开，到十字路口右拐，
看到高架就上去，别挂电话，上了高架我再指点你。"

安迪在奇点的一路指点下，终于到了一家叫作什么什么会所的地方。奇点站在
门口开心地迎接她。安迪从来因路盲而被嘲笑，她本以为奇点也会嘲笑她，可奇点
的注意力被车子吸引过去，安迪只得自嘲一句："好车，可惜给路盲开。"奇点微
笑道："你是我见过最聪明的女孩子，好车有幸被你开。里面请。我刚才撞见几个
朋友也在这儿吃饭，你介不介意坐一桌？他们是携家带口的。"

"我不适应家庭氛围，不好意思。"

"那就不一起，我们自己坐。我已经订一只酱鸭，还有其他你在国外不大可能
吃到的东西。会吃鲥鱼吗？"

"刺很多的鱼？不怕，小时候吃过。今天说好我请客。"

"不行，地方是我定，菜是我点，要不是我请客，就像我存心敲竹杠。下次你
定地方你请客。"

"不行，我不能欠太多账。这回我请，说定了。"

"我没有让女性结账的习惯。再说这儿是刷 VIP 卡消费。你还是死心塌地继续欠着吧，哈哈。"

安迪无可奈何。联系进门时候需要刷卡，以及停车场上面满满当当的好车，以及奇点拥有充值 VIP 卡，她得出结论，奇点的经济条件不错。原来，她第一次见面时候不带包，不开车，不给手机号，一切都是为防范陌生人着想，奇点则是乘地铁来，乘地铁去，其实也是一样的想法吧。她心里不禁觉得好笑。她坐下，先让拿走桌上的花，称花粉过敏。

更好笑的还在后面。菜一道道地上来，奇点的朋友一个个找着各种借口过来打招呼，招呼的时候眼睛则是看着她，她只好礼节性地回以微笑。后来连奇点自己也招架不住，只好暂时离席，去他朋友们的包厢打招呼。安迪才得清净享受这儿特制的好菜：烧烤家养正宗黑皮猪肉，两斤重的野生鲥鱼，秘制酱樱桃鸭，鲍汁鹅掌，塌棵菜笋丝炒年糕，大闸蟹粉豆腐煲……安迪吃得不亦乐乎。再加奇点的介绍，奇点似乎很懂美食，指点安迪为什么黑皮猪肉比较香，两斤重的野生鲥鱼可以从稍微冷了之后就结冻来辨别是否野生，等等，这些都是安迪闻所未闻。会所而且贴心地提供刀叉，让不会用筷子的安迪如鱼得水，她都忘了据说女孩子还有矜持这么回事，鲍汁当然要用面包清理干净，全部装入肚子。

"从来没吃过这么好吃的中餐，以前跟洋鬼子同事一起进中餐馆吃饭，不懂点菜，以为中餐就是甜酸肉左宗棠鸡烤鸭馄饨炒面饺子之类的，而且还用筷子，望而却步，退吃西餐。回国才吃到好的，哇。这一餐更是极致，谢谢你，奇点，吃得我心花怒放。"

若是别人这么说，或许是夸张，可奇点看着安迪将面前的盘子清理干净，甚至鲥鱼汁拌饭，几乎斯文扫地，想不相信都难。他全程就是惊讶地笑。"喜欢吃，以后有时间经常一起出来吃，看你吃饭真有动力。不过外面吃多了后，你会发觉最想念的还是家里妈妈做的菜。"

"我是孤儿，对中餐的记忆就是福利院的饭菜和大学半年的食堂菜，爱好不起来。十五岁那年，大学里有个交流项目，我被选中去美国继续读书，未成年，住在一个洋人家里，从此开始吃西餐。福利院是那种一人一只搪瓷碗一把铝制调羹，先排队打饭，饭上面盖菜，大多数时候是蔬菜里面漂几片肥肉，这个倒是记忆深刻，不过不想念。吓到了？"

"被你的智商吓着了。跟你网上接触和一起吃饭，在我眼里你像个天使，既单纯又复杂。现在疑团有些解开。"正好奇点手机上进来短信，他看了一眼，"那边桌一个朋友正好是做保时捷的，他跟我说你那辆车是他们店卖出去的，年初订货，上月才到货。"

"我老板的座驾，被我抢了。以前我在美国，他去美国出差也是抢我的车开，害我租车。我们是十年好友，我刚博士出来就和他一起工作，他是个处理复杂关系的天才。我有个小问题，你认识一个叫魏国强的人吗？你们都姓魏。"

"魏国强？不认识。是你的……"

"呵，我这习惯要改改了，以前见的华人少，同一个姓的弄不好就有关联，总忍不住问。"

奇点没追问下去，而是从包里掏出名片交给安迪。安迪习惯性地想到交换名片，可她今天什么都没带。"我网名真名都是安迪，名片以后补吧。"她的手机也提示短信，是樊胜美写来，樊胜美得意扬扬地宣告，她将白主管的租屋砸了，替邱莹莹出了一口恶气。然后，樊胜美接连发来三张现场惨照。安迪骇笑，想不到婀娜多姿的樊胜美能如此泼辣。她忙回以五个字，"我爱死你了。"

但是奇点听了来龙去脉之后，提出一个疑问，"既然是猥琐男，被砸了家，能善罢甘休吗？"

"当然不会善罢甘休。可樊小妹是资深 HR，她做事应该懂得善后吧。"

"就我所知，国内不少年轻的 HR 有自以为是的毛病，尤其身处管理考核比较规范的公司的，比如外企。以为招聘面试了高级人才，HR 自己就更高一等，还经常耍小聪明在面试中给予刁难。因为全公司的人都被他们 HR 部门考核，他们就自以为管理着全公司的大局，自己最有本事。抱歉，尤其是年轻女性 HR，更容易自我感觉过于良好。你还是问问吧。"

"好，我问问。"但安迪拿起手机，还是笑道，"我辛辛苦苦地坦诚了一顿饭时间，终于换来你也坦诚了。真不容易。"奇点一愣，看着发短信的安迪，嘴角印上一丝笑意。"嗯，我希望我们不仅是网友，还是好朋友。"

安迪冲奇点一笑，非常妩媚，"还不是吗？"至少，第一次吃饭后，他们一直通 QQ，虽然难得凑一起畅聊，可也说了比过去站短更多的话。安迪将奇点所有的话都回味好几遍，没找到破绽说明奇点可能骗她，但当然，奇点城府很深，不够坦诚。

一会儿，樊胜美的短信回来，"兵来将挡，水来土掩！"奇点笑道："那就好。接下去我们做什么？得消化消化，为晚餐腾地方。"

"下午我有些私事需要处理，呃，寻根，请了人帮忙。"

"需要我帮忙吗？我很愿意助一臂之力。"

"谢谢，暂时还不需要。"安迪告别奇点。奇点很周到，一直送她到车里，替她打开车门。令安迪突发奇想，"有个忙，不知你肯不肯帮，樊小妹整三十岁，能帮她介绍个男友吗？她似乎很在意这件事，也很忌讳说到年龄。"

"我会留意。你不忌讳说年龄？"

"不要总观察我，考证我，试探我。再见。"奇点看着飞走的车子微笑。一点不傻，却不犀利。没错，正是他吃饭时候走开一下委托朋友查了安迪的车子。一个年轻女孩开那么好的车子，总是怪异。还好安迪没怪罪。

安迪才到谭宗明的别墅，几乎是刚停车，才准备深呼吸以接受严吕明将交给她的事实，可关雎尔的电话正好此时打进来，电铃甚至将安迪吓了一跳，"樊姐被警察抓走了，安迪，你说该怎么办？"

"怎么回事？"

"好像是说，那个姓白的报警。我刚才问了我爸爸，我爸说要先弄清楚是哪个派出所，最好找熟人去通融。可我和邱莹莹都不认识人，你认识吗？"关雎尔的声音带着哭腔。

"我找律师处理。你和小邱都不要急。"

"啊，小曲来了。好的，我们等你消息。"

安迪想起午饭时奇点的提醒，是，猥琐男不是男人，当然会做出这种猥琐事。等她见到谭宗明和严吕明，看到谭宗明脸色如常，心里逃避似的，先将樊胜美的问题提出请求解决。谭宗明听完就笑道："多大的事情。老严，你熟悉那个口子，要不你帮我去处理一下。"

严吕明道："行，我这就去。哪个派出所？"安迪却看着谭宗明傻了，脸色瞬间变得白纸一样，四肢开始发抖，握着的手机颓然落地，砸在书房木地板上。谭宗明看严吕明一眼，心知安迪已经猜到结果。他将安迪家地址告诉严吕明，让这个私家侦探自己去寻找线索。把安迪找来，就是要给她汇报严吕明在她老家附近精神病院查找的结果，而他反而因一件小事支开汇报人，显然用心昭然若揭，那就是结果很严重，外人不必在场最好。

冰袋让安迪的脑袋渐渐稳定下来，她挣出吃奶的力气，道："老谭，你说。"

谭宗明一脸沉静，稳稳地打开桌上的档案袋，让给安迪擦冷汗的保姆出去，带上书房的门。"精神病院没找到人，但老严精细，又到附近福利院找了一遍，最终在敬老院找到一个男孩子，DNA 比对结果，他应该与你有血缘关系。这是他的照片，看上去挺清秀斯文。"

"他怎么会在敬老院？"

"据说是长大了表现出弱智，养他的人家越来越害怕，就把他远远扔了，可被公安局送回家，几次三番折腾，那家人索性花点钱把他送进一家镇敬老院寄养。后来就不给钱了。敬老院又送不走人，只好养着。听老严说，性格挺温顺的，记性……记数字特别灵光。"

听到这儿，安迪再次手脚发抖。她早怀疑自己对数字的超强记性很有问题，这不，验证了。谭宗明想不到安迪反应这么大，不敢耽误了。"我送你去医院。"

"不去，不去，不去，不要送我进精神病医院。"谭宗明见安迪紧紧缩进沙发里发抖，恨不得钻进沙发角落，让沙发湮没不见，无比可怜。他毫不犹豫走过去，将安迪紧紧抱在怀里。他清楚这么做违背两人之间的君子协定，可眼下情况特殊。很久，怀里的颤抖停止。但谭宗明听到一个声音在问："老谭，我会发疯吗？"

"不会。"谭宗明斩钉截铁地回答，"老天已经让你正常到今天，不会再索取你的明天。"

"可……我妈……后来发的疯。"

"你不会。你在纽约那种花花世界里理智至今，会一直理智下去。不像当年你妈是单纯农村少女，见识少，容易激动。"

"不能侥幸。老谭，我要立遗嘱。"

"胡说！"

"不能心存侥幸，不能，不能……还有不能结婚，不能祸害别人，不能生孩子，不能遗祸下一代，最好到我这儿断子绝孙，绝了这种基因。"

"胡说，不许再说，沉默。"

"我这辈子从头到脚不会幸福了，呜呜……"安迪哭出来，谭宗明反而松了一口气。他心里还真怕安迪憋啊憋啊憋出问题来。那混账基因，到底是悬在头顶的达摩克利斯之剑。只是想想"从头到脚不会幸福"，越想心里越是凄惨，连他也说不出合适的话来。

很久，谭宗明才道："来日方长，你怎么可以做出放弃选择的决定。未来谁知道呢，或者你恰好是未来带基因的那一个幸运儿。你一定要努力生活，你想想，现在还有一个需要你照顾的弟弟呢。你有责任在身，不能自暴自弃。"

"嗯，我要好好挣钱。设想今后的每一天都是需要别人照顾……要为今后每一天的生活挣钱。"谭宗明无语。一个疑惑解开了，一个死结则是刚刚形成。安迪以后连怀疑都不必，将来直接就每天生活在可能发疯的阴影里了。一个人若是看不见未来，这活着还有什么趣味可言呢。

曲筱绡回家，本是换装兼休息，打算精神焕发地投入到周末夜场狂欢中去。可是上到 22 楼，却见大门洞开的 2202 里面愁云惨雾。关雎尔更是结束通话冲出来，将她拉到楼梯那儿，跟她说明今天至此发生的事情。关雎尔请曲筱绡一起想办法，赶紧救出樊胜美。

曲筱绡一听樊胜美做了砸白窝的事儿，一个劲儿说"爽，帅"，等关雎尔将事情介绍完，她就开始打电话请朋友们帮忙。关雎尔在旁边听着，道："要请律师吗？我爸没说。"

"请什么律师啊，纯粹是那姓白的捣鬼，不知虚报了什么损失。那种人手里能有什么值钱货色，有也全披挂到身上了。请律师只能让事情公事公办，我们当务之急是让樊姐赶紧出来。关系，关系，关系……"曲筱绡一边唠叨，一边翻手机里的电话号码，寻找她在回国后才建立起来的朋友关系。

关雎尔见此很是欣慰。但她得立刻回 2202，里面还有一个一会儿自怨自艾，一会儿唉声叹气，一会儿恨，一会儿哭的邱莹莹。可才进屋，就听见邱莹莹接起手机，听对话是邱莹莹的妈妈打来。"没有没有……胡说八道……不信你来看……没有……回头跟你详细说……是他见异思迁……我是受害者，这恶人先告状……再问我自杀！"

邱莹莹狠狠挂掉手机，抬头，眼睛里全没了婉约的哀怨。"那家伙居然恶人先告状，说我一个人在海市男女关系混乱，每天花天酒地，他看不下去。"

"我跟你爸妈说吧，我冷静点儿，别让你爸妈担心。要是他们真从老远赶过来，就麻烦了。"

邱莹莹想了想，将手机递给关雎尔。关雎尔轻声细语跟她爸妈解释的时候，她狠狠走出去，站到曲筱绡面前。

临阵经验丰富的曲筱绡感觉周围气场流动有异，头都不用抬，纤腰一拧，嗖地窜入楼梯间，将门紧紧顶住。"邱莹莹，你有没有良心，我在帮你捞樊姐，你想阻拦我不成。"

邱莹莹不禁直着眼睛发愣了一会儿，道："没有。"

"没有什么？说话明白点儿，大声点儿，你又不是蚊子细嗓门。"

"谁小嗓门儿啦，你才是。我问你，你怎么看出那人是猥琐男。"

"切，本小姐身经百战，知不知道？本小姐还知道你明天别想回公司上班，猥琐男一准儿圈好陷阱打算落井下石。"

"他已经告到我爸妈那儿去了。"

"靠，笨人无药可治，你怎么就不把存折账号密码一锅端了告诉那猥琐男呢……"曲筱绡还没逞够口舌之快，只觉身后门板强烈震动，一定是邱莹莹怒不可遏，一脚踢在门上解气。曲筱绡惊魂甫定，再展雄风，"靠，你的佛山无影腿怎么不用到猥琐男身上去？"即使此时电话进来，曲筱绡也选择暂时不接，她绝不肯在口舌上落于下风。

邱莹莹一再被刺激，忍不住狂暴地猛捶楼梯门。急得正和风细雨跟邱妈作解释的关雎尔进退不得，想去解围，这边的电话扔不下。想先来后到地解决问题，可门外若事态失控，敲打必甚，恐怕传到邱妈耳里。她只得技术性处理手机传音，捂住手机话筒，轻轻过去将门关上。先处理了一边再说。

关雎尔也不知道自己哪来这么好的内功，硬是稳稳地将电话打完，挂机，这才飞一样地冲出去抱住狂暴的邱莹莹，一把从门边拖开。"怎么回事，怎么回事，小曲又怎么了？"

"什么叫我又怎么了，我正打电话到处打听樊姐的落脚地，有人就扑上来狗咬吕洞宾。小关，你让那啥人闭嘴，我接个电话，有消息了。笨，主次都搞不清，难怪受骗上当。"

关雎尔能用的办法，唯有用尽吃奶的力气，将邱莹莹远远拖开，一直拖到2201 的门口。

曲筱绡见警报解除，就施施然转出楼梯间，跟电话那端说了几句，就问关雎尔："你们出事在哪个地址？"

关雎尔说不出具体门牌，只能说出白主管所在小区名称。曲筱绡的朋友据此查到分管派出所，又打电话问清樊胜美果然在那儿，便让曲筱绡去那家派出所会合。

这边，关雎尔说邱莹莹太暴躁，邱莹莹说她心里堵得慌，邱莹莹边说边委屈地流眼泪：怎么谁都欺负她呢。曲筱绡站远远地道："我打听到樊姐在哪儿了，我自个儿去，你们好好待家里。"

"我也去。"关雎尔与邱莹莹几乎异口同声。

"得了，那猥琐男一定也在派出所，小邱你还是别去添乱。要是当场跟那猥琐男破镜重圆，樊姐会吐血给你看。要是当场飞佛山无影腿，那是给我们捞人添麻烦。你这种不会克制的人还是少去现场为妙。小关你看着她，别让她闯祸。"

关雎尔道："可我得去作证。"

"嘿，你们一帮法盲只懂欢欢儿地去闹事，你作证能被采信吗？好好家里待着，别走。"

曲筱绡钻进电梯，头也不回地走了。关雎尔一边抚慰哭泣的邱莹莹，一边心里想，曲筱绡不比她大多少，为什么曲筱绡懂得那么多，路子也特别多，曲筱绡一来事情就有了眉目？第一次，关雎尔开始怀疑自己乖乖听话，是不是个谬误。可是，她又去哪儿学曲筱绡懂得的那些东西？

邱莹莹坚持着要去派出所给樊胜美壮威，关雎尔觉得曲筱绡说得有理，不让邱莹莹出门。两人在 2202 里面纠缠不下。关雎尔终于失去耐心，怒道："为什么大家每次做为你好的事，你总不听，非等闯祸才肯罢休？你怎么做事不想想后果啊。我求你只听我这一回，求求你了，看往日交情分儿上。"

一再被否定被刺激的邱莹莹忍不住大叫："我要杀了他，我要杀了他，我要杀了他……"

"好嘛，果然这么想。更得拦住你了。"只是，关雎尔不知道这事儿什么时候是个头，邱莹莹什么时候恢复正常，更想不通，一个好好的人怎么会变成如此不理智。

不知过了多久，有人敲门。正是受托而来的严吕明。关雎尔将邱莹莹反锁在屋里，站走廊上把了解的情况都告诉严吕明，严吕明又详细盘问清楚三个女孩子究竟在人家宿舍里做了什么。训练有素的盘问让关雎尔差点儿怀疑自己还真干过些什么，她差不多是赌咒发誓澄清自己真的没偷没抢没顺点儿什么出来。严吕明当然不作评论，因为眼下也还不过是一家之言。但问话完毕，他就转了笑脸，说这是小事情，不用担心，便很快就走了。这一来，关雎尔惊魂未定，只能回屋呆呆看着邱莹莹。心里想，若是派出所也是这么问樊胜美，那真是没事也给问出有事来了。她越发担心樊胜美，看着还在哭闹的邱莹莹，心里想，这么大的人，怎么可以不反省自己，总是无理取闹，由着性子做事呢。

曲筱绡到派出所与朋友会合，进去便扑了个空。原来当事人都去了现场。曲筱绡便守在派出所等候。这一等，不是十几二十分钟。朋友好奇曲筱绡这个人哪来这么好的耐心。"你，也有友爱？"

"那大姑娘吧，我原先挺看不上她，一身冒牌货，她还以为挺美。一把年纪了还跟人小姑娘争风吃醋，太没自知之明。但她今天这事做得爽，够义气，姑娘们要都能像她那样，这世上猥琐男能减一半。我帮她纯粹对事不对人，我只是帮着她做完这件事。"

"别解释了，越描越黑，你什么时候看得上那种人。一定有黑幕。我猜啊，性取向变了？"

"靠，王八蛋，看老子废了你。"

曲筱绡正与朋友打成一团，一辆警车呜啦呜啦响着回来了。只见，樊胜美光彩夺目地与警察谈笑风生地，全须全尾毫发无伤地，自由自在地，从车子里钻出来，公主似的向着屋子里走去。与之对比的是后面灰溜溜的垂头丧气的猥琐男。看上去，都不要大伙儿帮忙，樊胜美自个儿将事情搞定不说，还与民警培养出警民鱼水情来了。这一刻起，曲筱绡决定对樊胜美另眼相待，有种。

下一刻，等严吕明踩着风火轮赶到，樊胜美已经签字画押与民警握手道别依依不舍上演十八相送了。因此，曲筱绡都懒得安慰樊胜美，什么给压惊之类的事儿，她觉得对樊胜美而言纯粹是多余。等樊胜美上了她的车，曲筱绡都懒得提正事儿，"樊姐，你干吗盯着 HR 那种没油水位置不放，你应该出来做业务，你忽悠本事太强了，警察都差点儿拿你当亲人。"

樊胜美却胜不骄败不馁，上车开路，便悠悠滴下眼泪，并未因曲筱绡难得的赞美而开颜。"我这还是第一次因为私事进派出所呢，其实心里好害怕，好担心小关她们帮不上忙，我得坐牢吃官司。其实笑啊说话啊都是强装的，我都吓得腿肚子抽筋。太可怕了，真的太可怕了。"

曲筱绡听而不言，一直等到红绿灯停车，她认真打量樊胜美，果然见樊胜美脸颊肌肉紧绷，紧张得意犹未尽的样子，不禁懊恼起来，"嘿，差点儿拿你当侠女，原来不堪一击。你担心什么啊，有我，还有安迪也请了人来捞你，再说你一脸风骚的，警察哪舍得关你过夜。"

樊胜美全然不在意曲筱绡的打击，依然悠悠地不紧不慢滴着眼泪，抒发她的柔弱。"我当时图痛快，到了派出所才想到，幸好手机有拍三张照片，当时只为向安迪炫耀拍的，完全不是想到留底存证。拿着手机到现场一对比，才发现姓白的猥琐男真是瘟孙，竟然为了诬陷我，他自己砸了台式和手提两台电脑。"

"什么，你竟然放过电脑？你当时竟然放过电脑没砸？那你在那边砸什么，砸被子砸枕头掸灰烬？啊……我真是高看你。换我不仅砸电脑，还拔出内存条毁尸灭迹，让他痛不欲生。啊……一点不爽，一点不爽。"

樊胜美本想在曲筱绡难得的和平相处态度下，哀怨自己独自承担罪责时候的孤寂和落寞，当然也有点儿得意自己游刃有余的处理，需要详详细细地向一向趾高气扬的曲筱绡表功。想不到曲筱绡说翻脸就翻脸，一边尖叫一边数落，她郁闷了，"砸电脑要赔钱，好不好？大小姐，你赔得起，我赔不起。要真砸了电脑，刚才警察说，量变到质变，够在里面坐几天了。"

"怕什么，砸就砸，砸得越狠，甚至在他桌上插刀，姓白的只有越怕你，越不敢拿你怎么样，连警都不敢报，弄不好连夜卷铺盖逃出海市。你信不信？人都犯贱，人都欺软怕硬，你就虚张声势砸几个被子枕头，人家一回家就看出你底气虚实，当然照实了打回来。幸好现在山寨手机都带摄像头，要不然里面蹲着去，老子才懒得捞你这种犯鸡毛蒜皮小事的。刚表扬你该做业务的话收回，你还是窝人事部混着吧。"

樊胜美听得气不打一处来，可偏偏，相对于一点就爆的邱莹莹，她有理智，她也有气量，她对曲筱绡的打击只有承认，无力反击。她继续郁闷地道："好了，此事揭过，回头再找姓白的晦气。"

"罢了，上回给姓白的被子枕头掸灰，下回给他衣服掸灰？我倒是可以做到，可我忽然没兴趣了。我只照顾手无寸铁的流浪猫，才不管成年人的鸡毛蒜皮。"

樊胜美气结，可这会儿在派出所潇洒走一回刚出来，头脑还风云激荡没法清明，没能力与曲筱绡对垒，只有闭嘴，忍气吞声。曲筱绡也不管她，到了欢乐颂小区门口，将樊胜美一扔，赶紧赴周末之约去了。

樊胜美全没了刚走出派出所时候的风采，一个人蔫蔫儿地走回家，没精打采地乘电梯。好在，她才刚走出电梯，关雎尔闪电一般地冲出来，又笑又跳地一把抱住她。紧接着，邱莹莹也冲出来，从背后拥抱她，邱莹莹还将头埋在她肩窝里，一声声地感谢樊姐。樊胜美这才找回了自信。她脸上恢复了豪爽，大方地跟一边感谢一边道歉的邱莹莹道："不怕，天塌不下来，有樊姐呢。"

第二天下午，才刚起床的曲筱绡拎一袋猫粮出来，正好遇到关雎尔。曲筱绡仿佛浑然忘了昨天的事，邀请关雎尔一起去喂流浪猫。关雎尔也没说什么，跟上曲筱绡下楼。曲筱绡领着关雎尔先探望白粉丝，然后是曲黑胖，曲小五，曲二妞……曲家原来人丁如此兴旺。

关雎尔忍不住还是问了："小曲，你学过法律？"

"没有啊，怎么想到问这个？"

"你昨天说到去派出所，说得头头是道，我还以为你学法律。"

"哈哈，不瞒你说，小兔子，姑奶奶从小混江湖打群架泡靓仔，派出所什么的，见多识广啦。"关雎尔目瞪口呆地瞅着妖娆的曲筱绡，实在看不出此人身上有任何过来人的天凉好个秋的影子。

第 7 章

　　整一个周日，22 楼未曾露面的是两个人：安迪和邱莹莹。吃中饭的时候，樊胜美不放心，去敲邱莹莹的门，问要不要给带一个盒饭回来。邱莹莹说她准备洗心革面重新做人，首先是罚自己饿三顿，饿死带眼不识人的傻瓜。樊胜美在门外笑道："要不，你先把囤的那些零食充公？否则你显然是瞒着我们吃好吃的。"

　　邱莹莹在里面道："樊姐，您让我严肃正经一天吧，我得反省这几天的混账。"

　　樊胜美听邱莹莹说这句话时候的口音有点儿正常了，才继续问一句："你有没有想过明天怎么上班？"

　　邱莹莹沉默好久，才道："这个想都不用想，我不可能辞职，要辞职也得找好下家才辞，要不然喝西北风去。"

　　"我又多嘴，可我想到你一直在某人面前处于被动地位。我担心你明天被动挨打。毕竟某人昨天损失惨重，依那人品性，不可能放过你。你今天要想好了，你究竟是迎战呢，还是逆来顺受。"

　　"樊姐，你是我亲姐，一点儿不计较我昨天无理取闹。我都不知道怎么谢你，总之，以后你说的，我都听。你一定希望我迎战，我会做到。以前是我鬼迷心窍，他说什么就是什么，以后再不会了，我发誓，他算什么，我要讨还。"

"唉,感情这种事,知易行难,樊姐只是不希望看你受委屈。你安心屋里蹲着吧,权当减肥。"

但2201那扇紧闭的门,樊胜美却没去敲。她心里感觉安迪今天有异,可毕竟大家不算太熟,不好随便打搅。

窗外是透明的秋,樊胜美的小黑屋感受不到,可樊胜美的手机传来春天的故事。老同学王柏川来电,约请一起晚饭。地址请樊胜美来定。樊胜美从接到电话的一刻起,开始沐浴更衣,甚至,她还想到,要不要睡个午觉,保证晚上拥有最好的皮肤状态。

关雎尔跟曲筱绡喂猫回来,一看便知端的,"哇,樊姐今晚有重大约会。"

曲筱绡立刻八卦地倒退回来,看一眼樊胜美脸上的泥膜,一拍脑袋道:"对,我忙得都两星期没上美容院了。"樊胜美还在等待曲筱绡的下文,曲筱绡却行动迅速拍响了2201的门。樊胜美想阻止,已经来不及了。于是,樊胜美索性走出门围观。

曲筱绡看到穿着睡袍出来应门的安迪,机关枪似的道:"我想起你的头发好几天没修,已经乱得没个样子。走,跟我去个地方,我姐们儿推荐的美丽田园……啊,不会你还在睡觉吧? 不好意思,吵醒你了。"

"我在背中国的法律条文。你里面坐,我换件衣服。"

曲筱绡一如往常地进去,看到客厅桌上砖头似的法律条文汇编,以及案例集萃,那是真的专业文本。"安迪,你看这些干吗? 我看你翻到的地方是海商法,跟你全不相干的啊。"

"回国后接触了几拨律师,经不起深究的居多,问深了就跟我说中国的法律就是这样。我发现在国内什么都要懂一点儿,人最好做个百科全书,要不然连汽车加油都会中招。我倒不是指责什么,而是高价也买不到好货,比如律师的服务。"

"这个吧你就不懂了,我们圈子里说起谁是最好的律师,一般看的是那律师有多少门道多深背景。官司胜负全在法庭之外。啊,你这么出门? "曲筱绡看到安迪全身套装,仿佛准备上班。

安迪被提醒,看看自己,不禁咧咧嘴,"懒得换了。走。"

两人经过2202,樊胜美便笑着迎上去道:"安迪,谢谢你昨天请人去帮我,来,亲一个,贴个脸。"但樊胜美敏锐地察觉到安迪有点儿心不在焉,脸色也有点苍白,而且,反应迟钝地不避她脸上的泥巴,她连忙适可而止了。

"听说你在派出所长袖善舞,非常钦佩,果然是资深 HR。"但安迪说完这些,呆呆地停顿一下，似乎忘词，也似乎无话可说，点点头，就去电梯面前。这下，连曲筱绡也看出异样了。曲筱绡问是不是没睡好，安迪承认一夜无眠。曲筱绡就笑嘻嘻地道："你出门拉着我袖子，以免走丢哦。"让曲筱绡差点笑倒的是，安迪竟然真的伸手要拉她的袖子，只是手伸到半途忽然反应过来，讪讪一笑作罢。

果然，精油开背才刚开始，曲筱绡就见安迪睡得如入无人之境。于是曲筱绡蛮无趣的，要了个两人间，本想说说话聊聊天，打发时间，结果一个人先睡了。而且她还得因此看着点儿，招呼服务员做什么，不做什么，她才不喜欢照顾人。脸部护理的时候，安迪依然熟睡，曲筱绡闷得差点儿发疯，特意支使服务员给安迪吸黑头，可那么刺激的动作竟也没吵醒安迪。又是两个小时温暾地过去了。然后是足部护理，手部护理，曲筱绡已经不指望安迪能苏醒。一直等到最后，曲筱绡说出"结账"两个字，顿时如对宝山念"阿里巴巴"，睡美人忽然苏醒。曲筱绡呼出一口闷气，"你昨晚做贼去了还是咋的，怎能撇下我乱睡，害我差点儿闷死。"

安迪却奇道："为什么有点饿？"昨晚她几乎没睡，一个人的安静环境让她胡思乱想，索性不睡，上网查找各种资料。其实，很多资料她早已看过，只是现在她需要救命稻草，她需要科学压惊。她问话之后，发觉曲筱绡很久不回答，就转过脸去，见曲筱绡拿眼睛白她。她忍不住笑了，忽然觉得有点儿轻松。但她的第一个动作却是去寻觅手机，看来电记录，而不是像平常人那样摸摸脸蛋看效果。果然，手机上有工作电话。

于是，曲筱绡不得不继续闷气。好在，安迪的工作也是曲筱绡异常关注的玩意儿，她的朋友们将那姓谭的老板说得很通天，因此她太想在安迪这儿扒点儿八卦了。等安迪说完，才道："万恶的资本家，你不让人睡觉，自己倒是躺美容院睡得呼呼的。"

"那位研究员做事不专业，连累他的助理们从我回国后就没有过休息天，每天睡眠也不足六小时。我很奇怪，小关除了加班多点儿，怎么休息天什么事都没有。"

"小关，呵呵，小关不懂事，谁说话她都信，而且假正经，小脑瓜里的教条特别多，还特爱上进，我最烦她绷着全身细胞求上进，可我看来看去她努力错地方。"

"哈哈，小曲，听你说话真好玩。小关会是个挺好的职员。"

"但是！我明白你的意思了。我只看眼前的，你说明天邱莹莹上班遇到猥琐男，会是什么火爆场面？"

"不知道。总之办公室玩暧昧，死路一条。你那公司怎么样了？"

"后天外方来，签不签约，就看后天。"

"签约前，可劲儿吹气球。即使你的条件只是狗尾巴草，你也要把它吹成有气质的特立独行的狗尾巴草。等绑一条船上之后，你再努力做实事，毕竟你们公司赚钱还是靠踏实做事做出来的。"

"为什么我听着像反话？你不像是说出这种话的人。"

"不是反话。"但是安迪也没解释。"为什么？"曲筱绡却并不是容易被糊弄的人。"在商言商，不对吗？"

"不是说还有什么什么道德吗？看上去你好像是个有什么什么道德的人。"

"在商言商，彼此在法律约束下公平竞争，就是道德。所以我说小关会是个好职员，她条框很多，做什么事，先往她预设的条框里套，于是束手束脚。有些东西她想都不敢往那儿想，因此别指望她能有创造性。你没有，你别再装纯洁问我为什么，你肯定早把你公司包装成独一无二的狗尾巴草了。不过你是新手，所以我只建议你往有气质和特立独行上包装，只要别把狗尾巴说成玫瑰就行。"

"哈哈，安迪，我爱你。我爸常咬牙切齿地说，常与同好争高下，不共傻瓜论短长。22楼就你一个拎得清的。"

"常与同好争高下，不共傻瓜论短长？高。我最烦脑子转不过弯的。不过生活中无数小外延的条件项，在某些特定条件项下面，有些人即使智商不高，若是术业有专攻，也可以成为小外延条件项下面的专家。就像在某个条件下，牛顿力学是绝对。所以我们跟谁说什么话，需要首先看清前提，有些话题，只能不共傻瓜论短长了。哈哈。"

曲筱绡立即不敢吭声，因为她有听没懂，吭声就得被安迪视为傻瓜。她赶紧转移了话题。然后她一直疑神疑鬼，安迪跟她就某一话题说多了，是不是说明在这个话题下，她曲筱绡有专长？若安迪说少了，她立刻想到，难道她在这方面是傻逼？终于把她自己搞得火起，愤愤地想，你才傻逼。

王柏川开车到欢乐颂门口，接樊胜美一起吃饭。王柏川原本很殷勤地想不让美女多走哪怕一步路，他迎候到美女家门口，可美女不允许。樊胜美越多拒绝，王柏川越觉得美女高不可攀，反而越发吊起他对中学时期的怀恋，那时候，樊胜美连拒绝都不给他，直接就是无视。他在欢乐颂小区门口见到樊胜美，便送上一大捧鲜红的玫瑰。

樊胜美则是眼尖地留意到，王柏川这回穿的是休闲装，一看就是一线名牌。开的是同一辆车，毫无疑问了。还有手表，也是同一块，劳力士，虽然不是樊胜美中意的品牌，可也够对付。

两人吃了一顿好晚餐。或许是两人都能说会道，两个半小时的晚餐，话题多得说不完。吃完，这一次，樊胜美矜持地坚持今晚到此为止，她需要早点儿休息应付明天上班。但王柏川紧张地道："我还有一件事，非常麻烦，一直犹豫该不该找你帮忙。"

"我最恨这种给人下套子的话。你还是明说吧。"

"我打算在海市租个办公室，再租一处单身公寓。上回跟你见面之后，我回去打定主意，将事业重心移来海市。只是我对海市很不熟，租哪儿，什么行情，全不懂。幸好你在海市已经扎根，我有个不情之请，非常希望你能帮忙。"

"我还以为什么事儿呢，吓出我一身冷汗。行，说说你的条件吧。"

王柏川递来一张纸，和一只塞满东西的信封。"我在纸上罗列了有关办公室的一些要求，挺不好意思，要求还挺复杂。公寓就随便了，公寓的唯一要求是离你的小区近一点儿。"

樊胜美只是抿嘴一笑，眼睛都不抬，可是她看纸上要求的速度却慢了好几拍。好不容易将要求看清，才抬眼道："我找找看，有没有眉目，都会在一星期内知会你。这个……"她掂起信封，好生疑惑。

"这是两万块，租房需要开销，不能让你垫付。"

樊胜美继续抿嘴一笑，大方地收起这两万块钱。"万一跟人抢好房源，也需要急付定金。我不跟你客气了。还有什么事吗？"

王柏川恨不得餐叙永不结束，可话说到这份儿上，他只能磨磨蹭蹭地结账。送樊胜美回家的路上，王柏川要求："晚上让你一个人回家我总不放心，让我送你到门口，我发誓绝不进门一步。"

"放心，我从来一个人回家，小区管理很好。"

"为什么像你这样的人会一直单身？不过……我理解，你太卓越，你让大多数男人自愧弗如。"

樊胜美看看专心开车的王柏川，不禁避开脸，对着侧窗，道："我只不过是个很普通的公司小白领而已。你看走眼了。"

"我不会看走眼。"

王柏川略带骄傲的肯定回答让樊胜美心里既忐忑，又欢喜。这段路很短，没几句话就到欢乐颂的门口，樊胜美捧花下车，这一回，她在王柏川面前多滞留了一分钟，而且是无语、低头微笑的一分钟，然后才转身进了大门。

她是一直微笑着走进2202的。此时邱莹莹依然没出关，可关雎尔看到了她手中的大捧玫瑰。此时此刻，是樊胜美入住2202以来最骄傲的时刻。

一夜之间，红玫瑰开遍2202。关雎尔起床看见厨房煤气灶旁边一瓶红玫瑰，卫生间洗脸台上一瓶红玫瑰，还有她们共用的唯一一张折叠小饭桌上也有一瓶红玫瑰。美丽的鲜花让人一早心情大好。但关雎尔忽然想到一个问题，见四周无人，将所有玫瑰收进她的房间。

等樊胜美起床，四处找不到玫瑰，见关雎尔的卧室开着门，走去一看，果然三瓶都在，而关雎尔去晨练了。她想都不想，将玫瑰们一一归位。她越看越喜欢，先不急着洗脸刷牙，手挽几滴水珠洒在玫瑰上。清晨微薄的光曲折地透过关雎尔卧室的窗，绕过关雎尔卧室的门，拐过一条狭窄的过道，最终弱弱地光顾到红玫瑰。樊胜美特意关掉灯，瞬间，厨房变成黑白两色，而煤气灶边的两朵红玫瑰成了这黑白世界唯一的色彩。

正好邱莹莹终于出关，樊胜美抱臂贴墙上，让出道儿来，得意扬扬地道："好花还须光与影。"

"两滴血。"邱莹莹擦着樊胜美进入洗手间，却见到洗脸台上也有一瓶滴血的玫瑰。她郁闷了。此刻，樊胜美被骄傲冲昏的头脑才苏醒过来，悔不该从关雎尔卧室将玫瑰拿回。她偷偷将厨房的两瓶收回自己的小黑屋，但也不打算跟邱莹莹说道歉。

一会儿邱莹莹出来，奇道："玫瑰呢？樊姐，你收走了？昨晚约会王帅哥送的？"

樊胜美轻描淡写地道："嗯，同学请我帮忙租办公楼，太客气了，还送我玫瑰。"

"我想起来，我都没收到过玫瑰。爱情即使全是精神的，可总得体现一点儿在玫瑰上吧。他奶奶的，我真傻。"

"这个……"樊胜美开亮电灯，看看邱莹莹的脸色，才道："不好意思，我不是故意的。"

"樊姐你说哪儿啦，我闹谁也不会闹你，你是我亲姐，除非你不认我。这两朵玫瑰给我，我要以毒攻毒，幡然醒悟。"

"你喜欢就拿走呗。"樊胜美疑惑地看着邱莹莹，她是过来人，即使邱莹莹说得不当回事似的，她还是不信邱莹莹能这么快走出阴影。因此她收敛起昨晚蔓延至今的喜悦，这个亲姐并不好当。可是樊胜美心中满满的喜悦乱冒泡泡，她不愿克制再克制，只得赶紧将自己收拾了，赶紧出门，出门随便乱笑都没人管。

但樊胜美才刚打开 2202 的大门，说声"小邱，我走了"，里面就传来捏着嗓门喊出来的声音，"樊桑，努力工作啊。"

樊胜美目瞪口呆，"A 片看多了，太不纯洁了。"她在门口喃喃自语一声，赶紧闪人。

安迪吃完早餐，到 2202 叫上关雎尔一起上班。但这回是邱莹莹第一个冲出来，一边喊着"还有我，还有我，谢谢安迪"，两眼两手却忙着在手机上操作。安迪奇道："在干什么？"

"我 QQ 农场收菜时间到了，赶紧，赶紧，不能偷我啊……"

安迪莫名其妙，关雎尔出来解释："邱莹莹玩农场游戏，她设定的这个收菜时间，以前正好是在地铁上，反正坐着无聊，正好玩游戏。现在可以搭车晚出门，她的设定乱套了。"

安迪无法解释，她其实莫名其妙的是邱莹莹的神态，才刚闹了那么多情事，现在仿佛什么事儿都没有，舞照跳，马照跑，菜照收，看上去比谁都欢乐。安迪不知该如何定义此人。"小关，你玩吗？"

"我玩过几天，可这东西占时间，有时候为了不被偷，晚上睡觉都惦记着，太耗精力了。"

"哈哈，玩农场那几天你把 QQ 昵称都改成特困户了，特缺觉，特困。你真经不起风吹霜打。"邱莹莹一边玩，一边利落地插嘴，一心两用，都不耽误。

有了邱莹莹，这一路热闹许多。邱莹莹收完菜，就自告奋勇地道："安迪，你手机链 QQ 链微博链邮箱没有，我可以帮你设定，2202 的手机都是我帮设定的，公司好多人的手机也是我搞定。我还可以帮你手机翻墙上推。"

"好，请你帮我设 QQ。"安迪摸出手机，递给后面的邱莹莹。但是邱莹莹一看是新出的 iphone4，就把手机交还。"这个还没用过，等我今天上网搜搜，明天给你装。"

"你喜欢玩手机？还是你专业就是这个？"

"我觉得这是常识，可很多人不认为是常识，真奇怪。我就好心一点儿帮忙装帮忙教啦。其实手机应用你越怕它越不会，越大胆越容易。"关雎尔笑道："才不呢，吹牛，你有时候一连两三天才对付下来一部手机呢，这玩意儿不知耽误你多少时间。"

"嘿，那叫乐趣，挖掘隐藏功能，不让一个功能闲置，多有乐趣啊，你不会懂的，你不敢乱冲乱撞。"

"有说明书。我会看说明书的。"

"写手机说明书的上辈子一定搞间谍工作，那些功能写得吞吞吐吐欲说还休。不信，喏，安迪的手机给你，安迪快递说明书给你，你一天时间里搞定这部手机。我跟你赌一把，装 QQ，上推，我只要你完成这两样就行。"邱关两个争吵不休，安迪听着直想笑，鸡毛蒜皮的小事儿，这两人快乐地较着真。快到邱莹莹公司的时候，关雎尔道："邱莹莹……要是今天需要我助阵，尽管打电话，我争取二十分钟内赶到。"

邱莹莹"噗"的一声，郁闷地道："你不能不提这茬吗？"

安迪道："有备无患。"

"我有备了。我只要对付得了自己，就什么都不怕，除了考试。好吧，我再有备一次。邱莹莹——加油！"

安迪只听得身后"嗵"的一声闷响，随后传来"哟哟"呼痛声，原来邱莹莹挥拳发誓，打到车顶。看着邱莹莹出车门，安迪好一阵子哑然。

邱莹莹在公司楼下大堂就见到了白主管。她通过目测，估计两人会走进同一部电梯。保持原来的步速，还是避开乘下一部？邱莹莹目光坚定地保持原速度往前走。等她进入的电梯关门上升，她发现白主管并未现身。显然，一切猥琐男都是纸老虎。但是，邱莹莹心底又有一丝淡淡的失落，她似乎在期待，期待白主管与她在电梯这个狭小的环境里不期而遇，她想知道，他究竟如何迎接她的注视。对，她一定会大胆注视他的，从他的眼睛里找到答案。她好想弄清楚，他究竟是段正淳，还是采花贼。可是，白主管避开了。

　　邱莹莹冷着心开始工作。好死不死，部门经理给她一沓发票，让她尽快整理粘贴好，拿去财务部报销。经理说晚上要出差，急等着报销的钱。邱莹莹是办公室文员，也即全部门有点儿权势人物的公共秘书，这种事都是她的分内事。可是，财务部管报销单审核的正是白主管。真是冤家路窄。

　　但邱莹莹同时想到，电梯，他可以避开，可是报销单上面签名，他是无法避开的，正好看一看白主管的态度。她是真的不愿承认她爱的男人是猥琐男，即使他一再做了猥琐事。也好，冤家路窄正是窄路相逢。

　　邱莹莹照常将报销单粘贴好，递入财务部，然后焦虑地等。原本最多不超过一个小时的程序，竟然拖了两个小时，还没电话通知她取单。她只能勇往直前去财务部打听。出纳告知，白主管说报销单贴得有问题，现在单子都还在白主管那儿，等白主管回来自己找邱莹莹谈。

　　"可是我们经理下午就得出差，我跟你说了的啊。"

　　"我们领导这么说，我能有什么办法呢。你跟白主管关系好像挺好，你打他电话问问吧。"

　　邱莹莹郁闷地回座，瞅瞅经理的办公室，一捶桌子，打就打，谁怕谁。

　　"哎，请问报销单子怎么回事啊，我们经理今晚出差要用钱。"

　　"单子有问题，谁让你往上面铅笔写说明的，税务查账专门抓有铅笔的。还有一张餐饮发票有问题。等我回来找给你。"

　　"你在哪里，什么时候回来？"

　　"你是什么大领导。"白主管说完就挂了电话。邱莹莹无语。姓白的存心捉弄她？邱莹莹只能找经理汇报。经理扔过来一句，"每天办公室坐着，都不懂跟财务部协调好关系？"邱莹莹只能唯唯诺诺。经理亲自打电话，白主管才说他在下面工厂抽查核对库存，要等下午才回，但保证一定不耽误经理的报销。

　　邱莹莹唯有等，如热锅上蚂蚁一样地等。她在想，白主管回来后，还会不会折腾出什么花样来。

　　一直到下午三点多，白主管才匆匆回来。可这还是出纳偷偷给邱莹莹电话告知。邱莹莹连忙冲去财务室。白主管只是抬抬眼皮，又慢腾腾仔细地看一遍厚厚的报销单，然后一把扔给邱莹莹，道："铅笔痕迹去擦掉，另外写一份说明夹在里面。第三张餐饮发票像是假的，你去问问你们经理。做好再拿给我。"

　　白主管的理由非常堂皇，邱莹莹无奈，只得回去写说明，问经理。经理看看时间，一脸烦躁，怪邱莹莹不会办事。邱莹莹只能忍气吞声，快手快脚将事情做完，餐饮类的重新粘贴一遍，又拿回财务室。

　　但是，白主管再次将报销单掷还，"你怎么搞的，住宿发票单日数超规定，为什么不附文字说明，每天报销，连这种规矩都不懂？拿回去重做。"

　　"从来都是这样在做，上回开会协调过，这回会议的发票实报实销。"

　　"我们财务部需要严格公司规程，知道吗？既然开过会，你拿会议纪要给我。要不然你想让我徇私舞弊啊。"邱莹莹继续无奈，回去找会议纪要。可经理等不及了，在办公室里大声问："好了没有，怎么回事。"邱莹莹回答如此这般。经理火了，"你怎么办事的，越活越回去，连报销程序都会搞错？今天才让你做一件事，你说你到底怎么做的……"邱莹莹被骂得狗血喷头，最后一丝忍让扔到九霄云外。她索性连会议纪要都不找，杀气腾腾地转回财务室，问白主管："我知道你故意为难我。我告诉你，照老规矩报销，你究竟报不报。"

　　"我只照公司规章做事，不报。你想怎么样？哈哈，滑稽。"

　　"故意搞我，对不对？即使我找出会议纪要，你是不是还有下一招？"

　　"搞你？当然搞你啦，早搞过你啦。哈哈。"

　　邱莹莹听得白主管话里有话，差点儿一口热血喷涌出来。她忍无可忍，直接奔到财务部经理面前。"经理，我向你举报，白主管假公济私，打击报复，玩弄花招不给我报销。他追求我不成，使黑手段，亲手将公司发给的笔记本电脑砸了，报警污蔑是我朋友砸的，前天一直闹到派出所，白主管被派出所关到半夜。派出所电话我可以问朋友，你们尽管去查询。他还串通下面工厂，将他自己吃饭的发票夹在工厂招待费里报销，我知道的分别是 10 月 13 日鸣湘饭店一张，10 月 17 日必胜客一张。他前天亲口得意扬扬告诉我的，说是小面额发票随便混。"邱莹莹一点儿不客气，扯着嗓门大声说出来，不怕别人听，就怕别人听不见。顿时，好几个部门的人竖起了耳朵。

　　"疯了，胡说八道，哪有的事。"白主管虽然跳脚否认，可脸色已经煞白。

　　"查账，查电脑，一清二白，我绝不冤枉一个好人，也不放过一个蛀虫。"邱莹莹如竖起背毛的公鸡，她当作没看见白主管脸上的恐慌，提醒自己坚强，再坚强。

　　"经理，邱莹莹胡说，她跟我睡觉让我在公司里包庇她，这种婊子的话不能相信。"

"是啊，你不仅跟我睡觉，你说你还跟你妈睡觉，跟你奶奶睡觉，你们一家其乐融融，三代同堂，不分彼此，相亲相爱，乱伦爬灰。"邱莹莹气得脑袋充血了，她已无法思考，但她一定要骂回去，她凭本能张嘴就来，也不知说了什么该说不该说的，反正她要说，要压得白主管无法张嘴。她不知道她超常发挥，听得围观众人虽然满心八卦，可嘲笑都对准白主管。

公司到底不是吵架的地方，早有人上来抱住邱莹莹，拖出财务室。连老成的办公室女主任都过来劝解，可邱莹莹此时反而哭了起来，无比委屈。众人以为邱莹莹哭的是受尽白主管污蔑打击，却不知邱莹莹另有缘由。她彻底当面认清了这个人，她绝望。

邱莹莹的好友温言相劝："小邱，发泄出来就好了，别哭，别哭。财务部已经在查账了，很快就有消息。可说实在的，女孩子还真别跟那种人闹，给泼一身脏水，惹一身流言蜚语，一辈子洗不清。以后遇到这种事还是忍忍吧，那种男人早晚有别人对付他。"

"我自己会对付，别以为我好欺负。再说经理出差备用金还压在报销单上，我不急怎么行，我不急耽误经理出差了怎么办。姓白的就是瞅准了才对付我。你帮我去财务室催催报销单吧，要晚了，总经理下班，报销彻底泡汤了。你别管我了，我没事，死不了，皮实着呢。"

"唉，你这大炮。"女友出去了。但被吵闹吸引过来的经理却听见这几句对话，没说什么，转身走开。

安迪下班，分别打电话给两个小的，问要不要一起回。关雎尔照旧是加班，而邱莹莹则是啜泣着回答，准时下班。安迪警觉地问："姓白的还是对不起你了？"

"嗯，我也闹回去了。"

"要不要我上去帮你？"

"不用，我自己会对付。我准时下班，事情做完了。"

但是，邱莹莹刚开始收拾桌面，准备下班，人事部一个电话打过来，让她过去谈话。邱莹莹傻了。她只记得攻击，竟然忘了掩护自己！

邱莹莹来到人事部，居然是人事部经理亲自出面与她会谈。可如此高的荣誉，内容却极简单。"小邱，因为今天发生的事涉及公司利益，公司决定暂停你的工作，同时终止小白的一切工作。我们会本着公开透明的原则彻查此事，并调查你在此事中扮演的角色。查清之前，我们暂时替你保管你的出入门卡。"

"可是……我没贪污啊，我还是举报者，为什么停止我的工作。要停几天，工资照发吗？"

"你不用担心，公司赞赏你的检举。等调查工作结束，一切水落石出，公司会酌情补偿。"

邱莹莹想想自己问心无愧，便摘下脖子上挂的门卡，交给人事部经理。但出门拐弯，就遇见白主管与两个保安一起也来人事部。又一次的狭路相逢，白主管投以快刀一般的注视。邱莹莹不甘示弱，冷笑道："敢跟你叫板，不怕你犯坏，走着瞧。"说完昂首而走，仿若斗鸡。

一直到上了安迪的车，邱莹莹依然情绪亢奋，嗓门嘹亮。她抓着安迪问人事为什么暂停她的工作，她要安迪帮她一起分析，安迪建议她不如打开手机，与樊小妹那个资深HR通话，更有效果。邱莹莹一听有道理，就接通了正在回家路上的樊胜美。可是樊胜美的回家路与帮王柏川看房的路重合在一起，樊胜美正忙着与中介交流，无法帮邱莹莹分析。于是邱莹莹只得忍耐，等待樊胜美回家后再谈。

安迪却接到奇点的电话，她一看显示是本地座机号码，奇道："你不是说出差吗？"

"当地朋友送我两只野生甲鱼，每只有三斤多重。我想你可能没吃过这种东西，又怕甲鱼放在宾馆被我养死，就连忙打飞的护送甲鱼回来献宝。我刚下飞机，已经联系好一家餐馆帮我做。我真羡慕你有这么好的朋友啊。你肯赏光与这么好的朋友一起吃甲鱼吗？"

"为什么特别强调三斤重……啊，哈哈哈……"安迪正与另一辆车交会，脑袋转到一半才反应过来，奇点变相地猛夸他自己呢，忍不住大笑，但随即考虑到身边坐着个苦闷的邱莹莹，只得收敛。

"你告诉我住哪儿，我等会儿去接你，省得你又摸错路。"

"我发短信给你。不好意思，我路盲。"

"很好，我喜欢路盲，跑不掉。"

安迪听着又大笑，可系统而逻辑地分析这段对话，又觉得好笑的因子并不多，她也不知道自己为什么那么欢乐。可她实在克制不住笑容，只得低咳一声，对邱莹莹道："朋友请客吃野生甲鱼，一起去吗？"

"想去，可是我哭得没脸见人，不去了。安迪，你现在反正没事，听我说说吧。"

"好。可我真不熟悉人事那一套，只能提供给你不专业的意见。"

"你不提供意见都行，我只要有人听我说，我冤死了。"

也不等安迪答应，邱莹莹就连珠炮似的从上班开始说起了。邱莹莹说话没重点，有点儿像记叙文最忌讳的流水账，好在有时间顺序在，并不颠三倒四。安迪只得自己给邱莹莹整天的事情作总结，寻主线。到小区的时候，邱莹莹还没说完，两人一起上楼，此时邱莹莹才刚说到发票第二次被扔回来。安迪见缝插针问一句话："你们经理平时并不善待你？"

"咦，你怎么知道？我们公司一帮文员关系都很好，但经理们眼睛都向上的，我们都是他们的奴役对象。你们那边助理也不是都被你差遣得没时间睡觉吗。"

"不一样，如果我的助理遇到这种被两次退票的事，我早怀疑其中有猫腻了，我会自己出面。也或许你平时做事就丢三落四？因为猥琐男知道你们上司不待见你，所以给你设这个局，让你挨经理骂？"

"啊，肯定是的，我被设计了。可是我跟办公室同事关系都很好，今天他们都来安慰我呢。"安迪心里明白了，"哦，这一段，等会儿你跟樊小妹说的时候，把我的问题和你的解答补充进去。不好意思，我得立刻出发，不能陪你了。"

邱莹莹看着安迪进2201，心里非常动摇，她好向往参与安迪的生活，她还记得上回跟着安迪去希尔顿吃的那顿饭，那真是她前所未有的豪华体验。可她终究还是克制住了，人家的是人家的，自己的才是自己的。

安迪没来得及换衣服，奇点的电话就来了。她只够时间换一只小一点儿的包出门。才刚到小区门口，见一辆奔驰在夜色中冲她闪了两下灯，她走过去，不急着上车，而是转到车尾看一下，才拉开车门坐进去。"好车，果然是S63 AMG，我没认错。"

"传说，开奔驰的是农民企业家，开宝马的是个体户，呵呵。本来想少花点钱，买性能差不多的E63，可一想到经常要接送客户，还是宽大点儿的好。"

"农民企业家买S500，或者买辆S300，扯下标记，改贴S500。我今天刚遇到一个，不过还算是有良心，用S300冒充S350。"

"350 是最容易冒充的，不打开看，外形几乎一模一样。你往后看，看见没有，两只大甲鱼，还有其他野味，一腿野猪肉，一堆石鸡。你朋友多好。"

"是不是珍稀动物啊，你去哪儿出差了？山区也有你的生意？"

"我的工作是贩卖低廉劳动力，你的工作是贩卖低廉资金。你放心，虽然野猪也是保护动物，可这些都是有证的，现在山区没有狼什么的食肉动物，野猪都泛滥成灾了。不过那么大野生甲鱼罕见，我又吃又拿。以后我再去黛山县，野生甲鱼得闻风就逃。"

"你出差去的是黛山县？呃，那是我家乡。"

"什么？不早说。要不我可以多替你带些家乡的特产来。"

"我那家乡，再多特产我也不认识。我这礼拜安排去一趟黛山，周五晚上去，如果顺利，周日回来。"

"找到根了？"

"找到弟弟了。弟弟精神有问题，一生吃苦，我打算把他接来，找个好点儿的疗养院。我母亲……三十年前，是黛山街头有名的……精神有问题的。"安迪不知为什么，能平和地将这些事说出来，说给应该说还是比较陌生的奇点听。她都还没告诉 22 楼的邻居。

"我去过黛山好几次，周五要不要我陪你一起去？"

安迪静静地看着奇点，她看到奇点眉头跳动了一下，脸上神色变得凝重。但她心里感谢奇点没有多问。"我有人一起去，谢谢。如果你正好出差，我们一路去啊。"

"好，我安排一下，让……黛山的野生甲鱼再遭殃一次。"奇点一向说话流利，这儿忽然莫名顿了一顿。他不由自主轻咳一声。

"我一直担心有一天 John Forbes Nash 的命运会落到我头上。所以当年没有选择留在学校作数学研究，免得每天挣扎于纯净的柏拉图境界与丑陋的现实世界之间，加速精神分裂。而是选择最俗气的华尔街，到处……"

"嗯，这个话题很残酷，打住。"奇点在红灯前打断安迪的叙述，扭头怔怔看着安迪。"你不会的。"

安迪忽然失语，将脸扭开，看向路边行人道。说出来，她心里头似乎减少了一点儿负疚，可也多了一丝悲凉，她恐怕要失去一个朋友了。毕竟不是人人都像谭宗明，谭宗明与她是知根知底多少年的老交情。好久，气息稳定下来，她才道："胃有点儿不舒服，不如……你送我回家吧。真不好意思。"

"借口，不采纳。你很坚强，不，坚韧，一般人顶不住那种压力。活在当下，需要十足勇气。我很钦佩。"

"那是表象。"

"难道像一首歌唱的，外表冷漠，内心狂热？呵呵，你吓我呢。"

奇点虽然言语如旧，可安迪感觉有些东西似乎不一样了。这一顿饭，说实话，她吃不出野生甲鱼有什么特别，她连养殖甲鱼都没吃过呢，没有参照物，她只知道好吃，甲鱼的胶质似乎能把嘴唇粘住。而且，她看到奇点吃了点儿，胃口似乎不好。不像上次在那个会所，两人吃得风卷残云。安迪心里明白这是为什么，她只能在心里遗憾一下，却也无力挽回什么。这是她的命。

奇点问道："要不要最后来个甜点，或者馄饨面条什么的？"

"饱了，谢谢。我可以把野猪肉和甲鱼打包拿走吗？晚上当夜宵。"

"当然可以，不跟你抢。笑什么？"

"嘻嘻，我打算关上家门喝酒吃夜宵内心狂野去。习惯了开车不喝酒，喝酒都是回家喝。"安迪抿嘴一笑，眨巴眨巴大眼睛，又端起一张脸，"现在是外表冷漠。"

"求观摩。"

"一票否决。"安迪有意活跃气氛，可心里觉得挺累。看服务员打包结束，她就站起身来。"很久没看电影，你想看吗？一起去？"安迪闻言，惊讶地看了一眼奇点，难道奇点不想立即结束与她这个危险人物的会面？"太晚，我习惯早睡早起。"

"好习惯。回头酒别喝多了。"安迪走在前面，回眸一笑。杨贵妃可以回眸一笑百媚生，瘦瘦的安迪也可以。年龄和冷漠的职业装丝毫减损不了她的美丽。奇点走得微微靠后，看着有点儿失神，这是黯然失神。

樊胜美几乎是和加班晚归的关雎尔一起回家。她今天跟着中介看了几个办公室，可总有那么一两个不足，让她无法满意。她累得都想甩掉高跟鞋赤脚走回家。因此在大门口看见关雎尔，她就老皮老脸地靠上去了。关雎尔也加班加得花容惨淡，两人支撑着一起回到 22 楼。

邱莹莹早已等得快疯了，一见两个人，就勇猛扑上去，"樊姐，你可回来了。我给你倒水，吃饭了没？"

"吃了，你快讲你在公司发生的事，已经不早。小关，一起听听？"

"我当然要听。等我放下电脑包，累死了，我明天早上起不来，我要睡懒觉。"

邱莹莹道："懒觉我替你们睡，我明天开始被暂停工作了。"

"白瘟生这么给力？小看他了。"樊胜美吃惊，换上拖鞋，拿把椅子坐到小小厨房。这个连着小小厨房的狭窄过道，是三位姑娘平日里的客厅。"你详细说，樊姐看看能不能挽回。"邱莹莹也拖来一把凳子靠墙坐下，跟两位室友详述。这两位室友与安迪不一样，三个人熟悉，因此邱莹莹一边说一边评，两位也不时骂一句白瘟生，气氛热烈而团结。说到第二次扔回发票，邱莹莹没忘记把与安迪的对话复述一遍。"樊姐，为什么安迪要我说这个？"

"一般如果有上司关照，我们人事处置一个普通员工的时候会有所顾忌，需要跟普通员工的上司沟通了才行。安迪可能有这想法。目前情况对你不利。"

关雎尔道："邱，你不是跟你同事的关系都不错嘛？我看你们上网都一起混的。"

樊胜美抢着道："跟普通员工同事的关系再好也没用，最多平时办事方便点儿，紧要关头他们都用不上。跳过，小邱继续说。噢……别说话，我想到什么了，安迪提醒我。"两人都看着樊胜美，看她呆了好一会儿，才终于开口。"我明白白瘟生为什么一再扔你的报销单，他知道你跟上司关系一般，他借你经理的力打你，打到你急躁。一般人到这地步，处理此事的最佳方案是找个僻静处，当面谈判。他逼你找他谈，你找他你就站在下风了，为了完成你上司交给的工作，你必然得因此许诺一些什么付出一些什么，他正好借此要挟你，借机提出猥琐条件。这猥琐男。可……小邱，你妥协没有？"

"我没有，我火大了，冲进财务室跟他对质，他当着很多人面说下流话，我气死了，就跑财务经理那儿把他一锅端了。包括他自己砸电脑，还有以前他把自己吃饭的发票夹在工厂报销单里混着报销，都说了，财务部就乱了，立刻翻出凭证查账，现在可能还都在加班呢。"

"啊……你！你这个……唉，我不骂人。砸电脑倒罢了，贪污这事是多好的要挟，你只要第一次被扔回来时候就打电话拿贪污要挟他就行了，保证他投降。你做事怎么这么没策略。唉，后来呢？"

"后来人事部把我叫去，暂停了我的职。白，被保安押着去人事部，不知道结果，应该是完了。樊姐，我出来才回味过来，我问人事部经理，我什么时候可以回去上班，他似乎给了我答案，似乎又什么都没说。我到底会怎么样？"邱莹莹把人事经理的话转述一遍。关雎尔听得一脸紧张，等邱莹莹说完，她也跟着一起盯住樊姐，等樊姐解答。但樊胜美需要整理头绪，她抽出一支烟，出门吸烟去了。安迪回家，正好看见樊胜美抱臂吸烟，就问："小邱的问题解决了？"

"正解决呢，出乎想象。"樊胜美回头对门里面道，"小邱，你把刚才的话都对安迪说说，多一个人，多一分力量。"

"去我家吧，我开瓶红酒，还有点儿干果，慢慢聊。"

邱莹莹和关雎尔一起跟上。樊胜美不急，悠悠地在走廊吸完烟，才进去2201。2201的客厅宽大亮堂，樊胜美看着不禁叹气。安迪看到樊胜美进门，就道："一般我们遇到这种事，两个人一起处理。公司会不会放过小邱，最终还得看小邱上司的决定，但我看小邱上司与小邱关系一般，可能小邱会被公司放弃。"

"可我没做错事。"

安迪道："你怎么没做错事，公司完全可以指称你窝赃包庇。谁都有理由怀疑，若不是你和猥琐男内部闹翻，你会一直瞒着公司不说。你即使辩白到公司相信你没窝赃包庇，可公司都不喜欢麻烦精，你惹事，你走，不留你。"

樊胜美点头道："换我也是一样的考虑。我再补充一条，就是小邱上司的想法。这世上谁屁股都不干净，多多少少都有些把柄，没人纯洁。因此谁都不喜欢不懂江湖规矩的人。小邱，你就是那种不懂江湖规矩的人。连白瘟生都看错你，他略施手段，我怀疑他最初目的不过是让你妥协，让你私下找他保证守口如瓶，或者他还可以趁机讨点儿小便宜，可他想不到你没规矩。所以你乱拳打死老师傅，这是江湖人最不乐见的事。你经理也不会乐意见到，江湖规矩第二条，屁股不干净的人最怕身边人是嘴巴关不住的，你们经理看到你当众揭短，他以后肯定不敢用你了。只要他拒绝用你，你的暂停可能就变成被辞退，理由就是安迪说的窝赃包庇，你喊冤的地儿都没有，他们甚至可以起诉你。"

"什么？"邱莹莹惊呆了，整个人化作石柱，一动不动。"没有挽救余地了吗？可邱莹莹也是被白主管害的啊。要不要跟人事去说清楚呢？"樊胜美只是摇头，不愿说话。安迪则是冷酷地挑明："小邱不是骨干，可有可无。"

"那么多要好同事如果挽留……"但关雎尔随即清醒，"也没用，都是可有可无、无足轻重的人。悲哀。"三个人注视着可怜的邱莹莹，全都帮不上忙。

第 8 章

安迪早起出门跑步，遇见这个钟点最不可能出现在 22 楼走廊的人：曲筱绡。曲筱绡拎一只电脑包出来，硕大的包似乎压弯了她的腰肢，因此她走路跌跌撞撞的，两只细细小小的手勉强提着重包捽向电梯，一不小心撞到安迪身上。

"还没睡醒？"

"唔。"声音从鼻子里发出来，像睡猫的一声呻吟。

"今天见客户，那些英语单词都背熟了吗？"

"纸扇，救命纸扇，而且做得非常美丽，特制，定制，我打算送老外一份，可好看了，他们在中国也可以用得上。"一说到宝贝纸扇，曲筱绡的精神就来了，左手一摸，变戏法似的从腰间摸出一把小巧纸扇，唰地打开，上面密密麻麻的中英文对照。安迪一看，乱中有序，方便搜索。反面，则是公司的 Logo，圆圆一颗占扇面中央，周围完全留白，倒也好看。安迪不得不叹，有些人能将偷懒偷出门道，倒也是一门功夫。

电梯终于下来，两人进去，安迪才说："需要人手吗？ 2202 小邱才刚失业。"

"要是小关失业，我现在就爬楼梯回去求她去我那儿上班，我这几天正缺人。小邱，不敢用，这个节骨眼上，万一她坏了我的事呢？你公司家大业大，给个职位总有的吧。"

"我那地方只要两种女人，铁娘子，或者绝色花瓶。"

曲筱绡眼睛一亮，"我去呢？"

"花瓶怎么跟狐狸精比，当然欢迎。"

"耶！"曲筱绡很以为荣。但她不忘追上一句："你是花瓶兼铁娘子。"

"我，失恋，又失去工作。"邱莹莹意外早起，她今天竟然不用闹钟就醒了，再也睡不着。2202别人都还没起床的时候，她一个人靠着厨房料理台喝水，发呆。等樊胜美的房门才一打开，她就冒出这么一句，将还在睡眼蒙眬的樊胜美吓了一跳。"樊姐，我刚刚才想起，你最初就让小关警告过我。"

"先辈的血泪教训，还是有必要听听的。"樊胜美手指梳开额前的头发，"你今天怎么办，找工作吗？"

"不知道还能不能回去，樊姐……"

"昨天不是都分析了吗？我们姐妹，我跟你说实话，不怕你恼：你得为自己将来在公司的处境考虑。这么大闹一场，底子都给人翻出来了，以后人家跟你有点儿龃龉就会翻这事刺你。"樊胜美强忍着才不把"失恋失身"四个字说出来，她早上时间紧，还是赶紧冲进洗手间。

邱莹莹耷拉着脑袋黯然神伤，是啊，姓白的昨天什么都说，她还有脸回去听别人笑话她吗？难道又要开始找工作？

一想到找工作，邱莹莹就一个激灵，毕业即失业，毕业后在海市不知撞了多少墙，才终于找到这么一个部门文员的工作，她当初可是赌咒发誓一定要好好工作保住得之不易的饭碗。可现在，饭碗被她自己轻易地弄丢了。难道又得花那么多时间找一个新的工作吗？想着都不寒而栗。

樊胜美打仗似的化妆更衣出门，邱莹莹一直倚在料理台边默默看着，看得樊胜美毛骨悚然。樊胜美把安慰的话都说尽了，落荒而逃。一会儿，关雎尔直着眼睛走出卧室。邱莹莹又是一句，"我，失恋，又失去工作。"

"昨晚已经说了哦。然后？"

"然后开始漫长地找工作，然后没收入，要向爸妈伸手，然后我又得被爸妈埋怨，然后……我这季度的物业费还没下落呢，我该怎么办啊，跳楼去算了。"

关雎尔怔忡着双眼，迷茫了半天，"怎么办？跳楼不可以……不，你千万不能跳楼，别乱想。"关雎尔这才忽然清醒了，紧张地站在邱莹莹面前，"你能很快找到工作的，真的，你现在与毕业时期不一样了，你现在有工作经历。"为了加强效果，关雎尔又补充两个字，"真的！"

"是哦。"邱莹莹眼前豁然开朗，"前几天，明年毕业的几个大学生来公司面试，穿得像 Cosplay 紫萱，同事偷偷打电话让我们去围观。我比他们总强的。Yes，我看来还可以申请更好的职位，因祸得福。"可是邱莹莹的拳头才刚挥起，忽然气馁，"可是，眼前吃饭钱物业费什么的，都怎么办呢？只好打电话给爸妈了。"

说时迟，那时快，2202 的门被不知谁敲响。邱莹莹站在原地，抻长身子伸出手，将门打开。门外，却站着邱莹莹的爸爸。忍了一早上委屈的邱莹莹顿时哇的一声哭出来，"爸爸，我工作丢了，早饭也没吃，你把我接回家吧。我要回老家找工作，爸爸……"

才刚进洗手间的关雎尔听到动静，钻出来瞅瞅，打声招呼又缩进去。安迪锻炼回来，惊讶地看到邱莹莹扑在一个中年男人怀里大哭"我要回家，爸爸，我要回家"，她不知如何应付，赶紧走人。

乘夕发朝至列车刚到海市的邱父连声道："爸爸也还没吃饭，有面粉吗？爸爸给你做烙饼。"

"没有，这儿什么都没有，我每天饿肚子出门上班。"邱莹莹把自己说得万分可怜。

"这不行，不能饿肚子，跟爸爸去楼下找吃的。"

"吃一顿有什么用，等你回家我又得挨饿，再说我没工作没收入了。我要回家，爸爸，我不要待海市了。要么你们搬来海市住吧，我一个人多可怜啊，没地方吃饭，没人说话，到处都是欺负我的人。"关雎尔在里面听着一哆嗦，邱父可千万别误会是她在欺负邱莹莹啊。

邱父道："爸爸以前每月给你寄的钱还不够吃早餐？以后每月多寄一千吧。莹莹，爸爸是全家第一个走出农村进县城的能人，你更是我们家第一个走进大城市的人，你千万不能退步啊。爸爸回去多加班，你一定要在海市坚持住。你爷爷小时候……"

邱莹莹眼睛直了，立刻忘了哭泣。她爸什么都好，唯有一说起爷爷的进城愿望来，那真是犟到驷马难追，她是不指望她爸能把她接回家了。

安迪叫上关雎尔，一起上班去。她奇怪关雎尔今天怎么没出去早锻炼。关雎尔吐吐舌头，道："昨晚邱莹莹不高兴，我不敢说。我昨晚加班结束，又去参加了高中同学会，其实是我们高中在海市工作的历届毕业生的聚会，我第一次参加。好多人，我去的时候都尾声了，好热闹。有些人散场后还去唱歌了，我没去，一个比我高几届的师兄就送我们几个不去唱歌的女生回家。邱莹莹的事情结束后，我赶紧进入同学会地址，好好看了几页论坛，睡晚了。"

安迪不禁一笑："樊小妹教我一句俚语：没事开个同学会，拆散一对是一对。哈哈。"

"是哦，有些年纪大点儿的女校友好泼辣，跟男校友喝交杯酒，说高中时候暗恋今天要梦想成真什么什么的，真可怕。他们也敬我酒，我不喝，他们挺不高兴的，没办法。你们开校友会吗？"

"我跟国外校友接触多，常一起喝喝酒什么的，国内的没有。我读书跳级多，跟同学相差好几岁，他们不跟我玩，我回国就没跟他们联系。"

"跳级！我们小学有个跳级一次的林师兄，我们从小看他就跟看神人一样，读大学那四年还每年回来给我们做报告，我那时初中。他昨天也在，就是把我们送回来的人。你都跳了几级啊，我以后要瞻仰你。"

"好像……每年跳一次。小学一、二年级没跳，大家都考一百分，显不出我的好。你包里电话叫。"

关雎尔很容易就从包里翻出手机，她的包收纳得有条有理，手机在哪儿，一望可知，正好与邱莹莹的相反。可显示的是一个陌生号码，关雎尔犹豫地接起。安迪听到一声"林师兄"，不禁会心地笑了。樊小妹那人精，果然通灵。

通完电话，关雎尔笑道："林师兄说他周六大早回家去，问我要不要搭车回家，周日晚上一起回来。我当然要！"

"樊小妹会不会说这是追求女生的第一步？"

"不会啦，还有别的校友。真的不会啦。"

"樊小妹还说过，爱情就像便便，来了挡也挡不住。"

"这是麦兜说的，不是樊姐说的。"

"麦兜是谁？比樊小妹还灵光？我要认他做偶像。"

"麦兜是个卡通人物哦。安迪，你现在真幽默。"

"近朱者赤啊。"

"可是我跟樊姐混了这么多日子，怎么没学来幽默呢？"

安迪心说，她是问奇点学的。

这一天，安迪上班不时被曲筱绡打断。她正与两个执行董事开会的时候，曲筱绡来电问和尚尼姑英语怎么读。她在审核一个 PPT 的时候，曲筱绡来电问生煎包子油炸桧怎么读。一而再地来电，问的又都是些无厘头的词汇，而安迪也一而再地收到同事惊讶的眼神。安迪被打断得有点恼火，可一想到曲筱绡成败在此一举，若是失败就被曲父抛弃，她只好心底一软，帮忙到底。

然而，安迪很快想出一个一举两得的好办法。她让助理赶紧跑出去买来一只带卡的手机，她索性将蓝牙耳机戴在耳朵上，让曲筱绡时刻与她接通着手机。这样，她可以不用被烦人而刺耳的铃声打断。曲筱绡到底是有点儿良心，"会不会影响你工作？我如果遇到陌生单词才打你电话，你还可以选择不接，这下就得一直听着我说话了。"

"我可以一只耳朵听你那儿说话，随时提醒你繁难的单词，一只耳朵顾工作。也就是一心两用。"

"哇，还有这本事，早不说。怎么做到的，哪儿有训练营。"

"特异功能，我平时装作很专心听你们说话只是表示尊重你们而已。你做你的正经事，不聊。"

于是，换作曲筱绡被严重骚扰了。她不知道安迪是很闲，还是真的可以一心两用，总之她与老外谈几句，安迪就插一句中英文对照的观点。"要求三个月实操联手期。"

"有饼吃时不忘把饼做大，大家谈的是长远。"

"告诉老外，他引用的数据错误，正确的应该是 32573。"……

但没多久，曲筱绡发现她无法一心两用。一边全身细胞开动紧张应付老外，一边听安迪场外随时指导，她顾此失彼。不得不断了联络。可是安迪以为曲筱绡的手机出故障，或者通信出故障，主动拨通曲筱绡的手机，继续占线监听。曲筱绡真是欲哭无泪。最终只得厚着脸皮承认自己差劲，"安迪，你别指导太多，我根本无法分那么多心给你，我不是天才。你只要……十分钟插一次话，就 OK。"

"理解。"

安迪果然变成十分钟指导一次，而且时间扣得极准，准到曲筱绡怀疑安迪是不是闲得无聊到两眼盯着时钟，别的什么都不干，只管她的事。而且，那"理解"两个字，令曲筱绡欲哭无泪，安迪理解什么？是不是把她归到"不共傻瓜争短长"的"傻瓜"范畴里了？那就真的悲剧了。

曲筱绡毕竟是新手。即使此前作了在她看来已经是百分之一百二十的准备，可真到了临场发挥时候，她的小聪明梗阻了。即使有她爸爸压阵，可她爸爸总不能抢了她主角的位置，而且她爸也想看到她的发挥，因此她很紧张，很累，英语说得结结巴巴。直到，安迪遥控。所有人都惊讶地看到曲筱绡甚至不需要动用计算机，就能蹦出一个个准确无误的数据。连曲父都刮目相看，心中有点儿摸不透女儿的实力了。于是，有一句话成了曲筱绡这几天面对老外时候的口头禅，"我虽然年轻缺乏资历，可我有良好的素质。"随着曲筱绡与安迪的配合越来越融洽，大家都很相信，以曲筱绡这般精明的头脑和机灵的态度，统揽 GI 代理不成问题。

这几天，曲筱绡的手机账单涨得飞快，可这流水般的花费流得值。她以名副其实的主力身份拿下 GI 的代理。而且，她成了她爸跟老朋友吹嘘的资本，曲父到处宣传女儿如何如何有志气。曲筱绡忽然发现，形象变正面的感觉也蛮好。

邱父来海市不到一天就走了。他留下钱，早餐和中餐把女儿喂饱，又把女儿稳在海市，还说了很多励志的话，给女儿买了几本成功秘籍和成功学讲座 VCD，才放心地乘上夕发朝至的火车回家了。他不舍得多请假，多请假意味着多扣钱。

邱莹莹送走爸爸，拎一包书和 VCD 回家。她很想找邻居说说话，可是曲筱绡忙碌，安迪有应酬，关雎尔照例加班，樊胜美替同学找房子，整片 22 层只有她一个人。她实在闷得慌，只得抽出一张 VCD，看一个臃肿男子打鸡血似的讲演。听着听着就听进去了，她此时失恋又失业，正当心灰意冷之极，演讲者鼓励振作，鼓励发奋，鼓励努力寻找机会，打动她情绪低落的心。是啊，她现在有爸爸刚送来的钱解决了后顾之忧，她应该振作。如演讲中所言，她年轻，好歹有大学文凭，年轻就是机会，她明天开始必须投入寻找奋斗的道路。

一张 VCD 放完，她开始翻看爸爸给她留下的书。书中列举的是一个个激动人心的例子，即使邱莹莹每天趴在网上见多识广，可如此密集的励志故事一下子推到她的面前，她无法抑制地激动了。我能！后来索性一边看书，一边将 VCD 放着，慷慨激昂的声音伴着慷慨激昂的文字，令人热血沸腾。

还是安迪回来得最早。她经过 2202，就听见门里传来的呼啸一般的演讲。她敲敲门，想弄清楚在讲些什么，但邱莹莹出来开门时，就把音响关了，安迪没听到是什么。

"只你一个人？看电视呢？你爸爸住哪儿？"

"我爸回家了。在看书，我爸给买的，让我学习上进。"安迪拿来邱莹莹手中的书翻开几页，笑道："刚不是揭穿一个假博士吗？

这种书还在盛行啊。比如第一个故事，逻辑上经不起推敲，说是一个从未出过门的农民追债，几乎绕了中国一大圈，结果债务人逃出国，他一直追到国外，中途没回一次家，非常吃苦。然后意外在国外发现商机，国外遍地黄金，于是摇身一变成为一方侨领。首先，从未出门的农民出国需要回家办护照，即使不办护照，也得办签证，可能不回一次家吗？其次，国外的人不傻，遍地黄金之说不可信……"

"你还真别不信，我上网搜了，真有其人。"

"我相信真有其人，就是要这种三分真七分假的故事，才能骗到人，让很多人以为成功就是这么一个华丽转身，于是做起不切实际的白日梦。其实首先，究竟成功的定义是什么，有钱有地位就是成功？其次，人一定要这样的成功才算人生完美吗？我建议你考虑这两点。"

"你是饱汉不知饿汉饥，你有房有车功成名就，当然可以责问成功。可我不能，我需要成功。"

"那也不能急功近利抱错大腿看这种书。真的，逻辑上经不起推敲的书，别看，骗人的。你正好这几天遇到情绪低潮，对这种书没抵抗力。"

"我喜欢看这本书，不管逻辑与否。"安迪很焦急，"逻辑不通，又煽动人心的书，不是好书。"

"安迪，你是不是特看不起我？我有自己的分辨能力，我根据自己的需求来看书，请你别操心。"

安迪一愣，十五秒钟之后，才道声"对不起"，回 2201 室。即使心里有再多忠告，也不敢再说了。或许她的经验不适合邱莹莹？

但邱莹莹并不打算终止辩论，尤其是她问安迪是不是看不起她之后，安迪并未给出明确答复便拂袖而走，这让邱莹莹满心狐疑更增三分。此三分乃三分天下之三分，因此她心里被成功学点燃的激情转为暴涨的愤怒。不，她一定要申辩个明白。邱莹莹瞅瞅 2201 紧闭的门，决定采用手机短信的方式将话说明白，因为她发现安迪反应太快，说话总抢她一拍，害她有理说不清。

于是安迪的手机不断提示有短信进入。等她放下背包，脱掉外套，洗完手，里面已提示有五条短信。

"安迪，我很不喜欢你盛气凌人的态度。为毛你一定要我接受你否定的东西？我并不认为你否定得对。"

"是你看到的这本书上面的故事激励了我，让我从失恋失业的双重打击中恢复情绪，而你的态度却严重打击了我的积极性。"

"你凭什么认为你说的一定正确？人本身就是感性动物，因此人的感情需要有外界刺激来调节，而非用外界的所谓逻辑所谓理智来调节。逻辑并不能解决所有问题。"

"甲之熊掌，乙之砒霜，适合你的，未必也适合我。"

"你的态度让我反感。如果理智和逻辑就是你的态度，我宁愿选择不理智和无逻辑，这并不影响我的生活。"

安迪本想回复"态度可以影响真实的客观存在吗"，可一想人家都不要理智和逻辑了，这辩论岂非鸡同鸭讲。她将已经打上去的字删掉。正删着，提示又有短信进入，她翻过去一看，又是邱莹莹的。她未作犹豫，先将所有短信删了，又将邱莹莹的电话号码拉入黑名单。操作结束，她对着手机道："不共傻瓜争短长。"但思量之下，她稍改一个字，发现更切题，"不共傻逼争短长。"

傻瓜不要紧，傻逼很要命。从逻辑上分析，邱莹莹的失恋与失业明明是无理智无逻辑的结果，期间可以用三段论明确无误地论证，可在一个不要逻辑不要理智的人眼里，失恋大概是因为遇人不淑，而失业则是遇公司不淑，全与她本人无关。因此，当然邱莹莹可以理直气壮地说出不理智无逻辑不影响生活的蠢话。即使遇到火星人，只要学会火星语言就可以通话，可是遇到邱莹莹，安迪没法弄清楚属于邱莹莹的语言该是怎样，她怎么做才是不盛气凌人。有这时间去弄懂邱氏语言，不如看点儿有意思的中文书，顺便提高地球语言中的中文水平。

邱莹莹发出无数条短信，却得不到一句回复。她冲出门，只见 2201 大门紧闭。她终究是不敢去敲 2201 的门，不知为什么。可她忍不住操一条凳子坐在门口，不顾楼梯间吹来的冷风，守着 2201 开门。只要安迪出来，她要第一时间责问。

安迪不知外面有人守株待兔，她正忙着吃饭。今晚主食依然是面包，但不再是里面夹一片奶酪一只鸡蛋，外加一碗蔬果沙拉，她有昨晚打包的剩菜。只是睹物思人，安迪清清楚楚记得奇点说为她带来两只野生甲鱼，可昨晚只吃了一只，另一只呢？昨晚她说了那么多之后，奇点还打算与她分享那另一只甲鱼吗？安迪心里有个否定的答案，因此她一整个白天没上 QQ。此刻桌面摆放着加热的剩菜，剩菜边是联网的电脑，安迪忍不住，点开 QQ。想不到右下角任务栏有奇点的头像闪动。打开，里面写着："我去印度三天。甲鱼扔在饭店里，让老板替我养着，如果你这几天想吃，尽管打电话预约。有什么需要我从印度带来的吗？请给我邮箱留话。"

安迪翻来覆去看了两三遍，什么都没写，退出 QQ，打开浏览器看新闻。看了会儿，忍不住又点开 QQ，拉出历史记录从头开始阅读。安迪相信统计数据甚于印象，这一回头对着真凭实据做出严格统计，果然印证她刚才的狐疑。从她回国与奇点见面后，奇点在 QQ 上面的发言，几乎每超过十个字就会来一段总能令她发笑的话语，今天这么一大段，却是一个可爱的字也无。

安迪再次退出 QQ，依然一个字都不留。而且，她若无其事地将打包的菜吃完，淡定而高效地看她的书。她又不是隔壁的邱莹莹，失个业失个恋就得把 22 楼的所有人都闹一遍，还把她爹从老远的老家闹来。她从小什么没见过，失去，于她不过家常便饭。失去便失去，绝不回头。

终于，22 楼来了第三个人。电梯"叮"一声响，邱莹莹赶紧将眼睛从书上移开，可是，她看见的却是曲筱绡，而且曲筱绡直着两只不对焦的眼睛跟她说一声"晚上好"，就跟跟跄跄奔 2203 去了，基本上当她不存在。邱莹莹对曲筱绡更是五味杂陈，因此默不作声，低头继续看书。

好不容易，邱莹莹等来亲人樊胜美。邱莹莹几乎是扑过去想拥抱樊胜美，樊胜美连忙道："我累瘫了，别撞我，会倒。"

邱莹莹看见樊胜美就心情大好，见樊胜美手里拎几头大蒜，不禁笑道："樊姐买这么多大蒜，晚上打算跟僵尸对攻吗？僵尸表示鸭梨很大。"

"僵尸？什么僵尸？业务部同事给我的，说现在流行送礼就送蒜你狠。呼，别理我，我小睡半小时。"

　　"好，我不打扰。"邱莹莹看着樊胜美进小黑屋，可还是忍不住隔着门板道："樊姐，我爸来了，看我几眼就又回去了……"

　　"哦，带些什么好吃的给你？"

　　"没带，就领我去吃了顿午饭，给我买了几本书和VCD。书都是鼓励上进的书，讲成功人士的经验，我爸说让我学着点儿，好好立足海市。可是安迪一看就说都是坏书，说什么没逻辑没理智，总之好好讽刺了一通，一点也不想想那书是爸爸买给我的，我看着很喜欢，正适合情绪低潮时期的我。她想说我爸爸和我都差劲就直接说呗，何必转弯抹角呢。是不是我失恋又失业，在她眼里很差劲，被她看不起了？何必呢，她有房有车，就可以讽刺别人了吗？樊姐，樊姐，你听着吗？"

　　樊胜美当然听见了，可是她累得不高兴做邱莹莹的思想工作，便闷声不响，当作睡着。但外面邱莹莹听不见樊胜美说话，有点急，又喊了几声，樊胜美很头痛。她只是邱莹莹的室友，可从邱莹莹谈恋爱至今，她已经管了很多闲事，连局子都破天荒地进了一次，够朋友了。怎么邱莹莹一点儿不体谅她的辛苦，没完没了追着打扰她休息。她今天又没找到合适的办公楼，已经够烦了。她拿枕头捂耳朵上，继续不理。捂着捂着便小睡过去。

　　等关雎尔回家时，邱莹莹已经懒得说了，大家都当她透明，她就少惹事吧。反而是关雎尔来惹她，关雎尔拉着一张累垮了的脸，问她爸住哪儿了，又问樊姐还没回来吗。等邱莹莹说到樊姐刚回来半个多小时，在屋里打盹儿，关雎尔就拖着脚去敲樊胜美的门。"樊姐，起来，你还没洗脸呢，小心脸上长痘痘。"

　　没有什么能阻挡樊胜美的睡眠，唯有美丽。樊胜美一跃而起，小睡片刻舒服许多，不再禁不住地摇摇晃晃，看见邱莹莹也不再烦心。她往脸上抹洁颜霜卸妆，一边问道："小邱，你刚才说什么？我听着听着给睡着了，对不起。"

　　"没事了。安迪可能看不起我，我以后离远点儿就是了。"

　　樊胜美才想起睡前的话，但关雎尔抢着道："安迪不是轻狂人，她连我这种职场菜鸟都没看不起呢。我爸说人的秉性是一贯的，我不会看错。你们是不是有误会，明天我问问她，大家解释一下就好了。"

　　"小关，你不过是每天搭个便车，有必要这么偏心吗？"关雎尔一听急了，红了脸看樊胜美一眼，硬是忍下一口气，"小邱，你最近心情不好，这个问题我们以后如果有机会再展开来说。但只提醒你一点，心情不好的时候请克制，不要随便伤害主动送上门来关心你的人。"

樊胜美忙重重咳一声，道："我喜欢小邱，我也对安迪有信心。这儿住的姐妹之间没有利益冲突，我相信即使有小口角也不是什么大不了的问题，大家都退一步海阔天空，好不好。小邱，对了，你刚才说僵尸什么的，怎么回事？"

"可是安迪伤我自尊。"

"嗯，无论如何，说话的方式方法还是需要注意的。我明天跟安迪说说，今天晚了。你说僵尸是怎么回事。"

"僵尸啊，就是现在最流行的植物大战僵尸游戏……"

"噢，好玩吗，给我看看是怎么玩的，难道还要用到大蒜头？真的大蒜头？"樊胜美给关雎尔使个眼色，押着邱莹莹去看电脑上的游戏。邱莹莹被樊胜美追着赶着，身不由己，忙着解说游戏，都来不及再埋怨东埋怨西。关雎尔回去自己屋里，关门生闷气。但第二天她没与安迪说起，万一安迪不知道邱莹莹在背后埋怨呢，她不想做挑拨离间的小人。可是她在安迪旁边坐立不安的，又怕安迪不知情，以后被邱莹莹抢白。反而是安迪看出来，说不会与小邱一般见识，关雎尔才放下心来。

经过努力，曲筱绡终于签下合同，亲自开车送老外上飞机。等老外进入海关，她就给爸爸一个电话，很职业很规范地告诉她爸，随着老外的离境，GI 项目将翻开新的篇章。但她需要稍事休息。曲父很开心，一小半是为拿下合同而开心，一大半是为女儿的出息而开心，开心得都不知如何奖励女儿才好。

"筱绡，爸爸很满意你这回的工作……"

"这个吧，爸爸，我不跟你客气，表扬最好落实到奖金上，打算给多少？"

"换一辆车，怎么样？"

"我的金龟子开着蛮好，暂时不换，你只要把买车的钱折给我就行。"

"行。爸爸再去订一桌你最爱吃的鲍鱼，晚上和你妈妈一起吃饭，你妈妈也开心坏了，我说虎父无犬子，你妈妈说有其母必有其女。"

"恶心死了，别拿我做借口表扬自己。我晚上不跟你们吃饭，我要答谢恩公，全靠她帮我。"

"要不请你恩公一起来吃饭吧，我们一家一起谢他。"

"才不，人家大美女，不能让你看见。"曲父才松一口气，真怕他娇嫩的女儿对啥男恩公以身相报啊。曲筱绡直奔安迪的公司，经过花瓶似的美女通报，曲筱绡见安迪大步走出来，相当神勇的样子。她开心地尖叫着猛扑过去，想要拥抱安迪。

只是她以往扑的都是猛男，这回扑美女时候下手不知轻重，用了同样的冲力。于是安迪一个踉跄，坐倒在地，曲筱绡也收势不住，一起倒下。安迪真是哭笑不得，"你怎么来这儿？"她倒是能利索起来，顺手想拉曲筱绡一把。可曲筱绡停止了尖叫，"脚，脚崴了。"

安迪看看曲筱绡尖锐的高跟鞋，打电话请助理送曲筱绡去医院。曲筱绡拉住安迪的袖子，可怜巴巴地道："安迪，你不陪我去吗？"

"我还有两个会，走不开。助理比我更能胜任。"

"呜呜，我脚伤了需要亲人。"

"啊，是，告诉我你爸妈的电话，我立刻打给他们。"

曲筱绡哀怨地道："不要跟我爸妈说，免得他们又说我闯祸。我是来向你报告合同签成功的，可不料乐极生悲，你还不陪我去医院，我真可怜。"安迪微笑道："跟我的助理去医院，乖。我开完两个会就去看你，顺便带你一起回家。忘了说恭喜。"

"真冷血。"曲筱绡继续一脸哀怨。安迪的助理想扶她，她却理所当然地两手搭上助理的肩膀，助理只能抱起曲筱绡。安迪看得忍不住地笑。此时曲筱绡虽脚踝疼痛，却一脸陶醉地道："我好牛逼啊，这么顺利就签下合同，这样的女儿我爸妈怎么不多生几个呢。"

安迪笑得无法严肃地做出感同身受状，替崴脚的曲筱绡难过。她送两人去电梯，心里想，这事要是遇到邱莹莹，她若是不跟去医院，一定被邱莹莹责备，估计是说她轻视吧。人跟人不一样。

周四，这一次，樊胜美红运当头，下班后跟中介看的第一套办公楼就几乎完全吻合王柏川列出的要求。她当即拍下照片，发给王柏川。王柏川立刻打来电话。"那么签吧，不错。"

"你怎么不问问地段呢，租金呢，交通呢，原有办公设施呢……"

"经你法眼的，我还需要问吗？非常开心，你办事真快手，一般租房是非常磨人的事，真想不到，太感谢你了。"

"见外，下次来再请我吃饭吧。"

"我……明天就想立即搬公司，越早越好，想早日见到你，以后天天请你吃饭。"

樊胜美低头微笑，"说什么呢。好了，中介在等我呢。"

"连累你没时间吃晚饭。这几天天黑得早，早点回家。"

"嗯。"樊胜美果断收了电话，并不做藕断丝连状。但是她脸上却藕断丝连得不行，双眼亮得都快滴出水来。她将事情完全当作是自家的，一转身，就犀利地与中介讨价还价。她在海市辗转租房，经验丰富，杀得中介直呼姐姐饶命。

谈妥，她在新办公室明亮的灯光下，与中介签下协议，找到ATM机，交出定金。因此，中介认定她该是老板娘，此后老板娘长老板娘短的没个完。樊胜美懒得否认。

医院里照例人山人海，专家号前面排的人当然更多。曲筱绡的脚伤当然算不上急诊，她只能捂着疼痛的脚，满心怨气地等，抬眼看着等候处墙上挂的石英圆钟死样活气地一格一格地移动。

一边儿，她还得应付安迪助理的试探，那小子一直想问出她与安迪是什么关系，而且对她周到至极。曲筱绡哪能让助理得逞，这种还长青春痘的男青年在她眼里简直是小毛孩，她吹嘘说安迪是她的姐姐，还问助理看没看到安迪这几天一直戴着蓝牙耳机，时不时冒出几句莫名其妙的话？那是在帮她做事。助理一听就清楚了，对曲筱绡更是殷勤。曲筱绡不客气，她从来不是善茬，趁机尽情调戏小男孩。

这样闹哄哄的，时间倒也容易过去，排队近一个小时，终于轮到曲筱绡。曲筱绡自然是很没好气。尤其是看到接诊的所谓专家不是想象中的中年怪叔叔或者白胡子老爹，侧面一看就是年轻人，她更气不打一处来。她等着赵医生写完前一个病人的病历卡，心里紧急准备台词，打算看完脚之后好好发泄愤怒。

很快，赵医生写完病历卡，抬头与前一个病人说话。曲筱绡顿时如被施定格大法，盯着赵医生愣住了：帅哥！尤其是赵医生说话的声音，有男人的稳重，也有专业人士拥有的自信与可靠。曲筱绡忍不住怒视前一个病人，这声音理应属于她。

好不容易，赵帅哥的眼光落到曲筱绡的脸上。曲筱绡立马做出一脸的楚楚可怜。她清楚现在脸上是什么样子，她对着镜子花几个月时间千锤百炼练出来的，甚至比微笑更有杀伤力。但是，赵医生似乎视而不见。赵医生只是问她怎么回事，然后就给她开了一张X光检验单。曲筱绡不愿走开，但提醒自己忍住，不要显山露水，而是柔弱地走开。这次，她不再要求助理抱她，宁可豁出老命单脚跳着走。

　　可是 X 光医生跟她说无大碍，曲筱绡反而郁闷了，无大碍，还不得被赵帅哥手一挥就打发走？她在回去门诊的路上，一路地谋划如何骗出赵医生的手机号码。她脑子一转就是一个方案，等来到门诊室，她的方案已经千变万化。当然，首先，她逼出两行清泪挂在脸上。

　　果然，赵医生先看 X 光片，几乎是只看一眼，就用好听的声音权威地道："幸好，没问题。"甚至连药都不给开，只是一边书写一边告诉回家该如何休养。过程比曲筱绡设想中的任何一个方案都简单。于是曲筱绡含泪娇滴滴地道："可是，赵医生，为什么这么痛呢？会不会 X 光没有拍到。"

　　"不会。还有，三个月内不要穿高跟鞋。"

　　"可是真的很疼呢，会不会有其他问题？真的好痛哦。"

　　在曲筱绡娇滴滴地"威逼"下，赵医生终于伸手在曲筱绡的脚踝处按了几下，久经沙场的曲筱绡竟然脸红了。安迪正好开完会过来，见此情此景，不禁含笑站一边不语。赵医生当然依旧说没事。曲筱绡纠缠再三，终于图穷匕首见："真的，很痛。赵医生，如果晚上更痛，我可以打你电话问问吗？我一个人住，晚上没法叫人送我跑医院。"

　　安迪只得扭身出去外面笑，明摆着，曲筱绡骗医生的手机号呢。过会儿助理扶曲筱绡出来，安迪就问："得手了？"

　　"哈哈，瞒不过你。"曲筱绡拿名片给安迪看，"赵启平。安迪，朋友夫，不可抢哦。"

　　安迪的助理旁观气绝，想不到这个娇滴滴的美女居然如此身手。再一想，人家与安迪交好呢，当然，不是一家人不进一家门。

　　安迪载曲筱绡回家，路上见曲筱绡拿着手机猴急，就知道曲筱绡不知多想给赵医生打电话骚扰，只是显然策略不正确，不敢乱了阵脚。倒是安迪的手机叫了，她一看，是奇点，犹豫了一下才接起。

　　"回来了？对不起，我在开车，而且是一条陌生的路。"

　　"我刚回来。四天没听到你的声音，问个好。"

　　"谢谢。"安迪一时不知如何才好，而怪的是，奇点竟然也沉默了好一会儿。安迪心一慌，将电话断了。即便是曲筱绡心里画满对赵医生的阴谋，此时也嗅出一丝不正常的味道，拿眼睛斜睨安迪，只观察，而不打草惊蛇。果然，她看到安迪神色慌乱。啊，有戏。曲筱绡在心里疯狂尖叫。如此，就不担心安迪偷她的赵医生了。

安迪在进入欢乐颂小区大门时，恍惚看见奇点的车子停在路边。她一愣之际，车子已经进了小区。一时，安迪心里乱开了锅。

曲筱绡一眼看见走进小区的邱莹莹，她懒得打招呼，只是跟安迪道："我奇怪一件事，2202工作资历最短的住最好房间，工作资历最高的，按说工资也是最高的樊胜美却住最便宜的房间。她的钱都花到哪儿去了？她那些衣服可值不了那么多钱。"

"她才三十，在人事岗位再资深，恐怕也不会做到经理级别吧。从处事态度来看，也不像做部门经理，不够果断。"

"你是不了解现在中低层人群的工资结构，我这几天为了分公司亲自招人，打听下来才知现在用工成本有多高。像小邱那种的满大街都是，当然便宜，可我不要用。有点儿本事的价格就成倍成倍地翘上去了，我又用不起。论理，樊胜美每天处在跟人讲工资的位置上，她的工资不会不符合市场价。为什么？"

"你我住在欢乐颂小区，人们也会问为什么，合理吗？你别笑，你一个项目谈下来，我基本摸清楚你爸实力，不过我有职业道德，放心。而且，你爸待你也不薄……又笑了，你这小滑头。"

"安迪，安迪，我是真的有两个同父异母兄弟，而且在爸爸面前竞争异常激烈，这种桌面下的较量，外人很看不出来。你别看我一向嘻嘻哈哈，我是真的很有压力的。嗳，我们在昏天黑地的车库里待这么久不走出车门，会不会有人躲在暗处等看精彩车震啊。"

安迪看住曲筱绡大笑，"为什么你追求赵医生，我看着一点儿不猥琐，而看别人男女扎堆就像奸夫淫妇呢？"

"我知道自己要什么，不要什么，什么担得起，什么担不起，拿得起，放得下。安迪，不瞒你说，你有意中人的话，拿来让我过眼，合不合格，我一眼给你下定论。你有吗？"

安迪只是一笑，就开门下车，来扶曲筱绡下车。曲筱绡郁闷地道："你为什么不顺着我的话题往下说啊啊啊啊。"

"我自己有判断，为什么交给你，又不是小邱。晚上吃什么？我扶你上去后就去买吃的。"

"我有好几个外卖电话，等会儿抄给你。"

"不用，我喜欢自己过去看着点菜。"

"啊……为什么不让我插手你的事？太没成就感啦啊啊啊啊。"

安迪只是笑，既不认可，也不否认。因为说出来就显得太骄狂了：整个22楼谁插手得了她的事？而她放弃面包，宁可花时间下楼出小区打包麻烦费时的中餐也事出有因。她安置好曲筱绡，走出欢乐颂小区仔细一看，并不见奇点的车子。

她站在人行道上搜索记忆，确认刚才看见奇点车子的地方，现在停着一辆吉利，那辆吉利有一张山寨奔驰的脸。难道刚才眼花，将吉利认作奔驰？可是，她的记忆中，明明还看见奇点坐在车里，而不是眼前这一辆空吉利。她伸手在车盖上一摸，冰凉，显然，这辆车已经在这个位置停了很久。

那么，看见奇点和奇点的车，难道是她的幻觉？

幻觉！也是男人，仅仅是一个男人，竟然如此轻易穿透她修筑三十年的理智藩篱，让她的脑袋无法克制地制造出幻觉。冷汗瞬间密布在安迪的额头，她吓坏了。会不会是三十一年前黛山县一幕的重演？

奇点被安迪挂断电话，从机场一路患得患失回到家里，可临下车时，又不禁懊恼刚才的那个电话给挂得不明不白，他也觉得自己不明不白，做事不像男人。于是索性一个转弯，又出门上路，直奔欢乐颂。路上打电话，没人接，他感觉安迪是故意不接。他打算到小区门口找个地方停车再发短信，可转来转去找车位的时候，见夜色中一个熟悉的身影矗在一辆吉利车前。奇点忽然有点惊喜，难道是两人心有灵犀？对，即使安迪只是出门打酱油，巧遇，也是灵犀。他降下车窗，隔着吉利车大喊一声："安迪，这儿，上车。"

可是奇点分明见到安迪抬眼惊恐地看他一眼，一只手慌乱地捂住眼睛，一只手慌乱地掩住耳朵，扭过身去就往回走，一不小心绊倒在地。奇点莫名所以，赶紧停车冲出去扶起安迪。映入奇点眼睛的是一脸紧张一脸冷汗的安迪，与平常所见的安迪完全不同。"安迪，怎么回事，我送你去医院，病了？"

安迪却是死死盯着奇点，难道又是幻觉？如此逼真的幻觉？依稀的记忆中，她妈妈经常与幻觉中的新郎拜天地，难道她也一样了？

她不敢说话，不敢行动，唯恐黛山县一条街上那个著名的花癫重现江湖。悲哀的是，她还什么都没处理，弟弟还没安顿，她的遗嘱还没立下，她难道自此开始疯癫了吗？她惊恐得想尖叫，可是她依然不敢，只眼睁睁看着那个可能是奇点的人将她扶进车里。

是的，不可能是奇点，奇点被她挂了电话，不可能出现在这里，那是个傲气的人。越是太巧的事，就越是小概率事件，就越是幻觉。那么她这是在做什么？她看着车内熟悉的环境，不知道该如何处理幻觉，不，她不敢处理幻觉。她唯有闭上眼睛，束手就擒，等待理智恢复。

奇点堵住了车道，保安出来干涉，他连忙将车子开走。可是看看安迪的情状，他心中有很不好的预感。"安迪，怎么回事？说话，使劲说一句话，一句就够。"

安迪只是闭着眼睛不说话，不敢说。她拿出自己的手机，打给谭宗明。"老谭，我可能发作了。我和我弟弟都交给你，拜托。赶紧取笔，记下我所有银行密码和保险箱密码。"

奇点无法再安稳开车，赶紧找个地方停下，对报密码如数家珍的安迪道："你不可能发作，要不然怎么背得出密码，还做事有条不紊。"

谭宗明听到手机传来另一个人的声音，就让安迪将手机转给那另一个人。

"我是谭宗明，安迪的老板和老友。请问您是哪位。"

"您好，我是安迪的朋友，魏渭。安迪不对劲，刚才在小区门口撞见她一个人站人行道上发呆，我喊了她一声，她就像……立刻变得很紧张。请问我该怎么处理？我正准备把她送往医院。"

"先别去医院。您在哪儿，我立刻过去。请您务必稳住安迪。"

奇点答应，一边说地址，一边看住安迪。他发现安迪只是惊恐地避免看他，也不知为什么。"安迪，谭先生很快过来，他就在附近。不堵的话，估计二十分钟。"安迪不出声，依然在脑袋里紧张地拼图，试图弄明白眼前发生的一切。只是太好的脑筋，反而越来越误入歧途。奇点只得温和地道："我冒昧地问一句，发生什么了？可以告诉我吗？"

安迪依然不说话，她想，她即使疯了，只要有一丝理智存在，她也得克制自己做一个不说话不行动的温和派疯子，而决不能簪花满头，当路与男人勾三搭四。面对奇点充满魔幻的声音，她唯有闭目塞听，如老僧入定。

车厢里一片死寂，直到谭宗明匆匆赶来。奇点才刚确认，安迪就急急冲出车门。

奇点连忙跟出去，见安迪满脸是泪，惊恐地紧抱住自己，在那儿对着谭宗明急急叙述。

"我回家路上接到朋友电话，不小心摁断了，结果回家看到他的车停在小区门口，他也在车里。我把邻居安顿好就出来找他，看到那儿停的根本不是他的车，而是一辆吉利，车冷的，停了好久。可见回家见他是幻觉。可就是那么巧，耳边立刻又出现幻听和幻觉，他又来，而且这回发展到出声了。老谭，我估计我麻烦大了，趁现在还有点理智，你找律师，我把遗嘱写下来。最大要求，把我安顿到医生和护理都是女人的环境里。"

谭宗明认真听着，眼睛却看着其貌不扬的奇点。安迪话里的"他"，就是这个男人？而奇点则是错愕地听着这一切，看着谭宗明的反应。两个男人严肃对视。等安迪说完，谭宗明就问奇点："她说的朋友，是您？"

"对。可是她说的第一次，我还在路上。第二次才真的是我。我在她小区门口见到，以为她病了，急忙送医，路上她打电话给您托付……一些事情。一路上就像现在，她一直避免看我。我跟她说话，她不理。"

谭宗明盯着奇点沉吟片刻，道："我明白了。谢谢您的一路关照。我把安迪接走了，非常感谢。"奇点摇头："安迪跟我提起过她的母亲，和她明天准备去接来的弟弟。我了解。此刻我不能一走了之，谭先生，她可能杯弓蛇影了，请您当面向她指出，我出现不是她的幻觉，而是真人，是巧合。她没有出问题。如果我走开，更不容易解释清楚。"说话时候，奇点见安迪忽然睁开眼，瞪着双眼看他，他索性直接跟安迪说："对，你给自己的压力太大，连我这几天都已经感受到你传递过来的压力。但这回纯属乌龙，你疑心生暗鬼，自己吓自己。"

有牢靠的谭宗明在，而且有谭宗明点头确认，安迪这才相信了。可一想到自己刚才的行径，她无地自容，急急跳入谭宗明的车子，"老谭，老谭，快送我回家，我要死了。"

"等等。我跟魏先生说几句啊。"谭宗明摆手请奇点走远一点儿，才道："安迪很脆弱，而您对她的影响太大，十年来前所未有。这种影响很容易走向很不良的一面。我恳请您离开她。为她好，也为您自身着想。"

安迪却羞愧得无以复加，见两个人还在那儿窃窃私语，她留下一句话，就爬到驾驶位轰开油门溜了。"老谭，明天还你车子。"

两个男人愕然看红色尾灯飞快远去。

第 9 章

"回家"这两个字，关雎尔都念叨快一星期了。樊胜美始终怀疑关雎尔醉翁之意不在酒，关雎尔又不是没出过远门，早年读大学也在外寄宿，这么多年下来，怎么可以一说到回家有如此兴奋的，樊胜美估计关雎尔自己都不清楚，兴奋的原因是那位同门大师兄。

终于到了回家的日子。林师兄在周三提议将回家日期改在周五下班后，于是周五的早上，关雎尔早早起来，回家的包早已整理出来了，她委决不下的是今天穿去上班同时也得穿着乘林师兄车子回家的衣服。

樊胜美早起也是洗漱化妆好多事，其间多次被关雎尔一脸紧张严肃地插队使用洗脸台上面的镜子，她为了保障自己的使用时间，只得出声指点。"领子那儿加一条丝巾，颜色鲜亮点儿的。"

关雎尔答应，连忙去找出一条人家送她妈妈的丝巾，质量很好，虽然不是爱马仕之流，却也差可仿佛。她将围巾戴上，却犹豫了，"会不会喧宾夺主？"

樊胜美忍住笑，"唉，谁让你少壮不努力，老大徒 A 杯啊，就是让你用鲜亮围巾喧宾夺这个主的。"

"啊，樊姐，讨厌啦。"关雎尔顿足将围巾扯下，逃回自己卧室。可想来想去，又将围巾照原样放入纸盒，将纸盒塞入背回家的双肩包里。

樊胜美一径地笑，站在自己的卧室里，对着独家专用的穿衣镜扭来扭去，欣赏傲人身材。见邱莹莹揉着眼睛经过，就道："小邱，小关今天回家，周日晚上回。我晚上有应酬，晚点儿回。"

"奇怪，越是工作忙碌的人越是约会多，越是没工作的人连约会都没有。老天眼睛瞎了。"

关雎尔道："我回家，不是约会。"

邱莹莹在洗手间里大声道："无事献殷勤，非奸即盗，这年头什么师兄师妹都是幌子，目的只有一个。"

樊胜美不语，套上风衣挽上包，打开 MP3 塞入耳朵，赶紧出门。关雎尔见此也不辩论，回自己卧室，闭门不出，等安迪一起出门。邱莹莹没听到有人接腔，打开洗手间门，探出头来瞧瞧，看不到一个人，不禁叹一声气。找工作不易，现在连找人说话也不易了。

关雎尔默默地听着邱莹莹在外面摔摔打打，嘀嘀咕咕抱怨，而绝不开口。一直等到与安迪约定的时间一到，她立刻拎起大包小包出门。此时邱莹莹正在卧室，她就索性招呼也不打，再见也不说，免得惹来邱莹莹更多不满。然而，关雎尔这等举动看在邱莹莹眼里，自然变成了关雎尔与她生分。关雎尔为什么要与她生分呢？原因显而易见。听着外面楼道关雎尔与安迪等电梯时候的寒暄，邱莹莹一脸哀怨，都看不起她，都站位到强者身边。

安迪看见关雎尔拎着行李，奇道："不是说明天早上走？"

"林师兄说，周五晚上既然有空，不如周五走，可以在家多住一夜。"

"嗯。说句扫兴的。我以前在美国读书，寄宿在一个美国家庭。主妇曾经给我一个忠告，夜晚尽量不要一个人搭不太认识的异性的车子出城，发生意外的概率相当高。"

"我们有同行的校友呢。"

安迪笑笑："总之你见机行事吧。"

关雎尔并不傻，她也在怀疑晚上弄不好车上只有两个人。等上车，看看安迪的位置，想到城外漆黑的夜晚如果与林师兄孤男寡女坐在这么个小小环境里，何等尴尬，而且……还真是可怕。"我是不是该上车后看见只有两个人，就要求下车呢？……

可这样不好，一般情况下林师兄是个好人，不会有坏心眼，他只是单纯地帮我，而我如果中途看见两个人就下车，就是摆明了指控他不是好人……嗯，这样不行……可如果不是这样，又怎能弄清楚车上究竟坐几个人呢……而且已经跟爸妈打好电话通知我今晚回家……要不，不回了吧……现在就打电话给林师兄，索性告诉他我不回家了……不，现在不行，还是中午，就说我必须加班，晚上走不开了……嗯，还是这样保险，也不会伤及无辜。"

安迪听关睢尔整整念叨了一路，非常想不明白，一件小事值得花那么长时间斟酌吗。比如她，昨晚窜回家里，给谭宗明打个电话说清楚事情后就毅然将手机关了，哪有什么天大的事情。

但在关睢尔眼里，这就是天大的事情。她一个上午将这件事藏心里，熬到中午，才躲到无人的天台上打电话给林师兄，借口晚上又有万恶的加班，无法回家。林师兄倒是很豁达地表示了一下遗憾，还说后会有期。关睢尔却是放下电话后，一直回味林师兄刚才的回答，想确认林师兄是否情绪稳定。等种种迹象证明电话那端的林师兄应该是情绪稳定，关睢尔又患得患失了，人家并不在乎她是否同车回家嘛，可见人家也没什么恶意之类的想法。于是关睢尔心里很遗憾，下午上班时候又是一直地想，可不可以再找一个借口，跟林师兄说加班取消可以回家了呢？

好在快下班时上司一个电话要求加班，让关睢尔彻底断了念想，死心塌地加班。

曲筱绡昨晚虽然极其猴急地想听到赵医生的声音，可她最终还是策略地选择不打那个电话。但她早上起来后，看看时间，还是给一位做医药代理的朋友发去救急电，让朋友帮忙调查赵医生婚否。只要赵医生未婚，那么其余都不是问题。

但朋友劝曲筱绡别搭理不同阶层的人。"医生，收入明摆着的。拿红包多的，品行像孙子。拿红包少的，到我们玩的场合一到埋单就只能装孙子。换口味也不是这种换法。"

"玩玩啊，有你想那么长远的吗？哇，你不知道赵医生的声音多性感，我完全可以想象他如果在我耳边用这么磁性的声音说'我爱你'……"

听得曲筱绡无比陶醉的描述，朋友奇道："比苍蝇粉还有效？那我倒要亲自见见他。"

"苍蝇粉怎么比得上他，他就是女用小蓝片。你赶紧给我打听，最好今天就给结果。你若是看上他，愿意改变取向，我可以大方让给你。其他女人，你决不许告知。"

"必须的。你这两天脚伤不能出门，需要上门服务。那姚滨知道了，你可不能说是我帮你打听的。"

"只要你不大嘴，天知地知。"

精神问题很容易解决，吃饭问题却成了曲筱绡面临的难题。她叫了外卖，可那么久还没送到，她早饿得饥肠辘辘。等放下朋友的电话，她听到外面走廊有人声，就急不可耐地跳过去开门。却见走廊上唯有邱莹莹一个人在压腿。曲筱绡若是不搞搞邱莹莹，跟那种人说话就没味道，可若是搞了邱莹莹，她今天腿脚不灵便，无法随意腾挪。她只得关门不理。

等曲筱绡终于吃上了豆浆油条，饱暖思淫欲，她更焦急等待朋友的打听结果。朋友很争气，不到一个小时，就给曲筱绡捎来消息。"31岁，博士，本地人。评：不是凤凰男，加分。重头戏：未婚。但是，女友是卫生局谁的女儿，处三年了。人们都说，他光速升副主任医师与那谁有关。因此，你偷吃可以，其他休想了。我唯一疑问，处三年朋友为什么不结婚，大家都说不出所以然，但我相信其中一定有问题。或许，赵医生中看不中吃？好了，我帮忙到此为止，我可不想得罪卫生局的那个谁。"

曲筱绡啃着油条，两只眼珠转来转去，心中默默评估朋友的来电。评估结果：有戏！凭她经验，谈朋友半年，正常就可以谈婚论嫁，一气呵成差不多周年时结婚。若达到漫漫三年还未走到结婚那一步，几乎可以判断恋爱失效。三年时间若一直没上过床，那一定是其中一方有病，不是精神病就是器官病；若三年时间一直有上床却不结婚，其中一个肯定有歪心思，而且三年早玩够了可换口味了。所以三年的恋爱就是一层脆弱的纸，一捅就破。

此时，曲筱绡才笑眯眯地拨通赵医生的手机。赵医生今天不坐门诊，正在查房，曲筱绡用哀而不伤的声音问赵医生，今天为了工作脚多走了几步，目前痛得不行，是不是该跑医院看看。当然，说话的基调是：虽然痛，但她能忍。曲筱绡相信做医生的每天看多哭哭啼啼的病人，审苦疲劳，一定最待见识相的能忍的。果然，赵医生挺搭理了几句，让她这会儿可以开始热敷，但必须少走路。曲筱绡见好就收，道了谢谢就收线。

这一段通话，曲筱绡偷偷录了音。她笑眯眯地翻来覆去听录音，想象这么好听的声音若是说"我爱你"，该是什么滋味。

安迪一早上全耗在一个机构投资人身上。那投资人原本是冲着谭宗明来的，来了一看老相识安迪也在，就直接要求两人一起谈，便是中午吃饭也没间断。谭宗明吃完饭，有事走了。安迪继续谈，无非是用排山倒海的数据将投资人冲昏。只是内行对内行，忽悠起来稍有难度而已。

安迪谈完后，与同事开个会，简短研究后续步骤，才向谭宗明汇报。谭宗明却知道安迪处理工作绝对可靠，因此只问安迪为什么还不出发。安迪想了半天，才道："怕。怕看到更多遗传相似。"

"干脆让老严将人直接送去疗养院，你别接触。你昨晚的状态让我很担心，我建议你抽时间去美国看看心理医生，接你弟弟的事还是全权交给老严。"谭宗明顿了顿，见安迪没回答，又道，"昨晚你那位魏朋友，惹事。"

安迪想了想，道："我明白。弟弟第一次接触新世界，还是由我亲自去领航吧。希望有感应，让事情好办一些。这边我打算让大家周末凑一起喝下午茶，谈谈观点。轻松话题，你来不来都行。你今天究竟什么事，中饭吃完扔下大事就溜？美女？毫无疑问！"

谭宗明哈哈一笑："当然。朋友的私家庄园有聚会。"

安迪一笑，见怪不怪。她的行业里，男人大多这样。她看不出那些嫩模小明星有什么区别，当然无法想象那些人为什么追求不息。才刚结束与谭宗明的通话，又一个电话进来。安迪看一眼就接起，一听声音是奇点，悔之晚矣。她没脸见奇点。

"你总算肯接陌生来电。昨晚到现在要么关机，要么拒接我的手机，不上QQ，不回短信，干吗？"

安迪心虚地道："我隐身中。"

"在哪儿隐身？我一起来。"

"不可以，有规定的，上班不能带小孩。"说到这儿，安迪忍不住微笑了。

"周末例外。噢，你在上班。我就在你们大楼下面停车库，下来领我。"

"嗳，怎么可以这么无赖。"

"发现不无赖没有出路啦。我跟你一起去接你弟弟。听着，我好不容易把时间安排出来，但路上还得联络几个人谈几件事，大部分路上开车还得你来。"

"为什么要陪我一起去？"

"路上慢慢说给你听。我目前是守株待兔，等在你车子边。你若是悄悄从边门溜走，我不知道，我将一直死守在车库。你看着办吧。"

"嗯，我开个会，一小时后下来。如果方便，请去打包点儿吃的，路上省得下高速。"

安迪不清楚，黑天黑地与奇点挤一辆车子里出城，这事她早上刚警告过关雎尔，路上不知会发生点儿什么。尤其昨晚她糗事一连串，她哪还有脸见奇点。可似乎推不掉。她若无其事地与同事喝完丰富的下午茶，收拾收拾，忐忑不安地下楼。不晓得奇点迎接她的会是怎样一张脸。

好在，奇点真见了面，却没一句废话。"你来了？我正有点事，你开车。出门，左拐，上高架，直往城外开。周末路上车多，注意跟车距离。出城后注意大货车。天黑得早，可以开大灯了，天黑高速上开远光灯比较合适。"

安迪原本尴尬得脖子都酸了，闻言终于放心。虽然不满奇点拿她当开车新手，她虽路盲，开车并不差，但决定不辩解。奇点真的有事，一直在电脑上写电邮。安迪也不打扰，自己熟悉了一下奇点的车子，安静上路。但奇点抽空放出一段音乐，一个女中音唱什么简单不简单的。奇点说，黄小琥的《没那么简单》，他去印度路上听到，很有感触，分享。

安迪对流行歌曲无感，闻言，便专心听歌词。前面两句听下来，她清楚，不用再问奇点为什么。

下班路上，樊胜美接到王柏川今天打来的第 N 个电话。王柏川今天清早出门时候就开始来电，然后不时报告人已经到什么地方。从老家到海市的路，樊胜美当然熟悉，因此，她仿佛可以看见王柏川一个小时一个小时接近，接近，反而，她等得焦躁不安起来。可王柏川的电话却告诉她，"周末还是怎的，大堵车？半小时才移动五百多米。你不如先吃晚饭，别饿着。"

"你怎么办？你开了一天车子，也还没吃饭呢。"

"咳，堵在城里的半路上，又不能随便下车，吃饭还真不是最大问题了。"

樊胜美不禁一笑，堵车最恐怖的乃是尿频尿急。"我直接去新给你租的公寓等你，方便你放行李。地址记得吗？"

"记得。胜美，汽车若能飞起来，该多好。发现今天的堵车最不能容忍，我还不如扔下车子跑去见你。"

樊胜美微笑，"别急，我也刚到地铁。"可她忽然不知该说些什么别的，她忽然很想关心王柏川爱吃什么，很想今晚在新租公寓里吃饭，甚至喝一瓶酒，当然，她清楚这么做有什么后果。她只是想想而已。

可是想的结果，是她下地铁后忍不住跑进特力屋，花血本买了一张漂亮的台布，以及一瓶干花。她走进新租单身公寓，脱下风衣，插上热水器插座，再打扫一遍本已干净的房间，给饭桌铺上台布，台布上放一瓶花。转身，王柏川来了。

樊胜美的这一边是灯火透亮的公寓，有干净的房间，美丽的人，和淡淡的香。而王柏川则是疲倦地拎两只大行李箱站在昏暗阴冷的走廊，往里走一步，便是美丽新世界。开了十二小时长途车奔袭来海市的王柏川甚至有点儿恍惚。樊胜美不禁看着呆呆的王柏川笑了，她这才适应这个男人，此时的王柏川才露出点儿高中时期的生涩模样，而不是成年后的长袖善舞。

"这儿就是你临时的家。怎么不进来？"

王柏川推着两只箱子进门，顺手将门关上。"真不敢相信，比我想象中更好。"他的眼睛从樊胜美脸上移到美丽的台布上，"还有一位美丽的女主人。"

"胡说。"樊胜美一笑，坐到铺着新台布的桌边，从包里拿出钥匙与合同，以及发票收据。"跟你移交这些东西。其中办公室的房租你还得补缴一部分才能取得钥匙。其他……楼下有间快餐厅，我们随便吃点儿为你接风洗尘，你早点儿休息吧。不过，看上去你没搬来被褥之类的日用品？"

"胜美，不知怎么谢你？"

"让你欠着债，我回头慢慢收租。"

"收租期可以是一辈子吗？"

"王——柏——川……欠债的人可以这么张狂的吗？来看这些账单合同。"

王柏川只是站着一动不动热辣辣地看着樊胜美，微笑，良久，看得樊胜美低下头去，才一笑道："我洗把脸。胜美，帮人帮到底，趁超市还没关门，你帮我去挑些日用品吧，我都不懂买些什么。好吗？"

樊胜美垂着眼皮一张一张地重新叠放单据，鼻子里哼了一声算是回答。王柏川才进洗手间。但樊胜美想了想，觉得尴尬，就开门到走廊上吸烟。王柏川在明亮的洗手间里用了洗得干干净净的马桶，用温热的水洗脸，再用全新而柔软的毛巾擦干脸，如归的感觉更加踏实。他走出洗手间，却不见樊胜美，只见大门洞开，吃了一惊，连忙冲出去，"胜美，胜……"才刚冲出门，王柏川就见到倚在门边墙上吸烟的樊胜美一脸揶揄地看着他。他情不自禁地凑过去，却被樊胜美伸手拿香烟指着挡住，"吓我一跳，还以为你跑了。"

樊胜美见王柏川定住了，才将烟头转向，指向门里，"麻烦，请替我把包和风衣拿出来。首先解决晚餐，然后替你超市购物。我们加油，时间不多了。"

王柏川又是看着樊胜美笑了很久，才进门去。樊胜美这才紧张地将烟猛吸两下，深深呼出一口气。可是王柏川在里面待太久，她很想了解为什么，可又不愿落了下风，只得耐心等待。好不容易王柏川出来，除了樊胜美的包包和风衣，还有……一只拉链上垂着两条标志性皮须的新包。"胜美，我不知怎么感谢你才好，这只包希望你会喜欢。"

大名鼎鼎的机车包！樊胜美一看那飘垂的皮须就认出来，而且也一眼就评估出这是她这辈子收到最贵的礼物。"这个……太贵重了，不要。我只是举手之劳而已。"

王柏川没说什么，手挽两只包，替樊胜美穿上风衣，两人一起下楼。单身公寓楼，下电梯的人不少，两人被挤在一块儿，王柏川伸手细心地给樊胜美撑出一方安全的空间。出电梯的时候，樊胜美说声"谢谢"，王柏川笑道："这是我梦寐以求的机会。"樊胜美只能垂着眼皮笑而不答，以免碰触王柏川热辣的眼光。

然后，两人在咖啡厅随便吃了个饭，就去超市购物。一男一女，男的推车，女的从货架上拿货，不时低声商量几句，时而相视一笑。樊胜美感觉完美得不像是真的，今晚所有的一切都像韩剧精心设计出来的桥段。直到排队等付款时，樊胜美想起一件事来。"海市有几个我们高中出来的校友，我们经常走动的有几个。改天你有空，要不要都约出来一起聚聚？"

"我来这儿发展的事，你跟他们说起过没有？"

"暂时还没有。我不清楚你什么时候来，又是来做什么，不便信口开河。"

王柏川沉吟一下，道："暂时不通知他们。一方面我希望新事业有个开局之后再聚会比较好。另一方面，我不想近期有其他人和事分享专属你我的时间。"

樊胜美一笑，飞了个白眼，不接腔。"出去超市，我打个车回家，你也回新家吧，今天你比较累。我站了一天，也很累……"

"明天我一早去找你。"

"不。你来海市是做事业，不要荒废时间。我明天与闺蜜有茶叙。"

"后天……"

"才不天天被你捉差呢。我有陶艺课。"

两人扯着皮，敌进我退，敌退我进，王柏川终于将樊胜美送到欢乐颂门口。这一次，樊胜美用尽九牛二虎之力，才阻止王柏川送她到门口的要求。当然，机车包，她再三推辞之下勉强笑纳了。进去大门，樊胜美走几步一回头，挥挥手，再走。她慢腾腾地走，王柏川耐心地看着她进去，一直到转弯不见。

樊胜美将机车包抱在怀里，克制不住地笑。如果可以一直这样美好……

回到2202，邱莹莹当即审过来，迎住樊胜美："樊姐，樊姐，请你帮我参谋参谋。明天人才市场的招聘，我看了这几个公司，你帮我看看哪家比较合适。"

樊胜美此时的一颗心懒洋洋的懒得思考，只微笑道："小邱，明天早上好吗，我累得要命。"她说着就钻进自己的房间，堵在门口，对后面想跟进来的邱莹莹挑眉微微一笑，"抱歉"，将门关了。邱莹莹吃了闭门羹，好久没反应过来。过会儿，她咬着嘴唇，立刻转身离开，躲进自己房间里流泪。连樊姐都不帮她了。

樊胜美根本就顾及不到这些了，她打开电脑，输入"王柏川"三个字搜索。她需要对王柏川有更多的了解。可是查了半天，没有查到她认识的王柏川的信息。她不死心，又将王柏川的手机号加入搜索条件。如此这般，多种搜索方式组合，依然没有找到王柏川的有关信息。她只得死心。

但她很快有了新的焦点，她拿来镜子细细审视自己的脸，事后诸葛亮似的检查脸上有无瑕疵落在王柏川眼里。当了王柏川心中那么多年的梦中情人，她可不愿成为打碎王柏川心中念想的那个赤裸裸的现实。

可是……樊胜美的眼光落在柔软的机车包上。她放下镜子，拿起包包，手指轻轻缠绕着皮须，心里很不情愿地想到，她可以让王柏川看到真实的自己吗？难道一直这么装下去，装作高不可攀的那个不真实的梦中情人？可若是不装，王柏川会如何看她？

樊胜美当然已经不相信纯纯的爱情，不相信只要有爱什么都可以。她眼里看到的是年轻有为长相英俊的王柏川。一般，那样的男人被称作钻石王老五，多少嫩得掐得出水的小姑娘会倒追王柏川，而多少王柏川那样的王老五身边是美丽而嫩得掐得出水的小姑娘。老校友，旧梦中情人，这个砝码，真的有效吗？樊胜美再次揽镜细看，不禁长长叹出一声气，别自己骗自己了。很快，笼罩在她身周的用怀旧编织出来的光环将褪去，王柏川会看清真正的她。她届时将如何面对王柏川？

樊胜美心中打起了退堂鼓。不如，主动退出，留给王柏川一个依旧美丽的背影？起码，依旧美丽！

关雎尔加完班，已经是晚上十点多。同事们一起浑身疲累地出来，有的有家属接，有人接的同事立刻变得容光焕发；有的自己有车，直接电梯下车库。电梯走到一楼大厅，最后只剩关雎尔一个人。第一次，关雎尔觉得大厅好空旷，她一个人好凄惨，加班好灭绝人性。

外面一定很冷。她竖起领子，背起双肩包，漠然穿越大厅。但有人喊她，声音她熟悉，其他部门的李朝生。看去，果然是。"你怎么在这儿？也加班？"

"咦，你没听说我跳槽了？小关，我可是特意来跟你告别，你居然这么不关心我。"

"恭喜你。最近工作一直很忙，都没心思管别的，对不起。"

"是的，你是实习期的新人，我理解。我替你背包吧？"被关雎尔摇头拒绝，李朝生并不气馁，"不过即使两三年后升到了我这一阶段，工作也不会轻松太多。这就是我跳槽的原因。我去的新公司是上市公司，以后每个月只要忙一次，不用再天天没日没夜。小关，每次加班出来，你抬头看过天吗？"两人很快走出大厅。

关雎尔依然摇头，"海市的夜晚从来看不见星星。"

"我每天加班出来唯一的乐趣就是看天。今天是阴天，你看，一团一团的光在低矮的云层融合，像灰调的调色板。虽然颜色已经黯淡，可依然可以分清那一块是绿色，我们往下找，原来是来自海韵大厦的射灯。这就是阴天的特色。"

关雎尔举头看天，顺着李朝生的指点看去，果然，阴天的云层犹如覆盖在城市上空的幕布，城市五颜六色的射灯肆无忌惮地在幕布上染画缤纷的灰绿灰红灰蓝灰黄……还真有特色呢。"真有意思，晴天难道不是这样的吗？"

"晴天不一样了，不信你以后出门也抬头看一眼。怎么背着一个大包？本来打算去哪儿玩？我们去哪儿喝杯咖啡吧，明天休息，今天可以晚睡。"

"本来打算今晚搭便车回家的，可是又加班。唉……"但是正如李朝生所言，天，果然很有看头。关雎尔不急着拦车，忍不住寻找她工作的大厦射出的光在天空的染色。李朝生还真有意思。

"我有一个主意，为了庆祝我跳出魔窟，我们现在就去火车站，搭夕发朝至的火车去任选的一个地方，疯玩一两天，然后若无其事地回来，我去新公司报到，你回老岗位苦熬。就像……吹一口气，变，明天睁开眼睛，忽然跳进另一个世界，相信我，一定非常好玩。"抬头向天的关雎尔听到这儿，将亮晶晶的眼睛看向李朝生，"可是……不好，我带着的钱不多，月底了。还有……没计划，会不会到处乱走，很危险。再说天这么晚……不大好。"

"所以我辞职了才敢请你一起出去玩，否则同事出游影响你实习期考核。钱我可以先借给你，不会花太多。主要是，你想过没有，毫无计划地投入一个别人活腻了的陌生的地方，毫无计划地随着满大街睡眼惺忪的人流寻找本地人热爱的早餐，毫无计划地拿着地图到处乱走，体会发现的乐趣和惊喜，最后，快离开的那一刻，却了解到还有不少好去处没玩到，于是带着些许遗憾，带着许多留恋，离开，发誓下次再来。完全脱离我们一板一眼的用数字和图标规范出来的工作与生活，说实话，这种除了工作就是睡觉的日子，你不觉得闷吗？"

"可是……我本来打算明天好好睡一觉的。"

"不好，玩才是最好的休息。你今天才发现海市的夜空也有特色吧？相信我，一起出去玩，你会发现更多不一样的天地。我很有诚意的，你看，我辞职了才来邀请你。今晚，我在大厅等你下班，等了那么久，小关，答应，说OK，算是奖励我。"

关雎尔看着李朝生，心里大叫，樊姐安迪帮忙，怎么办才好。可是她心里，却有点儿像发现不一样的夜空，对无目的无计划出游有点儿向往呢。而且，李朝生如此有诚意，又等了她那么久，她好像很不好意思将拒绝说出口呢。

李朝生又道："你别有顾虑，我们只是旧同事，也是说得来的朋友。我认准你是公司中难得心地善良的人，因此希望跟你成为好朋友，把好玩的事好玩的东西与你分享。我发誓，绝不把你拖上火车卖了。相信我的发誓吗？"

关雎尔不禁笑了，李朝生当然不会把她卖了。她当然点头。既然她点头，李朝生就将关雎尔拉进一辆出租车，跟司机说去火车站。关雎尔急道："我点头不是说OK，是说你不会把我卖了。"

"既然相信我不会把你卖了，还犹豫什么，当然OK。小关，我们开始冒险之旅！"

"我没说……"但这一回，关雎尔的声音有点儿弱，"可是你没带行李。"

"看见你之前我还没有出游的计划呢，不知为什么，看见你走出电梯，那么累，我就想带你离开这个压抑的地方，哪怕一天也好，让你透透气。我已经逃出生天，有义务拉兄弟一把。你看，我有银行卡，有IPAD，有手机……我们一路不愁饿肚子。"

"可是……我很闷的，性格很闷，不会玩花样，不是好旅伴，会拖累你。"

"让我算算，你一晚上说多少'可是'了，1，2，3……"

"别算了，别算了，拜托，不可以这样。"李朝生这才一笑而止，打开IPAD调出列车时刻表。两人商量着找一辆半小时后发车的列车，准备乘那一班，明天早上抵达另一座完全陌生的城市。于是，他们一下出租车就狂奔去售票处，买了票再次狂奔到候车室，最终爬上火车时，两人几乎气息奄奄。李朝生笑道："我们要是做铁道游击队，准没戏。累吗？"

关雎尔两眼闪亮，"好玩！"

是的，一种全新的，豁出去后才能体会到的随心随意的境界，身为乖乖女的关雎尔第一次体验，感觉颇为刺激。反而，明天即将抵达的城市究竟如何，不在考虑之列了。着眼当下，享受眼前。

奇点对着电脑做事，安迪一只耳朵戴着耳机听她的东西，各忙各的，互不干扰。等奇点忙完，就与安迪换了驾驶位。奇点这才留意到安迪戴着耳机，"听什么？"

"耶鲁大学公开课，Paul Bloom教授的心理学导论。我下载了几所大学公开课的课程，有机会就戴耳机听会儿，并不只听心理学。"

"我也听说，不过一直没有时间去下载。"

"噢，我也听说你这阵子刚被选上博鳌理事会，很忙。"奇点不禁笑道："入乡随俗很快嘛，刚回来时候说话还不利索，这么快连博鳌都让你调戏上了。"

"我还学了麦兜语录，小新语录……"

"小新是谁？"

"蜡笔小新，你不会连这也不知道？太落后了。我邻居四个姑娘随时可以教我很多东西，我住那儿真是住对了。不过我会背原版加菲猫语录，她们比不过我。"

"为什么背那些？折腾脑袋？"

"我不像你，你能把简单词汇收拾得幽默无比，我只能生吞活剥他人牙慧，坚持每天看书两小时。谈判时候来一句'你难道要割下我的一磅肉'，立刻事半功倍，比任何责问都有效。"

"嗯，你简直是奸商中的山楂树。"

"山楂树？哈哈，我有吗？"

"回头我送你一套鲁迅全集，那才是王道，等你全背下来，刻薄水平立马上一台阶。后座一只黑塑料袋里装的是什么？你拿来的那只。"

"五十万现金，我打算捐给那福利院。那种地方有些大人不拿小孩子当人，被领养走一个，他们会庆幸卖个好价钱。智障的孩子比较惨，我弟弟没名没分寄居在那家福利院，若是院长没良心，晚上偷偷送出去扔掉，或者……谁也不会知道。我弟弟能活到今天被我领回家，说明那家福利院的人良心很好。"

"唔，明白了，难怪你用现金，不用汇款走账，分明是鼓励他们私分善款的决心。你又入乡随俗了。有个小问题，希望你听了别生气，如果生气就别回答我。像你这么聪明，没有残疾，又长得漂亮的女孩子，在孤儿院里为什么没被抱养？"

"我们孤儿院有门必修课，抱大腿。有志愿者、领养人来院里，大伙儿一哄而上，一条大腿上可以抱好几只小手，一个大人身上可以被七八个小孩抱得寸步难移，许多志愿者到这一步就哭了。领养者则是在这些亲昵的小孩子当中挑一个最亲的最可爱的，他们管这叫有缘。我坏就坏在那么小就有了记忆，我觉得院里待着比跟着妈妈更安全，所以一到这种场合就赶紧躲开了。再说……本地人来领养的话，一听说是某某某的女儿，到底心里有疙瘩。所以很羡慕我们楼层的小关小曲，小关一看就是在父母手心里呵护大的，小曲怎么闹腾她父母都宠爱她，她还总以为她爸爸虐待她。你呢？你是独生子女，一定也很受宠爱。"

"我这独生子女比较特殊，家里成分不好，当时穷得叮当响，没钱生第二个。等后来平反，却有了独生子女政策，不能生了。所以我歪打正着成了老一辈独生子女。当时一直羡慕人家打架有哥哥帮，回家有姐姐洗衣服，人心不足。"

"姐姐洗衣服？"

"孩子多的家庭，都是大孩子抱小孩子，所以才有长兄抵父，长姐如母之说。你以后就是你弟弟的妈了。"但奇点随即就小心地转移了话题，"你看了那么多书，最喜欢哪个作者？"

"我最喜欢曼瑟·奥尔森，喜欢跟随他强大的逻辑，被他一路牵引到最终结果。不过我相信你问的应是我最喜欢哪个小说作者，基本上没有特别喜欢的，尤其是童话作者，我很庆幸小时候没书看，避免了受童话那种逻辑混乱书籍的荼毒。"

奇点听得哭笑不得，刚想反驳，安迪就又抢着道："考虑到跟我同龄的女孩子很多还靠着爸妈生活，而我能承担起供养弟弟的责任，还是挺值得骄傲的。所以你不用善意回避这个我未来将长姐如母的话题。"

"既然……我继续说四个建议。一、今晚上住市区，不去黛山；二、明天领了人就走，不要在黛山转悠；三、看到你弟弟身上与你相似的特征，不要举一反三；四、有情绪立刻跟我说，不要见外，我很愿意帮你分担，除了银行密码之类的可以不说。OK？"

"OK。"安迪心里忽然很踏实，感觉身边又多了一个依靠，"黛山的野生甲鱼表示情绪稳定，避免一场杀身之祸了。为什么你与其他独生子女不一样，似乎少了点儿骄纵。"

"你是第一个说我不骄的。你今天为什么不抢我话头？"

"心里紧张。不过，其实我平时话不多的，常态是坐在一边看别人说，看别人热闹。"

"跟我投缘，所以话多？"

"是。"

"女孩子能不能矜持点儿？"

"有必要考验彼此的智商吗？"

"这与考验智商没关系，你这山楂树，哈哈。我以后慢慢培养你。"

"萝莉养成计划？"

奇点只能无奈地笑，这种斗嘴，他还是第一次遇到，没有模式可循，倒是一路不愁枯燥。

李朝生在火车上很灵活，他叮嘱关雎尔站在人挤人的过道上别走开，然后他捏着包香烟到处找穿制服的，很快就弄到两张硬卧。然后又捏着香烟将两张卧铺换到一起，一个上铺，一个中铺。可惜关雎尔看不出此中门道，只以为上火车只要有钱就应该有睡的或者坐的，又不是春运时节，上车补到卧铺没什么稀奇。她要求睡干净点儿的上铺，以免有人探头探脑地张望。

等一熄灯，出游的激动心情渐渐平静下来，李朝生似乎在中铺睡着了，关雎尔却犯愁起来。大事不好，她穿的不是旅游鞋，而是中跟鞋，明天得走得脚底起泡……不好，这双鞋子值近千元，放在下铺的床底下不知道会不会被人顺手牵羊……会不会有人等她睡着了，偷了她的电脑包和双肩包……还有中铺的李朝生更容易被偷……半夜会不会有猥琐男人毛手毛脚呢……明天早上火车六点到站，停十分钟离开，那么起码得提前半小时醒来作准备，火车声音这么响，不知会不会盖过手机闹钟声……她左看右看，那些陌生的乘客仿佛都心怀鬼胎。

关睢尔越想越不安稳，一会儿爬下去将两人的两双鞋子都拿上来，找出一只干净塑料袋包装好，放在床铺中间。一会儿又伸出头看看李朝生的中铺，看清楚衣服没有挂在外面，才放心。又将电脑包与双肩包并排放在鞋子边上，一起盖上被子，这样即使小偷也一时找不到了。全都安排妥当，可就是她几乎没多少地方可睡，只能老老实实仰躺着。稍微有个风吹草动她就睁开眼睛来巡视，不仅将自己床铺上的东西都检查一遍，还得探出脑袋检查李朝生的东西。于是，一夜无法安睡，几乎眼睛睁了一夜。等列车员来换车票叫醒，她却累得发呆了。

李朝生怎么都想不到出游的开端竟是这样，他激动地生龙活虎地醒来，面对的却是关睢尔呆滞的双眼。得知关睢尔一晚上一个人默默地照应两张床铺，几乎一夜没睡，而且递过来的李朝生的鞋子还带着被子里的体温，李朝生心里真想把这傻姑娘抱在怀里好好抚慰一通。于是，两人下了火车，第一件事是找到一家知名的全国性的商务连锁酒店住下，让关睢尔安全地好好地睡一觉。

安迪与奇点到了黛山县所属的市，这里虽然是安迪的家乡，可奇点比安迪更熟悉，他有生意在此地。他下高速就直接去了一家常住的酒店，登记入住。安迪做甩手掌柜，背着手看奇点登记，等接待递回她的护照与奇点的身份证，她好奇地拿来奇点的身份证细看。"你1975年生，才比我大四年。"

"我跟你说过我没比你大多少，你看来没相信。"奇点也看安迪的护照，彼此一点儿都不客气。

"我的生日其实应该在6月，前不久才知道的。生年倒是没弄错。"

闻言，柜台里面的接待一脸诧异地看了他们俩一眼，递来两个房间的钥匙卡。安迪拿了钥匙卡就走，她刚才听到暌违多年的乡音，瞬间触发她藏在脑袋深处的黑色记忆包，她唯有一躲了之，免得待在酒店的大厅里，到处都能听到本地人的喧哗。

可是，明天怎么办，明天即将密集听到的，都是正宗黛山的乡音，她从出生便已熟悉的乡音。在她的记忆中，乡音并不美好，充满下作的低级的粗糙的无礼的浑浊的暴戾的词汇，那些词汇是如此熟悉，她从小就在那些词汇中长大，只要有环境，她也是张嘴就来。那些词汇，她长大后不得不以闭嘴不言才能克制出口成脏。可是，今天才一接触，那些词汇已经排山倒海涌到嘴边，其他的记忆更是无边无涯，仿若受到催眠。她刚才就想给诧异看他们的接待一句损话呢，好不容易才忍住。她迫切地想要做一个正常人。

奇点见安迪有异，到电梯里才问："怎么了？脸色不对劲。"

"近乡心怯，才听到几句本地话，激动了。最需要安眠药一粒，保证睡眠。"

"我有白加黑感冒片，可以给你一粒。你不嗜烟酒，药力足够。但仅此一次，下不为例。"安迪勉强挤出笑脸，等拿了黑片就赶紧吞了，躲进自己房间等睡觉。

但奇点越想越不对劲，心想，今天才到市区就这样了，明天又会怎样。他想来想去，挂了个电话给安迪，但安迪似乎是拔了电话线，大概是拒绝骚扰。奇点只得直接去敲门，等门开，他就自觉退后一步，但脸上笑嘻嘻的，似乎有点儿不怀好意地看着安迪只伸出一只头。"还没睡？"

"在看书，等睡意。你什么事？"

"这么警惕，太不把我当朋友了吧？"

"换上睡衣了，不方便。"

安迪既然说得如此老实，奇点不便再开玩笑，"跟你说个正经事，走廊不方便，或者你来我房间？"

"哦，等等。"安迪缩回脑袋，披上风衣，走去奇点的房间，见房门洞开，她进去后也不关上，让门敞开着。而且她也不坐下，就这么站在过道上，双手插风衣兜里。奇点见此，索性远远站到房子的角落，免得安迪惊惶。

"我刚才想到一件事，你说你大英雄怕见老街坊，激动了。为什么车上跟我讲那么多有关孤儿院的事，你当时平静得像在说别人的事，按说也是回忆，你却没激动。你想过为什么吗？"

"唔？"确实怪异，安迪一时愣住了。按说，孤儿院的事儿也是她不愿提起的，凡是勾起回忆的事儿她都不愿多提，连以前谭宗明问起来的时候她都不愿多说。为什么今天能在车上情绪稳定地讲那么多？她当时甚至还提了本地人为什么不愿意收养她，那不比乡音更冲击吗？"不知不觉，上了你的当？"

"说明你并不害怕事实，你害怕的只是你心中提示的恐惧。说到底，你是自己吓死自己。"

安迪想了半天，摇头，"我恐惧的核心不是这个……"

"你恐惧的核心我在周四晚上已经见识到，但许多记忆都可以指向核心，乡音即可以让你联想。明天你即将见到的是最接近核心的事实，你弟弟，他可以提醒你更多联想。我给你一个忠告，无论你弟弟长什么样子，你就是你，你已经长成你这样子，你担心也好，不担心也好，命运都是只有一条路，改不了。所以看见你弟弟长什么样子，你如果恐惧，就是不科学与不合逻辑了。只有你已经长成的基因才是成就你的充分必然条件，其余都不是。"

"问题是我不知道我的基因把我导向哪儿，而我弟弟跟我有部分重叠的内涵……唉，基因问题太复杂，我已经咨询过，可忍不住自己吓死自己。"

"既然是既成事实，不如坦然，作好周全准备，过好眼下的每一天。"

"这话说说容易啊。为什么癌症病人确诊后死得更快，一半是给吓死的。嗯，跟你讨论这个，我竟然又没激动。你是我的……你是好人。"在奇点面前说话太无戒备，她差点脱口而出甜言蜜语，连忙打住。感觉自己骨子里好生淫荡，这不是好现象。

奇点笑道："我是你的好人？有多好？"

"烧得出舍利子的那种。药力起作用了，我得去睡觉。"

"批准。"奇点对着安迪的背影温柔地追上一句，"我会在你身边。"安迪站住，回眸，心里瞬间冒出好几个问题，为什么？多久？怎么站位？但她又想到，坦然，过好眼下的每一天足矣。如此，便成就回眸一笑，飘然而走。美女，睡衣外裹风衣，赤足蹬一双拖鞋。及至美女走得没影儿，奇点还是发了一阵子呆，才去将门关上。

但很快一个电话过来破坏回眸一笑营造的旖旎氛围。"奇点，有个不情之请。明天请站在我身边，如果我情绪波动太大，请把我扭送上车。"

"那么你弟弟还接不接？"

"唉，不知道。届时请你帮我作决定。"奇点真想问一句电话那头的人究竟是不是安迪，如此优柔，不是安迪的风格。可那一声叹息软化了奇点，她就是个小女人，要不然他跟来做什么。

第 10 章

　　樊胜美昨晚虽然一口拒绝了王柏川，可周六清晨才刚天亮，她就热切地起床了，调配各色精油洗头洗澡，直把整个小小的洗手间弄得香喷喷的。本来，周六应是洗晒一周脏衣服的日子，可樊胜美今天若有期待，一时顾不得洗衣篮里的衣服，忙着卷头发，做面膜，修指甲。等邱莹莹起床，见到的是已经容光焕发的樊胜美。

　　邱莹莹今天要去人才招聘会，可是她对自己的选择没信心。昨晚虽然在樊胜美那里碰了个小钉子，可她才不会死心，她见樊胜美哼着小曲儿挺有空的样子，立刻捧电脑过来请樊胜美帮忙参考。这一回樊胜美没有回绝，她一边轻轻按压涂有补水面膜的脸，一边帮邱莹莹认真看选择。只有樊胜美自己知道，她眼下心浮气躁。

　　"唔，你找的 80% 是销售岗位啊，这个你原本可没经验。"

　　"可我在简历里可以说，我在市场部待了两年半。"

　　"市场部待了两年半没错，问题人家要的不是你的销售经验，而是你销售的人脉，谁家都想捡现成儿的呢。除非你去同样产品的公司，要不然你的两年半没有用。而且你看，你选择的公司销售产品五花八门，有制药厂，有咖啡行，嗯，还有红酒行，你对这些公司销售的产品做过针对性的了解吗？应聘销售一般会被问到这个问题，你得有所准备。"

　　"公司招人后总有职前培训的吧。樊姐，你请帮我看看哪家公司有发展前途，比如像关雎尔的公司那样利润高工资水准高工作稳定工作环境好的，我想去那种公司，起码水涨船高，我的工资也能高点儿。"

　　"进那种公司，要么你有后台，要么你有硬本事，比如小关的英语可以直接看原版《生活大爆炸》，安迪有超人记性，你我有吗？平常人还是死心塌地踏实做事做积累。我帮你找找哪家公司可以提供你积累有效资历。你原来那种吃青春饭的文员工作不做了也好，是好事，没前途的。"

　　"好，我听樊姐的。"邱莹莹从善如流，尤其是樊胜美的教导她现在百依百顺，"樊姐，你打扮得这么漂亮，今天又有约会？"

　　樊胜美无言以对，难道她能说她在等约会电话？那真太悲剧了。"我等会儿跟女友们喝茶。说到喝茶，卖咖啡豆的市场不知大不大，你应聘咖啡相关产品的销售……我真不知道职业前途怎样呢。你懂咖啡吗？"

　　"我连是不是速溶咖啡都喝不出来呢。我这么回答，会不会挨招聘的揍？"

　　樊胜美一笑，用不同颜色将适合邱莹莹的工作提亮，方便邱莹莹的选择。当然不会提亮红酒与咖啡那两行当，那两者似乎与邱莹莹的性格格格不入。"但前提，你不能穿这套衣服出门。我来给你配。说话也要记得多微笑，尽量不要哈哈大笑。"樊胜美来到邱莹莹卧室，给她挑了短西装配小A裙，邱莹莹穿上一看，又利落又青春，不禁抱住樊胜美亲了一下。樊胜美心一软，贡献出一只手挽的包包，配邱莹莹的衣服。这邱莹莹，工作两年半，竟没攒下一只人模人样的皮包。

　　邱莹莹收拾一新，蹬着中跟鞋橐橐地冲到樊胜美面前，樊胜美眉头一皱，邱莹莹立马知趣地笑着倒回去，改成扭扭捏捏地走出来，嘴里还说这是模仿樊胜美平日里走路的婀娜多姿。樊胜美这下是欲哭无泪了，她平时走路难道是如此做作吗？"你学关雎尔，请，千万别学我了。"邱莹莹仰面朝着屋顶思考会儿，终于走出了人样。"想不到，我工作多年，还得学关雎尔走路。"邱莹莹说的正是樊胜美所想。既然如此，樊胜美就不多说了，拍拍邱莹莹肩膀将她送出门，祝她好运。

　　可邱莹莹走出到电梯，忽然折了回来，抱住樊胜美郁闷地道："樊姐，万一又不成呢？为什么我做什么都做不好，连走路都要学关雎尔？"

　　"嗳，怎么忽然不自信了呢？要相信自己，尤其今天更要展示给HR们你的自信。"

　　"要我怎么自信呢？资质不好，长相又一般，要工作没工作，要恋爱没恋爱，生活费还得问爸妈伸手，你说世上多一个我跟少一个我有什么不同？招聘市场上我凭什么让人看中我呢？我越想越泄气了。"

　　随着 2203 的门咔嚓一响，里面钻出一个人头，一句话，"哇，背背山。"

　　"背你个头，又想惹事还是怎的？"邱莹莹毫不犹豫就扭头给了曲筱绡一句。樊胜美不禁笑道："你看，这就是你的优势，干脆，大胆，直爽，行动力强。去，招聘会上展示给他们看。"

　　"真的？"邱莹莹是真的被最近接二连三的事儿打击得没自信了。"当然是真的。听樊姐的，挺起胸膛，去吧。"邱莹莹却是趴在樊胜美身上猛嗅几下，说句"樊姐真好闻"，才姗姗走开。

　　吓得樊胜美花容失色，往后连退三步，曲筱绡听了差点儿笑死，大声道："小邱，看你调戏樊姐的分上，我给你一个保底，你如果找不到工作，我公司有销售位置给你坐，不过偶尔要出卖色相做三陪。"

　　"我呸，你啥时改做老鸨了？"邱莹莹背对着曲筱绡头也不回。"女孩子做销售不卖色相卖什么，长难看的人家门都不让你进，你想好了。"

　　"对喽，你开什么公司卖产品，你整一个妈妈生。"

　　"你这回终于理解正确，告诉你，别端什么女大学生臭架子，你要是能拿出卖艺不卖身的劲头，做什么都能成。预祝应聘成功。"曲筱绡笑嘻嘻地追着走进电梯的邱莹莹说完最后一句话，才转脸对樊胜美道："我说得对吧，樊姐。"

　　"对不对咱暂且不论，你今天对我这么客气，必然有鬼。我说得对不对？"曲筱绡面不改色心不跳，依旧笑嘻嘻地道："樊姐说得再对也没有了，你吃早饭没？我最爱与美女一起吃饭了，秀色可餐啊。一起去？"

　　"走。"樊胜美等不到电话，心烦气躁，不愿意一个人待着，与曲筱绡一起去吃早饭倒也挺好。她披上夹克关上门，但忍不住追上一句，"想要销售做得好，老鸨一样的厚脸皮是重中之重。"

　　"还是樊姐啊，难怪我跟朋友们一起去会所玩儿，一个妈妈生被我们玩得没招。原来我是天生的商业奇才啊。"

　　樊胜美哭笑不得，正好电梯来了，她连忙窜入。可曲筱绡今天行动慢得多。樊胜美一看，才明白了，"今天脚不舒服啊，难怪对我这么客气。"

　　曲筱绡被识破，索性双手挽住樊胜美的胳膊，"樊姐，这22楼我最爱的是你，话说我们旗鼓相当火花四射多么好玩啊。哇，樊姐身上好好闻哦。"

　　顿时，电梯里的男人都垂涎欲滴看向樊胜美，樊胜美欲哭无泪，人人都怕厚脸皮啊。

　　走出大楼，更是有一只只流浪猫上来见面行礼，曲筱绡一路吊着樊胜美的膀子，将白粉丝曲小五曲二妞曲黑胖检阅过去，很是热闹大牌。可是偏偏，两人刚走出小区，准备左拐，王柏川举着手机喊了一声"胜美"。显然王柏川正在说电话。有曲筱绡撬邱莹莹墙脚之先例，樊胜美立马提高了警惕，先回王柏川一个笑脸，随即转身拦在两人中间，轻而严厉警告曲筱绡："请你，立刻自己去早餐店，立刻，我不陪你了。"

　　曲筱绡却硬要探出脑袋看清楚王柏川，才拍拍樊胜美的肩膀道："青年才俊啊。放心，我最近迷恋一个帅哥，没空找碴儿。"说完还真乖乖地走了。

　　樊胜美却是看着曲筱绡走远，才返身朝王柏川走去，王柏川当即先送上黄白粉三色百合一束。捧起花束，樊胜美才想起她脸上没有化妆，一时去留两彷徨。王柏川很快结束通话，道："胜美，有客户听说我来了海市，想跟我见一面，我这就得去机场接他们。可忍不住想先见见你，本来想到门口再给你打电话，想不到这么巧。"他看看手表，"我们还可以说几句话。你正准备与你闺蜜出去吗？"

　　"我邻居呢，我们本来打算一起吃早餐。你还是去机场吧，周末路上堵，别耽误接客户。"面对王柏川热辣辣的眼光，樊胜美娇羞不胜地低头看着百合，"需要安排吃饭什么的，尽管来电咨询。"

　　王柏川毫不掩饰地道："我还是当年的那句话：中心藏之，无日忘之。胜美，等我忙完立刻来找你。"

　　王柏川急急忙忙走了，樊胜美看着车子离开，才一路微笑着拐进早餐店。她才进门，就见曲筱绡高举手臂朝她挥舞，她忙走过去，坐在刚放下手机的曲筱绡对面。曲筱绡抢着就道："樊姐，我爸说，做生意第一要紧是搞清楚客户底细，所谓底细，就是客户资产多少，债务多少，支付能力如何，是吧？要我帮你调查你男朋友底细吗？"

　　樊胜美微笑道："不用，我们是高中同学，知根知底。"

　　"哈哈，我今天马屁老拍马腿上。我该怎么讨好你呢？我脚伤已经在家宅一天了，真快闷死了，好想跟你一起逛街哦。"

"你，还想逛街？"

"我的意思是，我们去热闹地方找个露天咖啡座，一边喝咖啡，一边看帅哥。"

"一对对毛眼眼找哥哥啊。"

"是啊是啊，你看今天天气这么好，再不看帅哥就冬天了。我那些朋友都还睡觉，我等不及了。"说话时，曲筱绡手机来了短信。她拿起来看一眼手机，看一眼樊胜美，眼神复杂起来。想了想，索性将手机递给樊胜美，让她自己看上面的短信。

手机上首先是王柏川那车子的车牌号，车型是宝马 320i，然后写着车主是翔风汽车租赁公司。樊胜美呆住了。她清清楚楚地记得，王柏川可没否认过那是他自己买的车，还说过国产了才买得起之类的话。原来是骗她。

曲筱绡见此忙道："我不是故意的哦，我声明，这回我出发点绝对纯洁。"

樊胜美回过神来，才故作平静地道："人生处处有伏笔啊。"但樊胜美心中则是翻江倒海，郁闷得不得了。终于有一个在曲筱绡面前扬眉吐气的机会，结果当场被戳穿。她越看手边的这束花越不顺眼，可又不便当着曲筱绡的面发脾气，只得闷声不响，免得一张嘴就露馅。

邱莹莹非常淑女地挤地铁，非常淑女地以关睢尔标准步幅走到人才市场，然后非常淑女地寻找樊胜美提亮出来的单位。可是，毫无疑问，樊胜美看好的公司，摊位前无一不是人山人海。邱莹莹排了一个队，等排到，被人三言两语就打发了，虽然对方收了她的简历，可邱莹莹并不指望对方能给她进一步面试的通知。她又到其他摊位转了转，都不理想，有一家直接就否定了她，因为一问就知道她没有真正销售经验。

她心里有点儿失望，不是说眼下劳动力短缺吗，怎么招聘摊位前还这么热闹。看起来劳动力短缺，大学生不短缺。这不，连那家咖啡贸易公司摊位前也有好几个人轮候。咖啡，邱莹莹舔舔已经干渴的嘴唇，心想，虽然樊姐不认可这家，可不妨瞎猫抓死老鼠试试看也好。她想走过去询问公司做什么，招聘的人员又是做什么。但站在一边的一位青年男职员反问一句："你喝咖啡吗？平日里喜欢喝什么咖啡？"

邱莹莹一下被问住了，果然如樊姐所言，不能打无准备的仗，她索性淑女地微笑道："我不懂咖啡，但我喜欢咖啡香。希望能获聘，让我接近咖啡，了解咖啡。"

那男职员看看她，噢了一声，"我们公司想招有经验的人才，对不起。"

邱莹莹反驳："人才都是历练出来的……"但她顾盼之间，看到隔壁摊位出现一个熟悉的身影，不是白主管是谁？见白主管西装笔挺，待遇良好可以坐着与招聘人说话，她心头火起，凭什么。她跟面前男职员说声"对不起"，便奋勇冲到隔壁摊位，对招聘人道："对不起打扰，这位白先生是因为做账有猫腻才刚被前公司开除，这种人千万不能用在财务部，如果你们不信，我可以给你他前公司的电话号码。"

白主管抬头见是邱莹莹，二话不说，起身就是一个耳光，随即一声不吭快速走开。邱莹莹被打得七荤八素，等回过神来，白主管早逃得不知去向。可周围有人轻轻说她多管闲事，邱莹莹哽咽怒道："我疾恶如仇，可以吧？你们看着一个女孩子被恶人打，为什么不帮忙？你笑什么笑……"她怒指一个应聘者，那应聘者不欲得罪人，悄悄走开。

邱莹莹无趣，捂着被打痛的脸庞，去咖啡公司摊位收拾应聘资料。不料那位刚才拒绝她的男职员道："大侠，请慢走，让我看看你的资料。你……没事吧，要不要去医院看看？"

"本大侠没那么娇贵，但请给把凳子让我坐会儿，我腿软。"

咖啡公司的人赶忙递给邱莹莹一把圆凳，邱莹莹坐下，从包里拿出面纸擦掉眼泪。可心里委屈，脸上痛楚，眼泪擦之不尽，她最近为什么接二连三倒霉个没完啊。有人递一瓶矿泉水过来，"大侠，喝口水，你够厉害的。"

"别提了，大侠有这么窝囊打不还手的吗。"邱莹莹虽然啜泣，话可一定要说个明白。

旁边有人不禁想笑，可又不好意思笑出来。那个咖啡公司男职员道："公然跟男人对抗，还是需要点实力的。"

"是的，话当然是这么说，谁不知道。"

那男职员道："我们公司设有实体店，专门营销中高档名厂咖啡机器和咖啡原物料，我们需要一位收银员，平时帮助打理展示厅，操演咖啡机器，讲解咖啡鉴赏，当然推销产品也在其中。我看你的资料上写有你懂财务知识，不知你对那职位有没有意向。"

邱莹莹大为意外，泪眼盈盈看着眼前男子，"你能做主吗？工资福利怎么算？"

"我能做主。这是我的名片。"

邱莹莹双手接过，一看，通天的。希望终于降临了。原来小胜真的凭弱智啊。

　　奇点清晨起来，自以为挺早，先打电话给吃了黑片的安迪提供叫醒服务，又是响了没人接。奇点以为安迪又是拔掉电话还没接上，就出去敲门。可是敲了半天，里面一点儿声响都没有，奇点慌了，他立即联想到周四那天晚上安迪的失常。他逮了一个正好推车过来做房间的楼层服务员，让赶紧开门。交涉好几招，拿出房卡身份证给查个清透，又有保安监督，楼层服务员才奉命开门。可是，奇点冲进去一看，房间整整齐齐，床上也是整整齐齐，却一个人影都没有。保安与服务员都说客人可能出门去了，唯有奇点不认可，安迪怕听乡音，怎么可能清早出门去自讨苦吃。他要求查看楼道录像。

　　正交涉着，门口安迪的声音传来，"咦，这是我房间吗？怎么回事？"

　　奇点回头一看，正是安迪，不禁大吁一口气，"你去哪儿了？"随即赶紧向服务员与保安道谢并道歉，他心急跳出门，没带钱，让安迪给丰厚小费。可忍不住，在安迪给小费时候又问一句："你去哪儿了？"

　　安迪本想取笑，可看清奇点脸上的焦急，心里异常感动，"我强化心理建设去了。一个小时前出门，周围转转，买杯豆浆喝了。"她边说边也跟着向服务员和保安道谢，殷勤送出门去，她心里有点儿猜到是怎么回事。但转身，她就指出，"你说绝不进我房门一步的。"

　　"本想问你感觉怎么样，既然还能倒打一耙，可见状态良好。"奇点挺为自己刚才的兴师动众不好意思，但经过安迪身边的时候，还是忍不住站住仔细辨认一下安迪的神色，才"哼"了一声，转身出门。

　　"奇点……谢谢。"

　　"又多烧出一颗舍利子。"

　　安迪微笑。回头两人约了去吃早餐，她才详细告诉奇点，她回国的原因正是弟弟，想不到这么容易就找到弟弟，让她有点不敢相信。奇点道："老谭用你弟弟邀你回国帮忙，却依然落力为你寻找弟弟，不在时间上做手脚，这个男人，光明磊落，也烧得出舍利子。今天接了你弟弟，送到环境良好的疗养院之后，你打算就此打包回去美国？"

　　"我是不是很过河拆桥？"

　　"不帮你开脱。"

　　安迪愣了一下，见奇点大口吃饭不理她，心里有点儿乱，赶紧没话找话，"我刚才出去遛弯，跟人用本地话小吵一架。我好好地走路，一个中年女人一头撞过来，还指责我挡了她遛狗的道儿，我一张嘴，她就一脸灰黑颓了。你知道为什么吗？本地骂人的脏话我张嘴就来，她不是对手。我从小混街头，在孤儿院也是凭此立山头。"

"你回美国去，以后有人欺负我，谁帮我出头？"

安迪原想使劲踩自己，想不到人家不接招，她又无计可施。看着奇点不理她，她又很心烦。"好吧，我认错，当初回国时候不应该通知你，唉……"

奇点只能哭笑不得地看着安迪，反而出言宽慰，"你觉得怎么舒服就怎么做吧。但起码有一点我昨晚没说错，你今早方言骂人了也没怎么样，说明你比你想象中能扛。所以你不必急着逃避熟悉的环境去美国，国内乱哄哄有乱哄哄的好，挺好玩挺刺激，是不是？我希望你别走。也为老谭劝你一句，不要让好朋友失望。"

安迪想了很多，直到上了车，听到奇点提醒她系上安全带，所有的坚持稀里哗啦全崩溃了。她拿出手机拨通谭宗明的电话，开门见山，"老谭，我周一开始建立新部门，把我最擅长的事做好。"

谭宗明小心地问："你见了你弟弟？老严没安排好？"

"我还没见。不管见没见，就这么决定了。"她不由自主地看向奇点，见奇点微笑，她心里也开心，"只是你得今天就回海市做前期了，我们速战速决。对不起你的新女友。"

奇点闻此言，不禁想到周四晚上谭宗明看她的眼光。是男人都明白那眼光意味着什么。他只得耐心等安迪将电话打完，才急着追问："老谭有女朋友了？"

安迪一时脑子转不过弯，"老谭有女朋友？噢，他，我刚认识他的时候，他的口头禅是钱太少，美女太多；等开始做得风生水起了，口头禅换成时间太少，美女太多；现在的口头禅是生命太短，美女太多。不过他有分寸，从来享乐不耽误工作。甚至化情敌为战友。"

"你看得惯？你不是生活很严谨吗？"

"你们不都是这样的吗？你经常深夜一两点才上线跟那时候在美国的我聊几句，别跟我说你玩到一两点一直就只看电影吃爆米花上网聊天看书喝茶。"

"完了，舍利子少一颗。可我现在不一样了，你看昨天正常吧？以后跟你的作息，只跟你玩。"

安迪忍不住又笑了，跟奇点在一起，她笑点特低。这么说说笑笑，一起来到简陋的敬老院，一路心情顺风顺水得很。她不知怎么感谢奇点才好。

　　敬老院规模不大，进门有个小小的院子，太阳很好，许多老人在院子里晒太阳，院子里飘浮着一股浓郁的老人体味。不能动弹的老人一脸的漠然，能动弹的都将目光汇聚到新来的陌生人身上。老人大多耳聋，交头接耳时候自以为窃窃私语，其实大声得隔墙都听得见。安迪听得懂他们在说什么，他们议论有人来领小明了，秀媛要哭死了。安迪不知道秀媛是谁，但估计小明就是她弟弟。先到此地的严吕明一从屋子里面出来，安迪就轻声问秀媛是谁，原来正是这家镇敬老院的院长。

　　走进院长近似于杂物间的办公室，安迪一眼见到一个清秀男青年。男孩长得斯文，尤其是衣服虽然有点不合身也有点旧，可干干净净，没有一点污渍。男孩低头谁也不理，只顾着一二三四数着自己的手指头，安迪则是感觉男孩异常陌生，不欲靠近，紧紧贴墙而立。她原以为她将见到一个脏乱不堪的疯子，就像印象中的妈妈，她还以为见面时候得有人控制弟弟的手脚，甚至得有人控制弟弟的嘴，她想不到弟弟如此安静，安静得……静若处子。

　　直到大嗓门院长秀媛声若洪钟地道：“小明，你姐姐来接你了，喊姐姐。”一边说，一边伸手指给小明看谁是姐姐。小明迟疑着抬头，但只是草草看安迪一眼，又低头数手指玩。秀媛急了，伸手招呼安迪：“你过来，我们小明不脏，你别躲着，你过来跟小明拉拉手。我们小明乖着呢，你当姐姐的还怕他？”

　　安迪连忙乖乖过去，想拉小明的手，可小明就像见瘟神，来不及地往秀媛身后躲。秀媛连忙安抚道：“别怕，别怕，这是你姐姐，不是别人。”

　　“二婆说她要带我走，我不走。”小明终于开腔，说话有点儿迟钝，口齿却是清楚，“我不走，我不走，我不走。”

　　“小明别怕，你姐带你去过好日子呢，乖……”可秀媛抱着小明安抚几句，就终于忍不住爆了，“这位小姐，看你样子你日子过得不错，我问你，你们早年为什么扔了小明？虎毒不食子，你们连亲生儿子都舍得扔，我们小明咋了？有什么不好，你说。我真不放心把他交给你领走，既然小明也怕你，我索性放话在这儿，要领，你那作孽的爹娘自己来领，好好给我们小明赔罪了，跟我保证以后再也不扔小明，我再放行。否则谁知道你们今天领明天扔的，我不相信你们，别跟我说什么一样的DN啥的，我不认。”秀媛一边说，一边利索地摸摸小明的头皮，让别担心。

　　“我们爹妈都死了，我也是孤儿院长大的。对不起，我才找到小明，给你添了那么多年的麻烦。"

"啊……"秀媛院长看看安迪，看看小明，这才主动拉起小明的一只手，递给安迪，"我冤枉你，唉，你也是可怜人，你领走小明吧，看你这么找他，应该不会亏待小明。"

但小明只跟安迪碰一下手，就死命缩回，又转到秀媛院长身后躲着。秀媛道歉说孩子让她养坏了，怕生。安迪却心领神会："我理解，当年我在孤儿院时也怕被人领走，相比外面，还是院里最安全。小明……更怕吧。"即使秀媛一心急就只会说本地话，安迪依然坚持说普通话，唯恐一说本地话就乱来。

"唉，你跟小明一样，都很懂事。小明，背口诀来听听。"小明背乘法口诀时候口齿特伶俐，秀媛趁空就跟安迪说，"你们姐弟长得像，脾气也像，乖，懂事，聪明，连说话也像。唉，到底是姐弟，一个模子里刻出来的。"

安迪听一句，不得不喝一口随身带来的矿泉水。等秀媛说完，看到小明背乘法口诀一字不差，不禁想到自己当年跟着上小学的大孩子无师自通，才四五岁就能背口诀，因此经常被阿姨们推到志愿者前面表演，就像现在的小明。还真是一个模子里刻出来的。对了，她当年也是躲在阿姨后面背口诀，眼光不敢与外人相遇。

她只能强迫自己喝更多的水。

奇点正想劝安迪到别处舒一口气，秀媛叹道："你们谁去打开车门，你们都去外面躲会儿，我替你们把小明弄上车。"

安迪却盯着躲在秀媛背后惊惶的小明，仿佛看见孤儿院时期的自己，对，就是镜中的自己。她想说什么，可胸口闷得慌，也不接腔，转身大步走出门去，一直穿过院子，走到大门外，才大口大口地呼吸。一会儿奇点出来，她愣愣看着奇点，好一会儿才能正常说话，她讨好地看着奇点，讨好地道："如果我哪一天也出事，要是能像小明那么安静倒也很好。好在，我们很像，很像，我会安静，不会惹人嫌。"

奇点不说话，很自然地伸手想提供怀抱给安迪，可没料到，这反而犯了安迪的大忌。安迪几乎是大叫一声地逃开了，飞一样地冲进奇点的车子，紧紧将自己关起来，四门上锁。奇点不知怎么回事，走过去想说明白，可安迪捂住脸不看他，当然也听不到他在说什么。奇点只能看着走出来的严吕明发呆，两人都不知道这是怎么回事。奇点此时想到昨晚安迪的托付，如果她情绪不稳，由做作出决定。但奇点想到周四晚上更不稳定的安迪，他决定花时间等待安迪自己恢复镇定。

　　过会儿，奇点与严吕明终于见到安迪开始喝水。再过会儿，安迪停止喝水。又等好久，安迪才走出车门。可已是一头一脸的汗水。秀媛走出来看见，快嘴快舌问："怎么了？别难过啊，从小不见，小明不认也是情理之中的啊……"

　　奇点忙道："安迪身体有点不大对劲。"

　　安迪道："我没事了。院长，我弟弟就托付给你，我不领走了，他跟着你很好，我只要他好就放心。以后每月我会寄钱来，请你替他买吃的穿的。"

　　秀媛反而愣了，"虽说孩子一来就跟着我吃跟着我住，可你到底是他姐……"

　　"我身体不好，是个短命的。"安迪咬牙编了个谎，"小明跟你比跟着我强，今天我来看过就放心了。回头我会设立一个基金，每月按时汇款给院长，即使我不行了依然会执行，一直到小明过世。请你帮忙照料小明了。"她深深鞠了个躬，先钻进车里，拿出三捆共三万块钱，交给秀媛。"这是我预付小明三个月的费用。院长，这是给你私人的，请你拿小明当自家孩子养。院长，请你答应我。"

　　院长看看安迪，看看小明，再看看眼前的三捆钱，终于将钱推回去。"小明我会养着，你没来我就养着他，从没亏待他。这钱太多了，你留下千儿八百的给小明买衣服零嘴就行了。"

　　"你拿着，以后小明就靠你了。这点钱都不够你花在小明身上的心血。"

　　秀媛院长终于接受后，安迪再远远地站着看了会儿弟弟，就走了。严吕明上了自己的车，安迪还是坐在奇点身边，两辆车分别上路。

　　奇点心里也很烦，可他会没话找话，"你把你弟弟留在敬老院是对的，看得出小明与秀媛感情很好。跟你走无非是送到疗养院，就未必有人贴心照料你弟弟，最关键是你弟弟未必适应。"

　　安迪愣愣地回答一句："主要是我跟他有血缘没感情。"

　　"对。你留下三万，而不是把全部五十万都交给秀媛，我也认为很对。一个月一个月地给，而且给得也蛮大方，反而对你弟弟更好。反而如果你弟弟今天跟你走了，你倒是可以大方全部给出五十万。人都是欲壑难填的，不考验人的欲望是正确的做事方法。所以你很理智。"

　　"需要辩护的理智是脆弱的。事实是我又发作一次。"

　　"不是发作，好吗？永远不许这么说。你只是再一次成功把你自己吓死，如此而已。发作有这么快恢复吗，能自我修复吗？你不是脑筋很好知识很渊博吗，你理性考虑清楚，这是不是发作。"

"即使不是发作，我在你面前也已颜面无存。唉……"

"你这话是什么意思？"

"唉。"

此后奇点怎么说话，安迪都不接腔了，装作很累，假寐。她心里打定主意，从此远离奇点。

她更难承受的是在奇点面前发作。

车子在沉闷中前行。奇点没再找话题，他也需要安静。正好有一辆车总是在后面大白天的拿大灯晃他，时不时硬挤上来超车，奇点火气一大，黑着脸将油门一踩到底。安迪睁眼看一眼速度，未超速50%，但已经将许多车落在身后。回头看后面一辆车，一眼认出是神车宝马M3，再扭头看奇点，神色严肃得可怕。她索性继续眼睛一闭，忐忑地装睡。

飙了会儿，奇点便不再搭理后面车子的挑衅，拐进服务区。安迪睁开眼睛，见奇点像沙皮狗似的趴在方向盘上，脸却扭过身来默默看着她。她只得说了一句，"不饿哦。"奇点没搭腔，只是拿嘴朝一个方向努努，安迪顺着方向一看，是洗手间，不禁脸一红，赶紧跳出去。确实，她在敬老院喝了那么多水。奇点这人真可怕，既然如此细致，那么刚才她发作的一幕他会看到更多内容。安迪觉得自己在奇点面前犹如透明，那感觉犹如被脱光，她毫无自信。

等她出来，见奇点站在必经之路上吸烟，看着她走近，目光暖暖的，柔柔的，像头顶深秋的太阳，让安迪坚硬不起来。"有人请客，据说这个服务区有上好的大闸蟹。我也饿了，你呢？"

"我不饿，只是累得想睡觉，我去车上等你。"

"是刚才追我飙车的M3，一聊起来原来是好朋友的朋友。他带着个漂亮的女朋友，我不能没有，拜托啊。"

"你又不是老谭，还跟人比这个？刚才还飙车！"

"我本来就是个莽汉嘛，而且还是个低级趣味的莽汉。一起去吧，你不说话干坐着也没关系，中饭还是要吃的。"

奇点帮她做了那么多，安迪不好拒绝，灰溜溜地跟奇点一起去餐厅。她想托词晕车不舒服，可刚坐下就有热气腾腾的大闸蟹上桌。唉，她无比不要脸地投降。奇点在笑，虽然没冲着她笑，但安迪感觉奇点在笑她。安迪终于想到，所谓别人请客可能是奇点有意促成，目的是让她吃饭。在城府如此深的人面前做人真是崩溃。

　　樊胜美吃完早餐就变得意兴阑珊，倒提着百合回屋后就开始洗衣服。曲筱绡悔不该将车子不属于王柏川的消息告诉樊胜美，这下她没人一起玩了。但她不会死心，好说歹说，想将樊胜美拖出街，"樊姐，咱好歹都是江湖上的好汉，即便失恋，也不用这么唉声叹气。男人还不是一茬一茬的，你看路上都是男人。"

　　"再次声明，不是失恋，他追我，我还没答应呢。正好你帮我查清他的底细，省得我继续费劲。"

　　"刚才我光顾着看车牌了，都没看清人。如果那男人性感风趣，管他车子是不是他的，继续玩下去嘛。他借车跟你玩，总好过一起挤公交车玩，是吧？我跟你讲，别看见一个稍有好感的男人就憋着劲想能不能跟他天长地久，能不能结婚养家，这么想做人就没活路啦。人要活得潇洒点儿，喜欢，先想办法把他捆上床，其他再说。后年就2012年了，谁知道呢。"

　　"你年轻，你当然可以这么想，我玩不起啦。"

　　"得了吧，这是性格，比我更年轻的关雎尔就玩不起。"曲筱绡眼珠子一转，诡笑着放出一丝诱饵，"你职位不低，工资不少，长相很赞，眼光不俗，你潇洒有资本，我看好你哦。"一边说，曲筱绡拿眼睛偷偷观察樊胜美，只见樊胜美的脸忽然僵住了，曲筱绡读秒到十五，樊胜美才轻咳一声恢复正常。

　　"年龄，年龄是一切资本的资本，尤其在这一片土地上。"正巧手机响，樊胜美连忙逃避似的拿起手机接听。那边是王柏川，樊胜美一看见显示就换上千娇百媚的声音。得知王柏川的车子是租来的，樊胜美反而底气十足，在王柏川面前言笑自如，感觉上主动在握。

　　"胜美，我刚接上郎总，郎总听说我在海市的迅速立足与你大有关系，提出一定要见见你呢。你在哪里？我去接你，我们一起吃中饭。"

　　"这怎么好意思，我只帮你租了两间屋子而已，你就说我谢谢郎总啦。"

　　"好吧，我在郎总面前承认吧，其实是我想见你，哈哈，胜美，郎总要跟你说……"

　　"哎呀，不要啦，好吧好吧，你快到时候给我电话，我在小区门口等你啦。好不容易一个周末的，家里一团糟的等着我收拾呢，你净给我添乱。"

曲筱绡郁闷地听着，显然樊胜美不被她的劝诱打动，那个租车男却一个电话就把樊胜美叫出去了。等樊胜美打完电话，曲筱绡就道："你不是说不在那男的身上费劲了吗？"

樊胜美这下子精神抖擞地道："当然不再费劲。但小曲你有所不知，女人最怕空窗，一个月空窗下来，就跟空房子长久不住人，整幢房子能透出一股衰败的气。所以呢，女人切记，一定要骑马找马。有死马骑也好过空窗。要不然，男人凑过来你连媚眼都不懂得怎么抛。"

曲筱绡翻个白眼，当她是邱莹莹吗？但她顺杆子道："哇，看不出樊姐是个欲女啊，佩服，佩服，算我前面都是胡说。我再怎么样也不是玩真刀真枪的樊姐的对手。"

樊胜美故作大方地挑眉一笑，"我换衣服"，就将曲筱绡关在卧室门外，不与争辩。曲筱绡却在门外想那空窗理论，忽然发现，她自初中后就从未空窗超过一个月，咦，要不要空窗一个月试试效果？

于是，等樊胜美花枝招展地离开，曲筱绡回自家屋里睡觉，当作修身养性。可是一觉醒来就把持不住了，一个人着实闷得慌。她下去吃饭喂猫，给朋友们打电话扯皮，也给安迪去一条短信，告知樊胜美的男朋友乃是空心大老倌，开的车子原来是租的，樊胜美不仅白欢喜一场，至今还执迷不悟。闹腾了一阵子，曲筱绡忽然良心发现，叫一辆车去她的新公司，做事去了。

安迪本来在奇点面前入定，见此短信本来不想当回事，谭宗明去美国常抢她车子，她为此也常租车开，租车有什么了不起。可又一想，若不是大事，曲筱绡不会特意发短信知会她。曲筱绡那家伙别看做事似乎乱七八糟，其实心里有准头得很，很懂得什么可以说，什么不可以说，十足一个小妖精。她只得开口打破沉默请教奇点，"在国内，一个三十岁的男人，出手很排场，却开一辆租来的宝马三系车，这租车有什么讲究吗？"

"谁？追你的人？飞了。"

"是我邻居的男同学，跟我邻居正来电。我邻居也很好玩，明明是租房住，却在同学面前装作有产业的。可我邻居其实是挺不错的女孩，热心大方，跟我也很好。"

"具体情况具体分析，我刚创业时候为了在客户面前摆排场，曾经借用朋友的办公室，租车也是常有的事。你让你邻居当心一点就是了。"

"但你前面显然不认可租车，还说飞了。"

　　"你不一样，你不在意那些噱头，若有人不理解你，租车摆排场追你，说明那人不了解你，那种人不飞了难道还留着当宝贝？"

　　"为什么说我不在意那些噱头？"

　　"凭感觉，但我不会看错人。既然你邻居装有房，那么她同学装有车，两人正好是绝配。你不用替他们担心。是不是你上回提出让我帮做媒的那个邻居？"

　　安迪一听，这么一说樊胜美似乎也挺不堪。"对了，我的车子甚至不是自己掏钱租，还是问老谭抢来的。有些事被旁人三言两语一总结，似乎是个笑话，其实事情可能曲折晦涩，当事人甘苦自知。我少管闲事。"

　　"你不一样，你除非不说，说的都是真话。外人再看，也看不成笑话。"

　　"我才是个最大的笑话，三言两语说出来是这样：我妈是有名的花痴，我看着她发花痴长大，我弟弟就是那种结晶，因此我这辈子心理残疾。可是身上分泌荷尔蒙，脑袋分泌多巴胺，人活着活生生就是一个笑话，外人看到的就是一个精神分裂的傻瓜。"压抑了一路，吃中饭后安迪更郁闷，这会儿听奇点对她十足了解的样子，索性横下一条心借题发挥什么都说出来，什么形象不形象的，索性剥光了，反而坦白。她受不了奇点的注视了。"你以为我恐惧什么，担心什么，都不是，就是残疾，心理残疾。"

　　奇点不语，但这一回他铁青了一张脸。安迪忐忑地坐一边，坚持不作解释。两人沉闷一路，一直到奇点把安迪送到小区门口。"你故意的。"这是奇点最后扔给安迪的话。

　　邱莹莹成功应聘，虽然脸上挂着热辣辣的疼，可她心中一洗这几天的愁闷。她轻快而游刃有余地穿插在如潮的求职人流中，等中午的太阳照射到她的脸上，邱莹莹快乐得想歌唱。即使有人往她的脸上行注目礼，她也可以欢乐地选择无视。不就是跟瘟孙碰撞了一下吗。

　　但她还是想方设法遮住了她被一个耳光打红了的脸，她将手机搁在这一边脸上，给爸爸打电话报喜。爸爸正加班，背景是轰鸣的机器声，她这边的背景则是车来车往，父女俩通话靠吼，吼叫声中，邱父听清楚了喜报。但邱父显然还有一个更关心的话题，"工资多少？"

　　"基本工资跟原来差不多，但这家有提成，而且还有工作服，省好多开销呢。"

"好，好，你好好做，爸就说你该留在大城市嘛。我上班，不打了。"

"爸爸，你可以不加班了……"但邱莹莹的话还没讲完，手机里已经传来挂断的提示音。"怎么这样，怎么又这样。"邱莹莹对着无人接听的手机叫了几声，却也无可奈何，爸爸替她省电话钱呢。但邱莹莹由此也发现了遮丑的好办法，她干脆一路就装作在听手机，将那侧被打红的脸用手机遮住。于是，本来想群发短信给22楼全体邻居告诉好消息的，现在改为口头当面通知，以免从侧脸移开手机。

至于关雎尔式的淑女步，她早抛到脑后去了，照旧是急了小跑几步，遇到坎儿跳几步，再加上高兴，那就再多跳几步。她几乎是蹦蹦跳跳地回家的。出地铁时候看见一家经常垂涎的西饼店，门口写着奶茶一元特惠，好多人排队等候进门，邱莹莹也蹦跳了过去。等她从西饼店出来，左手一杯一元奶茶，右手则是一个可以跟她爸打上千次电话的八寸提拉米苏蛋糕，就因为这个蛋糕是今天店里唯一的咖啡味，她一见倾心。

可惜，提着蛋糕上到22楼，一个人都见不到。邱莹莹甚至委屈自己去敲曲筱绡的门，即便是曲筱绡能分享她的快乐也好，可惜甚至连曲筱绡都不在。她只好开着门等待。

终于，在邱莹莹浑身热度还未散发完之前，电梯门在22楼打开了。即便从电梯里出来的是跟她八字不合的安迪，邱莹莹依然非常开心，直接从凳子上跳过去，也不看安迪的脸色，只盯着安迪拎的行李包大喊："安迪，我找到工作了，卖咖啡，以后工作就是卖咖啡。我非常喜欢，真想不到这么快就找到了工作。"心里则是灵活地嘀咕上了，安迪原来出差去了，难怪拎着个行李包，还有一只黑色塑料袋。

安迪心情不爽，见到不喜欢的邱莹莹缠上来，只得敷衍几句，"McAfee？很好的软件公司啊，恭喜恭喜。"

"哈哈，不是那个杀毒软件，是卖真咖啡的公司，他们破格录取我了。我买了一个咖啡味蛋糕，你等等，我切一块给你哦，我们一起庆祝。"

安迪只能站住，等邱莹莹用盘子捧出一块提拉米苏蛋糕来。她一手接了盘子，"谢谢，再恭喜。我以后买咖啡就找你了，你是内线。"

"啊，你喜欢喝咖啡？平时喝什么？"

"我有些从美国带回来的绿山咖啡豆子……"

"不是蓝山咖啡吗？哈哈，你说错了。蓝山，蓝山咖啡，据说最好的都被日本人买走了，这个我书上看到过。你从美国带来的一定正宗，给我看看吧，看看吧。"

安迪相信此时她的脸色一定是灰败的，可邱莹莹硬是有本事看不到，她现在手里托着邱莹莹送的蛋糕，吃人家的嘴软，只好引邱莹莹去 2201 室。"你一定是个好推销员，一定的。"这一句，安迪说得极其由衷。进到屋里，她就翻出两包咖啡豆和一只密封罐装的咖啡豆交给邱莹莹看，自己进卧室整理东西。

邱莹莹一看包装就大笑了，"还真是绿山，美国也有山寨货啊，哈哈。小字是什么意思？"

"你拿去你那儿慢慢研究吧，什么时候研究完什么时候还给我。对不起，小邱，我累得慌，想睡会儿，不留你玩。"

邱莹莹巴不得这一句，赶紧抱起两袋一罐往 2202 走。密密麻麻的全是英文字，她留在 2201 也是看不懂，回来才好上网查。放狗一搜才知，原来绿山不是山寨蓝山，不过她无所谓。这一回，她查得非常认真，产地，烘焙之类的，看着有意思的还放进收藏夹，她特意在收藏夹里设了一个咖啡文件夹。

只是，面对着密封罐里散装的香喷喷的豆子，邱莹莹非常想尝试自己煮一次咖啡。她想反正豆子这么多，她拿几颗应该没事。然后，拿什么碾磨？邱莹莹捏着三颗豆子在屋里打转，从卧室找到厨房，又从厨房找到卧室，竟是找不到趁手的工具。无奈，只能扔整豆子进去水里煮。然而正如煮黄豆与豆浆不是一个味，整粒咖啡豆煮出来的咖啡就像咖啡的洗脚水，当然是连速溶咖啡都不如。邱莹莹好生郁闷。

关雎尔睡醒起来，与李朝生一起在陌生的城市悠游。没有明确的目标，甚至还拐进久违的新华书店翻了一个小时的书，虽然没买，怕累赘。走累了，买一杯咖啡坐在路边聊天。关雎尔痛诉她每天暗无天日的工作生活，李朝生是过来人，他指导关雎尔该如何走准路子，而不是闷头做无用功。一说起那办公室里的黑暗，两人的话题如滔滔江河，一发不可收拾。

在江边吃糖炒栗子喝奶茶的时候，关雎尔手机进来一个电话，显示是林师兄。"小关，我在父母家里了。我想到你本来要回家的，你家可能给你准备了些带回海市的东西。需不需要我去一趟你家，替你捎回海市？"

"好……可是会不会很麻烦你？"

"不会麻烦，我们家这种小城市徒步转一圈也要不了多少时间。你短信发给我地址和电话吧，再跟你爸妈打声招呼，我明天走之前，大概下午三四点钟拐过去拿。让你爸妈不用客气，尽管打大包，车里装得下。"

"太好了，太好了，太好了。"关睢尔高兴得差点儿跳起来，连忙跟父母打电话告知此事。她父母当然得问一下林师兄是个什么样的人，可靠不可靠。李朝生默默抱臂听着，两只眼睛在夜色中闪烁。

关睢尔与父母打完电话，就给林师兄发短信。感觉到李朝生伸过脑袋来，她连忙将手机收到身后，"不许看，我写我父母家地址和电话呢，隐私。"

"不要太不公平嘛。我跟你好歹这么多天同事，你跟林师兄才几个照面，给他地址却不给我地址，你说得过去吗？"

关睢尔心里立刻刷刷刷掠过白猥琐男打电话去邱莹莹父母家污蔑的那一幕，前车之鉴，她说什么都不会把手机伸到李朝生眼皮子底下，"不行，不一样的，但这并不意味着不信任你。Sorry 哦。"她硬是将手机背着李朝生，写完短信，发了两遍，然后就动手将储存删除。李朝生看在眼里，脸都黑了。"小关，你既然这么不信任我，为什么还跟我一起出来玩？"

"这是不一样的，我都已经跟你说了。我很不好意思把爸妈家地址给你看，好了吧？"

"为什么？我跟林师兄有什么不同？"

"我不知道，我要回宾馆休息去了，你请自便。"关睢尔说完转身就走，去路边拦出租车。李朝生一看不好，连忙追上去道："好了好了，我不问了。是我不对。我们看电影去好吗？天还早呢，这么早睡辜负良辰美景。或者去 K 歌？"

"为什么我不生气的时候你追着问，我一生气你就不问了呢？你就是欺软怕硬。真没意思。"

"没有，你别把我想得这么坏，我真没有。好吧，我承认，我口不择言，我道歉。"关睢尔不理他，拦一辆出租车就跳上去，让司机看到 ATM 机就停一下。李朝生连忙也跳上车。等到了 ATM 机，关睢尔跳下车，李朝生也下去，但口头立刻声明，"我给你做保镖，你别担心，不会看你密码。"

"我才不担心你看我密码呢，你还不至于这么猥琐。可是我家地址这件事不一样，知道吗？"

李朝生趁着为了不看密码而脸朝着别处，就厚着脸皮道："我刚才是吃醋了，对不起。可那个林师兄明明就是跟你套近乎，很明显不怀好意，你还给他地址。"

李朝生一实话实说，关雎尔听着害羞了，"关你什么事，关你什么事，我等下就去火车站等夜班车回海市。"

李朝生百思不得其解，"为什么我说实话还得罪你呢？你不用回海市，你坐夜班火车太辛苦。我不说话就是了。"

关雎尔偷偷看李朝生一眼，见他果然目不斜视正襟危坐，她想说什么，又不好意思说，只好也沉默。到了宾馆，她看见对面就有一家电影院，可又不愿被李朝生以为她妥协了，只得侷头侷脑粗声粗气地问："去不去看电影啦？"

"去！"李朝生转身就去。关雎尔穿的是中跟鞋，半天走下来早走累了，哪儿赶得上牛高马大的李朝生，索性不赶了，就在后面走她的小碎步。李朝生走出半天回头不见人，找了一下才看到关雎尔慢腾腾走过来，才想到人家女孩子是累了。他倒走回去，有点儿扭捏地问："要不要背你啊。"

"这个……不可以。"

两人慢慢地走到电影院，李朝生让关雎尔坐着，他满场飞舞地买票，买饮料，买爆米花，捧了一大堆过来，终于，他看到关雎尔在冲他笑。

"其实你也穿着皮鞋，跟我一样坐办公室的，为什么你这么能走路呢？按说我每天早上也在锻炼的啊。"

"我经常玩户外，休假都扔在跋山涉水了。如果这回不是跟你一起走，我一个人可能走得更远点儿，也不一定非要开后门弄两张卧铺票，我在火车上站着都能睡着。给，爆米花。你不大出门？"

关雎尔脸一红，"都是爸爸妈妈安排好的，大多数乘飞机，好像很小时候才坐过火车。这回给你添麻烦了。"

"不麻烦，只要你喜欢，下次我们再出来玩，跟你一起玩我很开心。以前一起上班时候一直想约你出来玩，可是怕影响你实习考评。时间差不多，进去吧。"

李朝生一个人捧了所有吃的，关雎尔两手空空跟着走，想吃了就从李朝生怀里抓一把爆米花，很自在。两人都不再提发短信那件事。

曲筱绡有生以来第一次在周末时间做正经事。把她的父母感动坏了。她在办公室的总经理室里面看资料，她父母赶来陪在外面等她。她父母恨不得流水般地送上零食饮料献媚，可一想到女儿好不容易专心，万万不可打断，只好在外面轻手轻脚。直到晚饭时间，曲父曲母才进去总经理室朝觐。

曲筱绡大模大样地拿手指弹弹资料，道："我发现兴趣了，我对赚钱太有兴趣了。"

"好事啊。只要你有兴趣，爸爸提供一切条件。"

"哼，我说的是自己赚钱，而不是坐享现成。妈，我今天要吃帝王蟹。"

曲父曲母自然是百依百顺。即使女儿顽劣时候，在他们眼里，女儿依然是公主，何况女儿现如今做起了正经事。吃完帝王蟹，两人将女儿送回小区。曲筱绡硬是忍着，没将脚伤的事说出来，要不然准被父母绑架回大别墅里养伤。

很巧，曲筱绡才跳下父母的车，就见到王柏川的车停到她身边。从外面看进去，车里坐着三个人，两个男的，一个是樊胜美。王柏川跳下车给樊胜美开门，曲筱绡旁边好奇地跟着，看到走出来的是喝醉的樊胜美。喝醉的樊胜美心头紧绷着阶级斗争一根弦，说什么都不让王柏川送进家门去，尖锐地笑着，道："你送郎总回去，不要怠慢客人。郎总喝得比我更多。"

"你走得稳吗？我跟郎总说一声，先送你进去。"

"我会送樊姐。"曲筱绡一头钻进两人的圈子，将一张名片偷偷塞给王柏川，"还认识我吗？早上跟樊姐一起出来吃早饭的邻居。不会耽误送樊姐。"然后跟她爸妈打个招呼，拉着樊胜美一起进小区。王柏川赶上来，将两只购物袋塞到曲筱绡手里，让帮樊胜美带上。

曲筱绡咬牙切齿，她可不是力夫。可她想看好戏，就拿了购物袋娇媚地跟王柏川说再见，与樊胜美一起进去。樊胜美防不胜防，终于还是被曲筱绡钻了空子。

走到拐弯了，曲筱绡才借着路灯光仔细看购物袋，"哇，爱马仕的围巾，租车男下手还挺大方。"樊胜美大着舌头得意道："我帮他摆平郎总，他总得放点儿血。当着郎总的面，他好意思买杂牌的吗？"曲筱绡放声大笑，"樊姐，哈哈，我就爱你的不正经。对付那种男人，不要客气，咔嚓。"

两人心照不宣地嘻嘻哈哈地回到22楼。22楼只有一个喝泡咖啡豆喝得有点儿兴奋的邱莹莹，曲筱绡扔下樊胜美就走了，樊胜美也不管邱莹莹兴奋地跟她说着什么，草草洗一把脸就睡。

邱莹莹一腔热血没地儿洒，只好郁闷地一个人对付一个提拉米苏。

Chapter 11

第 11 章

在 22 楼，周一的清晨永远是最痛苦的清晨。可是，总有例外。比如樊胜美，她用一个周日的时间消化周六的宿醉，因此周一清晨可以靓丽起身。尤其，有簇新爱马仕围巾映衬，她的眼睛里看不见困意。

周一，是邱莹莹走上新工作岗位的第一天。今天，她将不迟到摆在首位，几乎与樊胜美一同起床，一同出发。当然，她的新工作虽然有工作服，她还是请求樊胜美帮她搭配了第一天的着装。看着樊胜美的新围巾在她眼前流光溢彩，她好生羡慕，忍不住伸手轻轻碰触那不像是真丝的东西。"樊姐，你很快就会搬走吧。"

"为什么？怎么问出这个问题来了？"

"因为你同学好有钱，而且舍得为你花钱，他一定很爱你，恨不得早日买房子跟你结婚呢。"樊胜美哑口无言，但随即笑道："谁舍得那么早结婚呢，对女孩子而言，谈恋爱是最金贵的时期，一定要想办法把这段时间延长，好好享受。"邱莹莹叹服，将樊胜美的这句话牢牢记在心里。等关雎尔挣扎着玩累了的身躯起床的时候，两位室友都已出门。

这个周一，曲筱绡的公司开始走上正常运营轨道。她作为总经理，当然有不按作息时间上班的权利，尤其是谁都知道她是太子女，谁都不指望她真正做事。大家，包括她的父母，都认为，正常情况下，曲筱绡应该上班迟到。然而，曲筱绡心中有所图，因此她不正常了。她所图的很简单：她要有别于她的两位同父异母哥哥，从行为上，到能不能靠自己本事赚钱这件事上，她要与两位哥哥形成极端反差。

曲筱绡的早起过程设计得很简单，闹钟闹醒，做咖啡，洗漱，喝咖啡同时吹头发，化妆穿衣，出门时候扔下一屋子的乱，交给钟点工处理。但现实与设计总是有一点儿差距，曲筱绡出门时候打开手机，调出惦念了好几天的那个手机号码。但她依然没给那个号码打电话，而是发去一条短信：赵医生，我是小曲。我的脚伤好了许多，可以下地走路。果然，你是对的。但依然行动不便。再次感谢。

在曲筱绡的世界里，天下谁人不识君。她的手机难得发出如此一本正经的短信，正常情况下应该很快收到回信。可这个周一显然是个不正常的日子，曲筱绡一直到了公司所在的大楼，在大楼下面买了早餐，直等坐到她的总经理室里，才终于收到慢腾腾的一个回复：请问您是哪位？

曲筱绡对着六个字发出一声哀鸣：苍天哪！居然那个人没有记住她曲筱绡。曲筱绡的自尊心受到严重打击，她迅速在手机上写下无数说明，解释她究竟是谁，她的脚究竟是怎么回事。可等待发送时候，她眼珠子一转，镇定了下来。妖精是什么？妖精就是不走寻常路。她手指一送，将辛辛苦苦打的字删了，推倒重来：哦，一言难尽。请问赵医生下午几点下班，我赶在之前过去找你说明。

这一回，赵医生迅速回复了下班时间。曲筱绡弹着手机大笑，这就叫好奇心杀死猫啊。以后你还敢说不认识小曲？哼，永远没有机会！

22楼以往最正常的人，这个周一的早上成了最不正常的人。安迪正常时间起床，但钻进洗手间就发现大问题：断水。立刻，她聪明的脑袋里便调出许多有关犯罪现场的内存。最要命的是罪犯进屋前先偷偷断电断水，趁主人出门检修的当儿，下手。她当即行动起来，奔赴客厅，调出摄像头一夜的摄像记录查阅。果然不出所料，快进到半夜1：23分，走廊里反常地出现一个男人。安迪停止快进，仔细查看：只见一个男子在1：23出现在走廊，穿小格子棉布大裤衩，圆领短袖T恤，走路晃晃悠悠有恃无恐，直接走向电梯边的工作间，安迪记得那个工作间水管盘旋，22楼所有房间的水管总阀都在那个工作间里。原来是那个男人干的。但是他要做什么？安迪无暇疑问，一个电话打给小区物业保安，寻求帮助。

保安一听问题严重，立刻上报值班领导，等值班领导披挂到来，时间已经过去好久。物业人员经验丰富，一看就认定可能是 2201 漏水，楼下的人天黑贪方便，直接上来关水了事，因为小偷不可能穿得如此居家。安迪倒是愿意接受这个解释，如果真是她家漏水，她愿意立即道歉。可跟着保安到 2101 敲开门，走出来的男主人完全与录像中的人不同。问题就此开始严重了。谁，为什么，要关掉安迪家的水阀。

安迪选择了报警。可是她需要上班，谭宗明说有要紧事相商，她不等警察调查出结果，就匆匆告辞。

谭宗明公司的新项目上马需要很繁复的审批程序，即便是谭宗明手眼通天，有些程序还是不可避免。可谭宗明不愿意等，他用一个礼拜天的时间与同行谈下合作，征用同行的整套牌照与人马。安迪上班去一看，这倒挺好。索性在谭宗明与同行办理交接的时段，她先带两个人过去实操练手，熟悉国内的操作。这个工作与原来的大不相同，即使她这几天还是模拟操作，她的上班时间还是因此忙碌不堪。警察打电话告诉她调查结果时，她正忙得不可开交。

原来，那关阀门男人是 2102 室房主，因为 2202 半夜漏水到楼下，男人被老婆一脚踢下床，半梦半醒之间关错了阀门。安迪一听松一口气，赶紧打电话给 2202 的主心骨樊胜美，告知此事。樊胜美立刻想到昨天大家都趁休息天洗衣服，这种租屋卫生间的防水未必做得很好。恐怕衣服洗得多了，汤汤水水总有渗漏下去。

果然，很快，物业的电话也打到樊胜美的手机上。樊胜美当然说没空，而且理直气壮地说，2202 什么问题都没有，整晚地上就是干的，管道也都是正常的，怎么可能漏水。打完物业的电话，樊胜美就分别给关雎尔与邱莹莹两个发去电邮，统一口径就是 2202 昨晚一点钟早已睡得不省人事，不可能有漏水。既然没有被抓现行，那么就是没有证据，她当然能赖则赖。邱莹莹很快回短信说明白，关雎尔直到中午休息时间才回电解释。

"昨天可能是我洗衣服时候漏下去的，我洗到一半时候累得趴在桌上打瞌睡，等惊醒过来去关洗衣机，看到地漏被头发和毛纤维堵住了，洗衣机放出来的水漫出来漏了一地，清理地漏后才又下水。如果……如果楼下找我们，我来承担吧。"

"啊，是这样。我想想啊……这样吧，我们目前还是统一口径，说跟我们无关。原因有两个，首先，人心不足蛇吞象，你如果太容易承认了，楼下弄不好会开出一长串的赔偿单子，什么去年失灵的卫生间浴霸前年翘起的地板都会让你赔。可如果大家一口咬定不相干，要楼下拿出证据，楼下看着扯皮不容易，赔偿单子就会适可而止。其次呢，既然卫生间这么容易就漏水，我们又承认，那么楼下当然会以种种办法要求房东根治。卫生间撬地砖做防水什么的肯定需要好几天，其间我们无法使用洗手间，而工匠进进出出需要有我们的人请假盯着管着，我们谁请得出假呢。你说，是不是太麻烦？所以先否定了再说，只要我们以后用水时候留意着点儿，以后不再漏水就行了。"

"可是楼下会不会说，漏水，除了楼上往下漏，还能谁漏。"

"除非他们有证据，要不然说什么都没用。当然，如果你愿意，现在就可以打电话向物业承认，我给你电话。"

关睢尔犹豫了会儿，道："樊姐，能拖则拖吧，挺恐怖的。"

关睢尔随即就给她妈去电话咨询该怎么办，她妈觉得樊胜美的主意很好，看起来樊胜美是个狠角色。如果楼下来交涉，她妈让关睢尔千万不要出面，肯定不是对手，这几天都还是找加班为借口，能躲则躲。关睢尔听出妈妈这话的潜台词是，让狠角色樊胜美去应付吧。关睢尔觉得这么做有点儿猥琐，可是毫无疑问的，她这几天真的又是天天需要加班到深夜。关睢尔只好安慰自己，事非得已，非她不仗义。

曲筱绡从中饭开始起，就在规划晚上穿什么衣服，喷什么香水，化什么妆，怎么去见赵医生，又怎么将赵医生骗出来一起吃一顿饭，她有无数方案保证赵医生无法拒绝。可是老天不帮忙，一位中学同学介绍一个客户给她。曲筱绡连忙与客户通了电话，发觉对方已经在几天前公告招标，她得知此事已经晚了。但是还好，距离规定的投标报名时间还有两天。曲筱绡与爸爸一商量，事不宜迟，她得亲自去一趟。不仅是去领取资格预审文本，还得高举同学介绍的牌子，先与客户作一番接触。她比谁都懂得，所谓招标，所谓什么公开招标，大多数只是走过场，她从小跟着父母耳濡目染，早已知道在开标评标之前，谁能中标桌面下已经有了结果。因此，与客户的事前接触比什么都来得重要。

在客户与赵医生之间，曲筱绡毫无悬念地选择了前者。然而，她是不会顾此失彼的，她在忙乱地安排工作和出差之际，还能抽空给赵医生发去一条短信：赵医生，还是我小曲。我有公务必须拖着病腿出差，下午无法去找你，非常非常抱歉失约了，等我出差回来一定好好弥补谢罪。她写完短信就哈哈一笑，有人这么主动提出欠债偿还做冤大头的吗？但唯有如此特异，才能让赵医生记住世上有小曲这么一个人，而且，嘻嘻，小曲看来是个坚强的吃苦耐劳的有礼有节的并不可怕的好姑娘。这一点，非常重要。唯有熟悉了好感了，才更容易将赵医生骗出来一起吃顿饭。爸爸说过，生意能不能成，首要第一步是看能不能将对方请出来吃饭。只要能请出来吃饭，生意才能有个开局。她必须小心打好与赵医生的开局第一仗。

邱莹莹等到上班一看，才知昨天前天临时抱佛脚做的功课几乎没用。她即使可以背得出咖啡豆的所有产地，可当一颗豆子摆在她面前的时候，她绝看不出闻不出尝不出那豆子是什么品种，产自哪里，用什么办法脱壳脱皮，又是用什么办法储藏，最后是经过什么程度的烘焙，烘焙后存放了多少天。当然，她更说不出那豆子的酸度、苦味和香度究竟表现在什么地方，至于均衡度啊坚果味可可啊前味后味啊，就更不要说了。而她发现，来店里买咖啡的客户要么是开咖啡店的，要么是咖啡爱好者，似乎人人心中都有一本清晰明了的咖啡账，第一天上班下来，邱莹莹真是一句话都不敢乱说，生怕将客人吓跑了，她的工作也丢了。

更恐怖的还有那些意大利、德国进口的咖啡机，小小一台就是几千几万的，除了最简单的摩卡壶，邱莹莹都不敢碰那些造型复杂的咖啡机。

店长一上来就扔给邱莹莹好几本咖啡书，以及咖啡机说明书，让邱莹莹自学，店长说，所有的咖啡豆都可以拿来品尝，所有的知识都要自己对照着书找出来，对咖啡的认识需要靠自己用最直观的感觉去触摸，别人教不来。邱莹莹最先觉得免费尝咖啡，而且是尝好咖啡，那真是天上掉下来的大好事。但等到了下午，她知道自己错了。香喷喷的工作未必对应香喷喷的心情，她在啃了那么多苦涩的咖啡豆之后，对店里最不入流但标注明确的速溶咖啡油然生出无数分的好感来。

周一的晚上，2202只有邱莹莹准时下班回家。而樊胜美则是被王柏川半路接走，一起去看办公家具了。

邱莹莹在一楼大堂就被女保安小郑叫住，她一下就想到漏水的事儿，但她已经被樊胜美的邮件提醒，立刻进入装傻1.0数据库。"你回来了啊，我立刻通知我们物业的管道工跟2102，到你们房间看看究竟怎么漏水的。"

"漏水？怎么回事？我怎么不知道？"

"是昨晚上你们漏水到2102，结果2102男人上去关了2201的水阀，这事儿闹得警察都来了，最后查明是乌龙，问题出在你们房间。我们领导让我看着你们什么时候回家，你们双方跟我们物业三方一起查看一下问题。"

"好好的怎么会漏水？真的是漏水？还是楼下做了坏事在警察面前找借口？我们昨晚上怎么什么都没听说呢？"这个回答是邱莹莹与樊胜美两人智慧的结晶。

小郑被邱莹莹问哑了，"要么，大家一起查一下就明白了。"

"有事没事到我们房子里开查，总要有理由吧。要不然就是搞我们脑子，欺负我们一屋子三个女的。"

小郑无语了，看着邱莹莹斗志昂扬地进电梯。但邱莹莹一进电梯就看到另一个苦主安迪，安迪仰着一张严肃的脸不知在思考什么，都没看见她进电梯。邱莹莹不敢打扰，免得苦主安迪先找她泄愤几句。但电梯到达的时候，她还是被安迪发现了。让邱莹莹意外的是，安迪居然只跟她说一句"你也下班了"，就在走廊分道扬镳。邱莹莹连忙窜入 2202，闭门不出。

为了赶在办公用品店关门之前买好东西，樊胜美提议在地铁口接上她的王柏川，先不去吃饭，而是办正事要紧。于是两人买了两块三明治，在车上啃着就去店里。台式电脑与打印机？慢着，公司注册登记的时候，为金税工程，税务会强行搭配高价全套货色给你。办公桌椅？目前租来的办公室有四套，暂时可以考虑不添加。小公司可以暂时不用复印机，而是用有复印功能的传真机替代。保险箱必不可少……

樊胜美提出的建议，王柏川几乎件件采纳。樊胜美得意之余，忽然意识到，她正下意识地替王柏川省钱，替王柏川考虑既体面又实用的高性价比方案。她不明白了，自己何以如此心慈手软，以致店员直把她樊胜美误以为是老板娘。她不禁悚然心惊，侧目搜寻王柏川，见他正扛起一箱 A4 纸放入购物车，卸下货站直时，樊胜美看到王柏川的西装上留下一道脏痕。

樊胜美已经数不清自己曾否定过多少个类似小老板的相亲，一个多月前就曾否定了一个。那些人总是要求她工作时间之外做他们的后勤，随时接受召唤请假替他们管账管人，周末时间打扮得花枝招展替他们做客户公关，需要她的工资共同支付小商品房的头款与按揭，以及，三从四德地替他们照顾他们的家人，替他们生孩子并完全承担起养孩子的繁杂事务……直至把她折腾成黄脸婆。如果他们发达了，他们会即刻甩了她这个黄脸婆，如果他们永不发达，她的黄脸婆生涯永无止境。人生便是如此残酷，若是不事先想清楚那么多的如果，最终只有后果。老板娘？谁爱做谁做去，她樊胜美见多识广，绝不上当。所以，适当保持距离。

挑选文件夹时，邱莹莹打来电话求救，"樊姐，物业和楼下等下一起来敲门，怎么办？"

"开门，让看。"但樊胜美立刻意识到下面的话不能让王柏川听见，于是退走到远处，才继续说话，"但让他们找到问题与房东洽商，找不到问题以后不再开门给他们。你别提示昨晚究竟是怎么回事。"

"好，他们敲门了。"

"嗯，少说话，甚至可以不说话。"樊胜美说完电话，抬头见王柏川在远处不解地看着她，她并不当回事，谁耐烦照顾别人的小心灵呢。可话是这么说，樊胜美依然尽心尽责地替王柏川挑选文具用品，追求最高性价比。

令邱莹莹吃惊的是，与物业一起来的是楼下的女主人，这下她一个女孩子不方便让男人进门的话就很难说出口。女主人见面就怒气冲冲地道："你们是出租房吧，我早知道楼上做出租房很倒霉，果然不出所料。"

邱莹莹有备而来，"有什么不一样的，你们一家三口，我们三个人合租，没比你们多一口人。"

物业的则是在门口一看房间格局，就道："出租房，又是出租房出事。"物业的说话颇不耐烦。

邱莹莹生气了，"出租房怎么了，谁规定房子不能出租了？本来我们有事情好商量，你们一来就带着偏见，这是商量的态度吗？"她说着就堵在门口不让两人进来。"你们不端正态度，我不放行，对不起。"

"小姑娘，你讲点道理，换你家楼上半夜漏下来不知什么脏水，一整天还得七手八脚地收拾，你会什么态度？"

"你家漏水你痛苦，问题是你摆脸色给我看干什么？又不是我漏的，我昨晚这个时候早睡觉了。我不知道你们怎么漏水，也管不着，你们有事找房东去商量吧。"邱莹莹说着要关门，楼下女主人当然不干了，伸手将门撑住。

"喂，你漏水下去你怎么还有理了？"

"谁知道你那水是从哪儿漏下去的，我们三个人住得好好的怎么可能漏水下去？你要是知道你昨晚为什么关2201的阀门？你既然能认准哪只阀门漏水，又干吗找我们出租房晦气，我们住出租房倒霉了谁了？"

　　安迪听见外面楼道似乎有人吵架，她调整摄像头看出去，见一男一女与2202的邱莹莹吵架，想了想，就走出来仗义撑腰。即使她不喜欢邱莹莹，可也不愿看到邱莹莹被围攻。

　　楼下女主人被气得够呛，"你这姑娘怎么不讲理啊，漏水下去你还有理了？"

　　"我只跟讲理的人讲理，我不跟看不起出租房的人讲理。怎的？我就是不让进，你踩着我进门啊。"

　　物业的不出声了，背着手看两个女人吵。楼下女主人更恼了，"那你想怎么样，想怎么样？想法庭上见吗？你讲不讲道理，好好跟你讲你不听，一定要打官司才肯听，你犯贱不。"

　　"谁犯贱谁犯贱，是谁找上门来吵架犯贱？是谁上门找骂？你才是犯贱，你犯贱，你犯贱……"

　　安迪想不到邱莹莹火力这么猛，就束手旁观。但想不到，只听楼梯间传来一声大吼，一个男人奔腾而出。众人都是一惊，邱莹莹一看楼下女主人吃惊收力，她立马将门狠狠顶上，任凭外面风吹雨打，再不开门。楼下冲上来的男主人吼叫着踢了2202的防盗门一脚，可再踢是跟他自己的脚过不去，只得罢脚。里面的邱莹莹吓得花容失色，可听到不再有后续，便放下一颗心来，索性将自己关进卧室，隔绝噪音，向樊胜美实况直播。

　　安迪看着楼下的人破口大骂，脑袋开始兴奋而活跃异常，真是十足的烟火气啊。她几乎给每一句骂都做了评价：不，这么骂没威力……太傻了……不给力，太不给力……要是换成这么骂，里面邱莹莹得给气出来了，笨……但她越看越没兴致，楼下乃是银样镴枪头，骂了半天折腾不出新花样，火力越来越弱。

　　如果不出意外，安迪原本可以看到楼下男女骂不出结果铩羽而走。然后，原本简单的一件事情变得复杂化长期化，沦为楼上楼下的持久战，最后只要不再漏水，就不了了之。她大可不必插手。可是，偏偏在这转折点上，关雎尔回来了。

　　关雎尔原本应该加班，不料公司中心机房出问题，大伙儿什么事都干不成，只好纷纷撤退。关雎尔连忙一个电话问林师兄在哪儿，她可不可以过去取父母委托捎带的东西，结果林师兄很周到，直接就开车将她接下班，连人带东西一起送到欢乐颂。关家给女儿打了个大包，关雎尔一双筷子般的手显然搬不动，林师兄帮忙帮到底，更是连人带东西一直送到 22 楼。结果，正好撞到吵架。

安迪一看，就伸手绑架了刚走出电梯的关雎尔，"你俩才来啊，我都等到电梯口了。快，菜都凉了。"一边说着，一边将人往自己屋里引。2102 的夫妻唯独对安迪没脾气，见此也只能相信新来的一男一女与 2202 无关。等掩上门，安迪才将事情简单介绍了一下。然后道："楼下男主人没上来的时候，双方已经吵得不可开交，双方脾气都太大，缺乏解决问题的理智。但男主人很快上来做出武力震慑的架势，我倒是支持邱莹莹闭门不出，我没有武力，无法劝架。你们等会儿再出去吧，楼下两人那火力持续不了多长时间。这件事物业人员袖手旁观，我们也只能拖。"

林师兄听了道："我去解决一下吧。有男人在，对方会收敛点儿。"

安迪惊讶林师兄竟然揽事上身，便看了关雎尔一眼，笑道："女权主义者对此表示情绪不稳定。"

关雎尔对林师兄承认："这件事其实是我的错，我昨晚洗衣服时候……"关雎尔将事情缘由说了一遍，但林师兄道："这事不能算你的错，应该是你们洗手间的防水没做好，认错也应该是你们房东的事，你们只要保证以后小心用水就行了。"

安迪心想，这位林师兄为了取悦关雎尔而混淆事实。但既然林师兄愿意出面，就让他去处理吧，他显然是个能干的。

林师兄出去处理，安迪通过摄像头看着，只见对方本来依旧剑拔弩张，但过了会儿不知林师兄说了什么，两人握握手，拍拍肩，似乎有所缓和。再然后物业师傅也凑近了说话。过会儿，林师兄过来敲门，让关雎尔通知邱莹莹开门，他会守着，只让物业师傅进去检查。安迪有点放心不下林师兄一个人的实力，也跟了出去。果然见林师兄以第三方的身份大方而得体地将跃跃欲试的楼下夫妻俩拦在门外，当然是动用了点儿臂力，让物业师傅一个人进去检查。

过会儿，物业师傅出来，为免惹事，非常严谨地道："看起来是地漏那儿出问题，与楼下打开天花板看到的漏水点吻合。我看了下，是下水管接口处没做好，楼上用水少，就稍微渗点儿水，可能昨晚礼拜天洗衣服多，渗水一多就滴下去了。很简单，我这就去拿点儿水泥来把接口抹一遍就好。大家都没错，是这家的房东装修毛糙。"

安迪道："既然这样，大家相互体谅吧。你们两位下楼吃饭去，楼上的呢这几天受累点儿，暂时不用那个地漏，确保一次性修复，一劳永逸，为大家都好。"

林师兄则是对楼下丈夫道："以后楼上楼下有事，大家还是客客气气解决为好。

邻居之间彼此需要体谅的地方太多，对峙只会让事情走向极端。尤其是对楼下更不利。这件事我看既往不咎，到此为止吧。"

等楼下夫妻俩迫于形势偃旗息鼓而走，物业师傅也去取水泥，安迪才对邱莹莹笑道："刚才火力好猛，你吵架有一手，反应很快。"

"那是，那是，不过楼下丈夫冲上来时候我真吓死了。关雎尔你太好命了，你看你有难都是我替你挡着。"

"明天早上我替你买早餐。"关雎尔太紧张了，这会儿脸上还笑不出来，对着林师兄道谢的时候还一脸严肃，"谢谢你今天帮忙。"但关雎尔说不来太多的肉麻道谢话，就此打住了。

反而邱莹莹心直口快得多："是啊，幸亏有你老乡帮忙，要不然我们22楼全女的，只能由着楼下丈夫耀武扬威，什么办法都没有。"

安迪听了郁闷得不行，怎么是什么办法都没有？她原本有最省事省力的办法。可现在是林师兄解决得比她的办法更圆满，她只能无话可说。她不得不承认，短兵相接的原始野蛮时刻，手头有男人跟没男人有点儿不一样。这一刻，她不禁想到带着工作陪她去接弟弟的奇点。奇点为她做了那么多，她真不该如此生硬地对待他。可是，她也弄不明白，如此对待奇点，究竟是为奇点好，还是不好。她一脸茫然地回2201，抛下关雎尔与邱莹莹还在叽叽喳喳。

樊胜美又接到邱莹莹的电话，她正在收银台边，一看号码就离开购物车，远远接电话去了。王柏川今晚看樊胜美接二连三地避开他打电话，感觉很异常，就一边结账一边看着樊胜美。等樊胜美听完电话回来，他忍不住道："又是工作？你们的工作可真缠人。"

"工作给我工资，让我安身立命，当然我要认真对待它。你不也是拉着我在忙你的工作？"樊胜美这么说的时候，面不改色心不跳的，最终还挑起好看的眉毛做一下不屑，她眼下对付王柏川是越来越胸有成竹，游刃有余了。

王柏川只得讪讪地笑，"都很晚了，等下我们出去好好吃点儿，让我敬我们的女强人一杯。真对不起，让你受累又挨饿。"

樊胜美掏出手机一看，"不吃了，正好节食。"

"晚上不吃饭可不好。"

"呵呵，你不了解女孩子穿得下 0 号裙子时候的心情，但为 0 号故，万事皆可抛。你等下直接送我到欢乐颂吧。"

"今晚上你没别的事吧？你不肯吃饭，那么喝咖啡，或者酒吧？时间还早得很。"

"你一会儿说很晚，一会儿说很早，时间在你手里像搓橡皮泥。你还是早回吧，车里放着东西，停在娱乐场所门口容易被小偷砸车窗。"

王柏川一边刷卡，一边忍不住对着樊胜美笑，当着服务员的面不便说，等拿了单子走人，他才道："每次见你，都不愿你离开。"

樊胜美只是微笑，一路地微笑，一句不答。不拿出实质性的内容，所有的甜言蜜语都是白搭。到了车边，她任由王柏川一个人将无数东西搬进车厢，她只是坐进车里，拿出湿纸巾将手细细地擦干净，然后掏出护手霜细细地保护好她的玉手。她绝不让自己变成黄脸婆。

王柏川气喘吁吁地坐进来的时候，她还在就着顶灯的灯光查看手指甲有无损伤，但一见王柏川进来，她就一笑收手。看着王柏川看她的眼神，她矜持地道："不许想入非非，不然我立刻下车走人。"

"我已经想入非非了十几年。"

樊胜美迅速而果断地打开车门就走，绝不回头。王柏川连忙追出来道歉，再道歉，才换来樊胜美答应让他送回家。果然，王柏川一路上不敢再说什么。

林师兄做事周到，他说等会儿物业师傅还得来，他得在现场看着才好。但2202 地方狭小，他就在外面走廊坐等。关雎尔与邱莹莹都觉得挺对，可是关雎尔想到林师兄还没吃晚饭，就悄悄跟邱莹莹商量，她得在此作为主人作陪，请邱莹莹出去打包几只盒饭回来。邱莹莹看着眼前晃动的百元大钞拒绝了，她怕，刚跟楼下吵了一架，万一这会儿出门去狭路相逢，吃亏了怎么办。她见关雎尔干着急却不敢去求助于安迪，就一把抽了这张钞票，去敲安迪家的门。安迪听了解释并不拒绝，但把钱退回来了。她自己也还没吃晚饭呢。

安迪换好鞋子出门，见到林师兄就问一句："林师兄，请问你吃不吃比萨？我去拎两块回来大家一起吃。"

林师兄忙笑道："我真的不饿，不劳。"

"我饿。我今天想吃比萨，如果你正好也不嫌比萨……"

"谢谢，那就恭敬不如从命。"

安迪一笑进了电梯。但关雎尔笑不出来，她在林师兄面前浑身紧张，犹如面见长辈。

"你们22楼友好得像大学宿舍。"

"是啊，大家都很好。"

"2201房间也是出租的吗？还有那间2203呢？听你们说好像也住的女的。"

"那两间不是租的。"关雎尔有问必答，但绝不多答。邱莹莹听得累死了，补充道："刚才出去买比萨的叫安迪，海归，别看住我们这儿，人又平易近人，人家是大公司高管。2203住的是富二代，平时跟我们玩得也很好。小关每天早上搭安迪的顺风车，小关就是好命啊，我才搭了一天就没下回了。林师兄，你在哪儿工作？都没听小关说起过，小关口风真紧。"

"我在市环保局工作。你呢？"

"哇，公务员哦，本市的公务员待遇很好的。我是卖咖啡的，卖咖啡，卖咖啡机，做营业员。考公务员容易吗？林师兄有没有必杀绝招？"

"我研究生毕业时候，正遇到市局很需要我们这种专业的人才。所以没什么必杀绝技，死读书而已。小关的公司也很不错，进去需要必杀绝技。小关你当初是怎么进你那公司的？"

关雎尔想不到话题又转回到她身上，只得回答。邱莹莹无奈，人家不理她，人家想搭理的是关雎尔。她看看关雎尔并不比她漂亮的脸，郁闷地找个借口回屋里自己玩。

安迪买了比萨回来，正好遇到王柏川送樊胜美回家。她懒得跟王柏川这种不相干的男人打招呼，等樊胜美笑容满面地落地站稳了，她才"嗨"了一声，与樊胜美一起进小区。

"樊小妹，恕我多管闲事，我咨询过别人，国内三十岁男人在初创业的时候，问人借车常有，问人借一天办公室摆个场面也会有。据说王先生未必是为了骗你才这么做。不过看情形你应该已经想到这点了。"

"咦，小曲把这个都告诉你？"

"小曲连她公司的经营都跟我说，何况其他。"

　　樊胜美刚刚还昂扬的头不禁低了下去，她回头看一眼，见王柏川的车子还停在门口。安迪也回头看见，笑道："保安看见王先生要头痛死了，总堵门。"樊胜美叹了声气，"对我们平民百姓而言，海市居，大不易，安迪你不懂。光是买房子的首付就得一百万，你说连宝马三系车都买不起的人以后买得起房子养得起家吗？总不能结婚生孩子还住出租房，你不知道租房住多辛苦。"

　　安迪不禁想到自己当年跟妈妈流落街头，孤儿院的片瓦遮头对她简直有如天堂，她因此说什么都不愿被领养。她理解樊胜美求稳求安定的心理。"我很理解。我们即便是出差，都要预先确认好住处，何况定居的房屋。朝不保夕的漂泊感觉很不好。"

　　"咦，你难道不觉得我是实用主义，拜金主义？"

　　"若是每一个人能长脑袋问问自己生活中潜在的最大威胁是什么，该如何预防，这世界就太平许多。人难道不该自爱自卫吗？"

　　"安迪，我爱你。"樊胜美开心地欲拥抱安迪，但被安迪一笑避过。"嘿嘿，放心，我不是蕾丝边。安迪，我经常被人指责太爱自己，自私，仿佛一个人坚持自己的需求是个错误。可人若是连自己都不能爱，还怎么爱别人？我不相信有什么无私的爱，人的本质应是利己主义，是吧？"

　　"我不知道那么多主义，那是文科生研究的事儿。我只知道管好自己，意味着对社会收支平衡。而若是有余力帮助别人，就是对社会有正数效应，即贡献。但我有个疑问，社会上现成的有资产者毕竟少，可不可以找个人，比如王先生那种人，一起合伙筑巢？"

　　"合伙必须建立在平等基础上。可现在的法律和舆论都只看到前面做事业的男人，而看不到持家承担所有大后方的女人。不信你看看离婚官司中女人的待遇。女人有这精力能力做合伙，还不如自己努力，既赚得好生活，也获得社会承认。而且……"两人说着话来到一楼大厅电梯前，旁边有了别人，樊胜美说话就有了顾忌，只好贴近安迪耳朵说话。"而且这年代的男孩生出来就是比女孩子还娇生惯养。

　　你不知有没见识过上一辈的人对于生儿子有多看重，我们那儿重男轻女得厉害，儿子当宝贝养，好吃好用的都给儿子，做事吃苦则是轮不到儿子，那样的儿子等长大了，你说女人能指望他可依靠吗？女人最保险的还是打定主意，依靠自己。"

　　安迪听得差点晕了，这就是所谓中国特色吗？她还真没想到过。"既然如此，你为什么还跟王先生做情侣状？"

在电梯里，樊胜美再一次凑近安迪耳朵轻道："姑奶奶有荷尔蒙需要平衡。"说完，大笑。

安迪无语，虽然知道这是普遍事实，可她接收不良。

一楼的大厅门外，王柏川看着樊胜美与女邻居走进电梯。他趁着樊胜美今天与邻居说说笑笑失去警惕，临时决定跳下车跟踪追击，一路躲躲闪闪追到大楼外，才被保安在门口挡住。

王柏川连忙声明："我找才刚上电梯的樊小姐……"

保安不是小郑，对樊胜美不是很熟悉，但也多嘴，"你指刚才那两个……高的还是矮的？我替你呼叫，她们答应你来访，我才能放你进去。"

"谢谢，是稍矮的那位美女。"

"哦，那我可帮不了你。她住的是群租房，没装呼叫装置。高的那个才是这儿的住户。"

"呵呵，我还是自己打手机请她下来吧。麻烦你。"王柏川转身，才脸上变色。群租房？简直不可思议。

安迪与樊胜美走出电梯，见物业师傅已经到来，在走廊拌水泥。安迪将一盒比萨递给关雎尔，招呼邱莹莹跟来 2201 一起分享另一盒比萨。

大家说话的当儿，樊胜美仔细打量正在帮助物业师傅的林师兄，听得安迪招呼才跟去 2201。安迪等关上门，忍不住问出心里盘旋好久的一个问题："樊小妹，是不是有点资产的年轻男人很走俏？"

"是啊，现在男方相亲都要标上一条：有房有车。这是相亲得以立项的基本条件。"

安迪心中想着奇点，又将外延缩小一层，"有好房，又有百万名车的呢？"

"那种人身边无数倒贴上去的年轻美女，那种人眼里的也只有还没走出校门的小美女，但结婚的又换作门当户对的。咱们想都不要去想。哎，你不用把比萨三等分，我只要一小块，很小一块，晚上吃这种东西太长肉。"

邱莹莹经过思想斗争，也挣扎着道："我也只要很小一块，面团多的那一部分吧，呜呜。"

安迪看着两位美女自己动手，只切去很小的两个小块，只得示威似的给自己切了一大块。这时邱莹莹向樊胜美这个 2202 的主心骨汇报刚才的事，安迪不禁想着奇点发愣。原来人家是杀开无数倒贴的小美女来陪她。只是不容她多想，助理有电话进来，今天的报告已经汇总发到她的邮箱，她只得收起疑虑打开电脑，专心做她的工作。

这边，邱莹莹总结道："樊姐，其实我现在想想，当时楼下来叫门时我客气一点，说明实情也没什么，反而省得跟人吵一架。"

"可你想过万一没有，万一漏水的原因不是那么简单，责任全在我们；万一楼下看我们好商量，狮子大开口要求赔偿损失；万一物业看到我们好欺负又不是大楼业主，说的话不是那么不偏不倚……今天若是没有你冲在前面吵上一顿，楼下未必有那么容易说话。他们不是好说话，而是知难而退。所以你得头功。但你得学学林师兄的说话方式，他话里有话，暗中警告楼下，再闹就没好果子吃，楼上欺负楼下最容易。"

邱莹莹听得连连点头，尤其是被表扬了，她更容易接受后面的"但是"。"对了，以前办公室里有同事教我遇到事情首先要把责任完全推给别人，然后才方便处理。真遇到事情了才能明白啊。"

安迪擅长一心两用，听了对话不禁抬头瞄樊胜美一眼。她至此才有点儿明白樊胜美为什么如此谙熟人情世故，却只混了个中游荡荡，原来是个办公室油子。

这种油子在大公司里很常见，往往未必败事有余，但他们总在每一件具体的事情上熟练利用规则逃避责任再逃避责任，永远担当不了成事的责任。看起来生活中也是一样。非常可惜，若是把邱莹莹的性格与樊胜美的平均一下，倒是两利。

邱莹莹却是看着安迪又切下一块比萨，出声提醒："安迪，你晚上吃太多了，会胖。"

安迪看看手中又是奶酪又是培根的比萨，犹豫了一下，"我好像一直没有顾忌，吃吧，明天跑步消耗掉。"说完就咬了一口，吃下去。

"我要不要明天开始跟你跑步？"邱莹莹看看比萨，看看安迪的腰，再看看樊胜美。

"别问我，小关才坚持了几天，你问你自己能坚持多少天。要是坚持不了，就别折腾自己了。"安迪不喜欢邱莹莹跟着她跑步。

邱莹莹两只眼珠子转来转去，犹豫要不要下这个决心。但她的眼珠子很快转到樊胜美那儿，她发现樊胜美好一阵子没说话了，正掏出手机不知看什么，然后又很快将手机放进包里，皱了一下眉头。"樊姐，看什么呢？你不是说不把工作带回家吗？"

樊胜美摇头，"没看什么，我想到白天收到的一条短信，忘了其中几个词儿。"

邱莹莹没在意，呼啸一声去看物业师傅做完事没有。樊胜美想喊住已经来不及，只好由着邱莹莹去做关雎尔的电灯泡。

邱莹莹很快回来招呼说事情做完了，林师兄也已经告辞，樊胜美才与安迪说了再见。

关雎尔将功赎罪，正忙碌着打扫战场。樊胜美进来戴上手套帮忙，忍不住道："那位林师兄，不错。"

"你们都想歪了，什么事都没有。林师兄只是好意。"

樊胜美呵呵一笑，不再挖掘。这时手机唱出樊胜美熟悉的铃声，她欢快地跳起，赶紧冲进卧室拉开包接起，可屏幕显示来电者是曲筱绡。

樊胜美接起电话，曲筱绡却连声抱歉说是打错电话，她找的是安迪。樊胜美无端地郁闷了一下，想到今晚买了那么多办公用品，王柏川此时正安装摆放吧，难道他懂得所有操作？为什么还不来电咨询？难道不应该找借口来电跟她磨几句嘴皮子的吗？

曲筱绡几乎是尖叫着给安迪打电话，"安迪安迪安迪，你还记得赵医生吗？他刚才居然主动发短信问我脚伤怎么样，提醒我劳逸结合。"

"你把他怎么样了？他怎么可能主动发短信问你。"

"我，嘻嘻，我当然是……不说，不说，太邪恶了。哇，我好开心哦，真幸福。"

"你不是很大胆吗？直接找上门去。"

"不行，我正出差。"

等我回来就约他出来。赵医生就是那种唐僧，活的可以调戏，死的可以吃肉，爽！对了，安迪，有件事……嘿嘿，我得知会你一声。

我正出差找客户送马屁，吃饭时候他们提起谭总，我就说我跟你是好友。这个，我回头发一份客户的名单和资料给你，万一他们问起来你得给他们肯定答复啊。"

安迪这才明白，前面什么与赵医生的风流韵事全是铺垫，这会儿说到正经。"你在邮件中必须说明，我需要为此承担什么责任与义务，我有知情权。特别是与商业利益有关的，必须说明。"

"这个没有，真没有，我只是需要跟他们攀上关系，拉扯几个熟人进来显得热络。你大可放心。"

安迪一想，也对，她与曲筱绡的业务没有交集，即使曲筱绡拿她做背书，别人也未必认账，她算什么。"我有数了，等会儿你给我看看我需要应付谁，免得到时候露马脚。生意顺利吗？"

"不顺利，朋友介绍的人不是项目负责人，今天一顿饭只是问出线索，明天还得继续努力。

唉，我还得多少天才能见到我的赵医生啊。"

"客户认可你吗？我的意思是，我刚开始工作的时候还很年轻，也不懂办公室规矩，经常不被同事认可，认为担负不了重任。

当然你灵活善变，可能比较能让人认可。"

"我正为这个烦恼呢，客户看见我，先往我身后瞧，看是不是还有年纪大的跟着出场，而当我是秘书。我本来不想承认我是某某的女儿，凭血缘才坐上总经理位置。这下不得不承认，他们才认可我。回家我得改改上班行头，穿得再老气一些。早上刚配了一副黑框眼镜，装老的，唉。安迪，说好了，以后如果有需要还得扯你和你老板这面大旗哦，尤其是你老板，安迪，帮帮我。"

"嗯，我不承担责任地让你扯，但你不能扯我老板。"曲筱绡无奈，只得放弃。安迪做完事情，电脑还连着网络。她对着 QQ 的标记看了好一会儿，终于阻止自己动手点开它。是的，对于奇点而言，她是个大大的负资产，她不能连累好人。

第 12 章

　　星期五的早晨，邱莹莹起床，竟然发现 2202 的三个人都处于清醒状态，这很不正常。尤其对于特困户关雎尔而言，起早五分钟都是非常痛苦的一件事，因此早上三个人清醒团聚，异常难得。邱莹莹感觉这是好兆头，忍不住拍拍手道："姑娘们，今天是周五，一周的最后一天耶，今晚和明天后天你们都有什么约会，说出来让我光棍乐乐。樊姐，你跟同学去哪儿吃饭？打算穿什么漂亮衣服？"

　　樊胜美眉头一皱，"我也是光棍。没约会。晚上要不一起去看电影？今晚什么电影？"她说着打开大门，让走廊的空气透进来。一晚上下来，这个拥挤的房间已经闷气不堪，尤其是她的卧室。

　　正好安迪跑步回来，闻言插嘴："你们要是去看电影，叫上我。我都一年没看电影了。"

　　"不管好电影烂电影都叫上你吗？"料定自己晚上一定没人约的邱莹莹赶紧问一句，她可乐意拉上安迪一起看电影，有车可蹭，连看两场都不用愁赶不上最后一班地铁。

　　"对。周末放假，不看书。小邱，确定下来的话，一定给我确切地址，最好指明附近的显眼建筑，要不然我找不到路。谢啦。"

"这么好的姑娘们，怎么周末晚上都轮空？"樊胜美一边吹头发，一边对洗手间里面的关雎尔道，"小关，你呢？"

"我晚上加班，但明天的还没想好。前同事邀请我一起去爬山看红叶，林师兄说明天几个校友去农家乐摘橘子吃农家菜，我好像都有兴趣。"

"我也都有兴趣，要不你跟师兄去农家乐，我跟你同事去爬山吧。"邱莹莹哈哈大笑，当然知道这等好事轮不到她，"关雎尔你桃花运来了，两个人一起追求你呢。"

关雎尔揉着满脸的洗面奶泡沫，对镜子愣了会儿，"不行，我实习期考核之前不能乱来。好吧，我明天哪儿都不去，跟你一起混。"樊胜美听了深受刺激，忍不住道："我明天不跟你们混啦，我有点儿小事，呵呵。"邱莹莹一脸了然，"我就说，嘿嘿，我早就把你剔出名单了。"樊胜美听着无比郁闷，可又有苦说不出，只得一笑而过。安迪难得打破常规，抓一杯咖啡捏一片面包回到2202门口，"小邱，还在吗？"见邱莹莹探出头来，忙道，"帮我买一磅咖啡豆。"邱莹莹奇道："你不是还有两包绿山？"

"送给崇洋媚外的新同事了。你推荐一种你们店里好喝的豆子？"

"他们说曼特宁很好，可我觉得新进的夏威夷可娜更好喝，很香……"说到这儿邱莹莹忽然笑了，"我是重口味小组成员，他们说的，可我就爱可娜的重口味……"

邱莹莹还在叽叽呱呱说她的好笑事，安迪连忙打断，"行，就买你说的夏威夷可娜。小邱，麻烦从我右边口袋拿钱，一磅卖多少，你拿多少，我两手都拿着吃的。最好帮我磨好，省得我每次煮前还得磨豆子。"

"现磨现煮才香，真的，很有区别的。"

"嘿，我就是个没品位小组的，能偷懒就偷懒。"邱莹莹从安迪口袋里摸出来的都是百元的票子，想了想，又塞回去，"要不了那么多。现钞真麻烦，回头我买好再问你要钱，顺便把零钱也准备好。"此时，邱莹莹脑袋里"叮咚"一声响，冒出一个小小的念头。

22楼唯一没参加周末干什么大讨论的曲筱绡昨天半夜才刚出差回家，醒来第一件事是发一条短信给赵医生，约定今天下午一定去医院看门诊。但赵医生很快回短信说他今天不坐门诊，而在手术室，让曲筱绡周一下午去找他。手术室？曲筱绡拿着手机"哇"了一声，操刀合法杀人的赵医生，多帅啊，她岂能错过。既然已知赵医生在干吗，曲筱绡相信自己找得到手术室。

安迪接谭宗明电话，从练手的公司出发回公司一趟。但走进电梯就感觉有点异常，似乎有谁在注视她。可她周围看看，又没看到电梯里有认识的人。只好认定是自己神经出问题。

谭宗明在专属小会议室里笑眯眯地看着安迪进门，"哟，今天居然穿裙子。"

"今天有正式会见。让我来有什么事？我忙着呢。"

"好吧，说正事。虽然手续还没办妥，但大家都希望你赶紧接手，据说你这几天很快进入角色，在每天早上的讨论会上大放厥词，也据说，都很快服了你。"

安迪哈哈一笑，"有这回事，大家都愿意配合我，我也就不拿自己当外人了。但我还不想太快进入角色，不能立刻让工作占满我的时间，我需要宽松地继续熟悉环境。已经发现有不少歪门邪道可走，我需要更多发现。"

"哈哈，这是最好的年代，也是最坏的年代。这些资料你看看，绝密，看完不要说出去。"

安迪看资料，谭宗明回他的办公室做事。等会儿安迪看完，招呼一声，两人又闭门商谈，一直谈到吃中饭时间，谭宗明看看时间，两人决定不去公司餐厅，而是去外面边吃边继续谈。

很奇怪，走下电梯，安迪那种被人注视的感觉又来了。她疑神疑鬼地与谭宗明走出大厦，被冷风一吹，就又没感觉了。安迪嘴上不说，心里一直忐忑，难道真是感官出了问题？好在吃完饭之后再回大厦，那种被人注视的感觉不再出现。她只好给自己解释，好吧，可能是饥饿导致血糖低，血糖低导致什么系统功能紊乱。这种认知，很打击一天的心情。

樊胜美对工作轻车熟路。一天的事儿，她做了半天就差不多做完了。以往剩下的半天她就可以喝喝花样百出的花茶水果茶，上网溜达散散心，养精蓄锐等下班，可今天她心烦。王柏川好几天没联系她，一条短信都不给，难道要她主动联系王柏川？不，她绝不做那等主动迁就男人的事。她是美女，尤其是王柏川早年的暗恋对象。

可是，为什么王柏川忽然断了联系？难道只是因为王柏川租定办公室，又买齐办公用品，可以不再需要她的帮忙？不可能。樊胜美凭她资深 HR 的眼光，王柏川不把她搞到手，就谈放弃，还早了点儿。其中一定有其他原因。但，是什么原因呢？樊胜美百思不得其解。

樊胜美愁肠百结，对着电脑发呆，手指在键盘上胡乱按来按去，装作认真工作，其实心思全不在这个办公室里。她暗问自己，难道饥不择食地爱上王柏川了？不，不可能，她怎么可能屈就。只是，她必须搞清楚王柏川突然失踪的原因，她的辉煌历史上，还从没有发生一起男人前一天还含情脉脉，第二天就音信全无的事儿。一定有原因。

但是，当同事喊一声"小樊"，樊胜美便立刻转为一张美美的笑脸，探出头去问有什么事。同事轻轻跟樊胜美说，给她发了一个网址，异常八卦狗血，赶紧凑热闹瞧瞧。总算有事情做了，樊胜美赶紧点开来看，标题果然狗血：海归美女高管甘当无耻小三。不知为什么，樊胜美看见"海归美女高管"就想到安迪，她心里连忙向安迪道歉，将此热闹的帖子打开。想不到，她一眼看到的还真是安迪的照片。是远拍，可樊胜美一眼就认出穿套裙的女子正是安迪。安迪怎么可能是小三？

她仔细阅读内容，文章说海归女看中某贸易公司老板的钱，开着贸易公司老板提供的豪车，不管贸易公司老板已有女友，霸占贸易公司老板的所有时间，以致贸易公司老板扔了原女友，与海归女双宿双飞。樊胜美心说纯粹是胡说八道，安迪每天回家，生活规律得像修女，怎么可能与人双宿双飞。再往下看，如同所有的小三帖，众人先是群情激奋地开骂，然后则是兴致盎然地人肉海归女与贸易公司老板。樊胜美看着不妙，她虽然坚守原则，基本上不在上班时间给所有邻居打电话，可此事非通知安迪不可。她才看三页，发现有个新近才注册的 ID 始终冷静地将舆论往安迪方向引导，必须赶紧阻止此事。她借口去车间，走到空旷处打电话。

令樊胜美吃惊的是，安迪点开网站看了一眼，忽然笑道："这张照片是今天才拍的，我还说中午怎么总感觉有人盯梢呢，原来不是我的感觉出问题，放心了，我还是应该相信自己的。随便他们扯吧，我又没做这种事。"

"可是看后面跟帖，他们已经将你人肉出来了。按照惯例，很可能有热血人士会去你公司抗议，影响你声誉。"

"我的声誉影响不了，认识我的人都说我是清教徒。对不起樊小妹，我这会儿忙得不可开交，回头再研究这个帖子。谢谢你这么关心我。"

樊胜美无比惊讶安迪的反馈，这年头什么都可以不怕，就怕被放上网当小三来人肉，真会逼死人的，安迪怎可等闲视之。她立刻想到，一定是安迪没时间上网看八卦网站，从不知道口水可以淹死一个人。她想来想去，决定向网警举报。然而，谁都知道这是一个熟人社会，办事只有找准熟人才有指望。樊胜美站在冷风中思来想去，想到一个在警局工作的老情人。樊胜美从来都是骄傲地不吃回头草，甚至不联络旧情人的，但为了安迪不给泼红漆，她只得忍痛打破传统。她纡尊降贵娇声娇气地打电话拜托老情人找网警报案。果然，朝中有人好办事，很快就有网警主动打电话过来询问详情。等通话结束，她立刻调出老情人的号码，做个鬼脸，才算讨还场子。

不料，身后有人不阴不阳洋腔洋调地问："小樊在这儿站半天做什么？"

樊胜美一惊回头，祸不单行，果然是公司的老外高管。她连忙微笑回答："公安局来电要我帮忙排查一个员工，我刚跟他们讲了该员工的平时表现。他们等会儿还得来电核实，我得去车间问问。这种事挺麻烦的。"

"哦，请尽量配合他们。"

老外走了，樊胜美吓出一身冷汗，她刚才跟网警讲电话太专心，都没察觉身后有人掩近。她连忙回想刚才电话最后几句，对照撒谎的那几句，发现还可以，能够圆谎，才放下心来。公司规矩严格，若是被别人抓住倒也罢了，她在公司人缘极佳。若被这个老外高管亲手抓住，则绝无侥幸。为了将谎言贯彻到底，樊胜美不得不走进车间，找个借口打听一位员工的近况，晃悠了半小时才回办公室。

可上网打开网页，发现那个帖子还在，而且，人肉不仅已经找到安迪，也找到狗男女之中的狗男，魏渭。樊胜美心想，会不会就是安迪提起过的那个网友奇点？再刷一次帖，有人开始上传安迪工作的大楼，于是有人鼓噪要去门口拉横幅声讨狗男女。毫无疑问的，大伙儿总是将火力更多集中于女人身上。

樊胜美急了，事实有什么用，人们相信的是他们愿意看到的主观真相。看看刚才传她网址的同事此时正对着电脑眉飞色舞，她相信有无数上班无聊人士正等着看好戏传播好戏，安迪得倒霉。难道是人心散了，老情人不好用了？可是，她暂时不能再出去一趟装作调查什么员工，夜路行多终会遇鬼，她只能干着急。

关雎尔临近下班时候，被上司叫去，吃了一顿批评。上司是个女的，因此一点儿不会怜香惜玉，直将关雎尔批得面无人色，眼泪奔涌。但此事严重，上司让关雎尔暂停手头工作，做出书面检查。虽然，周末终于可以准时下班，可关雎尔满肚子的委屈，根本高兴不起来。

最开心的是邱莹莹。邱莹莹上班就不屈不挠地追着来店里视察的老板，提出在淘宝做一个网店，与实体店同步。老板是个中年海归，早年曾去日本打工学习，对网络购物有听说但不熟悉，并不将邱莹莹的提议当回事。但邱莹莹一想到自己好不容易想出个金点子，可不能轻易落空，她不顾老板与店长谈话，打开电脑找到类似的淘宝店，拿去给老板看，追着非要解释给老板听，那些蓝色钻石什么的意味着交易，看看人家店里获得的钻石，即使卖的只是咖啡，这交易额也是非常可观了。

邱莹莹不过是按部就班地解释，但老板一听到交易额，就在意了，问邱莹莹怎么查这个网店的交易额。邱莹莹是个网购的大行家，熟门熟路地将网页转到评价栏，老板一看，兴奋了。那种都没有实体店的淘宝网店一个月能做成那么多的交易额，何况有实体店的。老板越过店长亲自下令，让邱莹莹动手设立淘宝网店，附近办公楼里的公司办公室给邱莹莹腾出一张桌子。邱莹莹心花怒放，当即着手设立网店。

这种事情太容易，不到半天时间，邱莹莹已经将框架搭起来，剩下的就是一一将产品的文字表述和图片上传。老板亲自出马，配合邱莹莹搭建网店，邱莹莹要什么，他提供什么。文字表述和图片？容易，公司有专门的产品介绍册，照搬上去就行。邱莹莹打字迅速，图片处理熟练，那都是她的老本行。老板看得连连赞许。

邱莹莹从小到大，还是第一次受到上司，甚至老板的大力表扬，顿时激动得腾云驾雾。如有神助，邱莹莹居然将旺盛的工作状态从早上一直维持到接近下班时分。她这才想到，她晚上还得看电影，她担负着给22楼全体姐妹寻找好电影院的重任。可是老板亲自在身后盯着，其他上司在身边盘旋着配合她，她哪敢有其他小动作，只得心里默念一声对不起姐妹们了。

想不到刚注册的旺旺忽然亮了起来，有客户打出一行咨询：你们真的是悬铃木树下面的那家咖啡店？我常经过你们那儿，在你们店里买过一次咖啡。

老板见似乎是第一笔生意上门，急道："告诉他，是的。不信立刻拍照片给他看。"邱莹莹化身速记员，立刻打字照样回复。

客户再说：网上买有没有便宜？

邱莹莹再根据老板的意图回答。公司小，老板不拘一格，大家都没有什么讲究，倒是小船调头易，将生意做得飞快。很快，客户下单一只四杯量插电摩卡壶，一包一磅装的调和意大利咖啡粉，五十只奶球，说是在办公室自己煮咖啡用。邱莹莹再刷屏一次，客户已经打款，要求周一发货。老板看着奇了，"就这样？"

邱莹莹将后续步骤解释一遍。老板连连点头，但依然奇道："既然那人经常经过我们店，为什么不自己拐进来买一趟？实物不是更直观吗？"

邱莹莹解释不清楚，只能搬出网络用语，"有人喜欢做宅男宅女，宁愿宅在家里上网什么都做也不愿出来逛店。"

老板斩钉截铁地下定论："这事有意思，有意思。该下班了……今晚我请客，小邱，还有你，你，你，我们五个一起吃饭，听听小邱说怎么开淘宝网店。"

这下轮到邱莹莹惊讶了。原本她是 22 楼今晚最无处可去的人，现在她竟然变成了香饽饽。她赶紧发短信通知其他三位，今晚公司有聚餐，她不能看电影了。在给亲爱的关雎尔的短信中，她更是得意扬扬地多写几个字，说她被老板大大地夸奖重视了，今晚其实是老板请她的客。

刚被老板批得体无完肤的关雎尔见此短信更是被刺激得无法抑制眼泪，赶紧到茶水间给安迪发一条短信：挨批了很痛苦，打算直接回家，不看电影了。祝安迪与樊姐周末看电影愉快。

安迪正收拾着准备下班呢，看到短信就给关雎尔打电话，她没料到关雎尔的很痛苦居然是在电话那头泣不成声。她在工作中也是个强悍的，可听到关雎尔的哭声竟然动了仗义之心，"你老地方等我，我这就下班接上你。"然后她给樊胜美打电话："樊小妹，有情况，我们的电影约会还是取消吧……"

"对，应该取消，我盯着那个污蔑你的帖子。报警暂时没用，只好自己赤膊上阵扭转乾坤。我现在下班，回家接着干。"

"嗳……"安迪一时不知说什么才好，她以为事情无足轻重，可樊胜美竟然为此大动干戈，连报警都来了，她好生意外，有点儿不知所措，"好，我们见面再谈。"

然而，安迪下楼到地库取车，才意识到了事态的严重性。她的车子雨刷下夹着一张纸，纸上书写：无耻小三，过街老鼠！虚拟网络上的胡说八道竟然影响到她的生活。她往左右看看，给车子照了几张相，才取走纸条，开车上路。问题是，她虽然看了一眼那个网帖，却没搞清究竟是怎么回事，她好生诧异。

接上眼睛红肿的关雎尔，安迪才问了一句"怎么回事"，就有奇点的电话进来。不知怎么回事，看到手机屏幕上显示是奇点来电，安迪竟有将手机扔出车窗的冲动，仿佛手机火烫。车子险象百出地蛇形了十米，她才手忙脚乱地接通电话。奇点在那头道："对不起，安迪，有空吗？见面聊件事。"

"什么事？我……"安迪听见奇点的声音就心虚，赶紧将关雎尔搬出来做挡箭牌，"我一个小朋友今天很不愉快，我今晚得跟她谈话散心。"关雎尔旁边听着，连忙哽咽着道："我没事的，安迪你忙你的去好了。"

"带上你的小朋友一起吃饭吧，有些不利于你的事要跟你通一下气。这事我很对不起你，我正着手处理。"

"是因为网上那个帖子？"得到肯定答复，"我车上给贴了一张骂人的纸，我还摸不着头脑，等我回家看清楚再说。真奇怪。我不在意，你不用道歉，我回家了。"

"我去你家找你。对不起，事非得已，我这就上路。"

安迪想说不用，那边早挂了电话。奇点竟然要上门找她。拒绝吗？需要拒绝吗？安迪一路地思想斗争，差点儿忘了身边有个关雎尔。

直到关雎尔手头纸巾用完，翻包找新的纸巾，动静大了，安迪才意识到身边有人。"小关，方便说说你的事吗？"

"我当然……周三傍晚同组的凯特找我帮忙，她说早上出门时候忘了给狗狗留狗粮，再加班的话狗狗得饿死。可是她手里的活儿明天一早要交出，她左右为难，求我帮她做做，让她回家喂狗。她当时已经做了P1-2，我晚上八点多做完自己的事，接着做凯特的P3-6，一直做到十二点多才回家。结果周四一早，凯特没查一遍就把活儿上交了。最后错在P2，是凯特自己做的，可因为我是最后经手人，最后一页签的是我名字，上司批我。"

"你哭的原因是什么？是因为上司冤枉你，凯特不认账，还是上司太过分？或者是错误太大，你承受不了？"

"都有。还因为上司让我写书面检查，这份检查会夹在档案里，严重影响我实习期评分的。我们公司实习期淘汰率很高的。"

"你解释了没有？"

"上司不听解释，她说只认最后签字人，签字意味承责。其实工作就是她分派的，她心里很明白这是凯特的工作，凯特才是第一责任人。凯特看我挨批也不澄清，明明是她做错。"

"想听实话，还是想听安慰？"

"要听实话，安迪，换你做我上司，会批我吗？我本来是打算回家问樊姐的，樊姐每年要给员工做考核，见的这种问题也挺多。"

"嗯，我说说我的观点，可能很不中听，你要忍耐。有个词叫'将心比心'，我一个久居管理层的朋友说过,做过管理之后,她现在若再从底层做起的话,一定是个很能配合上司工作的好员工。为什么呢,就是因为她已经懂得每一个岗位的职责是什么,懂得大家的需求是什么,目标是什么,不需要上司耳提面命,就可以自觉做到并做好。接下来的问题是,每一个岗位的职责是什么。作为公司最高层,他必须创利,为股东服务。为此他必须正确规划工作,分解工作,分发给次高层。如此逐阶分解工作,分发工作,干掉一部分工作,一直到你们最下层。通过公司所有阶层人员的工作,创造出利润,最高层才能对股东有所交代。这么分解下来,你说,每一个公司人上班围绕的轴心应该是什么?"

"工作啊。"但关雎尔回答得底气不足,安迪说那么多,就为这么个显而易见的答案吗?

"对,轴心就是工作,其余都是旁支。所以你们上司看问题,别的你与凯特什么喂狗喂猫的,她不管,工作是你做的还是凯特做的,她不管,她只看到她的上司派给她的工作,你们做得怎么样了,会不会影响她向她的上司交代。你们要是没做好,她按照工作程序查问题,查到谁,批谁。根据工作进程,凯特私自将工作移交给你,是不应该,但不是错误。凯特在P2出错,是错误源头。你接手工作前不核查前面工作,是程序出错,这个程序错误掩盖凯特的错误,使错误加深。最后你签字,意味着你对全部工作的责任承担,那么凯特再做复核就是多此一举。换句话说,你的签字导致错误无可挽回。因此,就事论事,你上司批你符合逻辑,你没必要喊冤。至于你与凯特的私人恩怨,都是旁支,作为上司,正确的批评就是抓核心放旁支。就是这么简单,你写检查只要把你对错误的正确认识写清楚就行,然后提出解决办法。"

"说来说去,我不该接了凯特的工作啊。好心帮忙反而害死自己。不是说还有个团队建设吗?"

"团队建设的目的还不是为工作。想明白主次了,你会发现看问题简单许多。"

"可是……"

"真相过后,需要安慰了吗?"

"不是啊,我只是担心,要是这么写检讨,回头放在档案里,等实习期结束考核的时候,我肯定完蛋啦。我们公司门槛很高,进来的人大多数是部属重点大学毕业的,像我这种学校的能进门属于侥幸……"

"我不觉得你差,我们公司个个也是重点出身,我有对比。"

"谢谢。可竞争时候我在学历上已经落了下风。要是再在档案里夹着这种检讨书，更完蛋了。尤其是我自己承认错误，更是翻身机会都没有了。"

"别怕检讨书入档，我看的考核资料多了，每个人一年下来都千疮百孔，惨不忍睹。最终上司都有考量，考核标准那么多，归纳起来只有一条：能不能做好工作，让上司日子好过。只要正常的公司，符合这一条了就通过。推脱责任不是好办法。承认错误，承担责任，改正错误，尽力缩小错误导致的损伤范围，这是最要紧的。"

"可是，要是我不接凯特的工作，就没这错误啊。我还是很冤的，凯特竟然不澄清。我们上司竟然也不批评凯特。"

"谁也不傻，一件事情不会覆灭一个人，日久见人心。因为你接这件工作的原因特殊，虽然根据程序，你在检讨中必须承认错误，并且还得承担改正错误的工作，但你得把整件事情的脉络用清晰的时间和证据来说明白，目的不是逃避责任和指责，目的只是说明清楚，并留档。明白吗？上司最烦下面的人逃避责任，没有担当。"

关雎尔心里挺不甘不愿的，可她被安迪强大的轴心论说服，起码她无法提出反对意见，她相信安迪说的是对的。"好吧，我把检讨分三部分写，第一部分说明事情脉络，第二部分承认我的错误是什么，第三部分我提出改进办法。冤枉啊，本来工作这么多，我这下又得减少睡眠时间去改进本来属于凯特的工作。以后再也不好心了。"

"每天其实睡六个小时就够了，真的，最要紧是规律。"

"我尝试了，可是我连睡八小时都嫌不够呢。"

安迪不禁一笑，小时候吃点儿苦也好，不仅睡六小时就够，而且睡哪儿都能睡着，雷打不动。关雎尔却是嘟着嘴，依然满腹委屈。好心办坏事，怎么就没人摸摸她的头，安抚一下呢？起码，她的出发点是好意啊。最痛苦的是，还得违心承认错误。违心，走出校门之后，越来越多违心事，防不胜防，唯有忍耐。从小，哪受过那么多说都没地儿说的委屈呢？长大真累，工作真累。

"安迪，我毕业后本来有两个选择，一个是留在老家学爸爸做公务员，或者学妈妈进银行，另一个选择是去英国或澳大利亚读个硕士回来。可正好我们公司到学校招聘，第一次去我们学校，跟我签了。我喜欢这个公司，不想做没劲的公务员，爸爸也支持，爸爸说只要是我选择的我喜欢的，他都无条件支持。可妈妈反对，妈妈说太辛苦，压力大，家中帮不上忙，女孩子一个人离家又太远。今天才发现，都被妈妈说中了。"

"然后呢？"对于关雎尔的哀怨，安迪无法感同身受。可正遇周末大堵车，她有耐心听下去。

"唉，我自己的选择，只有坚持下去了。起码要争取实习期结束没被刷掉，还得争取坚持完实习期。"想到未来还有小半年的时间需要艰苦地挨着，关雎尔的眼泪又滴滴答答地开闸了，"本来爸爸说他们出首付，买一间房子给我住，可妈妈以为我做不了一年就会逃回家，不同意。我不能让妈妈看死了。"

"好样的。说个让你开心的事，我和小曲都说过，如果你失业了，我和小曲都很愿意聘请你。"

"真的？为什么？你们公司也愿意要我？"

"因为日久见人心，我们都认为你做得好工作。我想你们上司的看法与我和小曲不会有太多区别。"

"真的吗？真的吗？"关雎尔终于拨开云雾见青天，可她的眼泪更多了，擦都擦不完。安迪把"有点儿娇气需要克服"的话吞进肚子里。职场上谁也不会无端照顾谁，娇气迟早磨灭，都无须提醒。

曲筱绡兴奋地赶去医院找赵医生。一路上很多电话，很多夜间项目，她都得意地说"No"。她今天有专一的项目。但曲筱绡的名义男友姚滨打来电话，笑嘻嘻地道："你每天吹的那个女邻居吧，出事了，原来给人当小三。"

"啥？没认错人吧？"曲筱绡大惊，"我当面说她性冷感呢。是谭？可谭未婚呢，谁？"

"一个做外贸的，从五金出口做到原材料进口，听说做得很猛，很有算计。但那人也未婚，说你女邻居是小三纯粹是个破落户女儿在兴风作浪。我这算是跟你通报了啊，你跟你邻居去说说吧。"

"咦咦咦咦咦，你别卖关子，究竟怎么回事，破落户女儿是谁，干吗这么对待我邻居。"

"一起吃饭，一起泡吧，才告诉你。这事儿在网上都传开了，破落户女儿很能挑地方，选在一个妈妈网站挑事儿，一听说小三，那些已婚妇女黄脸婆就一边倒了，闹得已经把你邻居人肉出来了，还真长得挺美的。"

　　"什么？这么无中生有的事都能信？靠，人一生孩子怎么都智商退化成原始人。给我发网址，快。"曲筱绡趁堵车，赶紧浏览网页，一看之下，热血沸腾。本想通知安迪，可再一想，安迪那鸟人肯定会说理他做甚，安迪意识不到八卦的破坏力。但是，她曲筱绡不能看着兄弟被欺负，尤其是帮她那么多忙的兄弟。她不禁哀怨地想到帅哥赵医生，难道，今天又得与刚合法杀完人的赵医生擦肩而过吗？曲筱绡纠结了一分钟，咬牙切齿地打电话给姚滨，"你奶奶的，一起吃饭，一起泡吧，一起解决那破落户女儿，缺一不可。"

　　姚滨一声欢呼，还真是由衷的。曲筱绡不禁得意地在车里挺了挺垫了不少海绵的胸，姐够魅力。堵车无聊，曲筱绡听姚滨汇报情况。原来那女孩，人称阿关囡，一说这名字，曲筱绡就记起来了，比她高一级的，当年一个中学上学，有点儿姿色。老关以前与魏渭一起做五金进出口生意，后来魏渭做大了，老关却越做越保守，加上现在保守的纯外贸很难做，利润很薄，老关做得艰难。偏生女儿阿关囡每天开着一辆甲壳虫车子还跟大伙儿混，一边装花钱如流水地摆阔气，一边又常常赖账逃账，大家就背后喊阿关囡破落户女儿。阿关囡从小认识魏渭，当然想近水楼台先得月，攀上魏渭吃穿不愁。可惜落花有意流水无情。最近不知为何认定安迪是情敌了，就这么回事。最关键的是，姚滨已经将阿关囡定位，阿关囡的闺蜜为了投靠更有钱更拉风的曲筱绡而出卖了她。托曲筱绡最近为了强化她的职业女性形象经常扯安迪做大旗的福，圈内不少人知道她与安迪是好友。

　　"雪特，原来是个花痴。姚滨，叫上大嘴两口子，恐恐两口子，今晚我请客到底，一起帮我收拾了阿关囡。"

　　曲筱绡从来不走寻常路。对付那种造谣污蔑的网帖，她从不会想到樊胜美报警那一条路。当然，她收拾阿关囡用的就是她的曲氏妖法。她在餐厅门口花钱找一位壮妇，他们六个人簇拥着壮妇进去，让壮妇大喊打小三，在保安冲出来之前，将阿关囡扯得衣不蔽体却不打伤，他们则是嘻嘻哈哈地挡住拉架的，将闹剧全景摄录下来。然后便是包一间包厢喝讲茶，以上传衣不蔽体的闹剧录像照片为要挟，迫使阿关囡上网发表道歉帖，承认无中生有，造谣中伤。其实曲筱绡不找壮妇也照样能仗着她在圈子里的权势逼迫阿关囡，可她要给阿关囡一点儿教训，留下点儿纪念品，厚道这个词儿不在曲筱绡的字典上。

　　在网络上，往往删帖删不尽，热帖转又生。而消灭造谣帖的最佳办法就是发帖者自己出来辟谣，认错。甚至，曲筱绡还没收了阿关囡的 ID，不断发帖老实认罪，接受别人唾骂。他们就地在包厢里吃了一顿饭，命阿关囡在边上端茶倒水。曲筱绡认为，她替安迪讨还了公道。

只是，帅哥赵医生……又耽误了。曲筱绡为此极其烦躁，她都快忘了赵医生长什么样子，想暧昧地想想赵医生都找不到标本。她只好以"我想赵医生"这五个字不断给自己催眠，免得失去对赵医生的荡漾春情。

安迪回到家里，才刚放下电脑包，就接到奇点的电话，问她住哪一栋。她想了想，换上灰色针织帽衫和针织裤，宽宽松松地中性化地去小区门口截堵，她不打算引奇点进她的家门。她都来不及上网看清楚那污蔑她的帖子究竟讲的是什么。

才刚走进电梯，安迪就接到曲筱绡报告搞定的电话。她开心坏了，本来她稍微还是有点儿担心的，倒不是担心做小三被诬蔑，而是怕放在网上的那张不算很清楚的远照被黛山县的孤儿院老相识们看到，指认，而人肉进一步白热化，终至挖出她的身世。虽然她心里很是抱着侥幸心理，相信她不仅改了名字，连容貌也早已面目全非，老相识们不一定会认为眼下养尊处优的这个人会是过去狗不理的黄毛丫头，上回去敬老院时候人们可都没认出她，可她到底是有点儿怕，毕竟世上没有不透风的墙。这下，她完全放心了，一路听曲筱绡说明如何得手一路开心地笑，一直笑到奇点的车子面前。

看到奇点看着她的眼神有点儿异样，她忙跟曲筱绡道："嘿，打断一下，我看到绯闻男主角了。回头再跟你聊。"

"啊，你真认识他？"

"回国前就认识了，只是不是网上说的那种关系。回头再说。"放下电话，她的笑容开始僵了，浑身不自在，她跟一直站在车边默默看着她的奇点道："事情刚解决。谢谢你特意来一趟。"

"解决了？删帖？很快就会有新的出来，而且更被弄假成真。"

"不是，我一个小朋友做了点儿手脚，刚才这个电话说的就是这事。你带着电脑吗？呵，对了，你电脑手机不离身的。"

奇点惊讶，"我看看。"他打开副驾驶座的车门，但安迪摇头不入。奇点犹豫了一下，将车门关上，面对安迪。他也有点儿尴尬，伸手到嘴边干咳了一声，才道：

"其实我有点感激这个绯闻，否则我一直找不到借口来看你。"他一边说，一边不自然地笑，"我上回……脾气挺糟。"

安迪惊讶，心里早已软了。她不知怎么回答才好，愣愣地道："你知道发帖的是谁吗？"

"知道。但我无法阻止她。对不起，我给你惹事。吃饭了没有？一起去吃点吧，别总站在路边，眼下我们两个是网络风云人物呢，要是有人上来要求签名就走不开了。"

安迪失笑，不自然的感觉烟消云散，"有位邻居正哭哭啼啼等我上去看她的检讨书，另一位邻居正赶着回来准备延续下午的网络酣战，帮我网络正名，还有一位邻居……"安迪想了想，将曲筱绡正在对付阿关图的事儿略去不提，免得奇点为难，"我不能丢下这些好朋友不管。"

奇点并不意外，微笑道："这个拒绝不够力。你看我被你拒绝得遍体鳞伤，这不又找个借口涎皮赖脸找上门来了。要不，我们换一个拒绝？"

安迪心说脸皮真厚哦，"我忘了通知一位邻居不用急着赶回家了，事情已经解决。"说着就拿出手机发短信给樊胜美，用中文打字很麻烦，可樊胜美不是关雎尔，她只能用拼音打中文。可才装作用心地打了几个字，就发现奇点大力拥抱住她。她想推开，可发现这么做就得伸出手，以奇点身上的某一部位做支撑，才能使力，似乎违背原则。情急之下，她双臂缩回胸前，挡在两人之间。

"放开！"

"为什么？嫌我不帅？"

"不……"

"嫌我不高？"

"没……"

"嫌我智商不够？"

"没……"

"嫌我人品不佳？"

"没……"

"嫌我不够好玩？"

"没………"

"既然什么都不嫌，为什么推开我？给我理由。"

"不……不是，跟你无关，是我……"

"既然是你的原因，为什么推开我？对我不合理。"

奇点一直晓得安迪动脑比动手快，因此飞快提问，连续不断地发问，引发安迪内疚地提问，在外人听来跟爆机关枪似的提问，逼得安迪顾此失彼，他则是调整到舒适的位置，不再放手，继续搞晕安迪的脑子。"你也没有问题，拥抱这么久，大家都很好。有不良反应吗？看情形没有……"

"靠，老子实在让你们吵死了。大叔，你out得一塌糊涂，嘴不是用来谈话的，嘴是用来接吻的。"旁边一辆小破车里钻出两张年轻的脸，一脸不耐烦地看着奇点与安迪，一个男孩与一个女孩，年轻得水蜜桃似的。男孩顺势示范了一下，吻女孩水果般的小嘴，"就这样，大叔。实在不行，你们怪叔叔有的是钱，拿钱砸晕女朋友。啰里啰唆黏糊什么，爽快点儿。"

安迪惊愕地看着这两张忽然钻出来的年轻的脸，奇点则是老皮老脸地问："女朋友不让靠近，除了砸钱，还有什么别的办法？"他意识到安迪忘了抗拒拥抱，就想方设法将此荒诞对话延长。

"你们怪叔叔除了砸钱，难道还有其他泡妞的招儿？"男孩拍拍自己胸膛，"你有六块腹肌吗？你有肱二头肌吗？郁闷了吧。"然后男孩冲安迪一个飞吻，"美女，哥是友情赞助的。跟怪叔叔不要客气，他不拿钱砸你，你让他回家跟充气玩具玩儿去。做事要爽快，美女贬值很快的。"

安迪很快就不拿那两个孩子当回事，她意识到自己在奇点的怀里，已经有好几分钟，并不可怕，只有紧张，还有其他混乱的感觉，但，理智正常。奇点的眼睛从两个孩子那儿转回来，见安迪若有所思，心里大约猜到。他簇拥着安迪塞进车子里，大方地跟两个孩子挥挥手转去驾驶位。那女孩看见道："砸钱了，换我也愿意啊。比你的车好多了。"男孩道："怪叔叔气量还不错，没跟我翻脸。"

但让奇点稍微失望的是，他坐进去，发现安迪若无其事地在打电话。该笑笑，该说说，丝毫没有拥抱后遗症。安迪是给樊胜美打电话，简单告诉事情处理结果，樊胜美似乎还在路上，心情非常愉快的样子。奇点听着，心里不满地想，刚才那个拥抱，他费尽心机扭开安迪的注意力，都没有好生体会终于接近的感觉，倒是像一个喂药，一个吃药，过程中密切观察有没有过敏，纯粹是一次理性的一丝不苟的科学实践。他气馁地放弃请示，不顾安迪正打电话，将车子启动了出去。

安迪连忙结束电话，但即使是昏暗的路灯下，她依然看得清，奇点神色严肃，与以往大不相同。她犹豫了一下，"怎么了？刚才那两个小孩子的话别当真，他们正处于逆反年龄。"

"你有没有想过，每一次我见到你的时候，全身心恨不得都交给你，而你却看着你自己的内心，一点儿不顾及我的感受。连两个小孩子都因此笑话我，看得出我拿你没办法。"

"我……你是很好的人，真的，可我是真的病态，我身不由己……"

"别一味诋毁你自己，我心疼。安迪，这几天我一直在想我们的事，如果不是今天网上这件事，我也迟早会来找你。我们必须谈谈。"

"我不知道你要谈什么，我不保证我能理智地跟你谈话，有些情况下我无法自控。我认真建议你放弃。"

奇点不回答，一直等到被红灯停住，才盯着安迪道："给我一晚上时间。你如果相信我，就听我的，一晚上。零点，我准时送你回家。"

"你打算做什么？"

"喝酒，谈话。对不起两个小孩子的谆谆教诲，大叔的嘴只会谈话。然后你再作选择。我相信你心里有我，那么，一定给你我一次机会，我们敞开了谈清楚。"

"绿灯了。"

奇点再看安迪一眼，才将车子开走。一路两人没再说话，奇点一直将车开到他的家。安迪一路忐忑地看着奇点的侧脸，拒绝？拒绝？还是拒绝？因为有什么可谈的呢？然而，她的事，真的能谈吗？尤其是她的心事，她的恐惧，她敢说出来吗？如果不说这些，又谈什么呢？

等车子停住，她发现身处地下车库。"哪儿？"

"我家。"奇点不给安迪思考的时间，跳出来打开安迪的车门，握住满脸紧张的安迪的手，"跟我来，今晚听我。"

踏出去，就是应允挖掘内心深处的隐秘。安迪有点不敢抬头，眼睛盯着握住她手腕的奇点的手，犹豫再三再四，掏出手机关了，起身，一脸义无反顾状。相信奇点。奇点大喜，他的手没再松开。安迪在电梯里紧张地想，奇点一定感受得到她手腕脉搏的狂跳。有生以来第一次豁出去了，安迪紧张得快要窒息，她不敢看向奇点，进门后也不让奇点开灯，她不敢面对自己，她也不愿奇点看见失态的她，她甚至不惜大煞风景地喊饿。

奇点同样的大杀风景，他只会煮速冻饺子，为了拍女友马屁，加入速冻虾仁。结果一锅饺子汤混浊得他都看不下去。他只好在厨房里喊救兵："安迪，你会不会烧菜？"

"完全不会。"

"不会就容易蒙。"奇点端饺子出去，发现虽然没开灯但依然不算暗的客厅里找不到人。不过安迪也没让他找，很快从阳台边的沙发背面伸出一只手指示，原来她坐在面对落地阳台的地板上，拿两只坐垫坐得舒舒服服。等奇点换上便装，开一瓶酒，拿两只杯子过来，一半饺子没了。

"不客气，每人十五个，我数了，我把我的十五个吃了。"

奇点莞尔，他认的就是这种绝无仅有的奇葩。他倒两杯酒，一杯递给安迪，一杯自己饺子就酒，发现今天的饺子无比美味。"前年这个时候，我差点失去这间房子。当时危机，我的账面损失每天六位数，跌得我差点从这阳台跳下去一了百了。后来把房子什么值钱的都抵押了，好不容易等到国家四万亿放出来，银行贷款才有松动。就那阵子急白的头发。那阵子经常晚上睡不着觉，才会去混 BBS，想不到认识了你。我很早就留意你，那时候还潜水，看你有次倒版主，一篇篇檄文酣畅淋漓，特别合我胃口，当时看着只觉得出气。而且你能就能在第一天还不懂的知识，第二天上来就懂了，懂得似乎头头是道，能自圆其说。是连夜补课的吗？"

"是的。你真早留意我了？我还以为我先留意你呢，你不大说话，但说了就有一句是一句。"

"如果那时我不是被生意搞得心烦意乱，一定上阵助你。一直以为你是男的，听说你回国又在海市，心里就想跟你做个好兄弟。直到你扭扭捏捏一直不给我电话，才想到你可能是女的。我第一次见面就一见钟情，你呢？"

"第一次见面，我差点儿打退堂鼓。你貌似亲切风趣，实则戒心很重，令人不快。而且……"安迪喝一口酒，犹豫了一下，决定今晚还是豁出去吧，"你长相一般。要不是那天欠着你一顿饭，还有原先对你印象奇佳，第二次不大可能再见。"如此随意聊天，又是光线暗淡，安迪的神经慢慢松懈。

"我认为不是，你比你以为的更早对我有好感，甚至可能还是在网友的时候。

所以你才会第一二次见面容忍我一再试探，第三次吃野生甲鱼那次，你就抛出你跟纳什的相似，看似为了吓退我，实则是抑制你自己。别怕，我不是即兴发挥把你骗回家剖析你。我这几天一直想不明白你为什么总不惜拿最残酷的事实来打击我，似乎恨不得拍死我的意思，按说我不算差，为什么那么对我。这几天我回头细细梳理一下我们的交往进程，总算明白点儿了。我有一个疑问，你的身世，除了我和老谭，还有谁知道？你的好邻居们知道吗？"

"只有你和老谭。"

"这就是了，你早就喜欢我才会如此信任我，我的理解没错。我很开心。为我们以多巴胺而非荷尔蒙为起点的罕见纯洁感情干杯。"

是这个原因？安迪震惊，忘了有人还等着干杯，啜着葡萄酒发愣。"太罕见，会不会就是病态？"

奇点心里冒出许多一棍子打倒式的反驳，可今天他得好好说话，只得很正面地解释道："且不说网恋很普遍，就说我，原先只知道你是男性，即使还没见到你本人，我已经与你意气相投，认定可以做个好兄弟好朋友。既然好朋友好兄弟做得，如果早知道你是女性，当然是另一种结果。我不认为是病态。何况你是聪明人，你有异于旁人的智商决定你有异于普通人的地方太多，要都自认那是病态，你得多坚强才活得下去啊。干杯，傻瓜。"

安迪不由得一笑，将杯中剩下的一点点酒一饮而尽。看着奇点为她倒酒，注意力没集中在她身上，她抓紧道："从读书开始，所有人都告诉我，我很特殊。对于我这种出身，特殊不是好事，小朋友很容易对特殊表现出无约束的残忍，用拳头和谩骂提醒我是谁。我已经习惯远远躲开普通人，不在人群中表现特殊。可越躲越特殊，那时候老谭还在美国，他有天去看我，见我在院子里与一只捧着花生准备埋起来的松鼠瞪着眼睛对峙，最终松鼠受不了我的无聊，索性将花生吃了，恨恨而走。老谭担心我，逼我搬家到市区。可那是豪华公寓，进进出出几乎见不到人，连松鼠都没了。所以回国后索性混迹于烟火人生当中……嗳，满了。"

"今天的事情表明，你与邻居相处得很好。也说明你特殊但不怪异，大家都能接受你。"

"是的，今天的事我非常感动，我都觉得没什么大不了的事，她们却当作自己的事热心处理了。我原先一直担心她们会不会不接受我的孤僻，或者觉得我没话找话接近她们有险恶用心，想不到她们都拿我当朋友，而且是好朋友，我真爱她们。"

"那么跟我在一起也不用担心什么。"

"跟你，不一样。我曾经给老谭写过授权，如果看到我滥交男朋友，什么都别说，直接把我捆进精神病医院。如果我经鉴定确实得病，我要求限制我的言行。我实在不愿重演我妈跟男人在一起的那一幕，太刺激。这三十年我一直克制得很好，唯有见到你之后，两次失控了。跟邻居们在一起是轻松，跟你在一起是失控，你对我刺激太大。这是原因之一。"

"我猜到了。但刚才你并没有抵触我的拥抱。"

"我没反应过来，被你绕晕了，不算。原因之二是我不能对你做不负责任的事。即使我没有实践经验，可我还是知道，如果我离开邻居朋友们，他们最多惋惜几天，想念几天，过后就算了。如果我在相爱的人面前发疯，当着他的面丑态百出直至送进医院，对他的打击会有多大。好了，这个问题我回答到此为止，我已经快承受不住了，我很激动。"安迪像喝水似的，将杯中酒一饮而尽。但她不愿在奇点面前深呼吸，那很丑陋，她目前能控制自己的行为，就只能躲到阳台上去，俯瞰远近的万家灯火。

"你想的我都想过，唯独不接受你跟我在一起更失控这一点。我认为你把爱一个人时候的激动误以为精神失控。如你所言，爱人与朋友不一样，深爱一个人的时候，神魂颠倒很正常，幻想幻听幻觉都会出现。我而且可以预先告诉你，爱人之间亲密身体接触的时候甚至可以出现思维真空，四肢不受控制。那都是正常，而不是你以为的失控。你那两次根本不是失控，你只是……我的理解是，你很爱我。前天当我分析得出这个结论的时候，我非常开心。所以你最大的问题还是我上次跟你指出的，你害怕的是你心中的恐惧，你总是把问题往精神失控上引导，谁换你这么想，谁都得被自己吓死。谁说你是理科生科学女青年？我现在怀疑你是西太的博士。"

安迪再度震惊，"你……瞎掰。"

"不是瞎掰。"奇点也起身，走到阳台，"我们可真能谈的，一个怪叔叔，一个怪阿姨，太对不起两个小毛孩。差不多该谈的问题都谈到了吧？"

"没有，我还有许多问题，但是我无法再谈下去。嗯，酒喝得太快了，有点不舒服。"

"我知道你的问题，我给你答案。"奇点终于伸出罪恶之手，揽住安迪的腰，"我是成熟男人，我心态成熟，我担当得起所有后果，我负担得起所有责任。相信我。"

"我当然知道，可是你有更好的选择，你选择得到，你不用背负一个支离破碎的人。"

"相信命吗？"

"万分相信。"

"那就不用解释了。现在我要拥吻你，正常情况下，如果爱我，你会心跳加速四肢酸软全身发热脑袋发晕，如果不爱，你会感觉我很猥琐……"

但是，奇点的人生导师只做了一半，这一回，安迪没被绕晕，两大杯红酒下去，她有勇气迅速伸手撑在两人中间，保持一臂距离。"我还没想好。"这回，轮到奇点失控了。苍天哪，科学女青年难道非要为感情找到清晰的逻辑线索，才能进入下一步吗？为什么在说到爱不爱的时候，如此不解风情呢？直到零点，奇点只握到小手，并获得承诺，明后两天休息天都可以在一起。安迪却是真的没想好，心中很多最可怕的细节都还没说，虽然，她也知道，奇点肯定想到了，只是不揭穿，而且奇点真的担当得起。可他愿意担当，她就能无所顾忌地让他吃亏吗？如此不对等的合约，即便是出现在商业合同中都不合适，何况是人生。

而安迪最想弄清楚的一点是，她两次失控，真的是因为太爱奇点？唯有弄清楚这点，她才敢放开。然而，这可以问谁呢？22楼的邻居们？她当即想到樊胜美与曲筱绡，这两个身经百战的女人。

第 13 章

　　22 楼的清晨，最早出现在走廊的往往是安迪。然而今天周六的头筹被曲筱绡拔了，电梯门一响，曲筱绡东倒西歪地出现。此后才是 2201 冒出来的安迪。安迪见曲筱绡飘过去趴在 2203 门上，就问了句："小曲，怎么了？"

　　曲筱绡没回答，摸索着掏出钥匙，看都不用看就神奇地打开了门，然后摔了进去，门应声合上。安迪佩服得无以复加。曲筱绡仿佛来自于她的平行世界，那个世界叫作理想国，理想国的人们沐浴在爱河里长大，理想国的人们无拘无束，率性自我。那次她载着曲筱绡从医院出来，听曲筱绡一路做花痴状地念叨赵医生，她好奇赵医生究竟好在哪里，让曲筱绡如此挂念，曲筱绡只给一个理由，"帅啊"。安迪问她万一人不好性格有缺陷等怎么办，曲筱绡却是跟看外星人一样地看着安迪，反问安迪考虑那么多还有什么快乐，不考虑会死还是怎的。

　　安迪当时只觉得不可思议，有这么拿自个儿的事情开玩笑的吗。今天跑步，她没听新闻，忍不住回想曲筱绡的那句话。昨晚，换成曲筱绡，会怎么做。她会不会考虑得太多。

　　提面包回小区，见关雎尔的林师兄先她一步走进小区。安迪本不想招呼，直等林师兄到了他们的大楼下面，她才提醒了一下，"林师兄，我们大楼需要凭卡 出入。

请问你找小关？"

　　"呵，早，安总。昨晚打电话给小关，她似乎不高兴。想请她出去散散心，她一个人在海市不容易。"

　　"农家乐？小关提起过。不过现在上去她们一屋子人肯定都还在睡觉。"正说着，安迪接到手机，是奇点打来的，奇点居然也到了欢乐颂，说是逮她来了，免得她失约一早消失。安迪不禁微笑，跟林师兄道："不好意思，再等个人，我们一起上去。"

　　"很有意思，你们22楼邻里友好，令人想到大学宿舍。今天……呵呵，我想到当年大学时候女生宿舍下面，一到周末早上，也是等满激动忐忑的男生。"

　　两人心照不宣地一笑。"农家乐玩什么？"

　　"钓鱼，追鸡赶鸭，亲手摘中午吃的蔬果，吃乡土风味的农家菜，最后晒着太阳聊天。我们从小没玩过这些，图个新鲜。这几天正好摘橘子。"

　　安迪不禁想起当年的孤儿院建在山脚下，门口总是养着几头臭臭的猪，吃剩的东西喂猪，猪粪浇灌一大片菜园子，孤儿院的大孩子领着小孩子去菜园子里劳动，有时候拔草，有时候是用小手将土块捏碎，夏天时候从河里挑水来浇灌。采摘收割是力气活，冬天倒是常吃菜地里种出来的大白菜。她想象不出农家乐有什么好玩的，那种事儿对于小时候的她而言，是负担而不是乐趣。

　　奇点来的时候，见安迪正与一个长身玉立、稳重儒雅的男子说话，心里挺不舒服。安迪则是微笑看着奇点走近，很惊讶奇点穿得那么亮眼，灰绿夹克里面的真丝衬衫居然是小碎花图案。她对花不适应，但还好，奇点那衬衫的色调深沉柔和，倒是看着顺眼。她给两人介绍了一下，奇点才放下心来。

　　林师兄邀请安迪与奇点一起去玩，奇点一点不客气地戳穿："方便你约小关吧？安迪，有没有兴趣？"安迪摇头。奇点便提出建议，"有个朋友的山庄，朋友一直请我去，要不我们一起去那儿玩两天，请上你的邻居们一起去。小林，你也一起去？集安方老板修的，周末估计可以结交几个朋友。"

　　安迪原以为林师兄会否决，毕竟奇点否决了他的提议，而且奇点的口吻有点当仁不让，但林师兄热衷地支持了奇点的建议。安迪是个宅女，她有点儿懒得出门，"你还背着电脑包呢，有事就别想着玩啦，我也有事要做，昨晚的报告要看，一周的总结要做。"

　　"我的电脑包从不离身。去那儿也可以做事，环境清静，空气清新。那边原是一座小水库，朋友租下来依山傍水建了几座别墅，进出需要游艇接送。不对外经营，只招呼朋友，不会吵闹。"

安迪一肚皮的疑问，碍于林师兄同在电梯，只好咽下。上到22楼，走廊静悄悄的，安迪就对林师兄道："她们周末起得晚，一般只要有人起床，就会打开房门透气，你去我那儿等吧。尤其小关是我们楼层的特困生，特别困特别缺觉的意思，估计你得等很久。"

奇点闷声不响地看环境，原来一帮热热闹闹的邻居是这么回事。等进了安迪的房子，只觉得宽敞明亮干净爽快，太阳正从东边的落地门照射进来，照得宽敞的开放式厨房亮堂明净，奇点很自觉地将电脑包放到厨房中间料理台上，那儿最接近厨房，而林师兄则是很实用地坐在门口，等着2202开门。

安迪将电视打开，今天人多，她的生活习惯不得不打破。而奇点脸皮很厚，居然敢不吃早饭就来了，她不得不做两份早餐。更过分的是，奇点跟着她忙碌，还笑嘻嘻地提要求，"我就猜到你肯定面包牛奶水果，真没别的热乎的？比如虾仁煮混汤饺子什么的。"

安迪看看安静坐一边看杂志的林师兄，低声问奇点："那家山庄，你什么时候预订的，原本打算跟谁一起去？"

"麻烦大了，这事情说不清楚了。你吃醋？"他边说边拿出电脑打开。

"想得美。如果你原本跟客户什么的有约会，我不耽误你，昨晚的约定可以作废，没关系。"

奇点倚在料理台边看着安迪贼笑而不言，等电脑慢腾腾开启。安迪的房子与他料想的差不多，白色系，简洁，但没想到实物更简洁，连一朵假花都没有，真不像是女生住的。拿出来的餐具也是预料中的白色，好在主人经济宽裕，即使单一白色也有极佳的设计感，看上去并不简单。安迪看着奇点打量她的房子，想到他的细致，不禁毛骨悚然，她真想揪住奇点的脖子问他看出些什么。

但奇点很快就将电脑转给安迪，"你看，我预订房间的邮件。你看看我原本打算跟谁去。"

安迪很想争气不看，可两只眼睛不受控制，还是好奇地看过去。邮件写得很细致，中心思想是：和女友两人，两个套间，完全中餐，偏荤，房间与餐桌不摆鲜花，最偏远的一幢。安迪再一看发邮件的时间，是她去找弟弟之前两天。其中罗列条件针对的不是她是谁。"你没取消掉啊？"

"不想取消。我前几天每天看着这条邮件生闷气，偏偏老方还把这个传开了，说我带着女友要两个套间，太没用。他们要是知道我们的关系才发展到什么地步……"

"谁是你女友。咖啡加奶加糖吗？哼，自己来。"安迪说完，给林师兄端去一杯调和好的咖啡。奇点在她身后笑眯眯地看着，自己加了奶油和糖，肥肥地喝下去。反而安迪回来喝黑咖啡，糖都不加。奇点才想开口说话，安迪就抢在前面，"不许评价我做的早餐，不许评价我做的咖啡，不许评价我的品味。还有我的房间，我的家具器皿，都不许评价，心里想也不行。"

奇点非常喜欢两个人这么压低声音斗嘴，他一脸委屈地道："我其实只想问问你等会儿去山庄穿什么。"

"难怪喝这么肥的咖啡还这么瘦，坏点子太多。净想看我好戏。"

奇点哈哈大笑。但门口传来一声"咦，这么热闹"，两人抬头，安迪道："樊小妹，这儿有面包。小关起床了没有？林师兄等她。对，你猜得没错，这位就是绯闻男主角。"

奇点几乎同时轻声问："是不是男友借宝马车的那位邻居？"

"对。"她将面包盘子递给与林师兄打招呼的樊胜美。但樊胜美却看到安迪咖啡罐里满满的咖啡粉，奇道："你还这么多咖啡粉，怎么又让小邱买？"

"给她信任，新人需要鼓励。"她忙把罐子收起来，免得等会儿邱莹莹进来看见。"他就是我跟你提起过的网友奇点。今天有安排吗？我们打算去一个私人山庄度假，奇点安排的，林师兄已经同意一起去了，你去吗？据说很不错。"

"都一起去，不碍事，我会安排好。"奇点补充，"里面很大，但有门槛，所以很私人，很随便，尤其是今天周末人多。"

安迪不禁斜睨奇点一眼，这家伙贼精，一样的邀请，跟林师兄那么说，跟樊胜美又换种说法，总是揪到别人的痒处。她见樊胜美果然犹豫了，心里有点儿不舒服，瞪了奇点一眼。奇点却是若无其事地一笑。

不需要奇点详细说明，樊胜美自然清楚那种私人山庄去的都是些谁，高档酒吧开业她都还削尖脑袋想挤进去参与呢，只为开业时候去的人非富即贵。去山庄的只有更富贵。但她今天犹豫是有道理的，昨天下班路上接到王柏川的电话，王柏川说这几天忙着出差几乎是强行军，周五半夜才能回到海市，赶紧预订周末两天与樊胜美见面喝茶吃饭。樊胜美当时"哼"了一声，骄矜地给两个字，"再说"，两人心照不宣，樊胜美昨晚也早早睡下美容觉，为了今天美艳地现身。可而今面对安迪与奇点提供的极佳机会，她的"再说"难道变成"否定"？

樊胜美动摇了半天，笑道："我跟小关小邱说说去，不知她们去不去玩。"她不能现场给出答复，只能给自己施以缓兵之计。进了2202的门就看见邱莹莹与关雎尔都起床，她就告诉关雎尔，林师兄正在安迪家等她。关雎尔彻底清醒了，焦急地反问樊胜美："我怎么办？他来干什么？我还没洗脸。"

樊胜美很干脆地将门一关，"就这样。"然后她进去自己的卧室，反复考虑去山庄的可行性。她并非没想过邀请王柏川一起去，可问题是，只要关雎尔与邱莹莹同行，她住群租房的事实就等于摊在太阳底下晒给王柏川看了，她可以容忍一切，却不能容忍在早年的追求者面前丢脸。那么，放弃王柏川，与安迪她们同行？说真的，她无法放弃这一次进入她仰望的阶层参观的机会。

林师兄在2201室做灯泡，他是个识相的人，知道樊胜美回去2202后，关雎尔将很快出现，于是站起来笑道："我去走廊守株待兔啦。"

奇点冲林师兄举举咖啡杯，"祝我们都好运。"等林师兄出门，他就立马笑对安迪道："我打算不让你说出忍了半天的话。有个我很喜欢的前辈告诉我，很多聪明人之所以活得痛苦，正是因为他们无视自己肉身凡胎的现实，硬是把自己往圣人堆里整。凡人坦然面对欲望不是坏事。"

安迪确实正想等林师兄走后，埋怨奇点何必诱导樊胜美的欲望，就像伊甸园的那条蛇。可被奇点抢在前面一说，她想来想去，竟是越想越远。她被奇点提醒，正是出于她对幼年所见所闻的极端反感，她竟忽视自己肉身凡胎的现实，走向另一个极端，她否定自己的某些欲望，可谓性道德洁癖。可洁癖是病，道德洁癖也未必容易消除。

"想什么呢？"

"我越来越佩服你，以后喊你偶像吧。"

"偶像有特权吗？可别陷害我做假正经。"

"我冒充神仙姐姐跟你说，你可以提出三个心愿，我会满足你。当然我拥有最终解释权，我拥有一票否决权，我还拥有鄙视权等一切于我有利的权利。"

　　"不好，跟着我不学好，净学坏。"

　　"谢谢，我们在这一点上取得完美共识。嗳，怎么出来的是小邱？"2202里面，樊胜美的关门大法解决不了实质性问题，关雎尔只能拖住邱莹莹问怎么办。邱莹莹奇道："你先问问他来做什么再说啊，平白无故急什么。万一人家只是关心小师妹，只有你一个人在心怀鬼胎呢。"关雎尔指指自己的眼睛，"你看看我，肿得核桃一样，没脸见人的。"邱莹莹一看，果然。关雎尔本来就是单眼皮，这一肿就没法看了。她立马仗义出门。"林师兄这么早来？关雎尔才刚起来，她让我问问你有什么事吗？"林师兄微笑道："哦，小邱你早。小关还好吧？昨天打电话给她的时候，她还很不开心。"

　　邱莹莹一听，大为感动，原来人家林师兄这么早来，就是为了关心关雎尔。"她现在好点儿了，谢谢林师兄。据说昨天安迪跟她说了很多，当然我回家也跟她好好玩了会儿游戏。但是……"她圈起两枚手指往眼皮上一比画，做个鬼脸，"她都不好意思出来见你啦。"

　　林师兄不禁笑了，"没关系，都是一个学校出来的，怕什么。你跟小关说，趁周末出去散散心，培养个好心情回办公室，免得让上司以为她埋怨上司。我本来想请小关跟校友一起去农家乐，刚才安总与魏总说有更好玩的地方，我们这么多人一起去。"

　　"安总跟魏总是谁啊。"林师兄指指2201，邱莹莹回过神来，大笑，"安迪是名字，英文名Andy，不是姓安。哈哈。你等等哈，我传话进去。"

　　邱莹莹钻回房间，不用她说，关雎尔在里面早都听见了。而邱莹莹看见关雎尔更是大笑，关雎尔不知从哪个抽屉角落找出夏天的墨镜戴上了，一脸神神鬼鬼。"安迪，还有个魏总啥的，不知去哪儿，说是我们一起去。樊姐，你知道吗？"

　　"去一个豪华私人山庄，非常高贵的。"樊胜美在屋里回答。邱莹莹立刻道："那可不能去，玩不起。很快交房租了，我得攒着钱。"

　　"安迪的朋友会安排，不用你们出钱。"邱莹莹依然拒绝，"那不行，亲兄弟明算账，朋友一起玩要么AA，要么不去，不占别人大便宜。关呢？"关雎尔也是摇头，"我不知道。"她深呼吸一口，出去怯怯面对林师兄。林师兄见她特意戴上墨镜，也笑了。"你们室友和邻居都真不错。周末，这么好的天气，不出去玩玩吗？"

　　"我还得回办公室修正错误去。真对不起。老板压着呢。"

"呵呵，万恶的老板。这么着吧，我反正今天没事，等会儿顺路送你去公司。"

邱莹莹在里面听见，不禁笑得打跌，她知道关雎尔今天不用上班，这下好，不得不出门转一圈去了。她再次仗义出面，"关雎尔，让我跟去吧，我辞职后都还没去过金融区呢，正好趁周末回去转转。"

林师兄无奈，只能去 2201 与奇点说多谢。奇点过来与林师兄交换名片，很友好地握手惜别。奇点翻看林师兄名片，林渊，"这家伙，又聪明又世故，就是太假正经……"

奇点的话还没说完，邱莹莹呼啸着"魏总魏总魏总是谁"冲进来了，反而真看见奇点就不好意思了，眨巴着眼睛笑道："我闻到咖啡味儿。"一边说，一边依然是贼不老实地打量奇点。奇点落落大方地笑道："一起去山庄玩吗？我朋友开的，去了跟自己家一样，大吃大喝乱玩。"

"不跟我要钱我心里不踏实，跟我要钱我又拿不出。谢谢魏总哈，等我有钱了再跟你去玩。"

"没关系，我也是蹭朋友的，大家都是朋友，要真谈钱就不请你出去玩了。"

邱莹莹被奇点绕得有点儿心动，可她想到，她还得陪关雎尔，只能忍痛割爱。她跳到安迪面前，轻道："关雎尔眼睛肿得鸡蛋一样，不想跟林师兄出去被人家看到，只好借口加班。林师兄要送她去上班，我仗义陪她去，免得她落单露马脚。你们以后有玩的机会再通知我哦，我一定是最积极的。"

"去吧，以后有好吃好玩的再喊你。你忘了给我带咖啡。"

"才没忘记，你等着，我拿给你。昨晚谁让你不在家的。"邱莹莹蹦蹦跳跳地出去，奇点不禁笑了，"你的邻居不仅仅是友爱了，而且很好玩。"

"还没让你见到最好玩的曲筱绡，富二代，住 2203，简直是小妖精，她那些鬼主意真是我想都不敢想的。"

"这下只有我们两个去山庄了。也好。"

"樊胜美……可能会去。"

樊胜美得知邱莹莹与关雎尔不去山庄玩，真是心花怒放。对着镜子画好最后一笔眼线，左顾右盼几下，赶紧冲出去跟安迪敲定去山庄玩儿。安迪笑问一句："两个人还是一个人？"

"当然是两个。等我哦。"樊胜美说完袅娜地出去了。安迪追问："是你同学吗？"

"当然！我打个电话。"

奇点看着失笑，"两次进来，判若两人。好，这下两个套房不会多出来也不会太挤了。"

"樊胜美是很不错的人，你可小心着点儿说话态度。我去换衣服整理行包。"

邱莹莹送来咖啡，关雎尔趁机戴着墨镜来看安迪的男朋友，两人一齐鬼祟地进来，鬼祟地出去，然后与林师兄一起走了。奇点一直忍不住地笑，当然他今天心情很好，没这些好玩的事他也想笑。不过心情再好也不影响他思考问题，他走去2202，站在门口道："小樊，等下我和安迪先走一步，我回家整理一些衣物。我们打算过一夜，明天回来。我们到东环找个地方会合，具体会合地址等下让安迪给你发短信。"

樊胜美笑靥如花地出来，"谢谢，我知道了。等下我先上东环，然后我们随时电话联系。"

奇点一笑就回，说实话，他想极了看这对男女的好戏。但进2201，就惊呆了。安迪穿黑色短 T，橄榄绿哈伦裤，足蹬高跟短靴，外面套一件短风衣，脖子上一条粗厚围巾，鼻梁上还扛一副黑超，超级时髦地站在他面前。人瘦而高，这种打扮效果惊人。而且此人还闲闲扔出一句话："我认准的店家每季会替我选好衣服，附搭配照片，送货上门。因为我的审美是零。"果然，脸上什么化妆都无，本色上阵。

奇点不禁由衷感叹一声，"有钱真好！"奇点对安迪的衣柜万分好奇。只是穿高跟短靴的安迪看上去似乎比他高，奇点只好有苦说不出。

樊胜美已经搭配好衣服妆容，恨不得降尊纡贵给王柏川打电话，她到底是忍住了。好不容易，王柏川的电话来了，王柏川说他再五分钟就到小区门口。正好此时，安迪与奇点两个人出门。樊胜美看见了，立马对王柏川道："你稍等，我跟安迪说几句话。"她冲出去，在电梯前拉住安迪，拖到2201门口，轻声道："换双鞋吧，这双太高，你让身边人情何以堪。"安迪却轻笑："我故意的，那家伙在我面前太狂了，老表现得比我懂很多的样子，打击他一下。"

樊胜美一起诡笑，放手接王柏川电话。"王柏川，不好意思让你久等。我们几个今天商量着去私家山庄玩，你一起去吗？就等你的回话了。"

"这么高贵，哪家？你真的专门在等我电话？"

"对啊，他们先上路了。如果你去的话，我们在出城的地方会合。具体事项朋友会安排好，你省心省力只要玩得开心就是了。"她说着拿起旅行包，但抬头，见安迪他们已经下楼，她只好等下一班。

"会不会不方便？既然他们已上路，你还等在家里，不如我们换个地方吧。很多天没见你，我想与你独处。不知多少话想跟你说。"

樊胜美得意地微笑道："有什么话啊，我喜欢山庄，我今天非去不可。"她焦急地不断按电梯按钮，希望电梯快快升上来。今天几乎是万事如愿，电梯也是很快上来，樊胜美意气风发地出发了。

小区外面，王柏川依然是拿着一束花，这回是肥硕的黄百合。樊胜美极想在王柏川面前矜持一下的，可今天太如意，她的笑容无限绽放。王柏川愣愣地看了半分钟，才将樊胜美的行李放到车后面。"还行李？去几天？"

"去山庄啦，当然起码得住一夜，又不是去农家乐。你真不乐意吗？可是我很想去，早已经说好了呢，谁让你昨晚才来电话。放心，那边人不多，私人的。"

"只要是你喜欢的，我赴汤蹈火也得陪你去。"

樊胜美早知道是这个结果，了然一笑坐进车子里。她心里好笑王柏川似乎不情不愿，估计是王柏川怕上不了高贵场面。但她只在心里窃笑，才不露在脸上。这个想法让她心里更加愉快。

关雎尔背着上班的大包，与邱莹莹一起在公司大楼下面下了林师兄的车，看林师兄车子开远了，两人才相对做一个鬼脸。邱莹莹笑道："我想死鬼脸家泡芙了，还没吃早饭呢，我要吃四个。快走。"

关雎尔推推鼻梁上的墨镜，"杯具！你慢点走，我背着电脑呢。哎，安迪与樊姐究竟去哪儿玩？看上去安迪的男朋友配不上安迪。"

"那个魏总看上去人挺好，跟我说话很耐心，不像有些有钱人狂三狂四的，跟安迪很配。山庄是魏总朋友的，他也是蹭朋友的，让我别操心钱，邀请我们一起去呢。嘿，有没有想法？现在打电话还来得及。"

关雎尔想了想，摇头，"他们那种生意人说是白蹭，其实回头要在生意上有回报的，哪儿都没有免费午餐，我知道的。我们还是别给安迪他们添回报砝码了。既然出来了，我们想想去哪儿呢？我查查博物馆有什么展览。"

两人买了好吃的泡芙，在路边边吃边摊开电脑查展览。这时候安迪电话进来，说是车子到了金融区，问两位小朋友还在金融区吗，不如一起去山庄。

关雎尔接的电话，"安迪，我们不能给你添麻烦。那种地方消费挺高的，别让你们破费。"

"有人要跟你们说。"安迪将电话转给奇点，奇点道："那地方是朋友的家，多你们两位只不过是添两双筷子，饭菜一样的点，不会差多少。而且我只订了两个套房，回头你们两个得加床，也不破费。安迪常跟我说起好邻居，我诚心诚意邀请你们一起出来玩。是不是怕那儿环境陌生？"

"不是，不是。"关雎尔被诚恳的奇点说得不好意思了，"我们真觉得不应该麻烦你，希望你们好好玩。"

"我们几分钟后会等在安迪说的你平常下车的地方，你们请赶紧过来，要不然停车等久了会被警察抓。"

安迪接了奇点手中的电话，不禁笑道："你还让不让两个小姑娘思考了？"

安迪也挺喜欢让关雎尔与邱莹莹一起去玩的，并未多想。而奇点则是心里笑嘻嘻地想到樊胜美，不知她看见车里走出两个群租室友会有什么脸色。

关雎尔与邱莹莹果然是紧赶慢赶地追在安迪他们到来之前，气喘吁吁地赶到约定停车处。不等她俩气息平息，一辆黑色轿车停在他们面前，里面跳出她们差点认不出来的安迪与那个魏总。他们上车，安迪与奇点换了位置，换安迪开车，奇点打开电脑回几个电话。后座的关雎尔与邱莹莹原本不敢吱声，安迪上路开了一段，就摘下不习惯的黑超，笑道："装13装不成了，戴着这个开车感觉很不好。"邱莹莹忙伸手要来黑超，"给我装，给我装。关，这下你有我酷吗？"

"照镜子比画比画？"两人这才在后座热闹起来，叽叽喳喳有说不完的话题。邱莹莹更是说起在她建议下开设的淘宝咖啡店，说得异常激动，昨天的一招一式宛若就在眼前，仿佛网店以后营业额很快可以大超实体店。奇点则是一边做事，一边随时将路名和标志性建筑用短信发到樊胜美的手机上，方便他们那辆车准确跟踪。等做完事，已经在高速路上，两人懒得换位置，安迪一路开到底。

樊胜美依照奇点通过安迪手机发来的指示，学着使用王柏川的GPS，指路工作做得极好，即使她无自驾经验，而王柏川是个才来海市的异乡人，可由于奇点指点得扼要，樊胜美领悟得精准，一路并无波澜，只是有点儿怕错过路口的小紧张。

等终于上了高速，前面起码有好一段路不用转弯，王柏川才有闲暇道："前车肯定是男的开车，女的发短信。一个开得很猛，几乎是压着超速线开，一个指路很细致。"

"为什么？不能是安迪开车吗？"

"女孩子反应没那么快，尤其是在市区开车，有时候跟女司机后面简直是灾难。不信你问。"

樊胜美不禁想到安迪是个路盲，将信将疑地将王柏川的话整理一下，发短信过去问。那边是奇点打开短信，不由得笑着念出来。不等安迪抗议，后面邱莹莹早激动地道："切，王柏川搞性别歧视，鄙视，强烈鄙视。"关雎尔则"稳重"地补充："切，草履虫才有性别优势，它能自体繁殖。"前面两个人大笑，奇点充当秘书，拟出短信："车上女性对王柏川搞性别歧视表示强烈鄙视，并严正指出，动物界只有草履虫才具备性别优势，因它能自体繁殖。本稿由魏渭奉旨草拟并打字。"但短信经过三读通过之前，他被车上女生们强烈要求加入一个"懿"字，变成"本稿由魏渭奉懿旨草拟并打字"。令奇点痛切感受到本车小环境内的强烈性别劣势。然后，他又被要求给曲筱绡发去一条短信，告诉曲筱绡大伙儿正在某某山庄聚会。

樊胜美收到短信就笑着读给王柏川听，王柏川笑道："你们都很强悍，两辆车上的男同胞都很受压迫。"

"是安迪很强悍好不好？"樊胜美绝对想不到前面一辆车里共有三个女同胞。

"你做事很强悍，其实性格很……"

"勤劳勇敢是中华妇女的传统美德。不过我可不喜欢你当面评论我，你说好话嘛你违心，你说坏话嘛我闹心。"

"中肯的也不行吗？不偏不倚的。我发现都没好好跟你说过话。"

樊胜美心里一阵慌，又一阵暖，侧脸看看王柏川，见王柏川也正好偷空看她，两人对视一笑。"说什么呢？其实我想狠狠夸你的，我们一个年级的同学，在海市的，即使有些已经结婚，一个个都还懵懵懂懂不懂事，想不到你竟然率先独立做起公司来，而且做得有板有眼。那次你那位客户，就是被我灌醉的……姓什么来着？"

樊胜美卖了一个关子，以她资深 HR 的身手，她自然是对人有很好的记忆。而作为资深 HR，她也熟悉一条套路，一件事如果拉开好长一段时间，忽然不经意地再问一次，对方当初如果是撒谎，第二次回答时候细节往往容易出现细微差别。但王柏川胸有成竹地道："郎总。他以前是我工作公司的上家，我这回出差就是跑他的业务，争取尽快做成这一笔，再发展海市附近几个下家，就容易跟郎总谈海市的总代理了。你真觉得我不错？"

"为什么再问一句，难道我说得很违心？没有啊，你独立支撑一家公司，除了业务，每天不知多少琐碎事情。不说别的，我觉得就是养一辆车都够烦的，什么年检啊常规保养啊，想着都烦人。其实海市公交挺发达的，许多朋友不开车呢。"

"养车是没办法，经常出门，出到郊区就没那么多公交了，买辆车就灵活点儿。幸好有你还有别的朋友帮忙，我男人嘛，皮实，没什么辛苦的。我只是后悔应该早两三年跳出来，不仅能早一点遇上你，也能赶上上一波的泡沫式发展。"

樊胜美静静地微笑，认真听着，偶尔嘴角稍稍抿一下。"也没差那么多，基础打扎实点儿，积累更多点儿，出来更顺利呢。你真不容易。"

"你一个女孩子在海市打拼更不容易，我很佩服你，把自己的生活安排得有条有理，而且依然这么美丽。"

樊胜美谦虚地笑道："有什么不容易的。户口都还没拿到呢，不知道积分什么时候能达到。再奋斗十五年也未必有资格跟本地人一起喝杯咖啡呢。咦，你专心开车，别看来看去。"王柏川时不时地看樊胜美一眼，看得樊胜美心里乱乱的，只得出言阻止。她不想延续这个话题，就转了开去，"你说，私家山庄会是什么样的呢？是不是跟什么私人会所差不多？你应该常去那种有门禁的会所吧。"

"什么会所山庄，即使主题各有不同，最终都奔着酒池肉林去。你真一定要去那家山庄？大多数人去那种场合带的是小三，也或者什么都不带，那边有鲜嫩的提供。"

"别说得那么可怕，我相信安迪的男友绝不敢带她去那种地方。我警告你哦，到时候见了她可别转不开眼，人家男朋友会跟你拼命的。"

"有你在，我还需要看别人吗？就怕别人忌妒我的幸福，嗯，我也会拼命的。"

"咦，你为什么这么紧张，出去玩儿呢，别担心。呵呵，我七老八十的，还有谁看我，这社会上鲜嫩的一抓一大把呢。"

"对，呵呵，有地头蛇你罩着我。"

上了高速，似乎只说了几句话，一个新的出口很快就到眼前了。按照奇点在短信中的指示，大方向就是往山那边走，但需要留意每一个岔路口，进入农村后，有些道路标志挺麻烦。于是两人又恢复你开车来我查 GPS，配合得天衣无缝。

寻寻觅觅，兜兜转转，他们终于来到一处特殊的停车场。停车场挺简陋，用矮矮的竹篱笆围着，但开进去一瞧，里面停满的都是好车。樊胜美不禁眼睛一亮"哇"的一声，"宝马奔驰都成了大路货。王柏川你没法显摆了。"

王柏川根据一位看车老人的提示，将车停好。"我的三系宝马也就是个代步的，跟人家怎么比。你邻居她们呢？"

樊胜美开车门出去，却被眼前一幕惊呆了。只见旁边一辆奔驰车里跳出来四个人，四个，而不是她以为的两个，那另两个正是打打闹闹的关雎尔与邱莹莹。她们怎么也上了车？不是说不来吗？不等樊胜美反应过来，三女已经簇拥过来，安迪笑嘻嘻地道："樊小妹，我们统一一下口径，我的职业是模特儿，一般到这年纪还没混个脸熟的就是一个过气模特儿，由此说明魏先生很没档次。可她俩挑刺说我不会走猫步，不怕，我有你呢，我们临时抱佛脚。"

樊胜美笑不出来，拼命挤了挤才挤出一点笑容，她紧张地看一眼正与奇点握手寒暄的王柏川，伸手将三女推到远处，轻道："你们请帮个忙，我还没告诉王柏川我住出租房，等下你们帮我统一口径，小关与小邱是与小曲住一处。行吗？我还是住 2202，你们两位住 2203。拜托拜托，千万帮我。"樊胜美一张脸涨得通红，她心里非常尴尬。

邱莹莹先一口应承，"放心，樊姐，我坚决不说。这点儿小事，有什么难的。"其他两位也是坚决点头。

樊胜美强笑道："谢谢你们啦。不过安迪你就别冒充模特儿了，有你这种连口红和指甲油都没用的模特儿吗。"

"可据说我今天打扮得很潮，小邱，赶紧把道具还我，我们今天要让魏总同学出洋相。"

奇点对王柏川这个人好奇得很，今天终于见到，连忙非常主动地上去握手，自我介绍，挖出王柏川的名片。在他眼里，王柏川就是个长得还可以的，新一代知识型的年轻商人，基本上没有出乎他的意料。等名片到手，奇点就招呼大家去码头上船。可他发现四个姑娘有点儿怪，一个樊胜美昂然走在前面，后面三个扭扭捏捏地邯郸学步，奇迹是，竟然没一个学得像样的。奇点看着大笑，"她们三个在车上商量，安迪冒充过气模特儿，让我在朋友面前没面子。"才说几句，手机提示短信，他一看是安迪发来，就走开几步阅读。原来是安迪转告刚才樊胜美的提示。奇点不禁一笑，这也在他预料之中。

"她们几个邻居关系真是好，像那种大学宿舍室友。"

奇点不禁微笑，听出点儿味道。"是啊，很好玩，出来玩也在一块儿，感情很好。今年宝马三系出新款，我看尾巴没你这辆老款的好，不过可能里面电子设备之类的有升级吧。五系的也是越做越大，都赶上七系了。"

"是啊，国产化后不是拉长就是加宽，小马力拖大车，一点不顾性能。我们还是实在点儿，买辆 320 代步。"

"320 不错，你有眼光，正好够用，省油，宝马最令人称道的驾驭性又能全都具备。318 就真是小马拉大车啦。"

"呵呵，魏总夸得我都以为我买的是空客 320 了。"

"照你这年纪这实力，哪天开上湾流都不稀奇。你跟小樊真是一对郎才女貌，般配得很。"说着正好到了码头，樊胜美听到两人对话，就笑道："魏总可别乱点鸳鸯谱，我跟王柏川是同学。"

话音刚落，三女都冲着樊胜美挑眉毛。王柏川趁机道："你们真友爱，还有一个上回早上遇到的小曲，我都想象不出你们怎么做邻居的，很难想象，现在都市中还有这样的邻居关系。"

船上坐那么多人有点儿显小，王柏川这话问出来，关雎尔先紧张上了，但她只是低头眼观鼻鼻观心，纹丝不乱。邱莹莹抢着道："这不是很简单？一个楼层的，我跟关和曲住一起，每天进进出出低头不见抬头见的，假装不认识都不行啊。"安迪谨慎地补充道："我也想不到回国能发展这么融洽的邻里关系，还以为城市里大家都很冷漠呢。"

奇点在一边扼腕，邱莹莹撒谎没有水准，遇到这种质疑，类似安迪这种的闲闲对付过去就行，既不说真也不说假又没内容抓不住把柄最好。说得越多，表明越是心虚，而且容易露马脚。果然，王柏川表现出一脸疑问："那位今天没来的曲小姐是公司老总啊，她怎么会跟你们住一屋？"

樊胜美见此不妙，立刻插嘴："咦，你怎么知道小曲是公司总经理？我没给你们介绍过这个。"

"郎总来的那次你喝多了，小曲扶你进去，顺便往我口袋里塞一张名片。"

　　樊胜美当即看向邱莹莹，邱莹莹也瞪起双眼，"她怎么又来那一招。"邱莹莹虽然将过去的事强压的心里，脸上挂满胜利微笑，可旧事重提，她还是心中大受刺激，不由得重复一句，"她怎么又来那一招。"樊胜美连忙给王柏川一个眼色，轻拍邱莹莹的肩膀。安迪对王柏川轻轻解释："小曲性格稀奇古怪，做事完全不循常理，大家住一起常……"她耸耸肩，就此打住。

　　一时，王柏川有点儿糊涂了。似乎是身为什么总经理的小曲用暗递名片的旧招抢走平常小女子邱莹莹男友？而且这种做法一再尝试，再说那小曲一看就是个小狐狸精一样的美女，不会找不到男朋友，还真是有点古怪，那么小曲总经理与其他两个小姑娘同住倒也是解释得通。他真想直接问出来，可又怕得罪樊胜美，导致樊胜美翻脸不认人，只能继续在心里犯疑。

　　奇点见此，帮忙加一点料，使对抗进入拉锯战，而不是很快直奔真相。"这几个邻居，我看个个古怪，比如安迪，我也奇怪她怎么住那个小区，她开的车就够她买一套房子了。今天又想假装过气模特儿，呵呵。不过小王这么年轻就开宝马坐大奔的，一定能够理解。时间问题，我也是才理解不久。"

　　王柏川连忙笑道："开小宝马的是我，坐大奔的是魏总啊，魏总是我的榜样啊。"

　　关雎尔不知道话题怎么跑到车子上去了，但她觉得一定是安迪男友帮忙将话题引开，于是她也插嘴了。"安迪刚来时候开的是跑车，可跑车座椅不舒服，好像把人裹得紧紧的。还是魏总的这辆坐起来舒服。"

　　"保时捷选配桶型运动座椅啦，不过你这瞌睡虫还是坐那种椅子最好，省得一路打瞌睡东倒西歪，哈哈。"她又对奇点解释道："老谭家里车子比我家鞋子多，我在美国时候开保时捷，他以为我来这儿也开，给了辆GT2。想不到我在这儿一下交了这几个朋友，跑车装不下，就把他的新车抢了，那车痴差点儿跟我翻脸。对了，王同学，你第一次来海市那次，还记得吗，就是我刚抢了新车载大伙儿兜风。你别信魏的话，我就一破落户儿，车是抢的，房子是小的，他为了在别人面前挣面子非说我开好车住大房。这人哪，我偏偏要做过气模特儿。"

　　王柏川已经被搞得口不能言了，果然古怪。他只能看看关雎尔与邱莹莹，觉得邻居五个里面只有这两个还算正常。而且安迪说的最后几句让他无比心虚，他差点儿哑了。樊胜美也不语，她感觉王柏川心里在怀疑什么，她还是少说为佳，以免说多错多。

水库不大，船很快到了对岸，有一粉白的胖子站在码头亭子里迎接。关雎尔轻轻地笑道："高老庄到了。"刚下船的一帮人都笑，只有安迪没反应过来，她只是好奇地围观奇点与胖子搂搂抱抱，很是肉麻。一会儿，奇点给大家介绍，原来这个胖子叫老方，一家上市公司的老大。正是中午，大家直接就往餐厅走。

王柏川与樊胜美落在最后，王柏川轻道："魏总实力很强啊。"

"不知道。我只知道安迪是朋友，别的不多问。"

"让我再问一个问题好不好？我对你们这么友好的邻居真是奇怪死了。似乎常见你们四个一起玩，小曲不大出现。"

邱莹莹奋勇回头仗义："是不是先生们只要见过小曲，都牵挂上了，甚至扔掉女友？"

"啊，我没这个意思，没这个意思。胜美，对不起。"

樊胜美像看陌生人似的看着王柏川，"你今天怎么回事，从海市出来就一直怪怪的。想小曲？"

奇点在前面一直竖着耳朵关心后面的动静，闻言忍不住笑出来，樊胜美好功夫，比安迪与两个小姑娘强多了，懂得倒打一耙。

大伙儿跟着老方一起进入餐厅。奇点安排大伙儿坐下后，与安迪说一声，就与老方一起走开了，今天显然山庄来了不少朋友和朋友的朋友，不打个招呼是不行的。唯有邱莹莹不肯落座，她想拉关雎尔跟她一起参观，可关雎尔不肯，她只能自己一个人双手插裤袋里，满大厅的晃悠。这个餐厅没有包厢，但是用绿植与装饰物巧妙地隔出相对封闭互不干扰的空间。但这种空间经不住邱莹莹大胆光顾，于是邱莹莹连带着将今天在山庄里的人也参观了一遍。关雎尔与安迪一样，两人抬眼四处看一下就罢了，关雎尔正好坐在安迪身边，就轻道："等下邱回来，我们一起去洗手间吧。"安迪虽然不知道为什么要一起去洗手间，但估计是这个谨慎的姑娘在人生地不熟的私人地方有些小担心，就答应了。

唯有樊胜美对着如此场合眉飞色舞。她对隔着一个空位的安迪道："我喜欢明式家具的线条，简洁流畅，不像清朝硬木家具那么繁复堆砌。"

安迪道："我都不喜欢，椅子大多数不符合人体工学，要是不添点儿垫点儿，简直不是人坐的。可添点儿垫点儿，又不复原貌了。如果只是为了美丽，又何必借用椅子这个形式？"

樊胜美急了，指着一把椅子道："你看那把明式官帽椅，那线条，多美。摆那儿的，肯定是古董。"

安迪与关雎尔都扭过头去看，安迪很快回过头来道："我不懂。回头我会找本书看看。"关雎尔看了扭回头就低着头笑，"你们两个人审美角度完全不一样，再谈下去就错榫了。"

王柏川坐在樊胜美身边一直没说话，他刚才说话冒犯了两个人，此时唯有收敛。可他看着听着，觉得这四个女邻居中的安迪与关雎尔说话直接而实在，可信程度比较高。若是如此，他就不应该相信大楼保安的话，保安不熟悉工作的多了。他今天打算跟樊胜美说的那些话也都得推翻重新思考。

邱莹莹终于回来，四女一起去洗手间。关上洗手间的门，安迪问樊胜美："坦白，不是更轻松？"

"骑虎难下，已经晚了。我不愿破坏我在他眼中固有的形象。"

"不是长久之计啊。"

"我……再说吧。未必需要长久。"

大伙儿都有些不解，樊胜美被盯得烦躁起来，连连挥手道："过一天算一天。"

关雎尔忽然想到，"刚刚来这儿的车上，我们给曲筱绡发短信，告诉她我们在这儿玩。不知道她会不会来。她若是来，可能不会保守秘密。"

安迪见樊胜美脸上变色，忙道："小曲清早才回家的，等她睡醒看到短信，我会跟她说别来了，太远，不方便。只要不给她指路，她找不到这儿。毕竟这儿不是公共消费场所。"

樊胜美这才放下心来。除了邱莹莹还在保证一定守口如瓶，关雎尔看看安迪，两人心里都是觉得这样做不可行。但朋友有求，他们义不容辞。

等她们回座，冷菜已经上来。邱莹莹是第一次看见如此精致的菜肴，而且有些她不认识，她也不会掩饰，就向大家公开请教。安迪也大多不认识，有些菜穿上马甲就是不像原样了。尤其是那一味鸭舌头，真想不到那玩意儿能单独拿出来装盘。最见多识广的显然是樊胜美，她告诉大家这是什么，那又是什么味儿。只有她说不出的时候，关雎尔才补充一下。王柏川依然不语，看着听着。一直等到奇点返回，他才与樊胜美换个位置，与奇点坐在一起，才有说几句话。奇点也不多话，还是樊胜美在主持大局，就像平时在22楼一样。为了避免露馅，樊胜美一直小心地调控着话题，避免话题往 22 楼拐。

　　奇点从来知道安迪胃口不仅仅是好，所以点了不少菜。但他想不到同行的关雎尔与邱莹莹也是大胃王，而且都放开了吃，没有樊胜美的矜持。一只鱼头上来时，奇点解释这是门外水库养的鱼活杀现做，唯一可惜是水库不算很深，这鱼头稍有一些泥腥味。关雎尔就抬头不解地问："泥腥味是什么味？"奇点解释一通。这下换成邱莹莹不解地道："这是淡水鱼特有的鲜香啊。"而安迪奇道："淡水鱼和海水鱼的味道还有分别？"关雎尔更是道："他们说泥鳅很腥，可我很喜欢吃清蒸泥鳅啊，一点不腥。"三个一齐看着奇点，仿佛奇点这位同志无中生有。

　　奇点一脸冤枉地看着王柏川道："王兄，你看我该怎么办。要不哪天我去找一条海鲈鱼，一条淡水鲈鱼，都用最简单的清蒸来烹饪，让这三位姑娘作对比？"

　　王柏川笑道："我有个客户是海边长大的，河鲜一口都不碰，说腥得一吃就吐。另一个客户是西北人，连海鱼做的鱼片干他都觉得腥，但淡水鱼无论多腥都来者不拒。一个人的口味跟从小生长环境有关吧。"

　　"萝卜青菜各有所爱吧，好吃就行。"樊胜美作了最后总结。但他们讨论的时候，转盘就一直停留在三女面前，三女将一只硕大鱼头瞬间去掉一半，放在自己盘子里慢慢对付。

　　奇点边吃边给大家介绍山庄的布局，说饭后大伙儿自由活动，这边的东西随便采摘。也可以爬后面的那座山，山不算高，来回一趟不吃力。几幢房子都比较有特色，里面有台球房健身房书房收藏室酒吧等，大家尽管随便进去，都免费，只除了客房别乱走。可能会遇到几个人，但都是山庄的客人或服务员，不用害怕，这里治安很好。

　　邱莹莹听了很兴奋，立即与关雎尔低声商量饭后到处乱闯。关雎尔也很愿意跟邱莹莹走，她性格谨慎，不敢乱闯，跟邱莹莹后面正好。樊胜美旁边听着笑道："为什么不拉上我？还有安迪呢。你们俩太见外了。"

　　邱莹莹道："你有王同学，安迪有魏总，你们俩哪轮得到我们。"

　　"我明天跟你们玩，下午我要做事。"安迪问奇点："你要不要跟她们一起？"

　　奇点连忙道："我跟着她们，她们玩不尽兴。我也做会儿事，回头跟老方也有事要谈。"他跟王柏川道："你们俩，呵呵，我不替你们操心了。不过这幢房子楼下有个酒窖不错，你们别错过。"

　　王柏川却道："我向胜美请示一下。胜美，我几乎是今天清晨才到家，现在有点儿累得慌，我可不可以睡个午觉，你先跟小邱小关玩？"

奇点笑着起哄，"兄弟，请示是必须的，而且好习惯有必要保持下去，代代相传。"

樊胜美听了心里却是五味杂陈，刚刚奇点介绍的时候，她不禁幽幽地展开联想，她一个人带着迷茫在山庄中转悠，像个美丽的精灵，走累了，推开一扇沉重的雕花木门，里面是欧洲18世纪风格的装饰，有暗金闪烁，有天鹅绒贵妃椅，她才刚优雅地坐上去，却闻一声轻叹，"如此美丽"，她回眸，见书架边有一位英俊的高贵的男人，她微微扬起下巴，高傲地对他一笑……可是，当王柏川说宁可要睡午觉也不陪她的时候，她忘了只有一个人才能艳遇到男贵族，她心里充满失望。可她还是微笑道："为什么要向我请示呢？你好生休息，我们先给你探路。别记挂我们，魏总说过这里面很安全呢。"

王柏川凝视了樊胜美一会儿，道："好的。"居然只有两个字，令樊胜美心中觉得意外。难道王柏川看出什么了？不像，所有的对话她早已过滤一遍，并无露出马脚。但樊胜美心中到底是忐忑加深了。

饭后，2202的三位在客房收拾了一下，出去游玩。关雎尔觉得不好意思总推那些陌生的门，有她拖后腿，大家最终决定爬山。安迪和奇点一人捧一台电脑，坐水库边的玻璃温室植物园里做事。奇点没什么事追着，做会儿就坐到安迪身边看。当然不会傻看屏幕，而是看身边的人。一般女孩子遇到这种场合应该是露出水莲花般不胜娇羞的模样，可安迪却明确指出："你坐远点儿，否则我脑袋打结了。"

奇点听了就笑，迅速展开偷袭，拥抱，吻侧脸，一气呵成。面对眼睛乱晃的安迪，他只能放弃深入，笑道："我跟老方他们去说会儿话，你慢慢做事，做完给我电话，我立刻过来陪你。"

"快去，快去。嗳，樊小妹与王柏川之间，你看有没有问题，似乎王柏川有想法。"

"我听着，王柏川可能已经知道小樊的底细，只是不很确定。世界这么小，一圈电话打下来就能弄清楚七七八八。"

"我不知道樊小妹究竟是什么想法，这么做不可行。"

"对。你又是另一个极端，看见我就把所有最坏的都砸给我，有你这样的吗？"

安迪听着感觉挺不好意思，可换作现在，她可能依然会如此出手。只是今天看王柏川与樊胜美之间拉锯似的纠缠，当事人心中之纠结，她想到奇点肯定很吃她的苦头。"我补偿你。你去找老方的时候我会想你。"

即使安迪将甜言蜜语说得铿锵有力，坚不可摧，奇点依然大为震撼，这是安迪第一次对他说出肉麻话。他忍不住伸手轻抚安迪的脸，不顾安迪眼睛再次乱晃，横下心吻了下去。这是安迪的第一次，但这是奇点的不知第几次。奇点原打算循序渐进，控制节奏，照顾安迪的情绪。他应该可以有效克制自己，浅尝辄止，留给安迪适应的空间。可他激情迸发了，他放不开手。直到有一只手死命推开他的脸。

安迪大口大口喘息，她快窒息，诸如奇点提到过的心跳加速四肢酸软全身发热脑袋发晕全都在这电光石火间闪现，不，她还可以补充呼吸停滞这一条款。她推开奇点的手落到奇点肩上，愣愣看着他，这就是爱？对，这就是爱。奇点用眼神肯定，用眼神安抚，即使她惊慌失措，但他不想松手了。

两人在绿荫丛中静静拥抱相对，安迪站得笔挺，像一棵挺拔的树。奇点此时醒悟过来，在安迪背后轻轻抚摸，诱导她走向放松。这一关，奇点丝毫不敢松懈，也不敢再任性放纵自己的激情，但也绝不放手，因为这一关过得顺利与否，关系到他们未来的相处。若是不欢而散，安迪如果有个什么万一，他和安迪就没有以后的身体接触了。他丝毫不敢怠慢，使出浑身解数。慢慢地，他才轻声说话，诉说爱意。

很久很久……安迪依然站得笔挺，可双手不再用力推开。她也没想要找水喝，她渐渐觉得自己是正常的，可能，这就是正常的反应。在奇点的爱抚下，她动脑筋将所有的现象连缀到一起，摸索出一个逻辑上说得过去的复杂组合，好几个三段论通过串联并联前后连贯，最终，她得出严格的结论：此事可行，有惊无险。

而此时，距离她说"我会想你"已有一个小时。若在平时，她一定跳脚可惜宝贵时间如此白白流逝，毫无创造，可今天，她竟然不觉得时光流逝。

樊胜美领两个小妹爬山。她们不断遇到不同的人，只是友好地打个招呼，并无深入交谈。此地不像她想象中的那些往酒池肉林奔的会所，来山庄的不少是携家带口，场面一派正经。

三个人爬山并不急，看到橘子林就拐进去找颜色最红的吃。邱莹莹最先说这真是老鼠跳进白米缸，她可以吃光所有橘子。但三四个吃下来，她颓丧地看着手中诱人的熟透的橘子发愁了，"我真想再吃，想不到现摘的橘子这么鲜甜，可我的胃装不下了。中饭吃得太多。"

"我有一个办法，我们吃汁吐渣，就不容易饱了。"关雎尔为此试验了一下，但此橘子皮薄多汁，压根儿吐不出什么渣来。她与邱莹莹只能放弃。唯有樊胜美总是若有所思，神不守舍。关雎尔终于问："樊姐，想什么呢？我……不知道这么说对不对，我觉得你爱王同学呢，别总想着离开他啊。"

"不，我才不爱他。"樊胜美本能地反应。

"不爱他，还费那么大劲瞒着他干吗呢？有投入没回报，收支不平衡。"

"我没投入。"樊胜美依然是本能地反应，看看走过来的邱莹莹，解释道，"好吧，我是少花钱多犯错。但绝对的，我不爱王柏川，不可能。我有我的原则，我也会坚持我的原则。"

"他对你挺好，而且他也长得挺好，你们又知根知底的，多好呢，比认识陌生人好多了。"关雎尔这回锲而不舍地追问，"我感觉他是失望才去睡午觉的。你在饭桌上一儿点好脸色都不给他，虽然他有说错话，可那也不能全怪罪到他头上啊，是我们故意对付他。对不起，樊姐，我真觉得他比你过去相亲遇到的人好。"

邱莹莹补上一句："樊姐，我们曾经议论过，相亲这种事的形式决定了见面时候首先不是谈感情，而是赤裸裸地摊开谈物质条件的吻合程度。你当时说过相亲是最后选择。既然有各方面都很强的王同学追求，你为什么不接受呢？"

樊胜美忽然失去伶牙俐齿，面对两个小妹的善意疑问，她不得不抛出一个霹雳缓解情势，"小曲帮我调查出来，王柏川的那辆车子是租的，而不是他口口声声说的买的。他对我不诚实。"

关雎尔与邱莹莹都愣住。还是邱莹莹很快就道："揭穿他，让他滚。"关雎尔却看着强打笑容的樊胜美，无语了。

邱莹莹再次请缨，"樊姐，你如果觉得对同学拉不下脸，我可以帮你做，就像你以往一直帮我一样。"

"呵，不用，不用，真的，我自己会处理。"

关雎尔深思熟虑了才道："樊姐，可不可以给王同学一个机会呢？你索性也坦白你的事，大家负负得正，说清楚了再谈感情。我感觉你心里其实不想他离开的，这样子相处，你多累呢。我感觉你每次与王同学出去前都是容光焕发，非常开心，我想你心中一定有对他火花四射的感情存在。"

"哪有，没有，跟他有什么火花，还不如我以头撞墙溅出来的火花多。我们……我们不说这件事了吧，这事我争取今天明天有个了结。总之我不爱，但我承认我很自恋，我费尽心思的目的只是想在所有人面前留下一个完美印象，而不仅仅是留给王柏川。真的。"

关雎尔想不通，看着邱莹莹，邱莹莹更想不通。"自己活得好就是，管别人怎么想。别人算老几？"邱莹莹问关雎尔，关雎尔大力点头，补充道："不伤害别人便是，难道还有义务取悦别人？"

樊胜美不答，她无法回答，只好转身上山，躲避回答。她只是……心中有梦，一个属于美女才有的梦而已。怎么解释呢？

关雎尔爬到山顶时候，接到一条彩信，是李朝生发来的。李朝生一身野驴装扮，站在不知什么大山的山顶，大概是登顶成功，等下就是打开大包，安营扎寨了。可是想到樊胜美与王柏川的牵牵扯扯，关雎尔忽然懒得回复，又没关系，干吗应酬。不高兴，就这三个字。

下山，就有睡足的王柏川迎上来。这一回，关雎尔与邱莹莹就懒得搭理了。他们看樊胜美与王柏川微笑相对，甚至似乎有眉来眼去，心里很想不通，于是找个借口，说是去水库边看夕阳西下，两人走开了。两人在老大的山庄里兜来兜去，好不容易才摸到水库边，竟然看到透明玻璃温室里，安迪与奇点拥抱相对。这个姿势似乎是停滞的，奇点双手温柔地环在安迪腰间，而安迪双手柔软地搭在奇点肩上，两人差不多高矮，几乎是面对面地微笑，低语，无穷无尽，只是没有吻。

"真美。"关雎尔目不转睛地偷看，心中温柔地向往，甚至恨不得钻进去在两人之间装一只窃听器，听听那两人在一起说什么话。这么聪明的两个人，即使情话也很有可借鉴之处吧。她想跟邱莹莹说说，可扭头看，却见邱莹莹不知什么时候坐到一块大岩石上，埋头不语。关雎尔想到，邱莹莹虽然这阵子外表坚强，依然嘻嘻哈哈，可终究还是会触景生情的。关雎尔坐到邱莹莹身边，伸手放在她的肩上，无语支持。

但好景不长，码头出现一阵骚动，关雎尔知道又有人来，转头一看之下，惊住了，"曲筱绡，她怎么会来？邱，快看。曲筱绡。"

邱莹莹顿时忘了自己，"她来没好事，她可不会像我们一样帮樊姐隐瞒。她最爱唯恐天下不乱。"

"对。我们不仅不能告诉她我们帮樊姐的事，而且……怎么想办法隔离她呢？只有打断安迪他们了，魏总一定有办法。"

两人不好意思直接冲进温室，可发短信没人应，打电话则是关机，两人无奈，时间不等人，只能冲进去。好在里面的两个人倒是没做出什么偷情男女状，依然大大方方地站在一起，只是转过脸来看冲进来的人。

"曲筱绡来了。"

"她怎么会来？天，她神通广大。奇点，怎么隔离她？不能让她接触樊胜美和王柏川。"

"没办法。她既然能自己摸上门来，当然有办法满山庄乱走。除非把小樊与小王隔离到什么地方。但很快吃晚饭，这么做不现实。"

安迪很快面对现实："戳穿了，怎么办？"她也知道别指望曲筱绡隐瞒，曲筱绡即便答应，最终一定会有其他法子捅出娄子，本性如此。但关雎尔与邱莹莹刚与樊胜美有过谈话，两人很肯定地回答："樊姐会深受打击。"

反而奇点惊讶了，樊胜美怎么会深受打击？那一男一女不是势均力敌地玩花枪并乐在其中吗，最多玩不下去而已，他相信两个有江湖经验的人即使再尴尬也能对付得过去。可是看安迪她们的脸色，似乎情况与他想象的有所不同。他唯有静观其变了。

安迪一个电话将曲筱绡招来温室。曲筱绡进来却一眼先看到奇点，尤其是看到奇点搭在安迪腰间的右手，脸色闪回了几遍就大笑，"哈哈，那绯闻反而促成你们了吧？恭喜恭喜，魏总你好眼力。"

"听说你昨天帮了我们很大的忙，等会儿桌上我敬你一杯。你们怎么找到这儿的？"

"姚滨啊，这儿是姚滨亲娘舅的窝，我们怎么会找不到。喏，这是姚滨，我凯子。"说着她就冲安迪挤挤眼睛，扑上来轻语："别跟他说赵医生哦。我对赵医生是当真的。"

安迪灵机一动，"有条件，你得在这山庄范围内承认你和小关小邱同居一室。小关与小邱与樊小妹无关。"

"为毛？"

"总之你答应吧，算我求你。"

"我当然答应你，但我一喝酒就管不住自己的嘴，怎么办？不喝？可姚滨说酒窖里有很好的香槟。"

"我们管住你，不让你多喝。"

曲筱绡翻个白眼，"我千里迢迢赶来认亲，难道是送上门来做好人？太傻了，怎么会有这种事。魏总，你答应我什么好处？"为了安迪的事，她可以什么条件都不说就做，可是为樊胜美的事，即使是安迪恳求，她还是需要很多条件才可以答应。

奇点怎么都想不到曲筱绡会直接向他提要求，"我等下跟老方说，让他送你两瓶香槟带回家。"

"我该稀罕吗？不稀罕吗？"曲筱绡眼睛转来转去，犹豫不决。直到天色暗淡下来，餐厅灯光亮起，众人奔赴餐厅，曲筱绡还没给出最后答复。好在姚滨这个地头蛇要拉曲筱绡看东西去，两人暂时没出现在餐厅。但是樊胜美一听曲筱绡已来，顿时失却了千娇百媚。

王柏川不傻，一看此情此景，便知他早先的怀疑并没错，错在眼前的一帮人齐心协力帮樊胜美隐瞒实情。趁大家坐下点菜，王柏川跟两只眼睛只追着安迪飞的奇点道："魏总，打断一下。能不能要一瓶酒，我这怂人需要喝酒壮胆，想等饭后跟胜美说些事。"

大家来前说好不喝酒，就是为了不让曲筱绡碰到酒之后话匣子大开。但王柏川堂堂正正提出喝酒，奇点也不好拒绝，就拉王柏川去酒窖挑选。但在酒窖里，王柏川却问的是与酒不相干的话题。"请问魏总今天表白了？"

奇点一愣，"我一早表白了，只是今天关系更进一步。兄弟今天打算表白？喝酒壮胆可不是好主意。"

"我如果有魏总的实力，就不用喝酒壮胆了。"

"只要认准女人，实力不实力的是身外物。我跟安迪原本是网友。一般男人先看到的是胸脯，再看到的是胸怀，我跟安迪正好相反。以前我对女人的认识也有一些误区，还有一些成见，现在想想可能是我们平时跑江湖接触的圈子比较杂，你看看今天饭桌上的几个女孩子，个个都很不错。你尽可放宽心一点。"

王柏川点头，两人挑了两瓶酒上去。奇点偷偷告诉安迪，今晚可能有大结局看。安迪问是什么，好结局还是坏结局。奇点也不知，但总之有结局。两人交头接耳窃窃私语，其他人都以为两人延续玻璃温室被打断的情话，都善意地装作没看见，善意地不打断。但两人还想讨论下去，后面传来一声惊叫，"太残忍了，你俩上演肉蒲团，我们饿着肚子围观，清朝十大酷刑不过如此。"安迪知道是曲筱绡，回头，见她戴一只亮闪闪的不知什么面具，全身披挂得像毛利人。而曲筱绡身边则是穿得差不多的姚滨，姚滨还怀抱吉他。"干吗，你？"

"你们吃饭，我们唱歌助兴。可以点歌，一曲 500 元。大哥，给美女点首歌嘛？"

曲筱绡今天似乎是认准了奇点，上来就直奔奇点的腰包。倒是让安迪稍微放心些，她最怕曲筱绡哪壶不开提哪壶，专门拿樊胜美作法。曲筱绡两头都知情，随便挑逗一下便是伤筋动骨的灾难。但邱莹莹与关雎尔看着不那么想，她们旁观者清，认定曲筱绡又在想方设法勾引邻居男友了。尤其是他们看到奇点笑着与曲筱绡讨价还价，也不知怎么搞的，硬是将价格压到 100 元才买了一曲伍佰唱法的《爱你一万年》，她们更是生闷气。关雎尔坐在安迪旁边，轻推安迪，跟安迪耳语："小心小曲。"

安迪不禁看向奇点，见他正大笑着看姚滨和曲筱绡两个扭来扭去弹前奏，心里感觉有点儿异样。但没等她发话，曲筱绡忽然一个转身摘掉面具，打了一连串的喷嚏。"死姚滨，你这面具是地摊货？"

"哈哈，怎么会是地摊货，不过放了一年没用，积灰肯定有的。你没掸就用了？"

曲筱绡尖叫声中将假发也扔了，可忍不住又是一串喷嚏，打得她眼泪汪汪，视线模糊，赶紧冲到桌边抓起一只杯子就喝。关雎尔轻轻尖叫，"啊，是酒！满杯的酒！"安迪连忙冲上去想阻止，但曲筱绡动作太快，一仰脖子就将满满一杯白葡萄酒当救命药似的喝完了。等喝完，曲筱绡才瞪起眼睛，"酒？一杯酒？谁倒的酒，哪有倒这么满的。姚滨，你家到处妖孽。"姚滨哈哈大笑，扶曲筱绡去洗脸。一路继续传来喷嚏声。

山庄虽然豪奢，但不可能常备充足的服务员人手，因此倒酒什么的要自己做，奇点就为自己与王柏川各倒了满满一杯，然后就将酒瓶子塞进隐蔽角落，省得时不时拎酒瓶子，更省得曲筱绡上桌就问他们要酒喝。想不到奇点的一杯酒全数落入曲筱绡的嘴里。奇点有些哭笑不得，世事就是这么巧，大家费尽心机布置机关，结果反而是落得曲筱绡空腹喝下近半斤白葡萄酒。樊胜美不知大家饭前对曲筱绡有布置，她见此就道："要命了，再好酒量也架不住空腹猛喝。"她心中有点儿庆幸，希望曲筱绡就此离席回屋睡觉。

但是曲筱绡回来了。脸蛋红扑扑的，依旧活蹦乱跳，似乎一杯酒对她不过是小菜一碟。她挨着樊胜美坐下，柔软地靠在樊胜美肩头，却看着王柏川笑。奇点从角落里拎出酒，笑问："小曲还喝吗？"

"不喝了，答应过你们，说不喝就不喝。但刚才算工伤，魏大哥你那一百块还得给我。"

"工伤包不包括故意撞枪口的？"

"哈哈，魏大哥，那是不可能的，不可能的，哈哈。给钱吧，行行好，家中上有八十老母，下有幼儿嗷嗷待哺。"

奇点笑着抽出一百块钱，交给曲筱绡。曲筱绡拿了钱笑道："魏大哥，你以后去哪儿吃饭，千万通知我一声，你那钱太好赚了。王大哥，你给樊姐姐点什么歌呢？只要你点，我保证轻伤不下火线。"她说话的时候，姚滨一个劲儿在边上摇旗呐喊，非常配合。反而是樊胜美拿起杯子要了满满一杯酒，她感觉今晚是个鸿门宴，她也需要喝酒壮胆。于是奇点不得不又开一瓶，给姚滨也倒了点儿。

王柏川微笑道："早年晚上看电影出来，卖花小姑娘很灵，见谈恋爱的人过来，就冲上去抱住女的腿，要男的买花。一朵玫瑰五块钱，逢年过节乱涨价。"

"啊，我错了，应该抱樊姐姐大腿才对。樊姐，你爱听什么歌？王大哥说他会埋单。王大哥比魏大哥阔气多了，魏大哥这种时候还讲价，太那个，太那个了。"

奇点只是笑而不语，樊胜美勉强笑道："小曲，你快吃点儿菜，刚才一口气喝那么多酒，伤胃。"

曲筱绡依然贴着樊胜美坐，娇娇地道："我们 22 楼就是樊姐对我最好。我们五个人全在，这是第二次聚会了吧。第一次在安迪家里吃夜宵，第二次这儿，第三次要么在我家吃？"

安迪道："以后还是在外面吃吧，在家吃完收拾饭桌太麻烦，我那次估计不足。"

"没关系，我家有钟点工，我从来就是吃完往水槽一扔，反正又没别人看见。安迪，我那个钟点工很不错，不如介绍给你？"

"我不喜欢家里有陌生人进出。"

"这个没关系的，多看几次就认识了。她每天来我家，进进出出你们肯定都有碰到，一回生二回熟，樊姐小关小邱你们肯定见过了吧。"

樊胜美早知道曲筱绡来准没好事，听到这儿，只要不是傻瓜，谁都听得出来曲筱绡不是与小邱小关一起住了。她不由得看向王柏川，不出意料，王柏川也看着她，而且，王柏川给了她一个微笑。他为什么笑？他此时不该笑。那么他又为什么正正儿地看着她笑？

正好热菜上来，第一个菜是山庄自家养的走地鸡白斩。王柏川暂时移开眼睛，给樊胜美夹了一块。

樊胜美彻底明白王柏川笑的意思了。以往王柏川从来不敢给她夹菜，中午那一餐也没夹菜，今天这是王柏川第一次给她夹，而且就赶在曲筱绡说话之后。可见，那一笑绝不单纯，这一夹菜动作背后的动机也绝不单纯，他难道以为她一落千丈，从此可以被他取笑调戏奚落了吗？樊胜美挺直腰杆，淡淡地道："我最烦这种小动作。给人夹菜不卫生，好不好？而且好小农经济，这又不是农村吃喜酒，大家争先恐后唯恐抢不到。"

王柏川不禁一脸尴尬。曲筱绡却拿起茶杯敬樊胜美，"樊姐姐好泼辣哦，我真爱死你了。"樊胜美二话没说，装作意气风发地与曲筱绡碰了一下杯子，将杯中剩下的一饮而尽。但樊胜美低估曲筱绡，曲筱绡立刻又道："没办法啦，我爸当年借一套西装去见客户，这借的就是借的，再装也是借的，即使西装再合身，举止依然是土包子。哈哈，很快就被人看穿啦，那个看穿的人就是我家太后老佛爷。"

"小曲！"安迪终于出声，这话已经说得太露骨。曲筱绡做个鬼脸，装作躲在姚滨身后瑟瑟发抖。安迪拿曲筱绡没办法。

樊胜美却顺风而上，看着王柏川笑道："你听得出小曲说的是你吧？谁都不傻，只是我们喜欢玩儿，咱们姑娘们好不容易找到个目标围观。可真好玩儿。"

"樊小妹，你喝多了。我扶你睡觉去。"安迪起身。但王柏川比安迪更早起身，"魏总，对不起，我先走一步。"说着王柏川就往餐厅门口走。奇点连忙追出去。"兄弟，不要这样，你还是不理解女孩子，女孩子对你发脾气，那是心里对你患得患失。今天场合大家都尴尬，冷静一下，回头单独谈。"

"我不尴尬，我本来就是打算今晚跟她说明的，现在不必了，寒心。"奇点看到，王柏川一个大男人竟然嘴唇颤抖，说话因此结巴。他亲自开船送王柏川回对岸取车。路上开导道："女孩子爱面子，别太计较。"

"你们是不是早知道我的车是借的，都拿我耍猴儿看呢？"

"这没什么，我早年还借过朋友的办公室。兄弟，别想太多，小樊要真是心里没你，不会在你身上花那么多时间。"

　　"不，事实远非你想象的这么简单。我开始明白了，我终于明白我一个客户郎总来的那一次……一言难尽，我需要好好整理思路。谢谢魏总亲自送我。"

　　奇点也不好多劝，他发现事情背后并不单纯。两人跳上岸，奇点一直送王柏川到停车场，才道："兄弟，有句话跟你说：别把人看得太好，也别把人看得太坏，都是凡人。"

　　王柏川伸双手紧紧握了奇点的手，但没说话，挥手沮丧地开车而走。奇点站在原地看了会儿，他刚才仿佛看见王柏川眼里有泪花闪烁，再想到酒窖里的对话，不禁看一眼天上的月亮，往回赶路。

　　餐厅里，樊胜美等王柏川一走，就微笑道："吃菜啊，怎么都不吃了？"众人却看到，两滴眼泪沿着樊胜美的粉脸一路滚下。樊胜美一拍桌子，奔出餐厅，回客房。她此时也想走避，可她没车，只能躲进客房。

　　安迪与关雎尔、邱莹莹一起盯向曲筱绡，曲筱绡却挺起胸膛，招呼一声，"吃菜啊。"

第 14 章

什么叫宅女？一千个人心里有一千种不同的解释。

安迪说，宅女就是除工作与睡觉之外，绝大多数时间待在家里，并且无出门闲逛欲望的女性。如此刻板毫无想象力的答案自然是遭到 22 楼全体成员的藐视。安迪异常不解，精确答案难道不是好答案？

樊胜美说，宅女就是爱情缺位的女性。谁见过恋爱中的女人大部分时间待家里的？以往，樊胜美不是在外吃晚饭有应酬，便是在家吃罢晚饭到小区周围的服装店逛逛，为自己物色美丽行头。她与几家外贸店的老板娘熟，店里新到服饰，老板娘就会打电话请樊胜美过去淘货，樊胜美也热爱不厌其烦地帮老板娘搭配挂橱窗的衣服，因此她总能在那些店里买到性价比极高的衣服。虽然樊胜美不承认与王柏川之间有爱情，从山庄回来后，她一直提不起饭后出门闲逛的劲头。她最近就是闷在黑屋子里上网下载美剧昏天黑地地看。

关雎尔即使不说，大家也知道她的答案。宅女？每天工作到筋疲力尽，休息时间只知道睡觉的女性。可惜除了 22 楼的姐妹理解她，即使本是同根生的李朝生都不理解，李朝生认为这是关雎尔拒绝他约会的借口，他当年也是一样的工作，可从没浪费业余时间。第一次，关雎尔还会解释她不愿意休息不好影响第二天上 班，再一次，李朝生再抱怨，她就当作耳边风了，以致不接电话不回短信，话不投机半句多。

邱莹莹说，吃喝拉撒大部分通过网络得以实现的，就是宅女。比如她几乎每天收到淘宝快递，她可以通过发货时间约定，保证每一天晚餐不重样够新鲜，而且她是22楼大伙儿的淘宝购物指南，她的收藏夹里永远不乏价廉物美的东西。同时，她还身体力行地发展周围人等做她设定意义上的宅女，她几乎是缠着安迪去招商银行开户，开通淘宝购物注册，安迪在淘宝的第一笔交易就是在她开设的咖啡店里买了一包咖啡，一套咖啡杯，与一个电动磨豆机。邱莹莹完全可以亲手将安迪购买的物品拎回家，但她为了让安迪全程体会网络购物的乐趣，硬是让快递送到一楼保安手里。于是本来就懒得上超市的安迪就成了网购的热心拥趸，以往每周上超市的习惯改为每天下班从地库升到一楼看看有无包裹可收，在那儿，她总能顺手捎带上2202其他宅女的包裹。

没人去问曲筱绡什么是宅女，22楼几乎看不见她的踪影，而她出现在22楼的时候往往鸡飞狗跳家宅不宁。但她即使缺席，也不妨碍22楼的其他人帮她制造一个最适合她的答案。关睢尔45°角望天，将身材扭成S形，骄傲地替曲筱绡道：什么叫宅女？我的反面就是宅女！深受曲筱绡之害的樊胜美与邱莹莹都大拍其手，高声叫好。

按照樊胜美的逻辑，安迪显然无法成为宅女。而安迪也不想成为宅女。下班后她想奇点了，想打个电话问奇点在哪儿，拎起电话才想起今天他出差，参加德国的一个展览，得一去好几天。于是她只能成为临时宅女。路过超市的时候她想起一件事，奇点热衷热汤热饭，而不喜欢一年四季面包夹奶酪火腿。想到这儿，她的车子已经拐入超市的地下停车场。在车上，她又想到，人类智慧或许是煮出来的，烹饪让人类不用像黑猩猩一样花一半时间在咀嚼生肉上，烹饪能软化食物，把淀粉和蛋白质分解成更容易消化的分子，让人类更容易食用消化吸收甚至收藏食物，从而使人类的时间从觅食和进食活动中解放出来，用在其他事情上。因此，她一向回避烹饪，认为烹饪耗费时间，实在有些反人类。于是，安迪心安理得地推翻过去对烹饪的成见，走进超市的生鲜区。

毫无疑问，她在生鲜区也成为路盲。最终，她抓住一个面容和善的中年白领女性，请教如何做看似应该最容易的火锅。她遇到了好人。那女子帮她从电磁炉不锈钢锅漏勺，再到羊肉片牛肉片蔬菜冻品锅底调料等全部配齐，她满载而归。经过2202的时候，她喊了一声，"来我家吃火锅吗？"里面居然传出三声响亮应答，连关雎尔也在，果然都是宅女。

樊胜美虽然不会烧菜，但火锅太容易，在她指挥下，大家将冻品装盘，将锅子刷洗，将蔬菜清洗，很快就像模像样摊满整个料理台。这时候，锅底刚好煮沸了。其他人都用筷子，唯有安迪用刀叉。等第一片涮羊肉美味入口，安迪得意地笑出声来，"哈，烹饪挺简单，也不费时间。可以学。"

樊胜美反应速度一流，"你该不是为了魏兄，打算洗手做羹汤了吧？"

"是的，吃饭店太麻烦，耗时，而且不自在，魏兄常遇到熟人，就得走开一会儿，弄不好还得喝酒。不像在家滚着趴着站着都行。你们知道除火锅外，还有什么简单易学的？"

"我会煮粥煲汤。"关雎尔道，"但炒菜有点难。煮菜很费时间啊，不是什么菜都像火锅那么容易，我妈妈常在厨房钻一个多小时才弄出几道糊口的菜，若是煮复杂点儿的只有等星期天，有时候周末一个早上都耗在厨房里。"

看到安迪脸上显出犹豫，樊胜美趁热打铁："还是小关的煲汤煮粥最实惠，家里有个谁生病劳累的，喝汤吃粥最应景。炒菜之类的嘛，你有这时间还不如赚钱养保姆或者叫外卖，现在服务业发达，什么都吃得到，唯有清淡可口的汤粥吃不到。我们魏兄好有福气哦。"

"哈哈，那我投机取巧，就汤粥了。回头上网找去。"

邱莹莹憋啊憋啊，实在憋不住了，"安迪，我有血泪教训一定得告诉你，不要对男人太好，即使你很想对他好，也一定要挤牙膏一样的一点一点地给，否则他会轻贱你，很快厌倦你。这是樊姐当初教育我的，现在变为我的经验。你肯定会像我当初一样说，某某是个例外。实话说，例外的凤毛麟角，不例外的才是绝大多数。你比我聪明，相信你恋爱上面不会比我笨。但我有话说前头，你们都不可以跟魏兄透露我说的话，要不然以后魏兄请客没我的份儿了。"

安迪想不到邱莹莹会拿最难堪的那段往事来提醒她，不禁感动，"小邱，非常感谢你。我在美国看了不少杂书，也看到有这方面的说法。不过我想情不自禁地流露感情也不是坏事，如果遇到很喜欢的人，不放开去爱他，感觉就是打了折扣，那么与遇到不算太爱勉勉强强可以爱的人有什么区别呢？算计太多，会不会失去爱的感觉呢？于是导出一个问题，过程重要还是结果重要。换句话说，我选择天长地久还是曾经拥有。我当然选择天长地久，但天长地久必须有前提，那就是必须真爱。如果马马虎虎地爱，三心二意地爱，不如不要天长地久，单身日子并不难过。如果对方因此轻贱我，那就理智地分手，早分好于天长地久地纠缠不清。"

"我顶安迪。"关雎尔举一下手，表示支持，"但比较容易受伤。"

安迪毫不犹豫想到她因情伤而发疯的妈妈，不禁心中战栗了。"从人类趋利避害的特性出发，是不是该减少对感情的投入，甚至回避感情，以避免受伤至发疯或自杀的可能？然而机遇与危机并存，有必要理智地获取统计数据，以取得各种可能性的概率，再下定论。"她将眼睛投向资深HR，同时又是22楼显而易见的情感专家樊胜美，"求教樊小妹。"

樊胜美被安迪的问题绕晕了，但她还是直奔属于她的语境，"爱情之中，投入越多，受伤越深。而更加悲催的是，投入多少完全听天由命，所有的结局在你爱上一个人的瞬间已经注定，你根本无法控制你的内心爱谁，爱多少，怎么爱。其余的各种手段手法都是旁枝末节，旁枝末节，无关宏旨。当然，作为一个三十岁还做宅女的失败者，我建议你们把我的话当反面教材。"

樊胜美此言一出，安迪当即推翻心中的恐惧。樊胜美性格如此，她在工作中不愿担当，在其他方面又何尝愿意担当了，无担当，不作为，被动对待爱情，那么结果必然成为未知数。可见爱未必意味着受伤。只是樊胜美山庄一行之后意志消沉，安迪打算等事情过后再与樊胜美谈谈。

邱莹莹却是举起红酒跟樊胜美道："樊姐，你经历多，我还是听你的。"关雎尔连忙在下面踢了邱莹莹一脚，这话不是往樊胜美伤口上撒盐吗。邱莹莹猝不及防，愣愣地看向关雎尔，于是樊胜美也看向关雎尔，关雎尔大囧。

第二天安迪问关雎尔，怎能让樊胜美从山庄事件中摆脱出来。关雎尔想了会儿，道："我不知道这个答案该不该说。樊姐喜欢挤入富贵云集的地方玩儿，以前每次玩回来都兴高采烈。"

安迪即使在开车，依然禁不住回眸看一眼关雎尔。"这个……倒是好办，年底了。"

"可即使人与人应该平等，这社会还是有阶层之分的，无视阶层只会碰壁，努力做事克服阶层局限才是办法吧。"

　　"很多时候，所谓阶层，只是心中的一片魔障。"

　　"要多少修为，多少底气，才能游刃于实际存在的阶层？而现在的许多所谓阶层实际上是只敬罗裳不敬人，即使自身心理建设足够，又有何用？"

　　安迪心里明白，关雎尔在就山庄事件发表感想，她也不知道该说什么，才知关雎尔的小脑瓜里很有想法。

　　曲筱绡终于等来一个晚上无应酬的日子，她绝对想不到看一眼赵医生会有这么难，而更想不到招标方竟然毫无底线。她周一开始接待打着资格审查大旗前来海市的招标方，陪吃陪喝陪玩，他们玩得兴高采烈的时候最爱说的话是"不谈公事，不谈公事"。曲筱绡只得向她爸请教，要怎样才能让那帮昧着良心白吃白喝的龟孙子谈正经公事。曲父说，唯有加料，舍不得孩子套不住狼，情势已经变得明朗，这就是一场看谁有料并舍得给料的竞争。

　　曲筱绡急了，再加料就毫无利润可言了。她当场算账给她爸看，毛利多少，减去公司各种费用后又是多少，这个最后的多少决定给料的多少。曲父抽出案头的铅笔在最后那个数字周围画了个圈，"就这个数。生意做到现在，谁都知道成本是多少，你的公司运作在那些老姜眼里都是透明，不如你一口气给足这个数，跟他们混成兄弟，让他们对你打开大门。实际利润嘛……等交付时候来日方长。"

　　曲筱绡发现这个铅笔的圈圈特别黑，她抽来爸爸手中的笔一看，果然是2B铅笔，靠，难怪这主意出得如此之二。但就在她将腹诽化作语言之前，她忽然明白了爸爸此话的意思，于是她眼前豁然开朗。她拿着2B铅笔，在数字后面画出"-20万"，"显得我们也有赚，但我们大方，够朋友，而且绝不会想到在交付时候做手脚。好，我与工程师谈谈去。"

　　曲筱绡在招标审核小组到来期间，忙得索性在小组成员入住的酒店旁边一家酒店里开了一间房，方便随叫随到，又给自己省出路上时间，多做事多睡觉。因此，她根本没时间回22楼的家，更不用说，感受到22楼众邻居对她的疏远，自然，她也不会想到那些人会如此经不起一场小小玩笑，还会有疏远她那么一出。反而是关雎尔见曲筱绡久不回家，还以为曲筱绡内疚了，连家都不回，不好意思跟大伙儿见面。与大伙儿一说，她与安迪两人心里不知不觉就原谅了曲筱绡。

　　等终于送走那帮审核小组成员，曲筱绡在机场的停车坪就忍不住发短信给赵医生，宣告她终于有时间复诊。可一直等到曲筱绡下了机场高速，都没等来赵医生的回复。但再不正常都无法阻挡曲筱绡花痴赵医生的心，她又不是不知道赵医生在哪儿工作，直接找上庙门就是，怕什么。

令曲筱绡想不到的是，她竟然一找找到手术室门外。同样等在门外的还有扶老携幼的病人家属，曲筱绡看病人家属不是哭哭啼啼就是目中无光，就猜知里面肯定情况严重。这当口，若是贸然打听状况，弄不好就成了这些家属的出气筒，因此她只是耐心等待，什么话都不说。但她心里很兴奋，一想到赵医生戴着个大口罩，在无影灯下只露出两只好看而严肃的眼睛盯着刀光剑影，她有点儿想入非非。

这一等，就是三个多小时。曲筱绡都不知自己哪来这么好的耐心，不吃不喝而且是穿半高跟鞋站着，整整等了三个多小时。其间最多是接几个电话，发几条短信，而为了逮住赵医生，不让这个机会再次溜走，她一步都未曾离开。

先于赵医生出现的是不幸消息，曲筱绡一听就头大了，赵医生会不会被家属追打？此情此景之下，她竟然意外地没有想到医生就是合法杀人的职业这种玩笑话，她为赵医生担心焦虑。

又等了会儿，终于，等来赵医生了。与赵医生一起出来的还有其他人与推车，另一个医生模样的人在给家属作解释，而曲筱绡看到，赵医生黯然耷拉着脑袋，显然在为这么一起不成功的手术难过。她依然不敢吱声，也不敢现身，就那么远远瞭望着赵医生。不晓得为什么，她一向非议孬种，见不得男人垂头丧气，可看到这样的赵医生她却心疼。

又等，终于等到赵医生进了电梯，然后出电梯，最后落单，落寞地走在走廊上，曲筱绡才追上去，轻轻呼唤一声"赵医生"，等赵医生有点儿滞后地抬眼看她，那眼神如此让人心醉，曲筱绡才克制着情绪，轻柔地道："赵医生，我是小曲啊。"

"小曲？"赵医生接了曲筱绡无数短信，终于见识到这个小曲本人，原来是这么一个精灵般的姑娘，他都不记得收治过这么一个病人。他不由自主地将眼睛往据说有问题的曲筱绡的脚踝看一眼，"看起来脚伤已经没问题？"

"我不知道还有没有问题，只知道累了就胀痛，前阵子一直想来复诊，可一直忙得没时间，幸好有赵医生短信支持，才得以坚持下来。今天……稍微轻松，脚就没痛，不过我觉得还是应该来看看赵医生，我非常感谢赵医生一直支持着我，否则那几天真是绝望。"

"没事……"赵医生有点儿茫然地顿了顿,"就好。"说着又转身开路,去他的办公室。

曲筱绡又不吱声了,乖巧地跟在赵医生后面,也不进办公室,就在门口耐心等待。一边,在心里盘算更周到的计划。赵医生很快换上便服背包出来,曲筱绡才又跟上,看赵医生与护士站里的护士说了几句,再次落单了,她跟上几步,道:"赵医生,让我送你回家吧。"

"我有车,谢谢。"

"你明显不在状态,开车很危险。我开车来,你如果不嫌我开的是两厢小破车,让我送你吧。"

"不用,谢谢。"

赵医生眼神恍惚地对着电梯门,一脸漠然,但说话依然不紧不慢,彬彬有礼。但电梯到来时候,赵医生却呆呆地没有挪动,还是曲筱绡出手拉他一把,将他拉进电梯。"现在还说不用吗?什么都别说,跟我走。"

等下了电梯,曲筱绡想拉赵医生去她的车,但赵医生一手扶额,叹道:"小曲,对不起,我现在只想清静。"

"不,你今天清静会变态,既然我看见了就得负责到底。而且你还没吃饭,我也是,饿死了,我在手术室外面足足等你三小时,就是为了向你当面道谢,而且我一定要请你吃饭。"

"对不起,我实在没胃口。好吧,我让你送我回家。"赵医生发现很难以发怒拒绝眼前这个楚楚动人的精灵一般的美女的纠缠,只得妥协一步,让曲筱绡领去她的车子。曲筱绡大喜,克制着自己才没挽上赵医生的手臂。

但等赵医生上了她的车,曲筱绡就由不得赵医生了。"今晚我一定要请你吃饭,前几天我脚痛得要死,做事做得绝望的时候接到你好心回的短信,每次都发誓一定要请你吃一顿饭。而且今天我一定不屈不挠地坚持,你必须吃饭。"

"我只是尽一个医生的职责,不用……"

"你一定想说,你只是尽一个医生的职责,若是每一个病人都请你吃饭,你就是有牛的四个胃都吃不过来。可赵医生你与牛大大的不同,牛的胃是有限的,可你却能拿手术刀给自己的胃添加无数个外挂,你是神奇的医生耶。"

"神奇,咳,神奇……"

"怎么了，今天一个手术下来就不神奇了？为什么，今天的手术有什么奇特之处？你们医生不是应该见多生老病死吗，今天的难道不是你们常见的？"

"今天这个病人，是我做值班医生第一天接诊的病人，有感情了。这几年看着他病变，恶化，直至……我全都无能为力。今天这一天终于等来了，我能见怪不怪吗？啊，他不出所料地去了，我的诊断没错，我所有的治疗步骤也没出错，他在我的预期下死亡。我能这么说吗？"

"不能，你不是机器人啊。"

"对啊，我不是机器人。我很难过，我需要回家清静。"

"清静是什么？哪儿有清静。我陪你喝酒。呃，酒是活血化瘀的吧，我能喝？"

"你早没事了，能喝。"

"既然你批准，你得看着我喝，不能赖。出问题我当场赖到你头上。"赵医生今天神思恍惚，一路不断上着曲筱绡的小当，不断打破想清静的念头，为了申辩为了解释为了附和，不知不觉说了许多话。于是不仅被拉去饭店吃了饱饱的一顿饭，还与曲筱绡一起喝了一瓶红酒。喝完酒，又被曲筱绡拉去酒吧哈皮。若说忘了手术室那一幕是假的，可在曲筱绡的卷裹下，他终于能够长长地呼出气来，不再迷惘，也不再无力，活力回到他的身上。

凌晨，赵医生打车送曲筱绡回家，两人都累得哈欠连天，可赵医生带着醉意忍不住问："你，小曲，真的不是上天派来拯救我的妖精？"

"赵医生，你翻脸也忒快了，你吃完饭还说我是精灵，这会儿变成妖精了？"

"对，是妖精，我没看错。"

"能让妖精追上门的是唐僧，你难道姓唐名僧？"

"唐僧名叫三藏。"

"那么你是唐三藏？请问唐长老该蒸着吃还是炒着吃呢？"前面的出租车司机忍不住扑哧一声，曲筱绡也得意扬扬地笑，"是妖精，就该把唐长老玩腻了才吃掉！赵——医——生，以后请见我就躲嗷嗷嗷。"

赵医生虽然没笑，但由衷地道："小曲，谢谢。"

"真要谢，什么时候请我吃饭。"

"行。"

曲筱绡带着赵医生简短的允诺轻飘飘地回家，她有这自信，只要她花力气的，没有谁能不上钩的。包括赵医生，也包括那家她下了血本的招标单位。

　　樊胜美下班路上接到安迪一个电话，她只能强打精神在嘈杂的车厢里分辨安迪的声音。

　　"樊小妹，千万千万请帮忙。今天有个年会临时要我带伴儿参加，就是那种有名流的，有简短演讲的，还有什么颁奖的，酒会的，慈善竞拍的。魏兄没在，我对这边的礼仪不熟悉，你能不能陪我参加呢？答应吧答应吧。时间来不及了，我立刻回家接上你，你今夜是我的主心骨。"

　　樊胜美几乎来不及答应或者否定，就已经位居安迪的主心骨，她当下义不容辞地道："放心，有我在。你回家穿上礼服，化妆，我很快就到。"

　　安迪放下电话，表扬自己一声"赞"。今天这个酒会是她临时问老谭讨来的，年底，多的是乱七八糟的社交晚会，她早上想到计划，晚上就能得到实施，原也不出她的意料。只是老谭很奇怪，问她何以如此积极，安迪说帮邻居。老谭索性大方地抽出三张时尚界举办的晚会邀请函给安迪。安迪来者不拒。

　　等樊胜美回家，安迪已经收拾停当，从电梯口开始抢逼围着樊胜美，不让樊胜美有思考的时间。邱莹莹好奇地问两人去做什么，干吗打扮得晶光闪闪，安迪觉得挺难解释，不能说错了话，落个顾此失彼。还是樊胜美道："我陪安迪参加个酒会，她回国还是第一次参加那种场合，需要有个熟悉场面的人在身边。"

　　邱莹莹笑道："都拿出手机，让姐们儿确认一下照相功能都正常不正常。你们是随时发照片上微博呢，还是随时发现场彩信给我？"

　　"我往微博上发。"安迪说着就给樊胜美的背影照一张相，发到邱莹莹"威逼"她们建立的微博上。邱莹莹立刻查看，"吼吼吼，很好很强大，安迪，光荣任务交给你了。"

　　直到进了场，安迪才跟樊胜美说，她可能不时要离开一下，与人周旋。樊胜美不疑有他，其实她并没参加过类似的酒会，她只是觉得安迪需要协助，她总之见过世面，应该帮得上忙。当然，她落单的时候将自己照顾得挺好。反而是她经常举起相机拍照上传到微博给邱莹莹看，安迪后来几乎没时间忙别的闲事。

　　酒会结束，有位中年男子坚持送樊胜美上车。安迪不认识这个人，等上车开走，她才问："仰慕者？樊小妹，你好有魅力。"

"他问我要名片，我给了他你的。告诉他我只是个没名片的无名小卒。这是他的名片，送你。"

安迪接了名片，在红灯前面看一眼，是一家公司的高管，章明松。她将名片递回，"如果他联系我，我转告你。这人好玩吗？我看他几乎有半场时间一直抓住你说话。"

"这人可能是一个人来，逮着个人做伴就不放手了。跟你说话的人挺多，你都认识吗？"

"不认识，但一个介绍一个的，每个人只要说几句话，很快一场酒会就挨过去了。我知道你在身边，心里很自在。"她打开包，掏出一叠名片交给樊胜美，"就是这些人，以后就都是熟人了。"

"我留意到有个帅哥今晚上一直跟着你哦。谁啊？"樊胜美虽然与章先生说话，可眼睛并不忘关照安迪，她见到今晚有个风度翩翩的年轻男子似乎对安迪有好感，总是月亮绕着地球转。

"哦，那个，包奕凡。听说是富二代里面的楷模。我看过有家财经杂志做他的专题。"

樊胜美不顾灯光昏暗，当即翻找出包奕凡的名片。"似乎已经掌握集团公司运作了啊，实权派？"

"应该是，脑袋很清楚，知道自己要的是什么。后面有辆车从出门就跟着我们，章先生送到车门边还不够？樊小妹你真光芒四射啊。"

"如果是包先生呢？我预计到魏兄的脸色了。"樊胜美扭头往后看，但不知跟着的哪辆车是安迪指的那辆。她再次细看包奕凡的名片，不禁想到安迪的年龄还大她一岁，今天的打扮也是很中性怀旧的白色男式真丝衬衣配黑色长至小腿肚的筒裙，唯一装饰不过是双肩搭的一圈儿裘皮披肩，为什么一个个精英都似乎忘记了安迪的年龄？他们不是只爱嫩女吗？她认定后面跟踪的肯定是包先生的车，因她想不出章先生追逐她的理由。

"魏兄才不会，他心里清楚得很。"

才刚离开闹市区，后面那辆车就并了上来，打开车窗大呼小叫。安迪直到红灯前面才降下车窗，一看，果然是包奕凡。包奕凡递来一张卡片，再次发出邀请："安迪，喝杯咖啡聊会儿天？回家还早。"

安迪接了卡片，顺手交给樊胜美，"不好意思，我回家还得做几份简报，谢谢包总。"绿灯一亮，她就升窗开走，"什么卡片？有什么话不能电话里说？"

"嗳，新卡片只有名字没有头衔，手机号码与前一张名片上的不同。有不止一部手机的人，怀疑别人手里也不止一部手机。还有……亲口说，表明诚意吧。安迪，你才是魅力无限光芒四射。"

"哈哈哈，我是赚钱机器而已，在他们那种人眼里。神奇，还跟着。我要不要告诉他我已经有男朋友？可他又没说什么，我似乎没必要如此反应。"

"说句不中听的，你大可不必太认真。那种人接触的女孩子多了，见你又漂亮又聪明又专业不同于常人，不免想尝尝鲜，交往接触试探最好你情我愿一番，最后分手做个朋友，赚钱共同合作。"

"没空，我大把工作要做，每周网购图书一批要看，包先生哪来自信认为我肯抽时间跟他喝咖啡聊天消耗光阴？"

"因为他有钱有能力又年轻英俊，俗称钻石王老五，他家排队等待与他喝一杯咖啡的美女可以一直排到大街上。如果你没有魏兄，你可能早答应他的喝茶邀请。现实就是这么简单。"

"我没魏兄也不会青睐他，只要十句话就能摸清楚他没理科生头脑。除此之外他还有什么亮点？"

樊胜美一时无法应答，人的追求竟是如此大不同。她不禁扭头看看旁边那辆不即不离的车，看看那雪亮而庞大的车身，以及车窗中隐现的钻石王老五。那么她樊胜美的青睐标准是什么？她的标准似乎无法理直气壮地说出口。

安迪到了欢乐颂门口，好歹还是停车钻出车门。樊胜美没走出去，她只是在里面看着，不禁感慨，瘦，骨架小，高，脖子细，那就是天生的衣架子。而衣架子对面的男士同样也是衣架子，不仅一身不知什么品牌的西装穿得无比熨帖，而且举手投足优雅甚至美丽。两个人只是站在车边说话，樊胜美便觉得万分感伤。然而，在五年之前，她绝不会作如此想，五年之前，她以为世界才刚在她面前展开，而那世界又叫美丽新世界。

而安迪不等包奕凡出声，就滔滔不绝地道："人体基础体温37℃，实测目前室外温度12℃，温差25℃。人类脂肪层缺少北极圈生物特有的胶原蛋白与弹性蛋白，保温效果不佳。再者热传导和热对流与温差成正比，单位时间单位散热面积下温差越大热量传递越快。我保守估计可以坚持五分钟。另外我已经记住包总另一张名片上的电话号码。"她将数字背了一遍。

包奕凡只会愣愣地看着安迪,一直到安迪将他的电话一字不差地背出来,他才悠悠反应过来,连忙笑道:"不好意思,不会占用你太多时间。我想跟你约个时间谈合作,业余时间也可以,我三天内都在海市。"

"好,谢谢。我让助理明天与您电话交流之后确定时间。请问明天助理打您哪个电话?"

包奕凡略一沉吟,"请他打我第一张名片上的电话。没别的事了,今晚很高兴认识你。"他伸手帮安迪打开车门,而且还礼貌地与车子里面坐等的樊胜美道了声歉。

安迪则是将车子开进小区就欢乐地道:"我把他吓愣了,我把他吓愣了,连回答最常规问题都愣得拖拖拉拉。"

"万一人家真是诚心诚意与你谈合作呢?"

"他若是拿出点儿泡妞资金,还轮不到跟我谈。他若是真心诚意谈合作,我这边才刚上手,业绩还不明朗,他若真投入资金那就不合常理了。做人如此虚假,用心又不老实,连朋友都不能做。"

"他只是错用平常手段对付你而已。难怪男人们都不待见女强人,女强人衬得他们威信全无。不过,建议你还是考虑来日方长吧,人家毕竟是潜在大客户。"

"只要是正常商人,谁都不会跟业绩过不去,如果我没有业绩,再巴结他都没用,如果我有不错业绩,钱可以化敌为友。何况我又没得罪他,只是顺手掐灭他的小气焰而已,难道要我忍耐不合理对待?"

樊胜美不得不指出,"包先生并没有不合理对待你啊,他专程追来这儿,只为跟你讲几句话,还不够真诚?"安迪惊诧,"这种花架子也算?或许我更认可平等对待的心。"

"这种人能做到这一步已经非常可以了,你看看曲筱绡的气焰。"

"他们有气焰随他们,我不认可则随我,彼此互不干涉就是,何必迁就。"

"这个不叫迁就,而是承认现实。社会就是这样。"车子已经停在车位,但车里的两位美女却辩论不休,谁也无法说服谁。终于樊胜美手机有一条短信进来,打断两人的各说各理。是章明松发来短信,问已平安到家否。樊胜美好生意外,想不到邂逅还有下一章。她立刻打字回复。安迪见此就出去了,在车外等樊胜美。樊胜美直至回了短信出来,又很快接到章明松的回复,她的脸上终于恢复以往顾盼生姿的喜悦。见此，安迪决定将其余请柬退还给老谭。她受够那种无聊的酒会，还有那些大而无当的授奖。时间花在那种浮夸地方实在是浪费之极，还是继续让老谭去消受吧。两人才刚走出电梯，邱莹莹当即欢快地迎出来道："刚刚淘宝网上完成一笔意大利进口咖啡机的单子，天哪，今天网上交易额超过实体店了，第一次。你们知道吗，网上销售的提成归我。以后……我争取下个月开始不要我爸给我寄钱，耶。"

"万把块的咖啡机网上成交？客户会不会太大胆？"樊胜美惊讶，她也是淘宝常客，对于那种才刚开门信用不高的网店充满怀疑。

"那个客户前天来店里看过，一直犹豫不决，我就给了他淘宝地址。他大概今天想明白了。太好了，明天我好好给他包装快递出去。希望我这儿良好的服务吸引他以后每次来我这儿买咖啡豆，耶。"

"太好了，真为你高兴，看起来这个新工作非常适合你。"樊胜美依然充满鼓励。

"我也这么说，树挪死人挪活，邱跳槽跳对地方了。"关雎尔从洗手间出来，看到脸上挂着由衷快乐的樊胜美，不禁看向安迪。安迪冲她迅速做了个鬼脸。两人心照不宣地一笑。

作为资深 HR，樊胜美更替邱莹莹想到长远计划，"你继续努力，争取网上销售额稳定持续发展，那时你可以向老板申请跳出店面，升坐办公室了。相信目标很快可以达到。"

邱莹莹却道："我不想坐办公室呢，觉得还是在店里一笔生意一个客户地对付着更有成就感呢。其实我在想，早年刚毕业时候有点儿小虚荣心，要是当初早点儿想明白，不是非办公室职位不可，可能早就学到更多赚到更多呢。"

安迪顿时对眼前活蹦乱跳的邱莹莹刮目相看。

安迪告辞，2202 的三个人关门商议民生大计。提案由邱莹莹发出。

"童鞋们，你们知道下面快餐店一顿勉强够饱的一饭两菜最低价升到多少了吗，十二元！还都是蔬菜。早上最简单的豆浆加肉包，吃饱要五元。还有中饭，只有比晚饭的更贵。我这么算了一下，一个月光吃饭就得花一千五，还只是勉强维持温饱，实际肯定不够。可如果我们自己做饭呢？昨天安迪那儿吃了那么丰盛的一顿火锅才多少呢？不如我们早、晚上自己做菜吧，可以省下一半的饭菜钱呢。我们凑钱 AA。"

樊胜美想了想，道："我晚上节食，对不起，小邱。"

"我晚上基本上加班不在家。一般晚上只有你一个人吃。早上我都是牛奶蛋糕打发了，我屯粮很多。"

"而且房子太小，通风不好，炒菜后味道散不去。小邱，不现实，而且我也反对炒菜。"厨房正对樊胜美的卧室门，她最不愿意从此沾染一身油烟味。"既然三个里面两个都不需要煮饭做菜，这事就不讨论了吧。否则电费水费气费比较不容易平均分摊。"

"如果我买一只电饭煲，只做电饭煲菜和饭，每天只烧早晚各一次，一天不到一度电，每月我多交二十元电费，怎么样？我实在是给今天晚上的快餐价格吓死了，再这么下去，挣来的钱都不够我吃。再说，下礼拜就要交三个月的租金，不省着点儿花，手头还哪有钱。"

这是邱莹莹作为租客的权利，大家当然无法反对。但樊胜美已经提心吊胆上了。如今每天厨房只烧开水，她都起床就开门透气，否则一股闷霉气，若是以后邱莹莹天天蒸肉蒸鱼，她就是生活在厨房间里了。樊胜美只能叹息。有什么办法呢？其实邱莹莹即使不通知她，擅自起锅炒菜，她也无法反对。

何时才能跳出如此逼仄的生活环境呢？

于是，章明松第二天来电邀请共进晚餐的时候，樊胜美想都不想就答应了。

她下班时在公司补妆了出门，直接奔去吃饭地点。只是，想不到冤家路窄，她见到曲筱绡与一帅哥坐在餐厅另一侧。樊胜美决定当作没看见，也在心里恳求老天保佑曲筱绡看不见她。

章明松有中年高管应有的气场。因此他并无起身相迎，帮拉开椅子，或者其他殷勤动作。但他选择了一家环境优雅的好餐馆，他鼓励樊胜美随便点菜，在樊胜美有节制地点了两个菜之后，他加点了木瓜燕窝，生滚鲍鱼粥，清蒸笋壳鱼，冰镇鹅肝，直到樊胜美插嘴连说够了够了，他又加了一个龙虾芦笋汤，才作罢。

樊胜美当然知道在这么个餐馆吃这些菜的价格。有人见面就肯为你花那么多钱点菜，足以说明诚意。但樊胜美不是没见过世面的人，她只是笑靥如花，不卑不亢地道："这么多菜，让章总破费了。"

"喜欢吃就行。明天周末，有没有安排？"

"我……"樊胜美犹豫了一下，"每天上班工作，家务都放到周末做，周六得收拾一天呢。"

"呵呵，放你半天假，明天下午我去接你，先打高球，再吃饭，然后……你有什么好主意吗？"

"可以看电影吗？年终贺岁档呢，大戏不断，电影院正热闹。"樊胜美不知道眼前这个章明松家里有没有夫人，可这种事情她又觉得不方便问，就想出这个把人往大庭广众引的主意，有家有口的大多不敢带着其他女人去人多眼杂的电影院招摇。反而同样人多眼杂的歌厅舞榭，进进出出的都是心照不宣懂得江湖规矩的人，樊胜美才不自讨没趣。

"这个主意很好，多年没看电影，呵，都想不起来上一次看电影是什么朝代的事了。吃菜。喝酒吗？"

樊胜美老练而不老成地应对着，时不时地露出一丝孩子气，章明松一脸愉快，更是妙语连珠，逗得樊胜美娇笑不已。

然而，怎么可能不被曲筱绡发现。赵医生这回是主动约曲筱绡吃饭，感谢昨天曲筱绡宽解情绪。医生只要肯说，永远不乏吸引旁人的话题，赵医生说的是本科实习期间遇到的糗事。赵医生说当年有个病人脾气非常糟，每天无事生非，尤其喜欢仗着女婿的职权斥骂他们这些实习医生，于是他们就想办法给那病人一瓶接一瓶地打点滴，打得那个病人根本没精力闹事，时时刻刻奔厕所都来不及。

曲筱绡听得哈哈大笑，尤其，这是温文尔雅的赵医生做出来的恶作剧，她更加喜欢，不断追问病人有没有发现被捉弄，他们后来告没告诉病人。但欢乐得眉飞色舞之间，她见到了樊胜美。

曲筱绡并不掩饰，她将樊胜美指给赵医生看。"那边，你看，我邻居，我怎么觉得她与对面那个中年男子在谈恋爱啊。像吗？"

"还没进入角色，但彼此应有好感。"

曲筱绡拿出手机，拍了一张照片飞鸽传书给安迪。完了放下手机，顽皮地一笑："与另一个邻居分享消息。"

"要不要过去打个招呼？"

"不了，她上周末刚自食其果了一段恋情，反而怪我撞破她的伪装。别人则是毫无原则地同情流泪的，却不问问事情的根源究竟烂在哪儿。不去搅她的桃花烂账。哼。"曲筱绡举起酒杯想愤而喝一口闷酒，举到嘴边才想到身边还有个赵医生，她忙与赵医生的碰了一下，才一仰而尽。

　　赵医生却看着樊胜美那个方向，奇道："上周末……不到七天就今天这样？牛逼。"

　　曲筱绡一听，心里万分痛快，她看准的人没错，与她很有共识。本来她嘴上虽说不去搅局，心里早就蠢蠢欲动，可有了赵医生的共识，她心花怒放地懒得管樊胜美的闲事了。

　　安迪却是在看书的当儿收到曲筱绡的短信，"樊胜美跟中年男人谈恋爱？那男人有妻室吗？"安迪看着彩信想到那可能是章明松，她也不知道章明松有没有妻室，只好回短信给曲筱绡，让她不要干涉别人的事情。同时发短信提醒樊胜美留意。

　　安迪若是不阻止，曲筱绡便也懒得无聊了。可安迪一来短信阻止，她的逆反心理就暴涨了。她暂时顾不得刚勾搭上的赵医生，眼神飞扬地道："我去跟邻居打个招呼。"

　　"为什么我感觉你像是去做坏事？"

　　曲筱绡当即眉飞色舞地笑了，"才不，才不。"可嘴上否认，脚步早迈了出去。才刚靠近樊胜美，就娇滴滴若无其事地道："樊姐，你今晚也在这儿吃饭啊……"

　　樊胜美被安迪的短信提醒，挑起一条好看的眉毛，淡淡地问："请问小姐……认识我？"

　　曲筱绡一愣，顿时有些乱了鼓点，"咦，装什么呀，邻居都不认识了？这位先生贵姓？"曲筱绡想摸出名片，可抬起眼珠在这一男一女之间骨碌碌一转，就放弃摸名片了，樊胜美装不认识的策略奏效，那位中年男子根本连看都不看她。曲筱绡铩羽而归。

　　樊胜美冷冷看着曲筱绡的背影，跟章明松解释道："我住出租房，一个楼层好几个女孩，也认不过来，尤其是几个出格的。对不起章总。"

　　"拎不清的人不能理，装不认识算是给她们面子。做得好。"

　　樊胜美微微一笑，笑得异常的千娇百媚。她赢了今晚。

　　曲筱绡不甘心地回头看章明松，她回一次头，樊胜美揪心一次，但樊胜美只能装作若无其事。她总不可能跑到曲筱绡那一桌，揭露曲筱绡垫了好几层海绵的胸。

　　赵医生趁曲筱绡走开的时候喊了埋单。但想不到曲筱绡不到三招就回头，等服务员拿账单来，正好赶上曲筱绡回座，就像是赶着让曲筱绡付账。赵医生脸上露出尴尬，都来不及看账单，拿出信用卡赶紧递给服务员，希望服务员快走。曲筱绡却机灵地道："哟，你打算悄悄将账结了？赵医生，我爱你。"饭店是她挑的，菜是她点的，她知道这儿的价格，但赵医生不知道。她拿来服务员手中的账单看了下，抽出饭店的充值卡给赵医生看看，才交给服务员，换回赵医生的信用卡。"我有这儿的饭卡，白蹭，不蹭白不蹭。"一边说，两眼圆溜溜地做个鬼脸。

既然如此，赵医生就不勉强了，"说好今天我请客的，真不好意思。下回我找饭店，再请你吃一顿，免得总是欠你。你好像跟你邻居没说两句话？"

"她不认我，居然说不认识我。算了，不认就不认，不认穷亲戚的多着呢，不差一个两个。"曲筱绡撇撇嘴。

"都知道你去干坏事，认你才怪。"

"才不，我才不去干坏事。"曲筱绡撒着娇儿，若是她爸妈这么说她，她早一声不耐烦地尖叫回过去了，但她喜欢与赵医生耍花腔。"明天你休息，晚睡没问题。嗯，我再给你安排一个活动，很好玩，又价廉物美。去不去，去不去？真的好玩，我保证。要不这个活动由你请客？嘿嘿，欠账不过夜哦。"

赵医生喜欢眼前这个表情丰富多彩的美女，再说有"欠账不过夜"垫着，他便跟着曲筱绡来到一家夜店，一家他从未见识过的热闹酒吧。酒吧中央有只透明大酒杯，他们进去的时候正好疯转，围观的人一起尖叫，等酒杯停止，里面滚出一个给转得晕头转向的人。他俩才坐下，曲筱绡就给两人报了名。曲筱绡报了名才装作需要请示一下，"呃，赵医生，你不怕吧？我可喜欢了，钻里面随便怎么尖叫都无所谓。"

"有一些医学方面的原因，我不能进这种高速旋转体。我看你玩，挺有意思。"

曲筱绡拿赵医生没办法，可又不敢勉强，只好大小眼地给个鬼脸，罚赵医生啤酒一瓶。很快，就轮到曲筱绡，她立刻兴高采烈地跳进去了。赵医生守在场边，分明听到酒杯里传来的高分贝尖叫。就在赵医生以为跳出来的将是一个涅槃的精灵的时候，曲筱绡甩得面条似的滚进他的怀里。如此狼狈，却依然口齿不清地嚷嚷着"再来一次，再来一次"，赵医生哭笑不得，这么好玩的女孩子他还是第一次见。他喂曲筱绡喝了一口酒，曲筱绡才慢慢缓过气来，但曲筱绡索性赖在赵医生怀里不走了。第二次转，两人又是如法炮制，第二次，赵医生就做得轻车熟路，但看到曲筱绡在他怀里两眼发直，憨态可掬，他禁不住吻了一下。

那么，恢复过来的曲筱绡岂能不捞回场子。

第 15 章

　　周六的 22 楼，照例是安迪先起。安迪也是照例操纵摄像头在走廊搜索一遍，安全，才跳出门去跑步。等她第二次出门前，透过摄像头意外看到电梯门前站着一名男子。谁？她立即倒带，看到那个男子是刚从 2203 出来的。既然如此，安迪放心出门。而更令她意外的是，她发现她认识这个男子，她内存超强的脑袋记得，此人正是曲筱绡发誓追求的赵医生。这就到手了？

　　走进电梯，她偷窥顶一头湿漉漉凌乱头发的赵医生，心中一股八卦的火苗幽幽升起。下到底层，她不出电梯，原路返回，狂奔回家搜摄像记录，唯恐 24 小时后记录自动删除。搜到半夜零点那阵子，果然，出现了，只见黑白影像中两个人影纠缠着激吻着撞向 2203。安迪看得目瞪口呆，曲筱绡这样也可以？当然，有什么不可以！人之大欲。她顺手将记录删了。

　　只是，影像中的黑白画面与她遥远记忆中黑夜里发生的一些事如此相似，令她好一阵手足无措。这样可以？这样可以？一触碰到这件事，她的理智又沦陷于污泥，暂时失灵。

　　自然，她赴约早餐会迟到。可是一见到神采奕奕的包奕凡也是顶着一头湿发，安迪好生沮丧，为什么明明是冬天了，周围却是荡漾着无匹春意呢？偏偏她 还得为迟到道歉。她只得看着空荡荡的桌子上属于包奕凡的一杯咖啡，无比诚恳地道歉："临出门正好遇到点儿事，迟到了。不是路堵，纯粹是我个人原因导致。很对不起。"

包奕凡也是无比沮丧，他虽然浑身清爽得似乎刚从浴缸跳出来，可他是经过精心打扮的，连见多识广的餐厅服务员走过路过都忍不住偷看他几眼，他对面的安迪却熟视无睹，两只眼睛里什么小火花都找不到。"没关系，请别道歉，是我约的时间不对。一般我们做实体的都起得早，我忘了你们行业与做实体的有时差，是不是害您早起影响您周末休息了？"

"我向来早起。只是今天临出门遇到一件事，羁绊了。"安迪心中其实还有一个怀疑，她一向冷淡，对别人的事她往往是通过理性分析获取可行结果，今天何以如此八卦。这仿佛不是她的性格。正好服务员拿菜单来，她一看没彩照，她又不知道广式早茶的肠粉叉烧包黄金糕的是什么东西，就合上页面，告诉服务员："跟这位先生一样的来一份，请再来一杯黑咖啡。"

包奕凡见多没见过世面的小姑娘说这种话，可他昨天调查过安迪履历，知道此人身份不是没见过世面的，为什么她连点餐都懒得？包奕凡理所当然地认定，安迪厌烦这个约会，不高兴跟他见面。他不是个没脾气的，将菜单一合，道："您既然不喜欢，我们就喝杯咖啡直接谈正事。"

服务员见势不妙，拿走菜单，拔脚逃离火山口。安迪更郁，今天早上诸事不顺，先是巧合搅动不愿启封的记忆，再是吃饭遇到难题。她只得招呼服务员再来，要求点餐。"对不起，您误会了，我只懂西餐，中餐能吃，但点餐……只看得懂字面意思。"

包奕凡愣了，脸上露出尴尬，回想安迪履历表明博士身份，工作已有十年，看长相不超过三十岁，显然从小就在国外，但华裔不懂中餐还是有点儿奇特。他连忙接了菜单，问安迪喜欢吃甜的还是咸的，干的还是湿的。安迪却是回答："您别误会啊，我真不知道，但我不想错过好吃的，我相信您点给您自己的一定不会错，我照样来一份就行。"

包奕凡再次一愣，没见过世面的小姑娘可是万万不肯如此直接承认不懂但想吃好吃的。他越发来了兴致。

等早餐陆续上来，安迪当然是不会用筷子，也不打算学习用筷子，就用瓷勺子对付眼前一切，很不趁手。但这并不影响她谈正事。再说包奕凡虽然不是理科生，可脑袋清楚，说话逻辑，即使说到数字的时候需要在纸上记录一笔，这些都不妨碍安迪觉得这是不错的会谈。有工作充实头脑，安迪自然是忘了早上泛滥起来的记忆。

都是头脑清楚，有备而来的人，一件事谈了半小时就愉快结束。半个小时里，安迪认识到包奕凡不是曲筱绡那样的草包富二代，也认识到这个人风格大胆创新，性格直接偏坦率，但料诡计也不会少。包奕凡也终于读懂安迪的性格就是直接真实，风格则是除了专业还是专业：精准把握主题，化繁为简，两点一线。便是吃饭，也是左右端详摸清敌情，便手起刀落绝不拖泥带水。等事情谈完，两人吃饭速度便高下立现，安迪很羞愧地发现她又很不淑女地比男性吃得多了。这真是令人愤慨，为什么国内的男人似乎都娇生惯养呢，还好，奇点比她能吃。

恰好此时一条短信进来，邱莹莹群发的，"我找到菜市场了，早上的菜市场琳琅满目，比超市丰富得多，你们想吃什么，尽管说，我替你们买来，但得你们自己煮食。"安迪听说邱莹莹直接接触生意后，经济头脑爆发，开始懂得计较锱铢，可真想不到邱莹莹竟然自己买菜自己做饭了，抢先一步。非常有趣。

包奕凡见安迪开心地笑着回短信，问道："男朋友？我把会谈安排在周末早上会不会打搅您？"

"邻居姑娘，找到小区附近菜市场了，在得意呢。听助理说，包总在海市这儿天的时间表排得非常紧凑，他好不容易才与包总助理敲定这个时间段。以后如果忙可以电话联络，不一定面谈。"

"没那么夸张，我助理替我虚张声势呢。下午有个大众新车发布会，放在赛车场，有没有兴趣？"

"我等下吃完饭就去机场。"

"我送你去。"

安迪这才微微一笑，把从前天晚上憋到现在的话不动声色地说出来，"我去接男朋友，自己开着车呢，谢谢包总。"

"很想跟去，你男友一定也是非常出色的人，很想与他交个朋友。不过你们今天肯定不欢迎我。"

安迪有点儿意外，倒是不知道这个包奕凡打什么主意了。

邱莹莹在菜场里逛。她手头有一张清单，是她昨晚对着电脑搜菜谱，找出简单的蒸煮菜谱，将用料都复制在一个文件里，然后手抄出来，到菜场一项一项对照着买。万事起头难，今天是周末，全天有空，她不仅得跑一趟菜场，等会儿还得跑一趟超市，她几乎是从一穷二白开始添置厨房家当。

　　但邱莹莹好歹还是看着父母做菜长大的，自己也会做几只烙饼，不至于像安迪那样全然不通。可她再略懂，等真正上手，才发现工程巨大，眼见着流水般的钞票花出去，老大的两只塑料袋拎回来，她心里开始打小鼓了，会不会自己煮的成本比快餐店吃的还贵啊。但等她一看见速冻饺子的价格，心算一下一顿只要花五元就能吃得很美，顿时心花怒放了。原来，自己做真的很省钱，即使吃现成的速冻食品都比吃快餐省一半多。那么早上吃泡饭酱豆腐咸鸭蛋的成本是多少呢？才一元五角！邱莹莹动力大增，几乎感觉拎塑料袋的手有大力水手那么结实。

　　等邱莹莹甩开飞毛腿兴冲冲回到家，才发觉自己累惨了，腰腿胳膊无一不酸，轰隆一下倒在床头不肯起来。

　　樊胜美午饭后与章明松有约，正坐门口抓紧时间洗衣服。她爱惜每一件美丽的衣服，有些衣服不舍得塞进洗衣机，只能坐门口先细细地分门别类地拌上各种洗涤剂，然后才回洗手间霸住洗脸盆。关雎尔懒得讲究，她的衣服都塞进洗衣机里滚，方便快捷。但有前车漏水到楼下之鉴，她这回拿一本杂志，老老实实守在洗衣机边。但关雎尔到底好奇邱莹莹买了些什么，如何居家过日子，趁邱莹莹还没整理，就去翻看。一看就叫起来，"邱，你速冻饺子不放进冰箱就偷懒了？"

　　邱莹莹这才想起，连忙一跃而起收拾。关雎尔背着手在旁边看，笑道："樊姐，邱还真有模有样呢。"

　　"小邱好样的，我最喜欢小邱说到做到，行动迅速。"

　　邱莹莹听了开心地念叨："大家多说几句好话，赶紧的，表扬多多益善，求求你们，我需要充电，这下劲头来了。"

　　樊胜美谀辞如潮，又死命表扬了邱莹莹几句，乐得邱莹莹当即不顾劳累，挽起袖子唱起歌儿开始削土豆。她打算在新买的压力电饭煲里煮土豆炖排骨。关雎尔旁观了好一会儿，依然觉得自己没兴趣煮食，还是继续吃快餐面包吧。樊胜美却在外面忽然想到一件事，"安迪怎么还没出来？难道已经出门了？"

　　"她昨天说起魏兄今天中午的飞机回来，她去接机。"

　　她们两个没把安迪念叨出来，2203却飞出曲筱绡的声音，"你们一大早好热闹啊，我隔着一扇门都听得见。"曲筱绡打着哈欠走出门，拿梳子精心打理她飘柔的长发。"有人看见安迪八点钟左右出门了。你们还有什么需要了解的吗？免费咨询。"

　　樊胜美不理曲筱绡，关雎尔却笑道："中午的飞机，八点就出门，安迪可真……哈哈哈。小曲，那个'有人'是谁呢？"关雎尔心细，相信曲筱绡没那么早起，而曲家钟点工不可能那么早来，那么"有人"身份成疑。

　　"樊姐昨晚不是看见过吗？这儿没男人，樊姐可不用说不认识我了吧。"樊胜美头也不抬，"不好意思，我依然不认识你，也不想认识你，更不是你的樊姐。"

　　"哟，樊姐说气话呢。可你有没有想过，上回是我帮你调查王先生的车子产权，这回，你想不想了解昨晚坐你对面的先生有没有太太呢，中年人呢，嫌疑可大了。你可别摸着石头过河，一呀摸二呀摸地摸出一个小三来呀。"

　　"不劳操心，我喜欢瞎子摸大象，摸成小三小四也都是我自己的事。"

　　"唉，不操心了，真没办法……可是怎么办呢，我昨晚等在停车场，抄下那位先生的车号了。"樊胜美腾地站起，"你想怎样？"曲筱绡见樊胜美终于受刺激，她才大笑放手，"真傻，真傻，我昨晚花痴我家帅哥都来不及呢，谁爱管你家闲事，这种当你都追着上，真傻。喂我家白粉丝去，拜拜咯。"樊胜美双眼喷火，恨不得动粗。而且她真的担心，曲筱绡虽然嘴上说不管，其实，谁知道呢。关雎尔张口结舌地看着曲筱绡，等曲筱绡隐入2203，再回头看樊胜美，只见樊胜美脸色铁青。"小曲为什么总是挑衅樊姐？"樊胜美不语。里面邱莹莹却在抓头皮，她听着觉得曲筱绡虽然言语不善，可话却是真话，为什么樊姐给气成那样。曲筱绡哼着小曲儿拎一袋猫粮下到一楼，好巧，见大厅里一男子正游说保安小郑，要求上22楼。小郑看见曲筱绡，就问："曲小姐，你认识这个人吗？他找2202的小关，我让他自己打手机联系，他说小关不在家，他只是将两箱橙子扛上去放下就走。"

　　曲筱绡心说关雎尔明明在家，怎么这个男人说不在呢？但她一转脑袋就明白了，来人怕手机一打，就被关雎尔拒绝。她不禁笑眯眯地打量眼前形象健康文雅的优质男青年，嘴里毫不犹豫地道："我想起来了，他是关雎尔的表哥。我领他上去。"

　　走进电梯，令曲筱绡大吃一惊的是，没等她开口调戏良家少男，优质男青年先大方地开口问："请问你是2203的曲小姐？"

　　"你认识我？"

　　"22楼我唯一不认识的是你，上回来的时候是安迪小姐引入。你们邻居几个很友善。"

友善？曲筱绡脸上挂着微笑，想到刚才樊胜美铁青色的脸，"我最不友善，但我对小关不错。你和小关看上去都是优质青年。很般配。我不上去了，你自己上去吧。"曲筱绡在十楼跳下，另等下楼电梯。来人是林渊，惊讶地看着曲筱绡说着古怪的话，身手灵敏地钻出电梯。等林渊出现在22楼，2202的人都大吃一惊。只是樊胜美正被曲筱绡挤兑得心情不爽，只抬头挤出一个笑容，就继续做事。林渊看见关雎尔，就实话交代："2203的小曲领我进来。"

众人更惊，邱莹莹抢着问："她有没有给你名片，或者要了你的电话？"

"没有，她把我领入电梯，升到十楼就走了。小关，朋友送我几箱橙子，吃不完，给你送来一些。还有两张今天下午的室内乐演奏票，不知道你们有没有兴趣，我也放在箱子里。我还得送两家……"他看看关雎尔递来的一杯茶，微微一笑，"下次来再喝茶，谢谢你。"

关雎尔于是送林师兄下楼，免得保安以后见面抱怨。林师兄到了电梯里，才问："你们都对小曲有反感？"

关雎尔斟酌着道："每一个来22楼的男生，只要被小曲撞见，她总要做些手脚，弄得大家都不愉快。不知为什么。大家都提防她。"

"我今天算是幸运？"

关雎尔想了想，道："也是我的幸运。阿弥陀佛。"可是走出大楼，一眼看见不远处喂白粉丝等流浪猫的曲筱绡，关雎尔提心吊胆，唯恐节外生枝。林师兄好笑地看着这一幕，尤其是好笑地看着一脸紧张可爱的关雎尔，但分别时还是与曲筱绡挥了挥手。

曲筱绡坐在中庭花园的大石头上，在众流浪猫的簇拥下威风凛凛地与林师兄摆手。但等林师兄一走，她就尖声大叫："小关，小关，有事找你，猫猫们缠着我走不开，你过来嘛。"

关雎尔揣着警惕走过去，离远远地就问："什么事？哦，谢谢你领我校友上楼。"

"我明天又要出差，去两个地方。但明天有冷空气来，猫猫们不能饿着肚子抵御冷空气，你帮我明后天各喂它们一次，好吗？"

"好的。回头你把猫粮给我就行。"

"还有哦，你看看这个叫曲小五，最猥琐的，你认识它了吗？你一定要保证它来吃了，也吃饱了。它身体最差。如果没看到它，你能不能找找它？"

"好的，你上回领我找过它们的窝，我知道哪儿去找。"

"太谢谢了。"曲筱绡送出一个飞吻，"我就晓得你是拎得清的人，我跟樊姐的事儿与你无关。"

关雎尔侧目，"我想问为什么你要跟樊姐过不去？恶作剧吗？你这么做可以获得快乐？可是我们都讨厌你，你难道反而快乐了？或者你根本就无视我们的感受，只是拿我们取乐？"

"咦，你替樊大姐那种人讨公道？小关，你和小邱都是好姑娘，你跟樊大姐混一起干吗。才说你是拎得清的，原来你与小邱差不多。但……"曲筱绡坐在大石头上，两眼绕着关雎尔骨碌碌一转，"靠，姑奶奶不吃冤枉官司，这事儿得说清楚。糊涂虫，过来，我说给你听。"

关雎尔警惕地看着眼珠子绕着她转的曲筱绡，她本可以不理而走，可想到樊胜美在曲筱绡手底下吃的苦头，而眼下曲筱绡似乎在对着她表达善意，她决定冒险将事情弄清楚，最好，能调解两人矛盾。"你等等，我找安迪一起说。"她毕竟不太信任曲筱绡，她需要同样没吃过曲筱绡苦头的安迪远程参与。

"小白领花样真多。"曲筱绡白了一眼，不理，与她的白粉丝喵来喵去，倾诉衷肠。关雎尔接通安迪的电话，得知安迪正在等迟到的飞机，忙将情况轻声介绍一下。安迪一听就道："很好啊，小关你做得很好。我们一起谈谈，希望能找到冲突理由。我切断一下，等一下打给你。"安迪考虑到关雎尔工资不高，就改作由她主叫，省得谈话时间太久的话，关雎尔吃不消电话费。关雎尔不疑有他，等着安迪电话打来，才走过去坐到曲筱绡身边，并随时向安迪报告动态。

曲筱绡不屑地一笑，什么大事，值得这样大动干戈。她索性将手机拿来，对着安迪道："安迪，不会你也跟小关一样想法？你要也是这么想，我以后喊你安迪姐了，甚至安迪大姐。"

安迪与关雎尔在两地一起眼冒金星，她们经常弄不懂曲筱绡的独特逻辑，原来曲筱绡一直喊"樊姐"并不是体现尊重，而是要把樊胜美喊老了。"我怎么想你别管，我只是希望22楼大家相安无事。你说说为什么吧，你要是有理由，你一个人做堂吉诃德也有点累。"

"好吧，我跟你们说，樊胜美实质上是个捞女。我不会冤枉她。第一次见她，她正得意扬扬教唆傻大胆小邱，说是怎么怎么削尖脑袋钻进一家高贵酒吧的开业，为的是去里面掐尖，因为开业那一天进得去酒吧的人非富即贵。这不是捞女是什么？我当即刺了她几句，但后来看她在酒吧挺可怜的，没捞到什么偏门，就放过她了。我本来还有点儿好心，想她可能是虚荣，那天所谓掐尖只是说说而已，我也从此喊她一声樊姐，不想为难她。没想到那次我替她查到王柏川车子是借的，你们知道她怎么说，她说骑马找马，留着王柏川解决欲望问题。而且还装作不知道王柏川装凯子，趁王柏川要在客户面前死撑面子，将王柏川拉到高贵地方放血，我那天就亲眼看到她敲了王柏川一条爱马仕围巾。"

"你等等，小曲，你把樊小妹在客户面前敲王柏川一条爱马仕围巾的事说详细点儿。"

"再详细我就不知道了，就是她亲口跟我说的，说王柏川当着客户的面只好放血。做人能这么没良心的吗，这不是捞女是什么？"

安迪不禁想到奇点转达给她的一些话，那天在山庄里，王柏川离开时说了一些话，其中有一句是他们无法理解的，就是"客户郎总来的那一次"，安迪问道："那个客户是不是叫郎总？"

"好像是，对，应该是。你怎么知道？我说你不会不知道她是捞女，好吧，以后你们都注意着点儿，别让她揩便宜了。"曲筱绡见关雎尔在边上一脸疑惑，就一把扯关雎尔过来，贴着手机一起听。"那个郎总怎么说？"

"是王柏川对此事有不满，对魏兄提起过此事，但没说得太明。就因为这一件事？"

"还不够吗？这种捞女我从小到大见多了，老远十里以外就闻得到她们的骚味。我爸有几个臭钱，无数苍蝇围着我爸转，我妈一个人赶不过来，都是我帮她赶，不信你们去我朋友圈问问，我是有名的。男人女人只要露出一条尾巴，我都闻得到狐臊气。这不，昨晚，樊大姐又跟一个老男人约会，装得那个娇滴滴啊。你们说她图那老男人什么？她又不是小邱这种没经验的人，她能不知道老男人出来约会小姑娘能有什么好事，她凑上去实际上是奋勇做小三拆散人家家庭？别跟我说只是做朋友，忒纯洁了，小关做出来我才相信，樊大姐不过是又图一条爱马仕一个机车包什么的，但她能不付出代价吗？老男人不傻，她付出的代价就是做小三。小关在，我刚在楼上跟樊大姐怎么说，我提醒她调查老男人有没有家口，别做小三，小关看见她是什么态度，她根本就是不思悔改，看见我揭穿她就火了，想跟我动手了。我好汉不吃眼前亏，才不跟她斗体力。但此事没完，捞女是全民公敌，我见一个灭一个，灭到她年老色衰捞不到为止。"

关雎尔听着愣了，似乎，还就是曲筱绡说的那么回事，尤其是敲王柏川一条围巾那事儿，还真是不堪。安迪听着也一时无语。因此曲筱绡得意扬扬地道："你们都想不到吧？这世间最坏的人叫畜生，最坏的动物就叫人。我从小最恨的是捞女，捞女个个是畜生，她们再伪装也还是畜生。尤其安迪你和魏兄小心了，捞女都会装作低三下四埋伏在你们身边，你一不留神，她们就乘虚而入。魏兄身边本就多的是捞女，上回打的那个阿关囡就想做捞女，可别我打掉一个你引狼入室一个。"

"小曲，昨晚樊胜美约会的那个先生我会调查一下，你别插手了。不管怎么样，我希望楼道里平平安安，不要鸡飞狗跳不清净。只要樊胜美没惹大家，你跟她维持表面和平如何？算是我的一个小小请求，我不愿看到我们好邻居聚会总是不欢而散。回头我会把调查结果跟樊胜美说一下，看看她的态度。我想她应该不会是追着做小三，而是……"

"安迪，你别犬儒，她当然不会哭着喊着说我要做小三我要做小三，她对这种事的态度就像对借车子装凯子的王柏川，当作纯洁地不知情，实际上该干什么干什么，哪天事情露馅了她再眨眨眼睛说我不知道呀，好纯洁啊。你信吗？"

"我们不要干涉别人的生活，好吗？小曲，请听我的，你尽管去外面打击捞女，但让我们维持22楼清静。小关怎么说？"

关雎尔正想到上周末山庄橘子林里她和樊姐的对话，"她爱王柏川的。真的，她跟王柏川在一起不是为了敲诈一条围巾一个包什么的。只是……我不知道，她不愿承认她对王柏川的感情，她对王柏川，不是捞女。"

曲筱绡冷笑道："她要是对王柏川有感情，能一个礼拜之隔就找上老男人吗？"

"她可能有三十岁危机，怕做剩女嫁不出去，在三十岁最后几天分秒必争。是这样的。"

"小关你真信三十岁危机？安迪比她大一岁，安迪怎么没今天约会一个男人，明天约会另一个男人？"

"呃，我今天与一个对我有暧昧想法的男人吃早餐。不过谈的是公事。所以有时候跟男人吃饭未必有猫腻。小曲，休战到元旦？我感觉樊胜美是个矛盾体，她虚荣，但她本性不错，对大家也友爱义气，你总不能要求她做完人。休战一个月，我们好好再看看。"

曲筱绡却得意地笑道: "好,我答应你。不为别的,只为你原来称她樊小妹,现在改称樊胜美。你其实已经相信我,只是你懒得在 22 楼挑事。"

"说话算数?你在山庄就作弊。"

"这次相信我,这次相信我。我现在没空跟她玩,我要出差,很忙,空下来时间要跟某人玩,没时间。"

"好吧,但我这回做小人,加个威胁,违约的话,当心我找姚滨。"曲筱绡哈哈大笑,"安迪,安迪,我爱死你了。我跟姚滨还有我那些同学的关系,你不会懂。但我保证,这回我真的没时间寻樊大姐的开心,没时间。"

安迪与关雎尔都不知道说什么,无论是樊胜美还是曲筱绡,这两人的有些所作所为安迪与关雎尔都不认可,可安迪能宽容对待,关雎尔喜欢求同存异,两人都不下定论,但心里,有一根指针稍稍偏了点儿方位。

手机回到关雎尔手里的时候,安迪对关雎尔道: "小关,我多一句嘴,我们心中可以持有不同的判断,但我们无权对别人扔石头。"

关雎尔道: "是啊,我也这么想。我明白了。"关雎尔说着看曲筱绡一眼,是啊,谁能完美无瑕到可以理直气壮地对罪人扔出石头呢。但她与安迪一样,也不会无知到以为可以劝阻曲筱绡,更不会拿这条理由去劝阻。这是因为她和安迪有自知之明。

关雎尔回 22 楼,曲筱绡想了想,一笑,也跟上。关雎尔很头痛,很想找理由甩开曲筱绡,可又感觉曲筱绡不会让她如意,只能一脸困意地让曲筱绡跟着。果然,她们走出电梯的时候,正好站在洗手间门口守着洗衣机的樊胜美看了她们一眼,然后漠然转过脸去。

曲筱绡这回果然依言没出声,关雎尔虽然知道是为什么,可还是忍不住看一眼曲筱绡的神情,只见她一手捂嘴,足尖点地,跳舞一样地飘向 2203,无比滑稽夸张。关雎尔很想笑,可又不便笑,只能……她也伸手捂住嘴巴。神仙打架,百姓遭殃,她可不敢在这种时候以笑容在樊胜美面前支持曲筱绡。

一会儿,曲筱绡拎两袋猫粮出来,依然一只手捂嘴,夸张地圆睁双目,指缝间冒出"嗯嗯呜呜"的模糊声音,将猫粮塞到关雎尔怀里。关雎尔只能死命咬住嘴唇,保持不笑。但她已经看到曲筱绡的眼睛早变弯了,脊背也弓了起来,她赶紧转身想不看,却撞到邱莹莹好奇的眼睛。此时,曲筱绡一个 180° 旋转,又飘回 2203。

但很快，2203 有响亮的笑声破门而出。

邱莹莹问是怎么回事，关雎尔一直摇头，好不容易将笑意摇没了，才道："小曲想让我在她出差时候帮她喂猫。"

"我说她为什么捂鼻子捂嘴的，你也是，想笑就笑出来呗。"

关雎尔又是摇头，一边冲邱莹莹使眼色。邱莹莹云里雾里的，只是听到屋子里她的电压力锅吹响，才赶紧冲回去收拾。关雎尔这才抱两袋猫粮进屋，经过洗手间时，樊胜美倚在门边道："小关，我们都不是中小学生，不会我跟小曲有不快，我就不希望你跟小曲玩。你和小邱跟 2203 该怎么着还是怎么着，不要顾忌。"

关雎尔欲言又止，可思来想去，还是决定说出来，"安迪刚才电话里和小曲开会，跟小曲约法三章。所以小曲就一副怪样子。"

樊胜美"噢"了一声，却无语。她有点儿不知道说什么才好，总之说什么都是没面子了。她的事竟然还要别人帮忙来摆平，而且是一而再地摆平。她在心中哀叹，只想逃离，只想逃离。

空气中充满土豆炖排骨的气味，荤腥油腻，与女儿香无关。可樊胜美不好说什么，这房子是合租的，谁都有权利使用厨房，邱莹莹已经不知不觉退让到不做炒菜，她还能再有什么要求，谁让她没有属于自己的空间呢。

而邱莹莹则是兴高采烈地在厨房与卧室间流窜，看看电脑上面人家怎么做菜，她也照着怎么做，连步骤都一点不敢疏忽。第一次做菜，一锅土豆炖排骨，简直活色生香，除了不懂怎么将排骨飞水，汤面因浮着点儿血沫而混浊，又不懂得因地制宜，不知排骨与土豆应分先后放入，以致土豆不成形，其余简直没得挑。但邱莹莹显然是不会留意到那些细节，她尝了好几口终于将咸淡调节好，高兴得哇啦哇啦大叫，"樊姐，关，我们提前开饭吧，我请客，我请客，可好吃了，可香了，啦啦啦。"

樊胜美微笑道："我留意到你还没煮饭。"

"啊，哈哈，我们要么先把菜吃了，真好吃，樊姐你尝尝，关，快出来。"邱莹莹喊半天没见关雎尔，跑过去一看，关雎尔果然戴着耳机躺床头听音乐看专业书。她不由分说将关雎尔拉出来品尝她的第一锅成果。樊胜美没心情吃，关雎尔不好意思猛吃，但邱莹莹盯着两个姐妹，最好大家毫不客气将她做的第一锅菜吃光。

樊胜美喝一小口汤，就好好夸一句，"自己做出来的汤就是好喝，不用加味精，真材实料。"再喝一小口，"土豆和排骨的味道交融混合，原来又有不一样的香味出来。"再喝一小口，才将一勺子的汤喝完，"天哪，排骨连骨头都炖酥了。小邱，你一出手就很有料啊。"但她这就将勺子放下了，"我不能多吃了，这么好吃的再吃下去，我准穿不下去年买的裙子了，小邱，你太能干了。"

邱莹莹乐得心花花的，都没留意到樊胜美其实只喝了一勺子汤，都没吃一块土豆或排骨。她还想劝樊胜美再吃几口，关雎尔忙道："邱，我们说说下午去听室内乐的事儿。"樊胜美终于得以脱离，她伸手轻轻拍拍关雎尔的肩膀。

邱莹莹道："什么叫室内乐？好听吗？"

"我有一张巴赫的，放给你听。"关雎尔连忙放下勺子去自己房间放音乐。"看票上说的是几个音乐爱好者自己组成的乐队，我听说过他们，那么今天的演出一定是一场同好者的聚会。真期待。"

邱莹莹则是竖起耳朵听了才一会儿，就坚决地道："我不陪你去，去了肯定睡着。"

樊胜美却在屋里捏着一罐保湿面膜发愣。她也不懂音乐，可不知为什么，耳边的音乐忽然撞进她的胸口，她手中的面膜罐轻轻滚落桌头，与面膜罐一起滚落的是一颗心，一颗她本以为坚强的心，她这会儿却在小提琴声中听到心的碎裂。她连忙干咳一声，收起自己的心神，断然对外面的关雎尔道："小邱不去，我跟你一起去。"

"你……不是说下午有约会？"

"不去了，不去了，又不是什么好玩的。还是听音乐陶冶情操提高修养去。他妈的。"

关雎尔听到急转直下的一句"他妈的"，才感觉有异，但她只是看看邱莹莹，做一个噤声动作，不敢追问，"好啊，那我们这就换好衣服走吧？省得打车，地铁过去，路上随便吃点儿。已经不早了。"

樊胜美"嗯"了一声，关上房门。关雎尔又与邱莹莹对视一眼，蹑手蹑脚进去自己的房间换衣服。关雎尔自然是先走出来，她在薄大圆领羊绒衫外面套一件短西装。等了会儿，见到樊胜美几乎是盛装出来。樊胜美穿深蓝色薄呢连衣裙，手里挽的正是那只王柏川送的机车包，三寸高跟鞋，粉嫩的唇雪白的脸肥硕的鬈发，以及脖子上的一串珍珠项链，极其的怀旧。可关雎尔看着只觉得与时代格格不入。

但樊胜美只要娇媚地一笑，周围的空气立刻灵动起来。她招呼关雎尔过来，重新替关雎尔的围巾打结，与邱莹莹告辞。上了电梯，樊胜美才拿出手机，娇媚地跟章明松通话，告诉章总，她家来了小亲戚，她得陪亲戚一起去看一场室内乐演奏，因为那是音乐爱好者的聚会，小亲戚有些怯场，非拉她去不可，云云。关雎尔从小听多言不由衷的场面话，并不当回事，只是在心里揣测，那个 zhang 总什么的人会不会就是曲筱绡昨晚撞见的老男人。若是，她隐隐猜到樊胜美为什么忽然改变主意了。只是，樊胜美为什么穿这么一套衣服，关雎尔依然大惑不解。

这个电话通话时间不短，关雎尔默默跟着，听樊胜美对着手机妙语连珠。反而是樊胜美打完电话，将关雎尔唤回神来。"小关，你和安迪，刚才与曲筱绡具体说了些什么？"

"也没什么，小曲说的就是跟你说的那些话，安迪劝她收敛，她答应年内不烦你。"

"你们有没有告诉她，把我逼急了，我不仅会掸被子，还会砸电脑？"

"我们……拿其他事威胁她，但她似乎不大当回事。"

"她有没有说为什么盯住我不放？"

"说了，但樊姐请别再问我，这些话我觉得应该由小曲自己跟你说比较好。我觉得是无端指控。"樊胜美闭嘴不再问，但过了会儿，忍不住轻道："真屈辱。"

"樊姐，别这么想，是小曲不懂事，太自以为是。"樊胜美摇摇头，不语。一路上，她除了说这儿走，那儿走，吃什么，可以，不再说其他。在音乐厅里，当然更是闷坐，听着听着，一个人无声地流下眼泪。她从不知道原来小提琴的声音像她的哭，而她可以在小提琴的声音里哭泣。旁边的关雎尔手足无措，不知道该劝还是不该劝，除了递上面巾纸，她什么忙都帮不上。

林渊林师兄从关雎尔与樊胜美进来，就感觉到气氛不对。樊胜美的存在当然破坏了他原先的计划，唯有在边上赔着小心。但他看得出关雎尔懂音乐，这就好了，以后有的是机会。

安迪终于等来航班到达。从听到提示开始，她就开始拨打奇点电话。才两次关机提示，第三次拨打便迅速接通。安迪心中一阵兴奋，听耳边传来熟悉的声音。仿佛近在咫尺的声音听着比远在德国时候传来的亲切。

"安迪，我也正准备打给你，我到了。我先去公司一下，几个文件处理掉，立刻去你家找你。你晚饭别吃，等我。"

"你准备第一个电话先打给我吗？"

"当然先打给你。心里第一个想见的也是你。"安迪从来了无牵挂，下飞机从来先给助理打电话，这回总算是想到长途飞机下来，可能应该打电话给最爱的人报平安，但她毕竟经验不足，没想到有些人心中世上只有妈妈好，而非女友。幸好奇点的回答在她心中属于完美无缺的答案。她眉开眼笑，道："以你出来可以看见迎接人群那一点为原点，当下的阳光为 X 轴，在太阳射线与空气中水滴散射光聚焦成彩虹的夹角方向，我在。"奇点脑袋一阵一阵的晕眩，这个角度是多少？她站在彩虹的位置，多么浪漫，可这个浪漫被她设置了密码。奇点都来不及给别人打电话，赶紧调用脑袋中所有与彩虹相关的回忆，印象中背对着太阳见彩虹，那么角度应是钝角。印象中中午见到彩虹的机会不多，大多数是下午或者清早才见，那么这个钝角应该不大不小。再考虑到近似球形的水滴通过透镜效果与棱镜效果形成光线明亮区域和将白色太阳光分解成彩色带……还没等他想清楚一个相对精确的数据，奇点已经过关，到了指定的原点所在地。此时，所有的物理学知识都不如玄学的心有灵犀一点通好用，他抬头就看到站得离人群有点儿远的安迪。到此时才想到，他只是发了一份行程给安迪，本不指望安迪接机，他不过是一次例行的出差回家而已，虽然想想第一时间见到安迪，他也很想提出要求，可他担心遭到拒绝，更怕被拒绝而看出安迪对他的心不如他的热烈，而这又很有可能。

可现实是，安迪不仅来了，而且等他很久，包括航班延误的时间。奇点开心得想拿行李车当鞍马，走出门就直奔安迪而去，将同行的朋友与同事抛在脑后，成为见色忘友最好的注脚。同事朋友们看着那一对儿只拥抱了一下，而未做其他亲昵动作的情侣，心里都想，嗯，时下流行的锥子脸小美女，只不知能维持多少个月，看上去有点儿淡。但等他们向着目标走近，目标当然不是熟能生厌的魏渭，而是那个穿白色超长松垂的手工毛衣和膝盖有洞牛仔的瘦高美女，他们听到这样的情人间对话：

"以水滴为原点的太阳光跟彩虹的夹角到底是多少？"

"书中看到是 138°，还没看到实验党有求证结果出来。这个实验的设计要求挺高，需要制造出一个悬空的静止水滴，不容易。不过可以考虑计算。"

"看起来我大方向没搞错，有这么考刚跳下长途飞机的人吗？搞死人。"

众人都默默地想，他们两个肯定已经在最初的几句话里将甜言蜜语精练地说完了，现在丢些渣渣给旁人听，非常卑鄙。走近了看，才知美女并非小美眉，而是……美女在魏渭作介绍的时候跟他们笑，他们齐心协力地想到了赫本，不过是妩媚版的赫本。难怪，魏渭笑得合不拢嘴。同行的朋友们当然是一脸心知肚明，但同行的同事或者朋友的同事，尤其是女同事，则心中另有一番光景：郎财女貌，又见郎财女貌，这世道还能不能再低俗三分，还给不给才女留活路。

安迪很喜欢奇点的介绍，"安迪，我女朋友。"简洁明了，直奔本质。正如她向22楼的女孩子们介绍奇点，最初是"魏渭，网友"，等山庄一行之后，她主动找大伙儿纠正奇点的身份，那就是"魏渭，我男朋友"。两人不曾沟通，所作所为却异曲同工，安迪最享受这一点。只是安迪想都不会想到，这其中有一半原因，乃是奇点揣摩着她的心思，投其所好。她只觉得她千疮百孔的人生终于投入一丝亮色，仿若上天赐予残缺的洋娃娃以全新的芭比华服，她终于遇到一个完全合乎心意的人。

因此安迪毫不遮掩她的感情流露，即使行动上她怎么都做不到曲筱绡的大胆。她见到奇点的第一句话是，"我这几天无时无刻不在想你。"而上车单独相处了，她就单刀直入地问："你一定要去工作一会儿吗？"

她很运气，幸好奇点也在出差的今天无时无刻不在想她，要不然这一句话问出来，她可以被一大堆的大道理压死。"你也去我办公室？不想你走开哪怕一小会儿。"

"嘿，这个不可以开戒，我会上瘾，你总有一天会被我烦死。我在你楼下找个咖啡店等你，最快捷，也最接近。"

"不行，我们楼下星巴克里全是那种假装看ipad实则伺机勾引美女的恶心男，你不能去。你今天这么美。不，你一直这么美。"

"真的，我穿这身很美？我买这套的时候收到忠告是，心情最愉快温暖的时候穿。放心，我是绝缘体。今天一大早跟人开个早餐会，长得不错的对方一直对我放电，不理。对了帮我打听一个人，章明松，我等下写给你他的公司和电话，你帮我打听他婚姻状况，樊胜美要用。"

"你真穿这一身见别人？而且是对你放电的人？"

"没有，我见了别人后换这一身的。谈公事怎么可能穿成这样。我跟你说章明松的事儿呢。"

"章那什么是小事。你除了跟我，与别人在一起的时候别穿这么好看，拜托，拜托。"

两人说了一路的弱智话，若是在平时听到这种话，他们一定冷冷走过，可轮到他们自己，竟觉得一路说得还不够。

不过两人在楼下一分手，奇点就飞快做了安迪交代的事儿，那就是打五个电话就调查出来，章明松离异，独自生活，孩子归妻子抚养。安迪立马将短信转发给樊胜美、关雎尔，与曲筱绡。但奇点与安迪见面后还是提出忠告，樊胜美的事儿，别插手。

曲筱绡中午与父母大人用餐，满足父母大人天伦之思。吃完，一家人坐在玻璃暖棚里晒太阳，曲筱绡只要偶尔起身给父母倒一杯茶，她父母就觉得她简直是完美无缺的公主了。曲父对女儿的表现满意得直叹息，叹着叹着，就变成午睡满意的鼾声。曲母睡不着，她很想问问最近乖乖做工作的女儿有没有好的对象。好在，机会来了。一条短信进来，曲母看得出女儿眉眼都弯了。

短信是赵医生发来的，"抬头望见杂牌军，心中想念梅纽因。举头望新手，低头思友友。终于现场有一位盛装美女哭出我的心声，怎不令我内牛满面。发张美女照给你，希望我没认错。"

曲筱绡看着短信昧昧地笑，她从昨晚就见识到赵医生内心骄狂的一面，意识到他绝非一只雪白绵羊。即使她只认得出短信中一个典故，她还是笑得很开心。尤其，打开彩信，看清那个哭泣的美女是谁，她一下子张口结舌，那不是樊胜美吗？穿那么古怪的一身去音乐厅哭？她忍不住哈哈大笑。

曲母装作满不在乎地问："谁发来的短信，说什么呢，这么开心。"

"赵医生发来的，哈哈，太好玩了。他要去听最没劲的室内乐，而且是给业余乐手捧场，我没兴趣，哈哈，早知道我就跟去了，真欢乐，欢乐牛逼了。"

"赵医生……是你朋友？"

"嗯，他什么都好，我打算发展他做男朋友。"

曲父神奇地从梦中醒来，带着鼾声问："医生？哪天一起吃顿饭？总算找了一个正经专业的，不错，不错，爸爸支持。你回国后做的所有事爸爸都支持。"

但是曲父看到太太的眼色，这才想到他女儿与生俱来的强烈逆反心理。他一愣，连忙闭嘴，免得女儿因他太喜欢而一脚踢飞医生男朋友。曲母连忙唱红脸问尽挑剔，"那赵医生家在哪儿？父母做什么的？他年龄多少，医术好不好？……"

"别问，别问，我都不知道，只知道他博士，骨科，人很好玩，太聪明了，正经的什么都懂。"

曲筱绡只顾着发短信回赵医生，根本没兴趣看她爸妈恨不得跳土风舞庆祝她找个正经人。她更是恨不得插上翅膀去音乐会现场观摩。可惜，很快，安迪的短信也到了。那老男人没家累？曲筱绡的眼珠子骨碌碌地转了半天，忽然一拍手机，开心地想，樊胜美的好戏这才正式开场。高管厚禄的老男人，是容易对付的吗？对付那种男人，谁最有办法？曲筱绡拍拍自己胸口，她，才能让老房子着火。因她不稀罕老房子，才舍得一把火将老房子点燃。而对于樊胜美那种想入住老房子的人而言，结果还能怎样呢。但反正她再也不插嘴了，她发誓，她现在起只管看戏。

一批一批上场的业余乐手的水平当然无法与梅纽因、马友友们相提并论，因此关雎尔听得有点儿三心二意。与周围其他人不一样，她毕竟与台上的乐手不熟。再说有樊胜美在一边儿流泪，她更无法专心。倒是耳朵一听到破绽，心里就忍不住撕拉一下地难受。她听着听着，感觉到有人似乎在留意着她这边。她小心地跟着感觉搜寻过去，一排排的人，她分辨不出留意这边的是谁。但是她看到一个英俊的男人，那人穿一件粗毛衣，懒洋洋地抱臂而坐，微扬着下巴看着台上，一脸骄气，一身帅气。关雎尔正狐疑呢，一曲终了，那男人眼睛一转，看了过来。与关雎尔的视线一对上，那男人懒洋洋地勾起嘴角算是微微一笑，便又转眼留意台上。

林师兄忽然心有灵犀，往关雎尔这边一瞟，见她若有所思，眼神不定。他留意了会儿，见关雎尔微微扭头看向一个角落。林师兄循迹看去，见到一位全神贯注看演奏的帅哥。他心中不快，可又不好说什么。此后，他留意到关雎尔时不时地回眸。于是林师兄坐立不安。

演奏结束，一些熟人围到一起，议论得失。关雎尔留意到那男子也凑过去，与人笑语。站起来看，那男子穿牛仔裤，磨砂便鞋，身材不矮，真的是一表人才。关雎尔很有凑过去冒险钻进熟人圈的冲动，可她想到身边有伤心的樊胜美，她只得克制自己，陪樊胜美一起出场。

樊胜美等音乐一结束，就神奇地收起眼泪，用纸巾细致地抹干脸面，与关雎尔说她要上洗手间补妆。关雎尔于是随她一起去。曲终人散，洗手间里并无他人。樊胜美对着镜子仔细补妆，关雎尔看了会儿，忍不住道："我刚才看到一个……人。"

"谁？"

"不知道。"

樊胜美勉强自己从情绪中拔出来，看向关雎尔。却也看不出关雎尔脸上有什么奇特之处。"为什么看那个人？"

关雎尔没回答，她侧脸看向洗手间的门，不禁浮想，那边大厅里热烈议论的人们不知道还在说什么，散了没有，散了又去做什么了。而她更清楚，等樊胜美化完烦琐的妆出去，大厅一定人去楼空，她从此与那个男人在茫茫人海中擦肩而过。她心中一声叹息。

樊胜美等补妆结束，才想到手机还因为音乐会而关着。她连忙打开手机，首先看到的是来自安迪的短信。"帮你查了一下，章离异，独居，孩子归妻子抚养。"樊胜美不禁喘出一口大气。她从包里拿出香烟，抽出一支，点燃。再轻松地看来电记录和其他短信，虽然没有章明松的来电，她依然心情轻松起来。

关雎尔不喜欢闻到烟味，她终于忍不住走出洗手间，也打开手机。她看到短信，安迪说曲筱绡昨晚看到与樊胜美在一起的那男人离异单身，以后此事不必再提。关雎尔看完便将短信删了。即使如此，她也无法关心樊胜美与那男人的发展，她喜欢看到樊胜美与王柏川在一起，那种单纯的两情相悦，即使他们自己并不以为然。

一会儿樊胜美吸完烟出来，关雎尔经过音乐厅的时候回眸看了一眼，那室内果然已经一片黑暗。她环视一眼大厅，心中微微一丝失落。

唯有林师兄还等着她们，要送她们回去。这一回，关雎尔坚决拒绝。无论林师兄说多么多么的顺路，她都不愿搭林师兄的便车。以前以为林师兄是个很好的人，是她少年时期的偶像，她心中对林师兄有一丝情怀，她原打算一年实习期大关越过，考虑林师兄的接近。今天才知，如果那个对她回眸一笑的男子这会儿接近她，他说什么，她都愿意答应，什么一年实习期，那都是借口，都不存在。因此，她必须从此拒绝林师兄的馈赠和好意，当断则断，而且无功不受禄，揩油很罪过。

此事，她没跟 2202 的其他人说。直到周一上班，与安迪同车，她才说出来。遇到这么一个人，现在心里想的念的都是那个人，可她不知道那个人是谁，也许，这辈子都无缘再见。

安迪无法理解关雎尔的瞻前顾后，又不是她，心里有遗传负担压着，才会一再逃避。关雎尔怕什么，像曲筱绡那样勇往直前多好。而她现在也放下包袱勇往直前了，就像曲筱绡那样，只要她说出爱意，奇点不知多开心。她周日一天时间就泡在奇点家里，这一回没玩黑灯游戏，她将奇点家的所有房间巡视一遍，发现一个宝库：书房。她也有堆积如山的书，都是她历年补课似的看的英语书，奇点的基本上是中文书。因此，整个周日，他们两个人倚在一张藤椅里，晒着太阳看同一本书。这本书，是好多字相见不相识的诗经。他们喜欢先不弄懂意思，而是不懂装懂，将诗朗朗背诵出来，将远古的音律之美欣赏完毕，才翻开后页看解析。用奇点的话说，没有什么能够阻挡，两个理科生对闷骚的向往。整个周日，宁静美好。

因此，安迪觉得有必要以先行者的身份告诉关雎尔，千万不要把男女之间的关系看成污秽，或者下流。发自真心的男女接触是天地间的大美。

然而，所有的劝告都已不可休思，关雎尔将一段绮思埋在心底。

第 16 章

据说，最美好的发薪日，当数早年没有银行卡的年代。百元十元，一分一角，多少工资，就由财务一五一十地数出真金白银交付。但等工资越来越高，工资袋越来越显得沉甸甸，领工资越来越享受的时候，忽然有一天开始，工资都打到银行卡里面了。即使现在可以上网查询工资到账没有，那工资的数字一分钱都没少给，可是发薪日领到真金白银的那瓷实的感觉是此情可待成追忆了。

2202 室全体对 12 月发薪日更完全无感。因为那一天是她们交付未来三个月房租的日子，12 月份的薪水不过是在她们的账户里以数据形式存在了一下，然后很快就被她们用电子支付的方式划到房东的账户里，徒留一进一出的痕迹共白云千载空悠悠。

22 楼另一个对工资无感的人是安迪。谭宗明大驾亲临安迪的新办公室，大冷天的，他却见到安迪穿衬衫长裤平跟鞋，手边一瓶雾气腾腾的冰矿泉水，用指挥若定来形容安迪那是抬举她，谭宗明眼里看到的是疯狂。而这，却正是谭宗明所熟悉的。谭宗明不去打扰，耐心等候在小会议室，切桌上的蛋糕吃。看来整个楼层的人都被安迪那只中心机房一般的大脑卷裹着运行，竟然没人顾及小会议室里的美味蛋糕。谭宗明如同品味蛋糕一样地品评眼前的工作场面，以前他总奇怪安 迪那机械般冰冷规则的大脑何以在工作中有强大赌性与疯狂决策，似乎很矛盾。直到安迪回国，他帮安迪查清身世之谜，他才隐约弄明白，原来这一切都来自上帝之手。

直到，谭宗明看到安迪摔了整瓶矿泉水，他而且可以熟练地预见安迪嘴里以轻不可闻的声音骂什么粗口，他知道会见时间终于等到了，那也是惯例，早年他不知帮安迪为此打了多少官司，因同事总无法跟上安迪的节奏，安迪总恼火大好时机被浪费。早期的安迪修养不好，不免将怒火延烧向同事，每天的工作总结会令同事望风而逃，有些同事甚至以各种理由提请法院介入。后来她总算汲取教训，只将火气发泄到矿泉水瓶上。而且一般她总是先将水瓶塞拧紧，才用力掷出去。比如今天。摔了瓶子之后，一切风平浪静。

谭宗明在半路截了安迪，将一只档案袋交给她，"帮你提了新车，就放在楼下。我的车子可以还我了吧？"

"嚯，我要去看。"刚从战场下来，安迪语速飞快，"偷吃蛋糕之后记得擦掉嘴角罪证。"她赶紧从办公室拿风衣裹上，赶去地库看新车。

谭宗明也不见外，紧紧跟上。"我看了上月报表，想不到你进入角色飞快，已经有新资金找上我谈合作。"

"找你，不找我？说明新资金很庞大，来源也很复杂。我要额外奖金。"

"我呸，买房子买在平民区，买车子只一辆，还让我挖掉 M3 换 320 标牌，我问你，回国后的工资，你是不是至今只动用了第一个月的？这么吝啬，存那么多钱干什么，告诉你，寿衣没衣兜。"

电梯旁正准备下去用餐的同事听两位老板吵闹，都一脸漠然装充耳不闻。安迪笑道："最近开销有点大，某人常送我礼物，我只好回送，要不然就成传说中的捞女了。这事儿挺麻烦，有必要协商一条规则，以免送礼攀比，拿来的礼又都锁在保险箱里，浪费。但我们把话说回来，奖金数额并非由消费决定，而是由赢利来决定。"

谭宗明一笑，让安迪先入电梯，进了电梯后大家就不说话了。下到地下车库，安迪一看见自己的新车，差点儿震晕过去，居然是妖艳的橙色，让她一下子想到那辆著名的粉红色宾利。"老谭，你故意，你故意。"

"嘿嘿，若不是知道你不喜欢花，我肯定给你画大朵牡丹上去。走，出去兜兜。"两人上车，车子一启动，谭宗明看看四周，问道："那位魏先生，定了？"

"定了。你不满意？"

谭宗明沉默了会儿，道："我不满意。这个关系里面，你太低估自己。虽然魏先生也是不错的人。"

"这不是交易，这个关系里面只讲求合适。而且他很好。宝马 M3 驾驭性能不错。"

"我上一句话的重点在：你低估自己。"

"在工作方面，谁都不存在低估自己的可能。在生活方面，你高估我。"

老谭道："你根本没必要把那些有的没的放心上，你不放心上，你不说，谁知道。"

"我知道。"

"那么说，魏先生全部知道了？"

"全部知道。我很佩服他能接收良好。"

"袒露真相未必是美德，有时候真相是永久扎在心头的刺。善意隐瞒是必须的。"

安迪心头一震，什么叫知情权？也可以说，她将什么都跟奇点坦白，让无辜的奇点与她一起承受她先天带来的风险，而等哪天风险兑现，她还可以一脸无辜地跟奇点说，我早有坦白，你早就知情，你无话可说。不错，奇点确实知情了，但奇点也吃了个哑巴亏。这就类似安迪运用娴熟的合同陷阱。貌似爱他，实则利用他的善意陷害他？而且，在可以预见的未来，她心口扎着真相的刺生活，奇点也将心口扎上真相的刺，陪她一起生活。他何苦。

她何以做出如此不经大脑的事。若是什么都不说，扎刺的只有她一个人，而结果则一模一样。她叹了一声气，"所谓爱情，就是逻辑混乱地对付生活，运用逻辑反而导致生活混乱。不要提醒我啦，让我继续逻辑混乱下去。"

"也好，逻辑解决不了的生活，逻辑混乱反而一往无前。过日子还是糊涂点儿的好。但我还是提醒你，别低估自己，别以为你是谁的包袱。实际是谁得到你谁幸运。"

"老谭，后面几句你说得太大声了，但我体谅你帮我模拟理直气壮的心理。"

老谭无言以对，老谭自己的缺陷是减不下去的肥，因此见到非常心仪的美眉的时候，他总是心虚地大手大脚砸钱。他大致可以理解安迪的心理。可他又真心觉得安迪无须自卑。人就是这么明知需要逻辑，却又逻辑混乱地活着。

安迪对奇点心怀内疚，可又离不开奇点，唯有让内疚加重。

樊胜美在公司里打开电脑，进入个人银行账户，查看工资是否打入。她的数字记忆不好，有时候密码还得用笔记本记录才不至于遗忘。但工资的数字她还是清清楚楚。打开账户看了一眼，她跟旁边的同事道："下月该有年终奖了吧，今年不知多少。"

同事道："去年谁都不敢提年终奖，没被放入裁员名单已经感谢上帝了。今年……看领导良心。"

樊胜美痛苦地看着工资数目。她只要稍稍操作，一笔钱立刻划入房东的账户；再轻轻一个操作，又一笔钱划入父母的账户。再看账户，余额已经寥寥。但再少，也是钱，这个月是圣诞叠加新年，无数商店挥泪打折迎新，无数商店庆祝店庆 N 周年，她积攒了多少心愿等着这个月的打折季。她最大的烦恼只有一个，面对打折季却心有余而力不足。这点账户余额，只要稍微放肆地挥霍一下，一个星期见底。她不禁想到网友废材的名言，"工资就像大姨妈，一月一次，一周就没了"，她苦笑。

樊胜美心里牵挂着下月的年终奖，她工作多年，当然不指望老板良心发现，但她总得为自己的年终奖做点儿什么。作为资深 HR，她心里清楚，老板体现在年终奖上面的良心与人才市场的供求关系挂钩，若是像去年那样大批人下岗，无数人应聘一个职位，在职的则是人心惶惶，老板理所当然地良心墨黑。但今年不大一样了。

樊胜美主动请缨写了一份报告，描述今年四季度招聘工作中面临的人才紧缺大环境。在报告中，她指出，今年无论在人才市场，还是在学校招聘应届生，都遇到人才挑三拣四的问题，尤其在某些专业岗位，一家有女千家求，猎头公司也反馈今年人才行情飘红。但在报告的最后，樊胜美当然不会敲锣打鼓提醒老板为了挽留公司现有人才而发年终奖，她反而是站在老板的战略高度提出公司来年的人才策略，如何在大环境下稳固公司职工队伍，并提前筹划来年招聘计划。她将报告交给部门经理。经理一看，心照不宣，但还是例行修改几个字，重新打印出来，上报老总。

樊胜美下班路上，依然在得意于自己纯熟的办公室套路。在她眼里，办公室不过是一个利益共同体，只要提出的每一件事尽量多地在办公室人群中达到利益共识，事情的发展往往就朝着共同推动的路子上疾奔了。反之，则千万不要做第一个提议者，绝对的吃力不讨好。冬日天时已短，公车周围几乎一片漆黑，可樊胜美仿佛看得见年终奖的倩影"叮咚"一声跳入她的银行卡账户。

她正笑眯眯地想着，手机响了，是她老家一个老同学打来。老同学非常为难地跟她说，"你哥这保安做得好好的，本来挺好，可今天跟他顶头上司打架，而且还不顾场合，不看看 VIP 客人正在大堂，他就在大堂开打。两人都挂彩，先送医院后进派出所。樊胜美，这回我保不了他了，老总发火了，对不起，对不起。"

樊胜美连连替哥哥向老同学道歉，可再道歉又有何用，她哥哥的工作又得失去了。她预计，很快，她嫂子将打电话找她哭诉，无非是一半收入没了，日子过不下去了，跟窝囊废离婚算了，先抱着樊家孙子去娘家。再下来，将是她妈来电，她妈会哭求她为哥哥的家庭着想，再找找同学关系为哥哥找个轻松体面的工作。她妈同时还会提出，要她这个月多交一点儿钱，拿去接济她哥哥的生活。再然后，她哥哥将粉墨登场，对她苦苦哀求。樊胜美一声长叹，将手机关了，恨不得就此消失在海市，不让任何人找到。比如她目前的住址就没告诉过家里，当然，她工作后经常搬家，她家也懒得问她又搬去哪里了。她只要一关手机，从此风筝脱线。

可是关机不到五分钟，她又无可奈何地开机。如果不开机，心急跳墙的爸爸就会喝闷酒，喝多了就会打她妈，家务事从来就是关上家门如此解决。

果然，嫂子的电话来了。樊家孙子是嫂子手中的王牌，嫂子只要一说离婚，樊家上下谁都不敢怠慢。嫂子这个电话一直打到樊胜美进入地铁。嫂子电话刚挂，立刻登场的是她妈。什么都是定式，樊胜美却只能艰难地挤在人群中耐心听着。这回很糟糕，哥哥不仅得赔上司医药费，还得在拘留所待三天。钱由谁出？樊胜美一声长叹，当然是她出钱。此时，下班时的所有得意全部消失。

不容樊胜美长吁短叹，第三个电话打入她的手机。樊胜美已经很烦了，她看都不看，有气无力地给个"喂"。但是电话那头是消失好几天的章明松的声音。樊胜美只能强打起精神，听章明松说什么。章明松说几个朋友聚会，他想请樊胜美一起出席，问樊胜美这会儿在什么地方，他开车过来接。

樊胜美此时哪儿都不想去，只想回家拉上被子睡觉。再说她见多识广，这个时间章明松几乎是站在饭店门口打电话，唯有一个理由，章明松原本约的那个人失约了，他临时找人替补。如此难堪，樊胜美还是微笑答应了，约了接头地点。有什么办法呢，如不答应，更没机会。

走出车厢，樊胜美抓紧时间找个角落，拿出镜子，稍稍整理妆容。宁可迟到一些，也绝不可残花败柳地出现别人面前。至于哥哥的事儿，只能抛到脑后了，走出地铁站找到章明松的车，她就悄悄将手机关了。钻进车子，她跟没事人一般，与同样江湖老到的章明松熟练地寒暄。一个说紧急约请很不好意思，一个说没事没事很开心受邀。两人客气一番，章明松开车途中掏出一张购物卡递给樊胜美，微笑着说这是别人刚送他的，里面也不知有多少，送给樊胜美玩儿。樊胜美又是客气推辞一番，才勉强收进包里。

年底的饭店高朋满座，樊胜美跟着章明松吃喝说笑，这种场合她见多了，都是双双对对地出现，互相某总某总地叫，但男的不问女的要名片，女的也不问男的要名片，灌酒的时候关系拉得比亲人还近，结账出门便告拜拜谁都不认识谁。樊胜美心里烦，喝酒就有点儿关不上闸。章明松看着不对，提示了一下，要樊胜美注意酒量，樊胜美说她有数。她酒一喝多就妙语连珠，将章明松的朋友们也灌得东倒西歪。但却一转身，去厕所全部抠出来吐掉，收拾一下，重返沙场。她心中不爽，灌醉一个，她心里仿佛出气一点。

邱莹莹领了工资返家。虽然才是新手上路，她这个月却是除了工资，还拿到提成。等爬上地铁，她来不及地摸出细细一条工资单，查看明细。她最主要的是计算提成有没有少算给她，她每一笔都记在心里呢。算来算去，没有出错，她将工资单收进包里。不错，比原来做文员时候多了几百元。下个月应该更多。邱莹莹心里很开心，又开始盘算手头钱财。她现在手头有些爸爸给的钱，加上今天发的工资，减去房租，剩下的才两千了。她很庆幸前阵子打定主意自己烧饭烧菜降低生活成本，要不然扣除交通费，她每天就得食不果腹了。

邱莹莹钱不多，支出也不多，算账很快，可地铁却迟迟爬不到站，邱莹莹于是重新心算一遍，确认第一遍算的不会出错。等走出地铁，她已经计算到第三遍，她不等结果出来，就迫不及待地打电话给她爸。"爸，我今天发工资了，对，这家公司没拖欠，比以前的多呢，下个月应该会更多。爸，这个月你不用给我寄钱了，够用了，够用了，哈哈哈，我够用了。"

爸爸当然很开心，但表扬三句就将电话果断地挂了，又是为了节省通话费。邱莹莹因此发现大事不妙，她漏算一项支出，那就是手机的每月话费。她不得不站在街边重算第四遍。算下来，她只能摸摸额头，可冷汗很不争气地没有在这么关键的时刻冒出来渲染一把气氛。邱莹莹一想到刚在爸爸面前夸下海口说够用不必寄钱，这会儿不好意思才过三分钟又打回去讨钱。她思来想去，唯有勒紧裤腰带，这个月的电话费从菜钱里省吧，明天开始做好便当带去上班，可以省下不少。

　　但邱莹莹毕竟还是很开心，终于不需要家里寄钱了，用她爸刚才的话说，老邱家女儿有本事靠自己在大城市立足，这是光耀门楣的大事。节衣缩食就节衣缩食吧，下月就不用那样了，下月不用交房租。想到这儿，邱莹莹忍不住蹦了一下。但是经过那家西饼店时，她还是郁闷了一下，思想斗争一分钟，决定不进去里面破费，还是回家做一块鸡蛋卷饼犒劳自己吧。好在，小郁闷打不碎她自力更生的快乐，眼看离家越来越近，她蹦跳的次数越来越多，连进电梯都是蹦进去的。

　　只是，她这回脸红了，因为她看到电梯里有笑嘻嘻看着她蹦进去的魏渭，有点不好意思。

　　"什么事这么开心？"

　　"发工资了。"邱莹莹本想在外人面前装淡定，可她憋不住心中的兴奋，忍不住又补充一句，"比原来设想的要多。"

　　"哟，这个不容易，需要庆祝。才去新公司上班，有这成绩不容易。网购生意很好？"

　　"啊，魏总，你真还记得我跟你们说过的那些小事？谢谢你，谢谢你，难怪安迪对你这么好。魏总，你也是做生意的，能请教你怎么把生意做大吗？"

　　好大的题目，奇点差点儿哑火。"像你现在这么做，有热情有冲劲，日积月累，突破指日可待。"电梯到了22楼，奇点出去奔2201，但邱莹莹意犹未尽，跟着过去。"你也是这么积累的吗？会不会有点儿慢呢？"

　　"积累的作用在一定周期内是乘数效应，如果路子走对的话。"

　　"我的路子有没有走对呢？"奇点头大了，这个问题简直应该归属人生导师。尤其对于这个连门都没摸到的邱莹莹而言，他纵有万千经验，都不知从何指点起啊。他摸出钥匙打开门进去，发现安迪已经到家，在厨房抓着头皮忙碌。他很希望邱莹莹看清眼色，别做灯泡，别影响他好不容易得来的家庭晚餐，可邱莹莹不让他如愿，硬是跟了进门。奇点只好继续做邱莹莹的人生导师。"什么叫做生意？就是跟人交易。为什么别人跟你交易而不是跟别人交易，取决于两件事，一是你手中商品的性价比，二是你的游说能力。前者当然不用说，后者要求你揣摩别人心理，别人想什么，你比人想到更早更周全，别人当然就被你说服。比如你看我现在最想做什么？"

　　"你最想吃……"邱莹莹兴高采烈地回答才四个字，就醒悟过来，人家现在最想的肯定不是吃晚饭，而是吃人。她嘻嘻一个诡笑，赶紧告辞。但关门前忍不住再说一句，"开着暖气的房间真舒服哦。"

奇点这才如释重负，过去拥抱安迪。可忍不住埋怨，"这样的资质怎么做生意。"安迪心怀鬼胎，心中充满对奇点的负疚，便没反驳。但奇点自己很快修正，"勇气可嘉，做小生意不错。"

"要不要告诉她实话？"

"别。她那么年轻，心理承受力不强，要是这么快让她看到头顶天花板，她的生活还有什么盼头。"

"可是我把最残酷的实话都倒给你，展示给你看墨黑的前景，是不是对你很不公平？呸，这话又很假惺惺。"

"我愿意。"

"我似乎是在欺负你。"

"这个……可以有。"

"这是大事，不要轻描淡写，好吗？"

"我们承担得起的，都不是大事。你只要往最极端的可能看，最大的黑暗是什么，无非是孩子有问题。但你再想想，即使来十个可爱的但有点傻傻的像你弟弟那样的孩子，你我也养得起，有什么啊。何况大概率的是我们会拥有天使般的孩子。我们有聪明的脑袋，你的身高可以弥补我的不足，你那么美丽，这些也都是基因。对不对？"

安迪点点头，"可是你本来不用考虑这些的。我让你承担风险。"

奇点笑道："我认识你之后一直在考虑一个重大问题，什么时候求婚合适，该怎么求婚才不会被拒绝……"他说到这儿一顿，诡笑，"刚发现不用求婚了，我们都已经跳过那么多程序，直接讨论子女问题了。"

安迪忍不住笑出声来，"不行，不行，不能便宜你。什么单膝跪下，诗朗诵，肉麻话，一个都不能少。奇点，我不知该怎么爱你，要是没有你，我该怎么办。要不我向你求婚？"

奇点终于惊了，愣了会儿，当即单膝下跪，高诵："安迪，嫁给我！"

"你当真？"安迪反而跳开一步，也是愣了，求婚？似乎是很重大的决策，就这么随意可以解决？似乎儿戏。"不是需要什么见伯父伯母喝茶送红包之类的程序吗？"

"我们都是自立的成年人，自己可以作决定。安迪，嫁给我。戒指明天补上。"

"当然愿意。戒指不用补，我不耐烦戴那玩意儿。"

奇点被安迪拉起来，这下换他有儿戏感了，"不是特庄重吗？不是应该很罗曼蒂克吗？你不用我过五关斩六将，这么轻易答应我了？"他半信半疑地走了几分钟纯情路线，才终于回归正常，想到，对面的这个女人，脑袋是一加一等于二的类型。

但求婚程序异端得让两人终究都有些没底气，趴在桌子两端无语地虎视眈眈，就这样？就这样？两人几乎同时声明，"我是认真的。"申明完了，都觉得对方可能觉得自己不认真，可如果再声明，就会落入滑稽戏的俗套。只好苦恼地对视。最终安迪起身，"我认真地做晚饭给你吃，表明我的认真。"

"我求婚当天，吃了你亲手为我做的一顿晚饭。我会记住。"

两人都使劲往求婚这个口袋里面塞内容，以增加厚重感增加诚意感，以免对不起对方。可事与愿违，安迪挑战高难度做出来的菜很令人痛苦，最终，两人还是穿上外套走出家门觅食。既然据说是求婚，当然得去吃个大餐，以示庆祝。

曲筱绡这回出差走了好几个地方，一家一家地拜访客户，那些客户都是通过朋友介绍，朋友引荐，然后她找上门去，先混个脸熟。每天都是吃饭喝酒说场面话，而且，被人当小朋友。曲筱绡只能苦恼地安慰自己，也好，起码能在一帮肥大肚腩中年怪叔叔当中脱颖而出，给人留个深刻印象。果然，她离开一地，回头打电话表示感谢接待的时候，只要娇滴滴说个"我是小曲啊"，对方就软绵绵地回复一个"啊，是小曲啊"，谁都不会错认她。但曲筱绡始终不大自信，这么混个脸熟，算有用吗？

强行军似的拜访客户很累，曲筱绡实在是很想好好睡一觉，根据日程安排，她应该明天回家。可公司财务来电汇报工资已经发好，等曲总回家签字。那"回家"两个字，让曲筱绡荡气回肠地想到赵医生。曲筱绡当即鱼跃而起，整理行李，询问机票，直奔机场，买到一张头等舱座位，连夜赶回家，她要尽快见到赵医生。她在办登机的时候不断开小差，想着要不要通知赵医生。她半夜三更到达，接机的任务是条硬骨头，她够分量让赵医生来接吗？如果通知了，而赵医生不来接，两人以后见面岂不心存芥蒂。而她，是决不愿有什么东西夹在她与赵医生之间的。她转着眼珠想来想去，当机立断，决定委屈自己一次，着眼未来。

　　曲筱绡身边坐的是一个女胖子，她在登机时候看着女胖子"善意"地一笑，小身板儿在大椅子里灵活地挪来挪去，侧身翻转腾挪自如，不盈一握的纤腰小蛇似的在女胖子面前飞舞，直到起飞才安静下来，整个人收起腿蜷缩在宽大座椅上美美入睡。两人对比实在太显著，任何人经过都会刻意地看两眼。女胖子郁闷得一路不曾闭上眼睛，而曲筱绡睡得满脸都是笑。

　　下了飞机，已经十一点多，曲筱绡睡得头重脚轻的，叫一辆出租车迷迷糊糊地回家。下车拉着行李进小区，她几乎是半闭着眼睛，偏偏睡得手脚酸软没手劲，行李箱轮子一偏倒在地上。曲筱绡无奈地一屁股坐在行李箱上，懒得挪窝，甚至懒得尖叫，直着眼睛连办法都懒得想。

　　冬夜寂静，因此曲筱绡很快听到不知哪儿传来的轻轻的呜咽。声音如此之轻，而且断断续续，令曲筱绡怀疑是哪只流浪猫在寒潮中喊冷。她勉强转一下脑袋，忽然跳起身，很可能是又冷又饿的流浪猫，对，她的行程在中途有延长，她留给关雎尔的猫粮不够。她往四周打量，即使脑袋晕晕的，她也很快发现声音的来源，没错，来自那块大石头，那种地方往往就是流浪猫的窝。曲筱绡正准备潜过去，身后传来声音，"小曲，你干吗？"曲筱绡回头一看，是安迪与魏渭两个牵手而来，她心中八卦之火瞬间点燃，半夜一起回来，魏同学还打算回家吗？但她强行将八卦吞进肚子里，不肯打草惊蛇。"你们帮我看一下行李，那边好像有只流浪猫在哭，我去关照一下。"安迪道："我们帮你把行李拿上去。你小心别摔了。"曲筱绡一听有人帮拿行李，开心得蹿起来，直奔大石头。奇点不禁好奇，"她居然有同情心？"但奇点话音未落，大石头前就传来曲筱绡一声尖叫，两人惊得赶紧扔下行李跑过去看，顺着曲筱绡的手指，他们看到有人趴在大石头上轻轻哭泣。而且四周如此大的动静，也没打断那人的哭泣。

　　因哭的人是女生，安迪稍微上前道："姑娘，外面冷，你回家吧。要不要我们帮你？"曲筱绡见那人没反应，偷偷接近，才到半路就道："一股酒气，醉八仙啊，安迪你别喊了，我们叫保安。"奇点跑腿，到大门口叫来保安。大家七手八脚将醉女扶起来，曲筱绡又尖叫了，"樊胜美，樊胜美，是她，是她。"奇点心有所悟，抓紧时间对安迪道："我们这么直接简单很好，最好。"安迪连连点头，就像几何中的两点一线，只要不是直接简单的一条直线，那么两点之间的连接就必然有曲折反复。不如他们这样，简单是福。他俩终于释然。

安迪与曲筱绡拖抱着樊胜美回家，奇点在后面拖着曲筱绡的行李跟着。曲筱绡眼看樊胜美醉得神志不清，问道："她撞什么邪了？跟王柏川还是跟那老男人？"见安迪摇头，曲筱绡又道："醉成这样，要不要送她去医院？"

奇点这才插嘴："脸色还好，我看不用。去医院也就打个醒酒针，那针受罪。"

"为什么哭？好像很伤心，为什么？"曲筱绡实在忍不住，摸出手机给樊胜美拍照，可惜才两张，就被安迪喝止。她笑嘻嘻地收回手机，给安迪做个鬼脸。

奇点只是微微一笑，不作声。一行来到2202，曲筱绡很仗义地道："人交给我，行李也扔这儿，你们继续，继续，别管我。"奇点笑道："寻我们开心呢，小姑娘，我送安迪回家，你别胡诌。"安迪看看2202门缝里没有光线透出，决定还是将樊胜美弄到2201，不吵醒睡着的关、邱两人。曲筱绡将樊胜美拖到2201大沙发上，就识相地告辞。安迪看看樊胜美，看看奇点，"你也回家吧，不早了。"奇点笑道："本来一路谋划在你这儿留宿，完了，基本条件消失了。"安迪脸上一红，鞋子踢鞋子，一脚一脚地将奇点踢出门去。于是走廊传来曲筱绡的爆笑，"魏大哥，逊毙了，没话说了，逊毙了。"

安迪帮樊胜美洗脸，换衣服，折腾得筋疲力尽才睡。但是，半夜，被一声巨响吵醒，她心跳半天才想到客厅长沙发上睡着个樊胜美，她连忙出去，果然见樊胜美呆呆地站立在幽暗的客厅里，身边是倾倒的椅子。"樊胜美，是我，安迪。别怕，别怕，我开灯。"

樊胜美呆呆地看着安迪，口齿不清地问："我怎么在这儿？"

"你喝多了，倒在路边，被我捡回家。继续睡？"

"我要喝水。"樊胜美想自己来，可腿一软，人就面条似的摔倒在地上。安迪给樊胜美倒水过来，捧着给她喝。看樊胜美两眼发直，眼角有泪花闪烁，她想了想，道："如果需要倾诉，尽管说。首先我会保密，其次我还是会保密。"樊胜美愣愣地看着地板，好久，才摇摇头。"麻烦你一夜，我回去睡觉。"安迪没勉强，扶她起身，收拾她的衣服拎包，一起送到2202。此时她才认可曲筱绡的话，樊胜美今晚有事。

但安迪早上去2202招呼关雎尔上班时，意外看到樊胜美还没上班，而且还未化妆，脸色奇差。樊胜美也看到安迪，连忙看一眼身后，感觉到关雎尔还在屋里在匆匆穿衣，她悄悄闪出来，轻声道："我刚请了两小时假。昨晚谢谢你。"

"不客气。不过昨晚是小曲先看到你。"樊胜美惊住，安迪见此也只能耸耸肩，与冲出来的关雎尔一起进电梯。樊胜美站在走廊上，一脸恐惧地看着 2203 房门，许久才回到空无一人的 2202，坐在梳妆镜前对着自己的脸发呆。但她当务之急还是从无数的电话号码中翻出一个淘宝优惠券卖家的电话，告诉卖家她有一张购物卡转让。那卖家很快呼应，两人约好在购物卡所属超市门口会合。

樊胜美动用精湛的化妆术，尽量掩饰眼皮的浮肿，可一夜病酒，再多化妆品也无法掩盖眼神的呆滞，她只得戴上黑超出门。虽然有多日不见，那位优惠券卖家与樊胜美还是老远就彼此认出，两人熟门熟路地去收银那儿刷卡看数，然后按通行折扣钱货两讫，出门各自走开。樊胜美走到冬日难得透明的阳光下，不禁吁出一口气，又发了几秒钟的呆，转身找地铁站，赶去上班。顺便，打开手机给章明松发个短信，感谢他昨晚把她送到大门口。其实，她隐隐约约记得，章明松昨晚也被她灌醉，叫了他的司机来开车，是司机好意把她送到欢乐颂的门口。

然后，樊胜美就死心塌地等家里的催命电话。很快，她嫂子来电。"胜美，要死了，你哥里面关着，他们还问他要医药费。昨晚上来闹了一夜，雷雷吓得一直哭，你妈今早把雷雷接去上学，我还让他们堵着，上班都不能去上。想不到那家人兄弟那么多，他们说等你哥放出来，打断你哥的腿。怎么办啊？"

樊胜美装傻："要么，你打电话报警？这事又跟你无关的。"

"哎呀，你不提醒我都忘了还能报警。胜美啊，现在已经有两千多医药费了，再加上对方误工费，还有以后换药什么的，医药费还得加，这回恐怕没个七八千是逃不掉的。胜美啊，你那儿先帮我筹集起来，你工资高，总之一家人里面靠来靠去还是靠你。你先准备个六千，好吧，当然不会全问你借，我也找娘家借点儿钱。"

"嫂子，这个月我拿不出钱，我正好交了下季度房租，剩下的只够吃饭乘车。要不你另想办法？"

"我要想得出办法，就不会找你了。我是乡下人，没出息，家里就你一个能混大城市的，出大事情不找你找谁呢。你前两个月总有积蓄的吧，你找找，找找，求求你，仔细找找，你大城市的随便翻本小存款本都有几千几万呢，我们都指望你啦。长途贵，三天内你找到钱，给我来个电话。"

樊胜美收回手机，挤在地铁人群中一脸漠然。没钱，除非卖了她。总是他们闯祸她买单，她这回不买了，圣诞元旦购物季正等着她呢，她需要新大衣。这回她一定咬紧牙关，绝不松口。

曲筱绡回到公司，问财务哪来的钱发工资。不出所料，她爸自觉给她垫资十万。财务出示借条一张，正是她爸主动上门亲自签署。曲筱绡于是正告财务，以后不许在未经她同意的前提下受她爸的借款。可话音刚落，她就将这一次的出差发票一咕噜都交给财务，将十万块钱发工资后所剩余额全报销掉了。

然后，曲筱绡一本正经地检查应标工作进程，与同事开会通报出差结果，讨论需要同事着手跟进发给刚拜访客户的资料内容。其实同事基本上是她爸麾下做熟的精干员工，工作能力出色，曲筱绡把工作布置下去，他们就能自觉主动做好。不过这些员工都是处理技术问题的，跑生意还得曲筱绡自己动手。

关雎尔是 22 楼第一个发现安迪换车的，她一看车子的颜色就非常喜欢。安迪奇怪了，"这么俗艳，你真觉得好看？你觉得帕里斯·希尔顿的那辆粉红宾利呢？"

"那辆车像个笑话。但这辆的颜色是真的好看，你看轮胎的亚光黑色拉低车身橙色的色温，使整车色彩显得灵动却不失高雅，这个度可真难把握呢。"

安迪将信将疑，"真的还行吗？我觉得帮我订车的朋友陷害我呢。我还是喜欢炭黑车身，炭黑轮圈，唯一亮点是艳红的刹车盘，尤其是轮子转动起来的时候，那一抹红色才是风景。好吧，你是 22 楼第一个投赞成票的，还有三票，要是都反对，我要找人退车。"

关雎尔疑惑，"我昨晚蒙蒙眬眬听到你和樊姐一起回来的啊，好像在门口说了几句话。"

"我昨晚出去没开车，坐魏兄的车。今天要出差？"安迪不打算提起昨晚樊胜美醉酒这件事。

"是的，以后要经常出差了，就在附近几个省，我同事让我在家放个大旅行箱，随时准备出发。她们还传授我很多旅行包装护肤品上飞机的诀窍。其实我挺喜欢出差的，真的，到一个陌生的城市，即使走街串巷都很好玩呢。"

"你以后工资不会低，可以考虑买一辆车，去邻近省出差开车过去更方便。"

"我会开的。等有需要了再买车不迟。"

"嗯，我周末去香港，你有什么要我带的吗？"

关雎尔吐吐舌头，"这个月没钱了，交了房租，成穷光蛋了。可能樊姐还有点儿钱，她肯定想买很多化妆品。"

安迪不禁笑了，"对了，我中午问问小曲要不要我带。她这会儿可能睡懒觉吧，昨晚夜班飞机出差回来，很辛苦。"

"我以前以为像她那样的富二代除了玩，不会干活呢，真想不到。"

"一个人群被圈定到两三个字里，像富二代，官二代，小三，二奶，捞女，取其某一共性，而忽略个体的特异性，往往会导致判断前预设立场，判断结果自然是缺乏理性。你可以尝试一下，如果只用三言两语来概括一个人，基本上没几个人不是笑话。而不是笑话的几个人，必定是极端乏味的那种人。所以最好不要受流行思维诱导，不要从众，一个人一定要有基于自身立足点的独立判断，判断能力与结果无论是好是坏，都比受人诱导强得多。你太乖，乖的人容易被诱导。"

关雎尔领会了好一会儿，才道："我还得再花时间想想。谢谢你，安迪。你关心我，才会对我说这些。"

"除了关心，主要还是你心态好，不褊狭，因此不会完全拒绝思考与你心中既有成见不同的意见，我才可以说啊。"

安迪想到的是前不久与樊胜美说起林师兄似乎追求关雎尔，樊胜美说大好青年大多喜欢关雎尔那样的人，家庭小康而不复杂，父母以后生老病死有保障，本人工作也不错，性格又单纯，娶妻如此一劳永逸。但安迪觉得凡事未必都可以往物质条件上套，那种不复杂家庭出来的孩子心态温润如玉，谁能不喜欢与这种人相处呢。当朋友，当伴侣，当然选择关雎尔这种人，连喜欢搞恶作剧的曲筱绡都爱关雎尔。

果然，中午安迪去电曲筱绡，问曲筱绡要从香港带什么的时候，曲筱绡提到关雎尔可能也要带东西，而未提到 22 楼其他两个人。曲筱绡此时正吃大楼里的盒饭，盒饭不合口味，她挑挑拣拣吃几口就扔了。"安迪，我出差出得皮肤老了十岁，等晚上下班我去找你，我们到上次去过的那家美容店做护理吧，就在你们附近，你走过去就行。完了一起吃饭，我把赵医生也叫来，你们认识认识。然后呢，我就扔下你走啦，我向来重色轻友，嘻嘻。"

"你能正常下班吗？我约了魏兄，要不四个人一起吃饭。"

"我下午去我爸那儿谴责他对我公司财务的粗暴干涉，完了就没事了，等你一起下班。"

"你爸敢干涉你？"

"就是，所以才必须谴责，不许他再犯。安迪，不许对我家赵医生放电哦。"

曲筱绡早上给赵医生发短信约晚上一起吃饭，获得赵医生慢腾腾的肯定回复。她好开心，她一向喜欢公开她的开心，与朋友分享她的开心。可是在她眼里，赵医生太帅，若是拉到她的老友圈里，估计很快被那些女人横刀夺爱，想来想去，还是安迪比较保险。

但是曲筱绡兴师问罪之旅很不成功，去了就被她爸爸拖进会议室，整整开了一下午的会。很神奇，两个月前她还听不懂的会，甚至过去断断续续也曾被她爸妈拖来旁听，也总是听不懂的会，这一次，竟然听出点儿名堂。是因为她亲身运作她那小麻雀公司有了点儿底子？破天荒地，她很给老爸面子，全程没有打哈欠，她坐在不起眼的角落，以旁观者的心态不带成见地分析每一个人的意见，甚至偷偷分析那些人发言时候的眼神，她发现这事儿蛮有趣，比分析樊胜美有趣得多，因为这些人更复杂。

但下班时间一到，她不管会议还在继续，拔腿就溜。她看到爸爸不满的眼光，不管，她心里充满的都是赵医生的帅脸。

安迪却看着活蹦乱跳冲进美容院的曲筱绡心想，她中午跟奇点说推后晚饭时间，奇点很赞同她与曲筱绡一起玩，说是支持她感染曲筱绡无拘无束的游戏态度。安迪自然要问个为什么，她有点儿羡慕曲筱绡身上那种与生俱来的优越家庭条件下培养出来的率性性格，可并不欣赏，她喜欢认真负责的人生态度，比如关雎尔的。但奇点说那是他前年债务压身差点跳楼之后得出的人生感悟，回头跟她详谈，总之听他的没错。

安迪跟着曲筱绡在美容院里萧规曹随，却怎么也舒服自在不起来，她凡事需要想通为什么，曲筱绡却只要喜欢就一声OK。她后来眼睛一闭，做不到，让她放弃思考，比让她跳艳舞还难。于是她又大睡。好在，这一次曲筱绡也一样大睡。

赵医生是走近酒店门口时看到曲筱绡车子驰入的，他见到曲筱绡与安迪一起下车，不禁抱臂站住，满脸欣赏地看着两人走来。正好奇点也驱车赶到，见此不禁一笑。曲筱绡自然是扑进赵医生的怀抱，旁若无人地先来一个湿吻。安迪轻问奇点："你要我跟小曲学的就是这个？"

"她强大的内心，这个很难学。我们去香港路上，我慢慢跟你分析我前年的心路历程，我们有的是时间。"曲筱绡吻完了，就问："嘿，你俩不许议论我们。吻一个，给姐们儿瞧瞧。"安迪笑道："我只在美国校园见过……"

　　"美国又不仅是校园里这样，你这保守派。"赵医生一脸自来熟地插话，他的声音确实很好听，不紧不慢，磁性温和，但说出来的话连奇点都睁大眼睛。"国内的校园也开放。我最怀念大学到博士期间王小波式的生活，有趣的性爱，有趣的社交。"但赵医生随即看着略微吃惊的安迪，道，"呵呵，没有什么能够阻挡，猥琐男发表闷骚想法的欲望。"

　　四个人走进饭店，赵医生在后面与曲筱绡轻道："前面两位朋友与你不一样啊。"

　　"你放心，他们两个很能求同存异，都是见多识广的人。而且跟你一样聪明哦。"

　　"可以凑一桌斗地主吗？好久没玩，总是凑不足一桌聪明人。四十分也行，八十分也行，只要聪明人凑一桌打牌。"奇点在前面听见，"桥牌？梭哈也行。"安迪道："除了桥牌，都不会。"

　　"很容易，一教就会。小曲会什么？最终裁定权交给你，我们就玩你最擅长的。"赵医生非常踊跃。"为什么问我，不问安迪？我除了桥牌，都会，四十分吧。"

　　"好，四十分。会打桥牌的都会算牌，四十分一学就会，这儿就你一个看上去不会算牌，当然我得锄强扶弱匡扶正义一下。"

　　奇点在赵医生问曲筱绡最擅长什么的时候就笑了，安迪听到这一句也开始笑，唯有曲筱绡本来还挺开心的，以为赵医生对她偏心，但听到最后，一转念就发觉不对，这是变相说她笨呢，扑上去全身挂在赵医生身上，让赵医生扛着走，以示惩罚。两人嘻嘻哈哈东倒西歪地入座。奇点看安迪一眼，安迪心领神会，这就是曲筱绡的强大内心，若换做22楼其他人，包括她，都不会这么轻易放过赵医生，尤其是樊胜美，估计强大杀伤力的反唇相讥早已出炉了。

　　曲筱绡坐下就道："你问过我谁去香港可以帮你带书，喏，这两位周末去闲逛，没事干，打算一天吃五顿杀时间，你把任务布置给他们。"

　　赵医生当即摸出奇点刚交给他的名片，"我把书名发你手机上，谢谢，太好了。你们两位肯定也逛书店。"他一边说，一边偏着头，灵活地在手机上打字。曲筱绡得意扬扬地看着，"外科医生的手指跟钢琴家的差不多吧。你会绣花吗？"

　　"我弹不好钢琴，只会听。"说话不耽误赵医生打字。

　　奇点接到短信，打开来看，一看就会心一笑，让安迪一起看。"赵医生以后有空，可以去我家书房玩玩。如果看原文书不累，可以去安迪家玩。你的兴趣可真艰深，有三本书我也得下单买来。"

赵医生笑道："既然同好，我就再猥琐一下。推荐最新香港旅游项目，3D《肉蒲团》，不可错过。"

奇点与曲筱绡一齐笑倒，唯独安迪第二次听到这个名词，很后悔上回曲筱绡说起的时候没去研究，她不知道大家笑什么。赵医生以为她脸皮薄，只得道："我胡说的啦，我是医生，什么没见过，只是开开玩笑，别当真。"

奇点连忙帮安迪解释一下，安迪也才弄懂他们笑什么。心说赵医生在医院里看着一团正气，出来原来这么活泼。

第 17 章

樊胜美在下班时候，才接到她妈打来的电话。她妈是哭着跟她说话。"阿美，你下班没有啦，我能跟你说话了吗？"樊胜美工作时候不便接电话，曾经跟家里有过通牒。不过她家只有她妈做到，其余人都当耳边风。而今在拥挤的车厢中听她妈含泪一说，她当即想到她妈已经不知哭了多久，可为了不影响她，一直哭着等她下班才打这个电话。樊胜美心中一阵酸楚。"妈，我下班了，你说吧，声音说重点儿，我在车上，听不清。"

"你哥那事……对方人都在我们家里坐着呢。"

"啊，怎么回事？不是都堵在哥哥家里吗？"

"你嫂子不知想了个什么办法，逃走了。逃到娘家给我一个电话，让我去接雷雷放学，她就在娘家避几天，说她一个妇道人家不敢一个人待家里。那些人找不到她，就摸到我们家了，要我先去交了 3200 块医药费，不交的话他们哥哥就会被医院赶出来。你说你哥咋这么没头脑的，打架能打得人住院。"

"什么，住院？昨天不是说没住院吗？讹我们吧？"

"住院，手续都有，左手骨头断了。我刚才把雷雷接回来，顺路把你刚汇 给我们的钱和你爸这个月的退休金，还有平日存下来的加起来有 2000 块，都拿给他们，他们先拿去医院。可我再也拿不出来了。他们说要搬东西换钱。我说好说歹，让他们等等。阿美，你说怎么办呢？"

樊胜美心中暗叹，她妈让对方等等，问她怎么办，其实是要她说声她给钱。"妈，我就这点儿工资，可昨天一发工资我就先把给你们的钱汇了，再把后面三个月的房租交了，我现在手头哪还有钱呢，吃饭都得省省了呢，每天两餐吃食堂。本来还想报名学一门课程的，看起来只能押后到下个月了。妈，我这回真没办法。"

"这可怎么办呢，人家等在家里，不给钱他们不走啊。唉，我跟你爸想想办法，家里都没值钱的，只有你买的一台电视机值点儿钱。"

眼看着她妈哭哭啼啼地打算挂电话，樊胜美忙道："妈，你不是有哥哥家的钥匙吗，让他们去哥哥家搬东西去，闯祸的是哥哥，不是你。"

"你这话说得，你前脚领人进门搬，后脚你哥就得离婚。阿美，你能不能跟房东商量一下，让他把房租还给你，你去公司宿舍住两个月？总得一家人想办法把这事应付过去才行啊。"

樊胜美郁得两眼发直，哥哥一家住着自家的房子呢，闯祸了却要她连租房都不得住，拿房租给哥哥擦屁股。可电话那头是同样委屈正被哥哥闯的祸逼得哭泣的妈妈，她撒气也没法撒到她妈头上，只得咽下一口气，道："房东拿走的钱怎么要得回来，没商量。怎么办？要么你跟那些人商量一下，打借条给他们。"

"说了，他们不肯。我做饭去，雷雷饿哭了，家里来的人也得招呼。"

樊胜美直着眼睛看窗外光怪陆离的都市夜景，脑袋一片空白。只要稍微一思考，她眼前就仿佛能看到妈妈这会儿正一把鼻涕一把泪地在厨房忙碌，一边还得给来人赔小心。来人的家属被哥哥打伤了住院，岂是容易招呼的。而爸爸肯定坐在屋角低头吸闷烟，什么话都不说。

思绪太乱，一不小心，公交坐过了站。樊胜美不得不踩着高跟鞋急匆匆地往回走。走得气喘吁吁的时候，樊胜美终于忍不住，一个电话打给她嫂子。"嫂子，那些人转到我爸妈家里了，爸妈已经给了他们2000块，再也拿不出钱。你们总有点积蓄吧，先凑点儿过去，把人打发走……"

可不等樊胜美说完，嫂子就哀哀哭泣，"胜美欤，日子又没法过了，等你哥出来又变成是我一个人做钟点工养家，我就是累死累活，一个人养得过来吗？

一家人又要喝西北风了。你问我有没有积蓄，我就是今晚出去做鸡，也挣不来这么多钱啊。我现在厚着脸皮住娘家白吃，心里只能指望你了。胜美欤，这家人就你有出息，你就帮帮忙吧，连雷雷都说以后等姑姑找工作呢，你担待，你多担待啊……"

樊胜美茫然地听着，听着，听不下去，关掉手机。她在地铁站里随波逐流，下班时忘了补妆的脸早已花容惨淡。可忍不住地，她心里牵挂老家的父母，这会儿不知怎么样了，对方的家人拿不到钱不知道有没有发作。可一边又想，这回真的不能给钱了，哥哥是个无底洞，她给榨了一辈子了，必须有个结束。她必须硬下心肠，必须的。

安迪等一行草草吃了一顿晚饭，分头开两辆车回欢乐颂准备打牌。奇点到这时候才问："这就是你上回说的那个医生？"

"是啊，看不出两人已经这么好，小曲有本事。真的从完全不认识开始追的呢，当中有一半时间她还出差。"

"小曲有眼光，我也挺喜欢赵医生。这个人想得很明白，大概是医生，在医院里看多生死，而且又那么聪明，看的书也多。他跟小曲一样，都洒脱，可小曲是无知者无畏，他相反。"

"嘿，你又研究人。我在你面前是不是透明的？这很可怕。"

"你怎么可能透明，你提升得太快，每次我以为我了解你的时候，你稍一提升，我眼前又一团乱麻。你有没有感觉到小曲在赵医生面前装模作样？或者是我过去有错觉，小曲果真脑袋里有点儿料？"

"小曲脑筋挺好，又见多识广，打个马虎眼还是行的。你今天为什么这么八卦？"

"不能怪我，要怪赵医生，他风流倜傥，一点不避讳地欣赏你，我烦。最希望他跟小曲的关系牢不可破。"

"哈哈哈，我还烦小曲一口一个魏大哥呢，真腻，你似乎又很受用。"

"礼貌而已。我还真想不出来，如果跟小曲一起坐车两个小时，说些什么话才好，只好放音乐。"

"你指她和赵医生？他们现在需要说话吗？"

"干柴烈火，顷刻烧尽，变灰的时候，说什么？所以以后还是得想方设法拒绝与赵医生吃饭打牌，今天算了。"

安迪哭笑不得，可看着奇点忌妒的样子又很好玩，很受用。到欢乐颂附近的时候，她看见樊胜美。"咦，小樊这么晚才回家？"话音未落，车子早掠过樊胜美。奇点没搭腔，只小心地避开小区进出的人流，寻找合适停车位。安迪好整以暇地扭头看樊胜美，见樊胜美蔫头耷脑地走路，心说宿醉够伤人。这个钟点，车位难找，奇点转了几个圈才找到一个狭窄的，小心倒进去。等两人出来，樊胜美早进去了。

结果，樊胜美撞见挂在赵医生肩膀上的曲筱绡。樊胜美神思恍惚，压根儿没看见曲筱绡，还是曲筱绡喊了两声，她才听见。可她身心俱疲，懒得挤出笑容，尤其是懒得对曲筱绡挤笑容，只漠然点点头。曲筱绡眼睛里都是跳跃的光，可她身边有高傲的赵医生，她又答应过安迪元旦之前不找樊胜美麻烦，她便忍了。可是一想到樊胜美昨晚醉酒的样子，她就忍不住想笑。她醉酒可不会那么老实，她醉酒时候什么都干得出来，唯独不会哭。

樊胜美回到2202，走进昏暗的卧室，心中异常悲愤地想，连这一方陋室都保不住吗？不，这是她最后的领地，绝不退出。住公司宿舍？与一帮吵吵闹闹的打工妹住一起？杀了她吧。

房间里有一股烧菜过后的气味，邱莹莹却不在。樊胜美洗干净脸，钻进被窝睡觉。天冷了，被窝很冷，她蜷缩在被窝里，想什么都不管，蒙头睡觉。可是，在床上辗转了半小时，全身终于焐热了，她还是起来，黑暗中给父母家里打电话。她到底是放心不下。

但电话才被不知谁接起，她就听到雷雷的哭声，又有哐啷一声，不知什么东西碎裂，还有几个男人的吵闹，和隐隐约约传来的女人的哭泣。她急了，对着电话大喊，可是没人接听。她只能坐在床头，无措地听电话那头传来的各种吵闹声，却一点儿都帮不上忙。

也不知过了几分钟，终于她妈妈的声音传来，"阿美，阿美，阿美，快回家啊……"

"妈，怎么回事？他们要是闹，报警啊。"

"吵起来了，吵起来了，阿美，你回家啊，你回家找人啊，快……"

妈妈在电话那头的哭声早已哑了，而背景中的其他男人的吼声依然中气十足。樊胜美终于憋不住了，忍不住狠狠打了自己一个耳光，她真不是东西。"妈，你让他们一起去银行，找个ATM取款机，我立刻找人借钱，汇给你。"

"我只有存折啊，晚上银行关门。阿美，你还是回趟家吧，派出所有你同学。"

"告诉他们明天，明天一早拿钱，让他们别吵了，滚出我们家。答应他们，明早我借2000打到卡上，你们留800，过日子。"

樊胜美一个人在黑暗中呼哧呼哧地喘气，欲哭无泪。她明白，这件事，2000块钱才是开始。那家人既然住院，总要住到尽兴才出来，谁让哥哥先动手打人呢，人家有气，才不会客气。而对于她樊胜美而言，这个口子又开了，她不知道，接下来还会产生多少赔偿，她付得起还是付不起，她是不是又得问同学朋友借钱。

而好歹，电话那一头，上门的人跟樊胜美通话获得保证后，不再闹了，但是留下两个人盯着，怕二老学儿媳妇跑路。

樊胜美关掉手机，浑身气得发烫，她气自己。而她更操心的是，年底到了，可以问谁借钱呢？她是如此好强，可为什么总逼着她去低声下气地借钱？

2203里面，四十分打得如火如荼。起先安迪还不熟悉这玩意儿的规矩，与曲赵搭档打得有输有赢。等她一熟悉，强大的赌性发挥出来，曲筱绡顿时蔫了。赵医生最初连呼过瘾，后来渐渐话少。可怨不得他，他打得再好，这一桌既有神一样的对手，又有猪一样的搭档，他浑身施展不开。他唯有安慰自己，曲筱绡说不大会打牌，只要再练几把可能会打顺手。可好年景没盼到，他打得越来越上火。

这一局，每人手中剩几张牌的时候，安迪将手中牌往桌上一覆，笑道："小曲手中牌不多，而且精，只是没出牌机会，两张K，一张2。赵医生的是两张4两张5，更没法出，但有张2，一张5或者7，一张J。魏兄的牌正好克你的2。我出了，赵医生你请出牌，可怎么出你都是输了。"

"我的牌是透明的吗？"赵医生郁闷无比，看看奇点手中牌还不少，只得抽出一张J，扔到桌上。但奇点给的是2，而不是赵医生以为的怪。5分拿走之后，奇点一串顺子出来，将牌结束。此时，安迪才将牌反过来给赵医生看，原来小怪在她手里。她出声击溃赵医生的心理防线，才有奇点的出牌机会。否则，若是赵医生先出2，后出对，让给曲筱绡，这盘安迪和奇点就得输了。

曲筱绡尖叫，"安迪，你坏透了，这是骗人。"

"你对着赵医生比手指打暗号做暗示，这么多犯规小动作都做出来了，我骗你几下又怎的。"

奇点数着底牌里的分数，数完，对着抑郁的赵医生笑道："又是大丰收，升两级。"然后他对曲筱绡笑道："对,小动作可以做,骗人却是原则性问题,不可以。尤其是这次,简直是木马屠城。明知你底牌压这么多分,她还骗你,太坏了。"

安迪一边洗牌,一边笑:"亲爱的麦克白夫人,您的双手也并不干净。"这会儿洗牌这件事都她和奇点包了,输家已经输得赖皮,不肯动手。

曲筱绡听到这儿,忽然福至心灵,哈哈大笑,"夫人?你叫魏大哥夫人?难道你们两个……"她的手指在两人之间摆动,眼珠子不怀好意地乱转,"难道魏大哥竟然是小受?"曲筱绡顿足大笑,可笑了半天,发现没人呼应,她惊讶地停下,见大家都有些尴尬地看着她。

还是赵医生拿了安迪手中的牌,装入壳子,"算了,今晚输得落花流水,不打了。输家请吃夜宵,这附近哪儿有夜宵?这个小曲应该知道。"

曲筱绡直觉这其中肯定出了问题,她当即毫不掩饰地问安迪:"怎么回事?"

奇点微笑道:"幸好我不是小受,要不然今晚被小曲无情揭穿啦。麦克白夫人是莎士比亚剧里的一个典型人物,一般指帮凶一类的人物。赵医生,不早了,我回家还有个报价要做,下次专程去医院找你,我们另约时间吃饭。"

赵医生也起身,"那我跟魏兄一起走吧。两位小姐也尽早歇息。"

曲筱绡连忙拉住安迪,"别,我开玩笑,你们别当真。我又不是腐女。"她又去拉赵医生,赵医生比她快手地捉住她的手,很绅士地吻手而别。而奇点已经打开大门走了出去。

关雎尔刚刚下班从电梯出来,她看到2203里面热热闹闹但匆匆忙忙地走出男人女人,可仔细一看,她见到那个心仪的人。更让她奇怪的是大家的神色不大对劲,似乎都在装作平静,但都看上去不是很平静,尤其是那个帅男。奇点经过关雎尔身边的时候,打个招呼,但没止步。关雎尔扭头,见曲筱绡孤零零地站在门口。看她看过去,曲筱绡就砰的一声摔上门。电梯口的赵医生往2203看看,没有出声。关雎尔不知为什么,而她也没勇气上前介绍自己,赶紧轻轻打开2202的门进去。

奇点对安迪道:"你回屋去,别送我了,现在晚上外面很冷。"赵医生却道:"一起去吃夜宵?我今晚输了,可我认准你们两位牌搭子,让我们喝几杯酒巩固友谊。魏兄没有对我不愉快吧?"

"怎么会,我也想认识你这个兄弟。不如去我家,我有不少旧版书收藏,料想你也有收藏,我们喝酒交流。安迪?"

"我看报告，不跟你们玩了。一娱乐就得挤占睡眠时间，头大。"奇点一笑，拉赵医生进电梯。安迪也笑，看着电梯下行。她正要走开，身后传来轻轻一声"安迪"，转身，却是关雎尔。"有事？"关雎尔点头，扭捏了一下，"可以去你那儿说吗？"邱莹莹却晃着一大袋面包出来，"你们看，晚上超市打烊面包打对折，我终于守来一礼拜的早餐，哈哈哈。"她估计樊胜美睡着了，所以夸张地压低声音大笑。安迪惊讶，"很牛，有这么多？你真会动脑筋。"邱莹莹得意，"以后要买面包，跟我说，我帮你捎来。我下礼拜还去。"

"好啊，下次看到有切片面包，替我拿两袋，先谢谢啦。"邱莹莹非常高兴连安迪都认可这个面包，她欢欢喜喜地答应了，回去整理。关雎尔进了2201，才扭扭捏捏地道："上回……跟你说起的……遇到一个人……就是刚才那个人。"

安迪吃惊，"他？赵医生。小曲的朋友。今天打牌输得火气大，小曲又冒坏心眼，他不大开心。"安迪顿了顿，看看关雎尔的脸色，索性将话说透，"有个周末，我看到赵医生在小曲家过夜。"

关雎尔一愣，略微沮丧，"那，算了。谢谢你。我回屋去了。"安迪也不好说什么，打开门送关雎尔走。但关雎尔一走，曲筱绡就从2203冲过来。"安迪，我不是故意的。我不是存心说你们坏话，我只是输火了，赵医生看上去又都怪我，我烦死了，脑子混乱。你跟魏大哥说，我没那个意思。"

"他没生气，我会把你的话转达给他。赵医生今晚输惨了，不舒服，回头你再找他解释就是。"

"安迪，你也不会怪我吧？我真的不是故意的，只是脱口而出了。"

"又不是什么大事。你今天这是怎么了，输得本性全失了？来，坐，自己找水喝，我看几份报告。"曲筱绡看着安迪开电脑，想了会儿，告辞离开。她觉得安迪看上去一切正常。安迪却斜睨着她刚出去的门，看了有好几秒。

再等几秒钟，也没听到曲筱绡进2203的门时，再传出摔门声。安迪不禁托腮转悠了一会儿眼珠子，鼻孔里"哼"出一声，给奇点发去一条短信，"十二点钟之前，如果落单，请电我。想问你为何小题大做。"

不料，没过多久就有奇点电话进来。安迪接通就问："这么快就落单？"

"没，出门转出去就看到一家烤羊肉串摊儿，两人都觉得饿，决定坐下吃一点再走。那件事你没猜错，回头我跟你解释，别挂心上，我不会坏事。"

"噢。羊肉串？报纸上不是说可能是汤姆和杰瑞的肉吗？"

"呃，你们……"奇点在电话里痛苦地憋出三个字后，电话那端就没他的声音了，唯有嘈杂声。过一会儿，电话被赵医生接起，"魏兄在呕吐。他比画手势让我跟你说一下。"

"啊，怎么回事？是不是因为我说了羊肉串可能是猫和老鼠的肉？"

"哈哈，真的？可怜的魏兄，你丢给他最后一根稻草。我们等羊肉串的时候开始讨论，烟熏的温度是多少，够不够杀死羊肉里的寄生虫、虫卵、致病菌等。这个课题我也有兴趣，于是我很详细列举羊肉中可能存在的寄生虫及症状以供讨论。很显然，魏兄虽然坚强地吞咽下羊肉串，心里却存了疙瘩。胃酸倒流到食道和咽喉，会不舒服。嗯，他做对了，从后备箱拿出矿泉水稀释食道里的胃酸。"

"他不可能这么娇弱，你们在哪儿，我过去看看，会不会吃坏了什么。"

"有我在，不用怕。魏兄自己跟你说。"奇点接过赵医生手中的电话，强打笑容道："你别过来了，天晚，你又不认路。没别的事，跟医生吃东西真需要点儿精神麻醉剂，赵医生一边说绦虫，一边镇静地咬开一块看似未熟的羊肉，稍微检查一下羊肉上面白色的颗粒，解释一下白色颗粒可能是什么，然后镇静地吃下去，我那时候胃已经泛酸了。"

赵医生在一边儿笑道："我早警示你讨论这个问题很危险。哈哈。"

奇点道："情绪积累很可怕，若不疏导，就是我这种后果。安迪，别担心我。"

"你是不是暗示我，你看到小曲和赵医生两人情绪积累快到极点，所以你小题大做结束牌局？可为什么小曲特意跑来要我转达对你的道歉？这不像她的性格。"

"想不到她是聪明人。回头我跟你详细说。"

安迪心中疑点得到印证，但她想不到奇点一个行为之后还有更多解释，难道还玩环环相扣？

关雎尔失望地回到2202，才进门就被邱莹莹抓住，"嘿，你，每天上班听安迪教授经验，有什么适合我的赚钱妙招没有。是不是刚才又去找她问锦囊妙计了？"

关雎尔愣了一下，看看樊胜美的房门，道："樊姐不爱早睡的，会不会感冒。最近我们办公室里流感爆发，今天一个出差不得不延后了。"

邱莹莹不疑有他，立马被转移了话题，"可能哦，樊姐今早就起得很晚。我买有一只鸡腿，要不给樊姐炖一锅鸡汤？我去找找菜谱，不知道鸡汤里该加点儿什么。"

"你如果先遇到樊姐，告诉她，我这儿有好几种感冒药。"

樊胜美根本睡不着，钻在被窝里干瞪眼。听得外面邱莹莹说要给她炖鸡汤，她刚刚支撑了好几个小时的心忽然散了，几秒钟之前，她还将自己当个力挽狂澜的女英雄，心里头凭着自己的社会经验盘算第一笔款子之后的后续费用将会有多少，她有限的存款见底之后该怎么办。可一碗鸡汤的关怀，让樊胜美意识到，她不过是一个弱女子，即使把她剁成泥，都不够填哥哥那个无底洞。她以前不是再三检讨不再出手吗，为什么今天又犯贱，答应汇钱给妈妈解哥哥之困？

可是一想到索债的人在爸妈家里肆虐，她只好叹息，她能怎么办，她又能怎么办，她还能怎么办。总不能眼睁睁看爸妈挨揍，家被搬空吧。好在哥哥很快就会放出来，等哥哥出来，冤有头债有主，她撒手不管了。

薄薄的卧室门外，有锅碗瓢盆的响动，樊胜美意识到邱莹莹在替她做鸡汤了。她想出声阻止，可她心烦得懒得见人，懒得假装若无其事，她恨不得逃离，她每天就想着逃离，逃到谁都不认识她的地方，赤手空拳从头开始。

邱莹莹在厨房一顿忙碌之后，跑去找关雎尔继续刚才的话题。关雎尔正在心烦，她想不到心中那个阿波罗一般的男子，竟然与小曲是那种关系，而小曲不是还有姚滨吗？何其混乱啊。她抓破头皮想将那男子的形象从头脑中驱赶出去，可这几天一个人时的想象给那男子附上太多光环，那人，居然挥之不去。对于邱莹莹的提问，关雎尔只能克制着回答："安迪不擅长理我们这种小打小闹的财，我向她请教工作方面的问题。"

"啊，想起来了，连小曲上回遇到公司问题请教安迪，安迪也说不知道。"邱莹莹不知道她一提小曲，关雎尔就心烦，她自顾自地说自己高兴的。"我今天中午拿着自己做的饭盒去，本来以为大家都会说我抠门，结果大家都说自己做的才好。只有店长不让我在店里吃，怕吃出一股饭菜味儿，影响一屋子的咖啡香。我就上楼去公司办公室里吃。勇敢吧？才不怕别人白眼。只是得想个办法，不能总吃热水泡冷饭。"

关雎尔继续克制自己，"小邱，光省钱没用，你即使不吃不喝，一个月工资全省下来，一年都只够买两平方的房子。开源节流，首要是开源。"

"往哪儿开源呢？抓住魏兄那个大生意人请教，也没请教出花头来。唉，我真是脑子坏掉了，为什么现在每天净想着钱。但是我下个月起就会有少量存款，我是把存款上交我爸妈呢，还是留着自己投资？"

"你投资什么呢？炒股？我建议你先把本职工作做好，你那工作有提升空间，可以凭业务量获得高提成。但是，邱，你不觉得你这几天变化太大了吗？以前你不是这么净想着钱的啊。"

邱莹莹彪悍地道："我发现要忘记一些做过的蠢事，最好的办法是想钱。"

关雎尔愣了，心中有万般感触，忽然扔下淑女矜持，握拳向天，咬牙切齿道："我也要挣钱！"她家境优渥，一向自视清高，不愿谈钱，总是说够用即可。可遇到曲筱绡，尤其是曲筱绡不知怎么与那个完美男人走到一起，她才发现，原来钱很重要。

邱莹莹不知关雎尔心事，哈哈大笑道："好，我们一起挣钱，回头拉上樊姐。"

樊胜美一直无聊地躺在床上听着，夜深人静，外面两个人的对话格外清晰。她心中不禁历数自己攒下来的每一笔钱，都上哪儿去了呢？她还真不如外面两个小妹妹呢。樊胜美烦躁得冒出一身汗。

正好，电高压锅叫了，将2202全体从钱眼子里揪出来。于是，大家又走回原本的生活轨道。

近12点，奇点才给安迪打电话，因赵医生刚走。

"打牌闹成这样，一半跟你有关，我替你收拾残局。你一玩就来劲，在你第一次连胜三局的时候，我提醒你放水，给曲赵两个留点儿脸面，你没在意，之后还越打越勇。那时候小曲的脸红了，开始作弊，以后越来越明目张胆。可惜赵医生清高，不肯配合她的作弊。等你从算牌精熟到算人的时候，赵医生对小曲愚钝看不清失败原因而继续作弊的不配合已经积累到不满的地步。可小曲被你打昏了，不知收敛。赵医生又输得不好意思喊停，心里有点儿烦，还得抗拒小曲的作弊，连带被你嘲笑两人一起作弊被冤枉，我看他也开始出昏招了，毕竟还年轻，沉不住气，被人冤枉别的还可以，被人冤枉做笨贼大概是他这个聪明人的命门。我只好借机叫停，委屈一下小曲。但显然小曲等我们走后已经认识清楚，我叫停是为她好，若是她和赵医生在牌桌上翻脸，两人未来的关系不容易挽回。我小看她，原以为她有点愚笨，看起来只是不会打牌，做人很拎得清。过程就是这么回事。另一方面，发个小火还有我个人的考虑，小曲那小家伙说好听点儿是个给三分颜色就开染坊的主儿，说不好听点儿则是近则不逊远则怨，我想太太平平在 22 楼混，最好时不时给她点儿小颜色瞧瞧。"

安迪听得目瞪口呆，她当时满脑子不是牌就是分析每个人的出牌心态，压根儿没考虑别的，只知道赢得痛快淋漓。直到后来曲筱绡明明正在气头上却来找她道歉，她才看出不妥。"呃，你可以放水的啊。"

"看你玩得那么高兴，有点不舍得打断你兴致，贸然放水肯定被你看出来，害你扫兴。看起来不能让你上赌场。"

"我……公认的赌性很大。真佩服你，一件小事能被你处理出这么多角度。怎么做到的，偶像？"

"一局牌，每个人手中的牌被你算得如透明，怎么做到的，偶像？"

"可是我做人如此拎不清，你却如此老谋深算，偶像，我有点怕你呢。"

"你并不是拎不清，你只是不愿算计人。我喜欢你这样。我感觉赵医生也是类似的人，我喜欢真清高不做作的人。"

"我今天才发现赵医生真帅啊。"

"这个，不可以发现。十二点，你该休息了。"

"偶像，晚安。"

"谁是你偶像。"

"你是。我有点怕你，又很放心你。很矛盾，我想想是怎么回事。"

樊胜美被门缝里钻入的鸡汤香味熏得饥肠辘辘，更加睡不着。本想打熬过去算了，可又不争气地想上厕所了。她只得起身。

邱莹莹没睡，正上网研究食谱研究得兴起，听到声音探出头一看，确认出声的是樊胜美，而不是关雎尔，她立马跳出来拦在洗手间门口。一会儿樊胜美从洗手间出来，邱莹莹目光灼灼地上下打量，"樊姐，这么早睡，身体不舒服吗？有没有发烧？"邱莹莹身高不如樊胜美，一边问一边不由分说地动手环抱樊胜美的脖子，压下她的脑袋，将两人的额头顶在一起。"还好，不烧，抱一个。以为你感冒，给你烧了鸡汤呢，喝不喝？"

樊胜美早在听见邱莹莹烧鸡汤的时候，已经非常感动，心中感慨家人还不如室友。此时被邱莹莹一连串关心动作下来，即使邱莹莹只是端出意料中的鸡汤，她心中不知怎的一酸，扭过脸去，眼泪不受控制地流了下来。邱莹莹没看到，兀自说话，闻声出来的关雎尔看着不对劲，赶紧拍拍邱莹莹，担忧地道："樊姐，怎么了？如果身体不舒服，我们立刻送你去医院。"

邱莹莹跳起来，"哎哟，我去叫安迪，她有车。"

换作樊胜美拉住邱莹莹，"别，我没病，只是……"她抬起泪眼，看着眼前两双纯真的眼睛，咬了一下嘴唇，下定决心说出来："我很感动。我今天不开心，没想到你们两个这么关心我，我……我……"，樊胜美又是顿了顿，决心不是那么容易下的，有些事并不容易说出来，"我从小到大都没受过这样的关心，谢谢你们。"

可樊胜美下了大决心，邱莹莹并没深刻领会，"樊姐，只是煮个鸡汤，又不是什么金贵东西，你表扬得我都不好意思了。我再回忆回忆，我感冒什么的时候我妈给我吃什么，备用，以后还可以拿来感动你。早说过了，你是我亲姐，我最失意时候你对我那么好，我不对你好，对谁好呢？"

邱莹莹赤裸裸地表白自己对樊胜美的好，樊胜美听着，眼泪反而泛滥，"我真羡慕你们独生子女，家里所有的爱都给你们。我发誓以后说什么也只要一个孩子，即使生女儿也只要一个，我要全心全意对待自己的孩子。"

关雎尔听到这儿，终于明白樊胜美为什么哭了。大约家里重男轻女，樊胜美从小没得到好的照料。但听得出，樊胜美心里也重男轻女得很。她当然不会在此时提出反对意见，只是温言道："樊姐穿得单薄，进去屋里坐被窝里说话吧，别着凉。"

邱莹莹将樊胜美推进屋去，一边问："樊姐，你家重男轻女？我爸也是，一直埋怨我妈给他生的是女儿，让他壮志难酬，可对我还是宝贝得很。不过也难说，若是我妈再生个弟弟，我可能就没那么幸运了，可见我命大福大。樊姐有个哥哥，我记得。"

此时，樊胜美更吃邱莹莹直爽的一套，她也忍不住有话要说。可千言万语，涌到嘴边，她只说出了几个字，"人啊，都是命啊，尤其女人。"

邱莹莹笑道："樊姐，你可别这么想。我举个例子，我爸心里头接班人是儿子，他不争气偏偏生的是女儿，他对我是一样的宝贝，可他心里别提多别扭，都是他心里重男轻女的思想害死他自己。但是我就能拿女人做盾牌了，我爸对我有前程远大的要求，我只要一句我是女孩我就是弱，他就噎气了。可我对我爸提要求的时候，又搬出我是女孩我需要照顾，我爸只好乖乖答应。所以什么命啊不命的，别信，真的，你要真像我爸那样信了，就被我这种人利用了，还好我不是坏人，哈哈。"

樊胜美闻言惊心，可想来想去，还是道："你爸爸不是被你利用，你爸爸是爱你。一个人的家庭是一个人的宿命，改不掉的。"

关雎尔谨慎地问："樊姐今天是为家里的事不开心？"

樊胜美条件反射地道："没，不是，我公司里遇到一些不开心。我真幸运，有两位这么好的室友。人们说，好朋友如温泉，浑身僵硬地躺进去，每一根神经都会慢慢地带着幸福苏醒。谢谢你们。不早了，咱们休息了吧。"

"晚安，樊姐。"关雎尔识相地扯扯邱莹莹的衣角，但邱莹莹扑过去抱抱坐被窝里的樊胜美，"樊姐，晚安，我们都是你的温泉。"然后才与关雎尔一起退出。关雎尔断后，轻轻替樊胜美将门带上。但邱莹莹站在门外，意犹未尽，"樊姐，我们不仅是你的温泉。前儿我遇到那么多事情，你一句'有樊姐呢'，不知给了我多少勇气。我没你本事，可你只要一声喊，我也在呢。"

两人听樊胜美在里面闷声道："谢谢，小邱，有你这句话，我也有勇气了。"

但关雎尔将信将疑，有勇气就能解决问题了吗？能让身经百战的资深 HR 樊胜美哭出来的绝不是小事，精神胜利法不管用。可她还真帮不了樊胜美的忙，因为她猜不出樊胜美究竟遭遇了什么事。但屋里的樊胜美被友谊温暖得少了点儿唉声叹气，她想到，该来的总要来，该面对的总要面对，生活就是生出来活下去，所不同的是，以怎样的精神状态去面对。

翌日，樊胜美一大早去公司，赶在八点钟银行开门之前，将 2000 块钱转入妈妈，不，爸爸的账户。家里的银行存折虽然都是妈妈在操作，可妈妈自始至终都是用爸爸的名字开户。一个小时之后，樊胜美估计妈妈已经陪着苦主去银行拿钱后回家，她终于敢放心大胆地给妈妈打电话，此时，妈妈家应该解围了，大家心情都轻松，她这个出钱的也要感受一下，起码钱扔出去得听个响儿。

但妈妈的回答让樊胜美直骂自己手欠，不该上杆子打这个电话。妈妈说，医院的住院费用是逐日产生，这才是给了昨天之前的所有费用，以后每天都得产生，每天都得给钱。听说，一天一千总要的。一天一千！樊胜美算了算，距离哥哥放出来还有四天，她一天一千，还得准备四千，差不多她存折可以洗清了。

关雎尔担心樊胜美，又自知没能力从樊胜美嘴里掏出真相，让她能真正帮上忙，她想来想去，将昨晚说的那些话都告诉了安迪。安迪将樊胜美的话整理排列一遍，有蛛丝马迹将樊胜美的不快往家务事上指，可证据不够有力，无法就此断定樊胜美昨晚早睡又哭泣是为了家务事。但她想到樊胜美前天晚上醉酒，醉得人事不省却还不由自主地哭泣，不知会不会是同一件事。她犹豫了一下，将樊胜美醉酒的事儿告诉关雎尔，但让关雎尔对樊、邱两个缄口不言，以免小邱嘴快，樊胜美尴尬。

关雎尔立刻想到很多，女孩子一个人，跟人喝酒醉成那样，事后又哭泣，不知会发生什么事儿呢，很有原因。她看看安迪，相信安迪的告知说明安迪也想到差不多的事儿。两人在红灯前了然对视，关雎尔道："樊姐最近好像跟上回与你去酒会认识的人在一起。"

"我知道那人是谁，但不认识。"

"我们……千万千万不能让小曲知道得太详细。她会发散型思维。我绝不会告诉小邱。"

安迪无语了，只知道点头认可。两人都不敢去想樊胜美在章明松那儿发生了什么事，当然，也不敢再贸然插手，询问樊胜美为什么不愉快。

关雎尔不知为什么，为此觉得异常尴尬，她只得提出一件自家的事儿来转移话题，"安迪，我下个月要过大关了。如果考核不过关，我可能被刷掉。这个月起，上司开始做对我们的考评，我真担心。"

"不要怕。继续尽自己的努力做事，用实力说明问题最简单易行，而且心安理得。往往纠缠于办公室斗争并抱怨不断的人，最该反思自己的工作有没有达到要求，可很多人看不到这一点。你则是反思过多。"

"是的是的，但做事真的需要窍门，你上回跟我说了每一个人该怎么逐级对公司负责，我再回头看自己做的工作，才明白我为什么要做这些，该如何分清轻重缓急。只是，真不知道其他人怎么看我的，上司跟我说，我工作还不够有创造性。可我的脑袋每天被工作塞得满满的，真没时间去想创造什么的。有一次在茶水间听一位前辈说，是不是重点大学毕业，绝对是智商的分水岭。安迪，他们在考评时候，也会持这种偏见的吧。"

"看来你的心头刺是文凭。只要做过高层管理，握有人事调配权的人都会告诉你，文凭只是进入的门槛，工作一年之后，唯有量才录用。你问题不大。考评过后，是不是收入猛涨了？值得庆祝啊。"

"问题是考评结果不知怎样啊。还有，还有……"关雎尔说到这儿，脸红了，久久不能开口。

"怎么了？又干什么小坏事了？"

"前几天工作中发生一些纠纷，同样是面临考评的同事背后踩我和另一个同事，她被上司批了，上司说他相信我为人，说我敢作敢当，不会做那事。真好。但我说的是考评结果出来后，我妈她……她要安排我相亲了。"不知为什么，关雎尔与安迪特别投缘，与2202室友不肯说的事，都愿意跟安迪说。"可是……"

"赵医生？"

"是。让我怎么可能淡定地去相亲。而且，以后可能经常在楼道里遇到他，我要抓狂了。啊，我到了。"

安迪愕然，抓着时间的尾巴赶紧说出心得："我要记得以后一定善待对我示爱的人。"

关雎尔跳出车门，正好听全安迪这句话，她不禁顿足喃喃自语，"这有关联吗，这有关联吗……"忽听有人喊她名字，一扭头，见到久违的李朝生。虽然李朝生西装革履，可自打看见赵医生之后，眼前的李朝生在关雎尔眼里变得傻大粗。但安迪临走扔下的话在关雎尔脑袋里敲响，善待，善待，微笑。"你怎么会在这儿？"

"我今天来这儿办事，想到你一定照旧在这儿下车，来看看你。好久不见，又恢复一脸苍白。"

"嗯，你依旧浓眉大眼。"

"我又不是蜡笔小新。"李朝生见关雎尔扑哧一声笑了，也跟着笑，"又看到你笑，真好。还是很希望能邀请你一起出去玩，见见天日，别总闷在工作里。"

"谢谢你的邀请。但我喜欢上一个人，以后不会再跟你一起出去玩了。"

李朝生惊住了，在分道扬镳的道口傻站着，都忘了说再见。他想不通，他是看着关雎尔进公司，是个每天除了工作就是睡觉生活异常规律的乖乖女，怎么几天不见，忽然心有所属了呢。不，一定是借口。

关雎尔说出此话，觉得心头异常轻松。善待，就是说明真相，不让对方抱有幻想。幻想，是个多么耗神的事儿啊。

邱莹莹照常上班。她向来是个大快活，不大善于计较。而今心思钻在钱眼子里，她除了计较钱，其他依然不计较，虽然她主职收银，只要手头没活，她就勤快地在店堂里帮着忙碌，与店长一起擦拭灰尘。尤其，她喜欢招呼客人，因为那些客人在她眼里就是她喜欢钻的钱眼子。

店长欢迎邱莹莹一起擦灰，却不欢迎邱莹莹帮忙招呼客人，因为那无疑会分去她的提成。店长官大一级压死人，吩咐邱莹莹尽量不要跨界，客人来了由她接待。于是每当客人光顾的时候，邱莹莹只能在收银台里面干跺脚。终于等客人来付款，她就帮忙细细打包，并递上一张名片，名片上面印有淘宝网址。于是轮到店长干瞪眼，因为网店的收入提成归邱莹莹。而由于邱莹莹服务周到，态度真诚欢乐，客人很愿意此后光顾网店购物，省得大冷天为了一磅咖啡专程跑一趟。

店长越看邱莹莹越讨厌。可老板计算总销售额，发现开网店后有增长，尤其是分析表明回头客通过网店得到巩固，老板便垂青于邱莹莹。店长越发讨厌邱莹莹。

今天，店里来了个不速之客曲筱绡。曲筱绡戴一副大墨镜，穿黑色短皮衣，脖子上挂着的肥厚围巾几乎淹没曲筱绡的小脸。邱莹莹不吱声，斜眼看着曲筱绡，她对曲筱绡有成见，再钻钱眼子也不愿主动招呼曲筱绡，这叫气节。

曲筱绡却撇开店长，径直走向邱莹莹，"小邱，安迪说你在这儿。我想买一只插电摩卡壶，可以在办公室用的那种，不占地方，使用方便，而且最好是容易清洗，比较卫生。你帮我推荐一个吧。还有哦，要不锈钢的，不要铝的，可能有些人讲究。"

"有些人，是谁？"

"男朋友，绝对帅哥！"

"难怪倒贴。"邱莹莹占得一句便宜，就快乐地适可而止了，去货架上取来两个样品，"你看看，这个是贵的，这个是马马虎虎的，贵的不锈钢一看就很有质感，材料用得好。贵的分四杯量和六杯量，你看买哪种。安迪一说就要六杯的，你那朋友做什么的……啊，我真混，上回山庄那个，四杯量，一看就是个没压力的。那人叫帅？你什么眼光。"

"医生！上手术台的医生！"

"六杯量的，毫无疑问。来我们这儿的医生不是洁癖，就是大烟大酒什么都上瘾的，咖啡恨不得拿茶缸喝。你挑摩卡是对的，上回来的一个心血管医生说最爱摩卡壶高压出来的浓缩咖啡，过瘾，喝了后心尖儿颤颤地痛快。但，我为什么要告诉你这个秘诀，让你去讨好帅哥？"

曲筱绡本来还在游移，不知该选哪种，她对咖啡有概念，对做咖啡没概念，她家只是一只美式壶，只是刚刚听了安迪的推荐才开口就说摩卡壶。但一看邱莹莹悔不该告诉她的模样，她立刻决定了，"就这种六杯量的。"她知道邱莹莹不是那块做戏的料。

邱莹莹翻着白眼帮曲筱绡包装好，顺便，不问就扔进去两袋磨好的咖啡粉，一只咖啡杯，一把咖啡勺，一大包奶球，一盒方糖，最后，才扔出一张账单。曲筱绡郁闷地看着，恨不得夺路而走，让邱莹莹为她的态度后悔。可这儿是安迪推荐来的，这礼物又是打算送赵医生的急着要用，她现在哪个都得罪不起，只有忍气吞声。但她不是甘于屈服的，趴在柜台上眼珠子滴溜溜一转，道："我爸集团公司每月需要采购大量咖啡，我的小公司上家是老外，也需要采购咖啡。邱莹莹，你还拉着个晚娘脸吗？"

"你扛采购单来，每月五公斤以上，你想让我怎么对你笑，我就怎么对你笑。像你一样娇滴滴狐媚子地笑也行。你以为我看不出你放空炮吗，才不信你。"

"对我激将吗？得了呗，你那三板斧也想跟我较量。不跟你闹着玩，你给我包几种好豆子样品，我帮你去做推销，销出去了你也不用冲我怎么笑，只要，在22楼遇见我的时候，你娇滴滴地扑上来热情无比地拥抱我五秒钟即可。"

如此好事，邱莹莹却不敢相信了，"你有什么阴谋？"

曲筱绡侧目，"这也有阴谋？我拿无数 SPA 无数香奈儿 5# 身体乳伺候出来的娇躯白让你抱，你还叫阴谋？"

"哇，我吓得娇躯一震。行，就这么定。"

曲筱绡付款，戴上墨镜出门。但邱莹莹送到门口，忽然娇滴滴高呼一声"小曲"，就将曲筱绡熊抱了五秒钟。面对曲筱绡震惊的脸，邱莹莹镇定地道:"给你尝个甜头。"

曲筱绡做呕吐状，"可以，当然再肉麻点儿更好。"

邱莹莹以念念有词送别曲筱绡，"我只是见钱眼开，我只是见钱眼开……"等曲筱绡大笑离去后，她立马想发短信给樊胜美，告知古怪，可一想到樊胜美与曲筱绡坚定对立，只得作罢。安迪，她不敢打扰，关雎尔，忙。她只能将狐疑埋在心里，猜不透曲筱绡为什么要来这么一出。

第 18 章

　　安迪下午放下手头工作，参加一个冠名里有个"高端"字样的年度行业高层研讨会，请柬由老谭转来，老谭说这个研讨会将不邀请记者，不录音，不记录，雁过不留声，因此可以畅所欲言，大约可以听到不少声称"不负责任"的深度分析。安迪一听说有这么多的"不"，便放弃"不去"之口头禅，下午放弃一切直奔会场。果然，大约与会人士都有与她一致的想法，以往什么高端会都是表明 15：00 开，正式开场时间一定是 15：30 分，甚至更晚，但这个会议，如期一分不差地举行。安迪只够与前后左右有限几个人交换了名片。看了名片，安迪明白她能参加此会完全是托老谭在美国参与朋友公司上市不能分身之福，果然，她看到与会人士大多熟知彼此，类似她这样的新人极少。自然，她这么个年轻美丽高挑的新人成为会场大人物之外的另类焦点。

　　上场演说嘉宾自然是个个有头有脸，安迪有些听说过，有些没听说过，但可以从一串头衔中得出结论，她好歹通过三个月的强化阅读，大致了解点儿国情了。就在安迪的脑袋全速运转，刻录并稍加分析的当儿，她在一串官衔后面，听到三个熟悉的字，"魏国强"。她不禁一愣，人生无处不相逢啊。

　　可她已经知道，魏国强这个名字实在是再普通不过的一个名字，她公司就有一个同事叫国强，她每次见到国强就气不顺，令同事国强很受伤。而她的奇点则姓魏，她为此还确认一下奇点与魏国强有无关系。也许，很可能，此国强非彼国强，她只希望彼国强就像那一袋文件，那袋文件被她毫不顾惜地扔进老谭家的水池里，彼国强最好也老鳖沉底永不在她生命中出现。

但安迪还是僵了一张脸，斜睨此高大魁梧的魏国强上台说话。她开始喝水，一边喝一边心存侥幸，彼魏国强猥琐到抛妻弃子，能有如此强悍的理论功底吗。可又想到，中国老话自古无毒不丈夫啊。然后她迫使自己，即使此国强真是彼国强，她也该当无视，当他是路人。但理智往往无法克敌制胜，安迪不由自主细水长流地喝着水，眼睛将魏国强上下左右角角落落扫描了个分明。

会后，是晚餐。安迪特意与两个同行坐一起，交头接耳议论这几天的做市，谈得兴起。只是，忍不住地，一双眼睛往场上搜魏国强。她太显眼，很快，魏国强就意识到有一年轻美女留意他，他也看了过来。两人对视，似是心有灵犀，都是表情严肃，甚至咄咄逼人。安迪没来由地愤怒，呀，魏国强凭什么对她咄咄逼人。她一口喝干面前的水，大步走过去，当着众人的面，径直走到魏国强身边，俯身严肃地轻问："抱歉，魏先生，请问一个小问题，三十年前，您在黛山县插队落户吗？"魏国强明显一愣，"怎么问起这么久远的事？"安迪捕捉此人脸上的蛛丝马迹，追问一句："那么您认识一位姓何的女子？"魏国强更加吃惊，故作镇定地看着安迪，但眼中神情异常复杂："你怎么问起这个？"

"知道了。"安迪心中全是泡沫一般涌动的黛山方言骂人话，但她强行克制了，转身回座。服务员早在她离座的当儿将水杯注满，她回座再次一饮而尽。此后，不再看向魏国强。在心中，此人的名字已被其他文字代替：他妈的畜生。

饭后，安迪穿上大衣与同行一起走出，到了停车场，又停住说了好几分钟。此时，魏国强匆匆赶来，老远就道："姑娘，我有话跟你说，怎么称呼你。"同行见此，只得相约回头再聊，告辞离开，不便参与。安迪斜睨魏国强走近，手头却无杯水可饮，只得屏住呼吸，强作镇定。魏国强在离大约两米远的地方站住，气喘吁吁地道："请问怎么称呼。"安迪依然不语，一脸鄙夷地看着此时近在眼前的魏国强，好久才道："不想认识你。"说完才想到还有更体面的四个字，叫作"不敢高攀"，她当然不会改口，而是扭头钻进车子，不顾而去。留魏国强呆立原地，一直看着橙色车尾消失在夜色中。

安迪开出许久，忽然发现，迷路了。她喃喃痛骂，但也只能收摄心神，专心寻找标志性的建筑停靠。停车第一件事，还是下车翻后备箱拎出两瓶水。然后才给奇点打电话，接通就开门见山，"Shit，遇见一个畜生，现在迷路。"

奇点正在应酬场合，闻言大惊，"你在哪里，我去找你，要不要报警？"

"Shit，而且十足矫情，一边说不想认识，一边凑上去招惹。你不用过来，我叫到出租车了。"

"到底发生什么事？你不是开会吗？"

"会上遇见一堆 shit，新仇旧恨，黛山县那个作孽的。不说了，我跟出租车回家。"奇点目瞪口呆，难怪，难怪，安迪而今只有遇到黛山县的那些旧事才会情绪失常。他跟同桌朋友打个招呼，说未婚妻那边有点儿事，赶紧奔赴欢乐颂。

樊胜美才刚下班，刚走出公司大门，就接到家里来电。她妈妈哭哭啼啼地说，苦主又拿着账单上门，再要一千块钱。樊胜美无奈地叹息，不出所料，来了："我身边同学朋友这几年都被我借钱借怕了，见我就躲，你说一千就一千，借钱容易吗？"

"可这家里只有你还能借到钱了啊。阿美，就这一次，这一次牢都坐了，你哥这回总能长记性了。"

"但愿吧，他什么时候能长记性了？打断他的腿都不会长记性。我连夜出去借吧。"

"阿美，明天，还得一千。你今晚辛苦，多借点。没办法，我让你哥出来好好谢你。我们都老了没办法了，靠你拉扯你哥了。"樊胜美好一阵无语，"借得到借，借不到没办法……"

"一定要借到啊，他们会敲了家里的窗户，他们说了，拿不出钱就让我们过不下去。谁让你哥犯浑，我们没办法啊，只有指望你，要不然怎么叫一家人呢。阿美啊，我们老了，没法了。"樊胜美烦躁地道："让苦主回家，明天去银行等。我借到多少他们拿多少。"

樊胜美断掉电话，呼出一声长气，茫然看着进站的公交车，等人都快上完，她才想到她也要上车，于是没了座位。她跟着车子摇摇晃晃，烦躁，除了烦躁还是烦躁，看样子在哥哥放出来之前事情没个完。他们怎么不想想，这么逼自己女儿，她又不是老板，她只是个打工族，每天逼钱，难道想把她逼去做三陪吗。心烦意乱中，又听见手机叫唤。她拿出来一看，居然是王柏川。她想不接，可犹豫了会儿，还是接起。

"你……我这几天正好在老家，听说了你哥的事……"

"嗯，他哪天不闯祸反倒不正常。你有别的事吗？没事我挂了，我在车上，站不稳。"

"对方据说在医院有亲戚，住院开药什么的挺方便。"

"啊……"樊胜美差点儿把"怎么办"说出来，好歹工作那么多年，训练有素了，她生生地将这三个字卡在齿缝。"谢谢你告知。我会处理。"

说完王柏川的电话，樊胜美更是气息不稳，恨不得砸窗跳出车去呼吸。此事该怎么处理呢？唯有找到苦主家属，跟人低声下气软磨硬泡地谈，谈到对方心中消了挨打受伤的毒气，愿意体面收场为止。可是，谁去谈？她爸妈要是行的话，这两天该谈早已谈了，还等到今天又来要一千吗？她哥，不是那料，弄不好又是一言不合，第二场打架开始。唯有她。这种事，委托朋友什么的都不行，唯有家里嫡亲出面，放下态度许下承诺，对方才可能接受。这事，唯有她出面。可是，她除了周末两天，哪有其他时间。

她想来想去，想到眼下紧迫的一千块。看起来，那每天账单果然有水分。既然如此，她怎么可能再全付。又一想，要是不全付，爸妈吃得消苦主的威逼吗。正愁眉不展，章明松的电话进来。

"小樊，前天被你灌醉的大伙儿相约今晚聚餐，一齐瞻仰樊女侠风采。你下班了吗？今晚有约吗？"

"我这儿是郊区公司，下班早，已经在回家路上。这个……上回任性，幸好昨天章总不见怪，今天怎么还好意思出来吓唬人。"

"出来吧，今天说好不乱喝，天冷了，一起吃个火锅。我这回该去什么地方接你？我们今晚去九鼎。"

九鼎？顶级的饭店，樊胜美眼前终于看到一丝青天。"地铁路过啊，我自己过去就行了。章总，你还欠我一次高尔夫哦。"

"哈哈，一定，一句话。"

樊胜美顿时归心似箭，她得回家换件衣服，重新化妆，今早没心情，灰头土脸地出门，那可不是去九鼎的模样。

曲筱绡从邱莹莹那儿出来，立即给赵医生打电话，可赵医生那儿不知为什么关机。曲筱绡立刻想到赵医生可能在手术室，哇，真神。她耐心坐车里给赵医生发了一条短信，约下班见面，然后回公司上班。第一笔生意开标在即，她还得忙着勾兑关系，招标方有一关键人物的老婆在海市出差，她得拿着爸爸的车子亲自管接管送兼三陪。从小知道陪客户应酬是力气活，须得见人说人话，见鬼说鬼话，真正上手了才知，绝对苦差。幸好有利润在前方招手，曲筱绡爱钱，目标明确的事情，她干劲十足。

直到接近下班时分，关键人物老婆不经折腾，累了，让曲筱绡把她放宾馆里自生自灭，曲筱绡百般哀求请吃晚饭，关键人物老婆动摇半天还是决定睡觉为上，于是曲筱绡便自由了。恰好此时，她收到赵医生姗姗来迟的短信，"两台大手术，很累，下班直接回家。下次再约。"曲筱绡回短信说好吧，手上却是方向盘一转，杀奔医院。她早知赵医生肯定回的是这句话。

今天她开的是爸爸的车子，赵医生没见过，方便守株待兔。

果然，下班时间一到，男男女女的医生纷纷进入停车场。曲筱绡占据优势位置瞅着，终于看到赵医生与一位男同事一起出来，她便驱车慢慢滑过去，滑到与赵医生同步，才降下车窗。"嘿，累傻的人，我送你回家。"

赵医生往这豪华大奔车窗里一看，一愣，"你怎么在这儿？"他跟同事道了别，坐进曲筱绡的车子，又问一句："你怎么会过来？"

曲筱绡万分感谢赵医生没当众耍大牌不上她的车，她连忙动手将车门锁上，发力开出去，以免赵医生反悔。"我一整天接送客户，非常幸运的是，客户年纪大了，一天折腾下来连晚饭都不想吃，只想睡觉。陪客户逛街时候看到一只挺漂亮的摩卡壶，插电的，可以在办公室用，客户很喜欢，我索性多买一个给你送来。就放在后座，你看看。"

赵医生看看认真开车的曲筱绡，再往后看看一大包不知什么，慢腾腾地道："心意领了，谢谢。看来今天你也很累，前面找个地方把我放下吧，我住的地方挺远，我转回头去医院取我自己的车回去。"

"不放，放了就见不到你了。昨晚打牌我不对，情绪失常，但你不能因此不理我。我宁愿你戳着鼻梁骂我无知浅薄无赖，也不愿放你下车。"

赵医生自打初中开始，身边就不乏含情脉脉的女孩，可这样子的还是第一次见，受惊了。他愣愣地看着曲筱绡，不禁哭笑不得，"你打算把我载到哪儿去？我可不可以打开车窗喊救命？"

"载到饭店，陪我吃饭。然后去我家。车窗我没锁，随便你喊。"曲筱绡听赵医生并未三贞九烈严词拒绝，赶紧继续耍赖。

"真悲剧，我刚得知，刑法只将拐卖妇女儿童入罪，拐卖成年男子不入罪。小曲，我昨晚开始感觉我跟你在一起不好玩，对不起。你想怎么责罚我都可以，但我不愿继续没趣的事。"

曲筱绡其实这一整天早已组织了好几个方案以应对赵医生的拒绝，可等真听到了，她发现自己很不像见多识广的江湖儿女，而是鼻子一酸，哭了。她什么都说不上来，一脚刹车，手脚利索地爬到后座，捂脸哭泣。赵医生再次受惊，可身后立刻响起汽车喇叭轰鸣，他只能爬到驾驶位，将车开出去。

下班时间，触目可及都是车山车海，赵医生好不容易才找到一个路边停车位，将车泊进去。"小曲，我下车了。"

"慢着，我要知道你喜欢的有趣的人是怎么样的，你若说不出，就告诉我有趣的概念。昨天一起打牌的安迪？"

"安迪很聪明，但不算有趣的人。魏兄是，可惜他是男的。有趣只可意会，一解说就全无概念了。当然，你可以说这是借口。确实很像借口，定义太不确切，以致我有时错认，耽误别人，对不起。"赵医生说着，拔下车钥匙，放到后座。

"手伸过来，让我咬一口，放你走。"

赵医生乖乖伸手，"手术后没好好洗手，脓液可能还有点儿附着在上面。"

曲筱绡已经抓住赵医生的手，可听了此话说什么也下不了口，唯有拿泪汪汪的眼睛怒视。赵医生有生以来第一次经历这样奇特的分手场景，他抽回手，摸摸曲筱绡的头发，"别哭，别哭。"但想想，还是毅然下车。

曲筱绡看着赵医生走远，拦车，消失，终于可以撒开了尖叫，一个人在她爸爸的车子里拳打脚踢。偏偏，她喜欢这么直截了当拒绝她的赵医生，连拒绝的风格都喜欢。

邱莹莹跳出地铁车厢，活蹦乱跳地往家里走。地铁走道上到处都是一整天工作下来筋疲力尽的人，邱莹莹鲜活得像多汁的橙。刚走出几步，邱莹莹就一眼瞅见前面身板笔挺走得飞快的关雎尔。于是就提出一个属于小学高年级的行程问题：关雎尔与邱莹莹相距 A 米，关雎尔以 B 速度沿直线往北走，邱莹莹以 C 速度同时沿同一条路往北走，请问同学们，邱莹莹在几分钟后赶上关雎尔。

答案是：邱莹莹追到地铁出口，就气喘吁吁地向前加速一跃做出犯规动作，一把抓住关雎尔大衣腰带，让题设条件化为谬误。

"关，你不能走慢点儿吗。今天不用加班？"

"明后天出差，周六才能回家。你今天不用买菜吗？"

"悲剧，一棵大白菜竟然能整整吃上一星期，每天晚上大白菜炖肉，我快吃疯了。以后再也不买大白菜。"

两人说说笑笑回家。经过西饼店的时候，邱莹莹照例向往地行一个注目礼。"等我有了钱，第一件事，要把海市所有的甜品店吃上一轮。"

关雎尔道："如果我能通过考评，春节后就有钱了。可是这几天我们实习新人都好紧张，我看见 HR 办公室都绕着走，宁可别让他们看见，也别给他们留下坏印象。不知道今天樊姐有没有空，我得问问他们公司 HR 考评流程。"关雎尔忽然想到什么，忙道："算了，今天不问，樊姐这几天心情不好，我还是出差回来后问。"

邱莹莹笑道："墨守成规了吧，我告诉你，樊姐越帮助人越快乐，她就是这么个好心人。"

曲筱绡驱车擦着两位邻居而过，她抹抹垂泪的眼睛，没有停下，一径往地下车库开去。下车就赶紧戴上墨镜，看上去很酷地等电梯。地面，关雎尔与邱莹莹也等电梯，居家大楼的电梯门口与商用大楼的电梯门口没什么不同，近在咫尺的人谁都不认识谁，全都挂着一脸冷漠只看电梯门顶的数字跳跃。地下，曲筱绡步入 B 电梯。地上，关雎尔与邱莹莹步入 A 电梯。

邱莹莹走出电梯，听到身边电梯也发出开门的声音，她就止步等待，看出来的是谁。一见戴着墨镜的曲筱绡，她立马娇滴滴地夸张地高喊一声"小曲"，冲过去熊抱五秒钟。关雎尔正打开 2202 的门，听到这么嗲的声音，毛骨悚然地回头看，身边还冒出樊胜美的声音，"怎么了？小邱怎么了？"

樊胜美俨然装扮，听到室友回来的声音，走出来看一眼，不料正好看到邱莹莹热情拥抱曲筱绡。她心中不快，当即收起笑容，转身回屋穿衣服。毫无疑问，一定又是曲筱绡那妖精对邱莹莹施了什么骗术。

曲筱绡郁闷地推开邱莹莹，但她还是捕捉到樊胜美的变脸。只是她心中没有意料中的欢乐，她心烦得要死，一声不吭转去她的 2203。但走到门口的时候，她忽然想到什么，转身问："小关小邱，你们谁知道王小波？"

"哪个王小波？"邱莹莹对曲筱绡的冷淡不以为忤。

曲筱绡想了会儿，才道："好像男生蛮喜欢看的，挺喜欢学他的……"

"噢，这个王小波。"关雎尔一听就知道，"你不一定喜欢，上网，很多下载。他太太李银河也很多文章。"

"太好了，谢谢你，小关。但这两人名字怎么写？你能不能过来帮我搜一下？"

关雎尔道："我放下包，你打开电脑，我很快过来。"关雎尔一转身刚准备进屋，迎面差点儿撞上樊胜美。她忙退后一步，一看装扮一新的美女，脱口而出："樊姐约会？"

"什么约会，年底几个朋友聚餐啦。"樊胜美担心曲筱绡还在门口，说什么都不肯承认约会。但时间吃紧，她还是赶紧冲出门去。

邱莹莹也给樊胜美一个熊抱，"抱美女，大发财。"附耳小声问："是不是刚和安迪一起出去认识的那个？"见樊胜美点头，邱莹莹"耶"一声，这才放开樊胜美。

关雎尔也听见看见了，她想到早上与安迪的议论，又看看樊胜美说不上开心也说不上不开心的脸，不知所措。但等她放下电脑包，换上居家抓绒服，来到2203，更让她不知所措的事情发生了。她发现摘掉墨镜的曲筱绡似是哭过，而曲筱绡也直截了当地承认："我爱的人不爱我。小关，我不甘心。你帮我下载王小波的所有文章吧。"

关雎尔脑袋一抽一抽的，想问，又觉得有点乘人之危。可还是忍不住，"昨晚那个人？"

"对，就他。"

关雎尔一时不知说什么才好，脑袋乱乱的，想问为什么，可觉得这么做卑鄙。手指输入的时候便乱七八糟起来。她掩饰地道："你的电脑键盘我用不惯。"

"不急。我叫个KFC的全家桶吧，把小邱也叫来一起吃。"曲筱绡一边打电话，一边看关雎尔搜索。看到搜索得到的页面满满一页的文章标题，她不禁晕了，这么多，她猴年马月才看得完。再看关雎尔细心地帮她在D盘建立一个独立文件夹，将下载文件一个个地往里装，她一边跟KFC的人说话，一边打量关雎尔。打完电话叫完餐，她见关雎尔专心做事不理她，不敢打扰，就跑去2202叫邱莹莹。她今天落寞得慌，无法忍耐2203的寂静。"小邱，来我家，喝我家咖啡。听说我家咖啡很贵，是你店里咖啡价格的一百多倍。你要不要来尝尝？"若是其他事，邱莹莹绝不会受诱惑，偏生她如今对咖啡知识求知若渴，一听就道："等等，我正煮肉汤，煮完就来。要喝肉汤吗？大白菜排骨。"关雎尔抬眼看到捧着大白菜排骨汤的邱莹莹与曲筱绡亲亲热热走进来的时候，又是忍不住问："你们什么时候和好的？"

"秘密。"曲筱绡拿出自己的咖啡，连豆子带器皿一起交给邱莹莹这个专家收拾，她趴到关雎尔旁边看文章。"小关，王小波的文章是不是很有趣？有什么有趣的性爱之类的东西，很指导生活的？"

关雎尔一愣，"昨晚那人说的？我不知道。我听同学说好，但我看不下去，很多 Sex 方面的描写，调子也不是我喜欢的，很晦涩，年代也离我们太远。你会不会听错？"

"不会，安迪跟魏大哥也在场，他说的，怀念大学时期王小波式的有趣性爱。嘿嘿，小关脸红了，你不会还是处女吧？小邱，来看稀有物种。传说现在处女要上幼儿园找，胡说，这儿就有一个。"

"小曲，你再胡说我不给你找王小波太太的文章了。"

"我没说，我一句都没说。小邱，这咖啡怎样？"

"这香味很奇特啊，似乎是爪哇那边的，可又与我们那儿的不像。是什么品种的？我得喝了才能确定。"

"不知什么品种，我朋友那儿抓来的。朋友喜欢咖啡，留学回来开了一家咖啡店，玩票，据说全市爱咖啡的人都知道那店，店里就不卖寻常咖啡，也不卖那种据我朋友说叫装 13 的拉花咖啡。你反正只要能喝出差别来就行。"

关雎尔听着两人在开放式厨房说得热火朝天，她一个人对着电脑发愣。那位赵医生，真的是这么放荡的人？可真想不到啊，人不可貌相。难怪与曲筱绡才刚认识不久就……关雎尔心中挺不快的，后悔看错一个人。

那边邱莹莹喝一口刚煮出来的咖啡，就惊了，"这么好喝！"曲筱绡等着下文，可等半天，邱莹莹什么都不说，尽发呆。"喂，小邱，说话啊。"

"我在想……问题很严重！平时都真心诚意对顾客说这个那个是最好的咖啡，以后得言不由衷了，可我装得出来吗？完了，以后再热情洋溢不起来了。"

曲筱绡彻底傻了，"这也是问题？"她看看纯洁的关雎尔，再看看眼前同样纯洁的邱莹莹，这 22 楼怎么住了两个特异人种。她听关雎尔说已经下载得差不多，就过去打开一篇来看。还行，小说，能看得下去，只是没意料中的惊喜。无论如何，为了赵医生，她需要花点时间修炼。

邱莹莹想了半天，"小曲，可不可以介绍一下，我到你朋友那儿做？"

"不行，朋友只开咖啡店，零卖，你又不想当服务员端杯子的。若是批发，你也没那本钱大批进货。"

"啊，可是现在的顾客都是相信我，才相信我的推荐。我以后言不由衷，不是挺对不起他们的信任吗？他们现在都因为相信我才在网店下单的。我……"

"烦死了，你不会说这是最佳性价比的咖啡吗？什么钱买什么货，最好的就得天价，人家顾客不笨，你最笨。"

"我当然知道一分价钱一分货，只是……我以前又傻了一回，以为他们说的特级就真的是最好。"

曲筱绡拿眼睛在这两个特异人种之间打转，忽然忍不住微笑起来。可爱！她第一次发现22楼还有可爱的人种，原来不仅男人可爱，女人也可以可爱。

于是，三个姑娘，第一次，和谐地坐在一桌，七嘴八舌地聊着天，喝高级咖啡与大白菜排骨汤，吃肯德基全家桶。只是，三个姑娘心里各有一股惆怅。关雎尔的惆怅最不起眼，可就她的情绪最沉闷了。

安迪总算是跟在出租车后面，得以全须全尾地回到欢乐颂。跟着出租车的时候必须全神贯注，付了钱落了单，才又烦躁起来，一个人在冷风劲吹的中庭踱步。此时她已经意识到刚才犯了大错，暴露了身份。首先，魏国强没理由猜不到她是谁，只是需要最后一步的确认。其次，魏国强看到了她的车牌号，只要稍微下功夫查一下，就能找上门来。最后，魏国强有点儿权势，找上门来的话，别人不敢把他打出去。而她不想再见到魏国强。

直到她见奇点在夜色中匆匆赶来，才将几乎喝空的矿泉水瓶扔进垃圾桶，整理一下呼吸，似乎看到了依靠。

奇点与安迪见面，先说一声"别担心"，拉着安迪的手进去大楼里慢慢谈。

两人上到22楼，正好关雎尔和邱莹莹从曲筱绡家出来。曲筱绡当即吹了声口哨，揽着关雎尔和邱莹莹的肩膀贼笑。奇点对她们微笑点头招呼，安迪一脸郁闷地道："我有正事，今天不跟你们玩。"就拉着奇点进2201。但到门口，她还是回头看一眼，不知这三个人怎么抱到一起去了。也好。

曲筱绡很有经验地道："看这样子，他们确有正事要谈，不是奸夫淫妇的前奏。但你们放心，不会是分手大戏。我的精辟解释完毕。"

邱莹莹道："什么奸夫淫妇，他们就是同居又怎么了。成年人可以自己作决定。"

曲筱绡怕邱莹莹跟她轴，她今天没心情，只好认错，欢送两人回2202。

2201里面，奇点听完安迪风格严谨白描式的叙述，先肯定一句："这不是矫情，血缘这东西很微妙，你的表现很正常。后续肯定牵扯不清，需要边走边看，尤其是看那边的态度。但你的情绪目前表现得太镇静，换别人可能酗酒，砸东西，打架，大喊大叫发泄。在压抑自己？"

安迪点头，"但……我刚才发泄了。"

"我们喝酒，继续发泄。人生才多少大事，生出来是第一桩大事，这件事就牵涉父母。遇到这种事，怎么发泄都不为过。我开酒，你拿纸笔，我们列数那个人的罪过。"

安迪将信将疑，但她又信任奇点，她不拿纸笔，而是搬来一台笔记本电脑，放在桌上。不用奇点陪伴，她自己动手在电脑里打入：因魏国强逃离，妈妈发疯惨死，外公失踪，外婆不知下落，我……无可奉告，弟弟。于是，等奇点拿着两只杯子过来，她疑惑地道："早已过去的事，早已明白的事，我激动什么，我为什么总是为过去激动？你让我列出来，是不是想说明我小题大做？"可话是这么说，她的心就跟被人扯着荡秋千一样，对着这么简单的一排字，沉沉地跳。

"不要问我，你问自己。"奇点斟半杯酒给安迪。

安迪被这句话刺激得火大，一饮而尽，"细节！"她将手指移回键盘，可临阵退缩，那一个个月黑风高夜，如何描述？她将电脑推开，"不写了，写出来仿佛不再是自己的事，再看就像看别人的故事，没有感受。你想要我怎样做？"

"我希望你发泄出来，遇到那种人，你心里一定闷气。但不知道怎么让你发泄，或许喝酒是个办法。"

正好此时，奇点的手机响，他拿出来一看，"王柏川？他找我干吗？"他看一眼安迪，接起电话。

"魏总，我不知道安迪小姐的电话，可否拜托你转告安迪小姐一件事：我很为樊胜美家里发生的一件事担心，但樊胜美的态度似乎想做鸵鸟。她周围的朋友唯有安迪小姐性格成熟，能不能帮我看一下樊胜美究竟是什么态度，是不是已有处理方案而不需要别人帮忙。"王柏川接下来将樊胜美家发生的事情详细告诉奇点。

安迪又将电脑移回来，她靠在奇点的背上，对着电脑上面的一排字看。不知为什么，心沉沉地跳了好一会儿之后，慢慢沉静下来。很对不起奇点，她似乎不需要发泄。但她伸出手指，在一排字下面打出另外一排字：不原谅。

等奇点打完电话，她就公事公办，仿佛说别人家事一样地道："兵来将挡，水来土掩，没什么可怕的，也没什么可慌的。"奇点惊讶地看着安迪，好久，"对，他不是你的谁，他只是一个路人。以后就是以这种旁观者心态处理可能出现的各种事端。而且你还有我。"

"王柏川什么事？"安迪见奇点不想说的样子，忙解释道："给我点儿其他事情做做吧，让我分心。我不想陷在这件事里，脑袋有时候不由自主，记性又太好。"

奇点这才将王柏川的电话内容告诉安迪。可他终究是不放心安迪的情绪，一直状若不经意地密切观察着安迪脸上的变化，甚至身段的僵硬与否。他感觉，安迪依然浑身紧张，并非她嘴上说的那么轻松。到底，牵涉到最亲密的血缘，人有太多太多的不由自主。

安迪听了道："小曲一直说樊胜美不会理财，原来樊家是个无底洞。王柏川想干什么，英雄救美？这种简单小事他着手处理了就是，何必大费周章？"

"樊家那个问题，只要是明白人，谁都不敢沾手。明摆着樊胜美与她家父母哥哥组成的是个死循环，谁奋勇冲进去与樊胜美绑一起，谁跟着沦陷。王柏川没那么傻。"

"咦，那他找我算什么意思？让我陷进去？王柏川心眼这么多？他电话多少？"安迪拿座机免提功能，接通王柏川的电话，直截了当地问："你找我？可我有些问题可能有混淆，需要跟你通一下气……"

奇点接王柏川电话的时候一心两用，他那时最关心的是安迪的情绪，别的诸如王柏川樊胜美之类不相干人的事，他只用少许精力对付。此时见安迪可以分心管别人的事，他才将刚才的电话回想了一下，猜测到王柏川的一些小心思。他给安迪做个手势，想提醒一下，可安迪早已一口气说了下去。

"这件事你打算处理吗？"奇点听到这一句就不吱声了，看起来每个人有每个人的处事办法。

王柏川道："我已经跟小樊通了电话，她不愿意跟我说起这件事。但这件事如果不处理好，他们家很吃亏。"

安迪道："你是有心人。我刚才可能表达不清楚，我想知道的是，你打算参与处理这件事吗？你打电话来，肯定是希望我加入的意思吧，我也愿意帮小樊的忙。因此我需要知道怎么与你协作，更加简单高效。"奇点听到这儿一笑，放心走开了，去书架那儿闲逛。

"我打算参与，可是不知道小樊的态度，我无法找到切入的角度。"

"她的态度无非是两种：不要你和别人参与，或者需要并授权你和别人参与。从她对你我的言论来看，她不需要你我的参与。那么我们如果参与就只能背着她。既然这样我在海市就帮不上忙了，只有你在老家出面一手摆平，这件事应该不难。或者，你什么都不做，其实也没关系，你已经够意思。"

王柏川好一阵子的沉默。安迪就再问："因此我估计你找我的目的并不是解决她家眼下面对的这件事，而是将小樊从她家解脱出来？但我一时想不出适当的办法，就我猜测，她家的死循环存在并非一天两天，她有可能轻易解脱吗？我感觉你已经有办法。你刚才电话里跟魏说的那些要求，我无法理解将在你布局中起到什么作用，怕做错分寸，影响事态，所以希望了解你的全盘考虑。"

王柏川在安迪抽丝剥茧的追问下，终于期期艾艾地道："小樊不希望我们参与，我猜与她自尊心比较强有关。她……她活得那么光鲜，可能不希望我们看到……看到一些小小不足。可是正如你所说，她家的死循环形成非一朝一夕，靠她个人觉悟来挣脱死循环，可能眼下这件事的力道并不够。可我……我这回回家专门打听了几个人……"

"我理解你怕小樊难堪，你可以不说。但如果根据你和魏在通话中的布置，我将必然跟小樊说起她家的事，你既然清楚她自尊心强到不愿意与我们分享小小不足，为什么还要我跟小樊说起她家的事？暴露了我们插手的隐情，岂不坏事？

我搞不懂你的思维逻辑，才混淆得打电话问清楚。你真的希望她恼怒吗？"

"我……她脸上始终戴着面具，包括处理家务事的时候也戴着面具，对她自己也戴着面具。唯有把她的面具扯下来，她才会意识到她这几年……这几年并不怎么……光鲜……或者说早已颜面无存。这样，可能促使她以真面目处理家务事，做个了断。"

　　"嗯，这下我有数了。联系你跟魏的通话，我总算明白你上一个电话的意思，大致是我遵照你设定的布置，无意之中激怒她，把她的自尊心逼到绝境，置之死地而后生。"

　　"对不起，我不是……"

　　"知道，我也没有。这事就这么处理。但考虑到小樊可能迁怒于你，影响你和她的关系，我打算不在对话中透露我了解她家情况是通过你。有进展，我跟你联系。"

　　"对不起，对不起，安迪，很对不起。"

　　"没关系，大家是朋友，虽然只有几面之缘。以后你直接跟我说便是。"

　　等安迪放下电话，奇点才道："不地道，他原本想骗你在不知情的情况下，热心冲上去做炮灰。被你识破。"

　　"你早猜到？我只是觉得他的要求不符合逻辑，无缘无故为什么要我那么做。所以才要问清楚。他的办法可能有效，但我得承担樊胜美恼羞成怒带来的风险，他担心我了解隐衷后不肯出面。他对小樊够地道，对我不地道。"

　　"而且他凭什么认为可以骗过你我两个？傻帽。傻帽的笨办法不采纳。我不建议你帮忙。"

　　"为什么不帮忙？"

　　"你对你从不认识的弟弟，只因一点儿血缘关系，你就每月支付一笔费用，保障他的生活。樊胜美从小是她父母养大，你将心比心想一想，觉得她可能不资助父母吗？若真被你想方设法阻止了，她此后不资助，她良心上将非常过不去，不仅自我谴责，而且连带谴责阻止她的人。这就是王柏川不敢自己出面的原因。你还打算尝试吗？"

　　安迪一条眉毛高，一条眉毛低地看着奇点。忽然决定耍赖，"那你替我想办法。"

　　"这忙不帮。以我对樊胜美这个人旺盛虚荣心的认识，她很可能很享受自己能从男尊女卑的家庭底层跳出来，翻身做家中顶梁柱的这份荣光。你外人不识好歹干什么。"安迪不禁想到樊胜美在2202的口头禅，"有樊姐呢"。但她还是道："我去一下隔壁，看看她心情怎么样。如果过得去，说明她对付得了，我就算了。"

　　"去吧。"奇点纯粹是看在安迪今晚遭烦心事的分上才答应安迪蹚那浑水，拿别人的糟心事分自家的烦心，也是个办法。但安迪一会儿就回来了，奇点倒是奇了，"人不在？她倒是国事家事天下事事事操心事事忙碌啊。"

　　"她又跟前天灌醉灌哭她的章明松一起玩去了。我不管了。"奇点赶紧岔开话题，"我一直在想，你有没有爱好。看书对你，用你的说法是补课。穿衣打扮你也不在意，因此也没血拼。美食美酒你也不涉猎。你有没有纯粹出于兴趣培养的爱好？"

　　"为什么忽然问起这个？是不是觉得我挺没趣？"

　　"你整个人丰富多彩，我怎么会觉得没趣。只是当你烦心的时候，比如今天，我忽然发现不知道用你的什么爱好帮你摆脱坏情绪，唯有想到让你发泄一招。你再想想。"这个问题，安迪还真没认真考虑过。她溜着眼睛思考半天，才吐出两个字，"没有"。"所以看书上网吃饭锻炼等的，都仅仅是出于生存考虑？"

　　"嗯哼。"

　　"走，带你夜生活去。"

　　"还有工作要处理，晚了……夜生活太费时间。"

　　"既为生活而工作，岂能为工作而放弃生活。我前年悟出来的，当时渡过难关后才想到，我都没好好生活过，我以前一直是绷紧发条的机械人。若当时跳了，那真是白活了一遭。后来一直学着生活，浪费时间做无意义但有趣的事，但也没放弃工作，工作依然做得不错，只是心态更好。你去换件漂亮衣服。"

　　"我今晚已经没事了。"

　　"广告时间，稍候即返。"

　　奇点笑嘻嘻地嚷嚷着，窜入客厅的洗手间。安迪哭笑不得，却也不再坚持，进去卧室换了行头。

　　曲筱绡一个人看了会儿刚下载的小说，觉得不对口味，但可以为了赵医生勉强看下去。可勉强的事情做起来费劲，她压迫自己坚持看了一个小时，忽然想到，她要做课间休息。起码休息十分钟。可没事做就想到赵医生对她的无情拒绝，猜测拒绝背后别有隐衷，想得脑袋爆炸，赶紧冲出房门找事做，她想到有两三天没开信箱了。

　　关睢尔刚送走安迪，心里很是奇怪，安迪为什么对樊胜美今晚的行踪问得如此详细。不过也没多想，就戴上耳机继续听帕格尼尼，同时将在厨房练刀工的邱莹莹斩出的砧板声挡在耳机之外。但是……明明耳边有尖叫，哪来的尖叫？关睢尔忽然想到邱莹莹正在舞刀子，忙摘下耳机跳出门，却见邱莹莹握着刀子看向大门，原来那尖叫声来自门外，而且尖叫声源源不绝。邱莹莹见关睢尔出来，勇敢开门，操刀子冲出门。关雎尔随即握拳跟上，出得门去，却见走廊唯有曲筱绡一个人在那儿放声尖叫。此时，刚刚换好衣服的安迪也与奇点冲出来。大家都问怎么回事。

"爱存不存竟然只给我5000元信用额度。我今天晦气死了，啊……"众人面面相觑，最后目光都落在邱莹莹手中雪亮的菜刀上。反而还是曲筱绡先笑出声来。"呸，以后真狼来了也没人救你。"邱莹莹晃晃菜刀，也忍不住笑，"今天到底发什么神经啊，失恋有你这么兴师动众的吗。"

"安迪，魏大哥，赵医生抛弃我了，你们替我想办法啊。"

"要不，跟我们玩去？"安迪想不到曲筱绡如此直接。"不去，补课看王小波去。"曲筱绡装模作样地叹一声气，背着手回2203，看上去还真有点儿可怜。安迪看看关雎尔，关雎尔连忙摇头以示她没事。安迪于是与奇点一起走了。邱莹莹道："我要么奉献自己，陪小曲聊天去。"

"你跟她聊什么……好吧，你真要去，我陪你，免得你们打起来。"邱莹莹把门一拉，还没发出一句豪言壮语，关雎尔先尖叫一声，"我没带钥匙。"邱莹莹往身上一摸，也没带。2203成了她俩唯一的归宿。好在曲筱绡真是闷出鸟来，非常欢迎两人投靠。

邱莹莹与关雎尔几乎是净身出户，唯有借用曲筱绡的手机联络樊胜美。可樊胜美一见来电显示是曲筱绡，就掐了电话。看到短信显示是曲筱绡，也是看都不看就删。关雎尔无奈，只能电告安迪，请安迪找樊胜美说话。曲筱绡眼睛依然盯着小说，嘴里冷冷地道："忒不厚道了，万一人家想搞个一夜情，就这么硬生生被你们敲了。"

安迪正在车上，电话一过去，樊胜美就接起来，樊胜美还奇道："你们是不是串通好的？"

安迪笑道："小关和小邱被关在门外，没带钥匙，只好投靠到小曲那儿。她们想问问你什么时候回。或者你在哪儿，如果我顺路，到你那儿取一下。"奇点听着直皱眉头，这么一来就得侵蚀他和安迪的时间。

"我跟大伙儿在一起呢，都不知道什么时候结束，真不好意思。我在尊爵会……"奇点听到安迪重复，就说他打算去的就是那个地方。

"我们也正好准备去那儿，到了给你电话。"

安迪与奇点到了尊爵，奇点的朋友便迎了出来。安迪见那男子也是多金的样子，就让奇点与朋友先进去，她独自等樊胜美出来，免得樊胜美与奇点的朋友有所牵扯。

但奇点担心安迪这个路盲在迷宫似的地方迷路，非得指路清楚了，才抱着两个人的大衣跟朋友走开。

樊胜美过了会儿，才匆匆地神采飞扬地出来。一看见大厅中站立的安迪，禁不住先绕着她转一圈，"哇，回头率是检验美女的唯一标准。哇，你的包是爱马仕？"

安迪心中千言万语，可组织来组织去，等看到樊胜美了，更无法说出口。"我不知道是什么牌子，你知道的。我打算12点之前回家，如果……"

"那我把钥匙交给你，我肯定比你晚。魏兄呢？你们在哪个房？我等会儿去敬一杯酒。"

安迪接了钥匙，看着微有醉意，眉飞色舞的樊胜美，慢腾腾地回答："我也不知哪个房，据说是这样过去，左拐，左手，第三个房间。"她说话时候，看到一中年男子在樊胜美背后走来，发福，红润，举手投足有点儿气势，是这种有点儿非富即贵中年男人的共同点。安迪看着只觉得油腻。

樊胜美听了掩嘴而笑，刚想说话，但觉得安迪眼神有异，就顺着眼光回过头去，见此男，就娇笑道："刘局，你怎么也做逃兵。"

"哈哈，我是捉逃兵的。原来你来接这位美女，走，一起进去，站大厅说话干什么。"那刘局说话时候就张开双臂，一手搭樊胜美肩上，一手伸向安迪，试图一拖二。酒气也扑面而来。

安迪一看就赶紧躲开。"小樊，我先走一步。"她长腿加高跟鞋，如虎添翼，健步如飞，一会儿就逃得无影无踪。留樊胜美在原地颇为尴尬，可又不便对刘局用强，只得眼睁睁看着安迪逃走。而这刘局还直嚷嚷，要求把安迪叫来一起玩。樊胜美怕惹麻烦，只得道："人家款姐，偶尔回国一趟，时间紧张，谈个事儿就走的。"那刘局才作罢。

安迪见到奇点，就被他拉着给大伙儿介绍。众人都挺友善，恭喜两人走到一起。当然，热情归热情，没一个人贸然将手搭到安迪肩上，初次交往，谁的手掌心都有一条底线。但奇点很快就感觉安迪心里存着事，等一波热浪过去，就悄悄问是不是见樊胜美时候遇到什么。安迪犹豫了会儿，将刚才那刘局的事儿说了一下。奇点一脸见怪不怪，"女孩子想混入其他阶层玩，总要付出点儿代价。我早看出小樊是那样的人。"

安迪眼前是那刘局的肥肉脸乱窜，耳边响起的是曲筱绡的捞女指控。听得奇点这么说，她摇头，"眼见为实的时候，很触目惊心。她本性挺好，只是……给钱逼急了吧。你等等，我再给她个电话，把她喊出来。"

奇点一把抓住安迪的手，"人们往往在恼羞成怒时迁怒于撞破玄机甚至提供帮助的人。"

安迪心里想到那只搭在樊胜美肩上的猥琐的肥猪蹄，她自己不愿与异性碰触，可还是看得出一个动作其中所蕴含的心思，她无法无视那个可以为朋友邱莹莹出头而砸了白主管房间的仗义樊胜美在堕落中打滚，她仿佛能感觉那只猥琐的胖猪蹄落在她肩上的龌龊感觉，无法忍受。"好吧，我目前情感战胜理智，歇后语就是犯浑。但我计算了一下，犯浑损失最高不过现金一万元，邻居相见不相识，可以承担。但反之，若顺利，嗯，说出来有点豪言壮语假大空。"

奇点一笑放手，"职业病。你这话是自欺欺人，这件事你正做反做都有损失，你绝无可能捞到好处。但既然你清楚损失的边界在哪儿，我放手。"

"我好歹也一个人活到三十多，你怎么还拿我当小孩子看待？车钥匙给我，我可能出去一下。"

"记得回来接我，我喝酒了。"奇点笑嘻嘻地掏出车钥匙给安迪，但等看着安迪出门，他忽然意识到这个话题可能已经触雷，安迪外表强大彪悍，心中却有一个坚固的弱点：她妈表现出来的精神方面疾病与她弟弟表现出来的弱智，是安迪心中碰触不得的雷区。他情不自禁地拿安迪当莽撞小傻瓜看待，不知安迪心中怎么想，她似乎并不情愿。

安迪给樊胜美打了电话之后，足足在大厅等了十分钟，足以在大衣包裹下闷出一身臭汗。但樊胜美出现的时候，身边还有一个章明松，两人相偎相依地走来，十足一对情侣的样子。

"安迪，章总说他也愿意给你做保镖，顺便出门透透气。"

安迪只能无奈地调整心中的计划，可也不能改口说不去了，还得对章明松表示感谢。"刚好需要一笔现钞。魏兄一进门就喝多了，幸好你也在这儿玩。有章总一起去，我大概再多取点儿钱也不用愁安全问题了。"

章明松道："两个女孩子大半夜的取现金，太不安全。不过车子得你自己开了，我喝了点儿，现在查酒驾查得紧。"

安迪听了，一时不知道自己这会儿的插手算不算正确，似乎樊胜美与章明松在一起，并非她设想中的关系。三个人到了车边，安迪自己绕去驾驶座，但两只眼睛看着樊胜美那边。见樊胜美走到车门边一站，略一停顿，可没人替她开门，章明松绕到车尾看标志去了。樊胜美只得自己打开车门坐进去。章明松绕回来，就着打开的车门挤进来，将樊胜美挤到另一头。两人在后面嘻嘻哈哈的。

安迪在前面翻着白眼开车，但不断告诫自己，是她古怪，而非别人异常。很快找到一处 ATM 机，安迪走下取钱，樊胜美与章明松也挤挤挨挨地出来做保镖。夜深人静，北风呼啸，安迪面对着 ATM 机，背对着纵情嬉笑的樊胜美与章明松，她没来由地在心中生出一种熟悉的感觉，那种遥远而熟悉的感觉，那种在记忆中揩抹不净的感觉。她取了钱就闷声不响直奔后备箱，可打开才想到，这不是她的车，没有常备的矿泉水。她只得折返驾驶座深呼吸，等着樊胜美与章明松两个在一张招聘男女公关的垃圾广告前面指手画脚地笑够了回来。

一路上，安迪抓破头皮，什么时候可以跟樊胜美说话，樊胜美什么时候落单，而看样子樊胜美喝得微醉，笑得开心，家务事恐怕没王柏川说的那么严重，她究竟还要不要跟樊胜美说开，并递上现金一摞。

直到在大厅分手，安迪依然没机会与樊胜美单独说话。她只得采取主动，不靠不等。"章总，我可以单独跟小樊说几句话吗？对不起。"

章明松对安迪另眼相待，微笑走开几步，又想了想，先回去包厢。反而樊胜美脸上渐渐显露尴尬，抢着凑上来俏媚道："安迪安迪，请放松面部神经。"她笑着伸手想轻抚安迪的脸颊。可偏偏安迪不喜欢男的碰触，也不习惯女的碰触，下意识地退后了两步。樊胜美僵住，一时进退不得。但她很快就若无其事，继续抢着道："安迪，你可能不熟悉国内，朋友凑一起喝酒，打打闹闹什么都有呢。"

安迪忙道："我又不是假道学。"可她觉得这话言不由衷，情急之下讨好地道，"你打算回家了吗？这天气打车也挺冷，如果打算回家，我这就送你回去。"

樊胜美继续保持微笑："安迪，请别不习惯，这只是我的生活，我喜欢。"

"啊，抱歉，我真没干涉的意思。我……"安迪发现躲樊胜美的手给躲坏了，可她性格如此，又没办法像邱莹莹一样亲昵地凑上去给樊胜美一个拥抱什么的，只能索性将包里现金拿出来，递给樊胜美，用最和缓的声音道："刚刚得知你家里的事，真抱歉，希望我能助你一臂之力。我没别的意思，只是作为一个邻居一个朋友，希望你快乐。"

　　樊胜美却看着安迪手里的钱，脸色大变。她想到安迪急急躲开她的手，就跟急急躲开刘局的咸猪手一样迅速，安迪究竟把她当成什么人，今晚在赚什么钱，才会又是拿钱给她又是要把她押送回家？她勉强才能维持微笑，将安迪的钱退回，"太感谢你的好意了，不过我真不需要，家里的事我自己会解决。我回去玩了。"樊胜美说完转身就走，双手捂住自己的脸，免得被人看见脸色变化。

　　安迪无奈看着樊胜美急急逃离，这辈子难得热心一次，竟被奇点不幸而言中。原来，比预设的损失边界更遥远的是连钱都送不出去。但不知，这算不算激怒了樊胜美，剥下樊胜美脸上的面具。事情发生完全出乎安迪的预期，她对樊胜美将何去何从毫无概念。她只能发个短信给王柏川，简单几个字，"我失败了，抱歉。"

第 19 章

2202 的清晨，气压有点儿低。樊胜美闷着脸进进出出，对于其他人的问候一概回以简单的嗯嗯啊啊。邱莹莹终于感觉出来了，连忙趁樊胜美喝水的时候向樊胜美道歉。"樊姐，昨晚我和关真等得困死了，才想出这个拿椅子顶住门的主意。真的，我们想等门的。"

樊胜美至此才只能开口："不是这事，你们在短信里已经跟我说了，我这不是进门了吗。"

"哦，樊姐，有什么不高兴，别总心里闷着，跟我们说说吧，我们或许能帮上忙呢。"

樊胜美忽然想到一件事，"忘了问，前儿晚上我不高兴的事，你们跟安迪提起过没有？"

"没有啊，干吗跟她提这个呢。"但邱莹莹立刻帮樊胜美扬声问，"关，你有没有跟安迪提起过樊姐前晚的事？"

关雎尔当即在卧室里回答："没有，干吗要提起呢。"但说完，她轻轻过去将刚打开的卧室门关上，捂住怦怦乱跳的心口。听上去樊胜美并不希望别人知道前天晚上哭泣的事儿，她没勇气承认她曾擅自向安迪寻求帮助。

　　樊胜美却在心里绕上了，奇怪，那昨晚安迪是怎么知道的呢。当时在现场

　　她心里激动没留意，回头细细一回味发现，安迪似乎知道得很多，知道是她家出事，甚至知道她需要钱，更因此怀疑她在晚上赚那种钱。而安迪知与不知的转换，似乎发生在进尊爵会的那几分钟时间内。究竟昨晚尊爵会有个谁同时认识她和安迪？而那个人，会不会与安迪持有同样的怀疑，怀疑她晚上挣那种钱？樊胜美还怀疑，很可能，那个人就是她老家来的人，不知道那个人会不会将怀疑带回老家，流传开去。

　　想到老家那小地方无风都要掀起三尺浪，一条绯闻可以在一天内传遍整个小城，樊胜美不寒而栗，忐忑如热锅上的蚂蚁。她想找安迪确认，可再一想，如果昨晚在尊爵会有那么一个传递消息给安迪的人，今天再找安迪也已经于事无补了，谁能替她这么个没名没姓的人瞒着好事呢。

　　樊胜美在2202待不住，急着出门上班，赶紧打入陌生人行列中，脸上想挂笑脸就笑脸，想挂哭脸就哭脸，这就是在海市的好处。可不巧，门口就遇见拎着行李箱的曲筱绡。撤退已经来不及，唯有硬着头皮上。但她也没好气给曲筱绡，只管冷着脸盯电梯，心中盼望安迪没将昨晚的事告诉曲筱绡。告诉谁都不能告诉曲筱绡。

　　但曲筱绡只是斜睨樊胜美一眼，懒得说话。她失恋失得无精打采，除了金钱，现在她对啥都没兴趣。

　　站在厨房里看得见门外响动的邱莹莹此时什么话都不敢说，直等两人进了电梯，她才问关雎尔："是不是昨晚安迪问樊姐拿钥匙的时候，说了樊姐什么？"

　　关雎尔连忙道："不知道。但我觉得安迪不是个说三道四的人。"

　　"你护着安迪。"

　　"邱，你这话伤人。但我相信你不会故意伤我。"

　　邱莹莹一愣，忙道："我没这意思，没这意思，只是觉得你跟安迪挺好，当然帮着她说话啦……不对，你对樊姐也好，也帮樊姐说话，呀，我怎么越说越乱了呢。"

　　关雎尔当然不会跟邱莹莹计较。她上班路上本想什么都不说的，她不知道昨晚发生了什么，她下意识地不愿凑近台风眼。但安迪问了她一句，"小樊今天早上情绪怎么样？"

　　关雎尔只能痛苦地回答实话："她今天情绪不对，还追问我跟你说了啥，我抵赖了，怕怕的。"

"我们昨晚上有些冲突，但与你无关。"安迪忍不住还是追问："小樊……今早是不是恼羞成怒的那种情绪？"

"不是。"安迪一听，不禁叹了声气，看起来她一出手即使损失了友情，依然于事无补。最坏结果。

安迪自己也面临最坏的结果。她下午从大办公室忙回来，想进自己办公室洗个澡，歇一会儿，却赫然看到谭宗明陪魏国强坐在里面。这么快就把她揪出来，她不知这意味着什么。

"老谭，你忙去吧。回头我给你电话。"谭宗明一听，胖身躯立马腾空，"嗖"地蹿了出去。即使他与魏国强彼此之间互相不愿得罪，可今天夹在这两人中间，绝非好事。

安迪关上门。有昨晚考虑打底，她可以从容地坐到办公桌后面的椅子上，捧一杯水在手，微微晃来晃去地看着魏国强。而魏国强也是冷静地看着她，安迪看不出那眼镜片后面的眼神。安迪不说话，等着魏国强自己开口。

魏国强盯着安迪看好久，终于问："你是谁？"安迪鼻子里笑出一声，不答。魏国强不动声色地沉默，依然盯着安迪看。安迪则是没了耐心，拿起桌上的文件开始看。魏国强显然颇受刺激，再问："你妈妈呢？"

"这就对了，心照不宣的事儿，一上来装什么装。死了。"

"什么时候？"

"1983 年初。"

"你怎么生活的？"

"我说过不想跟你相关，一言九鼎。你也不必关心我，拒绝。"

"过去的很多事，一言难尽。比如你外公三十年来一直跟着我生活。"安迪终于从文件中抬起眼，惊讶地瞪着魏国强。作孽的人生就是丑陋一个接着一个，而且一山更比一山高。

安迪转身再给自己倒一杯水，喝下。再倒一杯，才转回身，冷静面对魏国强。"你们一言难尽的生活，我说过，不想跟你们相关，不要听，不判断，没结论。你可以走了，若再出现，我当场发作给你看。"

魏国强被最后一句惊住，条件反射似的站了起来，但他随即恢复平静，站着道：

"我不奢望你能理解宽恕，但希望你能让我为你做些什么。而且你放心，我不会横加干预你的生活。"

安迪又转回身去，给自己倒水，大口喝水喘息。她被魏国强悚然起身的动作给搞得精神差点儿崩溃。魏国强见识过她正常时期的妈，而魏国强如此条件反射，必然因为他见识过她妈的发作。魏国强至今心有余悸，可见当年发作的威力。安迪心中慌乱害怕黑暗，魏国强再说什么，安迪都不回答，背着身挥手让他出去。

但魏国强不肯走，"我给你带来两本跟你差不多年龄的书，讲述我们那个年代，一本是《孽债》，一本是《人生》……"

安迪毫不犹豫转身将手中杯子砸过去，"告诉你别惹我，没看见我在死命克制吗。你妈的 shit，shit，shit。"

魏国强这下是真的惊呆了，胸口被杯子砸得生疼，他顾不得了，胸前水迹纵横，他也顾不得了。等他还魂，只得再看安迪的背影一眼，夺路而走。但他还是留下那两本泛黄的书。

安迪等魏国强一走，就抬脚冲进洗手间，关上门，将所有的电话声人声隔绝在外，一个人坐在马桶上发呆。发作时要多可怕，才能三十年后还让魏国强心有余悸？不用别人害怕，安迪先自己害怕起来。她尤其想到，要是有那么一天，她发作了。三十年后，奇点想起此事会如何心惊肉跳。

因此她谁也不找，不敢找，唯有一个人坐在马桶上发呆。

足足发呆了半个多小时，才气息平稳下来，回到办公桌边，给谭宗明打电话。

"了结了，你以后不用再勉强答应他，可以直接拒绝他。他有数。"

"不会了结，你们这一回合只能算是公开明确一下态度。奉劝你别感情用事，你最好看看严吕明对他的调查。他没亲生孩子，这是他人生的一大遗憾，他以后不会放开你。我建议你直面这个关系，你们需要对话。"

"直面的意思是，认了他？我只想操刀子剐了他，还有他那岳父。"

"他岳父？老严的调查里面没写明，怎么回事？"

"精确地说，前岳父，我妈的爹，一直跟着他。"

老谭也呆了，"你……你冷静冷静也好，他回北京了，暂时不会找你。要不要把老严的调查报告复制一份给你？"

"不要。无视他。"

老谭无计可施，事情甚至出乎他的意料。

安迪动手将魏国强留下的两本书塞进牛皮纸袋，扔到文件柜顶部。但是，没完，正如老谭所说。魏国强说好听点儿，还会来雪中送炭。说难听点儿，叫作摘桃子。

她把事情用电邮通报了奇点，但在电邮尾部注明：拒绝讨论，无视他们，到此为止。

樊胜美上班的时候，接到陌生手机发来的一条短信，"阿美，我是你妈。钱还没打到我的账户里吗？"樊胜美这才想起，她一早上心慌意乱，只顾着分析安迪知道了些什么，跟谁知道的之类的问题，而忘了给她妈打钱。她估计这手机是苦主的。

但是她想到昨晚安迪触电似的避开她的手，仿佛她的手很肮脏，很下流。而安迪避开她的同时，却递上一叠钱。如此屈辱的感觉，樊胜美永志不忘。她心下一横，冲动地回以短信，"昨晚没借到钱。对不起。今晚再试试。"

"你在上班吧，跟你同事借啊。"

"同事早借遍了，有些还没还出呢。我上班，没法跟你们说了。被领导捉到扣工资。"

领导倒是没来捉樊胜美，而是一个电话让她过去，就上次做的招聘人员问题的报告，接受领导的领导的提问。这种小事难不倒樊胜美，她有明媚的微笑，领导再有火气也不会撒到她的头上。

等樊胜美回到座位，她看到手机上好几个未接来电和短信。都是来自那个号。她一条一条地看短信，看一条，删一条，轻叹一声。从最后一条短信看，苦主押着她妈，又赶去她爸妈家了。除了乖乖把钱汇出，她还能做什么，她只能稍稍发个小脾气而已，而且还只能骗着瞒着地发。

如此打熬了几天，一天发一千块钱回家，换取她妈不再哭哭啼啼，她爸不用握着酒瓶子唉声叹气。

一直到周六，她跟着章明松在高尔夫球场挥杆的时候，接到一条短信，是她嫂子发来，她哥出来了。樊胜美对着惜字如金的短信叹息，总算，她可以解放了。这一刻，她异常轻松，脸上的笑更加娇媚。虽然她卡里的钱又没了，虽然她无法投入今年最后的打折季，可她终于还是解放了，这一次，她总算没问任何人借钱。

　　好在这个打折季的周末，她跟着章明松玩，不需要坐在家里囊中空空心痒难搔地想着商场里人头攒动的盛况。

　　她轻松地笑，旁人自然是看在眼里。章明松不厌其烦，手把手地教樊胜美打高球，时不时地，在她身后送上一个吻。樊胜美很喜欢，她享受着章明松不徐不疾的体贴，也享受着章明松带着淡淡烟味的怀抱。她这阵子心很累，她需要坚实的依靠，以及轻松的享受。

　　邱莹莹直到周五的时候才想起，她已经预付给曲筱绡两个大熊抱，曲筱绡却至今没将同学朋友的生意介绍给她。她赶紧给曲筱绡打电话，接通时候才想到，曲筱绡这几天出差呢。

　　曲筱绡却在电话里劈头盖脸地道："生意？你倒是想得简单，我给你拿朋友订单，这还叫你的生意？天下哪有这么简单的生意。生意就是你拿着样品，一家一家亲自上门去推销，低三下四给人赔笑脸，死缠烂打磨着人家买你一包咖啡。像你这种坐在咖啡店里等着订单掉下来的，只配拿两三千块工资，混个温饱，懂了吗？"

　　"可那天是你自己说的，还骗了我两个拥抱。"

　　"就是骗你的，姑奶奶那天失恋不痛快，你抱我两个会掉肉吗？是朋友吗？我不会让你白抱，秘诀传授给你了，怎么做靠你自己。"

　　"呸，有你这么厚颜无耻的吗。这秘诀谁不知道啊，一点儿诚意都没有。你这人啊……"

　　"呸，我这人怎么了？告你，有些人就是眼高手低，只看见我们有钱人人前享受，没看见我们人后努力，只想要我们的钱，不想做我们的努力。我爸妈就是做一分钱一分钱的针头线脑小生意发家的，我一千金大小姐每天追着客户低三下四讨好要生意，你以为钱都是天上掉下来的？我花钱请人吃一顿饭还得磨破嘴皮子，求人赏光呢。废话别说了，有这精力，你就背着样品找那些咖啡馆挨家挨户地推销去吧，第一天能卖出一包就是胜利。呸，长这么大怎么一点儿经济头脑都没。你每个周末待家里孵蛋吗，时间就是金钱，周末的时间不能浪费，还不穿厚实点儿一家家做推销去。"

　　邱莹莹嘴巴再伶俐，比起曲筱绡却望风披靡，她好不容易挤进去说两句，曲筱绡就噼里啪啦给她一大串，等她再想说，曲筱绡却在电话那头尖叫一声，说是客户来了，那端很快就传来挂断的声音。邱莹莹虽然被曲筱绡一顿好讥诮，却豁然开朗地想到，呀，真的啊，每个周末在家闲着也是闲着，出门做推销去也不错啊。她赶紧趁周五还上班着，找个借口问业务经理要了样品，她又从网店里调出曾在她这儿买过咖啡的店家的名字，打算周末两天真正地跑生意，先从熟悉的开始跑起，试试水性。

兵马未动，粮草先行。邱莹莹的粮草是冬天不怕吃了肚子冷的自制三明治。她好想跟谁说说她的计划，讨论计划可行不可行。可是 22 楼的周五，除了她，一个人都没有。樊姐又不知跟谁约会去了，安迪坐夜班飞机去香港了，关雎尔与曲筱绡都出差。邱莹莹心想，就她最闲，果然就她闲着虚掷光阴，看一寸光阴一寸金地浪费掉。想不到曲筱绡狗嘴里奇迹般地长出象牙，有些话还有点儿道理。

周六，邱莹莹背着装有样品的双肩包，精神抖擞，迎着朝阳，出发了。那时候，樊胜美还没起床。

但邱莹莹很快发现问题。大清早的，咖啡馆就没几家是开门营业的。除了星巴克等有限几家，那些门口画着雪花挂着雪人装饰着圣诞礼物的店面几乎家家闭门，而星巴克，显然是不要买她家的咖啡的。这是邱莹莹跑生意学到的第一课生意经。

等那些咖啡店开门，邱莹莹开始密集型地听课。她送出很多名片，可一包咖啡都没卖出去。要么人家有自己的渠道，要么人家要的正好是她没背着的，要么人家看不上她包里的咖啡。但是，她真的学到许多。

夜深人静，回家时候，她在地铁里给曲筱绡发去一条短信，"第一天推销，一包都没卖出去。"

"臭！"曲筱绡言简意赅地回复。

邱莹莹却笑了，若是曲筱绡这会儿就在她眼前，她会真心真意地给曲筱绡一个大熊抱。

回到家里，累得筋疲力尽，差点儿瘫痪。但万恶的金钱驱使邱莹莹爬上网店，看一眼有无顾客下单。令她欣喜的是，有一家她下午拜访的咖啡店下了一个小单子，七种咖啡，每种只要两磅。这一刻，邱莹莹异常欣喜。曲筱绡说第一天能卖出一包就是成就，而她超额完成任务了。即使这一单没几块钱提成，甚至都不够她今天一天的车旅费，也没加班费可领，若真算起来她亏本亏到姥姥家了，可那是她开天辟地第一单，邱莹莹想，这是她成功的开始。

　　邱莹莹喜得坐立不稳，翘首等待樊胜美回家，她要汇报成绩。可她太累，坐在被窝里等了会儿，就歪着睡着了。

　　邱莹莹是个不屈不挠的人，早晨拖着有点儿酸痛的腿脚起床，先蹿到樊胜美卧室门口，她很意外地发现，樊胜美昨晚没回家。

　　邱莹莹先是愣了一下，随即哈哈大笑。打开房门，继续对着空无一人的走廊哈哈大笑三声。她心中有种独享秘密的愉快，而且，在2202的夜不归宿名单上，她不再是独孤求败。然而，笑归笑，她还是有义气的。她赶紧给樊胜美发一条短信：22楼今天只有我一个人，樊姐，我会替你保密的。

　　然后，邱莹莹打开窗户，让北风呼啸入室，她大模大样地做了油炸花生米，再做一盘大葱炒腊肉，一条葱烧河鲫鱼，大清早的，她用稀饭配着大鱼大肉，吃得前所未有的痛快。虽然，大葱炒腊肉的腊肉似乎有点儿老，而河鲫鱼被她煎得两面都脱皮，可真好吃，久违的烟熏火燎味儿。吃完，浑身热乎乎的全是劲儿。

　　看时间还早，邱莹莹赶去加班，先将昨晚的网店订单发了，然后继续跑生意。她从昨天跑一天的经验得出结论，越偏远的地方，对网店的需求越大。她决定今天趁天还早，跑出市中心，去边远的区县碰运气。

　　安迪乘夜班飞机回来，飞机才刚落地，还没停稳，只见前后左右的男男女女纷纷掏出手机执行打开操作。奇点也不例外，赶紧地打开手机查阅信息。一时间机舱内铃声回话声响成一片。排队出关时候更加热闹，一个微胖中年男跟在安迪后面，全过程嘴巴就没歇息过一分钟，而且异常大声，安迪听得一字不漏。先是让辛迪PS质保书，将原有参数PS成0.3再传真给某客户，然后让玛丽准备会议室通知谁谁谁几点准时开会，并且没忘了提示一句空调提前十分钟开启，再让汤米与住在某饭店的某某客户联系安排晚上餐叙，并且没忘了提醒一句饭店一定得是那一家，因为ABCD等四个原因，再接着又呼叫玛丽听电话，就质保书问题做出ABCD点的解释，提出EFGH的要求，并让玛丽负责统一全公司的口径……安迪一眼看出去，发现起码有一半的人属于那种离了他地球就不转的"要人"，包括一直在收发邮件短信电话的奇点。

　　安迪等着奇点一个电话打完，才笑嘻嘻地道："自恋是一种态度啊。难道两个小时的飞机能积累那么多的突发事件？"

奇点笑道："也有凑巧的时候，正好欧洲机场闹雪灾，我两个大客户没法回家，直接从马来西亚转过来找我，也刚飞机落地。我让他们等在门口。按惯例，起码三天时间我得全陪，没时间给你。"

"原来外星人真来劫持地球了。等下我自己打车回城，懒得与你客户应酬。赵医生的书我替你送去，省得他再发那种吊颈相思之类的肉麻短信。"

"最不放心赵医生那厮。"奇点贼兮兮地笑，可也只能答应，"他留短信跟我化缘，你顺便帮我给他拿一万块去，他急需。"

"有什么事是我不知道的？你们这么快就结成什么联盟了？"

"他那次问我借了本无国界医生组织的书，我顺口问他有没有参加的意向，他说没时间玩那形式，他医院几乎每天能碰到无比可怜的人，只要给这个捐点儿钱，给那个捐一管血，他不到一个月就可以……"奇点不禁笑了笑，"精尽人亡，他原话这么说，这人说话很有趣。他说只要有心，哪用得着去别国，扫好自家门前雪不去麻烦别国人已经功德无量了。但有很多时候，他只能伪装铁石心肠地看着，无力应付，他说他很怕哪天变成真的铁石心肠。我答应偶尔让他化缘一下。估计他今晚遇到看不下去的坎了。"

"呀，想不到啊。"

"是不是他说话贱贱的挺招你烦？"

"哈哈，还有你。"

安迪坐到车上，先尽责地给曲筱绡去个电话，"我这就准备去医院给赵医生送香港带来的书。你要不要一起去，免得坐家里吃飞醋。"

"我出差，明天开标。你能不能等后天再送去？我正找不着去见他的借口呢。"

"那算了。我后面三天好不容易获得独立自由，无数安排无数私事，坚决不为你让道。"

"啊……怎么可以没点儿同情心。"曲筱绡尖叫的时候，安迪赶紧将手机拿开一尺远。但曲筱绡终究是没法回来，明天是她回国后做的那么多工作的大考，成败直接关系到她腰包里的银子。她从小就树立了正确的曲家人生观，有情只能饮水饱，有钱人才能终成眷属。决不能为一个接近帅哥的机会而放弃挣钱。

安迪拖着行李箱，拎着一包书，好不容易找到住院楼休息室，但被护士告知赵医生还在手术室。于是她也装作地球围着她转的大忙人，赶紧打开 ipad 查邮件，看附件。

医院里的赵医生看上去很温文尔雅，即使一台手术做得头发被汗水浸透，人累得像泄气的皮球，说话举止依然儒雅权威得足以令病人肃然起敬，退避三舍。安迪二话不说，将书和一万块钱一起推给赵医生，"魏渭走不开，让我捎来。如果需要我帮忙，尽管提。"

赵医生抹一把额头，"万恶的金钱，我爱死你了。还差近两万，我再找别人化缘，等下给报社朋友报个料也能筹到点儿捐款。刚才手术台上还在愁这笔钱，还好你们雪中送炭。我们把行李和我的书到护士站里放一下，我领你去看看。"

"不用了，信任你。我也累得慌。"

"不行，程序一定要透明。我比你还累得慌。当时给魏兄短信时候正抢救，没说清楚。打工仔的孩子，才六岁，那种野鸡幼儿园放学就关门了，她妈加班，小孩自己走回家，路上就出了车祸，车子早逃走了。最惨的是孩子爸也是车祸，他是遗腹子。喏，你看，那精瘦精瘦的女人是孩子妈，打工赚的钱只够母子两个人吃穿住。你记住啊，1503 房，B 床。"

"我是不是该给孩子送点儿营养费？看样子……"

"你自己送去，你行善，值得对方对你说声感谢。"

安迪掏出包里所有的现金，可惜刚替奇点拿出一万，她的现金不多，只一千三。她还是把钱交给赵医生，不愿进去。她从小面对各路慈善人马逢年过节杀奔孤儿院，她经常不知好歹地东躲西藏，可最终还是被捉出来给善人们做表演，说感谢，装很快乐很开心，其实心里一点儿都不开心不快乐，还得让那些男的女的抱住她亲。她甚感腻歪，唯有自责没良心没感恩。因此轮到她有钱的时候，她慈善捐款但从来不出面，免得给受助人带去压力。今天依然如此。

屋里，她看到病房里那干瘦的妈妈拿到钱对着赵医生猛地跪下去，她能读懂那妈妈的内心，人到穷途，一碗馊饭都比圣母马利亚美丽。而那妈妈的身姿，让她想到她很小很小的时候，模糊的印象中，每当一枚硬币滚过来，她妈妈就是这样子的。这时她看到赵医生跟那妈妈不知说了什么，那妈妈眼睛看过来，她立马拔腿就逃，怕那妈妈也来跪拜她。

赵医生出来好不容易找到安迪，见安迪警惕地环视周围后才从楼梯间出来，不禁丢下儒雅面具大笑。"我跟那妈妈说了你还拿来一万，这就去下面付住院费，那妈妈感动死了。走，我们下去住院部付费窗口。"

"你自己拿去就是了嘛。"

"嘻嘻，我不敢沾手一分钱。我良心太脆弱，一百块足以让我变节。"安迪清楚赵医生自嘲背后的意思，慈善金钱往来，最要紧的是每一笔款子去向的透明，若是经手赵医生那儿转一下，万一有个不测，他跳进黄河洗不清。一次不忠，百次不用，赵医生的名声就毁了。"可不可以申请政府救助？"

"走正常渠道比找去天堂的路还难。官僚！"

"你化缘名单上再加一个我吧。"

"你们俩有一个就够了，自己回家商量怎么轮流排班。你钱再多也架不住要钱的口子这么多。不如帮我介绍几个有钱的富贵病人让我发展施主。广种薄收，看哪个养太肥了稍微放一刀血，降脂降糖，有益健康。"

安迪听了发晕，她算是认清赵医生的真面目了，若是她有个三长两短，绝不敢让这样的医生对她动刀子，尤其是……"想到你的书单……My God，好几本日文原版漫画，那么……那么……付款的时候我们都不敢看收银员。"

"啊，都买到了？"

"对。"

"我今天正需要。你真不知道那小孩上手术台前的眼神，那么乖，痛成那样还对他妈忏悔他不该闯祸，他妈又哭得撕心裂肺生离死别的。我需要精神腐蚀，各种腐，必须的。"

"去吧去吧，书里还夹着两盒巧克力……"安迪未说完，赵医生早红尘滚滚地跑远了。安迪愕然，这不是男版曲筱绡吗。

关雎尔出差回来，与同事一起下火车，出站时候，一眼看到林师兄迎着她走来。她同事见此都会心一笑走了，留关雎尔很是尴尬地看着林师兄。都怪她上午接了林师兄一个电话，暴露行程。

听着关雎尔喃喃自语一般地道谢和致歉，林师兄一脸正经而稳重地道："我看看时刻表，你到站时间太晚，一个人回家得十一点了吧，不安全。"

"没关系，没关系，我长得挺安全。"关雎尔看见林师兄就有点儿语无伦次，最郁闷她小时候的偶像冲她献殷勤。"安全架不住天黑啊，呵呵，玩笑。接近年底，据说治安不大好，太晚还是给我一个电话，别怕不好意思。"关雎尔简直糗得想钻地里去，可还是得装作大家闺秀似的面带微笑，将行李掌控权交给林师兄，跟着林师兄去停车场。"早听说你们公司工作很辛苦，这下算是眼见为实了。有没有想过做逃兵？"

"累死的时候，偶尔会冒一下这个念头，但很快烟消云散。想想同样也是大学毕业的小邱找工作那么不容易，怎么挣扎工资也上不去，谁还敢做逃兵啊。"

"是这样。有种说法，这年头挣多少钱，获得多少机会，取得怎样的社会认可，大部分取决于你落在什么单位，而不是你有多少能力做了多少努力。这话比较极端，但也说明问题。我有个四十几岁的领导曾经说起，二十年前他经常为要不要下海做思想斗争，现在这种念头想都不敢想，小老板的日子太艰苦。"

"可是我们第一年淘汰率挺高，不像你们是铁打的饭碗。"

"别害怕，尽人事，听天命。"话说起来了，关雎尔才不知不觉地收起扭捏。但坐进车里还是想到安迪当初的提示，晚上尽量别单独跟男子同车出城。可她这回并不觉得害怕，凭直觉认定林师兄不会乱来。

快到欢乐颂小区的时候，林师兄问关雎尔饿不饿，要不要吃个夜宵。关雎尔肚子确实饿，不禁想到小区门口那家西饼店，可她还是摇头。但经过西饼店的时候，她忍不住行一个注目礼，正好看到背着双肩包的邱莹莹垂涎三尺地驻足对着店里瞧。她忍俊不禁，替邱莹莹拟出此时的台词：姐要省钱，等姐赚钱了来收拾你们，一网打尽。

关雎尔让林师兄停在小区门口，等她送走林师兄，邱莹莹才恋恋不舍地离开那家西饼店橱窗。关雎尔想跟邱莹莹说别这么夸张，样子不好，可等她说出口，就变成别的了，"邱，帮我看一下行李，我饿死了，买个吃的。"

邱莹莹终于等来一个可以说话的，赶紧拉住关雎尔道："我今天跑郊区了，你知道去干什么吗？做生意！……"

"一会儿，一会儿，三分钟。"关雎尔掰开邱莹莹的手指，赶紧跑进西饼店买了一个长长的乳酪蛋糕。

等关雎尔回到邱莹莹身边，邱莹莹便开始她的独唱团。邱莹莹把她昨天今天的经历说得上天入地精彩纷呈。但说到昨晚回家看到网店订单的时候，邱莹莹忽然打住。正好两人走进2202，关雎尔将行李一扔，切蛋糕招呼邱莹莹一起吃。"邱，哈哈，想不到，这么冷天，蛋糕冻成雪糕更好吃呢。难怪面包新语把这种蛋糕搁冰柜里。帮我一起吃，过夜就不新鲜了。"

邱莹莹客气了一下就吃上了。关雎尔笑道："我前晚上跟同事睡一屋，早上醒来时候还迷糊呢，睁眼一看屋里有人，吓得尖叫起来。把自己吓醒了才发现这是住宾馆，同事刚起床呢。"

"我昨晚整个 22 楼只我一个人才可怕呢……"邱莹莹脱口而出，忽然意识到不对劲，连忙刹车。但她已经看到细心的关雎尔脸上露出问号。"你别问我，转过脸去，我不回答。"

关雎尔本来不过是闪个念头，被邱莹莹后面一句话一说，才当真了，不由自主地看了眼樊胜美的卧室门。邱莹莹异常懊恼，怎么就管不住嘴巴呢。此时门一声轻响，樊胜美满面春风地走了进来。

"哟，吃夜宵可容易发胖哦。吃什么呢？"

关雎尔忙道："吃蛋糕，樊姐来一块？"

"谢谢啦。这盒是日本的和果子，你们一起吃。我累惨了，我先用洗手间哦。"

邱莹莹一直憋着呼吸以免再说错话，等樊胜美转身入卧室，她才喘出大气。关雎尔则是看到樊胜美手中的两只购物袋，一只是娇兰的，一只是 TOD'S 的。关雎尔在公司耳濡目染，依稀记得后者也是名牌。

樊胜美的手机响了，她心里揪了一下，但一看显示是章明松，才放下心来，脸上露出笑颜。"到了，进屋了，室友两个妹妹都还没睡呢。嗯……不嘛，多不好意思……嗯，好的，好的……明天下班时候再定……当然啦，好的，好的，晚安。"

樊胜美说完电话回头，见邱莹莹冲她做鬼脸，她笑了，"怎么啦，怎么啦，没见过吗？"

"没啥，很替你高兴啊。要我妈看到榜样，准拎着我耳朵骂我毕业至今还没给她找个女婿回家。还好还好，他们离得远，又不舍得电话费，想骂我只有等春节一遭。哈哈。要不，我春节找个临时男朋友回家？难道我也得用那馊主意了？"

"呵呵，我是反面教材，坏榜样。"

关雎尔见邱莹莹说话又着三不着四了，忙道："樊姐，我昨天中午打你电话，可惜你关机。我们昨天在一家丝绸公司的仓库里大挑特挑那种有点品牌的外贸订单围巾，我本来想问你要不要，我让审美好的同事帮你挑几条。你来看看他们给我挑的，春节回家给长辈小辈们的送礼都在了。"

"啊，太遗憾了，哎呀，我昨天中午在干什么……小关，我看看你的围巾，让我垂涎一下。"

关雎尔将行李拉进卧室，取出一叠简包装的围巾拿给樊胜美看。樊胜美识货，一摸质地，一看印染和花色，就知分晓。"哎呀，我纠结死了，我那破手机该扔了，怎么关键时刻掉链子呢。"

邱莹莹跟进来试了一下属于关雎尔的那条大方围巾，非常映衬脸色，尤其是给沉闷的冬装添加一份亮色一份俏丽。"关，我昨天真不应该拒绝……哦，这一条要多少钱？"

"我同事说这个价格已经非常优惠了，我这条得一百三四十。"

"哈，幸亏我没让你买，英明。我要省钱，我要省钱。啊，我忘了赚钱，得看看网店有人下单没。"邱莹莹说着就将围巾拿下来交给关雎尔，一溜出门钻进自己房间，打开电脑。她的电脑是自己攒机，性能不佳，咔啦咔啦地响半天才露出画面。

而在关雎尔的卧室里，樊胜美看一条围巾，说一声"纠结"，听得关雎尔连忙表态，"只要樊姐喜欢哪条围巾，我全部原价转给你。"

樊胜美郁闷了会儿，到底不好意思横刀夺爱，尤其是夺小妹妹关雎尔的。但她是真的纠结，只是她的纠结无法跟人说。她哥哥周六放出来，从那时开始，家里打她手机的号码从爸妈家的座机一部，增加到三部，另两部是哥哥与嫂子的手机号。三部号码车轮大战似的向她哭诉，问她要钱，要工作。当着众人的面，樊胜美唯有嗯嗯啊啊地应付，她终于忍无可忍的时候，冲进洗手间，拨通哥哥手机，大骂一通，发誓这件事管到这一步为止，此后哥哥一家是死是活她不再搭理，以后不许烦她。于是她关闭了手机，一直到今晚十点之后才恢复开机，因为她知道十点之后，她爸妈哥嫂都肯定睡了。

对着围巾喊纠结，樊胜美心里的郁结得以稍稍散发。

关雎尔当然不知道其中有这么多的曲折，她心里内疚起来，"樊姐，我要是多给你打几个电话，或许就打通了。"

"这个不是你的事，是我错过机会。唉，我要不要换个手机号啊。谁敲门？"

邱莹莹先冲出去开门了，一看是安迪，她大笑大叫："安迪，我做成三笔生意了，是我自己用脚跑出来的，三笔！小曲说能做成一包就很好了，我居然三笔，哇，哇。"

安迪被邱莹莹突然袭击，紧紧抱住，顿时身体僵硬地笔挺，一会儿才回过神来，伸手拍拍邱莹莹，道："最好的消息，真替你高兴。我和魏兄一直想不出你该做什么生意，你自己找到了，真好。"

樊胜美在关雎尔的卧室里轻轻道："很官方，很正式。"

关雎尔一想，好像安迪说话一直这样，比较缺乏柔性，好多话直接就可以放到正式会议场合。但她当然不会说什么，她放下围巾，也走出去。"安迪，吃块起司蛋糕吗？很不错的。"她边说边切一块给安迪。

安迪正被邱莹莹拖进屋看网店上的单子，指出这个单子是怎么来，那个单子又是怎么来。本来有点儿勉强，但听到每一笔单子后面是邱莹莹公交车加双腿，一根针一条线地跑出来，不禁惊叹："真不容易，跟唐诗说粒粒皆辛苦差不多。"

"是啊是啊，但跑成了，不，即使进了咖啡店没被人赶出来，我就觉得很有成就感了。尤其坐在咖啡店沙发上，腿脚哪还会酸。"邱莹莹听得出安迪表扬的时候很由衷，于是大喜，手舞足蹈，一看见关雎尔托蛋糕进来，想都没想就拿来吃了。关雎尔偷笑，又去切一块来给安迪。

樊胜美在隔壁听着两位室友都围着安迪转，心里说不出的滋味。但她并不愿挪步到邱莹莹的房间凑那热闹。

安迪接蛋糕时候才感觉到手上还拎着一只大塑料包，忙将包放到邱莹莹凌乱的桌上，"差点忘了给你们三位的手信，我很喜欢吃的三家店的点心，中西都有，你们尝尝。我最爱吃榴梿酥，臭臭的，可吃起来好香。我们玩得好开心，全程就是吃啊吃啊，本来说好一天吃五顿，回来飞机上一算，哪有间断的时候，一直在吃。我在香港发誓，一定要学会做菜，小邱，回头向你学习做菜。"

"我也才开始学呢，我们切磋，嘻嘻，切磋。"邱莹莹一听说是香港的点心，开心得立刻扒开塑料袋看。"今天发达了，关拎来起司蛋糕，樊姐拎来日本的和果子，安迪拎来香港的，哇呀呀，今天什么日子啊，我不要睡了，我要乱吃。"

安迪一愣，抬头正好对上关雎尔的眼睛。关雎尔已经感觉到了什么，她尴尬地看着安迪无语。安迪立即道："小邱，你慢慢吃。喜欢的话，我隔周还去大吃，再给你带来。我走了，睡觉去，累死。"

连邱莹莹都感觉到低气压，"怎么回事啊，忽然说走就走呢？"她也不由得将目光转向关雎尔间的方向。

安迪见大家都已看出来，便也不隐瞒，对着关雎尔房间方向大声道："小樊，我向你道歉。请你包涵我在尊爵会的不当言行。"

"安迪，你并无道歉的必要，你我观念冲突有何不可，不必强求统一。我希望你坚持你的观念你的看法，不必为了什么邻居的面子里子而道言不由衷、居高临下的歉。"樊胜美依然待在关雎尔的房间里不出来，她不想见安迪。

"请放心，我不会勉强你接受我的道歉。但我必须声明，我在尊爵会勉强你接受我的帮助并非居高临下，只是策略不当。我没有什么高可居，你也不必自尊心太强。"

"你前面是言行不当，后面是策略不当，说明你心中想了行动做了，还有什么可解释的。我也必须声明，我没有你说的那种强烈自尊心，我想你更想指出的是我自卑心太强，只是为了不显得居高临下而改成自尊心而已。你的好意我心领。"

安迪对关、邱两个耸了耸肩，"好吧，我不再道歉。我只为对你造成的伤害表示遗憾。"她与一个屋的关、邱两个摆摆手，走了。留关雎尔与邱莹莹两个大眼对小眼，又不便问究竟是为什么，但都想到，可能与樊胜美前几天心情低落烦躁缠身有关。关雎尔想到更多，因为她知道得更多。

安迪走后，樊胜美才走出关雎尔的房间。"不好意思，两位，让你们担心。"

"没关系。"关雎尔连忙道，"说开了就好。"

邱莹莹刚才早已眨了半天眼睛，好不容易看到硝烟稍散，本想克制着不问，可等关雎尔一说，她还是求知欲很强地问："说开什么了啊，我怎么越听越糊涂。关，你……"

"嗯，没什么，观念冲突。"樊胜美抢着说话，但不由得看了关雎尔一眼，关雎尔与安迪走得最近，又是最得曲筱绡青睐，似乎关雎尔知道是怎么回事了，"我非常不喜欢安迪对我居高临下的态度。"

邱莹莹还想问，关雎尔趁樊胜美转身去洗手间，赶紧踢邱莹莹一脚。邱莹莹立刻闭嘴。等樊胜美进入洗手间，她才轻轻地对关雎尔道："安迪有点冷淡，不大热情，我刚抱她就把她吓僵了。但好像看不出有什么居高临下啊。到底怎么回事，你好像知道点儿。"

"樊姐前几天有心事，又不要我们管，你还记得吧？可能安迪硬要帮她，把她惹恼了。"

邱莹莹点点头，再回头一想，豁然贯通。"樊姐昨晚没回，今天就很开心，可能前几天恋爱有曲折？嗳，说得通。"

"不乱猜。我们看看袋子里有些什么吃的。"

"还有，我刚才当着樊姐面不敢说，我去跑生意的主意是小曲帮我出的。那家伙嘴巴坏，可还真帮我了，而且说得挺对的。"

关雎尔惊了，"我们 22 楼越来越复杂。我以后少说话，少发表意见。"

"对。我说错了你踢我。"

但关雎尔忽然想到，所谓复杂，也只有樊胜美一个人与左邻右舍产生矛盾，而且全都已经公开化。与曲筱绡的矛盾是由于曲筱绡看不起樊胜美傍富，那么与安迪的矛盾究竟是什么呢？

安迪回到 2201，便将樊胜美的事情丢到脑后，不愿意去想。她给曲筱绡打去电话，报告与赵医生的会面情况。曲筱绡听了就欢快地尖叫，她终于找到见赵医生的借口了。

樊胜美的好心情被安迪打断，在洗手间里心烦意乱地卸妆洗脸。她今天本不想冲动，可不知怎么，一听见安迪居高临下的道歉口吻又忍不住了。为什么，为什么，她究竟是不是自卑。不，她是挺骄傲的美女。只是……她恨死。

正烦躁着，邱莹莹敲门，"樊姐，你包里手机响了又响。"

樊胜美连忙冲出来接电话，看显示是陌生手机号，将信将疑接起来。"阿美，哥只有你一个妹妹，哥不是走投无路不会来麻烦你。那些人一整天围在我家，他们说了，要么给医药费，要么打断我一条腿，一命抵一命。他们拿着铁棍啊，阿美，他们要敲断我的腿……"

又是陈词滥调，每次只有闯祸时候才想到她是唯一妹妹，而家里有什么好处，从来视妹妹为虚无。樊胜美本来就窝火，此时更火气腾腾燃烧，咬牙切齿打断，"活该！你打人时候想过今天吗？你活该！打吧，打死你我也不管。这是苦主的手机吗？给他们，我跟他们说话。"

等那苦主接起电话，说出威胁的时候，樊胜美大吼："你们打，我支持，给我往死里打，打死他，省得每天问我要钱。你们只要打死他，我奖励你们一万。你们不打，我一分不给。不要心软，想想你们躺病床上的兄弟，给我往死里打，狠狠打，打死算数。"

　　樊胜美说完，恶狠狠地将手机关了。旁边邱莹莹听得目瞪口呆，不知是怎么回事。樊胜美也不解释，又钻进洗手间，大大地喘息。孬种，到处是孬种。只指望那些苦主不是孬种，给她哥一顿教训。

　　邱莹莹冲到关雎尔房门口，与也是目瞪口呆的关雎尔对视，两人都不知该怎么是好。这一回，连邱莹莹都不敢再上去拥抱安慰樊胜美了。等樊胜美从洗手间出来，两人分别轻手轻脚去洗漱了，然后悄无声息熄灯睡觉。

　　2202安静得可怕，樊胜美一直竖着耳朵听着外面的动静，却只能听到遥远的含糊的与她不相干的，她此时不由得悲从中来。而她也只流泪不出声，连抽纸巾的声音都被她消灭在被窝里。

第 20 章

　　22 楼周一的清晨，照例是最忙碌却又最无精打采。用樊胜美的话来说，一想到此后一连要上五天班，真是想死的心都有。然而今早邱莹莹是最忙碌而快乐的，她今天有三笔订单需要发货，这三笔订单非同寻常，是她一步一步拿脚跑出来的，她异常珍惜。即使屋里因昨晚安迪与樊胜美的争吵，以及后来樊胜美的怒吼电话而显得气氛尴尬，她的欢乐依然掩藏不住写在脸上，她恨不得早点上班去打包货物。相比较而言，关雎尔的脸色就淡漠得多，关雎尔甚至有意回避樊胜美，以免彼此尴尬。

　　等安迪来喊关雎尔一起走的时候，2202 只剩关雎尔一个人。樊胜美早已悄无声息地提早上班去了。关雎尔今晨早已清醒，也已知道 22 楼没有其他人，因此见面就道："安迪，你别生樊姐的气，她心里有事，昨天对着手机很失态地让对方揍死谁，她说到什么苦主，每天问她要钱，看样子前几天就已经不快了。"

　　安迪惊讶，但她很快将关雎尔没头没脑的话整理成型，"嗯，这事你别管，有办法的话让小邱也别问。我知道是怎么回事，但我不打算告诉你，你们跟小樊平时该怎么着还是怎么着，多让着她点儿，只要别可怜她就是。"

　　"你就是因为这事帮她才导致冲突？或许我可以做，樊姐一直在我和小邱面前做大姐，她再怎么也不会在我面前感到自尊心受伤。"

"我不会让你和小邱承担这个风险，你们住一个屋，闹翻了很麻烦。你说的昨晚的电话，我会找人去调查。"

电梯里人多口杂，两人就没再说。关雎尔心里则是更多问号，很奇怪安迪怎么得知。不过有一件事还是值得欣慰，"安迪，看样子你没生樊姐的气，这就好。"

"不，生气归生气，做事归做事，我只是能理智分清两者之间界限而已。"

"除了父母，其他人的帮助都是出于关爱。你生气归生气，还是认樊姐是朋友的。"

安迪不禁挑起眉毛看向关雎尔。关雎尔依然劝道："等哪天事情过去，樊姐会明白你的关爱。我相信你会先忘记昨晚的争执。这话有点肉麻。"

安迪依然挑挑眉毛，"我有心理准备的，我生气她没头没脑滑得越来越远。"百忙当中看到关雎尔探询的目光，安迪忙道："还是不打算告诉你。"安迪发现烟火气的人生原来麻烦挺多，火得她真想用放弃逻辑来胡乱解决问题。面对逻辑混乱的樊胜美，她发现她的头脑有点儿不管用了。

"安迪，谢谢你竭力保护我和小邱。不过我和小邱其实不小了，已经在工作，还是可以承担点儿什么的。"

安迪一笑，"我斟酌斟酌。"关雎尔只好夸张地翻一个白眼。关雎尔的话，关雎尔的小动作，让安迪感觉到烟火气人生的温馨。

关爱？安迪打电话给王柏川的时候，依然一肚子疑问，她关爱樊胜美？究竟是关爱还是义务？她更倾向于，她对樊胜美的帮助，那是一种义务。她从小吃足苦头，温饱难保，她的人生观是既然保不住眼前那锅肉，就把嘴边的叼走。直到拿了全额奖学金到美国开始过上意想不到的富足生活，她依然在监护人家里吃饭跟抢一样，把监护人吓着了。她为此不知领教了多少专业心理疏导，才将吃饭的节奏放缓下来；才真正意识到，以后不会挨饿不会挨冻，她能养活自己了。而在心理医生的疏导下，她同时想到一个问题，她因为出色，才拿得到全额奖学金，那么与她同样是孤儿却成绩不怎么样的孩子如何面对残酷的世界？她从此开始做慈善，她觉得一个有能力的人有义务伸出一只手，拉扯一把别人。比如对樊胜美。而关雎尔把这种义务的行为定义为关爱，安迪觉得这顶帽子又大又重，很不适应。不，她对樊胜美一定不是关爱。若是，樊胜美不会如此误解。极端误解别人的关爱，似乎不是一个知人识人的资深 HR 做得出来的糊涂事，她那天有行为障碍，可她一贯表现并不差，作为资深 HR 不可能只看一点不及其余，将过往的她一概抹杀，即使一时冲动，也不可能冷静过后继续误解。因此反证结果表明，不是关爱，而是义务。

安迪打电话给王柏川，只是她做事有始有终，即便是义务也不半途而废。"如你所愿，小樊跟我翻脸了。但她似乎也开始拒绝向她哥哥提供资金援助。昨晚面对她哥哥的要求，她很激烈地说去死，面对苦主的威胁，她鼓励苦主揍死她哥。接下来该怎么做？你还在老家吗？"

"我还在老家周边转，今晚上我会过去看看，回头跟你通气。真过意不去，让你冲锋陷阵。"

"你不必告诉我，打你这个电话的原因是，有人发狠了之后可能依然不敢打家里电话，怕又被缠上，却对家里发生的事关注如热锅上的蚂蚁。你直接告诉她去吧。"

王柏川当然明白这个电话对他的意义，自是千恩万谢的。安迪放下电话，便也心安理得地放下此事。她估计此事应该可以走上理性轨道了。良性轨道？她不求，能理性已经阿弥陀佛。

曲筱绡周二下午逃命似的赶回海市，第一件事是扑进公司楼下的银行取款。而后才回公司布置中标后的工作安排。她忙碌得脑子呈机械运动状态，可她爸她妈分别地共同地打电话来，强烈要求她出席晚上的家宴，庆祝她旗开得胜。

曲筱绡当然觉得很有必要出席庆功宴，首先这是她应得的，虽然所谓的业务费支出几乎将全部利润侵吞了，这次得胜实际上没什么可高兴的。其次她有必要向爸爸加强炫耀，逼迫爸爸再三承认她的能耐，加深爸爸心中的印象。起码，她两个同父异母哥哥还在大分公司里跟着经验人士混日子，什么独立担当都还没有呢。可是，她自己的事怎么办。

曲父一听说女儿要先去医院，便哈哈地笑道："你请那位医生一起来嘛。"

曲筱绡心中异常郁闷，可又万分不愿向爸爸承认被抛弃，只好说："没到时候。忙，现在别来烦我，我布置工作。"

曲父即使被抢白了，依然与太太一起笑得异常开心。女儿的任何一小步，在他们眼里就是登月似的一大步。为了不打扰女儿，他们费劲地亲自给女儿发短信，他们愿意整夜守在明轩饭店，等女儿去医院办完事一起吃庆功烤肉宴。曲筱绡回的一个短信让曲父差点儿落下眼泪，"等的时候别吃太饱，我带来一捆绿皮甘蔗送你们。"绿皮甘蔗乃是曲父当年下乡时候最中意的零食，回城后经常想念，念念叨叨，可惜市面上如今盛产红皮甘蔗，曲父欲怀旧而不得。想不到女儿帮他惦记着，怎不让曲父感动。

曲筱绡与同事一直开会到近七点才收工，火速赶回家里收拾自己。她当然不可能风尘仆仆出现在医院，万一，赵医生在呢。

走出2203，曲筱绡忽然想到一件事，如何让事情做得浑然天成，绝无刻意。她站在门口，两只眼珠子滚来滚去一思考，决定叫个人一起去。看看2201有灯光从门缝透过，再说安迪了解此事，她想请安迪一起走。可安迪开门时候手不释卷，眼不离书，非常爽快地拒绝，"看书，没空陪你。"

曲筱绡矮下身去看封面，"哈，不是正经书。陪我一下嘛，做做好事。"

"你那事更无聊，你有的是办法单枪匹马。我今晚有计划，要看完两本，写两条微博评论。不信你半夜上微博看。"

曲筱绡看看书的厚度，厚！默，转身180°，起步走。但走到2202，停顿，敲门。出来的是邱莹莹。

邱莹莹一看是曲筱绡，就娇滴滴地大喊一声张开双臂。曲筱绡连忙条件反射斜刺里飞蹿出去，躲避邱莹莹的熊抱。安迪还没关门，见此大笑，曲筱绡也有怕的时候。

曲筱绡站在远方，伸手做出拒绝的样子，"别过来，我是认真的。有这么一件事，一个民工子弟，爸爸出车祸早死，他现在又出车祸，躺医院里等医药费。我这就过去捐款，但我脸皮薄，怕人谢我谢得我下不了台，我需要你一起去。臭安迪不肯陪我。"

安迪不急着回屋看书，笑着看曲筱绡作乱，听到这儿就道："忘恩负义，忘了谁通知你的？"

"我说的臭安迪吧，就像你跺着脚喊死魏渭臭魏渭一样嗲。臭莹莹，一起去吧。"

其实不需要曲筱绡问第二遍，邱莹莹早从了。"可是我真的没你有钱，要不我们去超市，还没关门，我去买点儿奶粉水果。"

邱莹莹边说边回屋披大衣，拎包，翻看钱包里的钱，冲出门，一气呵成。等曲筱绡尖叫"带钥匙了吗"话音未落，邱莹莹一拍脑袋，完了。但一想，那时候关雎尔应该回家了。

曲筱绡按着电梯拉邱莹莹进去，顺便给安迪一个飞吻。"樊大姐不在家吗？"

"樊姐最近约会多。"邱莹莹不敢多说，怕说漏嘴，"嘿，我告你，小曲，我跑生意有效果了。就是听了你的话。"

"呀，真的？有没有谈成的？说说。"但等邱莹莹真的开腔叙述周末两天的成就，曲筱绡三分钟后就头大了。这一个人的独角戏简直堪比热闹的两人转啊，而且中间都不带换气的。曲筱绡后来只能想自己的，樊胜美这几天与那中年男约会？倒是条好出路。在超市，曲筱绡抢着把账结了，但在漂亮的爱心卡上签了两个名字，她和邱莹莹的。她的字不好，让邱莹莹写，邱莹莹说什么都不肯签上自己的名。"你不写，我就代劳了哈。让人误以为你的字贼难看，哈哈。"

"这个不行，我没出钱。"

"你出人了。你现在的时间值钱，拿去跑生意就能找来提成呢。写。不写我真的代劳了。"邱莹莹知道以曲筱绡不屈不挠的性格，今晚她的名字肯定上卡，逃不掉，便爽快地签了。

樊胜美是今天上班路上偷偷打开手机，发现王柏川短信，才给王柏川打电话。王柏川昨天听了安迪的提示后去了一趟老家，将事情打听清楚。他告诉樊胜美，她哥哥家拿好吃好喝地招呼着苦主，夫妻两个一起赔笑，小孩子放在爷爷奶奶那儿。而她爸爸妈妈家倒是挺安静的，不再有人围攻，晚上亮着灯。王柏川策略地选择不提安迪的提示，以免樊胜美疑及他们背后串通。

樊胜美正需要这方面的消息，听到爸妈不再被围攻，终于放下心来，对王柏川也摆出和颜悦色。"谢谢你。只是……我哥他们都周全伺候了，为什么苦主还不放手？"

"这个不很清楚，我今晚上再过去看看。"有王柏川的消息，樊胜美一天的心情都不错。但她对众人都借口手机坏了，不能开机，她的手机足足关了一整天。一下班就直奔昨晚与章明松约好的地址，赴宴。

曲筱绡与邱莹莹哭哭啼啼从住院楼出来。两人没遇见赵医生，今晚赵医生不当班。等坐上曲筱绡的小车，邱莹莹见曲筱绡久久不开车，依然抽抽搭搭地流泪，不禁奇了。"你什么时候变得这么好心了？你不是心狠手辣的吗？"

"我靠，我对你们成年人才心狠手辣。呜呜，小孩子太可怜了，他为什么还要对我笑啊，他越说阿姨放心，我越放心不下。哎哟，他不疼吗？"

"我也是，越看他笑，我越想哭。"

"不是想哭，是真哭，好吧，你在那儿哭得比我还响亮。我还克制点儿呢，怕惹哭孩子。呜呜，你这人。呜呜，小孩子笑起来又好看又心酸，要不是怕他痛，我真想抱抱他哦。"

"你亲他了，弄得人家小男孩挺不好意思。"

"你光抱着人家小孩子妈干吗，肉麻死了，好意思说我。我明天下班再来，这下知道了，叫我妈家保姆给我熬点儿肉骨头粥送来。你明天还来吗？再跟我做伴？"

"熬粥我来，我现在会做菜。"

"行。哎，我刚才被你肉麻得眼睛没地儿躲，看到很好玩的东西，旁边桌上放着孩子的毛衣，我数了数，整整四件，五颜六色的。这要穿起来，层层叠叠像彩虹一样，真好玩。他妈妈一定很疼他，让他穿那么暖。"

"你这肉麋，他们肯定租的是四面透风的房子，不穿多点儿，能行吗。我小时候家里门窗不严实，漏风，到了冬天也是穿得皮球一样。你从没挨过冻吧，大小姐？"

曲筱绡一想，她好像真就没挨过冻。家里一到冬天肯定有取暖的东西。反正她用多少电，她爸妈都不会怪她。曲筱绡还在想着不可思议的挨冻呢，邱莹莹好歹不肉麋，轻道："等出院回家没暖气了，小孩穿层层叠叠的毛裤，会不会弄痛腿上的伤？"

"小邱，你太英明了，你原来也有英明的时候。我明天给孩子买羽绒衣裤，再买个羽绒睡袋，让他再也冻不着。"

邱莹莹看着眼前这一堆肉麋，忍无可忍地道："租屋肯定只有一张床，你买个睡袋给小孩，他们母子怎么用。你怎么这么笨。真想不到。"

曲筱绡给邱莹莹翻个白眼，一径自言自语，"再给他买个小推车，小拐杖，回头出院时候接送，要不要买只狗狗做伴？要不把曲小五拐了，给孩子做伴……"

"注意，他妈妈收入只够糊口，买不起狗粮猫粮。你没见孩子有点儿瘦吗？"

曲筱绡好不容易把"还有这种事"咽进肚子里，省得问出来又被邱莹莹骂肉麋。两人吵吵闹闹来到明轩，曲筱绡此时才觉得饿了，可她忍不住先跟她爸妈说受伤小孩有多可怜，她有多震撼。邱莹莹则是两只眼睛满饭店地转，饭店豪华得让她窒息，厨师的现场操作也让她眼花缭乱。而且菜也很美味，她不好意思白吃白喝，有点拘束，可曲父曲母夹给她的菜，已经吃得她撑死，原来牛肉还可以嫩得入口即化。她百忙之中抽空去厕所的时候，很巧，看到了樊胜美。看那一桌都是中年有身份的人，邱莹莹不敢过去招呼，悄悄走过。

邱莹莹以为自己与曲筱绡和解了，樊姐与曲筱绡的关系也应该和缓。但曲筱绡一听说樊胜美也在明轩吃饭，激动得立刻换了一个人，"我怎么总在吃饭地方遇到她，世界真小。"她当然要找过去看。曲父曲母了解女儿，一看见她那样儿，就感觉她要做坏事，一直不错眼地盯着女儿的身影，怕她在这种饭店惹到不好招惹的人。好在曲筱绡只是观摩了那边桌一下，就笑嘻嘻地回来了。"我就知道，她以为自己是个女宾，其实她是一桌男人的主菜。"

邱莹莹没坏心眼，听了还挺开心地道："樊姐挺能说话的，她到哪儿哪儿就热闹。"

曲家三口都不点破，但曲筱绡笑嘻嘻地捏了把邱莹莹的脸。邱莹莹怒目而视，轻道："干吗，淫荡。"

曲筱绡正要说话，曲父道："你们那邻居要走了？"

曲筱绡一看，可不，远远看过去，樊胜美拎起包披上大衣，眼睛看着手机，匆匆而出。她笑道："樊大姐每次一看见我就逃。她最头痛的人就是我。"

"你何必呢，对小孩那么好，对猫猫狗狗那么好，为什么对樊姐这么不好。人家最近心情很不好，你就让着她点。"

曲筱绡的眉毛跳了几跳，含笑不语。邱莹莹总能泄露信息给她。于是她再教邱莹莹一条生意经：你一边好好记录每一个你跑出来客户的成交量，一边跟老板讨要给大客户的折扣权限，双管齐下，拉住大客户的心。曲父曲母惊讶地看着女儿这个新手教育更新的那个新手，想不到女儿无师自通，回家路上不禁感慨将门虎女，颇有遗传。邱莹莹却是第二次接触实战技能，她的第一次接触也是曲筱绡教的，而且成效良好，因此她对曲筱绡的话更是信上三分。即便是曲筱绡被她这只羊牯惹毛了，急躁得直跳，她都不急，耐心领会曲筱绡的意思。于是，曲筱绡不好意思不耐烦了，想骂的时候，换作怒目而视。

但两人都没料到，回到欢乐颂22楼，2202的大门依然紧闭。关雎尔说她正在路上，很快就到。而提前回家的樊胜美则是不见踪影。没带钥匙的邱莹莹只好跟去曲筱绡家，但她心里急了，"樊姐为什么还没回，她比我们早走多了。"

"赶下一场夜生活？人家生活丰富多彩着呢，急什么。"曲筱绡当然一点儿不急。

樊胜美吃饭吃到九点半的时候，忍不住提前半小时打开手机，希望王柏川能传给她消息。而其中一条她哥的短信让她如五雷轰顶。"爸妈带雷雷上8：30的火车去海市避避风头。你去火车站接一下。他们身上没钱。"

爸妈不知道她住哪儿，爸妈没带手机无法随时联络她，她都不知道爸妈现在哪里，爸妈的火车下午就到海市，没钱不知去哪儿吃什么……而眼下正是天寒地冻，二老一小在寒冷中如何吃得消。她连忙跟章明松打个招呼，跳起来就走，打一辆出租直奔火车站。她希望身上没钱的爸妈走不远，就在火车站转悠。跳上车，她就落泪了，悔恨，她无法抑制地悔恨。万一爸妈在这寒夜中有个三长两短，她该如何自处。

即使再厌恶哥哥，樊胜美此时也不得不给哥哥打电话，询问爸妈有没有去电报平安。但出乎意料的是，哥哥的手机关机。再拨通嫂子的电话，依然关机。樊胜美心中更慌了，被苦主抢逼围的哥哥此时不应关机啊，为什么？爸妈携雷雷投奔海市，哥哥手机关机，嫂子手机关机，这一切的背后，似乎隐藏着更大的祸害。

慌乱之中，樊胜美调出王柏川的号码。但接通王柏川的手机之后几秒钟，就被掐断。樊胜美在昏暗的出租车后座陷入茫然。为什么，今夜都怎么了，出什么大事了。

跳下出租车，樊胜美的钱包也变得与脑袋一样空空荡荡，而在她空空荡荡的脑袋里，起码有一件事她有印象，那就是她的几张银行卡上都没几个小钱了，她本来勉强维持着生活，等待一月份发工资，现在父母一起来，银行卡唯有透支。面对着黑夜中似乎无边无涯的火车站广场，樊胜美满心恐慌。而不断有面目不清的人从她身边游荡过去，有戴帽子的，有戴口罩的，有竖起领子的，有大围巾遮蔽的，每一个人似乎都不怀好意，每一个人都让樊胜美心生恐惧。而她，即将穿插于这些人之间，细细翻查火车站南广场北广场的角角落落。

忽然，手机响了。樊胜美恐慌地环视一下周围，赶紧找到一处灯光稍微明亮点儿的靠墙处，才敢掏出手机，起码，靠着墙，就不会有人从背后突袭抢了手机。打电话来的是王柏川，一开始就满嘴道歉，樊胜美这才终于如溺毙前抓住一根稻草，大吼道："干吗挂我电话，干吗挂我电话？"

王柏川差点被击晕，"对不起，对不起，刚才正好在你哥对门邻居家里说话，不方便接你电话。你还好吧，别哭……你这是在哪儿？这么晚还没回家？"

"这到底都是怎么回事，怎么回事？我哥来短信说我爸妈来了海市，我现在满世界找他们。我哥手机又不开机，谁知道他把我爸妈怎么了，要死了，全要死了。"

"镇静，镇静，你一向很大气镇静的，深呼吸。先听我说说你家。刚才先去你父母家，家里依然亮着灯，好好的。难道是唱空城计？"

"昨晚，你说昨晚他们也是亮着灯，好好的。他们不会还在家吧？真希望他们还在家，不是在火车站周围流浪。"

"我这就转过去再看看。你哥那件事，我这几天具体打听了一下，后面另有隐情，刚才对门邻居证实了。打架原因是你哥谣传苦主与一个女人轧姘头，人家不干了。刚传出来那女人是有来头人家的媳妇，也是有来头人家的女儿，如果苦主息事宁人，那女人以后要被人指戳一辈子。那苦主昨天亲自从医院出来到你哥家，他说了，你哥要么在众人面前给他磕头赔罪，自批一百耳光，再赔医药费，误工费，精神损失费，合计十万；要么苦主自掏腰包，买你哥身上一块鲜肉。所以昨天一直谈不拢。但很奇怪的是，今天下午，你哥嫂一起跑了，听说他们在饭菜里放了安眠药。你哥家给砸了个稀巴烂。这么想来，你爸妈先走一步投奔你，也是有可能。"

樊胜美无语了，最后一丝希望破灭。但她相信王柏川打听到的是真相，她那哥哥敢为人所不能为，就是那么一个二百五。王柏川等了会儿，不见回音，接着道："快到你爸妈家了，你别挂电话，等等。你现在一个人在火车站？"

"是啊，是啊，我在找他们，他们没地方去，他们的钱都让他们儿子给榨干了，晚上不找到他们，他们会冻死。"第一次，樊胜美对王柏川不加掩饰地说出全部真话，而且也不在乎声音里一把鼻涕一把泪，无比影响形象。

"这么大的地方，而且是黑夜，你一个人怎么行，赶紧打电话给朋友同事，让他们一起帮你找。很可惜，我在老家，一时赶不过来。"

"朋友……"樊胜美脑袋里飞过好多朋友，可与王柏川谈了会儿之后她的脑袋已经镇静不少，那些朋友都不是黑天黑地能叫出来帮忙的人。朋友，若是交情够深，必然不知不觉插手彼此私事。而她身后一堆破事，掩饰都来不及，岂敢晾晒给朋友看，曾有朋友在坚定地支持她两次之后，开始找各种借口回避她，她岂能不识趣。不知不觉，面具又回到樊胜美的脸上，她擦干眼泪，拼命挤出最平和的声音，"他们正在路上，我等他们。"

王柏川迟疑了会儿，才道："那就好，先保护好自己。我上楼了。"

樊胜美听到车门关闭的声音，然后是轻轻走楼梯的声音。这段时间里，王柏川都没说话，连脚步声都尽量降低。然后，是王柏川用尽办法在樊家门前表明身份，让樊父樊母若是在里面就给个消息，让樊胜美可以放心。但樊胜美在夜风中冻得冰凉，又被路过的警察扫视了两次，她爸妈依然没给王柏川任何消息。

樊胜美只能放弃幻想，站在灯光明亮处，面对远近的黑天黑地，激灵灵打了个冷战。她是如此的孤立无助，她真想对着电话里的王柏川喊，让他连夜赶来帮忙，可她忍了。想到山庄里对王柏川的羞辱，她无法理直气壮。她只是压抑着情绪说感谢，再说感谢，然后独自搜索。

安迪看书间隙接了奇点打来的问候电话，正说得高兴，提示另有电话进来。她转过去一看是王柏川的，就掐了。事情已经解决，没必要继续藕断丝连，甚至知道太多。她不听汇报，不索取道谢，尤其是在这件事上。

王柏川并不相信樊胜美叫了好多朋友帮忙搜索，尤其在他与之通话的那么长时间内，没有一个赶到后在电话里放出杂音，王柏川更加确信。他唯有再次呼叫安迪，为了樊胜美再次挤榨安迪的善意。他想不到安迪拒绝他的电话。可他手头不再有其他认识樊胜美者的电话……不，还有一个，但那人对樊胜美明显不怀好意，是曲筱绡，那小妖精。

王柏川想到樊胜美一个人在人员复杂的火车站广场找人，想到大多数犯罪发生在黑夜，想到樊胜美即使大衣也裹不住的美妙身影在黑暗中散放的诱惑，他终于还是拨通了曲筱绡的手机，真难得，手机背景没杂音，小妖精似乎没留恋夜生活。但他不傻，他走了一步曲线救国。

"曲小姐，我是樊胜美的同学王柏川，那个你在山庄遇到过的那个……呵呵，对。"王柏川不禁狠狠捏了捏方向盘，他听得出曲筱绡尖叫背后的意思，"对不起，这么晚打扰你，我在22楼只有你和樊胜美的电话，能帮我叫一下2202小邱或者小关吗，哪个都行，只要不是樊胜美。"

"什么事？不编出个天衣无缝的谎，我不帮你这个忙。"曲筱绡看一眼她的徒弟邱莹莹，千方百计避免嘴里说出任何与2202有关的字眼，以免不小心帮王柏川得逞。

"樊胜美家里有点事，急事，我需要跟小邱或者小关谈谈。"

"你跟我说，我转告。我最恨只做傻不拉几的传声筒。"

王柏川有点儿傻眼，想不到曲筱绡如此敢说直说。他愣了会儿，才道："樊胜美的父母领着她哥的儿子来海市了，因为她关了一天手机，两下里没接上头，现在樊胜美联络不上没带手机的她父母，只好一个人在火车站找。我担心她的安全，想请她两位室友过去帮忙。这事我不是故意绕过你……"

曲筱绡听到这儿，立即喊一声"小邱"，将手机如烫手山芋似的交给邱莹莹。她还恨不得将邱莹莹推出2203，免得与自己有所牵扯。海市老大的火车站，好几个出口，半夜找三个没带手机的人？往哪儿找，天方夜谭。她绝不参与。尤其是……樊胜美不是到处掐人尖子吗，有的是上台面的男友，她怎么可能独自一个人在火车站找人。王柏川那傻帽，一次上当还不够吗。她鄙夷地唾弃王柏川，斜睨小邱，看着小邱脸色紧张，一迭声地说"马上去，马上去"，她不语，偷偷收拾了邱莹莹的大衣背包。等邱莹莹打完电话，她立马抢回手机，将大衣背包塞入邱莹莹手中，推邱莹莹出门，迅速关门。

邱莹莹还没从一个震惊里还魂，又被曲筱绡的利落动作震惊，抬头，正好看见关雎尔从2202出来找她。

曲筱绡趴在门板上，透过窥视孔察看外面邱莹莹的行止，听邱莹莹激动地向关雎尔转达王柏川的电话。关雎尔则是看看手表，拿出手机不知拨打谁的电话。曲筱绡心说，还是关雎尔做事有章法。而邱莹莹则是一个转身，敲响2203的门。

"小曲，帮帮忙，一起去找樊姐吧。冷空气来的时候，你连流浪猫都要一只只找到，你一定也肯帮我们一起找樊姐的父母。过去的口角你们不计较了好吗，我们是邻居，守望相助。"

曲筱绡烦得在门的这一边挠墙，可她已经深知邱莹莹就是那么个不懂看人眼色的人，她除了咬牙切齿地挠墙，竟无法应答。

关雎尔接通樊胜美电话，即使安迪不告诉她，她此时终于有些了悟，原来樊胜美烦的是家务事。但她不敢对着樊胜美说太多，怕樊胜美逆反安迪一样地对她也逆反，只是简单地问："樊姐，你在火车站吗？我和小邱已经在路上，很快过来。"

邱莹莹听关雎尔没说清楚，从2203门口扑回来想补充，挨了关雎尔一脚佛山无影腿。她只能闭嘴，回头继续劝说曲筱绡。曲筱绡忍无可忍，终于在屋里尖叫："不去，不去，不去。"

　　樊胜美此时又冷又怕，听到关雎尔说已经在路上，她什么都不问，急切地道："南广场，我们碰头。谢谢你们。"毫无疑问，是王柏川自作主张给她们打了电话。樊胜美摇摇头，什么都不想说，继续专心搜寻。

　　关雎尔打完电话，也到 2203 门前，"小曲，一起去吧。不去你于心不忍的。"

　　曲筱绡气得往门上猛踢一脚，"去你娘的，我去拯救失足老娘。"她不知为什么，无法拒绝关雎尔的那句"于心不忍"，只能找来一件羽绒服，穿上步行鞋，兜里揣上几张百元钞票，横眉竖目地出门。见邱莹莹又在敲安迪的门，不禁怒道："要那么多人干吗，拉网打鱼啊，不许打她手机。"

　　可安迪正就着资料测试她新入货的低音炮耳机，什么都没听见。邱莹莹敲了会儿，果然依言不打安迪手机，只看看 2201 门缝漏出的灯光作罢。

　　只要有手机，再大的广场，找一个人也不难。双方约定在一处高高挂着奇异圣诞树灯的店子门口聚会。

　　即使还没与室友会面，樊胜美心中已不再孤寂害怕，她急急如小跑般冲向那圣诞树灯，等远远看见三个人影，即使里面有一个她不喜欢的曲筱绡，她都激动得踩着高跟鞋飞奔起来，冲过去与邱、关两个拥抱在一起。

　　曲筱绡斜着眼睛袖手旁观，她看到樊胜美跟两个室友说了不知什么话，她不高兴问，掏出手机熟悉一下手电功能，便继续袖手，等开工。

　　邱莹莹正想打听为什么，她心中有很多好奇，为什么王柏川又与樊胜美纠缠在一起，为什么樊家父母不告而来，等等。但樊胜美在拥抱她俩的同时，轻声在她俩耳边哀求："请不要问我为什么，拜托，拜托。"分开时候，邱莹莹看清樊姐满脸都是激动的泪水。她自然是不忍心问了。扭头看关雎尔，也是眼中有些惊惶，但关雎尔显然比她镇定。

　　樊胜美擦擦眼泪，对曲筱绡强颜欢笑："小曲，谢谢你也来。"

　　"不客气，谁让我活该还没睡呢。幸亏安迪早睡，她有福气。废话少说，苦情戏少演，为了提高效率，你和小邱一队，左边包抄。我和小关一队，右边绕过去。火车站门口碰头，再找另一条路线。你说说特征。"

　　曲筱绡说的安排正是樊胜美心里想的，只是她不好意思一上来就差遣大家干活。听到曲筱绡帮她开锣，樊胜美便紧接着开腔唱戏。四个人很快分成两组，左右开弓。

关雎尔上班上得筋疲力尽，曲筱绡却精力旺盛。关雎尔撑着眼皮仔仔细细地搜寻每一个角落每一张脸，曲筱绡则是一会儿买根台湾烤肠，一会儿来杯奶茶，似乎拿搜寻当逛街。然而遇到有带着小男孩的，却是曲筱绡先过去问，曲筱绡比关雎尔老练得多。而且曲筱绡想偷懒，不愿傻找，路上逮着个巡警，就上去请示哪儿有收容老人小孩的。她只要想，就能冒着聪明的泡泡将别人迷晕，套取答案。果然，巡警拿她当纯真美眉，很愿意帮忙，用对讲机好好帮她找了一遍，可惜没找到。即便如此，巡警还是指点了广场上几个避风取暖的好地方，让曲筱绡去那些地方找。还说哪边范围是铁路管的，也得找找。

离了巡警，曲筱绡当即决定投机取巧，去巡警指点的几个点。她的理论是，专业人士的意见可以事半功倍。关雎尔想地毯式地做老实搜索，无奈她拉不住曲筱绡，而且她又胆子小，不敢落单，只好跟着曲筱绡走。

果然，那些地方有墙遮风，地上横七竖八的是坐着躺着的人。走近，便有一股浊气扑面，不小心便踩到垃圾。曲筱绡与关雎尔都还是第一次见到如此情景，看着有好几个人看上去就是歹徒的样子，不禁紧紧地手挽着手，彼此鼓劲打气。两人细细搜了第一个点，没见到二老一少。仓皇逃出，曲筱绡深呼吸着外面寒冷而清爽的空气，奇怪火车站门口哪来那么多人，难道个个都是等着亲戚来认领？关雎尔也是奇怪，为什么坐在火车站附近，而不去住宿，或者转车，或者寻找其他活路。那些躺地上的人该多冷啊。她真是无法想象。

又去搜第二个点，那个点聚集的人口更多，密密麻麻，几无立足之地。关雎尔仔细，即使一老一少的也不放过，非要问问是不是姓樊，认不认识樊胜美，等人家摇头了才放弃。可功夫不负有心人这句话很多时候是个笑话，反而是曲筱绡从不弯腰地东张西望，她心有灵犀地看到一堆疑似物，她觉得很像，便拖着关雎尔冒着地上坐着的人的怒骂，强行斜插过去。她找到樊家老少了。

关雎尔忙着联络樊胜美，曲筱绡扭着下巴，两只眼珠子围绕着曲家三口打转，她的目光最终落在睡得迷迷糊糊的雷雷身上。看到雷雷睁一只眼闭一只眼地看看周围，又揉揉眼睛钻进奶奶怀里酣睡，睡觉又不老实，在奶奶怀里拱啊拱啊，小猪似的，拱得奶奶坐都坐不稳。曲筱绡看得哈哈大笑。本来她在无聊的寻找途中设计了很多圈套等着樊家二老落网，她才不稀罕樊胜美的感谢，她自有办法讨得帮忙的酬劳，可看着没心没肺的雷雷，她终于弯下腰去，蹲下身来，捏捏雷雷穿得圆滚滚的身体，捏捏雷雷的小胖手、大胖脸，玩得不亦乐乎。尤其是手指戳雷雷的脸蛋，他什么反应都没有，戳雷雷的鼻尖，他立刻缩起鼻子往奶奶怀里拱，就像她的曲小五，曲筱绡真是笑坏了。

等樊胜美找来，曲筱绡便收起光芒，蹲在一角，饶有兴味地看樊家四口人上演苦情戏。不出所料，女的都哭，但她很遗憾地没看到激情拥抱，连握手都没有，所有的肢体接触，也就是往雷雷脸上招呼几下。而大戏是，樊母哭哭啼啼地说，樊哥樊嫂跑了，暂时去外面避避风头再说，因此她把所有的钱都掏给了儿子，自己只留下两张火车硬座票的钱，来女儿这儿避风头可以不用带钱。一边听，曲筱绡一边斜睨樊胜美的那张粉脸，原来美女身后有这么一个烂摊子啊，难怪手头紧张，到处肉搏捞钱。

樊胜美虽然一个劲儿地让父母回去说，回去说，可妈妈刹不住车，她只能无可奈何地听凭自己遮掩已久的家务事曝光在大家眼皮底下。她尤其留意曲筱绡似笑非笑的眼神，她心中浩叹。可无论如何，人是找到了。她必须感谢曲筱绡。

曲筱绡的小 Polo 里面塞进整整七个人。曲筱绡本以为她领关雎尔与徒弟邱莹莹回欢乐颂，而樊胜美领父母等三个自个儿打辆车去住旅馆。可樊胜美捏捏干瘪的钱包，赔着笑将一家四口人全塞进曲筱绡车子的后座。大冷天的，大家穿得又厚又结实，曲筱绡意图再将身材最小的邱莹莹塞进后座，可一打开车门就看到樊家四口人的胳膊腿爆出车外，哪儿还塞得进去。只得让关雎尔与邱莹莹两个抱紧紧的坐前面位置，伪装是一个人，免得被交警捉了。过年过节的应酬多，据说交警都跑上街捉酒驾了呢，可别被捉了超载。

但曲筱绡不放心，走到车头往里看看，很明显副驾坐的是两个人，当然更不可能使用安全带，要是给拍了或者捉现行，罚款倒是罢了，扣分就头大了。她回到位置上，指挥关雎尔脱了羊绒大衣，钻进邱莹莹的羽绒服，只能轮流伸出一个头，伪装成一个胖子。

前排三个虽然都又困又累，可看到效果出来，忍不住笑成一团。后面樊家三个成年人虽然是愁眉不展，见此情形也为之愁眉一展。唯有雷雷累得酣睡，什么都不参与。

车子终于上路。曲筱绡不问樊胜美要不要拐哪儿去，樊胜美也不说。但樊母忍不住还是问："阿美，我们晚上住你那儿吗？我们都还没吃晚饭呢。"

樊胜美迟疑了会儿，道："我们到了我住的地方，你和爸先休息一下，我会去买夜宵。小曲小关小邱，等会儿到家后你们也先别睡，等我买来夜宵吃了再睡。"

钻在邱莹莹羽绒服里的关雎尔与专心开车的曲筱绡都心里一震，樊胜美那小屋哪住得下一家四口，即便是坐，也坐不下。曲筱绡心里赶紧拿定主意，但什么都不说。关雎尔则是想到2202唯一的那间洗手间，樊家四口要是都住进2202，尤其又是老人又是小孩，一间洗手间怎么够用。看来明天得早起，要不然得披头散发去上班了。冲着今晚上一家团聚时的对话，关雎尔相信，那将是一场持久战。

唯有邱莹莹问："一起回去？你们睡哪儿？"

"先挤挤吧，我明天去找旅馆。"

"你那屋床最小，两个人都睡不下，怎么睡四个。要么去小曲家借宿一夜？小曲，行吗？你家最大。"

曲筱绡暗中咬牙切齿，天下哪来这种傻蛋啊，只不过一起吃了一顿饭，说话做事就这么不见外。而且樊胜美最奸，听邱莹莹莽撞却不打断不插嘴，反正她曲筱绡拒绝则是伤邱莹莹的面子，答应则全是樊胜美好处，总之樊胜美内外通吃，她和邱莹莹里外不是人。因此她娇滴滴地道："好啊，我会好好招呼伯父伯母的，而且可以与伯父伯母好好聊天。"

樊胜美心里打一个冷战，她用脚趾头都能猜出曲筱绡会跟她爸妈聊什么。她忙笑道："怎么可以麻烦邻居，自家的事自家关门解决。"

曲筱绡在黑暗中勾起嘴角，偷偷一笑。唯有邱莹莹还在替樊胜美着急："你怎么睡啊，樊姐。这么冷的天，睡地上又不行。要不路上看见旅馆，先进去问问吧。"关雎尔终于忍不住，在羽绒服下面捏了邱莹莹一把，提醒邱莹莹不要再说。只要把樊胜美这几天事情前前后后一联系，这不明摆的吗，樊胜美的钱被她兄弟榨干了，眼下没钱住旅馆。邱莹莹以为关雎尔在下面闷坏了，笑道："好，我跟你换个位置。"她钻进羽绒服下面，换关雎尔上来透气。

樊胜美在黑暗中咬紧下唇，无法说话。即使刚才广场上妈妈已经说了那么多，她还是无法开口。反而是樊母道："住什么旅馆呢，白糟蹋钱。今晚随便挤挤，明天阿美搬公司宿舍去好了，住公司不要钱。早让你搬公司去住了。"

闻言，连曲筱绡都惊了。若今晚换成是关雎尔或者邱莹莹的家事，她早跳出来仗义了。哪有这样的娘，做娘的不是应该把女儿捧手心里好好疼爱吗。刚伸出脑袋的关雎尔也忍不住回头看了一眼，心说，要是换她妈，一定会说一个人在外面一定要吃好住好，钱不够回家来拿。再说，樊胜美租房用的是自己的钱，又没花家里一分钱。

樊胜美脸色铁青，今夜，她脸上所有的面子，至此，完全剥光。若说刚才寻找父母的时候她心中只有焦急，此时，愤怒汹涌来袭。但她忍耐，不愿在邻居面前与妈妈对峙。

小 Polo 在夜色中行驶，由于邱莹莹被关雎尔拘在羽绒服下面，车内无人说话。除了偶尔有樊父一声咳嗽，咳出一股烟臭味，于是曲筱绡与关雎尔一起在前面皱皱鼻子。

车子到了小区地下车库，曲筱绡将车子停到电梯门前，关雎尔抱着邱莹莹先手脚利索地滚到外面透气。邱莹莹这才揪住关雎尔，轻轻逼问："干吗这么霸道，一路都不给我换气？"

"没听出来吗，樊姐手头没钱了，没钱去住旅馆。你还傻问傻问的，让樊姐多难堪。"

邱莹莹连忙噤声，看着樊家四口一个个地从后座钻出来。樊胜美顺手抱起雷雷，沉甸甸的雷雷压得穿细高跟鞋的樊胜美站立不稳。曲筱绡等他们全下车，便将羽绒服的帽子翻到头上，抽紧带子，什么都不说地坐回车内，大开四扇车窗，开车出去兜风。樊胜美都来不及说声感谢，愕然看着车尾消失在转弯处，才忽然想到什么，回头看爸爸一眼，招呼大家一起进入电梯。爸爸长年烟酒不断，劣质烟酒造就的口臭，即使不咳嗽，走近了也异常难闻。

从走进电梯开始，樊母便开始不断抱怨樊胜美住这么好的地方，浪费这么多的钱。关雎尔只是一脚一脚地踢邱莹莹，不让邱莹莹张嘴，一边看手表，已是子夜一点多，她心里惨叫一声，明天还要高强度地上一整天十几个小时的班呢。因此她第一个冲出电梯打开门，哪儿都不去，先冲进洗手间刷牙洗脸，然后立刻回卧室关上门钻进被窝睡觉。

邱莹莹不够灵活，她也不管大伙儿都忙，就抓着樊胜美问要不要跟她挤一张床。樊胜美摇头，但忍不住抱抱邱莹莹，喉咙微微刺痛。"等下你关门睡觉，外面有什么事都别管。记得千万关门，老人小孩会很吵。"等她爸从洗手间出来，她就推邱莹莹进去，但她忽然想到一个问题，连忙拉住邱莹莹，先冲进洗手间。果然，爸爸又是忘了翻起马桶圈，雪白的马桶圈上有几滴黄浊的液体。她连忙用水冲干净，擦干，才招呼邱莹莹进来。等看着邱莹莹走进卫生间，才放心叹一声气，打算跟妈妈打个招呼，出去买夜宵给大家吃。

但走进自己卧室，却见雷雷已经躺在被窝里睡觉，而妈妈打开她的衣橱，皱着眉头伸手翻看衣服。樊胜美只能走过去，抓住她妈的手，"妈，你还没洗手呢，别把衣服弄脏了。"她妈却抓住一件真丝缎的衣服翻看，粗糙的手指移开时，勾出一条丝线。樊胜美心疼得想尖叫。

"唉，每次跟你说别买那么多衣服，钱都花在衣服上有什么好呢，到今天都没存下几个钱……"

"我一半工资都花哥哥身上，我自己没钱用，买几件衣服怎么啦。"她将衣橱门摔上，顺手推她爸出去走廊吸烟，"现在我手头只有这些钱了……"她打开包，摸出皮夹，交给她妈。"本来我这个月都指着这五百来块钱过日子的，现在妈来了，整只钱包交给你。我没钱了。你就是让我搬公司宿舍去住，我也做不到，为什么呢？我没钱买被子。"

"你哥这几年好歹替樊家生出一个孙子，你呢，除了一堆衣服还有什么？"但樊母接到女儿的皮夹，数数里面只有四百元整钞，以及几张零头，一时哑了，"只有这些？"

"这些还是问人借的。别问我钱去哪儿了，前几天一天一汇一千，都是我的钱，我借的钱。"

"哎哟，别去买什么夜宵了，自己煮吧，我看冰箱里还有菜。"

"那都是小邱和小关的，不能动。我没钱，中午吃食堂，晚上不吃饭。这些就是生活费，这几天我们挤这张床上睡。还有，外面厨房的锅碗瓢盆都是小邱的，你也不能用。"

"这也不能动，那也不能用，我们拿什么煮饭呢。"

"煮什么饭，每天去菜市场买白馒头，配咸菜。三顿都这样，才够挨到我发工资。"

"我们大人吃什么都行，雷雷不行啊，他要吃奶粉，要吃肉，没肉他不吃饭。"

"那你叫我怎么办？我没钱了，我能怎么办？站天桥下讨饭去？"

樊母指指邱莹莹和关雎尔的房间。"问她们借借？那个开车的女娃钱一定多。"

"都借遍了。没什么大事不再借钱，先攒足了钱还债。"

"你……"樊母看看吸完烟进来的丈夫，连忙让出床头最好的位置给樊父坐。然后才又跟樊胜美说话，"你哥说，等他找到落脚地，会给你打电话。到时候你给他寄点儿钱过去，他们两口子到个没人认识的地方去，没钱可活不下去。"

樊胜美气结，"我一个人来海市工作的时候，你们可一分钱都没给我，那时候怎么没人问我没钱活不活得下去。"她拉开抽屉，拿出一本陈旧的日记本，"这是我历年给哥哥的钱，都记着。从今天起，先把他的房子转到我名下，要不然一分不给。"

樊父这才开口："你的钱都是给我们，不是给你哥。我们拿了钱怎么处理，你别问。房子放在你哥名下，不能放你名下，免得你嫁人，房子姓别人的姓。"

"好吧，我是外人。"樊胜美无言以对，将抽屉锁上。"妈，给我钱，我去买些夜宵。要不然都得饿着。"

"你真一分钱都没了？"

"钱包都交给你了，还问。"

樊母只得掏出钱包，摸出二十元，交给女儿。又忍不住看着衣橱里的衣服嘀咕，"要换解放前还有当铺，那些衣服起码还能换点儿钱用。"樊胜美走到外面直喘气。她下定决心，绝不去别处找钱。夜宵摊还真难找到馒头，樊胜美将二十元钱全买了大饼，战战兢兢地冲回家。她想到最近报纸上总提醒大家接近年底，盗抢猖獗，一个女人别夜晚到处走动。可她被追出门，都没一个人怜惜她。半夜的大街异常安静，风吹树木声，脚步声，都清晰可闻，一阵风吹过，遍地风声鹤唳，令人毛骨悚然。樊胜美匆匆去，匆匆来，等回到一楼门厅，看到睡眼惺忪的保安，才一颗心落地，缓下了脚步，可也上气不接下气，站在电梯前连举手按电钮的力气都没了。

但这一回，樊胜美没哭。

安迪是22楼唯一正常起床的，她换上运动服准备出去晨练，照旧，先通过监视器看看走廊上有无异样。今天，她看到有一个老年男子坐在2202门口，一口一口地吸烟，一声一声地咳嗽。安迪的手按在通话器上半分钟，最后还是决定不呼叫保安，而是大胆走出去。经过2202的时候，老年男子抬头看她一眼，安迪也看他一眼，看得出那老年男子一脸疲倦，脸上的皱纹似是雕刻出来的苦难。安迪忽然想到，难道这是樊胜美的父亲？

她等电梯的时候，听到老年男子一声咳嗽，随即一口痰吐到地上。安迪不由得往地上看一眼，果然，一地的痰。可见已经坐了好久。她看看2202微闭的大门，不知怎么才好。她不敢邀请老年男子去她屋里坐坐，暖和暖和，这走廊里太冷。她怕樊胜美见了又来气，怀疑她跟樊父私下接触聊了什么。她唯有锻炼去了。

等她回来，见到2202已经闹成一锅粥，最响亮的乃是小孩子的哭闹声，中气十足，响遏行云。老年男子还坐在门口，安迪匆匆瞥了一眼，仿佛看到抱着小孩子的是一个老妇人。天哪，樊家究竟来了几口人？她还看到关雎尔拿着牙杯在洗手间门口跺脚。

安迪回到房间，就给关雎尔打个电话，让她和小邱可以考虑到2201洗漱。关雎尔一接到电话就挂着两只黑眼圈飞奔而来。安迪这才确认樊家来了三口人。一会儿邱莹莹也拿着一堆东西飞奔过来，她心直口快，见了安迪就道："我们洗手间一股尿味，不知谁拉到外面了。"等着的当儿，邱莹莹告诉安迪她们昨晚在火车站找人的壮举。

安迪不接茬，唯恐一接茬又是得罪人。邱莹莹与关雎尔不同，邱莹莹嘴边没有把门的，传话很容易，背后说樊胜美，更是罪加一等。邱莹莹则是一边说一边浑身活动，舒展筋骨，忍不住赞叹一句，有地暖的房间真舒服。

安迪直到与关雎尔一起上班，才将昨晚的来龙去脉全部搞清楚。关雎尔叹道："昨晚一夜下来，樊姐整个人蔫了，今早一直避开我们的眼睛。我总算是明白她的心了。"

安迪则是问一句："她准备让一家人挤她卧室？打算住多久？她有没有要你们帮忙？"

"好像会住好几天。樊姐昨晚说，今天去找旅馆。她让我们跟平时一样，不用帮忙。但今早小孩哭闹要喝牛奶，樊姐说喝不起，樊姐妈让樊姐去买，说是宁可大人饿肚子，也不能饿着樊家独苗。他们闹的时候，樊姐满脸通红。天哪。"

安迪想了想，"我明白了，这几天我尽量早出晚归，省得樊胜美看见我尴尬。她那状态，身上少压一根稻草是一根。"

"樊姐可能缺钱，很缺钱。"

安迪只是"嗯"了一声，不评论。她不敢再贸然主动借钱给樊胜美，通过关雎尔借给樊胜美也不现实，关和邱都是月光族，不如不说。

　　昨晚的一场折腾其实还不如曲筱绡平时在夜店的运动量，因此曲筱绡正常起床，当然是比 22 楼的其他人都晚了起码两个小时。她昨晚已经心生一计，起床就赶紧在她的微博上发出号召，要求她做服装生意的朋友们行动起来，向躺在病床上的孩子献爱心。她又是上传照片，又是使劲描述，发了四条微博，才得意扬扬地去洗漱。但想了又想，吃饭时候又添上一条，特别点名某某、某某重点关注。她从来不会独吞做好事的机会的。

　　等曲筱绡出来，2202 已经曲终人散，唯有樊父依然坐在门口咳嗽，而樊母则是追着雷雷喂大饼。曲筱绡反正等电梯也是无聊，就问："樊大姐去找旅馆了吗？"

　　"没去找，住不起啊。"樊母回答。但樊母忽然灵机一动，"姑娘，能不能让我用一下你手机，打我儿子电话？"

　　曲筱绡就是个唯恐天下不乱的，连忙找出手机，"多少号码？打算说点儿什么？"

　　"问问他到哪儿了，找到住的地方没，身上钱还够不够。"樊母一边说，一边从口袋里掏出一个小本子，翻电话号码给曲筱绡看。

　　曲筱绡就着号码拨出去，关机。见雷雷眼巴巴地盯着她手里的蛋糕，就大方地将蛋糕递给雷雷。想了想，又回屋拿出一大盒蛋糕，一小盒巧克力，送给雷雷。樊母见曲筱绡出手大方，又是个有车有钱的，忍不住壮起胆子问："姑娘，问你借点儿钱行吗？我让阿美发了工资还你。"

　　曲筱绡几乎是拍着胸膛答应，"行，只要你家阿美出字条给我，借多少给多少。伯母，担心你儿子是吧？"

　　樊母简直如同看见仙女下凡，"姑娘，你心地太好了，真是谁家有福气才娶得到你这样又有钱又好看的人。我晚上跟阿美说，谢谢你啊，谢谢你啊。"

　　曲筱绡进了电梯就收起忠厚老实的笑脸，忍不住对着天花板放声大笑。哈哈，看樊胜美这下怎么应付她老妈了。

第 21 章

　　樊胜美从上班开始便很困，很累，很心烦气躁。可她唯有强打精神应付。需要强打精神的不仅是她的笑脸，还有她的皮肤，一夜几乎未睡，最后爸爸让出床头，妈妈考虑到她必须上班挣工资，让她与雷雷一起勉强睡了两个多小时。她的皮肤连粉底液都排斥了，自然无法让散粉服帖地附着，脸色在阳光下异常灰败。

　　已不知喝了几杯茶，几杯咖啡，樊胜美再一次进入茶水间泡速溶咖啡的时候，一个同事悄悄过来，赔着笑脸道："小樊，请帮个忙，这个月我迟到好几次，打卡有记录，你请千万手下留情。我这房奴一身的债，扣掉那些就喝西北风啦。"

　　樊胜美忙也赔笑，"考核还没到我这儿，我给你查查有几次，等会儿发短信给你。可这些记录都是死的啊，除非修改程序，要不然没法改的。"

　　"不是改……我的意思是，你统计迟到数字的时候出个错儿，当作没看到我那几次迟到。嘿嘿，拜托，拜托。"

　　"这个真不是我说改就能改的，这个统计有几个人经手，我改了也会被其他人查出来。真不好意思，对不住，对不起。"

　　同事悻悻而去，显然不满意樊胜美的回复，估计有一条小小梁子就这么结下了。但樊胜美无可奈何，这种作弊的事若是被发现，她的工作就丢了。她手头除了工作，还有什么呢？而今唯有工作是她的命根子。她端起咖啡喝了一口，回去工作。或许是今天加的量特别多，咖啡入口异常苦涩。

没等樊胜美喝下第二口，一个陌生手机号码呼叫。樊胜美而今有些风声鹤唳，看见陌生号码就怀疑那一头连的是她讨债鬼哥哥，因此不接。但那号码不屈不挠地再次接入。樊胜美无奈地走去卫生间接起电话。那一头，却是一个陌生男子厉声道："你妈跟你说话，怎么搞的。"

樊胜美莫名其妙，以为有人打错电话，可很快她妈妈的声音从电话里传过来，"阿美，我们被大楼保安关在外面了……"

"啊，不是跟你们说了别走出大楼吗，大楼有门禁。"

"不行啊，雷雷要出来玩，管也管不住，不让玩就哭。可等我们旋回来，保安就不让我们进了，说我们没带什么卡。怎么求都不行，我们都还没吃中饭呢。幸好有个好心人借手机给我们打你电话，怎么办呢，你快想想办法，雷雷饿得哇哇叫。"

"你没带钱下楼吗？"

"带了，五块钱。"

"你把手机还给人家，谢谢人家。我打保安室电话，跟他们说说。"

樊胜美直着眼睛发了会儿呆，才筋疲力尽地调出保安室的电话。一听声音是熟悉的小郑，忙赔笑道："小郑啊，我妈刚才来电，说是给关在外面了，对，就是两老夫妻带着一个小孩子。"

"哎呀，他们说是你家人的时候我还不信呢，怎么住得下。樊小姐啊，这个我真没办法，你是懂得规矩的，要是被其他住户看见我私自放人进门，老板要炒我鱿鱼了。"

樊胜美觉得这对话听着好熟悉，"小郑，通融通融，帮忙，就一次，我下班立刻补签。"

"下班补签那就要我命了，等你下班我就换班了啊，下一班的人非告领导不可。你怎么不留张卡给你爸妈呢。"樊胜美依旧赔笑，笑得越来越柔软："小郑啊，朋友帮帮忙吧，你让我爸代我签个字，放他们进门吧。就算你帮帮朋友，一次，就一次，他们大冷天的在外面冻着，都还没吃饭呢。"

小郑笑道："朋友就免了，高攀不上，你樊小姐也从来没拿我们当朋友。你们2201和2203两个邻居虽然也没拿我们当朋友，可好歹还送我们一些圣诞礼物，拿我们当人。我可不能帮你冒这个风险，我们全家还等着我的工资呢。"

樊胜美气得脸色青白，关键时刻，住户还是租户，区别就来了。平时客气，那都是假的。但樊胜美还得好声好气地道："那就最后一个请求，让我妈接个电话，我跟他们说一下，不让麻烦你。"

樊胜美的妈妈再接起电话，樊胜美道："妈，你们再等一个多点小时，唉，我请半天假吧。"

"哎哟，别请假，扣钱。千万别，好好工作，好好挣钱，别让你们老板难看你，上班时间不打你电话了。"

电话被樊母挂断，樊胜美好一阵子没法回过神来。悠悠还魂，才想到小郑拒绝她的段子就跟刚才她拒绝同事一个样。生活真叫荒诞。

曲筱绡趁中饭时间赶去医院验证微博逼捐成就，不料遇见赵医生也在小孩的病床边。"赚了！"曲筱绡心说，眼睛顿时忘了清点床尾堆积的羽绒服羽绒被，晶光灿烂地只顾围着正查看伤腿的赵医生打转。直到小孩子看见她，大声叫她阿姨，才把她从花痴九重境界拉回黑暗世界。

赵医生抬头看曲筱绡一眼，但只是笑一笑，又低下头去操作。曲筱绡魂飞魄散了几秒，装作低头查看羽绒服。但她从一堆羽绒中拎出一条暗绿色的羽绒裙，怒了，看一眼下面的吊牌，就知道是谁家的，立马拨号过去。

"喂，拿条裙子来干什么？我写明了是男孩子。"

曲筱绡的朋友笑道："我家老娘说的，给你穿，别学这年头女孩子叉两条黑腿，都像忘了穿裤子出门。哈哈，开玩笑。我拿裤子时候看到裙子，想到小孩子腿还没好结实，还是套裙子更利索，上下一扎，鞋子都不用穿。反正他们不爱用就给那孩子妈穿呗。我还给了点儿钱，你说吧，怎么请客。"

"好说，晚上，地点你定，挂微博上号一声儿。想不到你还蛮细心，你未来某人有福了。"

孩子妈一直笑着看曲筱绡，等曲筱绡说完电话，就笑着道："你们朋友都真好，可都水也不肯喝一口就走，我真是谢谢你们啦。"

"谢什么，用雷锋叔叔的话说，这是俺应该做的。"赵医生听着不伦不类的话，扑哧一声笑了，"你，快，哪来哪去，我要专心工作。"

曲筱绡眉毛跳了两下，赶紧扑过去亲了一下小男孩，但，她是勇猛的，也扑过去亲一下赵医生的脸，才施施然而走。什么？他说绝交就绝交？两个人的事，当然不可以一个人说了算。她没表态，赵医生说了就不算！

赵医生愣了，回头看看同样吃惊的护士，闭嘴不语。

樊胜美一下班就跑着去公交车站，下了车就跑着去地铁，紧赶慢赶地赶回家，看到的是父母冻得嘴唇青紫地坐在背风处，围巾什么的都裹在雷雷身上，雷雷倒是欢快地跑来跑去，没事人一般。走近了，看清楚妈妈眼里噙着的泪，樊胜美心酸不已。她领着爸妈进去大楼，看到换班了的保安的眼色，就知道他们早传开了。还能是怎么回事呢，无非是欺她是个租户。樊胜美咬牙切齿，却也没有办法，找物业投诉，人家才不理租户呢，巴不得租户全部搬空，省得增加他们管理的难度。人穷被人欺，樊胜美从来都知道。

在电梯里，樊胜美策略地问："雷雷中午吃什么？"

"生煎包子。"雷雷大声说，显然挺满意。樊胜美一张脸黑下来，"爸妈都没吃？都给他吃了？"

"我们年纪大的人，饿一顿就饿一顿啦，这不就可以吃大饼了吗？"樊胜美看着又冷又饿又疲惫的父母，心里开始动摇。她心肠是不是太硬了，她是不是该拿着信用卡去透支。

进入2202，樊母开始忙碌地分大饼。第一个大饼给樊父，家长；第二个给樊胜美，樊母说工作一天辛苦了，赶紧吃。樊母自己不急着吃，先开始烧水。樊胜美放下包，洗手卸妆出来，见爸爸又坐到门外，先不急着吃大饼，而是赶紧过烟瘾。她妈妈则是坐在水壶边，脑袋一歪一歪地打瞌睡。雷雷在走廊里跟爷爷说话。樊胜美心中苦不堪言，站在妈妈面前，盯着妈妈发呆。

水开了，水壶嘴发出尖锐的叫声，樊母猛一下惊醒，一个趔趄起身去拎水壶。樊胜美连忙伸手抢先了。

"妈，给我五十，我去买点儿吃的，你们一天没吃，又冻了一天，不能光吃大饼。"

"不给，吃大饼！反正雷雷中午吃肉了。后面日子不过了啊，你下个月才发工资呢。你想吃好的，中午在食堂里吃。"

"后面日子再说,人要吃饱。给我钱吧,起码去买几只鸡蛋来也好。"

樊母就着开水咬一口大饼,想了会儿,才给樊胜美十五块钱,"去买两斤鸡蛋,再加一包酱油,问小姑娘借锅煮两斤白煮蛋,够我们吃几天。路上看到大饼馒头,再买几个。今天用了二十块,要省省了。"但想了想,又抽出十块钱给樊胜美,"给雷雷买牛奶,那种一袋一袋的牛奶。"

樊胜美放下大饼,她没吃,不仅是没胃口,她的喉咙干疼,想哭。她背上包,默默出去了。透支,她决定透支。不仅买吃的,还给爸妈找个旅店,要不然,不出三天他们就得被折腾死。

但樊母忽然想到一件事,大声叫住女儿,"阿美,我替你问了,你隔壁……昨晚那个开车的姑娘,答应借钱给你,还说要多少给多少。你问她借点儿吧,下个月发工资立刻还她。"

曲筱绡?妈妈问曲筱绡借钱?曲筱绡又是什么意思?樊胜美没挪动一步,站着呆呆地想了会儿,喉咙不疼了,但她又硬下心肠。好吧,就去超市花这二十五块钱。

正好邱莹莹下班回来走出电梯,见到樊胜美才招呼一声,就被樊胜美推回电梯,两个人一起往上升。邱莹莹莫名其妙,问道:"樊姐,怎么了?要我做什么吗?"

樊胜美不语,直到最后一个人出去,她婉转趴到邱莹莹肩上,"让樊姐哭会儿,别问。"

邱莹莹莫名其妙,站得笔挺地支撑着樊胜美,让她轻轻啜泣。邱莹莹果然不敢开口问一句。

电梯一会儿停,一会儿开门地到了一楼,樊胜美就站直了,擦干眼泪跟邱莹莹一起走出大厅,不愿让保安看笑话。邱莹莹听得樊胜美去超市,她担心樊胜美的状态,就跟着一起去了。

安迪本想晚点儿回家的,可逛了一圈书店,买到几本中意的书,她就想立刻回家看书了。她想这个钟点,2202应该已经太平,她差不多可以回去了。

走出电梯,果然没听到什么声音,只是当头看到樊父又是靠墙坐在门口。她就客气地打声招呼,但奇怪,樊父耷拉着头不理她。她忽然发现,有半只大饼掉在地上。安迪心里一惊,赶紧敲2202的门,"有人吗?樊胜美在吗?"

里面没人应答,安迪赶紧审进门看,只见小孩子安静睡在床上,而旁边樊母则是趴在床头呼呼酣睡。安迪心里稍微放心,怀疑樊父也是昨晚没休息好,边吃边睡着了。她拍拍樊父的肩膀，试图唤醒他，让他进去屋里睡，可推了好几次，樊父还不醒，安迪慌了，连忙抬起樊父下巴，只见他牙关紧咬，脸色不对。

安迪一看不对，试图给樊父做人工呼吸，可怎么都撬不开樊父的嘴，情急之下，赶紧按了电梯，等在电梯门口。电梯打开，里面果然有男人，她撑开电梯急问一句："请问急救打电话叫救护车快，还是自己送过去快？这儿有人急病。"

里面的人一愣，"可能还是自己送过去快。"

"请帮我一个忙，把人抬上车。万分感谢。"

那男人看安迪样子不像是坏人，感觉不像是诈骗，就冲出电梯，帮安迪将樊父一起扛入电梯，又是送上车子。安迪一问，原来离最近的医院就是赵医生所在的那家，正好她熟悉路，连忙飞一样地冲出去了。

樊胜美与邱莹莹两个拎着购物袋从超市回来，只看到熟睡的樊母和雷雷，却不见了樊父。樊胜美心里虽然嘀咕，可也没当回事，她怀疑爸爸可能问妈妈要了点儿钱，出去买烟了，也就买烟买酒这两件事，她爸是亲力亲为的。她放下手头的东西，怕妈妈着凉，轻轻推醒妈妈。

"爸买烟去了？不会让我一起带回来嘛。妈你躺床上睡，我去下面等爸回来。要不然又得不让进了。"

"你爸……"樊母艰难地转了转眼珠子，"没说去买烟啊。"她摸出藏在里面口袋的皮夹子，将钞票数了一遍，没几张钱，她张张熟悉，没错，一张不少。

樊胜美翻一个白眼，走到楼梯间对着楼梯大喊几声，可惜没人应答。她也不知是怎么回事，但一个老头子也出不了什么事，又不是雷雷。她走回来，想把椅子搬回室内，低头，发现椅子下面的半只大饼。

"妈，爸爸出事了，你快来看。"

樊母迷糊着眼睛摇摇晃晃地走出来，邱莹莹也走出来看，两人都看到地上的半只大饼。樊母这时全醒了，"老头子，老头子。你爸从不舍得扔掉吃的，你爸出事了，你爸出事了，你快去找。哎呀，我不该睡着，我不该睡着……"

樊胜美急得团团转，偏偏手机响起，她一看是安迪的，恨不得掐掉，顺手交给邱莹莹，"你帮我接，我去楼下问保安。"

邱莹莹接起，便大叫："樊姐，樊姐，别走，你爸中风让安迪送去急救了。快，我们去医院。"

"哎哟,快去医院。"樊母急着奔向电梯。樊胜美也是奔向电梯。但樊母很快想到一件事,"雷雷,雷雷怎么办。"

"我管着。"邱莹莹唯有留下。

走进电梯,樊母摸出钱包,还给樊胜美。什么都不用说,樊胜美也知道妈妈的意思,谁都知道进了医院不脱层皮出不来,钱包里的这点钱完全不够用。樊胜美则是漠然,她想到,即使把唯一一张信用卡透支了,透支到底,估计都付不清爸爸中风的医药费。又要借钱了,这回要借大钱。问谁借呢?

摸出一张一百元,母女俩打车到医院,找回几张零钱。此时樊母顾不得心疼钱了,与女儿一起直奔急诊而去。

樊胜美见到安迪,冲过去抓住安迪手臂,急问:"怎么回事,我爸要不要紧。"

安迪浑身不自在,但此时又不便收回手臂,只得浑身有点僵硬地侧着身,道:"刚刚医生告诉我,命捡回来了。但问题很严重,具体还要做一系列的检查。具体医学方面的名词我有点跟不上,中文与英文的对照不起来,对不起,等下医生出来你再问问清楚。还有我回家时候可能已经晚了,要早点儿……"

"谢谢你,要不是你,等我回家我爸就麻烦大了。谢谢,谢谢。"

安迪于是将经过说了一遍,樊胜美与她妈听着一直哭。安迪介绍完这些,道:"我去洗一下车,位置上都是大便小便。已经预付了一笔费用,不知道今晚够不够用,我会顺便再取些钱回来。不要说不。你刚才抓着我手臂时候我表现出一脸不舒服,并不是因为你,而是我对旁人接触我身体有心理障碍,从小落下的心理毛病,你别见怪。"

樊胜美惊住,连忙放开手,呆呆看着安迪不知说什么才好。

安迪也在发呆,她并不愿说出自己有心理方面的障碍,非常不愿意。可今天看着惊慌失措的樊胜美,怕这种时候若樊胜美再误解她嫌弃樊胜美,那就太给这可怜人百上加斤了,她只有豁出自己。但看着樊胜美的眼神,安迪心里很不舒服,她也是病人,只不过不是那种招人痛苦目光关注的病人,而是被人用异样目光注视的病人。她悻悻地耸耸肩,勉强道:"你们拿着这些单据,等下医生还得出来找你们。我去去就回。"

安迪行动迅速,等樊胜美醒悟过来说谢谢的时候,安迪早已走得只剩下个背影。

　　樊母为急诊室里的丈夫焦急之余，还是没忘了给个评价，"你们几个邻居小姑娘都蛮好，蛮好。"

　　"是蛮好，蛮好。"樊胜美看着安迪消失的方向喃喃自语，"只有我最不好……"樊胜美说到这儿刹车。她该怎么跟妈妈说，她不肯透支，不肯借钱，才导致父母晚上无处可睡困顿劳累，导致父母跟着她啃大饼饮食不调，导致父母被保安拦在门外冻了半天血脉不畅，导致而今爸爸中风送入急诊。她无法开口，唯有在心中狠狠忏悔，她都对自己的父母做了些什么啊，她与她的哥哥又有什么区别呢。

　　"八千！"妈妈的一声惊呼将樊胜美从忏悔的深渊里拉回，她见到妈妈正在翻阅安迪交给的单据。樊胜美也不禁问一句："八千？"她忙从妈妈手中抢来单据，看一眼数字，冒出一阵心虚，刚刚的忏悔被轻度迷惘取代。爸爸这一中风，究竟将耗去多少医药费？而这些钱，毫无疑问，当然是着落在她的头上。八千，才是她借债的开始。

　　关雎尔下班，走出电梯门便听到雷雷的哭闹声。原来雷雷一觉醒来不见了爷爷奶奶，想吃什么，陌生的邱莹莹阿姨又没有，他的姑姑樊胜美则是不高兴给雷雷买牛奶，购物袋里只有大白馒头和酱菜。雷雷唯有祭出大哭一招。可邱莹莹不懂哄小孩，最初打开电脑勾引雷雷玩游戏，雷雷上当了半小时，等邱莹莹一走开去做菜，游戏大法便告失效。然后邱莹莹许诺做好吃的给雷雷吃，问题是她冰箱里好吃的有限，而雷雷要求的那些东西她没钱买，这个月交了一个季度的房租费，她早穷得叮当作响，无力满足雷雷要求。于是雷雷认识到眼前这个邱阿姨的虚伪，他怒了，以大哭来拒绝和解。

　　而关雎尔解决此问题的办法很简单，捧出她的零食盒子放到雷雷面前，雷雷当即哑了，小手在盒子里翻检出最醒目的一只小熊派，让他眼里的仙女阿姨关雎尔帮打开，便狼吞虎咽起来，他真的饿了。邱莹莹此时才得以吃饭，她与雷雷一样狼吞虎咽，但其间没忘了含糊不清地告诉关雎尔，樊姐爸爸被安迪送去急诊了。

　　关雎尔连忙打电话给樊胜美，送去关怀一片。

　　"樊姐，你爸爸有医保吗？如果有，赶紧委托谁在老家办理转院手续，要不然医药费承担不起。"

　　"听说现在住院需要打点医生，要是有熟人就好办事不少，小曲有个朋友就在那医院做医生，要不要我跟小曲联络？"

　　作为资深 HR，樊胜美当然了解医保的各种规矩，但是关雎尔提供的第二条线索让她眼前一亮，她不禁想到曲筱绡早先不费吹灰之力一个电话查出王柏川车子归属那件事。真是穷在闹市无人闻，富在深山有远亲，曲筱绡的朋友遍天下，她樊胜美身边朋友躲着她。可是，她与曲筱绡有矛盾，这矛盾并不可能因为昨晚曲筱绡帮她找到父母而改变。樊胜美只得请求关雎尔："小关，请你帮我个忙，问问小曲，能不能提供帮助。如果她不愿意，那也算了。"

　　关雎尔原本以为樊胜美在海市盘踞多年，交游广阔，在医院当有个把熟人可以托付，她无非只需在樊胜美着急上火之时点拨一下即可。关雎尔想不到樊胜美竟然需要请求曲筱绡帮忙。

　　而曲筱绡则是毫不掩饰她的疑问，"咦，美女还需要我帮忙？小关你问清楚，别是你自作主张吧。我可是得撕下脸皮去找我前情人说话呢，这个任务很艰巨。"

　　关雎尔笑道："我提供你机会呢，这个机会不比拉着小邱去探望被车撞的孩子差。"

　　"哈哈，什么都瞒不过你，你坏死了。我再告诉你，省得你费劲观察。安迪也认识赵医生，魏大哥也认识赵医生，但是，凡是需要跟赵医生接触，你们事先必须跟我禀报一声。赵医生被我垄断了！哗啦啦鼓掌。"

　　关雎尔唯有对着手机鼓腮帮子，她是多心不甘情不愿啊。

　　曲筱绡不疑有它，她当然愿意管这闲事，原因则是被关雎尔说中。但是，昨晚火车站找人的所见所闻告诉她，这事儿若做得不正确，弄不好一脚陷入无底泥淖。樊家父母与樊家哥哥等可以为了一场纠纷逃离家乡，制造第一起讨债门，那么也很可能为了沉重的医药费而偷偷逃离医院，制造第二次讨债门，于是弄不好被她请求办事的赵医生因此受到牵连。这种陷害赵医生的事儿曲筱绡可不干。因此她做事之前需要问个清楚明白。

　　曲筱绡第一个电话打给送樊父去医院的安迪。安迪正郁闷无聊地等在洗车房，她的车子不仅需要洗外表，还得洗车椅，最终还需要给整车内部做个桑拿去味，她的 VIP 卡很内伤。对着曲筱绡打来的电话，安迪一五一十地告诉了，最后还指出："你伸手帮忙之前有必要理性思考，虽然樊家当前的急与被撞小孩家的急是一码事，但救急之后的局面，两家则是两码事。"

曲筱绡最头痛安迪的理性思考，她心中默默将安迪的话复述两遍，绕了几个圈，才找出答案。"我明白你的意思了。你现在虽然无偿垫资救急，但此后就诊的钱需要樊大姐自己考虑筹措。樊大姐当然可以问你借，但她需要出示借条，依照规矩来。嗯，如果她借到了钱，我倒是可以帮她联络赵医生。但安迪，我也得提醒你一件事，像樊大姐这种没车子没房子的人搬家逃债太容易了，海市那么大，只要她自己留意，可以让债主一辈子都找不到人。尤其是她家有逃债的优良传统。可她爸这种病吧，这回住院可能要花不少，以后每月都得从她工资里开销钱，她怎么还钱？她那年纪上场子捞钱可能也捞不到几个了吧。你借钱给她要小心，尤其是借给樊大姐这种没打算爱花钱的，超过一万的钱，你就不能光一张字条了事，你得要求抵押物。"

"小樊手头可能连一万都拿不出，我先救急，帮她过了今夜。今夜之后需要她清醒地拿出态度，而不是指望仅凭邻里关系问我借钱。至于赵医生那边的帮忙，你跟他说清楚关系即可。"安迪想到，樊家母女赶来医院见到她，还真挺不见外，一句关于钱的话都没说。可安迪将这个想法吞了，不能让曲筱绡知道，要不然曲筱绡又不知将如何给樊胜美定性，反正曲筱绡也不像是个肯借钱给樊胜美的人。

曲筱绡嘿嘿一笑，"她还不如出台找钱来得容易呢。但我需要指出一个事实，昨晚跟今晚，樊胜美遇到的都是生死攸关的大事，她那些男人呢？她怎么一个都不找？或者说她心知找了也白找？由此说明一个现实，那就是她与那些男人们的关系。我说她是捞女，再次得到证明。"

"别瞎说，王柏川就是个想主动提供帮助，却被拒绝的典型例子。忙你的去，收敛着点儿，别把小樊真往捞女逼。"

"哇，我罪过好大哦。"

但安迪不禁想到樊胜美与章明松，还有章明松的那个局长客人之间的关系，樊胜美的那些男人……

曲筱绡因为早退，被朋友们罚了一瓶啤酒，她只能打车赶往医院。她通知的赵医生还在路上，等她找到急诊室门口的樊胜美，只见一个穿白衣的医生正与眼泪汪汪的母女俩说话。曲筱绡于是旁听，眼睛则是打量着那个年轻医生，长相不行，声音也不行，因此毫无说服力。但曲筱绡听懂一件事，那就是要樊家立即准备钱做手术。樊家母女又急又怕抱在一起团团转，再说医生说的那些术语她们根本无法好好理解，只知道听着，记着。曲筱绡却是冷酷地插问一句："不动手术能不能活命？"

"必须立即手术，否则很快没命。"

"手术后人能不能恢复正常，还能活几年？"

医生拿出核磁共振、CT 等结果，指给曲筱绡看，反而忽略了旁边无法提出问题的母女，"你看这个出血点……"

等医生一说到出血点在什么什么脑，出血对周围脑组织将造成什么后果，曲筱绡立马晕了，她觉得这玩意儿 22 楼大约只有安迪听得懂。但她好歹事不关己，还是听出些要点，"你是说，花那么多钱做手术后可能全身除了眼珠子，啥都不能动？而且还不知道能活几天？那活着还有什么意思。医生，我们需要商量商量，有没有必要做这个手术。"

医生以为曲筱绡是病人家属，略微吃惊地看她一眼，转身回去里面。樊胜美毫不犹豫地追着医生的背影道："手术，当然手术……"

"钱呢？你拿得出手术的钱吗？"曲筱绡依然冷静到冷酷。"安迪给你垫付八千，你欺负她好心还想问她借多少？你拿什么抵押给安迪？你拿得出可以抵押的资产吗？"

"但是一定要手术，不手术爸爸就没命。我打电话问人借，我问人借钱……"樊胜美抖抖索索地摸出包里的电话，循着通讯录一个一个地看下去。今晚就得借钱，可谁肯今晚送钱来，谁能交情好到雪中送炭。

樊胜美不管不顾了，她先给章明松打电话。但章明松听了她的哭诉后跟她讲："你知道我今天出差出席年会，非常抱歉今天不能帮你。等我后天晚上回来，会去看望令尊大人。"

樊胜美发了一下呆，接着寻找下一根可以抱的浮木。但那些曾经与她一起喝酒跳舞唱歌看电影的人，有些就像打发叫花子似的说他手头有一千块现金，要不要先送过来。有些则说最近年关，手头紧得自己都想跳楼，爱莫能助。有些则直接问她怎么卖。

曲筱绡才旁听了一个，还来不及分析樊胜美遇见的窘境，就见到赵医生携一年轻女子急匆匆而来。曲筱绡大囧。这女孩是赵医生的新抱还是正牌女友？赵医生见面给两个女孩作了一下介绍，就进去办公室找医生询问。曲筱绡则是盯着眼前的女孩，心里依稀记得，朋友帮忙打听到的赵医生那正牌女友似乎就是这个名字。难道两人谈了那么多年既没结婚，也没分手？

　　那正牌女友则是了然地看着曲筱绡，一脸蔑视。但是，曲筱绡机敏地捕捉到那正牌女友看见她手中最新粉色爱马仕包时羡慕忌妒恨的眼神。然后，那女友看到曲筱绡的香奈儿耳环。名牌那明晃晃的 LOGO 拥有绝对的指向性，那就是让别人对价格一目了然。曲筱绡看一眼那女友手中花花绿绿的沙驰，得意地一仰头，丢回一个蔑视的眼光，她感觉到痛快地扳回一局。

　　樊母自然是无法领会那种只可意会的对峙，但她听得清楚，女儿借钱不容易，看样子今晚靠她女儿筹集手术费类似大方夜谭。樊母奇怪，女儿为什么不求近在眼前的这个曾经说过"借多少给多少"的邻居姑娘？眼看着女儿打电话的神情越来越焦躁，樊母一边担心手术台上的老头子，一边挂念女儿如何借债，还揪心杳无音信的儿子，她情急之下，冲着曲筱绡跪了下去，"姑娘，求求你借钱给我们，你说过你有钱借的，只要阿美出借条。求求你，求求你啊，今晚我家老头子性命就全靠你啦。"

　　曲筱绡从没见过这等阵仗，吓得一声尖叫，一不怕脏二不怕苦地窜到椅子上贴墙乱挠，不知如何对付。"樊胜美，救命，啊……"

　　曲筱绡的尖叫声不仅招来樊胜美，樊胜美赶紧红着脸抱她妈妈起来。连赵医生也冲出来看发生了什么事情。一团混乱中，曲筱绡一眼看到赵医生先急切地问她"小曲怎么回事"，她心中总算略有安慰。但她站得高看得远，一眼看到目瞪口呆的安迪与皱眉的奇点。原来奇点刚下飞机，他担心安迪这个路盲不怕黑不怕冷又去机场迎他，就一直没说什么时候回家，直到下了飞机到了市区，才给安迪一个电话，说是几分钟后到安迪家。结果索性与安迪会合后一起赶来，两人正好看到樊母下跪一幕。

　　奇点当即顺手剥夺了安迪手中放现金的包，"安迪，你去车上等我。这边我替你处理。"

　　"别苛刻就行。"安迪看看撕扯在一起的樊家母女，转身就走。连她的疯妈都知道，不到山穷水尽的地步，绝不跪求。因此她能理解车祸孩子妈妈的跪，却无法面对樊母的跪。她放手让奇点去应付乱局。

　　奇点倒是有点意外安迪答得如此干脆，似乎与传说中的职业女性喜欢当家做主相悖。而等他走过转角看到赵医生，以及赵医生身边的女孩，他不禁看一眼小心翼翼避开樊母跳下来，又小蛮腰一扭躲到他身后的曲筱绡，与赵医生交换一个了然的眼神。

　　赵医生的开讲分散了樊母的注意力，也算是间接救了曲筱绡一命。因为是赵医生说话，曲筱绡听得更加认真。但她偶尔开个小差看一眼赵医生带来的妞，却发现那妞也在看她。曲筱绡于是脖子稍歪，端出她最娇媚的姿势。

　　赵医生解释完，尤其是将生存的成本解释清楚，便抛出一个问题："救，还是不救。唯有家属可以表态。"别人的目光都看向樊家母女，唯独曲筱绡的眼睛没有离开赵医生一秒。

　　"当然要救，不能眼睁睁看老头子死掉啊。"樊母毫不犹豫地说。但是钱呢？众人的目光进一步集中到樊胜美的身上，都在等樊胜美作出最后的回答。而樊胜美一脸呆滞。钱呢？钱呢？关键是她借不到钱，她怎么答应啊。樊胜美心中充满了罪恶感。

　　安迪才刚走出大门，就接到王柏川的电话。她很想再次掐掉王柏川的来电，不想听他絮叨樊家的事，但回望医院的大门，她犹豫了会儿还是接起。王柏川却在电话那头道："很抱歉，安迪，不过这回不是来麻烦你，呵呵。"安迪一听也禁不住笑了，"我放心不少。"

　　"我刚从老家回来，带来一些土产放在你们一楼保安那儿，请你回家时候取一下。"

　　"嗯，好，我回头转交给小樊。当然我要雁过拔毛哈。"

　　"这些小土产是送你的……"王柏川显然有点儿不好意思，"聊表我的一些歉意，我前阵子做事不怀好意，不晓得你原来是个实在人。我还想这么晚送去你可能在家，我又不用撞见小樊……呵呵，这么晚还在路上？年底治安不大好。"

　　"啊，谢谢，非常感谢。我在医院，周围人挺多，不碍事……"

　　"医院？哪家医院？需要我帮忙吗？我去看你。"

　　"你别来了，感谢。我有魏兄帮忙。"安迪不打算跟王柏川说樊家的事，这种事，说了就是逼王柏川表态。"我既然知道了，哪有不去看看你的道理。请问是哪家医院？"安迪感觉王柏川今天聊表歉意的诚心不是说说而已，再拒绝反而容易误会，只得道："你别来。是樊家的事，小樊爸爸中风急救，现在急救室门口一团乱，无非是钱从何来、要不要手术的问题。小曲被小樊妈妈跪得上墙，我直接交给魏兄去处理，自己逃出来了。你要是有高招就给一个，若没有，当作没听说此事。"

　　果然，王柏川沉默了，安迪倒是觉得这个很正常，人性哪个不是趋利避害的？"外面冷，我去车里躲着，等有好消息，我再转告你……"

　　"唔，别挂，我有个挺没良心的建议，只是需要怎么组织一下语言，你稍等我会儿。"

　　"别组织语言啦，对我都一样。"王柏川不禁扑哧一声笑了，对，他领教过安迪的透过现象看本质。"呵呵，我直说，我建议你和小曲别借钱给小樊。经过我这儿天的了解，她哥哥是个无底洞，她则是个耳根子软的，不懂在自己的资产与父母兄弟之间画条分界线，这几年的收入全填了无底洞。我原以为她这次斥骂她哥哥，她应该已认清现状，可没有，她拒绝不了父母的投靠，最终还得让一大家子人靠着。你今天在医院，小曲也在，你们两个财主都在，你们是不是打算借钱给她？很显然，这笔治疗费最终又会落在她的头上，以她的收入，扣除她爸未来需要的护理费，她不知要几年才能还清。问题是为什么要她一个人承担。她家有资产，父母和兄弟各有房子一套，反而她没有房子。遇到这种生老病死的大事，卖掉一套房子治病，是不是首选方案？当然，我们还真不能逼小樊父母或者哥哥卖房子，可若你们借钱给她……"

　　"我懂你的意思。还说挺没良心，对小樊挺有良心啊。"

　　"同学朋友一场，不能眼睁睁看着她拔不出来。但这件事你们要是做起来，又是得罪她，你们真无辜。如果她真执迷不悟……唉，我回头请你转一万给她，白送。"

　　"行。你的意思我立刻转告给魏。谢谢提醒。"

　　奇点不动声色地接听了安迪的提醒电话，不动声色地看樊母对着樊胜美哭，不动声色地看一脸灰败的樊胜美求助的眼神看向他和曲筱绡。奇点看到，曲筱绡已经快承受不住樊胜美哀求的眼神，毕竟年轻，但年轻的曲筱绡避开那眼睛，绝不主动开口。樊胜美则是终于看向不期而至的魏渭，为什么她的救命稻草安迪没来，而是来了魏渭？但樊胜美来不及细想了，她疲惫的大脑需要想的事情太多太多，还有更重要的事等她决定。这时樊母忽然没头没脑地道："阿美，你爸有退休工资，我没有。"

　　樊胜美发了半天愣才想到妈妈此话后面的意思，即使她爸爸手术后只有眼珠子会动，但只要活着，只要如赵医生所言不进康复中心就不需要太多医药费开销，那意味着爸爸只要活着即使躺着还能赚取正数收入维持家用。生命即使走到关键的十字路口，依然逃不过金钱的考量。樊胜美只能无奈地看着她妈妈，道："你以为我不想救爸爸吗？这时候还……"她看看周围的人们，不语了。爸爸当然非救不可，她考虑的只是钱，不交钱就没有手术台。

樊胜美最终唯有走到冷静得有点可怕的魏渭面前，她相信，魏渭的背后是安迪，而安迪早前说过出去洗车并拿钱，安迪是打算借钱给她的，她估计魏渭此来绝对受安迪差遣。"魏总，请你借点儿钱给我，我保证连本带利还给你。"

"行。但我需要跟你谈利息和抵押，毕竟这需要涉及十万元本金。"奇点这才掏出纸笔，拉开架势。

樊胜美一听就晕，她的借钱史上从来就没忘记付人利息，可抵押这种要求还是第一次听到。然而眼下刀架脖子上，钱这种三俗物儿对她无比重要，她唯有答应。可她哪有东西可以抵押。"魏总，我一屋子的东西都可以抵押给你，可……"

"我不清楚你一屋子有些什么东西，但根据规矩，我只收容易变现的资产做抵押，比如你父母的房契之类的文件。"

曲筱绡三心二意地听着，听到这儿眼睛一亮，立即变得一心一意，"这个倒是可以做到。樊家一家子逃难到海市，一定随身带着所有重要文件，什么户口本信用证身份证存折房契应有尽有。对，这个抵押可以做到。樊胜美，樊大姐，你爸生病是你全家的大事，该你们全家出力出钱，别只顾着想你自己有没有，你算老几，你有几毛。要我说，把你那混账哥哥的房子卖了，给你爸治病。反正他们出逃也用不到那房子……"

"如果房产证就在这儿，事情倒是好办不少。"奇点打断曲筱绡的侃侃而谈，以保证节奏，但同时给了曲筱绡一个赞许的眼光，"房产证放我这儿，一年期，如果一年到期还不出，我把房子卖了收回本利。"

"不行，房产证不能给，阿美，你哥的房子不能卖，卖了房你哥就得离婚了。"樊母一听外人打她儿子房子的主意，顿时蹦起三尺高，都顾不得哭了，"阿美，你说你能借到钱的啊。你快借啊，我们家只有你一个人有工作了。"

"离个……"曲筱绡丑话冲到嘴边，立即刹车，看了一眼赵医生，才变得文雅点儿，继续道："你儿媳就是个拖着儿子的中年妇女吧，这年头中年妇女离了婚还有谁要，你放心，谁也不敢跟你儿子离婚。再说，即使你儿媳脑袋发昏跟你儿子离婚，人家也好歹已经给你生了孙子，你够本。你别光顾着你儿子不顾你女儿，你女儿今年三十，过了元旦三十一，剩女了，别让你女儿背一身债连嫁都嫁不出去，做一辈子老姑娘，你做娘的有这么偏心？不会吧。樊胜美你难道打算头脑发昏做圣母？你也不想想你这把年纪要再背上一身债，你还上哪儿掐尖去。"曲筱绡越说越来劲，颇有挥斥方遒的豪迈。她原本对可怜的樊家老幼三个无限同情，犹如她看见欢乐颂满院子毫无招架之力被人类抛弃的流浪猫。可樊母刚才那一跪跪得她魂飞魄散，她才拨开云雾见青天，前后贯穿弄清楚樊家那烂摊子究竟是怎么回事。她此时才发现总是虚张声势的樊大姐原来是个傻大姐。但看着樊胜美迟钝的眼睛，曲筱绡怒了，"不会吧，樊大姐，难道那房子是你有份出钱买的，你有感情？得了，那就抵押吧，反正魏大哥是债主，只要魏大哥同意。"

樊胜美被她妈抓着摇晃，她妈不许她答应。但樊胜美到底还是被曲筱绡点醒了，她咬住嘴唇，心思开始活动。对啊，为什么不卖了哥哥的房子，为什么妈妈如此偏心，为什么要她一个人背负所有欠债。

奇点趁机面不改色地加上一个砝码。"我无所谓。你们把房产证押我这儿，我可以接受。你们如果打算卖了房子，相信远水不解近渴，你今晚还是得问我借钱。我只跟你们亲兄弟明算账，不管借期长短，利息一样，照私人借贷规矩办事：三分利，没有还价。"

樊胜美记得听道上兄弟说起过私人借贷利息就是这个三分利，但她不是很弄得清楚这个数字的具体含义，"魏总是指每个月百分之多少的利息？"

"借十万，每月三千利息，年底连本带利还十三万六千。虽说这是规矩，可樊大姐，你工资够还本付息吗？别把你逼良为娼了。"曲筱绡痛快说完了才捂住自己的嘴，又忘了装文雅，"而且据赵医生说，十万还是个基数。"

"这……这不是高利贷吗？国家不是不许高利贷吗？你们邻居隔壁的，客气点儿好吗？"樊母被曲筱绡明明白白说出来的利息给惊了。"大半夜的别做白日梦，真高利贷才只三分？"曲筱绡又抢了奇点的话，奇点只能等曲筱绡说痛快了，才道："三分利已经是友情价。不信请小樊打电话问一遍，今晚借不借得到钱。"樊母忙道："行，行，阿美，你答应吧。救你爸要紧，以后你咬咬牙再省省，总还得出钱。"曲筱绡听到这儿惊呆了，"靠，真要逼你女儿卖身啊。"樊胜美一直沉默，听到这儿死命咬了咬嘴唇，果断对她妈道："妈，我一辈子都还不出。两条路，卖哥哥的房子，给爸动手术。不卖，让爸等死。你决定。"

"你们有权卖你哥哥的房子吗？"奇点冷静地插一句话。"放心，我哥房子是我爸妈出钱买的，为了怕嫂子总嚷嚷离婚分去一半房子，房产证写的是我爸妈名字。"樊胜美终于冷静下来，一冷静才发现眼前有路可走。"妈，快决定。爸爸大脑出血不等人。妈，妈，你还磨蹭什么？"

赵医生虽然几乎每天都可以看到金钱与性命的较量，可见此还是忍不住扭过脸去看一眼今天有点陌生的奇点。奇点冲赵医生微微摇摇头，继续面不改色面对樊母。

"妈，你不想救爸爸吗？你打算看着爸爸死在你眼前？你刚才不是拼命要我救爸爸吗？妈，你说话啊。"

"我不敢作决定啊，我一个妇道人家不敢作决定啊……"樊母被女儿逼得双腿一软，缓缓坐到地上痛哭，"你爸知道会打死我的，我不敢作决定啊，我怎么办啊……"

"爸要打，找我。"樊胜美扶了母亲一把，扶不起来，只得站起，对奇点道："魏总请草拟借条吧，等我爸进手术室，我跟你回22楼取房产证。事不宜迟，救我爸要紧。"

奇点翻开笔记本，立刻熟练地草拟借条。很快写好，自己先签了名，然后交给樊胜美。樊胜美看了一下，就是刚才谈的几点条件，她签下名，又蹲下，轻声逼她妈也签好名字。奇点这才打开安迪的包取出一叠钱，再打开自己的包，取出一叠，稍微不够，但已够手术预付。

樊胜美拿着钱匆匆奔去付费，这边，曲筱绡收回浑身毛刺，娇滴滴地道："魏大哥，你相信赵医生跟身边这位美女是恋人吗？刚才还差点儿被他们骗了，可等现场剧情一紧张，两人光顾着看戏开始乱露马脚。你说，一个男人要有多混账，才会随随便便领一个女人来骗另一个女人呢？赵启平你这个混账王八蛋！"

奇点微微一笑，赵医生则是忍俊不禁，转过身去面对墙壁暗笑。奇点看看地上依然痛哭的樊母，轻咳一声，阻止曲筱绡胡闹。他想将樊母扶起，但樊母拿他当仇人，一把推开奇点。奇点只得向还在面壁而笑的赵医生求助。赵医生这个权威的扶持被樊母接受了，等樊胜美付款回来，樊母已经坐在椅子上拍腿痛哭。

樊父终于被送进手术室，众人全都松一口气。曲筱绡第一件事就是打电话回家，吵醒睡梦中的父母，由衷地表示，她爱他们，非常非常爱他们。看到樊胜美的妈妈，她才发现她爸妈对她简直是好得没道理，她平时有点忘恩负义。但转身，曲筱绡就对赵医生说走着瞧，似乎忘了赵医生这是专程赶来帮她的忙，她又忘恩负义了。而且，曲筱绡强硬地坐上赵医生的车，强迫赵医生送她回家。

出了大门，与赵医生一起来的女孩才收起严肃的脸，哈哈大笑，"赵启平，我不做你的挡箭牌了，吃不消曲家美女，你自己玩儿去。拜拜，我打车，你自求多福。"赵医生无奈地与女孩挥手告别，皱眉看着曲筱绡，"你想怎么样？"

"你得听我解释，我今晚不是无理取闹，我是帮樊胜美的大忙。

走，找个地方喝酒说话。"

"这么晚，我明天有手术，我要为病人负责。我送你回家吧。"

"但你已经误会了，这可不行，我注意形象呢。明天晚上给我，我一定要解释清楚，我不能平白无故做坏人。还有，你也得向我解释，刚才那位传说中你的女友是怎么回事。"

"美女，我们不是说好分了吗？"

"当然分了，你说了算数。但是，分手不妨碍把话说清楚，把形象拔高大啊。明天！这次轮到我说话算数。公平合理。"赵医生无语问苍天，他发现曲筱绡原来不是草包。那一边，奇点领樊胜美走出来，安迪远远看见就把车开过来。两人默默就座，安迪也默默将车开了出去。走了有一阵子，奇点才回头对樊胜美道："小樊，刚才得罪了。我们跟王柏川商量了一下，觉得你一个人背着全家的债务不是办法，也不合理，就自作主张了一下。等下你找到你哥的房产证，我们先替你收着。最终该怎么处理你哥的房子，我建议你等你爸手术后，一切尘埃落定，你也心定了，再慎重考虑。"

樊胜美大惊，"你们……"她说不出话来，只会呆呆看着前面两个头。张了张嘴，却是哽住，眼泪忽然夺眶而出。安迪听到后面的啜泣声，不由得斜睨奇点一眼，这家伙一张嘴还真能煽情，看起来他已把问题解决。正如安迪把问题交出去时候所想，她觉得奇点只要接手，必然解决。但车到欢乐颂，走出车库的时候，樊胜美毅然道："魏兄，麻烦你，再帮一个忙，把我哥的房子尽快卖了，免得夜长梦多。"

"行。但这事我会托付给王柏川，我对你们老家不熟，怕吃亏。你不用出面，知道就行。"樊胜美深吸一口气，点头，"谢谢。那房子有一半是我出钱，我问心无愧。

安迪……"她紧紧抿了一下嘴，"我会好好重新开始。谢谢你。"安迪没说什么，只微笑着，主动伸出手，轻揽樊胜美的肩膀，一起走入电梯。但进了电梯，她还是不习惯地将手收回。

第 22 章

　　当手中的每一张牌都是坏牌，想要赢一把的唯一办法就是打破规则。樊家主心骨樊父轰然中风，樊家的分配规则因此倒塌，樊胜美在爸爸手术的那一天才终于认识到，亲人并非天然的爱人，亲人更非天然的债主。从那一天起，樊胜美渐渐学会对亲人说"不"，并越来越勇于说"不"。然而奇怪的是，当樊胜美强硬起来，充满主见的时候，她的妈妈吧嗒一声贴到女儿身上，变成唯女儿马首是瞻，将女儿看成新一任的樊家家长，在女儿面前唯唯诺诺。唯独说到儿子的时候，樊胜美才能发现，其实儿子才是妈妈心中的唯一主心骨。即使儿子目前远在天边也无所谓，孙子雷雷就是儿子的替代物。

　　爸爸的命是保住了，手术也达到预期的效果，那就是除了眼珠子会转，其他什么都不会动，吃喝拉撒全靠别人伺候。即便是樊胜美当着妈妈的面跟爸爸说，她自作主张将哥哥住的房子卖了给爸爸治病，妈妈听闻后号啕大哭，她爸爸依然稳若泰山，甚至连眼珠子都不怎么转一下。因此樊胜美怀疑爸爸的脑子看来也不转了。术后恢复的日子，樊胜美累瘫了。她白天工作挣钱，晚上替换妈妈看护爸爸。而即便累得形销骨立，达到每天不吃晚饭都追求不到的瘦身效果，她还是觉得应该趁圣诞后的周末两天，爸爸出院的日子，送父母回老家家里休养。海市居，大不易，费用高得吓死人。

王柏川趁回老家跑业务间隙，着手整理樊胜美哥哥的房子，并通过朋友关系公证出售，拿到钱就汇到樊胜美的信用卡。这一切，樊胜美与王柏川之间都是电话联络。直到圣诞节前两天，王柏川才风尘仆仆地出现在医院住院部。此时，樊母已经领着雷雷回欢乐颂 22 楼休息，樊胜美替班独自照看父亲。

王柏川是怀揣着无数忐忑来到病房的，但见到樊胜美的时候，他惊住了，素颜，憔悴，甚至还有一副时下流行的黑框眼镜遮挡流盼的美目。樊胜美的这个形象，与王柏川心目中牵挂了十几年的校花大相径庭。

樊胜美却是落落大方地招呼："王柏川，终于可以面谢了。最近忙，没走出去，只能自制一张圣诞卡，祝你圣诞新年都快乐。"她说着，从包里掏出一张精致的卡片，交给王柏川。卡片是她在医院守着不声不响的爸爸的时候制作的，用剪碎的彩色毛线粘贴出漂亮的卡通图案。她给 22 楼全体邻居每人做了一张，也给王柏川、魏渭和赵医生各做了一张。现阶段，她也唯有以此聊表心意了。

"谢谢，这是我收到的最好礼物。"王柏川尽量将语调说得委婉，以免打击正处于人生低潮期的樊胜美。可看到递卡片过来的枯干的手，王柏川终于还是忍不住了，"你回家睡去吧，我替你看一夜。"他看一眼手表，"现在开始睡，到明天上班时间，还可以整睡十小时。这儿怎么做你交代一下。"

樊胜美眼眶一热，垂下眼皮，"你也累，刚长途车开回来呢。我已经习惯了，你看这张活动床。而且回去也没地方睡，宿舍只有一张床，我妈妈也要休息。这几天她也很累。"自从底细全部曝光，樊胜美在王柏川面前说话反而自然。

王柏川摘下一把钥匙交给樊胜美，"我那儿的地址你知道，只是卫生情况不大理想。"

樊胜美的眼泪再也忍不住，她只得扭转身，背着王柏川拭泪，到底还是不愿当着王柏川的面哭泣。"我还得请你帮我一个忙，我爸周六出院，我打算立刻送他回老家休养，你能不能辛苦一点，开车载我们回去？如果你已有安排，我另外找人帮忙。"

"当然行，就是大后天？我大后天一早来这儿。"

"那你今晚回去吧，好好休息，大后天还得靠你了。"

王柏川看樊胜美又慢慢转回身来，看到樊胜美脸上的泪痕，心疼不已，可他最终还是拿着卡片回家了。王柏川走后，樊胜美却是抓着头发垂首郁闷许久，到处求人，到处被人可怜，即使大家都是那么好的人，她却承受不住了。到处求靠，又与她哥哥何异。她发现，她其实也挺没用的，活到三十岁，稍微遇到点儿事，就自己完全无法独立支撑。她终于意识到自己这么多年为人的失败。

　　安迪收到一件新年礼物，是一轴装裱精美的中国画，由专人专程送到安迪的助理手里。安迪不知是谁送的，也不懂中国画，看来看去看不出好来，也看来看去看不出有什么寓意，只知道是深深浅浅的山和波光粼粼的溪流，在她眼里与大多数中国山水画大同小异。顶上几行草书她也认不出来，只好狐疑地翻看包装，却找不到任何线索。

　　奇点却是识货，进门一看见这幅随随便便扔在料理台上的画，就"哟"了一声，"小富玩车，中富玩表，大富玩收藏，你也开始涉足收藏了？一出手就是大手笔啊。"

　　"谁送错地儿了吧，我又不是贪官。值多少钱？多的话，我连夜把助理杀人灭口，假装我没收到过。"

　　"何云礼的画，尤其这个尺寸的，值得杀人灭口。何云礼？"奇点忽然意识到什么，抬眼看向安迪，"何云礼？"

　　安迪脸色变了，何，她的姓。名贵的画来得鬼鬼祟祟，毫无理由，她无法不联想到与魏国强住在一起的那个人。奇点一声不响将画卷起，塞入锦囊。顺手打开电脑查询何云礼其人。安迪却跳进厨房里，"别告诉我，我不想听。"

　　奇点查了会儿，便确定何云礼就是安迪的那个无良外公。"要不要我找人把画神不知鬼不觉地送回去？"

　　"干吗送回去，卖了，我们元旦住巴厘岛悦榕去。"安迪狠狠地往烤了一半的鸡身上刷麦芽糖，不知不觉就刷多了。

　　"哈哈，彪悍，我喜欢。"见安迪并无异常反应，情绪基本正常，奇点心中很是满意，便放心将画取出，仔细揣摩顶部那一行草书到底写的是什么。何云礼书画俱佳，奇点心痒不已。

　　安迪将烤鸡送回烤箱，不满地道："你不可以欣赏 him 和 it。"

　　"如果我没猜错，上面的字是'黛山眉峰聚，秀水眼波横'。"

　　"抄袭，偷梁换柱，藏头缩尾，假惺惺，鬼祟。翁婿两个一样德性。"

奇点只是笑，"你骂对了，我发现一件很有趣的事，给你说说……"

"不要听，不要理他们两个。"

"听听吧，我不说会憋死，这件事只能跟你说。我说啦？你就当作听我扯淡，好吗？"

"条件是，等下我烤出来的鸡，无论味道好坏，你都得吃完。"

"行。我说啦。何云礼可能不是他真名，查了一下他的生平，说他逃荒到海市，贫病交加，被好心人收留，病后不知从哪里来，该到哪里去，于是滞留在了海市，靠卖画为生。"

"撒谎，要真的失忆，就不会鬼鬼祟祟借用王观的《卜算子》，写什么黛山眉峰聚了。"

"对了，这就是关键。我很早已经知道何云礼谙熟西洋画法，大胆将油画技巧运用到水墨为主的中国画中，尤其敢于浓墨重彩，将各种绚烂鲜艳之至的色彩运用到匪夷所思，因此人称国画界的凡·高，背后则是叫他何疯子。"奇点说到这儿停顿，握住安迪的手，见安迪只是皱眉思考，就不再继续。

"不，他不是真疯子，他是用奇突画法掩饰过去的风格，反差越大，别人越不容易注意他的老底。你看眼前这幅，纯水墨，不着一丝色彩，说明他对水墨运用自如。所以，我得出结论了。一、何云礼不是他的原名，而且他掩饰得很好，以致老严查到魏国强，却查不到魏国强身边的他；二、这幅画才是他原有的风格，但他一定不敢把这幅画拿出来见光，所以才敢写上'黛山'两个字，但也只敢用草书写。孬种。"

"我们想到一处了。我很怀疑这幅画是他画给自己，甚至是秘不示人，只偶尔闭门对坐静思的。哈，真想不到，很有趣，很八卦。但为什么他把这幅画送给你？"

"猥琐人的猥琐想法，我们怎么猜得到。我不耐烦他们的一再鬼祟，需要给他们一个果断态度，让他知道接近我得付出高额成本。奇点，这幅画送到知名拍卖行，因为风格大异，人家会不会当作赝品看待？可是如果我让老谭送出去，拍卖行就得将信将疑了，会不会送去让画家本人鉴定？然后他很生气，发现媚眼做给瞎子看了，以后不会再来烦我？"

"尽量缩小影响，我送去。这几天我打听一下，哪帮人与他熟。"

"OK，就这么定。真舒服，干坏事真痛快，我本来不是应该生气的吗？不，生气的应该是他们，我不能让他们干扰我的情绪。"

"你近墨者黑。"

"总之你别想赖吃烤鸡。"

"哈哈，你做毒药我也爱吃。"但奇点心中却是对何云礼越来越好奇，一个黛山县城出来的富家子弟，怎么与西洋画扯上关系的，应该是从小在大城市甚至国外接受正规西洋艺术教育。可这样的人又怎么会娶了一个疯女人做妻子。最后为什么落荒而逃，却闯出个何疯子的名头。抬头，却见安迪白眼相对，他立刻明白，安迪猜到他在转鬼心思了。

烤鸡出炉。今日的烤鸡大有面子，起码表皮棕黄，颇有魅力。可奇点是个久经考验的同志，对于安迪的厨艺有着充分而深入的认识，他绝不会因为烤鸡外表的美丽而误判烤鸡内里的美味。果然，第一口便证实了他的经验：甜。安迪也皱眉道："生气的时候麦芽糖刷多了。"

"不会，皮很脆，我也喜欢烤鸡口味甜一点的。"

"你在香港说过，你可以忍受甜品，但不能忍受菜里吃出糖的甜味。所以，今天定为'吹笙鼓簧日'。"奇点略一思索，笑了，"又是近墨者黑，损人损得转弯抹角。我衷心希望你早日背完元曲，早日来个'快活也么哥日'，干脆泼辣。"

"那我的微博'兀的不闹煞人也么哥'了。"奇点晕了，"这都背到元曲了？要是厨艺也能突飞猛进该多好。"

"枉将我急煞了也么哥，枉将我急煞了也么哥，四肢进化不如大脑啊。您老将就着点儿也么哥。"安迪一边说，一边哈哈大笑。什么何云礼魏国强的，都成了今晚上的过眼烟云，懒得多想，也不愿关注。

曲筱绡想不到她不过是为了求得跟赵医生一个约会，竟然连续给赵医生做了一星期多的专车司机。天一冷，雪一下，医院更是门庭若市，赵医生恨不得生出三头六臂。科室的其他医生年纪大点儿，纷纷倒下了，赵医生年轻，不免多承担着点儿。于是在曲筱绡自作主张约定时间日期的第一天，左等不来，右等不来，打电话没人接，发短信不回，曲筱绡火了，怎可如此对待老娘，她奋勇打上医院去。结果，被指，赵医生还在手术室。

赵医生倒是很快就出来了，但只够时间跟曲筱绡说一句"还有一台"，就急匆匆地又消失了。曲筱绡只好又等，发现赵医生忙得如红牌阿姑坐台，直到半夜才花容惨淡地结束工作。曲筱绡不忍心，便给他当了一回司机。不料，这一心软，便是一星期多。

　　这几天，曲筱绡留学在外的同学纷纷趁圣诞假期飞回国内省亲，曲筱绡天天吃接风宴，今天也不例外。但吃到一半的时候，曲筱绡习惯性地给赵医生发去一条短信，问今晚工作什么时候结束。也不例外，过了一个多小时，才有一条短信发回，大约十点。于是曲筱绡到十点时候就早退了。

　　朋友们都问曲筱绡去干什么，但打死曲筱绡她都不肯说，她每天晚上送上门去给一个帅哥做专职司机，这是她这辈子做过最糗的一件事。可她就是这么鬼使神差地大冷天等在医院停车场，等着赵医生累得蔫头耷脑地出来。但今天赵医生是看着手机笑着坐进她的车子。"笑什么？"

　　"魏兄又拍安迪马屁了。你看。"

　　曲筱绡看到"吹笙鼓簧日"，不解，又怕赵医生鄙视她草包，只得转开话题，"你感冒更厉害了，生病还这么拼命干活，明天打病假条吧。"

　　"病人生病找医生，医生生病活该挺着。"赵医生说话闷声闷气的，在车内暖气的熏陶下，一会儿擦眼泪一会儿擦鼻涕，可谁都挡不住他的话痨，"你看，这句是《诗经》里的，字面上意思是魏兄又去安迪家了，安迪热情招呼。但是魏兄为博美人笑，没少拍马屁，于是这儿就用'吹笙鼓簧'，而不是前面那句'我有嘉宾，鼓瑟吹笙'，讽刺我们魏兄巧舌如簧啊。这两人公然打情骂俏，太无耻了。"赵医生说的时候，笑嘻嘻地观察曲筱绡的神色。只见驾车的曲筱绡越来越专注，俨然如同给奥巴马驾车的专职司机。"我是不是解释得不够通俗？"

　　"你故意捡这个来讽刺我，有意思吗？"

　　"事实么，我就是这么一个低碳哥，没事喜欢宅家里看书，看到精彩处希望身边有个人可以交流切磋，或者一个眼神便可会心一笑。你不是这么个人，强扭的瓜不甜。"

　　"可你情绪低落时候不是喜欢疯狂发泄一把吗？你不是跟我玩得很开心？"

　　"我又不是神仙，即使看病都有误诊率，何况是我不擅长的看人。你很好，但不是我那杯茶。"

　　"你是不是喜欢安迪？你就是从看见安迪开始转变态度的。你接近魏大哥，跟魏大哥做朋友，是不是为了接近安迪。"曲筱绡彻底抓狂，将车违停到路边，尖叫出她心中埋藏多日的疑问。

"答案：不是。不是。补充说明：我没你想象中卑劣，我底线不高，但也不至于太阴暗。"

"可是……"

"不用可是，我以前跟你提到过的有趣，你理解不了，我也解释不清楚。"

"可是为什么我每次问你什么时候下班，你都回答我呢？你怎么不拒绝我来接你？你这不是暗示是什么？"

"你从来认为我的拒绝是一厢情愿，我再拒绝，你也不当回事，我还费什么脑筋。你以为我有力气跟你玩猫抓老鼠的游戏吗。我也不愿意啊，你一定要送我，我车子只好扔医院里，早上只好跟人抢出租车。"

曲筱绡扭头看赵医生，见他懒洋洋地耐心地靠在椅背上，可即使那么疲倦，那侧影依然怎么看怎么帅，她喜欢到了心底。"我就是不放弃你。要不，你买什么书，打一份书单给我，我也看。"

赵医生还是第一次遇到这么不屈不挠，而且勇于表达的女孩，他几乎招数用尽，被曲筱绡逼到绝路，只得无奈地道："好吧，我承认我关注安迪，手术室出来打开手机第一件事是关注她的微博。我一心不能两用，对不起。可以放我走了吗？"

曲筱绡愣了，"你撒谎。"

赵医生有理说不清，累得头痛欲裂，一声不响开门出去了。可他才出车门，后面一辆助动车重重撞在曲筱绡车尾，车上的人囫囵落地，一声哀号。赵医生也是心里一声哀号，赶紧冲上去查看落地者的伤势。但曲筱绡听到撞击声出来看一眼，见有赵医生接手，就打电话给朋友寻求帮助。她知道违章停车出车祸的后果。问了朋友后才出来，问伤到没有。落地者起身，根据赵医生指示活动活动手脚，都还挺利落，曲筱绡就开始与助动车主谈价。

助动车主不是个好惹的，不断提出打电话报警处理，曲筱绡则是说报警结果是大家都扣车大家都不方便，于是两人在 200 元—500 元的赔偿区间你来我往相互扯皮。赵医生看得眼花缭乱，恨不得自己掏五百元结束争辩，本来就是乱停车造成的麻烦。可他又不能逃走扔下曲筱绡一个小姑娘跟男人吵架，为了道义，他还得继续奉陪曲筱绡。但心中厌恶至极，这个烦人精。

终于，扯皮结束，赔偿是个古怪的数字：428。赵医生看着曲筱绡一分不差地给出 428 元，而那助动车男拿钱离去，他也闷声不响离开现场。但曲筱绡冲过去从背后抱住赵医生，"我不让你走。刚才你本可以走的，可你留下来陪我，你心里其实对我很好的。我们可以求同存异啊。"

赵医生仰望苍天，只能放弃斯文了。他用力一根手指一根手指地掰开曲筱绡的手，挣脱出来。而曲筱绡的心也被一寸一寸地掰断，看着如释重负的赵医生，曲筱绡感觉到前所未有的屈辱。

"对有些人可以求同存异，对有些人只能排异。"赵医生扔下此话，止好有出租车空车经过，他连忙逃难似的跑了。

曲筱绡这回没哭，这回她是眼喷怒火盯着赵医生的背影。她做了那么多的努力，她都低三下四地做了那么多天的接送工作，赵医生不仅不领情，字里行间似乎就透出一个字：贱。赵医生就是这么轻贱她。她火冒三丈地摔门坐进车里，死死捏着手机找出安迪的号码，拨打过去。

"安迪，我小曲啊。"

"呃，怎么了，声音不对劲啊。"

"我被人甩了。魏大哥在吗，请他一起听电话。"

"OK。"安迪莫名其妙，开了免提，让奇点一起听，"说吧。"

"赵医生对我的问题百般抵赖，在我追问下只好承认，他说他关注你，每次手术完第一件事就是看你微博更新没有。好了，我被他利用了，魏大哥也被他利用了，你们自求多福吧。晚安。"

安迪错愕，看向奇点，"信吗？"

奇点摇头，"不相信。赵医生可能关注你，喜欢你，但他不可能利用跟我做朋友跟小曲做朋友以达到接近你的目的。换成小曲倒是可能这么曲线救国。我怀疑赵医生是秀才遇到兵，被小曲缠得小曲想要什么答案他提供什么答案了。"

"就是啊。小曲翻脸可真够狠的，打小报告这种事也做得出来。"

"哈，今晚小曲踢到两块铁板，一般人最爱听小报告，以为这样才够知己够朋友。她被拒绝得失心疯了。"

"你不用替她分辩，换问题小关，再失心疯也做不出这种事。所以我跟小关知无不言，跟小曲从不说要紧事。但小曲是个好玩的人，平时交往还是蛮开心的。为什么这么看着我？"

"看人太明白，有时候挺没劲。"

"大处着眼，小处糊涂，不就有劲了吗。又能同时保护好自己。"

奇点恻然。当年他也说过保护好自己的话，他妈妈眼圈儿一红，把他抱进怀里，道歉说没能保护好他。他现在也伸手抱住安迪，想安慰安迪说以后他保护她，可心知这么说没用，他和她都不会相信。保护好自己已经成为首要的本能了。

曲筱绡愤怒地回到欢乐颂，愤怒地敲门将 2202 的人都惊醒。邱莹莹裹上羽绒服冲出来问："干什么？大家都睡了。"

曲筱绡摸出手机一看，"还不到十二点，睡个头。过来，到我家陪我说会儿话。"樊胜美的小黑屋里却传来雷雷哇哇的哭声。曲筱绡看一眼那扇门，"去不去我家？要不然我一直站这儿，让你冻死，小孩哭死。"

"好吧，我去穿上衣服。"邱莹莹一个转身，但她余光瞥见曲筱绡放松警惕，立刻伸手将门关上，吧嗒吧嗒地冲回温暖的被窝去了。身后传来曲筱绡愤怒的擂门声。邱莹莹再不肯大冷天地跳出被窝，而其他人刚才也都听见了对话，谁都不去应门。曲筱绡敲了几下，手痛了，只能狠狠再踢一脚，挥舞着拳头回自己的家。

没人跟她说话，都不理她，曲筱绡气得在自己家里砸玩具。她的玩具多，很快就砸了一地。可毛茸茸的玩具砸不过瘾，她就上赵医生的微博捣乱。赵医生说给自己准备了一件最称心的圣诞礼物，她在后面揭露是安哥拉树皮。赵医生说某本日本漫画书好看，她跟帖 going down。赵医生自我吹嘘一个成功的医疗案例，她就给个呕吐的图案说高明不高明只有等追悼会上才能确定。整整使劲捣乱了两页，曲筱绡才捶着桌子作罢。

据说，有一种自恋的案犯作案后喜欢流连在作案现场，欣赏自己的作品。

曲筱绡显然就是这样的作案者，她刷了两页回帖后，在赵医生的微博流连忘返，恨不得打电话提示赵医生微博有危机。可她等来等去，没有等到任何属于赵医生的动静，倒是在 22 楼的另一个房间里，奇点看到并笑死了。可惜奇点并不手痒回帖，曲筱绡等得无聊之极，找其他事情发泄解闷。

安迪一到晚上十一点之后就开始与奇点坚壁清野，以便促使奇点于十二点之前乖乖离开 2201。而奇点唯独在这件事上不是装聋作哑就是装疯卖傻，今晚则是做完事情看完书，磨蹭着不走，上网找乐子拖延一点儿时间也好。看奇点对着电脑大笑，安迪小心翼翼地走过去，远远地站定了看，问："笑什么？小曲……在赵医生那儿捣乱？"

"岂止是捣乱。你看这条，小曲这家伙无法无天。"

安迪看看奇点的后脑勺，决定不去惹这危险家伙，还是去自己的电脑上看。但她看到第一条就不得不翻出搜索工具，查到正确意思之后，正确地指出："小曲这是造谣。可若是有赵医生的病人看到，会不会信以为真怀疑赵医生的能力和信誉？"

奇点不禁哑了三秒，"不会。"他郁闷了会儿，道："传给我你这几天的行事历，到元旦假期结束的1月3日的。"

"你自己来看。"安迪将她的电脑转向奇点，自己赶紧跳开了。仿佛一到十二点的奇点比月圆时候的狼人还危险。

奇点只得走过去看，一边看，一边大刀阔斧地删。安迪不禁失声尖叫："干什么？你不可以乱删。"

"虽然你智商很高，可你能不能一次只做一件事？别一边做早餐，一边听新闻，还放一张交响乐。你确实有能力一次将三件事都做好，三天以后再问你，你都能复述交响乐的细节。或者一边跑步一边认路一边听开放课，我相信你对开放课的理解将超过许多人。可你有没有想过，让脑袋并不止停留于记忆，停留于推理，而是去感受其中的细微情感脉动？我删你的重叠安排，让你每个时间段只能做一件事，再给你留出大段空白时间，用于……闲着，对，就是闲着，逛街去，看电影去，做美容去，都可以，唯独不可以做你计划中的事。"

"我对待小曲那些回帖的态度不对？其实我也挺喜欢看小曲胡闹的，可这件事不对劲，会影响到赵医生。"

"你的想法都对，可就是缺乏情趣。"

"可你若是不说服我，删了也白删的，我都记着，回头照做。我的时间需要有效利用，回国需要加强语言文学时政法律方面的学习，才不至于分析问题时候不切实际。如果不是一天一两本书地解决，我怎可能如此快地融入国情。"

"我希望你在工作方面可以适当放缓脚步，多投入时间精力到生活上，不仅仅是做菜，而是培养生活情趣。"

"我愿意听你的，但你得给我几本书看看，该怎么培养生活情趣。"奇点这回是真的翻白眼束手无策了，若说培养男性朋友的生活情趣，他会，可培养女友的生活情趣，有些方面他可以，有些方面他若是懂，那才娘娘腔呢。他坐在客厅中央环视整个客厅，这个简洁实用得缺乏赘物的客厅，比他家客厅还风格硬朗的客厅，久久无语，安迪哪有生活。最终，他的目光痛苦地落在安迪脸上，这种没有装饰的脸，与客厅风格一致。"行，我想办法改造你……"

"但不可以影响我的工作。"

"知道你即使十年不工作也饿不死，富婆！这个要求拒绝。老天，我要做出多大的牺牲啊，我需要甜头。"

"有书吗？有书不是更直接？你都不需要牺牲。"

"都是些被你定义为浪费时间无聊装十三无病呻吟缺乏逻辑异想天开病态异端的书报！我需要甜头，不要回避我这个问题。"安迪立刻跳到桌子后面，背手讪笑，每天到这个时候奇点就会以各种理由提出需要甜头，这个甜头就是留宿。这一回，奇点掏出一袋资料，"办理结婚手续，我的所有资料都在这儿。我的都已办妥，你的呢？你答应过我。"

安迪拉开抽屉，也拿出一个纸袋，"都在里面。但是……我想来想去，你父母是你最亲密的人，你对他们隐瞒我家实情对他们不公平。而且……"安迪很没勇气说下去，"你先说说你父母。"

奇点此时任何要求甜头的冲动都被浇灭了，他字斟句酌地道："已经跟你有过表态，我们跟他们不说假话，但只说有限的实情。我并不是打击你，但你的情况确实特殊，这种特殊不影响我对你的感情，然而我的父母未必能接受有些实情。我们是成年人，他们不知情，我们这样过日子，他们如果知情，我们依然这样过日子，唯一的不同只是他们心里有了疙瘩，影响未来相处的和睦。既然如此，何必非要跟他们强调这件事？这叫善意隐瞒。你还有什么其他想法，今晚也一并说了吧，省得我总被你拒绝得莫名其妙。"

安迪心想，也是。那么解决第一个问题。但第二个问题显然不容易解决，她又不由自主地将手放到她的资料袋上，努力了会儿才道："我很希望有孩子，可是我又很担心。合理的办法是，我希望孩子三岁并证明是正常之后再跟你结婚，我不愿你很无辜地承担本该属于我的不幸。你已经说过你愿意，而且你负担得起，但我不愿意对你不公平。"

"很傻，这么不合逻辑的话不应该出自你的口中。结婚不结婚，都不影响我对孩子的责任。这件责任是天然的，只要你我的孩子出生，就不由你单方面决定。这个问题也得到解决，再下一个。"

安迪一听，逻辑上说，该是如此，可是她不愿意，为什么要让无辜的奇点承担不幸。尤其是，看魏国强的表现，家中有那么一个人，若是像弟弟那样的倒也罢了，若是像妈妈那样，多么恐怖，怎么可以让奇点分担。可奇点也说得对，只要是两个人的孩子，他有天然责任，那么结婚的日子根本就没必要另定。安迪无措了，除非，她彻底拒绝奇点这个人。

"再下一个，安迪。"奇点叹一声气，准备挨刀子，"如果换作别的男人，恐怕早已被你拒绝得没自信了。我能撑下去，但我不能死不瞑目。"

"这些还不够理由吗？我……我建议你不如与魏国强谈谈，问问他家里有这么一个不定时炸弹，而且这个不定时炸弹还可能生出一串不定时炸弹，是什么滋味。奇点，你没看见魏国强听到我说某些话时候眼中的恐惧，那是真恐惧，那么多年他都无法淡化的恐惧。仅仅为这个理由，我就不应该跟你在一起，我不能害你。"

"这个理由，我已经做好最坏打算。我不愿你一再提起这个，于事无补，而且让我一再感觉你想离开我。我只想听听你'仅仅为这个理由'之外的其他理由。"

安迪顿时陷入沉默。奇点忐忑不安地看着安迪，看着她双手深入头发，抱头沉默。奇点心中忽然生出恐惧，他走南闯北见识得太多，再古怪的事情他都亲眼见过，他相信这个世界无奇不有，怪事没有底线。安迪一直对他隐瞒的究竟是什么内情？他看着安迪的神情，甚至觉得安迪如果说出已婚，他都不会大惊小怪了。可是看着安迪烦躁得脸红脖子粗，双手恨不得连根拔下头发，他于心不忍，"算了，安迪，不想说就别说了，我当作没这回事，以后不会再逼问。好吧，你早点休息，我回家去。"

令奇点异常失望的是，安迪虽然没抬头，但是重重点头同意他走。爱上安迪本就不易，而此时奇点有点儿崩溃。他默默收拾了东西，但手接触资料袋时，还是毫不犹豫将资料袋留在安迪家里。

直到奇点关门，安迪才抬头，盯着桌面上装着奇点结婚资料的纸袋发愣。过了会儿，她揣摩着奇点大约已经走过中庭，即将接近大门，才拿起手机拨通奇点的手机。"请你只听，别问。我幼年时候的记忆虽然已经模糊，可有些记忆还清晰，那些晚上，荒郊野外，我妈……野合……还有那些意犹未尽的手伸向我……还有在孤儿院在小学初中高中，我一直是没人保护的孩子，又是长得不错的孩子……所以你可以猜测到……我强烈抵触男人对我身体的接触。你的接触我可以承受，但那也只因为是你，心里提醒不要抵触。可我非常非常害怕跟你进一步，我一想到幼年时期夜晚看见的听见的……就这样。奇点，我们结束吧，我无法更进一步，我有病。对不起，非常对不起，我不该后知后觉近来才发现无法克制抵触心理，我的侥幸害了你，对不起，我对你非常非常抱歉。"

奇点愣在原地，耳边是手机里传来的挂断的蜂鸣声。即使奇点做过无数心理建设，他以为他已经想到最坏的可能，可他还是意外失算。许多疑问迎刃而解。难怪安迪一直拒绝他"不规矩"的手，甚至不惜将室内温控调低，大家不得不穿多点儿衣服，不便接触。更难怪安迪严拒他留宿。今天，他将安迪逼到墙角，他也将自己逼到墙角。

安迪放下电话也是发愣，这辈子，生又何欢？

安迪的目光不自主地落到厨房的刀架上。日夜担惊受怕，害怕终有一天重蹈那些黑夜的覆辙，而若是一了百了呢？烟火人间有什么值得留恋的呢？

奇点一时感觉无法面对安迪，他匆匆走出欢乐颂小区，坐进他的车子，在黑暗中脑袋混乱欲裂。回望欢乐颂，天色已晚，只有星星点点的窗户点缀在无数黑窗中，他一时找不到安迪的窗户是哪扇。他呆呆地看着，不知怎么办才好。他用尽全部的力气翻越一座大雪山，登高望远，却发现前路更有茫茫沼泽等着吞咽活人。

但很快，奇点就想到有一次安迪激动之下的失常，那一次闹到电招谭宗明，差点现场立遗嘱。今晚说了这么一车轱辘话的安迪又会如何？想到这儿奇点就坐不住了，无论如何，他得救人。救了再说其他。

他冲出车门，冲回欢乐颂，用安迪给的门卡进大楼，用安迪给的钥匙打开2201，果然看见安迪面对着厨房刀架子发呆，都没听到他进门。

"安迪，我刚被女朋友甩了，需要安慰。"奇点强作平常，轻拍安迪的肩膀，见安迪一愣回神，又重申一遍："我刚被女朋友甩了，需要安慰。"可他边说，边走过去，装作若无其事地将刀架扔进下面的橱柜。

"你不用担心，刚已经放弃了，怕割肉的痛，怕一地的脏。无非是生下来活下去，就那样，孬种一样地活。唉，你回家吧，钥匙和门卡请留下。"

"我今晚不会走，陪你。我们的关系明天天亮后再说吧，今晚不敢离开你。洗漱去，乖，我看着你。别关门。"

安迪耸耸肩，平静地进去主卧卫生间。奇点立刻看手表，随手记录时间。然后，奇点看着手表的秒针滴滴答答地移动，烦得要死。安迪越是平静，奇点越是担心。

三分钟准，奇点就违规冲进卧室，敲响主卫的门。好在里面传来一声人话："活着，放心。"奇点依然忍不住恳求："拜托，你开门，只开一丝，让我知道我可以随时冲进门就行。我不会偷窥。"

安迪闻言又是发愣了会儿，顺手打开浴室的门，"门关上，但不会锁。"可说话的时候安迪忍不住地重重叹息，浑身的无可奈何。奇点对她越好，她越是满心负疚。

等奇点从客卫平安地洗漱出来，走进开着门的卧室，他见安迪已经静静睡在床上，卧室昏暗，唯有一盏台灯还亮着。奇点心中压根儿没有最初的冲动，倒是有另一种冲动，那就是赶紧过去看看一动不动的安迪是不是活着，他被刚才进门时安迪看着刀架的眼神吓坏了。

"其实你放心好了，这么多年都过来了，今晚不过是稍稍激动一下。"

奇点没有应声，他尽量不跟安迪再提那些敏感的事情。他在卧室里到处找可以睡觉的地方，可发现只有地板。"还有被子吗？"

"没有。"

"毛毯等都没有？"

"没有。"

"那我还等什么？"奇点故作轻松，翻身上床。向往那么多天的床是上了，可心中唯有无奈。

顺手关了台灯，卧室却还伸手可见五指，奇点才发现距地十公分处，分布有星星点点的夜灯。想到安迪刚才电话里的坦白，奇点心中又是感叹一声，她怕死黑暗。而奇点更想不到的是，与美女同床却绮念全无，简直人生一大污点。

可半黑暗中传来安迪的主动对话，"忽然想到一个问题，A 如果了解 B 所有的人生黑暗，那么 B 心中该是什么感觉？"

奇点顿时毛骨悚然，很有卷铺盖赶紧逃的想法。可他又不敢走，一走，就是对局面的火上浇油。"需要看 A 和 B 的关系。如果两人是充分信任的好友或者亲人，坦白彼此的黑暗经历是在坎坷人生中抱团取暖的最好办法。若不，我记得看过的一本推理小说曾写过这样的故事，老好人 A 被杀，原来许多 B 是共谋。"

一室沉默。安迪心想，她是真的信任奇点，而奇点，但凡奇点心中稍有一点想法，认为她可能精神失常，那么奇点是不可能大胆躺在她身边的，毕竟奇点知道太多她见不得人的往事，即便老谭也不过是知道一些皮毛。若奇点只是个不通世故的傻大胆倒也罢了，偏偏他全懂，而他听了那些黑暗之后还敢回来，还敢留下来照拂她，奇点对她真的很好。安迪又想到，其实，她刚才心中闪过生何欢念头的时候，想到的是她在世上一无所有，连奇点也被她从生命中强行驱逐，她以为奇点是不可能回来了。现在很好，他就在身边，他不怕她的过去，他也不怕与她一起面对未来，他一直在。安迪放心了，她安稳地睡着。

　　那些往事天天放在安迪心头，时不时午夜梦回惊吓她一下，安迪早已习惯记忆的骚扰，今天说出来，激动一下，想想明天需要用心工作，便如常睡着了。躺在床的另一端的奇点却是听着不远处平稳的呼吸声目瞪口呆，他虽然也是经历很多的人，可刚才的事于他也算是惊涛骇浪了，他无论如何都睡不着，心中不由自主地胡思乱想。而且，他惴惴不安，不敢真睡。他有些后悔刚才有关 A 与 B 的回答。

　　直到真正确认安迪睡着了，奇点才转动差点儿僵硬的脖子，看向安迪。夜灯光线有保证，他第一次清楚地看清安迪睡着时候的模样。白天她表情很淡，很多人以为她傲气，架子大，奇点却知道她一向如此，她连两人私下里的时候都无甚狐媚子。他只是以前怎么都想不到，安迪睡觉是微皱着眉头的。从小经历了那么多，换哪个聪明人长大了都不会没心没肺。奇点只是看着，没有伸手。

　　以前若是有朋友来问他，有人介绍这么一个女孩子，小时候生活充满阴影……不用等朋友说完，他便会一句话打发过去，从小充满阴影并影响到性格的女人不能要，性格决定命运不是说说的，不阳光的性格严重影响生活。而如今事情轮到他自己的头上，他的原则呢？奇点想了很多，想得很乱，想得头疼。他本以为自己会一夜无眠，可想着想着，不知不觉迷迷糊糊地睡了过去。

　　清晨稍醒，奇点就条件反射似的跳了起来，心脏乱跳气息不稳地四处张望。等看清眼前，才想起这是安迪的卧室，而昨晚睡在他身边的安迪此刻不知去了哪里，一米八的大床那一头没有人。奇点看着床的那一头，好一会儿才气息稳定下来，拿手表看时间。才七点多点儿，以往这个时候他还赖床，而今天他再也睡不着。

　　走出卧室，只见一室明亮，东窗已有淡淡的朝阳斜斜地照射进来，无限蓬勃无限活力。透过阳台的落地玻璃门，奇点则看到安迪在洒满淡淡金色阳光的阳台上柔软地做操，如此温馨如此美丽。奇点一时恍惚，究竟什么才是现实，昨晚还是今早？

为什么阳光一升起，仿佛聊斋上所描写的，鬼魅瞬间消散，美好降临人间？

　　因此，发现安迪看见他，开门进来的时候，奇点一下窜入客卫，将自己满脸的表情藏了起来。他也需要深呼吸。

　　安迪就跟往常一样地做早餐，但今天做两份。与往常不同的是，她今天没开电视，也没开音响，因此房间里只有杯盘叮叮当当的声音。于是，安迪闲得无聊的脑子就全往奇点那儿招呼，想着怎么面对这么尴尬见面，昨晚，发生太多太多不同寻常的事。

　　奇点磨蹭了好久，才终于出来，看到中间料理台上丰富的早餐，再次恍惚。有牛奶，有漂亮丰富的水果盘，有烤得恰到好处的面包夹奶酪，有煎蛋和煎腌肉，完全不像是不谙料理的安迪做的，原来她会做早餐。再加雪白的餐盘，银亮的刀叉，挺括的餐巾，和一室的阳光，如果再添上一瓶鲜花，这就是描述中的理想家庭生活吗？可奇点对着一桌的东西全无食欲，他找到在卧室里收拾床铺的安迪。他又默默旁观了会儿。安迪感觉到身后有异常，转头看见奇点，不禁一脸通红："你去吃饭吧，我很快就好。"奇点想了想，不打算继续昨晚的话题，"有没有想过请个钟点工？"

　　"不想。以前刚发达的时候，忙得没时间收拾家，曾经请过一个，可人熟悉了就多嘴，尤其是摸清我房间布局后就想探知我内心格局，我不想撒谎，更不愿坦白我的千疮百孔，只好辞了她。一个人也没太多家务。"

　　"我留意到我昨晚用过的客卫，你今早已经打扫干净了，真勤快。我申请在这么干净的房间里多待会儿，等22楼大家都上班后再走。免得她们看见了多嘴多舌。"

　　安迪至此终于确认了奇点的异常，换作平时，他早贴过来了，今天，不仅站得远远的，还自始至终没说出一句玩笑的话。

　　安迪再回首，脸上红晕褪去，但她依然平静，"无所谓，邻居爱八卦，但无恶意。而且小曲上班时间向来不定。"她进去主卧洗了手，"吃饭吧，我不会中式早餐，你将就着吃。"

　　"昨晚没睡好，大概只睡了一两个小时。呵呵，怕睡熟了甩胳膊抡腿侵犯你的领地。现在有点儿不想吃东西。"

　　"我今天起来了没出去跑步，怕你醒来找不到人，哭了。"

　　奇点笑笑，坐到饭桌边勉强自己啃面包。安迪也坐下，但顺手打开了电视，让电视新闻侵占两人之间无语的空间。

两人都很难得地认真观摩早新闻的播报。

奇点最终没有与安迪一起出门。安迪独自出门,如常地走到2202门口招呼一声,与关雎尔一起下楼。

只是她禁不住地时时发呆,差点儿忘了走出电梯。走出电梯,却心不在焉地拐去另一方向,还是关雎尔连忙把她扯回来。来到车前,安迪索性沮丧地将车钥匙交给关雎尔, "你来开,我今天不在状态。"

"我基本上是本本族,而且你的车反应太灵敏,开起来好怕。"

"我肯定更糟。我……可能会和魏兄分手。"关雎尔手中的车钥匙差点儿掉地上, "不会的,你们两个这么配……"安迪做个手势,阻止关雎尔说下去,她不敢往下听,自己转到副驾驶位边等关雎尔开门。

"看上去你比我还吃惊。其实没什么的,人这一辈子,无非是一路地失去,天长地久这种东西正是因为难得才被歌颂,习惯了也就习惯了,就像是得一场感冒,几天后恢复。"

"不会的,你们一定有误会,你们都是善良理智的人,我建议你们一定要坐下来好好谈谈。"

"没有误会,我们之间有死结。走吧,我不想说了。"

"我不告诉别人,我也当作没听见,什么事都没发生,我希望你别放弃。好人跟好人应该在一起。"

安迪闭目摇头,就是不再说话了。她心里烦得很,她认定自己的猜测不会有错,她可能失去了奇点。好吧,这辈子一直在失去,没什么,不是什么大事。安迪不断在心中催眠自己,没什么,就是那么回事,正常现象……即便是她眼下的心烦意乱也是正常现象,就像每一次的感冒,总得头晕发热一下,但总会过去。死不了。

只是,她想到"譬如朝露",那短暂的美丽,那身不由己的命。

第 23 章

赵医生一上班，同个时期入门的兄弟就挤眉弄眼凑过来，道："那树皮吃了吗？什么效果？"

赵医生不明白，"什么树皮？感冒神药？罂粟壳？我看行。"

兄弟将赵医生从头看到中部，眼光稍作停留，"需要处方小蓝片，招呼一声，不用你出面。"

赵医生莫名其妙，揪住兄弟的领带逼问，才知昨晚微博被人大闹天宫了。他赶紧上网查看，先是看得嬉笑连声，随即心生厌烦，毫不犹豫将曲筱绡的 ID 拉黑。但微博功能设定，他怎么也无法删除那些损友们对曲筱绡的回复，诸如"一夜情者戒"，"一女是所好学校"，等等。他算是领教到了曲筱绡市井招数的危害，他决定加强逃离的力度。只是，需要祭出超常规法术吗？赵医生在麻烦与身段之间徘徊，最终坚持原则地选择了身段。

可只要赵医生还眷恋着身段，小曲便大有可为。她清早一起来就发现被赵医生拉黑，竟有一种如愿以偿的快乐。于是她顾不得吃早饭，赶紧另外注册一个 ID，又将赵医生的微博翻江倒海地折腾一番。但她不傻，她想到，万一赵医生恼羞成怒，从此连最起码的礼数都不讲了，怎么办。她得给医生同志打一预防针。

因此她在某一条微博后面编了一段绅士格言，诸如对女人必须二十四孝，不可对女人说不，不可对女人发怒，不可……否则就是下流。一边编，曲筱绡一边笑，她最了解顾及面子的知识分子的性子，只要不撕破他们的脸皮，却又将他们束缚于脸皮，那么无事不可谋。

曲筱绡干完坏事，又已获取赵医生已经生气的反馈，她心中一消昨晚的憋闷，得意扬扬地上班去了。此时她若遇见赵医生，必定可以扬眉吐气，神气活现。

而赵医生忙碌工作间隙扶着感冒的头痛再次查看微博，又见曲筱绡一模一样的捣乱，怒了。这回，他什么都没做，彻底将此人在脑袋中定义为拒绝来往户。

安迪今天脑袋不在状态，到了办公室也是丢三落四，失魂落魄。她索性坐在办公室不出来，取消了行事历上的大多数工作。可树欲静而风不止，魏国强再度现身，助理一看魏国强同事亮出来的名片就不敢阻拦，任由魏国强熟门熟路直奔安迪办公室。安迪才刚接到助理电话提醒，魏国强已经出现在门口。安迪火气直冲头顶，可魏国强有脸再闯，她才不愿故技重施第二次扔杯子，只得横眉冷目地看着魏国强。

魏国强很自觉地关了门，自己找地方坐下，又很自觉很乖巧地道："昨天我请一位同事送给你一幅画，很抱歉，同事手脚快了一天，我还来不及电话说明。那幅画是你外公的作品……"

"不好意思，何云礼就何云礼，别跟我扯关系。"

"那幅画是他画给自己，他最重视，却又不敢看，一直放在我的书房，为此他不敢踏入我的书房一步。"

聪明人最大的困惑就是，听到了便记住了，想听而不闻都不可能。最痛苦的是，她即使神游太虚，可她又能一心两用，她无法阻止魔音穿耳。而且安迪赶不走魏国强，知道今天赶走了，明天他还能来，他有那强权，她只好闭目不语，随便魏国强自言自语。

"我原想自作主张，送你那幅饱含情思的画，希望你理解他内心的矛盾，也希望能因此拉进你们的距离。可他昨晚得知后情绪激荡，送进医院。醒来后严令我收回此画，并严嘱我不可旧事重提。我非常汗颜地提出不情之请，我得出尔反尔收回此画，另外送你一件新年礼物。今天行色匆匆，礼物容我稍缓几天请人送来。"

安迪微眯双目，斜睨魏国强，不知道他编那么一段故事有什么意图。为什么情节发展与昨晚的猜测完全不一样呢。可一想到昨晚，想到奇点与她一起推理，安迪的心脏又强烈地驿动好几下，呼吸难以平静。

"对不起，安迪，老爷子等着那幅画救命。"

"很好，知道他活得不好，我放心了。佛家有说报应，最爽的是现世报，我乐观其成。"

"安迪，他这辈子很悲惨，他与你外婆的结合完全是被迫，甚至应该说是被陷害。他是个画痴，从小住海市延请西洋画师点拨，解放时期逃回黛山，由于种种时代原因，最终家里只剩下少年的他和他母亲两条性命相依为命。即使家道中落，他依然自制松烟墨，在墙上勤练不辍。他曾经告诉我一件事，他有次挨批斗，被压着低头，不小心看到墙角一抹石灰上面的霉斑非常有意境，简直就是一幅现成的水墨山水，于是他专心地盯着那霉斑欣赏，心中一笔一画地临摹，浑然忘了棍棒拳脚之苦。他就是那么一个痴人，不懂稼穑，不分五谷，不顾俗礼，不拘喜怒。可正是由于他不懂人情世故，当他看到一家逃荒来的男女中有个疯女擅长用大红大绿剪出出人意料漂亮的剪纸，他就不顾一切地跟着疯女学习那种浑然天成的颜色搭配。这种事于他完全是天真自然，可在别有用心的人眼里，完全不是同一回事。他被诬陷成强奸犯，被押着游街示众，还被迫娶了疯女。他母亲则被诬陷为同谋，每天大小批斗，隔离审查。为了救他母亲回家，他简单地认为只要承认是两情相悦，是真心娶疯女，一家便可脱厄。但别有用心的人玩弄他，逼迫他必须摆出事实来说服大家。那时他才十七岁，他相信了。等孩子出生，他母亲因此给放回家，他也长大两岁，他才知生活从此落入更无望的窠臼。那些看似遥远的事听似简单，却是每一个当事人一天一天痛苦地煎熬过来。他一直煎熬到你母亲发疯。"

关于那个遥远的时代，安迪看了不少英语书籍，她以为那些事离自己很远，看那些书的心情与看欧洲史没什么两样。可听到那一切原来与她有所关联，她听到一半的时候，眼睛再也合不上，惊讶地听着魏国强平静叙述。直到最后才说一句："那是拜你所赐。"

"是的。我当年年少轻狂，以为扎根农村再也回不了家，就与你母亲谈起恋爱。本来一切顺利，但有一天她失足掉落河里，差点儿淹死，救上来后高烧一个月，疯了。看到含辛茹苦养大的女儿发疯，老爷子也差点儿发疯。我也差点儿发疯。我与老爷子相依为命几天，等老爷子平静下来，他赶我逃走，赶我回家考大学，他说疯女人是个无底洞，他不愿拉一个替死鬼。我承认我当时自私，我逃走了……"

"你逃走的时候知不知道有我了？"

"不知道。"

"知道了会怎么样？"

魏国强陷入沉默。良久，才道："看过她和她妈那样子，我会逼她去打胎。"

安迪不禁打了个冷战，但她坚持问下去："然后呢？然后你们怎么走到一处了？"

"得知你妈怀孕，老爷子只能出门来找我。那时候出趟门不容易，没钱，吃饭要凭各种票，他一个不通俗务的人含辛茹苦一路乞讨，凭着有限线索一路打听，等找到已经读大学的我，基本上是百病缠身，气息奄奄了。等他出院，我债台高筑。我给他找了个学校打扫的工作暂时栖身，他坚持改名换姓，做临时工攒回家路费。改名换姓的原因是他被斗怕了，宁可在全都不认识他的地方当个失忆的人。从那时起，他再次接触纸笔，捡起从未放弃过的绘画。而他的绘画风格中注入许多匪夷所思的元素，令人眼前一亮。他那时画了那幅我送你的画，天天看天天叹息。但此后再没画过类似的。那时候起，他总算尝到作为一个人的尊严，有人肯正眼看他。然而他不是学院派，依然只是个会画画的临时工，依然没钱。等攒足路费，偷偷回去老家黛山县的一个村子，他妻子已经过世，女儿不知下落。他不敢久留，回来了，继续跟着我，在大学做临时工。他什么都不懂，只知道画画，乐在其中。后来还是我拿着他的画请专家鉴赏，请人捧场，慢慢才热了起来。也意味着有点儿钱了。于是他和我再次悄悄潜回去一趟找人，我们不敢声张，只敢悄悄打听，老爷子怕好不容易得到尊严的身份被暴露。听说你妈妈当年是从山村流落到几十公里外的县城，已经死了。我们以为你也死了，那时钱也花完了，就没再寻找。那时候起，那幅画就被老爷子收了起来，他不敢再看，他说自己是个罪人。等我确证你的消息，告诉他你很好，他让我不要再找你，他和我都无颜见你。他昨晚被罪恶感压垮了。"

安迪听得一条眉毛高，一条眉毛低，满脸不置信，但也满脸惊愕。魏国强说得太简单，而那么简单的故事有许多不可思议的情节需要放到那个时代的背景下才能好好理解。安迪虽然看过那些书，但看的时候事不关己，她看得生吞活剥，此时书到用时，她需要好好翻阅记忆内存才能辨识真伪。她愣了好一会儿，才道："你坐着，我回家一趟，取画给你。"

"我陪你一起去。"

"谢绝。让你知道我工作单位，你已经闹得我鸡犬不宁。"

"我查得到。"

"你查是你的事，我引狼入室是我的事。等着。"

安迪独自出门打车回家拿到那幅画，打电话让助理下来帮拿上去交给魏国强，自己说什么都不肯上楼再见魏国强，坐在附近的咖啡店里，直等助理打电话通知她人已离开，她才回办公室。她时不时地抓起手机，可又黯然放下，她下意识地想打电话跟奇点诉说这儿发生的怪事，可她管住了自己的手，她还是自己考证吧。

奇点也已不堪重压。所有与何家女人接触的男人都不堪重压，活得生不如死。她该远离奇点，放奇点一条生路。

若是魏国强所述属实，她何忍陷奇点于同样境地，她于心何安。

下午时候，奇点发来一个邮件，他在乡下筹建的工厂遇到一些政策性的问题，他需要赶去解决。安迪如常地回一封邮件，心里虽然在想，过去，他是亲口打电话跟她说一声的。那就这样吧，对大家都好。

邱莹莹收到一张汇单。这年头凡跟着潮流走的人都用民间快递，比如邱莹莹管理的网购生意就天天用民间快递发货，那些快递员管接管送，服务周到。这年头，大约也就邱父那样生活在落后小城镇，又生活在边缘地位的人才会跑邮局发包裹。邱莹莹不知发来的是什么东西，她只知道十来天前收到爸爸发来的一个短信，通知她等着收包裹。她趁中午吃饭时间冲去邮局，领来一只纸箱，纸箱里面的东西有点儿分量，邱莹莹估计有十来斤。

邱莹莹不顾邮局人多眼杂，当场在大厅里将纸箱打开，顿时，一股美妙的香气扑鼻而来。自制手工腊肠和腊肉，老家的特产，邱莹莹的最爱。邱莹莹恨不得绕纸箱子跳三圈原始部落舞以示庆祝，她仿佛已闻到今晚油光水滑的腊肉饭的浓香。但邱莹莹懂得爸爸的章法，她钻进纸箱细细搜索，果然在箱壁一张颜色有点不同的牛皮纸下面找到一封家书。邮局包裹不让寄信，邱家自有祖传妙方。

家书当然是凭着文化知识走出山村的邱父所写。邱父简单描述了家中遭遇的几场大雪，以及家庭成员各自安好，就是叮嘱邱莹莹不可为了省钱而过于小气，让大城市的人看不起。既然做了城市人，说话做人就得跟城市人学。钱不够用一定及时来电家里，切不可问人借钱，借钱者气短，遭人鄙视……邱莹莹一边看，一边偷偷伸舌头做鬼脸,一如在家时候,爸爸在前面说,她躲在爸爸宽阔的肩背后面张牙舞爪。等看到最后,邱莹莹终于爆笑了,爸爸说,腊肠和腊肉不得独占,一定送与室友分享,如此做人才能大方体面,备受众人推崇。爆笑完毕,邱莹莹很大方地扔了纸箱,但很不体面地背起一塑料袋的腊肠腊肉回去咖啡店。

卖咖啡豆的店子,自然是不允许有异香夺味,因此邱莹莹将腊肠腊肉包扎得严严实实,扔进收银台下。可是,就有人长了一只狗鼻子。那是一个长得豆芽菜似的年轻男子,戴一副眼镜,大冷天的只穿了一件毛衣一件夹克,因此那只灵敏的鼻子冻成一种半透明的红色。该男一进门就问哪种咖啡的劲大,他就要买劲大的咖啡。正好店长不在,邱莹莹就挑出一勺意大利调配咖啡豆子给该男看,"这种,又苦又来劲,连喷出来的香气都振奋精神。"顺手,邱莹莹递一个纸巾盒给该男。

该男羞涩地扯了一张纸巾对付鼻子,再问:"十二个人吃睡在公司赶一个项目,春节前交货,你看大约要多少咖啡才够?"

"IT的吧?先买三磅,我给你磨成粉,省得你们还得抽时间磨。咖啡放久了不香,尤其是磨成粉的。等喝完上淘宝,这个地址,很方便,省得跑出来路上浪费时间。"

"好。"

邱莹莹等了半天没下文,只等来一张信用卡。她便刷卡磨豆地忙开了。但过会儿就发现不对,她转头看见那男的围着收银台打转。"咦,你干什么?"

"我怎么闻到腊肠腊肉的香味呢?还是我老家的味道。"

"哈哈,你的鼻子装雷达了,真灵。我刚从邮局取来的腊肠腊肉呢。你老家哪儿的?"

"老家地名有点生僻,我写给你看。"该男显然性格认真,可惜他写出来的字犹如蚯蚓过境,歪歪扭扭。

邱莹莹一看,"啊,隔壁市,我们差不多是老乡了。你等等,我做完这些抽一条腊肠给你带走。我家寄来的也不多,我还得分别人,只能送你一条。"

"可是我春节前连回家烧饭吃的时间都没有,春节倒是可以回来家吃去了。郁闷,谢谢你,心领了。"

邱莹莹见该男一脸为难,便爽快地道:"那就不给你了,要不然跟戒烟的人身边放一支雪茄一样,多折磨人。留个名片啊,下回淘宝下单的时候我就知道是老乡了。"

该男出去的时候，正好店长回来。店长等门合上就道："这几天感冒的真多，又是一个。刚才出去的肯定是光棍男，而且没女朋友，没人监督洗澡，一股人味。"

邱莹莹听了大笑，这么好的鼻子，原来是个灯下黑，闻不到自己的臭味。她仔细看名片，这个人叫应勤，居然是家挺有名 IT 公司的工程师。真看不出来。

时近圣诞，店里生意一票接着一票，邱莹莹的心却早飞远了，她恨不得立刻回家烧腊肉饭。

安迪一个人关在办公室里，将魏国强的话整理成文字。只是看来看去不太相信，无论情节还是背景都太匪夷所思。于是她上网查那个时代农村的经济情况，和农民个人收入状况，看何云礼究竟能穷成啥样，才必须通过要饭才九死一生地找到魏国强。等她查到那个时期农村一个壮劳力一天赚一个工分，一个工分大约值一张邮票，差不多八分钱的时候，惊住了。但作为一个数据癖，她又查了那时候的物价，查完，对魏国强的话信了几分。

然而，真的可信吗？若是魏国强处心积虑编出来的呢。安迪相信，以魏国强的水平，编出一段合情合理的经历，完全可以骗得过她。而且，即使信又如何，再相信，也无法改变她的幼年和童年。安迪犹豫了一下，将所有文字记录删除。也好，消除一段恨。但未必需要增添一段爱。

依然无心于工作，不时一个走神，就想到奇点，不等下班就早早走了。

只是，去哪儿呢，去哪儿呢，去哪儿呢。从来日子过得充实忙碌，此时忽然不知道该干什么，也什么都不想干。手机倒是此起彼伏地响起，有关雎尔很体贴地说她今天打算跟领导说不加班，想约安迪一起吃饭，安迪拒绝了，她不想强打精神。有谭宗明来电问工作，安迪说今天没心情，谭宗明惊了，但谭宗明以为与魏国强有关。还有，也都是跟工作有关的，安迪索性关了电话。她逛进一家电影院，买了一包爆米花，随便选一个放映厅买票入场。

人很少，安迪依然选了最远离人群的前排位置。灯暗了，伴随着配乐响起，安迪便开始发呆。仿佛在家发呆是罪过，坐在电影院对着热热闹闹的银幕轰轰烈烈地发呆，便是正确。从来，心情不好时，安迪都是钻进电影院轰轰烈烈地发呆。然而这回不一样，这一回她莫名地心酸，竟然忍不住掉下眼泪。

但等意识到自己落泪，安迪连忙拿出纸巾擦干，下意识地观察一下周围，见没人留意她，她才放心。但再也坐不安稳，只得低头离开。她从来不敢当众流泪，流泪便意味着软弱，意味着屈服，也意味着别人可以乘虚而入，欺负于她。她无可仗恃，唯有天天憋紧一口气护住真身，是虚张声势也好，是冷酷无情也好，这是她的需求。她即使再好记性，也记不得上次哭泣是何年何月了。

坐进车子，再一次问，去哪儿呢。街头到处都是璀璨的圣诞灯饰，哪家店面都仿佛是理想国的入口，可安迪全无兴趣。她游游荡荡，最终还是回到欢乐颂。她不知该去哪里。她真是个无比无趣的人。

22楼，这几天傍晚，照例是樊胜美的侄子雷雷精力旺盛地窜进窜出。安迪走出电梯便被雷雷撞了一头，然后闻到一股奇异的香气。邱莹莹被雷雷的一声喊引出来，一看见安迪就笑道："安迪，你别走，我爸寄来的腊肠腊肉，每人一份。"

安迪恨不得先钻进2201，取来墨镜戴上，可来不及了，邱莹莹行动迅速抓了一包东西出来，"安迪，我们自家做的，可香了，绝对独家祖传秘方……呃，你怎么了？"

"谢谢，替我谢谢你爸爸妈妈。今天心情不好，我跟魏兄分手了。"

"啊，为什么？"

"我不好。别问了，好吗？"

"好，不问。但哭是对的，别忍着，哭出来心里会舒服许多，我刚经历过，有丰富经验。还有最好有人陪着，这个时候最怕一个人。要不我端腊肉饭到你那儿一起吃吧。"

安迪不禁想到邱莹莹当初一个人待得发慌，绝望地听那种打鸡血的成功学VCD，她想到刚才她一个人在电影院莫名其妙地落泪，真怕自己也失常，赶紧道："好，欢迎，非常欢迎。"

邱莹莹想不到安迪说出非常欢迎，她心里好高兴，总觉得安迪高高在上，这回看来她被安迪认同了。她赶紧回屋，端了电饭煲跟安迪进2201。

安迪进卧室换衣服，不经意看到床头柜放着异物。她走过去一看，是房门钥匙和门卡，以及下面压的一张字条。字条是奇点所留，但上面只写了个"安迪："，以及奇点的署名，便别无其他。但安迪自认读懂了，好吧，总算获得确认。她换好衣服出去，邱莹莹已经盛好了饭。

自家手工土猪腊肠腊肉饭奇香扑鼻，安迪闷头替邱莹莹吃掉一半，吃得邱莹莹吓坏了，夺走安迪手中的饭碗。"你起码吃半斤多的饭了，男生也没这么大饭量，听我的，别吃了，把胃撑坏就麻烦了。"

"是真的好吃。"

"真好吃也不能让你吃了，会吃坏的。这要让樊姐看见得捶胸顿足了，她基本上不吃晚饭，说晚上吃下去的东西最长肉，每次看见我吃晚饭她就脸色碧绿，哈哈。樊姐后天送她爸妈回老家，王柏川开车送他们。我打算后天一早也去医院帮忙，帮樊姐把人抬到车上。你去吗？要没事也去走走，特别是周末，别闷在家里。"

安迪想不到邱莹莹积极主动地替她找事做，非常自来熟。"我看看，应该有时间。"但有点费劲地转动脑袋想了会儿，"周末似乎全没事。他们是周末两天来回吗？要不我也开车跟去，他们可能一辆车不够坐。"

"如果这样，我也要跟去，一路跟你说话解闷，听说一个人开车最爱睡着了。啊，我们把小关也叫去吧，我这就给他们打电话。"

安迪惊诧地看着邱莹莹迅速地自说自话，与樊胜美和关雎尔商量去樊家的事。她今天什么都懒得想了，由得邱莹莹乱七八糟闹哄哄地安排。她才洗完饭碗，邱莹莹就开心地"耶"了一声，"都同意，一起去。安迪，樊姐说她好谢谢你，她本来正愁呢，后座要放她爸爸一个人躺着，前面三个人坐一个位置好像不行，再加你一辆车正好。"

"你干脆再跟小樊说一声，我给她弄辆保姆车，她爸可以在后面舒服地平躺。不过得让王柏川开，那种车我不适应。"

"耶！安迪你怎么失恋也失得比我冷静啊。"

安迪瞠目结舌，哭笑不得地看着邱莹莹再度向樊胜美报喜。她不禁想到，昨晚曲筱绡失恋是在赵医生微博大闹天官，似乎还真是她最冷静。这真不知是好事坏事。

有人敲门，是关雎尔下班听樊母说大家都在2201，就过来了。关雎尔与邱莹莹不同，她以静制动，小心观察了安迪的神情，但绝口不提早上安迪跟她说起过的事。"我们要不要搜搜樊姐的家乡有些什么好吃的，我们到了一起去吃。"

"好办法，我们做一份攻略，不仅找吃的，还有订住的地方。再看看沿路有没有风景，回家路上顺便还可以拐过去玩两个小时。"刚打完电话的邱莹莹立刻插嘴，她最爱玩了，"我去拿电脑，关，我把你的也背来。我们分头搜索。"

关雎尔一把揪住邱莹莹，"安迪这儿有两台电脑呢，够用了。"

"你们用台式机，配打印机。住的地方我来订，吃的玩的你们找，我这个路盲到时候跟你们走。"

邱莹莹笑道："住的地方也不能你找，你太富，找的地方我们肯定住不起。嗯，我看看有没有连锁经济型酒店，我们三个AA。"

安迪不做反对，干脆全部交给邱莹莹和关雎尔把关，她自己调出google地图乱看。依然心神不定，但比白天已经好了许多，她看看在台式机面前的两位朋友，心中非常感激。在地图上漫无目的游荡着，忽然看到占地很广阔的熟悉的公司，她一转念就想到，对了，包奕凡就是樊胜美老家的土著，那么她更不用操心，真遇到问题打电话找这位大少。

邱莹莹在网上寻找攻略，不时还得与关雎尔唱个反调，因关雎尔做什么都要打个余量，比如说找哪个高速休息区吃饭歇息的问题，邱莹莹的意见是什么时候饿了什么时候下去吃，关雎尔却说两车有老有小，一定要控制好休息节奏。两人吵吵闹闹的，谁也不服谁，而安迪则是你们随便，我都同意。恰好，曲筱绡的电话进来，找邱莹莹。

"臭莹莹，你昨晚对不起老子，今晚又死哪儿去了？"

"死筱绡，老子在安迪家，有种放马过来。"曲筱绡"吧嗒"一下挂断，很快传来敲门声。邱莹莹欢叫一声："我去开，你们都看着。"便一个箭步蹿到门边，但站到门角，扭扭捏捏地问一句："是死筱绡吗？"

"死你个头，老子郁闷。快开！"邱莹莹做个噤声的动作，偷偷将门慢慢打开。外面的曲筱绡早不耐烦了，猛地挤进来，邱莹莹便大喊一声"曲筱绡"，吓得曲筱绡一个激灵，便又一个不慎，被邱莹莹熊抱了。但曲筱绡迅速反客为主，在邱莹莹脸上左右亲一口，呕得邱莹莹落花流水而逃。曲筱绡得意地又扭腰道："切，不给你露一手，你都不知道老子文武双全。"

关雎尔在旁边中肯地作个评论："实在人装不了流氓，一遇上真流氓就吃瘪。"曲筱绡道："你们都不知道老子号称黄金圣斗士，臭莹莹算你运气，一出山便知天高地厚。"邱莹莹在客卫里面对着镜子擦脸上的口红印，闻言道："你就是个床上的黄金圣斗士，切。"曲筱绡一脸郁闷而来，至此忍不住眼睛乱转，笑了，"里面真是臭莹莹？嘴皮子非常了得。"关雎尔再次作出中肯评论："教会高徒,气死师傅。"

曲筱绡道："闷声不响装淑女的人最坏了，尽占小便宜。"关雎尔道："天不生淑女，万古如长夜。"曲筱绡一听急了，"嘿，小关，你不声不响，难道在偷看赵医生微博？你们为什么一个调门？"安迪这才插嘴："小曲，不可以诬陷。小关那句的原话是'天不生仲尼，万古如长夜'，曾经被赵医生在微博引用，但并不是赵医生发明。"此话正中曲筱绡这几天的痛处，"你们好好说话会死吗？为什么非要引用死人们说过的话呢？你们的嘴巴不能说自己的话吗？"

"啐，这个师傅不要认了，语文里的引经据典被你糟蹋成什么了啊，还留学生呢。"邱莹莹从客卫出来，径直奔回电脑前，继续刚才的作业，"我们后天护送樊姐爸爸回老家，要做攻略，不跟你歪缠了。"曲筱绡一再被讽刺，更急，"你们知道什么叫鹦鹉学舌？懂吗懂吗？"关雎尔也不冷静了，"你知道什么叫只许州官放火，不许百姓点灯？"曲筱绡发现自己一急给以子之矛攻子之盾了，她当然不肯承认，"说人话，说活人话，嘴巴长自己脸上，说自己的话，你们会吗，会吗，会吗？"

"都是进化人类，又不是山上刚跑下来的那头，谁都会说人话。别闹了，昨晚在人微博上还没闹够吗。"安迪道。"我失恋，你们都这么没同情心，真是人吗？"邱莹莹道："有什么稀奇的，我也刚失恋过。"关雎尔更是道："我还可怜没人爱呢。小曲，就你这种态度，失恋了拿别人折腾，谁接近谁倒霉，谁敢关心你。"

"你们孤立我，去樊大姐老家也不带上我。反正你们就是对我不好。我真可怜，今晚请客户吃饭，那死鬼客户竟然赤裸裸地说他晚上要玩那种带色的夜店，真拿我当死人吗。我都忍气吞声一晚上了，你们还都不爱我。"

"请教师傅，你跟客户说话和跟我们说话一样的吗？我要这么跟客户说话，会被客户拍死的。为什么？"

"你们这是没看见过我跟我爸妈说话态度，我跟你们好才跟你们这么说话。啊……你们都没同情心！"曲筱绡终于忍不住尖叫了。大家纷纷照顾好自己的耳朵，等魔音止歇，邱莹莹才道："好像还真是的，你上回那顿饭都没给你爸妈好脸色。"关雎尔忍不住道："我还是申请客户待遇。"

"你们都是坏人。走吧，我请你们吃碳烤生蚝去，我今天哪儿都不想去，只想跟你们在一起。你们看，我多好。"

"不高兴去，太冷，安迪家温暖。"邱莹莹今晚吃得很饱，没兴趣，不愿生蚝的味道埋没她的腊肉味。"就在隔壁小区后面啊，很近，走过去就行。陪陪我吧。"

　　"我陪你去。反正我没事做。"安迪拿起超长的羽绒服，"你们尽管在我家待着。"

　　最终，四个人全套上温暖的羽绒服，冒着寒风吃碳烤生蚝去了。曲筱绡不痛快，叫了半打啤酒。安迪顺手拿两瓶放自己面前，两人对喝。邱莹莹看着不好，在手机上打了字给关雎尔看，"她俩都刚失恋"。关雎尔点点头，愁眉苦脸看着这两位对喝。当着店里那么多的人，那么挤的位置，邱莹莹想劝，但被关雎尔拦住，她只好抢来两瓶，帮两个失恋的人分忧解难。

　　曲筱绡这才得知安迪也失恋，她顿时如见亲人，推心置腹地道："既然你们分了，我跟你说几句大实话，小关小邱你们也听着。那么多男人，你一眼只看中那一个，为什么呢？我看你们这些读书读坏脑子的都被什么相知相识啊心有灵犀啊给骗了，那是做好朋友的条件。男人发展成男朋友，条件只有一个，你猛一看见他，心里就生出性冲动。够格做男朋友的，才可以加上什么心有灵犀啊门当户对啊人好钱多啊这些条件，发展成老公。你们呢，这些书读坏脑袋的都先装圣女，只看老公条件，好像想想性冲动都是罪过。那叫……"

　　"舍本逐末。"关雎尔替曲筱绡补充。

　　"对。所以安迪我早就不看好你们，你跟魏大哥在一起都不见你去抱抱他亲亲他贴着他不放，你们怎么混得下去。你们这叫'相敬如冰'，冰块的冰，那是我爸妈那年纪才玩的套路。说明魏大哥在你面前没性魅力。小邱你说我说得对不对。"

　　邱莹莹喝了口酒，"人品最要紧，我看。其次才是你说的。"

　　"废话，人品当然是最要紧，跟谁交往，第一要看的是人品，有人品才有接下来的事。"

　　安迪这才道："我总结一下，找男朋友直至结婚的一般程序是：在人品的基础上，首先是强烈身体交流的需求，然后发展出思想交流的需求。走完这些程序，可以结婚了。"

　　曲筱绡愣了一会儿，举杯与安迪碰了一下，"对，算你总结得对。但有话好好说，可以吗，干吗酸文假醋的？"

　　安迪再看关雎尔与邱莹莹，"你们同意吗？"

　　"好像是的。应该是。"邱莹莹根据自己的经验表示肯定。

　　关雎尔不禁想到似乎在追求她的林师兄，以及明显就在追求她的李朝生，还有赵医生，如果按照曲氏爱情原则……关雎尔的脸红了，难道她真的不知不觉中对赵医生有那个冲动了吗？曲筱绡见此奇道："小关，看上谁了？干吗脸红？"

安迪看关雎尔一眼，连忙接了话头，"小曲，如果按照你的原则，我明白一件事了。那么说明我这回分手是对的，不应遗憾，但很难过。"

"早应该来请教我，我身经百战。你们早先都去请教樊大姐，找错人。她是找人结婚，我是找人谈恋爱，谈出爱了再结婚，原则性的不一样。奶奶的，我这回竟然折在赵医生手里，真不甘心。你们怎么分手？没激情没欲望？"

安迪想了会儿："我有问题，没欲望。"

"你没问题，你对魏大哥没欲望是对的。你要是自身条件差点儿，要钱没钱要美貌没美貌的话，没准再看魏大哥可能伟岸不少，说白了，金钱地位能增添性感。喝酒，该你再喝多点儿，喝多了话多，我再替你分析。你也替我分析为什么赵医生不理我。"

安迪非常不愿接受曲筱绡的说法，此时她两瓶啤酒下去，伸手又叫了半打。"在我眼里他非常有魅力，他的见识让他整个人熠熠生辉。性感未必仅仅是肌肉和美貌。关键问题是我，我冷淡。"

曲筱绡道："没人会冷淡，不是没找对人，就是得去找心理医生。我为什么，你怎么不帮我分析。"

安迪道："臭文化人眼里的性感需要点儿文化点缀，以显得他是.一个高尚的人，一个纯粹的人，一个有道德的人，一个脱离了低级趣味的人，一个有益于人民的人。"

"那不是装 B 吗？"

"你可以说是，但你扪心自问，你为什么对赵医生念念不忘，按说姚滨有肌肉有美貌一点儿不差，你还不是看中赵医生身上的那点儿文化点缀吗。"

关雎尔心惊肉跳地旁听，尤其是安迪与曲筱绡两人就赵医生展开讨论，她听得恨不得也抢一瓶啤酒来喝。她听到这儿忍不住想说出自己的感受，对，肌肉发达得青蛙一样的男人未必性感，她就是喜欢带着文化饰环的赵医生。可四个人当中，就她不能将心事公开说出来。

邱莹莹则是一拍桌子，道："什么都甭说了，曲筱绡，我给你指一条阳关大道，赶紧去读个 MBA 或者 EMBA，长点儿知识。按说你还是留学回来的，可看上去比我们几个土鳖草包多了。你看安迪，刚回来时候说话还不囫囵，动不动就哑了，拼命眨眼睛也想不出词儿，现在说话多利索，人家那是一天至少一本书，看了还写微博读书心得。我就不要求你自觉了，花一摞钱买人管着你读书，肯定行。"

"为了看书，不用读什么 MBA，我书架上都是书，尽管来借。就怕小曲很快忘了赵医生，看书还哪来动力。"

"耻辱啊。人可以忘，老子这辈子都没受过这么大的耻辱，不会忘。"关雎尔这才问了一句："上次给你下载的书，看完没有？"曲筱绡一头扎进臂弯里，"我喝多了，没听见。"众人看着都笑，连安迪也笑出声来。曲筱绡立马抬头反抗，"安迪，我给你找个肌肉男，包我身上。你太正经，不，太理性，需要找个肉弹开窍。"安迪道："我打算春节飞一趟美国，找心理医生咨询。肉弹还是免了，想想都有心理障碍。"邱莹莹哈哈笑道："先试试肉弹，如果肉弹灵光，可以省了来回机票费和咨询费。"

"连魏兄都没让我开窍，别人谁还有那能耐。"曲筱绡笑道："他不行，他不行，要不我跟你一起春节去夏威夷，或者迈阿密，哇……"关雎尔却是恻然，她明白，安迪才不会去找别的男人，安迪心里爱着魏兄。究竟出了什么事，安迪需要看心理医生？关雎尔真替安迪着急。整整一打啤酒喝完，四个女孩在关雎尔的指挥下，歪歪斜斜地回家。闹了一晚上，安迪想出一个结果，那就是看心理医生，解决她的心理障碍。而关雎尔则是跟到安迪家里，要了一本看上去好玩的小说，即使她醉眼蒙眬都愿意看上好几段的小说。关雎尔明确地将林师兄从候补名单上划掉了，但留下李朝生。唯独邱莹莹醉醺醺地跟关雎尔说，这么大的海市，不知道有哪个好男孩会追求她，真悲伤。邱莹莹还问关雎尔，她能对追求她的人有什么性感啊美貌啊之类的奢侈要求吗？关雎尔无言以对，这世界真残酷。

周六清早，欢乐颂 22 楼全体就集中在医院停车场。关雎尔与曲筱绡都还没全醒，曲筱绡坐在安迪车里假寐，干脆就没出来，关雎尔还想着要帮忙一起抬樊父，就睡眼蒙眬地找地儿靠。她先找到身边的安迪，可惜安迪不大喜欢别人碰她，把她转手给了邱莹莹。邱莹莹正冻着，关雎尔靠上来正好给她挡了风。

很快，王柏川作为主力，推着樊父的活动床出来了。樊胜美在前面掌握方向，而樊母领着雷雷在后面紧紧跟上。安迪轻道："赵医生也在，他倒是热心。"关雎尔一听，立马完全清醒，顺着安迪的指点看过去。果然是赵医生，而穿着白大褂的赵医生更加英俊。连邱莹莹都不由自主地道："难怪小曲神魂颠倒。"

安迪见赵医生走近，就指指车里。赵医生原本微笑的，但往车里一看，立刻与樊胜美说声"一路保重"，冲安迪抱抱拳，转身就逃。邱莹莹哈哈大笑，"小曲神了，赵医生这么怕她。"樊胜美不明所以，赶紧在后面大声感谢。这边，22楼的姑娘们与王柏川一起，将樊父七手八脚地抬上了车。这才由樊母出马，给樊父盖上被子，收拾好枕头，拉开手脚，让躺得舒舒服服。期间，樊父微微睁开眼睛，但还没睁开就又闭起米。樊胜美这才有时间跟外面的姐妹们表示感谢。

邱莹莹忍不住问："你怎么认识赵医生的？"

"哎呀，忘了喊小曲。是小曲朋友啊，赵医生一直很照顾，经常过来看看我爸。他今天是特意过来看我们办出院手续。"

大家一起捂嘴笑。邱莹莹心直口快告诉樊胜美，曲筱绡与赵医生的最新关系。樊胜美想到刚才赵医生落荒而逃，也忍不住笑，曲筱绡这家伙的火力果然很猛。

王柏川却是忍不住围着安迪的车子看，等看到车尾的牌子，不由得笑了，"真低调，可谁看不出这是 M3 啊。"

"所以这叫走调。你走前面引路，但愿我不会跟丢。"

樊胜美走过来，找安迪耳语："等下如果我妈问起我手中的钱，请你帮我回答你在帮我投资操作。"安迪一口答应。虽然心中并不清楚樊胜美的安排。那边，王柏川已经打开车门等樊胜美上车。大家看着樊胜美转身袅娜地走过去，与王柏川擦肩而过，妩媚一笑，又与姐妹们回眸一笑，才稳稳地坐进驾驶位。外面看着的安迪邱莹莹关睢尔都为她放下一颗心。虽然这段日子以来，樊胜美瘦了好多，瘦得太阳穴那边的皮肤都看得出青筋，可她到底是走过来了。

邱莹莹坐进车子，见曲筱绡被他们吵醒，微微睁眼，就不怀好意地道："刚才赵医生一起送出来呢，我看见赵医生了。"

"什么？他今天上班？"曲筱绡立刻整张脸趴到车窗上，可此时赵医生早逃得不见踪影。"赵医生一听说你在，拔腿就溜。哈哈，滑稽死了。"邱莹莹本想嘲笑一下曲筱绡，曲筱绡听了却眉飞色舞了，"OK，好现象，说明他心里放不下我。要不然，他应该当我透明。嘿，回家有事干了。我先好好读书。"曲筱绡说到做到，果然摸出 IPAD 一路看书，非常清静。车厢里其他三个都无言以对，都摸不透曲筱绡那独特的逻辑。一行两辆车你追我赶地上路了。

第 24 章

　　三个女人一台戏。那么四个女人呢？尤其是四个女人挤在空间狭小的车子里，时间跨度长达八小时。

　　最先都还挺老实，安迪开车，关雎尔辅助看地图看 GPS 找前面的保姆车，曲筱绡看 IPAD 里面的书，邱莹莹戴着耳机听 MP3。大家都在小心地照顾路痴掌舵人，免得安迪手底一个打滑，把大家都扔在不知什么地方叫天天不应。可如此的宁静很快被曲筱绡的手机打碎。曲筱绡一看是妈妈的来电，就举着手机道："安迪，我家有客人，我不想见，我妈来催了。你帮我接一下，就说跟你在一起，别说樊大姐的事。"

　　"行，拿来。"安迪挺爽气，拿来曲筱绡接通并按了免提的手机，道："阿姨，我是小曲的邻居安迪。我们在一个车上。"

　　曲母一听就乐道："啊，我们筱绡跟你在一起啊，那我放心了。你们去哪儿玩呢，要不要我替你们联系目的地的接待。"

　　"我趁周末去看一家公司，目前的行业领头羊，老板父子姓包，小曲也想去看看。那边会安排接待，阿姨不用担心。"

　　旁边关雎尔轻轻插一句嘴，"下午到了会让小曲打电话报平安。"安迪赶紧对着手机补充这一句。听得曲筱绡在后面翻了一个白眼，这岂是她的风格。她连忙伸手取消免提，免得妈妈后面说出来的话让她丢脸。

　　果然，曲母后来说了不少肉麻话，诸如她赞成曲筱绡跟着安迪学做事，她请安迪提携她的女儿，曲母还提出，想请安迪小关小邱等邻居吃饭迎新年，她和曲父都很想与女儿的朋友认识亲近。曲筱绡在后面等得直跺脚，知道妈妈又在啰唆。安迪却耐耐心心地听曲母唠叨，直等曲母说尽兴了才结束通话。

　　"我们统一一个时间，争取在元旦前与小曲的爸妈吃顿饭。关键是小关的时间，小关看看哪天不加班。"

　　曲筱绡不得不尖叫一声，"你们别理她，她就想干涉我的生活。你们什么时候想吃饭，我请客。今晚就行。跟他们有什么可吃的，一顿饭都听他们瞎扯，累不累。"

　　"你爸妈多关心你，有什么不好。"安迪羡慕曲筱绡有父母追着关怀。不用曲筱绡反对，邱莹莹道："我们自己聚会就得了，千万别跟老人家扯一起，一顿饭能让你耳朵起茧子。"

　　"只吃一顿饭，而且小曲妈妈点名要你们都去。小关呢？"

　　"唔，我也最好别，跟上一辈的人吃饭，别扭。"安迪晕了，"你们为什么都逆反？我经常很想不通你们为什么都拒绝父母的关爱，想想，除了父母谁肯无偿关爱你们呢？"

　　曲筱绡更想不通，"你可以生个女儿玩玩嘛，看她要不要你没日没夜地跟着。我怀疑你做妈妈更变态，孩子都逃不脱你的算计。我还算能跳出如来佛掌心的，感谢我妈那时候忙得没时间管我。"

　　"我当然要生个孩子，给 ta 很多很多爱，和最好的物质生活。"

　　邱莹莹做了个鬼脸，"说这话之前，你最好春节长假回家与父母待上七天，一天都别出门，尝尝是什么滋味，你一定比小曲还尖叫得响亮。你是常出远门出得都忘记父母贴身跟踪有多烦了。当然，我是最爱他们的。"

　　在众女的附和声中，安迪犹豫了会儿，坦承："我是孤儿。不懂这种滋味。"三女全炸了，一时都盯着安迪失声。还是曲筱绡最先反应过来，伶牙俐齿地道："这就有解释了，你就是个跟孙悟空一样从石头缝里爆出来的。好了，以后谁说我没孙悟空的本事，我拿谁当白痴。以后你任何时候想跟我爸妈吃饭，他们都有空，我保证。"

　　邱莹莹则道："安迪春节去我家吧，我们小地方的春节可热闹了，你能吃到你这辈子想都没想过的东西。真的，我爸妈肯定最欢迎你。"

关雎尔在最后道："其实我们 22 楼就跟一个大家庭一样，我以前大学宿舍同学都没这么要好。安迪任何时候都不用跟我们见外。"

安迪心里挺怕大家听到她是孤儿后，立马同情泛滥。还好，大家的表现都不肉麻，她尤其喜欢曲筱绡说她是石头里爆出来的。"谢谢你们。所以我以后一定要提供我的孩子们我没享受过的东西，目前壮志未酬，只好等待。呵呵。"

"我期待你生一窝儿女，多好玩。现在你可以先爱我们，我们一定忍着。嘻嘻。"曲筱绡嬉皮笑脸的，但她精灵，见安迪一议论这个话题，就表现出不自在，她岔开了话题，"小邱带什么好歌？别插着耳机自己听，照顾照顾我们的耳朵。"

"我的歌太下里巴人，早被关批得没脸见人了。关下了耶鲁大学的网上公开课《聆听音乐》，她带着呢，就这闷骚没好意思主动说，我替她说。安迪这儿有接口的，你们都英语好，听吧，提高修养。我看中文翻译的。"

曲筱绡发现她又陷入被动了，她目前是有名的需要提高修养，可是，大家不知道的是，她的英语实在是拿不出手。她一时有点儿进退两难。唯有懂得曲筱绡底细的安迪微微一笑。曲筱绡看着关雎尔与邱莹莹忙着播放，她心下一横，实在不行就装作若无其事地跟邱莹莹一起看中文呗。

这一路，曲筱绡好生痛苦，脑力严重透支。到高速服务站吃饭，她听到嘈杂的人声与背景音乐都觉得烦，一个人悄悄溜了出去。她见到樊胜美在保姆车里面晃来晃去，就走了过去。透过窗户，只见樊胜美用针筒似的东西喂她爸吃东西。曲筱绡看看针筒里面目模糊的流质食物，再看看面无表情甚至都不懂吞咽的樊父，不禁胃部一阵抽搐。她赶紧避开开了一条缝的车窗，免得被里面飘出来的气味袭击。

而樊胜美也在里面看到曲筱绡，她主动招呼了一声，"吃完了？"

"嗯。你拿的这东西是什么味道？"

"按医院嘱咐做的，不知什么味道。以后我爸就靠这种东西维生了。"

曲筱绡不由得想到"填鸭"，北京烤鸭生前的痛苦生活。"我赶紧在遗嘱中写一条，如果我成了那样子，赶紧把我安乐死。这样子得活几年？"

"听说有人活了八年多。医生说我爸其他身体状况都好。唉。"

"别唉了，想想以后日子怎么过吧，你钱够吗？要真拖上八年，你这辈子赚的都给他算了。当初要医生救命的时候没想到这碴儿吧。苦日子在后头。"

"那种时候换你也会求医生救命的。现在看我爸活得那么辛苦，可又能怎么办，能杀了他？幸好这几年房子涨价，我们小城市的房子也能卖几个钱，算算还能维持一两年吧。"

　　曲筱绡想不到樊胜美能推心置腹跟她说实话，如此低调，而不是过去的装腔作势。她便也不好意思太尖锐了。"看你们家那摊子，我跟你实话实说，不管讲不讲理，你得把卖房子的钱抓在自己手里，定期给你妈汇款，提前告诉她，要是把汇款拿去送你哥什么的人，你当月不会再给，就三个字：都饿着。饿死你也当不知道。换了手机号，以后单向联系。就那样，想多活儿年就得狠下心肠。再添一条，你爸妈现在住的房子，那房产证你也得收着，要不然哪天给卖了，一家人又哭哭啼啼来投靠你，都有可能。哑了吧，别这么看着我，我最烦你们这些没产权意识的人。告诉你，是你的，你死死抓手里才真是你的。别跟我说什么腔调什么姿态，就你们这种讲姿态的人才一辈子混小文员，进棺材还要刷粉，死要面子，最终一事无成说的就是这种人。最后大家都活下去都有饭吃，才是真腔调。"

　　樊胜美在曲筱绡的火力下一忍再忍，就是因为听曲筱绡说的都是大实话，一字一句都点醒了她，才什么都不反驳。"换手机号不大可行，家里老是老小是小，不能不管。即使换了手机号，三天两头也得打电话回家问问，要不然不放心。如果一天两天打个电话，与不换手机号有什么区别呢。"

　　曲筱绡滴溜溜转着眼珠想了会儿，道："买通一个邻居呗。多简单的事。一个月给邻居手机充值一百块，让邻居有紧要事情打你一个电话。你们住的是那种对门对户的房子吧，有个动静邻居最清楚。干吗，你不舍得？没救了。"曲筱绡懒得挽救，甩甩手走了，再待下去她会呕吐，车子里传出来的味道太难闻了。她不高兴跟拎不清的人纠缠不清，不像安迪多拎得清，失恋就失恋，大家一说，安迪还给总结，完了就得出最好行动方案，这才叫头脑清楚。

　　樊胜美却是在曲筱绡走后沉思，是的，她得为一家人未来的生活作最长远的考虑，可能还真得无毒不丈夫。而今钱是她掌握着，房产证还在妈妈的行李袋里，还真有可能，哪天哥哥失魂落魄地回家要钱，她妈就把房子卖了，来海市投靠她。最后，爸妈和哥哥一家全部又靠在她的身上。她思来想去，毅然放下针筒，趁左右无人，打开妈妈的行李包，将家里房地产证和爸爸的身份证拿到手，藏在贴身衣服里，用皮带系紧了。

　　过好久，樊母吃完中饭，又肉搏似的将雷雷喂饱，来车上替换樊胜美。樊胜美披上羽绒服，行迹不露地出去，与大家会合。她见王柏川面前的两荤两素套餐还剩不少，反而不如她的邻居们吃得多。她不禁歉意地道："车里味道不好受，害你饭也吃不下。"

邱莹莹当即揭发："哪里，他吃第二份。他说没吃早餐，我们一热情，就给他买了两份，结果他又耍赖吃不下了。我们不许他耍滑头，盯着他必须吃完。"

"逼人吃第二份一定是小曲的鬼点子，盯着人非吃不可，只有小邱才做得出来。我猜对没有？"

王柏川笑道："你还真猜得一丝不差。你也赶紧吃，这地方越吃越冷，冷饭吃下去不舒服。"

安迪看着笑道："小樊慢慢吃，我们找小曲去。"邱、关两个也是笑着退场，将场子留给樊胜美与王柏川。

但樊胜美丢下饭碗赶紧拉住三个人，掏出房地产证等东西放到桌上，"安迪，你帮我收着这些，还有我的存折。我一是怕我哥哥偷偷潜回家，我妈又是个没主见的，弄不好就把家里房子卖了给我哥置办什么。二是怕我被我妈眼泪打动，又守不住底线，他们要多少钱就给多少，跟过去一样。你们三个都在，如果有这种事，你们一起骂我。"

安迪摸出本子，将樊胜美给的各色文件都登记下来，写成一式两份，22楼四个人都签了名，才算办成移交。王柏川只是在边上闷声不响看着，一句话都不插嘴。等办成，樊胜美才微笑道："你们可能都想不到，这是小曲给我出的主意。"

除了王柏川，所有人都愣住，但想想，也就曲筱绡想得出这些歪门邪道无毒不丈夫的主意。只是小曲怎么主动跑出去给樊胜美出主意去了？真有点令人意想不到。邱莹莹道："等会儿见了小曲，我拥抱她一个，她立功了。"

下午四点多，一行才到了樊胜美家里。那是老式的居民楼，楼距不大，一片区域都是四层楼，当然也没什么绿化，但地面倒是干净，整个小区也是非常安静。保姆车里的樊母和雷雷都睡着了。后面一辆车里，曲筱绡与邱莹莹也靠在一起熟睡，睡得像两只暖猫，到了樊家，安迪才咬牙切齿将两人从后座揪出来，这两人的均匀呼吸声差点害她也睡着，要不是关雎尔在旁边跟她说话解闷，她真不知会将车开到哪儿去。

王柏川再一次成为绝对的主力，一个人将樊父背上楼去。邱莹莹看着问："樊姐，以后你妈一个人怎么管你爸？背不动，扛不动，一直让床上躺着？"

"这事我们商量了，准备请个人，白天来两个小时。其余时间……唉，只能凑合了。"王柏川将人安置好，又问要不要帮买菜扛煤气什么的，樊胜美道："你也回家吧，累了一天，明天还得开回程呢。"王柏川犹豫了一下，"现金带得够不够？"

"够了。不过还得烦请你领她们四位去住宿。都麻烦你了。"安迪道："我们在市里定了房间，再等等去市里。小王你先回吧，你开那车挺累的。我们找不到路再呼你。"

王柏川只得走了。但樊胜美亲自送他到楼下，这是前所未有的待遇。到了楼下，王柏川道："如果今晚来不及安排，可以考虑明天再做。我们晚一天回也行。你别太累着自己。这家，以后都需要你呢。"

樊胜美低头强笑，"有你这话，我心里有底了。"

"跟我客气什么。"

樊胜美又是笑笑，道了再见，转身上了楼梯。

四女眼看也帮不上什么忙，就问了菜场的位置，去替樊母买菜。曲筱绡懒得跟去菜场，一个人躲进安迪的车子里看小说。邱莹莹如今会做菜，进了菜场不再是新手一枚，她在菜场指挥若定。但樊胜美才刚协助她妈给她爸做了清洁工作，一个电话就打到家里的座机上。是债主看到他们回家了。

樊胜美当即跑到楼下，敲窗告诉曲筱绡："小曲，债主又要上门。你好好坐车里，有事没事都别上来，连累。"

曲筱绡点点头，看樊胜美跑回楼上去。咦，难道樊大姐特意下楼保护她？可她曲筱绡是最爱看打架吵闹的，怎么可能坐车里不去现场。她赶紧一个电话打给正买菜的姐们儿，然后静悄悄地猫在车里，守株待兔。

很快，便有三个男人冲楼道而来。曲筱绡在微暗的天光中打量，这三个人个个年轻力壮，只是穿得一身土鳖，毫无疑问，当然是不可能有樊胜美与王柏川的见识。曲筱绡蹑手蹑脚地跟上去。但显然，前面三个男人走得不快，其中一个站转弯处的，一眼就看到后面跟上来的曲筱绡。那人往地上习惯性地吐一口痰，大声问："你，樊胜美？"

曲筱绡被震得吓了一跳，但随即娇滴滴地道："樊胜美有我美吗？她买得起我这身衣服吗？切。"边说，边趾高气扬耀目空一切地擦着三个男人而过，再扭几步楼梯，进了樊家的门。"樊大姐，人来了，就门口呢。"

樊胜美一愣，轻道："你怎么上来，赶紧下去。"曲筱绡一听，就转身回到门口，探出一个脑袋，"喂，樊大姐说了，你们怎么上来了？赶紧进门喝茶说话。"

别说是樊胜美，连外面三个男人都被曲筱绡搞得一头雾水。但三个男人还是进了樊家的门。樊母一看，就脸色煞白，抱着啼哭的雷雷躲进卧室。曲筱绡既然说了进门喝茶说话，樊胜美只得给三个男人端茶倒水。曲筱绡却一屁股坐在三个男人对面，拿好奇的目光看着三个人，扯扯自己的狐毛大衣，娇滴滴地问："咦，你们不冷吗？都才穿一件毛衣呢。"

坐当中的终于猛咳一声，决定不落曲筱绡的美人圈套。"你们说，医药费的事情怎么办。"

曲筱绡抢着道："还能怎么办，冤有头债有主，你们找正主儿呗。逼人家老的少的有什么用，老的都一个给逼中风了，你说该怎么办。要不要看看，躺床上呢，大把医药费花身上，没钱给你。有钱也不能给你，你们找正主儿要。"

"小曲……"樊胜美连忙叫住曲筱绡，给债主赔个笑脸，"三位大哥，家里真没钱了，卖了我哥房子的钱都给我爸动手术，你们来看看，人躺床上呢。都这样了，三位大哥见好就收吧。我再替我哥赔个不是，请你们大人大量。要不真只有要命一条了。"

这时，安迪与关雎尔、邱莹莹一行也悄悄进屋，与曲筱绡一起，一扇儿排开，列在三位男子面前。但三个男子见来的都是女孩，全不当回事，其中一个大摇大摆进去卧室，查看樊父病情。事实是明摆着的，那男子一招手，其他两个也皱眉过去看。但看了回来，三个人窃窃私语几句，当中一个干咳一声，道："这事闹成这样，我们也不愿意，对吧。但我哥还躺病床上，你们也知道看病要钱……"

安迪端椅子坐到三个人面前，"拿医药费单据来，我给你们实报实销。"

樊胜美忙道："安迪，你别……"

安迪挥手阻止，和颜悦色地对三男道："谁进医院都不好受。既然事已至此，我们妥善解决吧。我看看明细，算一下要多少钱。如果太多，还得劳烦你们明天早上跟我一起去银行拿。"

当中男的犹豫地道："你能代樊家说话？"

安迪笑道："我不行，钱可以。"

当中男的说声"实话"，将口袋里的单子摸出来，交给安迪。这是医院的日结单明细，安迪一张一张地看，翻来覆去地看，樊胜美等都不知安迪卖的什么关子，只好念在安迪是高管的分上，无条件相信她。

安迪却忽然啪一下将单子拍在桌上，"罗红霉素一天打八瓶，骗你妹啊，八瓶得兑十六瓶吊针，往死里打啊！华法林每天五瓶，当咳嗽药水喝呢，你们不怕全身溃烂七窍流血啊。小曲，报警，告这儿有人诈骗。顺便查医院是谁开的单子，妈的一锅端了，骗樊家没医生好欺负。"

三个男的几乎整齐划一地扑上来抢单子，安迪手一松不吃眼前亏，但嘴里噼里啪啦背诵单子上的内容。曲筱绡在一边赶紧旁白，"你们以为可以毁尸灭迹？人家是医生，每天看这种东西，背你们几张纸是小儿科。"

但是安迪将单据的序列号也背了出来。完了，看着那三个人道："你们等着，我们会去医院查原始凭证。都是电脑打出来的单子，有底。今晚不把你们勒索去的一半钱交回来，我们卫生局见。"

邱莹莹勇敢地叉腰守在门口，但小腿猛弹琵琶。只好一声不吭，免得露馅。关雎尔一看不妙，但她不敢就这么赤手空拳守门，转身守到厨房刀架边，持刀备用。

双方对峙，气氛一点就爆。但就在关键时刻，只听扑通一声，大家看去，却是樊母坐倒在地上，吓得直哆嗦。曲筱绡当然知道今晚不可能如安迪所愿，便灵机一动，道："哟，已经倒下一个樊大爷，可别再倒下一个樊大妈。我们去外面谈。"

樊胜美道："姐妹们，算了，算了，大家都是我哥的受害者，我们别为我哥那破事争吵了。这三位大哥，请喝茶。你们的假单据我们心领，但这账就不能跟你们算了，医生已经看出假来。以前的账嘛，我感谢你们替我赶走麻烦精我大哥，算了，不问你们要清单。你们回吧，大家都是我哥的受害者，我再道个歉。"

曲筱绡急道："怎么能说回就回，有底可查的假单据呢，医院查起来就是大案。"

"算了，算了，我哥先有不是。"

"那也不行，钱都是你在出。起码留下字条，发誓永不再踏樊家一步才放人。"

"算了，算了……"

"什么算了算了，不能算，一定要打官司查细账。我明天就负责帮你去法院立案，朋友价，不问你要律师费，我就是看不惯，拔刀相助。反了这事。"

"不要啦，是我哥先对不起人家……"樊胜美一边说，一边做手势让三个男人走。那三个男人拿的假单子被识破，又有曲筱绡等大张声势，一时不知如何是好，悄悄退走。等他们一走，曲筱绡立马停止辩论，做手势问门边的邱莹莹人走没有，邱莹莹点头，曲筱绡才放心，一屁股坐椅子上。"吓死我了，我一直捏着口袋里的防狼喷雾呢。"

安迪也大口呼吸，大口喝水。顺手将口袋里的尖刀拍桌上。她更是有备而来。邱莹莹将门关上，跌跌撞撞坐进沙发，"安迪，你怎么看病的事儿也懂。"

"不懂，全靠瞎蒙，我就猜他们肯定有做手脚，王柏川提醒过我。"安迪喝光一杯，再来一杯。厨房那边，哐啷一声，关雎尔手中的刀子落地上，人也靠在料理台上不能动弹。谁都吓坏了。

一室寂静，连雷雷都停止了哭闹，也没人有力气扶樊母一把。好久，邱莹莹才愣头愣脑打破寂静，"安迪，一天打 16 瓶吊针，以后可以说这是做注水牛肉。"

安迪喝一口水，"谨受教。"

曲筱绡忍不住先笑出声来。她摸出手机，往微博发了一条现场播报：现场，五个女人脸色死人一样，我拿瓶防狼喷雾，安迪拿把尖刀，小关脚下有一把菜刀。但事情还没完。

而安迪则是说出同样的想法，"事情还没完。我们把三个人赶走，纯属侥幸，因为那三个人看上去只是贪小的小市民，面对谎言被瞬间揭穿，他们不懂应对。但我相信他们不会就此轻易罢休，回去商量后很快便会找我回来。那时候我们还有什么应对措施？小曲应该最有江湖智慧，你说说看在国内这种事要怎么解决。"

"等等，让我看完微博更新，啊……"

众人被曲筱绡尖叫得心中一凛，樊胜美扶着樊母起身更是差点儿脱手，邱莹莹道："小曲，先做正经事。"

"现在又没火烧眉毛，让我娱乐一下都不行吗？安迪，你骗人，魏大哥在微博上说，给你送去一盒马卡龙，这不是公开眉目传情吗？"

安迪扔下茶杯就看自己手机，果然。"分手也可以是朋友吧。我以前提起过马卡龙好吃。小曲别卖关子，快说。"但说的时候，她忍不住一直盯着手机，将奇点的其他微博也浏览一遍。奇点不是话痨，在微博上一样少言寡语，但这两天更新很多，都是照片，都是这两天吃的好菜。

　　曲筱绡一样盯着手机，但嘴里总算开始说正经事，"还能有什么办法，找个地头蛇做中间人，双方见面讲和。樊大姐肯定找不到地头蛇，要找得到就不会拖到今天了。我这就打电话找人，安迪你也想想有谁可以帮忙。"

　　安迪立刻想到一个人，"你不用找了，我认识一个这里的地头蛇，替他挣了不少钱，他老提出要猛烈回报我呢。正好。"安迪立刻翻找包奕凡的电话，"晚上的吃饭住宿也有人管了。"

　　曲筱绡道："你先打，人要不在，我找公安系统的朋友。"一边说一边翻阅通讯录。

　　这时候关雎尔终于能动了，她慢慢走过来，挨着邱莹莹坐下，"小曲，以前总纳闷你怎么做生意，这会儿相信了。"曲筱绡猛地竖起头，睁大眼睛诧异地看着关雎尔，"你问安迪，你问安迪，她旁听过我谈生意。你太小看我了。"关雎尔微笑，"不是小看你，是以前总觉得你贪玩，除了玩，真想不出你还能跟人正儿八经谈生意。"

　　"我还钱多，我还大方，我还……"曲筱绡大言不惭地一仰头，"美丽！"一言既出，曲邱关三个人笑成一团。经过刚才一件事，大家变得异常亲密。

　　安迪跟包奕凡打电话说明情况，包奕凡一口答应，说立刻请一位大哥一起过来处理。安迪便将电话交给樊胜美，让樊胜美具体跟包奕凡说说具体事项。她坐在三个女孩子对面，当然不会与她们扭成一团，而是笑着轻道："等会儿有个很帅的包总过来，这个人是国内名校本科毕业，国外名校 MBA，目前是实业界著名的少帅。你们可以尽情欣赏。"

　　"比赵医生帅吗？"这是曲筱绡与邱莹莹共同的问题。"各有千秋。"曲筱绡更是激进，"甩掉魏大哥，安迪，别回头，咱就这位了。他不是提出要猛烈回报吗，要他以身相许，咱用十年时间用残一个帅哥，不枉青春一场。"樊胜美惊愕地转达一句包奕凡的话，"包总说，好主意。"安迪只能白眼相对，免得再说，又都传到手机话筒里。樊胜美说完电话，终于放下心中最大的一颗石头。"安迪找的包总肯定行，他找来的人就是这儿县城的公安局原刑侦队长，现在虽然去了市里，回来还是能一言九鼎的。"

　　曲筱绡道："这毫无疑问，从安迪提出我就没有怀疑。什么层次的人跟什么层次的人交往，安迪交往的人除了我们这几个邻居，全是精英。就像我交往的人全是……好吧，纨绔子弟。"

众人都哭笑不得。可这时，樊家的电话又响了。樊胜美看看在厨房里忙碌的妈妈，叹了一声气，"这个时候的电话没一个是好电话。妈，你接还是我接？"

"你接，你接。"樊母哪还敢接电话，万一是债主卷土重来呢。樊胜美接起电话，便脸色变了，"你怎么知道我们回来了？你怎么知道的，你说，你不说清楚别想问我别的。"

是樊胜美的哥哥来电，开口就是质问樊胜美为什么卖了他的房子。樊胜美当然不肯委屈，反压一头，气势汹汹。"你混账王八蛋，你不用威胁我，我今晚就睡家里，你有种回来找。我带着钱，又怎么了，对，就是卖你房子的钱，一分钱都不会给你。那帮人刚来过，我打发了，告诉他们找你别找我。你要敢来，我立马打电话请那帮人回来，花钱请他们打断你的腿。你信不信。"

樊母听到这儿，赶紧冲过来抢了电话，知道这是她的儿子来电话了。樊母一边听电话，一边拿眼睛白女儿。安迪见此跟樊胜美比画比画手势，领其他三女一起下楼去车上等。樊胜美见四个人一出门，就抢过去按下免提，那边，哥哥正在凄凄楚楚地哭诉生活艰难，每天冻得睡不着，被子又薄又硬像纸板箱，两夫妻一起感冒好几天没钱医治。樊母一边听一边流泪，樊胜美在旁边大吼，"你身强力壮为什么不去做小工呢，你老婆做钟点工，这年头不是民工荒吗，你去打工赚钱啊，到处都是赚钱机会，你哭什么哭。你活该，谁都不会给你钱，钱都在我手里，一分都不给你，也一分都不给妈，你哭死都没用。"说完就摁掉电话。

樊母急了，伸手揍向樊胜美。"你没见你哥连家都没得回吗？你这狼心狗肺的，你怎么这么狠心啊，你眼睛里除了钱还有什么啊。你这孽种。"

樊胜美怒道："你再打，再打啊。你再打，我揍不了你，我揍你孙子。"

樊胜美一把揪住雷雷胸口。樊母一看慌了，连忙抢走雷雷，抱在怀里宝贝不迭，等缓过劲儿来，才道："明天去银行拿5000给我，我要用。"

樊胜美冷笑道："从今天开始，我每星期给你寄钱，除爸的医药费和护理费，再给你一个月五百生活费，加上爸爸的工资，够你们活。你随便怎么花这笔钱，要是给了你儿子，你就和你孙子一起饿着，饿一礼拜死不了，我绝不心疼。我现在出去摆平你儿子的事，但我会跟他们说得清清楚楚，他们尽管找你儿子的碴儿，打死我也不管，我只管你住的这地方没人敲门。"

"你……你这忤逆的，只要我还活着，家里哪轮得到你说话了。存折拿来，我自己保管。"

"存折和房地产证都在海市。给你等于给你儿子。你儿子好吃懒做，那就是个无底洞，拿十个我都不够填。让他去死，这么大的人，到今天还养不活自己，活着糟蹋米粮。我从今以后不会管他一分钱。"

"什么？你还我房产证，你真是……"樊母气急，将雷雷拖到身后，操起地上的笤帚又追着打樊胜美。樊胜美举起椅子抵挡，气得眼泪直流，"妈，我是你亲生的吗，你为啥总抢我的钱填你儿子？"

"我养的白眼狼，连我的钱和房子都抢，你哥能这么没良心吗？打死你这没良心的，算我没生过你这女儿。"

"你生了我，你养过我吗？这几年你除了问我要钱，还跟我打电话说过别的吗？要说我也连本带利还清你生我的债了，可你儿子呢，你儿子还问你要钱，你怎么看不清楚究竟谁孝敬你呢？"

"你有钱不想做我女儿了？没门。你爸刚躺下你就跟我反，我还幸好有儿子，要不你还不杀了你娘。你这孽种，我打死你，打死你。还我钱和房产证。"

樊胜美气得浑身发抖，一把挡开妈妈的笤帚，抓了衣服和拎包就走。但走得不够快，身上还是中了两笤帚。她冲出门去，将门重重合上。抬头，却见对门邻居的门刚刚合上。她气得揉揉刚才被打的地方，抹着眼泪跑下楼去。

曲筱绡这回占了副驾驶座，斜着眼睛跳出车来，让樊胜美钻进后座去。她不清楚樊胜美哭什么，毫无疑问，母女俩为钱打起来了，但这有什么可以哭的？真没用。她家只有她妈才会被她气哭，她才不哭。锦囊妙计已经在路上传授给樊胜美了，人不自救，神仙都没办法，曲筱绡不再吭声。

好在其他三个不这么想，尤其是邱莹莹问樊胜美是不是她哥又闯祸了。樊胜美只会叹气，"我要是能消失，我一分钟都不愿多留在这个家。唉。刚才都还好好的，家像个家，母女像母女，我哥一个电话来要钱，我又变成钱袋子了。"

安迪道："估计你的态度也很差。这几天很累，火气大，可以理解。大家都累，彼此理解理解吧。"

"可是……为什么从不拿我当女儿，我真是他们亲生的吗？"

曲筱绡道："你又不是不知道，还问，问来问去只有自己尴尬，有什么可问的。你们一家全都黏黏糊糊拎不清，烦死了。跟那种赖皮兄弟有什么好气的，真憋不住直接拍钱给打手揍他，要不就不理，跟他废话干吗。"

关雎尔道："清官难断家务事，家里不是讲理的地方。樊姐你已经做得够好了，就像安迪说的，这几天大家都累，都火气大，你忍忍，你到底年轻。只要原则咬定不放松就好。我外婆也偏心呢，但这把年纪了，你还能指望他们改吗。别生气啦，跟我们说说消消气吧。"

"总是要我忍，都是我担着我扛着，我他妈是女人啊……"

车上谁也料不到，樊胜美也会尖叫，而且声势一点儿不亚于熟手曲筱绡。曲筱绡回眸注视后面的青出于蓝，见邱莹莹与关雎尔都抱住樊胜美安抚，她不知该做些什么。看看安迪面向前方若无其事得很，再一想，人家孤儿，从小遭遇的只有更多。曲筱绡收回脖子，不再回顾。而安迪索性将车开了出去，等到路口去，省得包奕凡找不到地方。

为了避免再回头吼拎不清的樊胜美，曲筱绡只能摸出手机看微博。看到赵医生的微博这么多天都没更新，她忍不住嘿嘿一笑，人，就得行动，憋着闷着干什么，只有憋死自己。唯有行动，才能真正打击对手。她随即又翻到魏大哥那儿，看到魏大哥才短短不到半小时时间就连着发了好几个菜，她忍不住笑，看来安迪也是个行动派，现在人家魏大哥拼命摇尾巴示好呢。她清清喉咙，逐个点评，"涮绵羊尾巴：一包肥油，有什么好吃的。烤乳猪：家常，没什么可炫耀的。扒驼峰：干吗干吗，吃那么多肥的，怎么一直胖不起来。红菜薹：越说越不靠谱，菜薹有什么可拍的。油炸臭豆腐炒河虾仁：这个有意思，想尝尝。酸辣汤：魏大哥点菜没章法，乱弹琴。"

"拜托，别念了。都饿着肚子呢，你给我们上刑还是怎的。"

曲筱绡鬼祟地笑："定向上刑，只有你听着。"

安迪趴车，也掏出手机，查看赵医生微博，但一看就气馁，赵医生居然没脾气。她唯有无中生有，在自己微博上写曲筱绡坏话，"小曲与美男子少帅包总今晚历史性会晤，值得期待。"上传，便得意扬扬地示之于曲筱绡。

曲筱绡当然赶紧在后面跟一句，"明明是你的朋友，人家恨不得以身相许。当然让给我糟蹋几天也可。只要是真帅哥。"但曲筱绡发完就连呼上当，"你故意挑逗魏大哥的醋意，你好阴险哦，安迪。哈哈，魏大哥现在准拿乳猪皮蘸醋吃了。"

"没有，我怎么会做这种事。"但安迪心里却慌乱地想，似乎她潜意识中真有学曲筱绡的意思，恨不得也大闹奇点的微博，最好气得奇点有所行动。她很想确切了解奇点心中究竟怎么想，她代入奇点的角度，想得脑袋都快炸了。后面关雎尔偷偷用手阻止曲筱绡太闹，不起作用，唯有偷偷拍拍安迪的肩膀。安迪只得闭嘴，也伸手捂住曲筱绡的嘴。对于曲筱绡，最直接的办法也是最有效的办法，只要不让曲筱绡的嘴巴玩出花样，她立马哑了。

终于，包奕凡开着一辆路虎，轰隆轰隆地来了。

安迪走出去，与包奕凡见面，与包奕凡请来的大哥握手寒暄。曲筱绡也出去，她看到包奕凡不禁直了会儿眼睛，等包奕凡跟她握手，她立马赞叹，"真的不比赵医生差欸。"但曲筱绡随即埋下一颗地雷，"难怪安迪念念不忘，我耳朵都听出老茧来了。"

安迪无语，只能仗着身高优势，伸手抓乱曲筱绡的头发。"我车里还有三位邻居，我们同住 22 楼，最坏的就是这个。我的双门车后座进出不方便，我们还是直接去那儿吧，到了再给你们介绍其他三位邻居。"

两辆车一前一后，很快到了小城最好的饭店。债主人等已经等在门口，看见大哥点头哈腰。上了饭桌，大哥讲话，也就三言两语，差不多就是你到此为止，你也到此为止，再有问题，先找他大哥说话。当然谁都不敢说不。唯有坐在包奕凡旁边的安迪轻问包奕凡："可不可以定向爆破？比如不找樊家，但是尽管放手找樊胜美哥哥的碴儿。"

包奕凡一笑，转头与大哥耳语。大哥也禁不住一笑，只有女孩子才想得出这么麻烦的主意。于是大哥再度开腔发指示。曲筱绡赶紧抓拍安迪与包奕凡说话的镜头，上传到微博。虽然手机拍照有点儿模糊，不，当然是模糊更好，更容易制造出两人相视而笑的密切气氛。安迪看见曲筱绡抓着手机忙个不停，只能干瞪眼。

大哥发布完毕，便大手一挥，将债主一家全赶出包厢。樊胜美虽然心中不痛快，人也很累，可还是跳起身给债主家开门，微微鞠躬致歉，送债主们出门。大哥看着大为赞赏，递一张名片给樊胜美，让以后回家有事可以直接找他。包奕凡这才叫来服务员，大家一起点菜。菜单轮到安迪手中，安迪当然原封不动传给包奕凡。这一回包奕凡笑了，"哈哈，我帮你点，回国这么多日子，还没学会？"

谁都看着觉得暧昧，唯独安迪自己若无其事。

曲筱绡坐在安迪旁边，见包奕凡不知有意还是无意，抓住安迪大谈公事，而且还真有说不完的事儿要谈，谈得热火朝天。可恶的是，挑拨魏大哥的微博发上去后，她一再查看，都没看到魏大哥的回复。而樊胜美当然是坐在大哥旁边曲意逢迎，那媚笑令曲筱绡很不痛快，可人家大哥高兴啊。大哥一高兴就讲过去破案的事儿，真刀真枪的故事将关雎尔与邱莹莹都吸引了过去，三双圆溜溜的眼睛盯着大哥，大哥心里快活。可曲筱绡感觉麻麻，她那帮哥儿们说的故事只有更惊险更隐秘甚至保密级的。于是曲筱绡百无聊赖了，只好被迫听安迪与包奕凡的高端对话。可偏偏安迪说到不平常概念的时候就中文卡壳，用英语表述，好在曲筱绡有着大无畏的精神，她的斤两反正安迪知道，因此听不懂就打断两人的对话，要求翻译。就这么半蒙半混的，曲筱绡有点儿听懂了。只要一听懂，而且知道是跟赚钱有关，曲筱绡顿时拐入最佳精神状态，旁听得目不转睛不说，甚至开始插嘴。

包奕凡也顺带说到自家公司管理的事儿，以附和安迪的言论。安迪是做金融的，对工厂了解不多，听到包奕凡说车间某个加工区域旧设备噪音严重，影响工人理性思维，他以技术改造取代人工操作后产品合格率倍增，安迪不禁想到汽车在加速到一定程度时的巨大噪音，由此推测工厂的设备得有多高转速，而且得有多大体积，心中分外向往。但安迪才问出非常外行的问题，诸如可不可以装隔音屏，包奕凡就热情邀请安迪明天去参观他的几个工厂。

安迪一口答应，她对号称有冷兵器感觉的工厂很是好奇，而令安迪想不到的是，身后曲筱绡也一口答应，"我也要去。明天我一定早起。"但曲筱绡看看包奕凡的脸色，嬉皮笑脸地道："包总，我是安迪的保镖兼闺蜜，你绝对不可以拒绝。"

包奕凡微笑道："当然欢迎。不过有些安全方面的小要求，不能穿高跟鞋，不能有鞋钉，长发梳成辫子盘起来，衣服要简洁干练。否则进车间有危险。"

"甭提了，你就是定向设卡，故意只对安迪一个人开放。"但是对于曲筱绡的指责，包奕凡只宽容地一笑，并不回答。曲筱绡只得扭头问其他邻居，"你们谁的鞋子是 36 号？我们交换半天。"

关雎尔闷了会儿，才轻道："我。但不借，穿不了你的无敌高跟鞋。"

"借，一定要借。晚上回宾馆我跟你谈条件，我可以跟你谈一晚上。"

关雎尔笑道："我奉陪。反正我明天一整天都没事。"

可安迪插了一句话，"小关的鞋子也是高跟，也不行。小曲你借鞋子之前怎么可以不调查清楚。"

曲筱绡却放过安迪，冲包奕凡一个白眼，"你一定早把我们的鞋跟都看清楚了，这下你高兴啦，可以单独霸占安迪啦。"

包奕凡也不示弱，笑道："被你识破了。"

"哼，你们都欺负我，我都发微博上，示众。如果有一天我得绝症，我一定把我知道的许多秘密都发到网上，让你们做不了人。所以，你们举杯祝我长命百岁吧。"

大家都哭笑不得，纷纷举杯祝福曲筱绡活成老妖精。一顿饭顿时吃得热热闹闹。曲筱绡不屑地看着樊胜美，对安迪耳语，"你看，做生意就得请吃饭，请吃饭就得搞活饭桌气氛，搞活饭桌气氛才能你好我好有未来。可再怎么搞气氛，女人最忌讳的是卖弄女性特征，等勾起对方的虚火，怎么死都不知道。"

安迪虽然对于耳语挺不适，可她认同曲筱绡的话。正好那边樊胜美在劝最后一杯酒，说着流利的酒令，"万水千山总是情，最后一杯行不行。"大哥也呵呵笑道，"人在江湖走，哪能不喝酒。"两个人一饮而尽。除了曲筱绡，安迪和邱莹莹、关雎尔都看得惊讶不已。而樊胜美与大哥却是相视一笑，樊胜美给大哥盛了一碗面条，自己也盛了一碗，吃完结束晚餐。

一行将樊胜美送回家，又跟着包奕凡去了市区最豪华的酒店。在安迪的坚持下，才只开了两个标间。包奕凡回去了，四个女孩上去房间。邱莹莹只顾着东张西望，连脚下的地毯也要多踩几下，她发觉这地毯真柔软真厚实。到了房门口，还是关雎尔将她拖进去。掩上门，邱莹莹毫不掩饰自己的兴奋，在床上又蹦又跳，往窗外看看景色，钻进卫生间玩一会儿复杂之极的水龙头，直淋得一头湿才开心地出来。

安迪走进来道："小曲还想去酒吧玩，你们去不去？她正在化妆，她说她非去不可。"

邱莹莹一口拒绝，大笑道："不去，我今晚哪儿都不去，明天早上你去参观包总的公司，我也不去，我就待这屋里，享受个够本。"

安迪听着笑。关雎尔也笑，"我陪邱，等会儿陪邱各楼层走走。"

"那我只能陪小曲了，不放心她一个人去陌生酒吧。出去带上门卡，你们如果有消费，记账上，我明天会去结。尤其是楼下的咖啡，小邱一定得去见识一下。"

邱莹莹道："不用，不用，我只要用大浴缸洗澡，洗完睡觉，哪儿都不去。"

安迪不禁想到自己刚出道，初次接触豪华设施时候的心情，看着满脸喜悦的邱莹莹，忍不住想抱抱这娃，可她终究是做不出这举动。她索性悄悄打电话叫了房间服务，有香槟有咖啡还有各种甜点雪糕，让邱莹莹领略奢华。

安迪做这举动的时候，曲筱绡一直旁边听得清楚，等安迪打完电话，曲筱绡就道："安迪，你会让小邱想入非非的。很多小美女就是被公子哥儿这么泡上手的。"

"小邱可能不会。我倒是最担心小邱跑到楼下咖啡厅拉她的咖啡生意。你有完没完，化个妆已经用去多少时间了？"

"急嘛？这么早去酒吧不好玩。我就奇怪了，我发了那么多微博，魏大哥怎么还没反应。"

"跟你说分手了，你还不信。"可是安迪不由自主地退到沙发坐下，查看众人的微博。慢慢地，才想到一个不愿意承认的现实，奇点太了解她，奇点完全不会相信曲筱绡的挑拨，看死她不可能放开怀抱接近别的男人。这个认知，令安迪心中异常不快。她呆呆看着曲筱绡贴假睫毛，顺手拍张照片，上传到她的微博，"今晚，泡酒吧。明早，参观公司。明晚，回家。"但打完这几个字，连她自己都觉得不刺激，只好请教曲筱绡："我们去混酒吧，怎么说才刺激一点。"

曲筱绡百忙中抽空看看安迪手中的装备，便心下了然，哈哈大笑，"方便，就说跟我去酒吧学怎么抛媚眼。你今晚只能学这点儿基础课，多了不消化，人家也不信。当然你得化个妆，上传到微博上，人家才能跳脚。"

安迪只得将曲筱绡的形象先上传了。她则是乖乖地让曲筱绡化上眼妆，但死活不肯用大红口红，她有心理障碍。一切完毕，她上传一张自以为烟视媚行的脸，可惜曲筱绡认为这张照片还是假正经。

曲筱绡又钻到梳妆台前精益求精，安迪的手机终于叫响。"魏大哥？"

"是。接不接？"

"当然不接。"

"为什么？"说话时候，安迪将手机扔到床上，完全听从曲筱绡。

"你去酒吧 happy 呢，哪有时间管他死活。做戏做全套。"

安迪心里很想接电话，可想到床头柜上奇点留下的无言纸条，心中着实愤愤，决定听曲筱绡的到底。她清楚曲筱绡是个爱胡闹的，她今天就想胡闹，想不到胡闹真来劲，她要胡闹到底。电话断了后，又响。如此再三。曲筱绡终于化妆完毕，起身对依然叫响的手机狠狠做个鬼脸。"让你闷骚，让你闷骚。"安迪觉得此话异常解气，对，让你闷骚。

第 25 章

　　两人出门，行经邱莹莹的客房，听到里面传来她的欢呼。曲筱绡眉毛一吊，"做师傅的要去教训徒弟，不能这么小家子气，丢师傅的脸。"安迪连忙一把将曲筱绡揪回来，趁门开着，敲门进去，果然是服务员推了餐车进门。邱莹莹一看两人进门，欣喜地道："你们叫的？哇，太好了。"安迪一看见邱莹莹作势欲扑，连忙躲开，于是刚从后面跟进来，还未站稳的曲筱绡又挨了邱莹莹一个熊抱。

　　等服务员收了安迪的小费离开，曲筱绡就揪着邱莹莹的后领子，教她辨别点心，和如何喝香槟。等她看清楚香槟的牌子，便假公济私先喝了一杯，喝完又得意扬扬地扭头跟安迪说："这下我不能酒驾了。"

　　"你还有借口发酒疯，说胡话，打醉拳。"关雎尔冷不丁加以补充。"关雎尔，这几天为什么总拿话酸我？"关雎尔不好意思地笑道："我发现你毛茸茸的特可爱。"曲筱绡瞪大眼睛，毛茸茸？可爱？"小关变态了。"曲筱绡纤腰一扭跑了。

　　安迪笑嘻嘻地跟上。到了电梯里，曲筱绡好奇地问："你到底跟魏大哥分了没有，我今天看来看去你们两个在耍花枪，不是真分。真分是完全不想见。"

　　"藕断丝连。有客观原因存在，不可能继续。你跟赵医生不也一样，明知道已不可能，还去人家微博捣乱。"

"我怎么会不可能，我才不放弃赵医生呢。我现在只是退一步，麻痹他，哼。"

安迪笑了笑，电梯到一楼，就拉了曲筱绡出去。"咦，车子在地下。"

"不开车了，我想喝酒。跟人分手，心里不痛快的。"

曲筱绡向门童打听一下，两人上了出租车。车等红绿灯，而酒吧又抬头在望的时候，安迪一眼瞅见路边停放的保姆车，看车牌就是她借来的那辆。她与司机商量一下，靠边停下，与曲筱绡一起好奇地找王柏川。曲筱绡笑道："咱得对樊大姐负责啊，这么晚了，王小生还没回家，干什么呢。"

安迪也笑。但两人都不用走进最靠近的一家中小饭店，就看到三四十米开外的路边，霓虹灯下的王柏川扶着一棵树呕吐。"太恶心了，喝酒不能悠着点吗。安迪别去，等他吐完，太恶心了。"

但两人惊讶地看到，王柏川吐完，便举起手中的矿泉水瓶漱口，又镇定地抹嘴，然后将瓶子与纸巾扔进旁边的垃圾桶，转身精神抖擞地走回饭店去。安迪有点儿奇怪，"不是吃坏了？好像也没喝醉啊。"

"王柏川肯定在喝应酬酒，怕喝醉耽误正事，又不能不喝，只好喝几口，出来勾掉，回去再喝。我爸以前经常那样做，没办法，有人酒品很差，喝酒等于灌酒。"

"王柏川很勤快啊，见缝插针安排这么一个应酬，应该是计划外的。"

"他不能不勤快啊，光棍一条到海市打拼，你想想海市的房价，他要结婚要买房就得玩命地干。他手头应该有个一两百万，可那点儿钱够什么用，全拿来买间市区房还不带客厅的，像樊大姐这样的哪肯嫁他。别看樊大姐这几天给王柏川机会，等她家事情过去，樊大姐一有时间考虑柴米油盐，王柏川早又不入樊大姐法眼了。"

"这个应该不会，俗话还说患难见真情呢。"

"俗话还说贫贱夫妻百事哀呢，别以为我没文化，刚小说里看的，哈哈。樊大姐这人，用我娘的话说，就是个眼睛朝天看，眼泪朝地流的人，咱走着瞧吧。"

安迪竟也不敢否定。想想2202房间的格局，单身住着倒也罢了，如果结婚，又如果很快生了孩子，难道也这么颠沛流离地租房子住吗？谁不向往安定的生活呢。再想想王柏川刚才抱树呕吐的惨状，这么努力，这么拼命，这么……安迪都不敢想"可怜"两个字。

樊胜美回到家，站在家门口，她拿着钥匙，却不敢插进去，她很怕，怕钥匙一转，验证出门被反锁的事实。可门口站着也不是办法，她彷徨好几分钟，才斗胆将钥匙插进钥匙孔。想不到，门应声而开。樊胜美很是惊讶，赶紧走进家门。屋里一片黑暗，爸妈的房间门开着，人都已经睡着。樊胜美悄悄走进该是她睡觉的房间，关上门打开电灯，却发现一床厚厚的棉花被已经铺在床上，她只需要钻进去就可以睡觉。

　　在她与朋友们吃饭摆平的时候，连日劳累的妈妈一个人取出十来斤的棉花胎，一个人一针一线地缝好被面，一个人将棉被铺成舒适的被窝。想到这儿，樊胜美靠在门板上叹息，眼泪又夺眶而出。妈妈是个比她生活得更不堪的女人，叫她怎么忍心对妈妈硬下心肠。

　　她流着眼泪，掏出记事本，一边喝水解酒，一边一条条画去已经完成的事，再回顾明天早上的安排。即使明天有那么多的事要紧赶着做，她现在想着都头晕，可刚才已将最重大的问题解决，相比最大的问题，其他还真不是什么问题。

　　她相信明天妈妈都不会问她有没有摆平债主那件事，那不在妈妈的脑袋考虑的范围之内。妈妈就是那种极其传统的妇女，眼里只有老头子和儿子，听老头子的指令生活。而今没了老头子便没了主心骨，樊胜美心里毛骨悚然地想，别妈妈以后只听儿子摆布了吧。樊胜美真想砸了客厅里的电话机。可即使她将电话号码换了，又怎么可能阻止得了哥哥在外面走投无路，偷偷潜回家中的决心呢。

　　于是，第二天早上，樊胜美在饭桌上与妈妈摊牌。"妈，你看看我眼睛，肿吧。我昨晚在饭桌上哭着求债主放过我们，因为有朋友帮忙，哭了一个多小时，债主总算答应放过我们母女，但他们死活不肯放过你儿子。他们说了，只要他回家，只要让他们知道，他们就赶上来打断他的腿。我也没办法了，我哭也哭了，求也求了，钱也给了，我只能做到这地步了。谁让你儿子得罪人也不看看人家是谁呢。"

　　"他都回不来了，你给他汇点钱过去吧。这么冷的天，他会冻死的。"

　　樊胜美经一夜好睡，情绪平静许多。"即使卖了房子，可付了爸爸的医药费，付了这回送爸爸回来的过路费汽油费，存折上也没剩几个钱了。要没爸爸在，我们大活人还能省着点用，多少挤出点钱给你儿子。现在爸爸这种样子，每天要钱买药，不吃药当即出问题，现在药多贵啊，我算算一个月最低得三千。还要钱雇人帮你的忙，要不然你一个人怎么给爸爸翻身擦洗，医生还说要多让爸爸晒太阳呢，你一个人扛不到阳台上。要只有你和雷雷，省就省了，可爸爸这块不能省，省了就没命。存折上的这点钱，你决定吧，要么给你儿子汇款过去，你儿子又可以偷懒不干活了，但爸爸没钱治病没人照看，很快死掉。要么钱留着给爸爸和你们用，你儿子那么大的人，有文化有力气，逼急了总能找得到工作。还有啊，雷雷是你孙子，夏天要上小学了，我们也得给他留点儿钱吧。把钱给了他爸，就没你孙子上学的钱了。反正你选吧，你是要爸的命，还是要你儿子的温饱。"

"你还抢走我的房契！"

"房产证不给你，怕你一个糊涂，被你儿子把房产证骗去，卖了房子。他做得出来。我替你收着，好歹我们再苦也有个地方住。如果以后风头过去，你儿子回来也可以有地方住。最要紧的还是，你孙子上小学要看户口本，片区里的才让上。你要是没房子，你孙子上哪家小学呢？人家都不收他。你啊，都不替雷雷想想吗？最最起码，也得让雷雷上了学，再说。"

樊母是个没主意的，现在听听女儿说的也有道理。可是一想到昨晚儿子的哭诉，她又是揪心地难过。现在女儿催着她在老公与儿子之间作选择，她怎么能不要老公的命呢，可她又怎么舍得看儿子受苦呢。她只有哀哀痛哭，哭得眼泪全落在泡饭碗里，一碗泡饭变成咸泡饭。

樊胜美也眼眶发热，可硬是忍着，她只能忍着，让心肠变得钢铁一样冷硬。"妈，你要是不反对，我就只能顾爸爸的命，让你儿子自生自灭了。你可以放心，现在招工很缺人手，你儿子只要真饿急了，找个一两千块工资的工作不难。"

樊母没出声，但一直拿拳头捶桌子，流着眼泪捶。直到屋里睡懒觉的雷雷哇的一声哭，樊母才抹着眼泪进屋去给雷雷穿衣服。樊胜美叹一声气，她还得回海市工作，家里这一块，这么重的担子，都得落在妈妈身上。妈妈也累啊。她能做的唯有出钱找个可靠一点儿的人帮忙了。她吃不下饭，匆匆扒几口，就披上羽绒服出门，去找一位也是早早下岗，也是日子过得捉襟见肘的远房亲戚。前儿已经有电话联系，但既然人家是长辈，她总得最后上门一趟，亲自去请一趟，请亲戚来帮妈妈的忙，她得大大地给足面子，事情才能顺利发展。人，不就得讲个人情吗？

还得去找老同学帮助报销爸爸的医药费。她不可能不去上班留在老家办这些事。现在她是家里唯一挣钱的人了，她更得小心保住手中的饭碗，不让摔了。如今，她一个人肩上压满一家人的生计。

真是无法深思，一想就得吓死。还有，她该如何报答22楼众姐妹和王柏川的大恩大德啊，这真是些连钱都无法解决的人情债。

安迪几乎是楼下自助餐厅才刚开放，就走进去吃饭。却看到包奕凡已经沐浴着淡淡的晨曦，坐在窗边对她微笑。"这么早？比约定时间早了两个小时。"安迪先过去打个招呼。"我想来碰碰运气，看你是不是也早起。如果是，我们又多出一个小时的参观时间。"安迪一笑，看看包奕凡面前的咖啡和面包煎蛋，转身去餐区拿了许多中式的餐点。"包总这么早起？"

"习惯了，除非是度假的时候。你那几位朋友呢？都还没起来？"

"两位昨晚被我安排了一个香槟甜品之夜，估计闹得挺晚。一位昨晚跟我一起去酒吧共享一瓶威士忌，凌晨才回来。让她们睡吧，今天反正也没她们的事。"

"而你却神清气爽地出现在这儿，准备跟我谈半天资产配置。"包奕凡当然看得很清楚，安迪的脸上没有疲惫，"我听说有统计表明，智商高的人睡眠时间短。现在我收集验证的人数已经具备一定的统计学意义，你又往上加一砝码。"

"你很精英主义。"

"呵呵，这个指控有点可怕。但即使政治不正确，现象依然是现象。"

"问题是什么叫精英？"

"这真是不识庐山真面目，只缘身在此山中啊。你就是，而且你正是具有标本意义的精英。"

安迪给个一条眉毛高一条眉毛低的表情，很想辩解人可以成为精英，可不能抱持精英主义，想了想还是放弃了。没住进欢乐颂22楼前，她也是个绝对精英主义呢，经常腹诽别人智商低反应慢，老跟老谭抱怨说有的人思考问题时候，几乎可以听到老式机械在脑袋里嘎嘎作响的声音。可现在，发现22楼的姑娘们各有各的好，各有各的性情，还什么智商，再谈智商就是降低自己的人格。

包奕凡却是看着安迪微笑。越是对自己的精英身份迷迷糊糊的人，越是精英中的精英，而且还是不带刺的精英，可爱的精英，简直就是精灵。尤其是，还天生丽质。只是安迪的胃口异常不加掩饰。包奕凡眼看着安迪将小山似的一盘食物吃得一点不剩。等安迪走后，包奕凡也去拿了个茶叶蛋，想看看是不是今天的茶叶蛋特别好吃，所以安迪一口气吃了两个。尝试之下，感觉也没什么特异。包奕凡也想一条眉毛高，一条眉毛低地表示一下匪夷所思的心情。

周日的清晨，路上车子还不多，包奕凡开着路虎熟练地穿梭前行，奔出市区。一路上，包奕凡时不时指点一下，那幢大楼是他爸某年某月与谁家合作开发的，这大片小区原是他工厂地块，是他亲手操作的退二进三项目……

安迪插一句话，"跟我有合约的几家制造起家的企业，都有房地产项目。全无例外。"

"被逼上梁山的，资本逐利。我唯一的担心是精力不够，顾得了这头，顾不了那头。幸好我们是父子兵，现在房地产一块交给我爸操作，我操作工厂和资本运作这一块。资本运作对我爸而言是老革命遇到新问题，工厂无休止的技术升级和国际市场布局对我爸而言也是老革命遇到新问题。他退而选择比较容易操作的房地产。想不到的是，反而他更挣钱。这是不是很令人沮丧？"

"如果跟金融的比，那投入产出比，你会更沮丧。"

包奕凡笑了，他打个弯，将车子停在一处坡地上。"你看，前面，灰色屋顶白色墙壁的都是我的领域。"包奕凡如期收集到安迪惊讶的眼神。因为，那是"我的一大片领域"，有专门的四车道公路通往那片领域，公路两边显然是员工住宅区，也是一样的灰色屋顶白色墙壁。于是包奕凡谦虚地笑道："这儿的土地没有海市的贵，圈那么多地，也没多少。"

"固定资产庞大，可你的流动资金未必多。私企融资难的通病。"

包奕凡继续将车开行，沿着坡地蜿蜒而下，很快就到了他的领域。在安迪看来，就像进入一个小小的王国。"可我不打算上市。很多人无法理解，我想你应该会理解。"

安迪点点头。他们很快进入厂区。厂区与门外的宿舍区的绿化很好，显然父子两代已经经营了好多年。这时候安迪想到一个问题，"一上午看这么多工厂吗？"

"我挑几个有特色的。会骑马吗？天气好的时候我喜欢骑马辗转各个车间，哈哈，我养了两匹纯种马，很漂亮。"

"会。但大冷天也不想骑。难怪不愿上市，上市就不能这么任性了。"

包奕凡开着车，领安迪从产品陈列中心开始看。包奕凡是个最佳解说员，他不仅对公司的一切了若指掌，如数家珍，看着一台机器，他可以从购买机器时的考虑，到其间的不断改造，讲到产品的更新换代，一环扣着一环，其中故事妙趣横生。而且因为倾注了心血，更是解说得激情澎湃。安迪眼界大开。

最后，车子停到一幢造型类似办公室的三层楼前。包奕凡道："我最大的任性在这儿。如果上市，必然需要照顾股东利益，这边的任性就得放弃。现在嘛，从你那儿所得的利润，都专项投入到这儿。"

安迪看清门口白铜牌，"研究中心？很烧钱。"

"岂止是烧钱，很多时候是绝望。我不懂技术，只以大学水平涉猎一些原理。有时候中心在巨大投入之下几个月完不成任务，我不得不用巨大定力来克服心中的怀疑，继续投入。最终他们还经常告诉我力有不逮，我只有绝望。今天不是工作日，人可能不多。我们外行大致看看热闹吧。"

安迪跟着进去。虽然是周末，办公室还有三三两两的人趴在电脑前工作。安迪阻止包奕凡领她进入室内，她只是透过玻璃往里敬畏地张望，一共张望了三层。出来，她才道："我本科毕业时候选择往经济方向走，好几位作研究的教授跟我谈话，我都没有回头，那时眼里只有孔方兄。非常敬佩专心作技术的人。"

"我建议你也可以敬佩一下将科研成果转化为应用的人。衔接科技与产业之间的媒介，是很不容易做好做实的角色。"

"会不会助长有些人的精英气焰？时间过得真快，此行不虚。提一个私人建议，如果不介意，给我看看你们最近半年主要账户的银行对账单，我观察一下你流动资金利用情况。我考虑一下我这一边怎么变长期固定占款为动态占款。这样可以释放一部分你的流动资金利用，还可能可以最大化流动资金的利用效率。"

"这样可以？我的流动资金周转率几乎被我开发殆尽，你还能……"

"这是设想，我忽然冒出来的一个尝试性的设想。你可以先打包你的对账单，最好再给一份每天各银行账户上叠加的数据。我用两天时间思考个套餐式操作模型说明给你看，如果你觉得可行，再把对账单快递给我。"

"我信任你，今天整理，明天送上。看起来你比较赞赏我的这一片领域，也支持我的一份任性，呵呵，知音。"

"不敢当。我学艺不精，今天参观并聆听毫无保留的高端介绍之后，才真正弄明白你们企业资金运作的大致思路。我考虑的操作办法一方面是拓展我的业务量，另一方面是进一步盘活你的流动资金，这是一种双赢的想法。从刚才包总的介绍来看，包总喜欢创新，要不我们合作试一把？"

"好，我期待早日收到你的套餐说明。"包奕凡释放的一条触须被安迪公事公办了，也在意料之中。但只要未来的操作真正可以达到双赢，那么值得欣喜地推进，推进过程中还不得经常接触？那就来日方长好了。"中饭我请你和邻居们吃这边特色。"

"你不如派个司机给我，我回去懒得开车了，打算开始考虑套餐式操作说明。跟你完全写英语没问题吧？"

"没问题，我不是西太博士。"

安迪替换包奕凡开车，包奕凡则是联系司机去宾馆等候，再联系吃饭地点让预备考验火候的特殊菜，然后又越俎代庖地联系宾馆两间客房的安迪邻居，让收拾行李准备退房和吃中饭。完了才布置财务室加班工作。安迪别的没要求，唯独岔路口要求指路。心里却想，此人真霸道，不仅在他的一片领域霸道，还将手指伸到她涉及的领域。但等包奕凡布置完毕，安迪立刻与包奕凡换了位置，问樊胜美办完事没有，如果办完，联系王柏川一起来市区与包总吃饭后回程。安迪想不到王柏川早已到了樊家，已经尽心尽力地做了半天司机。

想到昨晚看到的王柏川，以及曲筱绡的点评，安迪有些不知说什么才好。樊胜美接着道："我打算在家请王柏川吃中饭，吃完我们一起过去市里找你们。不能给你多添麻烦了。"

"你跟王柏川说一下，我这儿随时欢迎你们改变主意。不麻烦。"安迪其实想说，让王柏川过来认识认识包奕凡绝对有好处，这种非生意场合，又有她尽力撮合，王柏川上哪儿找类似机会。可当着包奕凡的面说这种话太长包奕凡志气，她只能让王柏川听了转告自己去领会。

可樊胜美头昏脑涨地没想到这碴儿，也没将安迪的话转告，免得被王柏川误会，以为她请客的心不诚，恨不得推王柏川去别人请客的场合吃饭。

直到樊胜美家简单的家宴吃完，樊胜美说下一步去市区哪个饭店与安迪她们汇合。王柏川这时候才问了一句："她们怎么找到那饭店的？简直神通了。"

"她们中午跟包奕凡吃饭，就是那个榕泰集团的少帅，昨天是他帮我找人解决债主问题的。"

"哦，我们赶紧出发，或许还赶得及见个面递张名片。是安迪还是小曲的朋友？"

"安迪的朋友。我打电话跟安迪说一下，让他们多吃会儿。"樊胜美这才发现自己误事，"对不起，我这几天昏头昏脑……对了，安迪好像还暗示过我。王柏川，真不好意思。"

"别道歉，别，机会还是你给我的呢，你电话里跟安迪说说，请她尽量拖延，起码给我十五分钟接触时间。"王柏川一边说，一边赶紧取车钥匙与樊母告别，"我楼下热车等你，你慢慢来。"

樊胜美也不敢耽误，赶紧收拾东西，与妈妈雷雷简单道别，留下一周的生活费，匆匆离开。走到门口的时候，不禁回头看一眼苍老了许多的妈妈。以后，家里所有的担子都落在妈妈的身上了，她不忍心，也只能离开。她想不到雷雷竟然哭着不让她走。她为了哥哥而讨厌这个侄子，可雷雷这个孩子，却对她有一份真情。

樊胜美只踯躅了很短时间，狠狠心回头走了。她不能再耽误王柏川的正事。

其实安迪不用费劲拖延，这顿饭是包奕凡一直在绞尽脑汁地延长时间。曲筱绡都吃得胀死了，掏出刚才逛街新买的各种小丸子，在桌上摆造型，与邱莹莹两个玩得哈哈大笑。安迪与关雎尔都不知道几个塑料小人偶有什么好玩的，只听得曲邱两个念念有词，背诵小丸子语录，甚至模仿小丸子动作。

安迪从来不是个会寻找话题的，而聊天也擅长直奔主题。即使别人不奔主题，她也能迅速将主题寻找出来，直奔主题。幸好包奕凡给找了个很难说完的主题，那就是回忆美国各地风情。关雎尔两头都搭不上，只好欣赏包奕凡。虽说包奕凡也是年轻英俊，可此人气质咄咄逼人，那种逼人的压力让关雎尔都不敢开口说话，只是旁听，即使包奕凡招呼她一下，她也只微笑回应。即便是曲筱绡也不大愿意与包奕凡讨论美国，她并非没开口，但她才开口，就发觉包奕凡比她玩得更精，玩得有理论有体系。即使包奕凡语气保持着非常好的礼节，她也能感觉到包奕凡的轻视。曲筱绡当即决定不高兴搭理这种鸟人。

说到《纽约客》的时候，安迪终于同包奕凡一拍即合，两人的共振频率叫作刻薄。从中文，到中文夹带英文，到全英文，反正曲筱绡是放弃旁听了，关雎尔听得头昏脑涨，而安迪与包奕凡说到尽兴处则是拍桌狂笑。直到樊胜美与王柏川进来，才将两人飙刻薄的对话打断。包奕凡当然是看在安迪的面上，与王柏川交流了十分钟。但时间不等人，结账时候，包奕凡对安迪笑道："过几天我去海市再找你聊天。你简直把我脑袋里压在最底层的刻薄都诱导出来了。"

"你显然也不是好人，我都已经改过自新好几年，要不是你撩拨，我差点修成慈眉善目。"

"我这把年纪，再从良也当不了大房，哈哈。还是堕落来得爽。要不是今天跟你聊天，我还以为如今看见那些逻辑白痴只会冒武力解决念头了。"

因为这几句都是中文说的，安迪就不接这个话茬儿了。逻辑白痴这个词，在她眼里，几乎是打击一大片在场的。但是，大伙儿还是被打击到了。饭桌上，包奕凡显然没兴趣与别人敷衍，显然，大家在包奕凡的眼里，很可能就是逻辑白痴。

在停车场，包奕凡与安迪单独话别。他似是不经意地提起，"昨晚跟今天，我们相处那么长时间，我都没看见你与你男朋友的电话沟通，很遗憾。下次去海市，我们认识一下？"

"不。"

"我跟你不是朋友吗？"

"你用心不良，需要隔离。"

包奕凡毫不掩饰地笑，"没错。上车吧，期待你的套餐操作说明。"

安迪上车才发现大伙儿都钻进保姆车里，只有她和包奕凡的司机坐她的 M3。

她连忙打电话问最亲近的关雎尔，"怎么都不坐我的车？"

关雎尔嗫嚅着，道："大家忽然发现你好精英，蛮可怕的。"

"呃。"安迪无言以对，显然刚才乐而忘情，露了狐狸尾巴。

"小曲说，你跟包奕凡在一起，比跟魏兄更合适……小曲你自己说。"

"安迪啊，我看你跟包奕凡笑得比跟魏兄在一起开心多了，那个包奕凡虽然讨厌，跟赵医生一样狗眼看人低，可对你不一样。你跟他在一起，好像灵魂释放了一样，浑身闪闪发光。你瞧，我这句话多有学问。我以前早就想问你，跟魏兄在一起有激情吗，你曾说过你冷淡。但，叮咚，今天我看到你不冷淡。多的不说了，不可言传，只可意会。"

安迪只会对着手机翻白眼，为什么曲筱绡总想破坏她和奇点的关系，同时不遗余力地把她与包奕凡拉一起？但刚才，她确实与包奕凡笑得很开心，那是种释放出心底邪恶时候的纵情。但她很快冷静地想到，她刚才非常不理性，甚至，疯狂。她又本性毕露了，她毕竟身上有疯狂的 DNA。所以 22 楼的邻居都回避了她。

安迪不由得打了个寒战，连忙摊开电脑专心做事，以收回心头刚刚不小心释放出的魔鬼。

被专职司机驾驶的 M3 甩得没影儿的保姆车里，却正在展开轰轰烈烈的大讨论：安迪究竟是配魏兄呢，还是配包兄。

竟然是关雎尔挑起的讨论。关雎尔在曲筱绡结束通话后，谨慎地指出，"安迪与魏兄的关系可能并未结束，小曲你别见到风就是雨。如果真的结束，安迪不会这么平静。”

曲筱绡大为不屑，“小关，我说你嫩，你是一点儿都不必辩解的。安迪是你以为的人吗？安迪一向做事精准，有几分把握说几分话，而且她也有这份底气这份胆魄。她说跟魏兄分手，即使你看到她对魏兄藕断丝连，可你还是得相信她说分手就是分手了。她不像你们小女生，明明对着男朋友心里大喊着要要要，嘴里偏扭扭捏捏地说不，呕。再退一万步，即使她和魏兄没分手，叮现在男未婚女未嫁，安迪是自由身。你是看见安迪戴了魏兄的订婚戒指还是看见安迪跟魏兄的爹娘见面了？为啥安迪不能趁结婚前多比较几个多找点儿欢乐呢？不比较你怎么知道谁是最好。我看中包，是因为他能让安迪大笑。一个现在就不能让安迪大笑的男人，你还指望他婚后让安迪大笑吗？告诉你们，小关和小邱你们学着点儿，男人，恋爱时候躲躲藏藏露出来的小坏，结婚后肯定变成大坏，恋爱时候花头百出献宝一样端给你的优点，结婚后肯定缩水。”

在场唯一的男人王柏川不得不赶紧笑一笑，以示襟怀坦荡，心中无鬼。但车内的所有女孩还是不怀好意地将目光聚焦到王柏川的头顶，心中默默回顾王柏川对樊胜美的种种。于是王柏川与樊胜美两个人都有些尴尬。

邱莹莹见终于有插话的缝隙，连忙发表自己的观点，“我觉得魏兄很好啊，心地好，稳重，好像这辈子都不会变了似的，给人感觉跟他在一起一定能天长地久，白头到老。安迪说她是孤儿，她该找魏兄那样可靠的人才好啊。”

曲筱绡从“心地好”这句开始翻白眼，听到最后，白眼简直翻无可翻。“你们！表面上个个像是现代人，内心其实都小脚老太婆。你们心里是不是以为人这一辈子就吃饭睡觉结婚生孩子？你们怎么每句话都直奔结婚？我上次吃夜宵时候白教育你们了。尤其是小邱，你这种人，香水也只配用六神。懒得说了。”

“小邱又没说错。你和小邱人生观不一样，你追求各种欢乐，小邱追求现世安稳，各取所需便是，你何必取笑小邱。”关雎尔仗义，“再说，选择得准一点儿，省得分手时候伤心，不是避免痛苦追求高质量快乐的好办法？”

“你没体验，你怎么知道选择是对的？你别告诉我你有把握，感情这东西你把握得清楚吗？小关同学，谈情说爱这种事，这一车人里面，你最没发言权，你还是管好你自己吧。我倒是想听樊大姐选包兄还是魏兄。”

关雎尔瞅见曲筱绡眼睛斜睨坐副驾驶位置的樊胜美的后脑勺，不禁提心吊胆起来。樊胜美原本心里充满担忧和忐忑，担心她走后家里这个那个事情不断，从来没有主心骨的妈妈一个人应付不过来。更担心哥哥看到事态似乎风平浪静，悄悄潜回又闹出不可收拾的幺蛾子。因此一直没参与大家热闹的讨论。可既然曲筱绡点名，又是这回承了曲筱绡太多的人情，不便当作听而不闻，便开口道："什么锅配什么盖。关键取决于安迪喜欢谁，安迪与谁最合适。"

"樊大姐这话很公正，就是这个意思，一切为安迪着想。可现在是安迪没有娘家人，我们得做好安迪的娘家人，替安迪出谋划策。你说呢，樊大姐，从你经验，你觉得安迪更适合谁。"

樊胜美不由得想到医院里她最困难的时候，魏渭不动声色地掌控全局，将事情推向最有利于她的局面。因此她毫不犹豫地道："我偏向魏兄。"

邱莹莹当即欢呼一声，"耶，跟我一样。我们三比一了。小曲你认了吧。"

曲筱绡不屈不挠地问："为什么偏向魏兄？魏兄帮你忙，你就转风向？不能没原则，我们得为安迪着想。"

关雎尔松口气，她刚才差点儿误会曲筱绡。她也等着樊胜美的回答，她好奇樊胜美说出偏向魏兄的原因。樊胜美也见曲筱绡难得语气中没恶意，便解释道："有好几个原因让我看好魏兄。最主要的是安迪很早之前就在网上认识魏兄，他们彼此了解很深，在这基础上发展出来的感情不容易说结束就结束，而且如此云淡风轻地结束。再者是魏兄的担当……"

"你觉得包兄没担当？不可能，一个管理着那么大企业的人不会没肩膀。"曲筱绡打断了一下。

"不是说包兄没担当。但从综合条件来看，魏兄身边可能更少点儿杂音，魏兄本人更多点儿专一。"

曲筱绡听到这儿，扑哧一笑，眼睛骨碌碌乱转。关雎尔心里禁不住一阵发毛。果然，曲筱绡冷笑道："都还说替安迪着想呢，你们根本是拿自己的条件比画安迪的男朋友们。安迪是谁？美女，身材一级棒，智商一流，身家自备，她需要别人的专一别人的担当？该是别人怕她看不上才是！你们啊，什么叫局限呢，局限就是砍柴的以为皇帝拿金扁担。不管是包兄还是魏兄，无论哪个配给你们，你小邱的爸妈得把香桌摆到十里外迎接。你樊大姐一辈子追求的不就是这两位兄弟吗？当然魏兄长相身家差点儿，对你来说更保险。切，不跟你们讨论了，全都说不到点上。"

被指名道姓的哑了。樊胜美怕一反驳，引来曲筱绡更不留情面的揭露，而她身边有王柏川正开着车呢。邱莹莹奇怪曲筱绡怎么猜中了她爸妈的心思，她也不敢吱声，她怕惹什么话都说得出口的曲筱绡发现她爸那些可笑的愿望。唯有关雎尔幸运地置身事外，心说果然没猜错曲筱绡。她轻咳一声，鼓起勇气道："小曲，你这些话太恶意。"

"实话难听，良药苦口。"曲筱绡得意地笑，并不在乎整个小环境被她搞得一团污浊。但她识相，立马去电安迪，要求下一个服务区换到安迪车上。

曲筱绡得意扬扬地走后，保姆车上依然久久无话。谁都心里没意思。

晚饭时分，即使安迪与曲筱绡并不饿，但她们得体谅司机，她们下了一个服务站，请司机吃饭。安迪与曲筱绡坐得累了，相携在大厅里溜达。被安迪禁言好几个小时的曲筱绡终于可以说话："为什么不考虑包兄？"

"你看他一脸风骚，搔首弄姿的样子。吃不消。"曲筱绡惊讶，"他搔首弄姿？那叫魅力四射好不好，我没看出他有一丝搔首弄姿。难道他在桌底下对你动手动脚？那别跟他做生意了，换个别人联系他。"

"没有动手动脚，那还不至于。就是……"安迪想到第二次见面共进早餐，包奕凡顶着湿漉漉的头发，浑身散发肉腾腾的风骚，还有这次，一会儿要骑马，一会儿一个漂亮转身露出倒三角的身材，不是搔首弄姿是什么。但话到嘴边，她忽然又觉得，包奕凡那些举止似乎也没什么大的不妥，比起有些男人对着她飞媚眼之类的，包对她够端庄。可为什么总给她风骚的感觉呢。她只得转移了话题，"生意还是得亲自谈，我想跟他作个新尝试，如果实验顺利，我可以成倍拓展规模。"

曲筱绡却抓住不放，"就是什么？他背着我们对你飞吻飞媚眼？"

"你真八卦，反正我看他不顺眼。"

"什么审美，搞不懂你。是不是人家太性感，太艳光四射，让你吃不消了？"说到这儿，曲筱绡豁然开朗，一拍手道，"一定是的，哈哈，你也是小脚老太婆，跟 2202 的一帮人一模一样。"

安迪一想，好像真是这么回事。不由得笑了。原来问题出在她这儿。曲筱绡见安迪一笑，便知被她说中，特别得意，就滔滔不绝地炫耀她刚才在保姆车上舌战群雄的战绩。安迪除了"你们真三八",无言以对。听到最后才知原来曲筱绡是捅了马蜂窝才要求转车。"小曲,你这是何必呢?"

"装逼遭雷劈,哼。"

"虚荣什么的又不是错误,你这么刻薄有失厚道。"

"当然不是错误,可她们为什么心虚? 敢做不敢当。啊,对了,我帮你调查一下包兄,他肯定比魏兄有名气,容易查出底细。"

"别胡闹,我早有他的资料。合作的前提是知己知彼。"

"你那资料包括他找过几个女朋友,什么口味,出手大方不大方吗?"安迪圆睁双目,"难道你调查过魏兄?"曲筱绡嘻嘻一笑,大无畏地道:"魏兄不像包兄那么家大业大,做人也低调,调查结果不多,没什么好玩的八卦。但包兄肯定不一样,他跟你一样,各方面都出众,又是个男的,至今未婚,你说,该有多少八卦可以被我挖掘啊,哇,想着都流口水。可别调查出来印证一句大实话:帅哥都是有男朋友的。"

"总有一种八卦让你合不拢嘴。他们车总算跟上来了。"

曲筱绡眼光捕捉到车上跳下来直奔洗手间的 2202 三女孩,顿时眯起眼睛撇着嘴不怀好意地开笑。安迪旁观着,知道这家伙心里准又诡计多端了,可看着曲筱绡的狐狸精样,忍不住吟道:"雄兔脚扑朔,雌兔眼迷离。"

"什么?"

"没什么,你眼睛里有鬼。奉劝你,得饶人处且饶人,大家和睦相处多好。"

"不行,我专一,我坚持,我一根筋捅到底。"曲筱绡笑眯眯地看着三个女孩鱼贯出来,心里的坏点子压抑不住地咕噜咕噜乱冒泡泡。安迪道:"王柏川不在身边了,看樊胜美怎么收拾你。好自为之吧。"曲筱绡依然笑嘻嘻的,等三女进来,便开口讥笑,"怎么都蔫头耷脑的,累了? 樊大姐你简直是花容失色啊。"

樊胜美心里默默骗自己"曲筱绡这是刀子嘴豆腐心",使出吃奶的劲儿让脸上展示一个资深 HR 的职业微笑,真诚大方,令曲筱绡伸手不打笑脸人。两个人总算一团和气。关雎尔看着松一口气,忙拉大伙儿去买吃的。

可等她们转回来,王柏川还没进来,樊胜美先急了,"你们看见王柏川进来没?"

"掉茅坑里了。"曲筱绡哈哈大笑。樊胜美也笑了。又等了会儿,王柏川还是没进来,反而曲筱绡家里来电。樊胜美看曲筱绡去一边接电话,她不再迟疑,"你们里面等着,我去看看王柏川怎么了。"关雎尔忙道:"一起去吧。我爸从来吩咐不许一个女的在服务站逛。"三个人走到外面，看看不远处的男厕所，决定先找车上去。走近车子一瞧，发现王柏川将后排椅子放倒了，正舒舒服服地睡觉。樊胜美才松了一口气，"这两天连续开车，他也累着了。我们让他休息一会儿好不好？我们休息半小时再走。"

关雎尔与邱莹莹当然同意。安迪听说王柏川抓紧时间睡觉，与曲筱绡对视一眼，两人都想到昨晚王柏川征战酒场，酒后不知又去了哪儿，估计今天体力吃不消了。安迪道："疲劳驾驶要不得，尤其在高速上。接下来的路我来开，你们都坐我车上，让司机开保姆车载王柏川走。"

樊胜美忙道："他可能只要休息一下就行。"安迪道："刚睡醒的人开高速也不安全。只是我车小，挤一起不舒服。再说我们还得路上帮小曲出主意摆脱讨厌的人。"

曲筱绡见大家都看向她，耸耸肩道："我早有主意了，安迪小看我。"她不高兴被2202的人用关怀的眼光照射，跟着安迪去找司机说接下来的安排。安迪却轻声提示她："别跟小樊说起昨晚我们见王柏川的事，她……"

"知道，她一级虚荣，一级装逼。"安迪点点头，可又忍不住再提醒一件事，"等会儿一车上路，你对大家客气点儿。"曲筱绡忍无可忍，只得回以尖叫。

众女看着保姆车先一步上路。大家惊讶的是，直至车子启动，王柏川依然熟睡未醒，真是被人卖了都不知道。曲筱绡虽然很有道德地不透露王柏川昨晚做了什么，但此情此景，不说几句她会难受。"哈哈，昨晚上我们四个回城，樊大姐，你们俩一晚上干什么了，害你家王柏川这么累。"

樊胜美第一个钻进车后座，只是在黑暗中翻个白眼，没有搭理。邱莹莹第二个钻进去，嘴里一点儿不闲着，"王柏川早走了啊，小曲你乱搞。"

"你才乱搞王柏川。"曲筱绡笑嘻嘻地第三个钻进后座。幸好是三个女孩，挤得下。依然是关雎尔坐前面给安迪指路。安迪上车，就放了一炮。"小曲明天不得不相亲，有人上2203的门相亲，你们帮小曲出个主意，怎么不伤和气地让对方知难而退。"

"谁啊谁啊？"

"相亲干吗讨厌啊，现在好多人相亲结婚呢。"

"你为什么拒绝啊，不见白不见，见了是白见，白见谁不见，直到不白见。"……面对一车子的七嘴八舌，插不上嘴的曲筱绡只能一声尖叫，技压群芳，这才有机会采取主动。"好吧，你们都那么热心，我给你们机会。条件一，来人是我爸妈朋友夫妇和儿子，我做任何事都不能得罪他们三个，而且他们是老生意人，什么花招都别想瞒过他们。条件二，我必须是美美的，知书达理的，一看就是很不愁嫁的，你们的任何主意都不能是让我扮老扮丑装疯卖傻。"

"你得又美又嗲，你又得让人知难而退，你还不能作假，是这不合理条件吧？"樊胜美一针见血。"对。你们既然那么爱出主意，当然得给你们个高难度的。"邱莹莹奇道："那男孩真这么差劲吗？万一挺好的呢？"

"笨啊，要是个好的，这个年纪，这亿万身家，需要相亲吗？身边围的人不要太多。而且你再想，一个年轻大男人，肯连续三天乖乖地跟在爹妈屁股后头等相亲，这种男人不是废物，离废物也不远了。"邱莹莹笑道："嘻嘻，我看你是心里放不下那个帅哥医生。"

"那是，总算让你蒙对一次。我这是从一而终，要不怎么叫知书达理呢。"安迪冷不丁地插上一句，"我提供你一个知书达理的回答：那是，匹夫不可以夺志。麻烦小关写给她看，让她记住。"曲筱绡看清关雎尔在手机上打出的字，"安迪，是不是陷阱？'匹夫'不是好词。"

"这句用得挺妙。"关雎尔上这车到这会儿，才说了第一句话。这两人，曲筱绡都相信，无他，这两人的人品在她眼里都不错。于是她将这句话牢牢记住了。

车里七嘴八舌，闹哄哄地讨论曲筱绡砸相亲的办法。樊胜美巴不得曲筱绡别提上一段的事情，紧紧抓出此事不放，免得曲筱绡又刻薄于她。曲筱绡本来贴着车门假寐，做出一副懒得理你们的样子，但越听越觉得好玩，不到十分钟，人来疯地加入玩自己的讨论。

但曲筱绡的条件实在太苛刻，大家凡是想出来的办法都被她驳回。大家都快没招的时候，曲筱绡自己想出个办法："要不，我把房间弄得狗窝一样，人家一看就倒胃口。然后我美美地站门边大喊走好不送。"

"那不有损你知书达理的形象吗？"关雎尔问。樊胜美代答："知书达理的人可以不拘小节，正好不拘在居家卫生方面。这是个好办法，一家人一齐出动上门相亲，一般来说考察的正是小曲是否宜家宜室的一面，说明他们看重。小曲从这一点上击破，正好让他们知难而退。"

"樊大姐英明。就这么定了。"

樊胜美难得与曲筱绡能有共鸣，却又心中忐忑这会不会又是曲筱绡的陷阱，但还是友好地道："但问题是你那房子每天有人打扫，地板干净得镜子似的，怎么造狗窝？

明天人就上门了呢，你即使开一晚上的窗，也积不了多少灰。随便到处乱扔几只坐垫什么的，不仅出不来效果，而且看着假。"

"樊大姐还是英明。但总有办法。这种办法得智商最高的安迪想。"

"我开车，没空想。到家很累，没力气想。"

"帮我想吧，安迪，要不然有个面条似的没个性的傻男人会缠上我。我们只要在房间里撒上一层灰，可以写得出大字那么厚。安迪，好人，宝贝儿，亲爱的，可人儿，美女……"

"如果只是撒灰，容易。回家你们四个拿我的吸尘器到处收集灰，我改装小曲的吸尘器变为放射形喷灰，我改装完了就睡觉，我今天体力透支了，你们四个齐心协力帮小曲收尾。"

曲筱绡娇滴滴地奉承："果然是高智商的安迪呀，而且连安排做事都说得这么干脆利落这么帅。只要你说有办法，我就放心了。我早跟樊大姐说过，你是有几分把握说几分话，我最信任你。"

2202众女全体毛骨悚然，唯有安迪从小听多这种话，冷静地道："具体怎么喷灰，我会教你们。但具体怎么作假不露马脚，你们得听小樊。尤其是小曲，你别不服气，小樊生活经验比你多。"

"喷了灰就行，还要做什么啊。"

"傻了吧。你每天进进出出总得留下脚印，脚印路线怎么设计，什么鞋踩出来，有些冷僻地方还得脚印上面再加一层浮灰，等等的，你都得请教小樊。我就不对你提更高难度的要求啦，根据房间通风气流导向，必然还有厚灰薄灰的区别，算了，不难为你，你那些老江湖父母朋友也未必看得出来。"

曲筱绡听得目瞪口呆，黑暗中，她看向同坐后排的樊胜美，只见樊胜美仿佛勾起嘴角暗笑。曲筱绡此时开始后悔，不该早前肆无忌惮地得罪樊胜美。确实，她脑筋再好使，一想到家里该怎么安排那些脚印就头大，她得向樊胜美求助。曲筱绡眼珠子一转，大丈夫能缩能伸，立马掠过邱莹莹，拥抱樊胜美，"樊大姐，我下半辈子的幸福就看你帮不帮我了。"

樊胜美落落大方地道："这么好玩的事儿，你不喊我，我都得踊跃要求加入呢。我们这就商量怎么做吧。"

曲筱绡的脸上暗暗一红，幸好天黑，没人看得见。

到家后，安迪独自捣鼓曲筱绡家的吸尘器，樊胜美则是领着大伙儿搬沙发移冰箱钻床底地寻找陈年老灰。等安迪利索地收拾完吸尘器，给大伙儿演示一番，便果真潇洒地拍拍手回 2201 睡觉去了。

她的工作是高强度脑力活动，她最重视睡眠时间。而 2203 则是热闹开了，大伙儿嘻嘻哈哈地到处喷灰做坏事，嘻嘻哈哈地各自承包一条脚印反反复复地踩出长年累月的痕迹，然后又把干干净净的曲筱绡一会儿推到灰扑扑的沙发上印几个人形印子，一会儿押着在茶几啊桌子啊上面印手印，直把曲筱绡这个夜猫子折腾得花容惨淡，浑身是灰，才算大功告成。

最后，大家站在门口，踮着脚尖往里看客厅里一条条由脚印组成的卧室——洗手间、大门——洗手间、卧室——厨房、大门——卧室等的脏路笑死了，纷纷猜测明天相亲大队到来，打开门会是如何的脸色。

邱莹莹不计前嫌，笑道："万一明天的帅哥是暗恋小曲好几年的痴心人呢？打击太大了。"

"是啊，让痴心人的梦想破灭是不道德的行为。"樊胜美总算是还了曲筱绡最近阵子帮她忙的人情，心里松一口气，以后不用欠着曲筱绡了。

"痴心人？能暗恋我好几年的不是傻瓜就是病态，那种人……哇，我亲爱的樊美眉，抱一个，今天多亏你。我们吃夜宵去。"

樊胜美猝不及防，被浑身是灰的曲筱绡抱了个正着，顿时一件黑毛衣给毁了容。樊胜美尖叫，"谁是你的美眉，谁是你的美眉……"

唯有关雎尔敏锐地意识到曲筱绡对樊胜美的称呼出现了变化。曲筱绡早就对她和安迪坦白过，称樊胜美为樊大姐是不怀好意，那么如今改称樊美眉，是不是说明两人关系有了小小转折？关雎尔乐观其成，尤其是看到大伙儿嘻嘻哈哈地闹成一团，亲密无间的样子，她当然什么都不会说出来，因为这样甚好。

第 26 章

安迪一个人离了 2203，先去一楼保安那儿取奇点放那儿的马卡龙饼。很精致的一大盒。可安迪一想到奇点将马卡龙放门卫的原因是他悄悄交还钥匙，心里对手中的盒子怎么也喜欢不起来了。她眉头一皱，从料理台上捧起盒子往门边走，打算送给正在 2203 忙碌的大伙儿做夜宵。可走到门边一想，对了，奇点这几天出差去乡下，这盒马卡龙估计是他委托别人送来，当然只能放到门卫。这么一想，安迪捧着盒子又放回料理台。

才脱掉大衣，换上拖鞋的时候，安迪不由自主地想到曲筱绡学舌给她的保姆车里的大辩论。戒指呢？父母见面呢？那些世俗规矩该做的事情，求婚那么多日子了，奇点难道跟她这个石头里蹦出来的人一样，也不懂？才不！安迪捧起盒子，又走向门边。可才迈出两步就想到，奇点把结婚登记资料都拿来给她了，明摆着是诚心诚意要跟她结婚，是她一直拒绝罢了。走到门边，安迪再次止步，折了回来。

但这回不等将盒子放下，脑袋里又跳出一个疑问：走完法律程序的结婚登记，与亲人认可并祝福的结婚事实，在中国现实社会中，孰轻孰重。为什么奇点倾向前者，而迟迟不执行后者。安迪不禁想到自己的身世，是，她的身世是多么不堪一问，不说她自己不愿跟人太亲近，以免被人自居好友而问长问短，奇点也担心她在他爸妈面前透露身世吧。原来奇点嘴上对她说着一套，背后却不声不响在她身边砌起一道隔离墙。安迪陷入深深的自卑之中，端着盒子站料理台边发呆。

她就不该结婚。早说了，她就不该结婚，不该有此妄想。

安迪垂头丧气地将马卡龙盒子放到阳台，闭门，拉上窗帘，眼不见心不烦。

周一的 22 楼，等下班时间一到，便充满八卦的气息。

安迪还在车上，就接到关睢尔心急火燎的一个咨询电话，询问曲筱绡的相亲人马到了没有。安迪本来一整天没精神，除了工作什么都没意思，中饭只喝了一杯牛奶，没吃别的。此刻接了关睢尔的电话才精神一振，可见八卦真有止咳生津、排毒养颜之功效。虽然功效点到为止，并未使安迪如关睢尔般异常踊跃，可回到欢乐颂小区，趁 22 楼还静悄悄鸦雀无声，她偷偷调整摄像头的角度，恰恰瞄准了曲筱绡 2203 的大门。

很快，便从监视器里看到曲筱绡蹦蹦跳跳地回家了。安迪赶紧闪出门去，逮住刚准备开门的曲筱绡道："先别进门，让我看看你们昨晚的作案效果。"

曲筱绡一看见安迪就笑，"可二了，昨晚可二了。不知道我爸妈看见会怎么拍死我。你帮我看看还有马脚露着没有。"

安迪迫不及待地等门一开就伸进头去。即使出主意有她的份子，等看到一天一地的灰尘，和地面深深浅浅的脚印，她还是忍不住笑了。"小樊果然资深。大队人马什么时候到？"

"快了，已经在路上。听说就等着我下班呢。奇怪，怎么都那么闲。你要不要进来现场看好戏？你可以躲在我卧室看，第一现场，高保真音响。"

"卧室也那么大灰？"安迪嫌腌臜。

"卧室没灰，反正他们也不好意思要我开卧室门参观。"

"同意。"安迪第一个冲进卧室，守株待兔。

未几，邱莹莹大喊着"曲曲，曲曲"，从电梯冲向 2203。"我错过好戏没有？"

"没，你赶紧准备起来，很快就到。"

邱莹莹连忙疾驰 2202，放下包袱，疾驰回 2203。钻进卧室，见到早已守在里面的似乎从不八卦的安迪，不禁大笑。

显然，相亲大队人马的人品极佳，他们硬是等几乎一路尖叫往家里赶的樊胜美到场，才轰轰烈烈地出现在 22 楼的楼道。一直拧着纤腰趴在猫眼望风的曲筱绡连忙一声呼啸，"快进门，进门，来了。"大伙儿连忙缩进卧室，紧闭房门。但樊胜美飞快地轻声发表见解："进门，短暂沉默之后，曲筱绡假惺惺地客气让客。必须的。"众人耳朵紧贴房门，都会意地笑。

在万众期待之中，2203 的大门终于被敲响了。门里门外的罪案现场，22 楼的四个女孩个个兴奋得眼睛发亮。但是，令卧室中人不解的是，沉默时间超过樊胜美的预期。而沉默后爆发的声音虽然是曲筱绡的，可那话题令卧室中人惊讶。"嗳，不好意思，我忘了跟妈妈说一声，周末两天朋友借我房子拍 DV，我回来才发现家里被神马布景搞得一团糟。"安迪毫不犹豫掏出钢笔在手背写下两个字，"帅哥"。

安迪没有猜错。与父母一起来的刘歆华不仅气质不像拉父母衣摆才能出行的小白脸，还更是一高大帅气的阳光帅哥。打开门的一刹那，曲筱绡就后悔了，就变卦了。于是惊愕之余的曲母小心翼翼地避开无处不在的灰尘，邀请同样惊愕的朋友夫妇进屋，一边笑着附和儿，"你那些朋友真够胡闹的。这就对了，我还想你才入住这房子两个多月，再糟蹋也积不了这么厚的灰。这个……都没地方坐啊。"

一说到坐，帅哥刘歆华虽然没开口，两只眼睛却笑眯眯地投向一张三人沙发。只见那白色真皮沙发上也是蒙着厚厚的一层灰，但是，很明显的，厚灰上有人坐出来的干净地块，只是地块纤小狭窄，显然是女孩子，而且是一个女孩子才坐得出如此的印子。曲筱绡一看不妙，露馅了。连忙继续圆谎，"不算胡闹，只是几个学艺术的朋友拿着家庭 DV 机自拍小成本 DV，拍了上传到优酷啊土豆啊那种地方，方便以后给用人单位看。两三个人就能唱一台戏。"

然而，曲筱绡越是使劲地圆谎，大伙儿越是将整间客厅当作挑错题。曲筱绡早先为了表明一个女孩子在肮脏的房间里生活的主题印迹，落在大家的眼里便成了最有力的痕迹证明，地上根本没有其他什么 DV 拍摄者在某个角落留下的凌乱脚印，说明曲筱绡就是在睁着眼睛撒谎，事实是，曲筱绡是个资深懒婆娘。不仅老狐狸们看出来了，曲筱绡也沮丧地认识到大家都是老狐狸，她临时编的理由砸在自己手里了。曲母大郁闷。"不是有钟点工吗？"

"早辞了。"曲筱绡沮丧得低头看地，连帅哥都不高兴欣赏了，恨不得找块地板砖乱拍。"好好的，怎么辞了。"

"干涉我自由呗。"曲筱绡心说反正相亲砸了，也懒得掩饰，想到什么说什么，胡乱说。"她一天才来一个小时,那时候你又不在家,干涉个什么。赶紧再去找一个。你工作那么忙,没人帮你收拾怎么行。"

"匹夫不可夺志,不找。"曲父见朋友儿子低头闷笑,只得介入母女两个自说自话,讪讪地道:"好好的地方,弄得站都没法站。我们去吃饭吧,筱绡,你待家里收拾,明天我来查卫生。"

曲筱绡缩起脖子,像个台日风时装店服务员似的,一口一个"××再见,欢迎下次光临",转溜着眼珠子,将相亲大队送出大门。曲父曲母不便当场指责女儿捣蛋,只能临别各送一个怒视。唯独刘歆华同学冲着曲筱绡意味深长地一笑。曲筱绡站在门口斜睨着刘歆华的背影,装了个不屑的鬼脸。等目送相亲大队进了电梯,她赶紧关门尖叫,挥舞拳头满屋子乱窜,落下一串串沉重的脚印。完了,漏网一个帅哥。

卧室里的众女这才得以解放,唯有邱莹莹不解,"不是一切符合原定设想吗,小曲为啥抓狂了?"樊胜美了然地道:"来者显然是帅哥,小曲反悔了。"

"可小曲不是有赵医生吗,哪会那么快移情别恋。"安迪道:"兵不厌诈,哥不嫌多。"

"正解!"曲筱绡抓狂尖叫之余不忘肯定,"我竟然忘了问帅哥要名片。

啊……"邱莹莹却一点儿没同情心地放声大笑,樊胜美本来还忍着满肚子的不怀好意,被邱莹莹一笑,也克制不住了,微微扭过身去,背着曲筱绡笑起来。只有安迪很实在地道:"没有就没有,你又不缺这么一个。赶紧打电话让你钟点工过来,这狗窝都没法住人。"

"哈哈,聪明反被聪明误,赔了夫人又折兵。"邱莹莹好不容易逮住机会,当仁不让地狂笑。

曲筱绡返身啐了一口,"呸,社会上就你这种人太多,所以才有傻逼电视台天天抓几个假冒富二代上相亲节目挨砸满足你们这种人的龌龊小心眼。都不撒泡尿照照自己什么货色,啊……我电话。"

邱莹莹被曲筱绡呛了个半死,气得趁曲筱绡接电话,在满是灰尘的茶几上大书"精忠报国"四个龙飞凤舞的大字,含恨而去。樊胜美也知曲筱绡一生气就可能找谁垫背,不愿触这霉头,紧跟邱莹莹而走。但两人刚走,曲筱绡便对着电话眉飞色舞,原来是刚刚离开的刘歆华来的电话。刘歆华也脱离了大部队,但他杀了一个回马枪,等在楼下接曲筱绡一起出去吃晚饭。曲筱绡打完电话，便兴奋得独魔乱舞。于是安迪在一边冷静地讽刺一句，"才一个帅哥，就让你乱了阵脚，真丢份。究竟是你中了别人的圈套，还是别人中了你的圈套。"

"呃……"曲筱绡立马止了旋转，呆在当地乱转眼珠子，"对啊，又没赵启平的美貌，我干吗高兴成这样儿。差点儿上当。"

"既然如愿了，去隔壁道个歉。刚才那些话太忘恩负义。"

曲筱绡咧开嘴做出一个兔八哥式的微笑，先伸脚抹去"精忠报国"，便旋风般地直奔2202道歉去了。安迪懒得多管闲事，回去自家窝里煮晚饭。

曲筱绡兴高采烈地走进2202，大声道："小邱，我道歉来了。刚才说话太冲，没生气吧。别生气，想吃什么好吃的，我给你带来。"

"滚，想用小恩小惠收买老子？没门。再也不跟你这种翻脸比翻书快的小人做朋友。"

曲筱绡不以为意，笑道："不做朋友就做邻居呗，远亲不如近邻，做邻居比做朋友更要命呀。反正我给你带好吃的来。刚才相亲的帅哥偷溜出来在楼下等我，我吊他会儿胃口，拖时间来跟你道个歉，这下子可以很屌地下去了。拜拜。"

邱莹莹憋得两眼发直，等曲筱绡下了电梯，才问待屋里不出来的樊胜美："樊姐，她到底是道歉呢，还是来气我的？是不是我小心眼？我恨死我的笨嘴笨舌了，怎么总说不过曲筱绡。我是不是特别笨啊。"

"不是你笨，是你善良，不愿拿话伤害人。"

"还是樊姐最好。可我一定特别傻，为什么生气涂鸦出来的字也这么正经？"樊胜美一想到那正儿八经大义凛然的"精忠报国"，实在忍不住扑哧了。"小邱，你是个实心眼儿的，以后没事避着小曲点儿就是了。"邱莹莹点头，但一眼瞥见樊胜美电脑打开的网页非常熟悉，"樊姐在招聘人？加班别在家里加啊，老板不记情。"

"不是，我在找新工作。今年用工形势很好，我打算委托猎头朋友帮我找个市区工作，先上人才网领市面。"

"跳槽得等年终奖拿了才走啊。唔，我关公庙前舞大刀，樊姐肯定比我知道得更多。"

樊胜美叹了一声气，"这么多年来，我总算主动翻脸了一回，手头总算捏住了几个钱，可以起码不愁半年温饱，不用拿这个不温不火的工作当宝贝啦。我想换个让我高兴点儿的工作，环境好点儿的工作，最最起码在市区工作，不用每天上下班都要挤车一个多小时，多出来时间……唉，总得学点儿东西，要不然小科员永远混不出头了。小邱，你打算春节后报个什么进修班吗？"

邱莹莹忍不住模仿曲筱绡骨碌碌地转了几下眼珠子，"嘻嘻，樊姐换工作压缩上班时间的主要目的，是不是想多跟王柏川在一起呢？别报什么培训班啦，浪费钱，我敢肯定王柏川以后天天黏着你，你都没时间做别的。我就是不去上课，等下吃好晚饭，我去附近咖啡店扫扫，看能不能做成几笔生意。"

"王柏川……"樊胜美叹一声气，没说下去。"怎么了？"

"没什么。有时候想想投胎要是投对了，生下来什么都有，该多好。不像王柏川赤手空拳打天下，今晚恐怕又得陪客户玩到天亮了。"

"适可而止呗，让他别那么辛苦，钱要一天一天地赚，一口吃不出大胖子。"

"不好好挣钱，怎么在海市买房立足。这道理，我不跟他说，他自己心里也明白着呢。"

邱莹莹不禁想起爸爸对她的厚望，爸爸还指望她在海市站住脚跟呢。"你们好歹两个人收入啊，只要有谁出了首付，加起来的钱合着付按揭总够了。不行，我立即吃饭，立即出门做生意去。"

"我的收入哪儿指望得上。你吃饭吧，我闭门不看，对节食减肥的人太残酷了。"邱莹莹呵呵地笑，故意端起饭往樊胜美鼻子送，樊胜美连忙钻进自己小黑屋里。"两个人存钱当然有用，起码你们住一起，就可以省下一个人的房租钱。"

"嘿，八字还没一撇呢。太主动送上门去，被人轻贱。"邱莹莹当即想到自己三个月前刚犯过的错误，伸伸舌头，"我真是记吃不记打，以后凡事多请教樊姐。"

樊胜美回到电脑前，见到手机有一条王柏川甜言蜜语的短信，便回了一条，"专心做事，别理我。"她也专心查看人才网上的招聘信息，揣摩不同行业的招聘行情。

安迪吃饭时候上传了一条微博，"小曲动员22楼全体的脑力和体力，终于相亲得一帅哥，天下太平。是记。"几乎是刚刚点击发布键，赵医生一个电话进来，"真的吗？真的吗？"脑袋优秀如安迪，也得转一下眼珠子才明白赵医生问的是什么，"真的。"

"上帝佛祖安拉，我解放了，以后下班终于不用做贼一样溜出门了。真确定吗？"

当然不确定！曲筱绡早已声明哥不嫌多。可安迪又不便明说，"不知为什么，我想到一句古语：苟日新，日日新，又日新。对不起，我中文不大好。"赵医生哑了。五秒钟后才不由自主地问："那男的是谁？"

"我不认识。只知道与小曲门当户对，而且对小曲似乎一见钟情。他们目前正一起吃饭吧。"

"我知道了。谢谢你。"安迪眼珠子乱晃，难道赵医生后悔了？这都什么事啊，乱七八糟。而她的电话再度响起，这回，是奇点。安迪看着手机好一会儿，才接通电话。"我刚回来。看到你更新微博了。你们这一帮邻居总能闹出好玩的事情来。"

"我的微博动静有这么大？赵医生也是立刻来电询问。"

"我很想你。"

安迪愣了，似乎忽然缺氧，脑袋一片空白，好久，才有声音嗡嗡地在身边嘈杂不堪地作响。她心慌意乱按了关机，将手机扔桌上，远远逃开，去水槽洗碗。可她根本握不住饭碗，手中抓什么掉什么，唯有清晰地感知心脏在胸口怦怦乱跳。

好不容易平静下来，已经是半小时之后。她思来想去，给奇点发去一条短信："心病无药可治，这辈子已经考虑妥当：不害别人，不害自己，不害后代。对不起。别给我来电了。"发完短信，她倒了满满一杯红酒，开着手机，边喝边看资料。

不出所料，奇点很快打电话进来。"安迪，我们可以……"

"这两天我想了很多。你不是一根筋，我不是只顾自己不顾别人死活的人，我们在一起太不简单，必然痛苦。分开吧，我还是愿意过以前那种一个人的日子。"

"安迪，感情问题上不要太理性。我这几天也在想，为什么我在你面前进退失据，你是不是已经厌烦我的不理智。"安迪刚想回答，忽然记起戒指，记起与他父母见面，记起奇点进退有据地摆布着这一切。"你，理智得很。"奇点顿了会儿，才道："我们是不是有误会？安迪，我立刻过去你那儿，我们面对面解释清楚。我爱你。请答应我这个要求。"安迪心烦意乱，她索性快刀斩乱麻，"没有误会。我只是烦了，很烦，不想继续。对不起。"

"不要说对不起，我一定要见你，就在今晚。"

"不要逼一个精神有问题的人。"安迪说完就挂了电话。但是这回没有关机。果然，奇点不再来电。这一晚，安迪一直有一眼没一眼的瞟向手机，但她也压抑所有的冲动，不给奇点去电。她觉得，她刚才说得很对。

　　而刚刚坐上刘欣华车子不久的曲筱绡意外接到赵医生的主动来电。曲筱绡看清楚来电显示，毫不掩饰地就问："你怎么会给我打电话。"

　　"嗳，我怎么打到你手机上。不好意思，不好意思，我又累昏头了。下班了？"

　　"早下班了，和朋友出去吃饭。又做手术了？"

　　"是啊，一台大的，一台小的，还带一帮实习生，累得老眼昏花。不好意思打搅你，我去休息会儿……"

　　"不回家去？"

　　"下肢近端肌力接近零，踩刹车都有问题。我休息去……"

　　"不会又手术失败？"

　　"切，我什么人，怎么会失败。家属恨不得举着我游街。"

　　"不信。"

　　"不信你来瞧好了，我脸上是口红还是乌青。"

　　"死鸭子嘴硬，明知我跟朋友出去吃饭，你才敢大胆跟我叫板。不去。随便你口红还是乌青。好好休息，如果我吃完饭你还没休息过来，我可以考虑帮你叫辆车。"

　　曲筱绡打完电话，得意扬扬地看看身边开车的刘欣华，一种左拥右抱的美好感觉油然而生。都是帅哥啊，而且都是有味道的帅哥，生活多么美好。

　　轮到赵医生对着手机乱转眼珠子，长这么大，他还是第一次放下颜面给女孩子打回头电话，不料一脚踢到坚硬的铁板。忽然之间，醋意浩浩荡荡奔袭而来。他难道真的被"苟日新，日日新，又日新"了吗？他做了无数的心理建设，又随便找家饭店吃了晚饭，才鼓起勇气给安迪打个电话，请求内线支援。

　　赵医生有生以来，发现开口说话有那么的难。而偏偏安迪此时刚与奇点结束通话，满肚子的纠结，整个人很不善解人意。赵医生漫无边际地瞎扯天气很冷医院病人更多，安迪则是回以天气很冷路上很堵大伙儿脾气很暴躁。赵医生扯了半天，安迪都没接收暗示，将话题转到曲筱绡那儿去。赵医生无奈了，只得道："安迪，等会儿我就到你们小区，能不能在门卫通报你的名字，让我上22楼？"

　　安迪想都没想，就道："我今晚事情很多，如果你没什么大事，我们换个时间可以吗？"

　　赵医生震惊于电话那头的智商，小心谨慎地问一句："你是安迪本人吗？"

　　"对啊，就是本人，只有本人才知道本人业余时间的行事历。"赵医生只能图穷匕见，"我打算到 22 楼等小曲回家。请你帮忙。"

"噢。你来吧。"赵医生差点儿以头抢地，总算得到一个爽快答复，才挽救他于一线。但安迪放下电话才后知后觉想到前因后果，当即给曲筱绡一个通告："小曲，赵医生几分钟后到我们门口，打算就在你家门口等你回家。我知会你一下。"曲筱绡只转了半圈眼珠子，便心领神会，"哈哈哈，半个小时之前他给我电话，还说是打错，原来不是打错。咦，究竟哪根神经搭牢了，忽然想起我来。"

"可能跟我发的微博有关，我说你相亲相到一个帅哥。反正你看着办吧。"

"还能怎么办，凉拌！我跟帅哥早说好了，今晚吃饭泡吧。不泡到天色发白不回家。你可千万别告诉赵医生哦，让他等，活该。"

"我通知你是提醒你别领一个人回家，免得撞车。其他我不管。"但安迪有疑问需要解释，"你当初不是对赵医生念念不忘，要死要活吗，怎么忽然就撒手了呢？"

"我高兴怎么样就怎么样，要什么理由。"

这就是由着性子来。安迪豁然开朗。

关雎尔下班回家，看到近在咫尺的赵医生坐在安迪家的椅子上，靠着曲筱绡家的门，不知真专心还是假装专心地看手机。关雎尔不敢多耽误，连忙进了 2202，什么都没提起，只问樊胜美，小邱怎么不在。

直到邱莹莹回家，关上门大呼小叫地说："赵医生，曲曲家门口坐着赵医生。真痴心啊，帅哥痴心，真让人心碎。都不知他坐等多久了。"关雎尔才似乎淡淡地道："我回家时候他已经在了。坐的是安迪家的椅子。"

"有内幕，有内幕，我要问安迪。"但邱莹莹大呼小叫地还没冲向门口，就被樊胜美喝住。"打电话问吧，别出去打草惊蛇，免得又与曲曲冲突。"可是，安迪在电话里的回答是"不知道"。邱莹莹自言自语，"安迪怎么会不知道呢，怎么会呢。"一边还是按捺不住，打开门伸出头去，偷窥赵医生的脸色。关雎尔看见，将邱莹莹拉回来。拉拉扯扯，动静便大了点儿，门关重了。可八卦之火既然燃起，怎是容易熄灭的，邱莹莹连声问："你们谁给曲曲打电话，谁给她电话？关，曲曲最爱你。"

关雎尔当然不会打这个电话，"我去写总结，我要死了，都不知道怎么写自己的年终考评。"她边说边往自己卧室里走。邱莹莹一看见关雎尔走开，便又打开大门瞧热闹。但，走廊上已经空无一人，那把椅子放在安迪家的门前。"走了？被我吓走的？嘿，同学们，千万别告诉曲曲是被我吓走的，要不然那家伙今晚得找我晦气。"樊胜美在屋里感慨，"还是小曲最逍遥，赵医生人来人往，全不干她的事。就我们几个替她瞎操心。"

"曲曲好命。那么多帅哥围着他转，都三个了吧。"樊胜美听着特闹心，岔开了话题，"你晚上跑了几个咖啡店？有没有做成的？"

"今晚很悲惨，一个意向都没有。我还是看看淘宝上有没有新订单吧。外面真冷，我忘了戴围巾出去，觉得耳朵都快被冰掉了，风真是刀割一样。我明白了，一边是曲曲跟安迪那样的车进车出，屋里有暖气的娇娇女，另一边是每天挤公交，手上耳朵上长冻疮，脸皮粗糙的我们，换我有条件也喜欢她们啊。"

"你越早想明白这个道理越好。恭喜。"

"恭喜什么啊，悲哀。"

关雎尔的卧室里飘出一句话，"悲哀什么啊，靠自己，心里踏实，睡得安稳。比如安迪的一切都靠她自己双手挣来。"

"对。"但随即邱莹莹又嗷嗷叫道，"好辛苦啊，寒冬腊月还得上街讨生活。我上淘宝找找好看的帽子。"

樊胜美脸上一热。关雎尔又大声说了个字，"乖。"邱莹莹笑道："小毛孩儿，装老三老四，揍你。"但邱莹莹没跑去关雎尔的卧室捣乱，她赶紧打开电脑查生意处理提问。每一笔生意她都可以折算成提成，一天一天地积累，特有动力。

想不到淘宝旺旺上有个ID有句留言，"咖啡喝完了，白天忘了下单，不知道现在下单明天能送到不。明天没咖啡会死人的。"

邱莹莹想半天，对这个似乎自来熟的ID没印象。"对不起，您哪位？"

"前不久刚光顾过你们咖啡店，你老乡，差点儿要了你的腊肉腊肠。"邱莹莹立刻想起一条冻得透明红亮的鼻子，"哈，你，你们公司离我们不远，我明天中午给你送一趟。那天看你穿得那么少，冻感冒没有？"邱莹莹倒是真的自来熟。"那天我跟同事猜剪刀石头布，输了，被他们轰出来买咖啡，都忘了披上大衣。那天倒没感冒，奇怪，前天才不对劲。"

"没关系啦，冻出来的感冒很快就好，不是流感没问题。"

"我不知道是不是流感，前天忽然手脚发酸，没力气，吃完晚饭就想睡。我都没跟同事打招呼就溜到桌底下睡着了。昨天早上八点多才醒，大家全说我是睡神。

可我还是不舒服，脸红，鼻涕多……"

"那应该是流感，你应该回家好好睡觉，多喝水。"

"没错，我喝了很多水，可一直没胃口，看到荤的就恶心，这几天基本上吃素。不知道是不是素的吃太多，营养跟不上，我今天更没力气。"

"流感！严重流感！不是吃素太多没力气，是你在生病。你赶紧回家休息。今天还脸红吗？鼻涕呢？很明显就是流感，你怎么不知道呢。你同事怎么也不知道呢。"

"我好像有十几年没得流感。"

"你得了也不知道。"

"有可能。"

"十几年没得，难怪你什么都不知道。还是回家吧，多睡觉，多吃饭，增加抵抗力。"

"我没法回家，这个项目是我负责，我不在会乱套。现在连咖啡都没了，我眼皮子直坠下来，可还有几个细节需要修改，没法睡。你可千万明天送咖啡来，拜托你。"

邱莹莹忽然灵感迸发，"你试着设想，如果眼前是一碗腊肉饭，你有胃口吗？"

"当然有。我小时候生病，我妈就给我吃腊肉饭，我吃得狼吞虎咽的。我妈骂我不嫌油腻。"

"我明天送咖啡时候，捎一盒腊肉饭给你。"

"这个怎么好意思……不不不，我不是拒绝，我现在已经流口水了。太谢谢你了。激动死了，都等不及了。"

邱莹莹忍不住对着一屏幕流口水的小人哈哈大笑，那家伙真傻。但她需得找出名片，才能说出那人的名字：应勤。

说干就干。邱莹莹跳起身淘米切肉，做了满满一锅的腊肉饭。香味才刚飘出来，小黑屋里的樊胜美大声哀叫，"小邱，你这是软刀子杀人，这个钟点煮腊肉饭，绝对会馋死人。"

"樊姐，等饭熟了，你先来一碗。"

"不吃不吃不吃。这个时间吃下去一口，长一口肉。"

邱莹莹一径地笑，一边找盛饭的盒子。可找来找去，都是大约她饭量的小盒子。樊胜美和关雎尔都是不做饭的，也没盒子。她只能去敲安迪的门。邱莹莹快嘴，安迪找饭盒的时候，她一边笑一边将应勤明明生病生得没力气却误以为吃素吃得没力气的笑话讲给安迪听。安迪有口无心地说可怜的病中的应勤倍遭虐待，还得流一夜哈喇子才能盼来腊肉饭。邱莹莹被提醒，心直口快地道："我现在给应勤那小可怜送饭去，会不会被人当13点？"

"他越早吃到饭，对他康复越有利。可惜我不能开车送你，我喝酒了。"

"你一个人喝了一瓶？"邱莹莹看到桌上的空红酒瓶，见安迪点头承认，很是惊讶，"一个人干吗喝酒，你要是喜欢上喝酒，会变成酒鬼。剩下半杯别喝了，我帮你倒回去。你不如跟我一起去外面走走透透气，别一个人钻屋里想不开。咳，我还以为你跟魏兄分手很理智，看来一样没出息。"

"不是分手的原因……"

"肯定是分手的原因。走走，你大衣在哪儿？我帮你去拿，戴上帽子围巾，外面很冷。你跟我一起送饭去。失恋跟感冒一样，肯定有症状，也肯定要不舒服几天，跟你是谁没关系，别不承认啦。走吧。"

安迪拿热心肠得没分寸的邱莹莹没办法，邱莹莹说话间就动手推她行动，她不愿被人碰，只得比邱莹莹行动得更早一步。于是稀里糊涂地，安迪套上大衣戴上帽子，跟着邱莹莹出门了。

反而是樊胜美提出异议，"这么冷的天，又是已经晚上十点，而且那个人只是你的小散户，你会被人怀疑别有用心。"

"一顿饭有什么别有用心的，怀疑我投毒？我跟他没冤没仇，干吗投毒。"

"你是不是想通过抓住他的胃，来抓住他的心？这种套路早已被否定。而且这年头男孩子很贱，你如果主动，他们会轻视你。"邱莹莹不禁抓抓头皮，"我没想那么复杂啊，真的，只是觉得那人可怜而已，作为老乡得帮一把。"

"没错，你真没想得那么复杂，可你半夜三更亲自送饭上门去，人家想不把问题复杂化都不可能。你岂不冤死。又不差那半天。"安迪站在门外，没进2202，听到这儿终于插话："随心所欲点儿吧，只要自己觉得好，去做，做了心里欢喜，就行了。"安迪反对，樊胜美就不说了。安迪见没人回答，就问："你们知道赵医生是什么时候走的吗？"邱莹莹笑道："被我吓走的，哈哈，我老是偷窥他，他不好意思了。大概半个小时前。"

安迪也笑，给曲筱绡发条短信，告知警报解除。邱莹莹飞快盛好饭，裹上一件旧毛衣保暖，抱着饭盒出门。樊胜美看着，欲言又止。若是安迪不在，樊胜美说什么都得劝阻邱莹莹。可她在安迪面前怯场，有些话还没说出来便被她自己否定，因她觉得安迪一定会反对，而她一定不是安迪口才的对手。

曲筱绡吃了一顿无比满意的晚饭，满意的主要原因乃是嘴里叼着一个帅哥，家门口还等着一个帅哥。

原来刘歆华并非乖乖跟着父母等待三天等着相亲，而是他本身就在海市工作，独自主持一家进出口公司和一家投资公司，与父母的事业衔接，成为父母公司在海市的窗口。刘歆华夏天才刚从澳大利亚学 MBA 回来，跟曲筱绡差不多，正处于好强的创业阶段。因此两人一搭上话，便有说不完的同感。

说到熟络了，刘歆华才问了一句："你那一屋子灰，是故意的？"曲筱绡哈哈大笑，"昨晚上奋战到零点，我容易吗，还废了我一台吸尘器。

我可反感相亲了。我很奇怪，你怎么会答应相亲。"

"爸妈看着我们长大，多的是克敌制胜的法宝，有时候玩不过他们。不过这回他们做对了。我本来想了无数个主意，要不要当众抠鼻子，让大家看见我就反胃。"

"你真能牺牲，我才不愿牺牲个人形象呢。把房间弄成狗窝已经是我的承受极限。这儿的酒不行，我们赶紧吃完换个地儿，我一个同学专门做酒类进口，他开的酒吧是我们的窝点，我把他们介绍给你。"

"我们，是指谁们？"

"同学，校友，臭味相投的一伙儿，早年号称一帮小祖宗。"

刘歆华会心而笑。可曲筱绡的手机又响，一看，又是赵医生。曲筱绡已经获得安迪的通风报信，胸中岂止有成竹，简直巍然一座小蛮腰或者东方明珠。接通一声"喂"，端的是千回百转，缠绵悱恻，林志玲的娃娃音都自愧弗如。刘歆华又闷笑了。但曲筱绡随即果断地道："是你？对不起，我现在不方便接电话，拜拜。"便笑眯眯地迅捷地掐断了电话。

"前男友？"

"对。让他明白什么叫小人报仇，从早到晚。"曲筱绡简直如坐春风，若不是身处大庭广众，她真想哼一段儿小曲助兴。而她对这个刘歆华是更满意了，两人臭味相投，虽然相识才没多久，可她已经与刘歆华之间感受到了默契。她甚至都懒得在刘歆华面前树立形象，谁不知道谁啊，一会儿就混成朋友。

走出地铁，安迪与邱莹莹发现，竟然下雪了。雪不大，透过路灯的光线才能看清。而似乎天是更冷了。邱莹莹很大姐大地关照安迪，"安迪，你竖起领子，要不干脆围巾把头和嘴巴包住，反正晚上也没人认出你。"

"你自己呢？"

"我？好像你比较娇贵点儿，哈哈。就在前面不远了，坚持住哦。"邱莹莹想挽起安迪，可安迪避开了。邱莹莹觉得好奇怪，"你干吗避开我啊，靠一起我们可以互相挡风。"

"我不喜欢跟人贴近。跟谁都这样。对不起。"

邱莹莹愣了好一会儿，才道："难怪我以前觉得你冷淡，高高在上。为什么？"

"心理方面的问题，我打算春节去美国找心理医生再解决一下。"

"你跟魏兄分手，不会是因为这个吧。"邱莹莹等了好一会儿，没听到回答，便自问自答了，"你可别为了这个责怪自己，这不是你故意犯的错。我看你喝闷酒真替你心疼。安迪，答应我以后别一个人偷偷喝酒好吗？"

"等会儿回家，你到我那儿把所有酒都搬走吧。"

"好，就这么办。安迪，以前我挺怕你，现在觉得你挺好的。嘿嘿，我可以教你一个办法克服心理障碍。我大学有次喝多了，逮谁抱谁，第二天记起来都没脸见人。不信你也试试，哈哈。"

"好。不过把我灌醉不容易。以后找机会。"

说到这儿，邱莹莹不禁犯嘀咕了，"你不会喝醉了吧，怎么我说什么你都答应呢。明天可别反悔。"

"这点儿酒喝不醉我。我就在这儿门厅等你，你先给应勤打个电话，看样子这儿要刷卡进门。"

"真没醉。难道我真的说得很有道理？"邱莹莹自言自语。她将饭盒交给安迪拿着，自己掏手机打电话。"应勤啊，我卖咖啡的你老乡啊，我在你楼下，给你带来试用装咖啡和腊肉饭，都够你吃到明天的。你快下来拿，冻死了。"

那边好久没声音，好一会儿应勤才磕磕碰碰地道："我立刻下来，很快，很快，谢谢你。"

邱莹莹对安迪笑道："都激动得结巴了。哈哈，可怜的娃。"

安迪犹豫了一下，主动伸手，替邱莹莹整理头发和衣领，将自己漂亮的围巾与邱莹莹的对换。一边做一边申明，"我审美不佳，只能做到帮你理顺。"快速做完，便远远闪开了。邱莹莹惊住了，摸摸换来的异常柔软的围巾，觉得有点儿不真实。而没等她回神，有人礼貌地在她身后道："嘿，你好。"

"应勤，你好，还认识我吗？这些给你。饭吃完，盒子你得还我，明天我送咖啡过来时候问你拿。对了，你先闻闻看，有胃口没，要没胃口，我……呵呵，对不起了，我得拿回去，好东西不能乱糟蹋。"

夜深人静，安迪即使站得挺远也听得清楚，不禁想笑。

"啊，还是热的。真是腊肉饭，我隔着盒子都能闻到香味。"

"我别的不佩服你，我就佩服你的鼻子。上回我的生腊肉只有你一进店门就闻到，这回你还感冒呢，都能透过密封盒闻到腊肉饭味道。特异功能？"

"还有这种特异功能？哇，真香。你……我该怎么称呼你？"

"邱莹莹。行了，看你都乱咽口水了，肯定有胃口。那我走了，明天见。千万千万不要扔了盒子，是我邻居的。"

"这个得要多少钱啊。我没带现金，你明天淘宝店里给我开个窗口好吗？"

"我的劳务费你付得起，陪我一起来的邻居的劳务你才付不起呢。算了，白送你的，祝你早日康复。今晚吃饱了早点休息，我走了。"邱莹莹大义凛然地叫上安迪走了，走到门外才哈哈大笑道："那应勤真被我感动死了，一口流利的结巴，从头讲到尾啊，连花言巧语都说不上来，真傻。"

"结巴怎么可能流利？"

"嘻嘻，应该是彻头彻尾的结巴。结结巴巴的间隙，我似乎听到他肚子在叽叽咕咕乱叫。还……"

"我们把围巾换回来吧。"

"对了，差点儿忘记。"邱莹莹忍不住躲在围巾后面做个鬼脸，其实安迪也傻乎乎的。安迪则是斟酌再三，才小心翼翼地道："你的围巾围的时间久了，有股小味道，我不大习惯。不好意思。"邱莹莹的脸红了烫了。坐上出租车时，胡乱嘀咕："应勤真过分，竟然不记得我名字。还老乡呢。只知道盯着腊肉饭瞧，好像七世饿着似的。"

安迪抿嘴而笑，并不搭腔。而邱莹莹可劲儿唠叨，再次唠叨到应勤下楼没披上大衣，这人怎么学不乖的。回到 22 楼，邱莹莹忘了还要到安迪那儿取酒，安迪却是记得，但她犹豫了一下，没有提醒邱莹莹。

不料，才刚进门，接到魏国强的电话。"你外公……走了。"安迪一愣，"知道了。"便断了连线。她站在原地想了会儿，没感觉，仿佛何云礼只是路人甲。可过了会儿，安迪从浴室出来，忍不住将瓶子里剩余的那些酒倒出来喝了。悲剧的人生就是身边连可供纠结的人都寥寥。

而曲筱绡身边却是可供纠结的人不断，但她并不纠结，她只会给别人制造纠结，并更擅长将压到自己身上的纠结转化为快乐。

与刘歆华及一干朋友从酒吧出来，大家纷纷叫了代驾各回各家。刘歆华当然负责送曲筱绡回家。可他的跑车只够坐两个人，曲筱绡自然是不愿坐后面的猫狗位，嘻嘻哈哈地亲自动手将刘歆华塞到后座。刘歆华在后面坐不是坐，躺不是躺的，却提出一个极有挑战性的赌局，"你那个前男友还在不在等你？我们赌一把，你选等，还是不等。你先选。"

曲筱绡被问住了。在她原来的印象中，赵医生潇洒出尘，打死她都不会想到他会到她家门口逮她。因此她更无法合理猜测，在这子夜一点的时候，赵医生会不会在她家附近的哪个地方忽然钻出来，表明他在等她。

于是，被塞在猫猫狗狗位置无比委屈的刘歆华扳回一局，笑道："没把握？我们抛硬币？"

"切，当然在等我，你也不看看眼前是谁。"

曲筱绡酒酣耳热，豪气干云，不假思索地选择前者。而刘歆华同样酒酣耳热，豪气干云，胆大包天地爆发哈哈哈大笑。曲筱绡恼羞成怒，挥拳以对，"我说赌注。咱不赌钱，钱这东西，问你拿多了，哀家于心不忍，问你拿少了，哀家心有不甘。咱赌个让你长记性的：一年内随叫随到。"

刘歆华道："说话算数，就这么定。"

曲筱绡一点儿都威风不起来，她心虚得两腿打摆子，为自己亲口拟定的赌注大悔特悔。当然在回程中吊着脖子等待来到欢乐颂大门口的那一瞬。而曲筱绡的焦虑当然全落在刘歆华的眼底，刘歆华挤在猫猫狗狗位置因为手脚不能自由行动，便显得一张嘴异常便利，"下雪天，永远的大情圣日。即使地面的雪依然斑驳，而大情圣可以让世界瞬间变成纯白。"

曲筱绡虽然焦虑，嘴巴一点不落下风，"你这是太监见不得人拜堂。我都懒得跟你说，事实胜于雄辩。"

刘歆华一径地笑，"为免你指鹿为马，你先告诉我那位兄弟长什么样。"

"你看看我是什么品质，再看看你是什么品质，还能想不到那位兄弟是什么品质吗？"

刘歆华被噎住，差点儿跟着曲筱绡求爷爷告奶奶。曲筱绡当然是为着赌注，求老天速速赵医生扔到欢乐颂大门口，刘歆华则是乞求那个前男友千万长得有点儿品质，要不然他在曲筱绡眼里肯定也没意思得很，曲筱绡只一句话，就把他和前男友绑成一捆儿。

车子一路轰鸣着，很快来到欢乐颂小区门口。曲筱绡在车里东张西望，没看到灯光下有任何人影，就大声嚷嚷着开车门出去，"啊，我醉了，周围怎么那么多男男女女啊。"

刘歆华哈哈笑着从车里辛苦地钻出来，"雪不大，人……只有保安。我们要不要去保安室问问？"

"我醉了，你要问自己去问。"

刘歆华笑着掏出手机，前后左右拍照，"罪证，有图有真相，看你明天怎么赖。"

但是拍到东边不远处绿化带的时候，刘歆华看到一辆车大灯似乎有意识有规律地闪动，他不禁一愣，隐隐约约果然看到里面坐着一个人。而那人也不含糊，缓缓降下车窗。曲筱绡也看见了，那车子里的人正是赵医生。曲筱绡差点儿尖叫，连忙捂住嘴巴：决不能让赵医生得意，此态度必须一以贯之，执行到底。

而赵医生则是睇曲筱绡一眼，明显地勾出一个笑容，随即带着这个笑容，启动车子缓缓而走。整个过程如行云流水，一气呵成，曲筱绡与刘歆华都来不及发出一丝声音。等尾灯闪闪消失，曲筱绡缓过神来，对着刘歆华伸手："立字据：一年内随叫随到。"

刘歆华没脾气，只能从车里摸出一本记事簿，签字画押，一年的自由就赌了出去。但字条递给曲筱绡的当儿，他忍不住问："那人做什么的？"

"医生，圈内有名的天才少年医生。"曲筱绡一把抢了字条，小心纳入钱包。刘歆华沉默了会儿，忽然伸手紧紧拥抱曲筱绡，一个晚安吻道尽情深意长。若不是为着来日方长，以及彼此的父母是朋友，曲筱绡差点儿被激情冲击得发出邀请，请刘歆华上楼。她依依不舍地主动再吻刘歆华，才调头回家，风雪中她春心荡漾。

可惜走到转弯处，曲筱绡心头冷静下来，而疑问渐渐升起，赵医生临走那一笑，笑得诡异，究竟什么意思。经验中，那些个前男友从未玩过这么一招，因此曲筱绡不得不费尽思量。

仗着酒劲，曲筱绡奋勇书写一张字条，贴在 2202 的门上。"赵医生一直等在小区大门口，子夜一点看见帅哥送我回家，才坐在车里面冲我高兴地笑，高兴地走了。请问，他是不是发神经。每位邻居必须给出答案，并说明原因。谁不回答，我必阴魂不散。请短信发到我手机上。"

毫无疑问，安迪是 22 楼第一个看见字条的人。看清内容，安迪忍不住一声嘀咕，怎么事情到小曲手里都变丰富多彩了。这张字条害得安迪一路上都在考虑，梳理各种各样的可能。因此走出大楼，一看见远近的银装素裹，便毫不犹豫打道回府，不去锻炼，如愿回到 22 楼，在字条空白处写下她的思考：

1. 如果赵医生依然对你有情：

1a. 他看到你和新男友亲昵回家，心碎，强打笑容。

1b. 他看到你和新男友表现出来的亲昵程度不如与他的，心理平衡，而笑。

1c1. 他看到你的新男友品质不高，嘲笑，同时心理平衡。

1c2. 他看到你的新男友品质不高，彻悟你的品位，一笑放弃。

1c3. 他看到你的新男友品质不高，欢欣自己可东山再起。

1d. 他看到你的新男友各方面与你非常相称，大方地为你高兴，并可能心中为你祝福。

2. 如果赵医生已然对你无情：

2a. 参见 1c1，1d。

2b. 他眼见为实，终于可以安心，你不会再寻上门去。

3. 症状无精神错乱的可能。

安迪写完，从头到尾看一遍，又补充一行字：以上是外行人的外行话。

樊胜美起床就看见邱莹莹已经在捣鼓早餐。她伸了个懒腰，道："每天起床比轿夫起轿更辛苦，上班比孝子上坟还沉痛啊。你们昨晚送爱心腊肉饭去，小阿哥怎么说。"

"小阿哥连句囫囵话都说不出来了，那个激动啊。"

"噢……哈哈哈，小邱快来看。"樊胜美刚打开门，当然是一眼看见字条了，还没看见安迪的回答就大笑起来。邱莹莹忙跳过来一起看，两人看着安迪一本正经的回答，看一条笑一条，邱莹莹更是大声朗读。"关，昨晚发生大喜事了，别睡懒觉，赶紧起来看。"

关雎尔不知什么事，只听得外面欢声笑语，纠结了一下，奋然提前五分钟起床，冲到门口同喜。可这事儿与赵医生有关，关雎尔笑不出来，揉揉眼睛当作还没睡醒，咚咚咚地拐进洗手间了。

樊胜美与邱莹莹只顾着大笑，没有留意。但是樊胜美握笔踟蹰，她才不敢像安迪一样好的坏的都说，可又不能不写，她思考再三，才在安迪下面写道：安迪分析全面，一个人的行为最终还是应该与性格挂钩，请根据赵医生性格对号入座。

但邱莹莹大笑地接着写：半夜三更，神马鬼笑啊鬼祟啊鬼敲门啊鬼压床都不可依常理推测，钦此。

樊胜美看邱莹莹写得好玩，蠢蠢欲动，但她终究不敢惹事，笑过便罢。两人笑声未歇，樊胜美便接到王柏川来电，说是二十分钟后到欢乐颂门口，送樊胜美上班。

樊胜美更是喜上眉梢，"你不是昨晚应酬吗，不多休息会儿，这么早来干什么，我自己会去。"

"一整天没见你，想你了。我给你带来生煎包子，刚出炉的。"

"嗯，好好开车，二十分钟准时。"邱莹莹看着笑道："白天的笑不是鬼笑，哈哈哈。"关雎尔从洗手间出来，也是笑道："我也有人接送，安迪，哦也。"邱莹莹翻个白眼，"姐不用别人接送，姐爱死挤车减肥。"樊胜美抱抱邱莹莹，赶紧进去屋里描眉画鬓。迅速做完这一切，拎上包飞快冲往电梯。不到二十分钟便见一辆马自达里面钻出王柏川的头，樊胜美愣了一下，赶紧跳上车去。"咦，怎么换车了？"

"不租了，买辆马六开开，油耗低。你的生煎包。"

"你吃了没？"

"赶着过来，还没吃。"但樊胜美分明打量得清楚，王柏川一身清爽，身上微微飘出淡淡的香味。

"昨晚结束得不晚？"

"大概今早一点多才结束吧，那些大哥唱歌唱疯了，还净是唱些传统革命歌曲，非要拉着我一起唱，我有些听都没听过。只好他们唱，我嘿嘿嘿嘿打拍子，假冒也是他们那一年代的。"

"再把他们送回宾馆？你才睡多少小时啊。以后别来接我了。"

"别的都听你，唯有这件事不听你的。快吃生煎吧，别凉了。"

"嗯，你也吃，张嘴。"王柏川张嘴叼住包子，趁红灯时候惊讶地看着樊胜美，一边赶紧咀嚼，一边含混地道："胜美，为你赴汤蹈火都甘愿。"

樊胜美只是微笑不语，又捡了一只煎得焦脆的包子，等王柏川刚咽下，再次送到嘴边。"以后别替我买早餐了，我们小区门口有，我早三分钟出去就可以买好。不像你还得找地儿停车走好多路才行。你这么辛苦，多睡几分钟就是几分钟啊。"

王柏川简直欢喜得飞飞儿的，"我不辛苦，一天不睡也不在话下。尤其是只要可以看到你。可惜客户还没走，今晚上还是不能陪你。"

"工作要紧，尤其是工作时候别三心二意的哦。"

"想你，这个可以有。"到底是私家车，第一回，樊胜美提前几乎半个小时就到了公司。王柏川将这个时间记下，以后当然可以考虑晚个二十来分钟接送。

关雎尔见樊胜美和邱莹莹都已上班，就在门口字条上写上自己的三言两语：小曲，万一赵医生是强颜欢笑呢，你这么大声嚷嚷太对不起过去两人的美好时光。

安迪走出来，正好看见。22楼唯有安迪知道关雎尔的心事，她没说什么，将字条揭了，塞进2203的门缝。上车后，关雎尔不提，安迪不问。

邱莹莹才刚上班不久，刚从楼上财务那儿将账本和零钞领出来，见店门口走进应勤。难得应勤这回终于穿上了羽绒服，瘦子硬是被包装成胖子。而应勤手中拿着安迪的密封盒，径直冲邱莹莹走来。

却被邱莹莹将话抢在前头，"应勤你感冒好点儿没？你怎么过来了，我说过中午会给你送过去的呀。"

"你那腊肉饭真灵，今早睡醒发现鼻子通了，头不晕了，人也有力气了。昨晚都忘了好好谢谢你。"

"谢什么呢，你病好了，我都替你开心呢。你这儿坐会儿，我替你照着淘宝上的订购打包。很快就好。你们公司咖啡当水喝吗，怎么才几天就喝完了？"

"这几天大伙儿没日没夜地干，完全靠咖啡提神。我昨晚上楼后才想到我应该送你们回家的，这么晚，又这么冷。真的非常非常对不起，我脑袋一定是烧坏了。今天想来想去一定要向你道歉，而且不能再让你中午冒寒风专程出门给我送咖啡。"

我是做 IT 的，以后你有手机或电脑的问题，只管一个电话。"

邱莹莹一边听一边笑，笑着笑着停下手中的活儿，面对着应勤听他将话说完。"我没关系的，我好邻居陪着我呢，我们昨晚上打车回去的。邻居是大富婆，她付的车费。"邱莹莹吐吐舌头，"等你忙完这阵子，请你帮我电脑升内存好吗？"

"行的，行的，我一忙完就打电话给你。"

邱莹莹飞快地将咖啡打包好，交给应勤，"行了。我改一下淘宝上的状态。你赶紧拎着货回去吧，不耽误你。"

应勤就着邱莹莹店里的电脑将付费完成，倒退着走出店门。到了门外，还隔窗做手势道别。

邱莹莹等应勤走得没影儿了，才打算将密封盒塞到台子下。一拿起来感觉有点重，打开一看，里面满满一盒子的费列罗巧克力。邱莹莹开心坏了，捧着盒子一蹦三尺高。